무림세가
천대받는
손녀딸이
되었다

무림세가 천대받는 손녀딸이 되었다 1

마루별 장편소설

초판 1쇄 찍은 날 | 2023년 2월 27일
초판 2쇄 펴낸 날 | 2024년 10월 31일

지은이 | 마루별
발행인 | 이진수
펴낸이 | 황현수

기획 | 정수민
편집 | 윤수진

펴낸곳 | 주식회사 카카오엔터테인먼트
등록번호 | 제2015-000037호
등록일자 | 2010년 8월 16일
주소 | 경기도 성남시 분당구 판교역로 221 6(일부)층

제작·감수 | KW북스
E-mail | paperbook@kwbooks.co.kr

ⓒ 마루별, 2020

ISBN 979-11-385-8782-2 04810
        979-11-385-8781-5 (set)

무림세가
천대받는
손녀딸이
되었다

마루별 장편소설

1

目次

序章
서장

악역에도 급이 있다. 최종의 최종의 최종까지 주인공을 고통받게 해 처단해야 하는 대상이 있는가 하면, 주인공 발목이나 잡다가 사라지는 놈도 있다.

그중 나는 찌끄레기였다. 허접하고 짜증 나게 주인공 발목을 잡을 뿐 위협이라곤 전혀 되지 않는.

보석 옆에 쓰레기가 있으면 보석이 더 빛나듯, 오로지 주인공을 돋보이게 만들기 위한, 영향력이라곤 쥐뿔도 없는 그런 악역 조연.

내가 있는 곳이 소설 속 세상이란 걸 깨달은 건 아주 늦은 시기였다.

흐느끼는 소리가 가득한 곳.

"저게 백리의강의 그 딸?"

"아, 쓰레기라던?"

"그 폐품!"

날 지긋지긋하게 따라다니던 소리는 내 아버지 장례식장까지 따라왔다. 오열할 힘도 없는 내 멍한 눈에선 눈물만 흘러내렸다.

"생전 백리의강 골치를 그토록 썩이더니 그래도 아비라고 울기는 하는구먼."

"그러게 말일세. 사이도 안 좋았다던데."

저들이 쑥덕대는 말처럼 평소 아버지와 나는 사이가 데면데면했다. 좋고 나쁨을 따지자면 나쁜 쪽에 가까웠다. 아버지는 날 한심하게 여겼으며 난 그런 아버지를 무시했으니까.

하지만 난 이틀 내내 울었다. 왜 우는지 정확한 이유는 알 수 없었다. 아버지를 잃은 슬픔 때문이었는지, 앞으로 펼쳐질 비참한 나날을 예견한 것인지. 나조차도 알 수 없는 설움에 울고 또 울다 사흘째 그대로 쓰러졌다.

그리고 떠올렸다. 내 전생의 삶을.

전생의 내 삶은 아주 간단하게 정리할 수 있었다.

어린 시절 이혼해 얼굴도 기억나지 않는 어머니. 술만 마시면 손을 휘두르는 아버지. 그 밑에서 늘 그렇듯 얻어맞다가 식탁 모서리에 머리를 박은 게 마지막 기억이었다.

그리고 난 다른 것도 기억해 냈다. 이 세계가 내가 읽었던 무협지와 똑같다는 걸!

'소설 속이라니······. 이게 말이 돼?'

하지만 이곳에서의 내 삶은 정말 소설 속 그대로였다.

소설에서 다뤄 주지 않은 악역 조연의 과거를 난 모조리 기억했다. 아주 어릴 적 날 돌보던 사람이 죽었다. 난 그대로 길거리를 떠도는 부랑아가 됐다. 그러다 번드르르한 차림새의 친아버지가 날 찾아냈다. 길거리를 떠돌며 쓰레기나 주워 먹던 처지에 그를 따라가지 않는다는 선택지는 없었다.

그렇게 이끌려 간 곳은 눈이 휘둥그레질 만큼 거대한 장원이었다.

허리춤에 검을 찬 무섭게 생긴 장정들이 지키는 궁궐 같은 대문을 넘어설 때 생각했다. 내 인생도 이제 드디어 볕 들 날이 왔다고.

'그런데 하필 그 무협지 속이었다니!'

난 손을 벌벌 떨며 찻주전자를 들었다. 하지만 찻주전자는 텅 비어 있었고, 난 힘없이 찻잔을 내려놓다 그대로 놓쳤다.

쨍그랑.

돌바닥에 부딪친 찻잔이 그대로 박살 났다.

내가 과도할 정도로 덜덜 떠는 데엔 이유가 있었다. 왜냐면 이 소설은 향후 십여 년간 살육이 난무하고 등장인물이 우르르 죽어 나가는 소설이니까!

그 첫 신호탄이…… 내 아버지였다.

정파의 명문, 무림 십 대 세가 중 하나인 백리 세가의 넷째이자 이 소설 남주인공 남궁류청의 스승으로, 자기밖에 모르던 거만한 주인공을 정의의 수호자로 각성하게 만드는 거룩한 희생자 백리의강!

내 아버지에 대한 평가였다.

그리고 그런 그의 유일한 딸 백리연. 멍청하고 욕심만 많아 사사건건 주인공과 아버지의 발목을 잡다가 목이 잘려 죽는 악역 조연.

그게…… 나였다.

'망할.'

읽는 내내 악역 조연을 그렇게 욕했다. 나라면 저렇게 안 살 거라고.

'그렇다고 되고 싶은 건 아니었어!'

심지어 아버지는 돌아가셨고, 최악의 전쟁이 시작되기 직전이라니! 더군다나 이 소설 완결도 안 났다고!

'……어쩌지?'

남주인공 곁은 나같이 무공도 못 쓰는 악역에겐 너무나 위험했다. 착한 놈이든 나쁜 놈이든 손 한 번 휘두르면 나는 소리도 못 내고 죽을 것이다. 남주인공은 그래도 스승의 딸이라고 날 지켜 주려 하겠지. 하지만 그래서야 민폐 짐 덩어리 신세는 못 벗어난다.

'튀자.'

쥐 죽은 듯이 살면 나 같은 악역 조연 따위 있는 줄도 모를 것이다. 그래서 도망쳤다.

그런데…….

'쟤가 왜 여기 있는 건데!'

창백한 얼굴, 눈꼬리를 따라 움직이는 점. 이런 상황에서도 사람을 홀리는 고혹적인 외모.

이런 묘사에 들어맞는 등장인물이 딱 한 명 있었다.

앞서 악역에도 급이 있다고 하지 않았나? 내가 조연 찌끄레기에 불과하다면 이자는 주연이었다.

악역 주연. 이 소설의 흑막인 야율! 천마신교의 잔악한 살인을 도맡는 천살단의 단주로 훗날 팔마군의 자리까지 올라 남주인공을 지독하게 괴롭힐 자.

뚝뚝.

부서진 덧창 틈새로 쏟아지는 달빛이 소리 나는 곳을 비추었다.

물방울 떨어지는 소리는 몸통 없는 머리에서 나는 소리였다. 코를 찌르는 비릿한 냄새. 마치 공포 영화의 한 장면 같았다. 나는 현실을 부정하며 주춤주춤 뒤로 물러났다. 흑막이 설핏 조소했다.

"실망스러운데. 백리의강의 딸이 이런 꼴이라니."

"나, 날 죽이러 온 거야? 왜?"

"궁금해?"

당연하지!

아버지 장례식이 끝나고 난 모든 인연을 끊고 잠적했다. 살육이 난무하는 중심 스토리에서 멀어진 지 오래란 말이다! 그런데 나 같은 조연을 죽이기 위해 최종 악역이 오는 것 자체가 말이 안 되잖아!

"그야……."

느리게 열리는 흑막의 입에 집중하고 있을 때였다. 갑자기 시야가 휙 돌며, 핏자국 있는 마룻바닥이 슬로 화면처럼 다가왔다.

쿵.

귀가 아닌 머리에 울려 퍼지는 듯한 둔탁한 소리.

검을 언제 뽑았는지 보지도 못했다. 장검을 타고 붉은 피가 주륵 흘러내리며 흑막의 입꼬리에 만족스러운 미소가 피었다.

그게 마지막이었다.

'개새끼.'

목이 잘려 죽는 인생이라니. 그렇게 피하고 싶었는데!

'뭐, 식탁에 머리 박고 죽나 목이 잘려 죽나, 개죽음인 건 다 똑같지만.'

그래도 이 소설 속에서 목이 잘려 죽는 거면 꽤 온건한 편에 속하는 건데…… 뭔가 이상했다.

'너무 아파…….'

분명 죽었을 텐데 온몸이 뜨겁고 고통스러웠다. 불 속을 데굴데굴 구르면 이리 아플까?

고통에 몸부림치는 와중 손등이 미치도록 간지러웠다. 차갑고 간지럽고 따뜻한 기묘한 감각에 온 힘을 다하자 순간, 눈이 떠졌다.

시야가 돌아오는 덴 한참이 걸렸다. 어둑한 방. 천장의 대들보부터 목련 모양의 창틀. 침상에 걸려 있는 쪽빛 비단발의 자수 문양까지 기이하게 익숙하고 그리웠다.

'여기는……'

촛불의 일렁임에 따라 사람 모양의 그림자가 움직였다. 그림자의 주인을 확인한 나는 눈을 크게 떴다.

"아버지?"

순간 아버지의 눈에서 뭔가 툭 떨어졌다. 내 손등을 적신 눈물을 보자 나를 깨우던 감각의 정체를 깨달았다.

'뭐야, 이거 주마등인가?'

아버지는 매우 수려한 외모로 많은 여인의 흠모를 받았다. 하지만 무릇 주인공의 정신적 성장을 담당하는 스승답게 외견과 달리 강직하고 의로운 성격이었다. 그런 성격이시라 함께 지내는 동안 아버지의 눈물을 본 적은 딱 한 번뿐이었다.

"미안하다. 내가 네 곁을 지켜야 했는데."

기억과 똑같은 말을 하는 아버지의 모습에 왠지 모르게 웃음이 났다. 주마등이든 꿈이든 지옥이든 뭐든 무슨 상관인가?

"아버지…… 아니, 아빠. 울지 마요."

아버지가 입을 살짝 벌리고 눈을 커다랗게 떴다. 저렇게 당황한 표정은 처음이었다. 몇 년을 함께 지냈는데도…… 짧은 웃음이 스친 후 왠지 모르게 울컥 감정이 치솟았다.

자랄수록 아버지와 나의 관계는 나빠지기만 했다. 놀란 모습은커녕 웃는 모습도, 아니, 마지막엔 어떤 얼굴이었는지도 기억나지 않았다.

그깟 주인공이 뭐라고 희생하고 죽는지. 정말 좋은 사람이었는데. 비록 소설 속 인물이었지만, 무척 서툴렀지만, 내겐 늘 진심인 사람이었다. 그걸 돌아가시고 나서야 깨달았다.

이 거지 같은 소설 속 악역 조연을 진심으로 위해 준 사람은 아버지 한 명뿐이었다는 걸.

"그동안 죄송했어요."

아버지는 아직도 혼이 나간 듯한 얼굴이었다. 뭔가 부족한 느낌이었다.

그래, 하려면 제대로 하자.

나는 마지막으로 효녀 노릇이라도 좀 하자는 가벼운 심보로 말했다.

"사랑해요."

아버지가 눈을 부릅떴다.

'후후.'

놀란 표정을 보니 좀 뿌듯했다.

좋아. 마지막으로 할 수 있는 건 다 한 것 같군. 이대로 편안히 눈을 감으면…….

그 순간 아버지가 나를 숨이 막힐 정도로 꽉 끌어안았다.

기억과 똑같은 아버지의 청량한 향.

'와…… 진짜 똑같네. 아니, 잠깐만.'

갑자기 싸한 느낌이 들었다.

주마등 맞아? 무슨 주마등이 이래?

아버지가 울컥 감정이 치솟은 목소리로 말했다.

"나는 그간 네가 나를 원망한다고 여겼는데 전혀 아니었구나."

"네?"

"미안하다. 아비가 그간, 그동안, 네 마음을 몰랐구나. 다 내가 모자란 탓이다. 미안하다. 미안해."

"네?"

이게 대체…… 무슨 일이야?

一部
1부

第一章

나는 침상에 멍하니 기대앉아 있었다.

달칵—

문이 열리는 소리가 들렸지만 돌아보지 않았다. 그렇게 계속 멍하니 앉아 있기를 잠시.

"아기씨!"

갑자기 들린 큰 소리에 나는 화다닥 몸을 떨며 고개를 들었다. 소리친 소녀는 내 몸종인 당금이었다.

"정신 좀 차리세요! 여기 소셋물인데, 시중은 필요 없죠?"

놋쇠 대야를 본 나는 느리게 고개를 끄덕였다. 당금은 짜증스럽다는 듯이 혀를 차며 방을 빠져나갔다. 발걸음 소리가 멀어지며 창문 너머로 대화가 들렸다.

"아침부터 왜 소란이야?"

"아니, 몇 번을 불러도 못 듣잖아. 종일 멍하니 침대에 앉아만 있고. 죽다 살아나더니 백치 된 거 아냐?"

"충격이 크겠지. 내공 폐인이라잖아."

"그러게 누가 능력도 안 되는 영약을 탐내래? 흥, 자업자득……."

저 대화를 듣고 있자니 내가 정말 살아서 과거로 돌아왔다는 것이

실감 났다.

'회귀라니……'

그것도 주화입마에 빠지고 난 후라니!

주화입마란 몸 안의 기운을 통제하지 못했을 때 폭주하는 것을 이야기했다. 주화입마에 빠지면 대부분 죽거나, 살아난다 하더라도 폐인이 됐다.

나 또한 목숨은 간신히 건졌으나 단전, 내공을 모으는 중심이 산산이 부서졌다. 즉, 평생 무공을 쓰지 못하는 폐인이 된 것이다. 내 나이 여섯 살, 백리 세가에 들어온 지 반년 만에 겪은 일이었다.

나는 느리게 몸을 일으킨 후 탁자로 타박타박 걸어갔다. 세숫대야 안 출렁이는 수면에 흐릿하게 아이의 얼굴이 비쳤다. 퀭한 눈가에 바짝 마른 입술, 푹 팬 뺨. 그야말로 병색이 완연했다. 그 아이는 눈을 깜빡이고 고개를 갸웃거리며 입꼬리를 올렸다 내렸다.

'목도…… 잘 붙어 있고.'

하지만 목이 잘리던 감촉과 빙글 도는 시야 속에 삐뚜름히 짓던 미소가 아직도 눈에 선했다. 그저 한낱 망상으로 치부할 수 없을 정도로.

정파의 명문 백리 세가. 그 백리 세가의 가주 백리패혁에겐 세 명의 부인과 다섯 명의 자식이 있었다. 그중 셋째 부인에게서 난 막내 공자가 내 아버지 백리의강이었다.

백 년에 한 번 나온다는 검의 기재. 수려한 외모에 온화하지만, 불의를 참지 않는 강직한 성품. 완벽한 내면과 외면에 뛰어난 무공까지! 빠지는 것 하나 없는 아들에게 할아버지도 거는 기대가 무척 컸다.

그런 그가 어느 날 갑자기 딸이라고 데려온 아이. 그게 나, 백리연이었다.

청천벽력이었다. 혼인도 안 한 아들에게 딸이라니! 심지어 친모의 출신조차 알지 못한다니!

당연히 집안은 발칵 뒤집혔다. 할아버지 또한 불같이 노하며 반대했다. 하지만 아버지의 고집을 꺾을 순 없었다. 그렇게 나는 백리 세가에 입적됐다.

당시 어렸던 난 이 모든 사정에 대해 전혀 몰랐다. 그리고 아버지는 검은 천재여도 육아엔 그리 소질이 없었던 게 분명하다. 그게 아니라면 딸이라고 데려온 다섯 살짜리 아이를 이런 집구석에 반년 넘게 방치할 리 없으니까.

그렇게 호의적이지 않은 자들에게 둘러싸인 어린아이는 어떻게든 인정받고 싶어 했다. 능력도 안 되는 영약을 욕심낼 만큼.

멍청하고 욕심 많은 악역 조연의 탄생 설정이었다.

찰박찰박.

세수를 마친 난 수건으로 얼굴을 닦았다.

'괜찮아. 아직 늦지 않았어.'

소설에선 아버지의 죽음을 기점으로, 얽히고설킨 채 간신히 균형을 지키고 있던 무림의 질서가 우르르 무너져 내리기 시작했다.

'그 중심에는 아버지의 제자인 남궁류청이 있었고.'

하지만 지금은 남주인 남궁류청도 나와 같은 꼬꼬마. 아버지와 아직 사제 관계를 맺지도 않았다. 남궁류청과 아버지가 사제가 되는 데는 내 역할이 아주 중요했다.

나는 창밖으로 아버지의 처소 방향을 바라보았다.

남궁류청이 활약할 주요 사건인 정마 대전까지 십여 년은 남아 있었다. 그러니까 정마 대전 시작의 전조인 내 아버지가 돌아가시는 사건이 벌어지기까지 십여 년은 남았다는 뜻이었다.

'아버지를 살려야 해.'

아버지의 죽음은 미심쩍은 것들이 너무 많았다. 전에는 밝힐 생각조차 하지 못했다. 남주인공인 남궁류청조차 밝히지 못한 것을 나까짓 게 어떻게 알아낸단 말인가?

나라고 궁금하지 않은 게, 아버지의 죽음이 억울하고 분하지 않은 게 아니었다. 다만 내가 있으면 남궁류청에게 방해만 될 것을 알았다.

그리고 가장 중요한 것.

나는 살고 싶었다.

아버지와 내 처소는 입 구(口)자 형태로 서로 맞닿아 있었다. 안뜰을 지나 아버지 처소에 다가갈수록 심장이 쿵쿵 뛰었다. 이대로 뒤로 돌아 다시 내 처소에 숨어 버리고 싶었다. 가는 길에 몇 번이나 발걸음을 멈추길 반복했으나 어느새 아버지 방문 앞에 도착해 있었다.

'할 수 있어, 백리연.'

난 두 주먹을 꽉 쥐고 문을 노려보았다. 누군가 지금 내 표정을 본다면 전장에 나가는 장수와 같다고 할 것이었다.

'창피함은 잠깐이야. 아버지를 살리고 싶잖아?'

아버지가 살아 계셔야 내가 살 수 있는 확률이 커졌다. 감정을 배제하고서라도 현실적으로 무림 강자 중 한 명인 아버지마저 죽는 세상이라면, 내 무사 생존의 꿈이 이뤄지지 못할 확률이 높았다.

'백리연, 할 수 있어. 죽을 정도로 창피한 걸로는 진짜 죽진 않아!'

어차피 첫 단추는 내가 눈뜬 순간 끼워졌다. 할 수 있다. 할 수 있다.

스스로 최면을 건 난 눈을 꽉 감았다 떴다. 조심스럽게 방문을 열자마자 탕약 냄새가 코를 찔렀다.

"일어났구나."

아버지가 산수 문양 가림막 뒤에서 천천히 일어났다.

난 최대한 순진하고 귀엽게—

"아—버—지, 악!"

비명을 질렀다.

철퍼덕 얼굴을 바닥에 박기 전, 바람이 불었다. 예상한 통증이 오질 않아 꽉 감았던 눈을 떴다. 바닥과 콧등이 종이 한 장 차이였다. 심장이 벌렁벌렁했다.

"조심해야지."

아버지는 고양이가 자기 새끼를 물어 옮기듯 내 목덜미 깃을 잡아 들고 있었다. 가까운 거리가 아니었는데 언제 여기까지 온 건지 알 수 없었다. 난 콧잔등을 문지르며 바닥을 살폈다.

'으아아, 창피해! 대체 뭐야? 뭔가 밟고 넘어진 것 같은데……. 저게 뭐야, 죽간본?'

끈으로 엮은 대나무 조각에 쓰인 깨알 같은 글자 몇이 눈에 띄었다. 약초에 관한 내용이었다. 바닥을 굴러다니는 건 죽간본만이 아니었다. 여기저기 쌓인 서책부터 여러 약재까지 전혀 정돈되지 않은 방은 완전 엉망이었다.

난 고개를 들어 아버지 얼굴을 보았다. 오늘도 눈가에 그늘이 짙었다.

'또 밤새우셨나 보네.'

벌써 며칠째 처소에 불이 꺼지는 걸 본 적이 없었다. 병을 앓은 나만큼은 아니지만, 아버지도 그간 살이 꽤 내렸다.

아버지께 달랑달랑 들려 있던 나는 안아 달라고 손을 뻗었다. 머뭇거리던 아버지가 엄격한 얼굴로 말했다.

"방에서 뛰면 안 된다고 하지 않았느냐!"

"헤헤."

아버지는 굳은 얼굴로 나를 바라봤다. 하지만 난 아무것도 모른다는 듯 최대한 귀엽게 계속 손을 내밀었다.

"안 안아 줄 거예요?"

아버지의 엄정한 얼굴에 망설임이 스쳤다. 짧은 갈등.

하지만 승자는 나였다. 당연했다. 난 아픈 몸이니까!

아버지 품에 당당히 안긴 난 목덜미를 껴안았다. 움찔 놀란 아버지의 몸이 딱딱하게 굳는 게 느껴졌다.

"큼."

헛기침한 아버지가 괜히 아무도 없는 방을 둘러보았다.

내 첫 번째 목표. 그것은 아버지와 가까워지기였다. 그리고 신체 접촉은 사람 간의 거리를 좁히는 데 가장 손쉬운 방법이었다.

처음 아버지에게 안겼을 땐 어찌나 불편하던지. 어정쩡한 자세와 딱딱하게 굳어 있는 몸. 아이를 안아 보지 않았다는 티란 티는 다 냈다. 나도 기억하는 생을 통틀어 아버지란 사람들에게 안겨 본 적이 없었다. 지금은 뭐…….

아버지는 빠르게 걸으면서도 내가 날아갈세라 아주 조심스럽게 방을 가로질렀다.

"간밤에 잠은 잘 잤느냐?"

"네."

"몸은 괜찮고?"

"네."

"아픈데 참으면 안 된다. 열이 나거든 꼭 말하고."

"네."

"탕약을 내오라 해야겠다."

"우……."

탄식은 반사적으로 나왔다.

아버지가 내미는 약은 매번 지옥처럼 썼다. 과거의 나는 못 먹겠다며 울고불고 떼를 썼고, 아버지는 억지로 먹이려 들었다. 평생 검을 들며 살아온 사람답게 그다지 상냥한 방법은 아니었다. 그저 "먹거라." 말을 하고 마실 때까지 지켜봤다. 엄중한 감시 속에서 억지로 마시다 토하면 다시 약을 달여 와 마셔야 했다. 이를 반복하면서 아버지에게 원망의 감정까지 품었더랬다.

'솔직히 양이 너무 많긴 해.'

이번엔 얌전하게 받아 마셨으나 전에는 약해진 몸이 약을 받아들이질 못해 모조리 토한 적도 있었다. 그러자 아버지의 반응도 달라졌다. 한 수저 한 수저 직접 떠먹여 주기 시작한 것이다!

"어째 갈수록 애가 되어 가는 것이야?"

근심을 감추느라 내내 딱딱하던 아버지 얼굴에 설핏 웃음이 비쳤다. 나를 바라보는 아버지의 눈빛은 다정하기 그지없었다. 순간 왠지 너무나 부끄러워 아버지 품에 얼굴을 숨겼다.

약을 먹고 밥 먹고 의원에게 진료받고 치료받고 다시 약 먹고 자고 약 먹고. 세상의 온갖 귀한 약은 다 먹은 것 같았다. 팔뚝만 한 산삼을 본 적 있나? 난 봤다. 지금은 내 배 속에 있지만.

나는 눈을 비비며 정신을 차리려 애썼다.

'치료받다가…… 잠들었네.'

몸을 일으키자 침상 곁엔 가문 의원만이 남아 침을 정리하고 있었다. 지금껏 아버지는 치료 내내 늘 내 곁을 지켰다. 저번 생은 그걸 감시라고 여겼고, 이번에는 날 걱정해서라는 걸 알았다. 난 의원을 향해 물었다.

"아버지는요?"

"쯧, 사공자님도 참, 쓸모없는 짓은."

"……?"

혀를 찬 의원은 대답 아닌 대답을 하며 방을 휙 빠져나갔다. 몸을 일으켜 처소 밖으로 나왔을 땐 이미 의원은 모습을 감춘 후였다.

"뭐지?"

안뜰은 기이할 정도로 조용했다. 나와 아버지의 처소는 백리 세가 장원에서도 서쪽 끝, 제일 구석에 있었다. 가문 직계의 처소라기엔 외지고 수수했다.

'뭐, 나는 다른 친척들을 마주칠 일이 적어 좋지만.'

원래 아버지의 처소는 다른 곳이었다. 하지만 아버지가 나를 입적하자 할아버지가 꼴도 보기 싫다며 여기로 내쫓았다. 나는 꾸미지 않아 휑한 안뜰을 지나 하인들이 머무는 건물로 향했다. 아버지의 행방을 묻기 위해서였다.

'그럼 그렇지.'

아무도 없었다. 이상할 정도로 조용하던 이유였다. 하인들은 아버지가 처소에 없으면 재빠르게 쉬러 갔다.

'어디 가신 거지?'

그냥 여기서 기다릴까, 처소를 나가 아버지를 찾아볼까 고민하고 있을 때였다.

"다들 빨리빨리 와!"

건물 뒤편 하얀 담벼락 근처가 소란스러워졌다. 모습을 감췄던 처소 하인들이었다. 계급이 높아 보이는 하인이 그들을 재촉했다.

"빨리, 빨리빨리 움직여! 다 모였어?"

"아, 잘 자고 있었는데. 무슨 일이기에 그래?"

"으이그. 낮잠이나 퍼질러 자니 모르지. 좀 전에 가주님 돌아오셨어!"

"뭐? 가주님이?"

"오늘 저녁에 연회를 열 거니까 주인마님이 처소에 반만 남고 나머지 반은 다 본채로 오라고 하셨어. 누가 올 거야?"

가만히 대화를 듣던 나도 눈을 크게 떴다.

백리 세가의 가주인 내 할아버지는 도통 속을 알 수 없는 특이한 분이셨다. 그저 그런 가문이던 백리 세가를 단숨에 십 대 세가 중 하나로 올려놓은 수완가였지만, 수련한다고 일 년 내내 틀어박히거나 나와도 곧장 바람 쐰다며 여행을 떠나기도 했다.

소설 속에서도 주인공의 조력자 포지션이긴 했지만, 애초에 자주 등장하진 않는다. 두세 번 정도 나와 '천하 십일강'다운 강력한 무위를 보여 주는 정도였다.

'심지어 나도 몇 번 못 뵀지.'

같은 집에서 몇 년을 같이 지내면서도 마주한 건 손에 꼽을 정도였다. 내가 주화입마에 빠졌을 때도 할아버지는 여행 중이셨다. 그런데 돌아오셨다는 건……

눈을 부릅뜬 난 황급히 처소를 뛰쳐나갔다.

'젠장, 오늘이었어!'

오늘이었다. 바로 오늘이 아버지와 내가 할아버지께 제대로 찍히는 날이었다!

애초에 주인공의 시선으로 전개되는 소설에서 나 같은 찌끄레기 악역의 어린 시절은 다루지 않는다. 하지만 나는 악역이 될 수밖에 없는 꽤 개연성 있는 과거를 가지고 있었다. 그리고 지금 이 순간이 그 개연성을 더해 주고 있었고!

'막아야 해.'

난 거침없이 걸어갔다. 가는 길에 마주친 하인들이나 무사들이 묘한 얼굴을 하며 수군거렸다. 도착했을 땐 숨이 턱 끝까지 차고 등허리가 땀으로 흠뻑 젖었다. 문 앞을 지키던 나이 든 종복이 놀란 얼굴을 했다.

"아기씨?"

창백한 안색에 파리한 입술이 당장에라도 쓰러질 것처럼 보였는지, 노복이 당황해 물었다.

"괜찮으십니까?"

괜찮다고 대답을 하려 했지만, 그보다 먼저 기침이 터졌다. 그 모습에 노복은 내가 주화입마에 걸려서 쓰러졌다 일어난 지 얼마 안 된 걸 떠올린 모양이었다. 눈빛에 순식간에 동정이 서렸다.

"몸도 안 좋으실 텐데, 여기까지 어쩐 일이십니까?"

"하아, 하아, 아버지, 아버지가 여기 계시……."

겨우 꺼낸 말이 채 끝나기도 전이었다.

"말 같지도 않은 소리 마라!"

안에서 벼락같은 노성이 터졌다.

"의강! 계속 그런 식으로 나를 실망하게 할 거냐! 아직도 정신 못 차리고 대체……!"

할아버지의 목소리였다. 노복이 내 눈치를 보며 말했다.

"사공자님을 찾아오셨군요. 다만, 그…… 아기씨도 들으셨다시피 말을 전할 만한 상황이 아닙니다."

나는 주먹을 꽉 쥐었다. 이 방은 할아버지가 출입을 허락한 자들만 들어갈 수 있었다. 가문 내에서 요직을 맡거나 인정받은 직계들. 난 당연히 들어갈 수 없었다.

초조하게 입술을 깨물 때였다.

"뭐야, 백리연?"

목소리를 듣는 순간 목덜미가 뻣뻣하게 굳었다. 노복이 내 뒤를 향해 고개 숙였다.

"의란 아가씨, 오셨습니까."

백리의란. 아버지의 이복누이로 내겐 고모였다.

고모가 노복을 향해 날카롭게 물었다.

"얘가 왜 여기 있어? 설마 의강이 데려온 거야?"

"아니요. 혼자 오셨습니다."

"……혼자?"

문과 나를 번갈아 본 고모가 코웃음 쳤다.

"하, 감히 여기가 어디라고 와? 여긴 네가 발 들일 수 있는 곳이 아니다!"

고모 뒤편의 두 여종 또한 대놓고 날 비웃었다. 난 가만히 그들을 바라봤다.

과거 이 시절의 나는 고모와 마주치는 걸 무척 두려워했다. 고모가 어쩌다 나와 마주치기라도 할 때면 갖은 트집을 잡아 댔기 때문이다. 눈이 마주치면 감히 자기와 마주쳤다, 숙이면 자길 보려도 들지 않는다, 인사하면 네가 뭔데 인사하냐, 안 하면 무시했다……. 무슨 행동을 하든 창조적인 구박을 해냈다. 그런 식으로 점차 폭언의 수위가 올라가다가 어느 순간 매질까지 하기 시작했다.

"백리 세가를 너 같은 버러지가 더럽히다니……!"

그럼 나는 뭘 잘못했는지도 모른 채 잔뜩 움츠리고 일단 죄송하다고 빌었다.

물론 고모는 날 용의주도하게 괴롭혔다. 주변에 사람이 아무도 없을 때, 눈에 띄지 않을 곳에서만 괴롭혔다. 특히 아버지 귀에 들어가지 않게 무척 조심했다. 초반에는 아버지가 집에 계시질 않았고, 나중엔 사이가 나빠져 말하지 못했다.

'멍청했지.'

과거의 나는 고모가 나를 싫어하는 게 당연하다 여겼다. 백리 세가 사람이면서 무공도 못 쓰는 폐인이니까.

하지만 아버지 장례식에서 듣고 말았다.

"의강 그 자식, 검 좀 휘두른다고 잘난 척하고 다닐 때부터 알아봤어! 꼴 좋다!"

고모는 내 아버지를 질투하고 있었다. 고모는 아버지의 실력, 명성을 시기했으나 아버지를 건드릴 수 없었다. 그런데 마침 딸이 가문 내 입지도 없고 무공도 못 쓰는 데다가 어리숙하기까지 했으니 고모에게 나는 좋은 먹잇감으로 보였을 것이다.

"뭘 그렇게 보고만 있어? 지금 네 아버지 돌아왔다고 날 무시하는 거야?"

아버지가 계시니 자신을 무시한다는 교묘한 언행. 누군가 듣는다면 내가 거만하다고 여길 것이었다. 난 서둘러 인사했다.

"죄송해요. 오랜만에 뵈어요, 고모님."

그러곤 정말 면목 없다는 듯 덧붙였다.

"제가 몸이 좋지 않아 인사도 드리질 못했어요."

시의적절하게 멈췄던 기침까지 터지자 고모의 얼굴이 굳었다. 그도 그럴 것이 상황이 묘했다. 만나자마자 아픈 조카를 구박하는 모습이 되었으니까.

고모는 뭔가 더 쏘아붙이고 싶지만, 주변에 보는 눈이 있어 차마 입을 열지 못하는 모습이었다. 내 기침이 거짓인 것도 아니었다.

'다시 열이 오르는 것 같은데.'

겨우 기침이 잦아들자 고모는 언제 구박했냐는 듯 서둘러 나긋하게 말했다.

"여기까지 혼자 온 걸 보면 몸은 꽤 괜찮아진 모양이구나."

여기서 이제 아프지 않다고 하면 고모는 잔소리 조금 한 정도가 되고, 아프다고 하면 당장 처소로 쫓아낼 것이다.

"아…… 그게……."

내가 우물쭈물하자 고모가 말했다.

"괜찮다. 편히 말하렴."

"……처소에 아무도 없어서요. 둘러봐도 다들 어디 갔는지 바쁜 것 같더라고요. 그래서 혼자 올 수밖에 없었어요."

"……!"

고모가 눈을 부릅떴다.

집안일과 하인 관리는 내게 할머니가 되시는, 즉 고모의 친어머니 담당이었다. 처소의 하인을 찾았는데 아무도 없다? 이건 말도 안 되는 일이었다. 고모의 뒤에만 해도 시비가 둘이나 있지 않은가?

하지만 아버지 처소의 하인들이 나태한 건 하루 이틀 일이 아니었다. 특히 내 앞에서는 숨기지도 않았다. 모두 할머니의 묵인하에 벌어진 일이었다.

'할아버지의 귀에만 안 들어가면 된다 이거지. 하지만 이걸 어째?'

어느새 방 안의 고함도 멈춰 있었다.

할아버지는 손꼽히는 고수다. 방 안에 있는 사람들도 대부분 무공을 익힌 자들이었다. 그들은 집중하면 백 보 밖의 대화도 거뜬히 들을 수 있는 사람들이었다.

'모두 들었겠지.'

고작 문 하나, 그것도 바로 앞에서 나눈 대화는 토씨 하나 빼놓지 않고 다 듣고도 남았다. 애초에 고모가 아버지 돌아오셨다고 무시하느냐며 내가 거만한 것처럼 몰아간 것부터가 그런 의도였다.

'이런 얘기가 나올 줄 몰랐겠지만.'

고모가 입술을 파르르 떨다 서둘러 말했다.

"네가 뭐 착각한 게 아니냐? 하인들이 그럴 리가. 헛소리 말고 어서 돌아……."

그러나 고모의 말을 할아버지의 성난 목소리가 잘랐다.

"의란! 당장 들어오너라! 백리연, 너도!"

'태산 같다.'

처음 할아버지를 봤을 때의 심경이었다.

할아버지는 광택 있는 흰 비단옷에 보옥 장식을 하고 호랑이 가죽 위에 앉아 있었다. 위압적인 기세를 뿜는 다부진 체구에 형형한 눈빛. 완고한 입매는 고집스러운 성미를 내보였고 치켜 올라간 눈썹은 언짢은 기색을 나타냈다. 도무지 일흔이 넘은 나이라고 볼 수 없는 외견이었다.

그런 할아버지의 양옆으로는 가문 장로들과 할아버지의 오랜 수하들이 있었다. 큰아버지인 백리의묵, 큰아버지의 아들이자 장손인 백리명도 함께 서 있었다. 그리고…….

'아버지!'

나는 눈을 부릅떴다. 아버지는 방의 정중앙에 무릎을 꿇고 있었다.

'분위기가 안 좋은 건 알았지만, 이런 모습일 줄은……'

밖에서 들은 것보다, 상상하던 것보다 더 충격적이었다.

아버지는 놀란 얼굴이었다. 나는 당장 달려가 아버지께 이럴 필요 없다고 일으키고 싶었다.

그런데 그 순간.

"의란, 네가 여긴 어쩐 일이냐?"

할아버지의 노기등등한 목소리에 정신이 번쩍 들었다. 고모가 마른침을 삼키며 웃었다.

"아이 참, 아버지가 돌아오셨으니 딸로서 당연히 인사드리러 왔지요."

"인사?"

"예. 연아, 어서 인사드리자꾸나."

고모가 갑자기 나를 잡아끌었다. 할아버지의 시선을 돌리려는 생각이 뻔히 보였다.

일단 얌전히 고모와 함께 인사했다. 인사를 마친 고모가 자연스럽게 큰아버지 곁으로 향했다.

그러나 두 걸음도 떼기 전 할아버지가 말했다.

"얼굴 봤으니 나가 보아라."

"예, 예?"

고모가 깜짝 놀란 얼굴로 고개를 들었다.

"못 들었느냐?"

"아, 아뇨. 아버지, 왜 그러세요……?"

"왜?"

코웃음 친 할아버지가 눈 하나 깜짝하지 않고 싸늘하게 말했다.

"네가 이 방에 들어올 자격이 있느냐?"

"아, 아버지."

"네 태도가 백리 성을 지닌 자의 자세란 말이냐!"

벼락같은 호통에 화들짝 놀란 고모가 털썩 무릎을 꿇었다.

"아버지, 잘못했어요!"

하지만 할아버지는 싸늘한 눈으로 바라볼 뿐이었다. 고모의 낯빛이 점차 창백해졌다.

할아버지는 두 번 말하는 걸 무척 싫어했다. 아주 유명했다.

'백리패혁의 두 번째 말은 칼이다.'로.

이건 가족이라도 특별히 다르지 않았다. 고모가 도움을 요청하는 얼굴로 할아버지 근처의 큰아버지를 보았다. 친동생의 애절한 눈초리를 이길 수 없었는지 큰아버지가 나섰다.

"아버지, 이쯤 하면 의란도 잘못을 깨달았을 겁니다."

"맞아요. 아버지, 제가 잘못⋯⋯."

"입 다물거라!"

하지만 나서지 않는 것만 못했다. 결국, 고모가 입술을 깨물며 일어났다.

"⋯⋯물러가겠습니다."

"⋯⋯."

"⋯⋯."

방 안의 분위기는 전보다 더 무겁고 싸늘해졌다. 할아버지의 단호한 태도에 솔직히 나도 심장이 벌렁벌렁했다. 그리고 알 수 있었다. 나도 말 한마디 잘못하면 저 꼴과 똑같을 것을. 나는 지금 살얼음 위에 서 있었다.

그때 사촌 오라버니인 백리명이 분위기를 풀려는 듯 입을 열었다.

"몸은 괜찮아? 이리 돌아다녀도 되는 거야?"

"걱정해 주셔서 감사합니다. 많이 좋아졌어요."

큰아버지와 사촌 오라버니는 평판이 매우 좋았다. 큰아버지 백리의묵은 어진 성품에 일 처리가 공정하다며 인정받았고, 사촌 오라버니이자 장손인 백리명 또한 큰아버지를 똑 닮았다는 평을 들었다.

큰아버지가 상냥하게 말했다.

"연아, 이리 오너라."

난 몰려오는 피로에 잘 움직이지 않는 발을 뗐다. 아버지가 걱정되는 듯 살짝 인상을 찌푸렸으나 아무 말도 하지 않았다.

그리고 내가 향한 곳은 큰아버지가 아니라 아버지 곁이었다. 모두의아하게 날 보았다. 아버지 곁에 선 나는 숨을 크게 들이쉬곤 그대로 무릎을 꿇었다.

"……!"

큰아버지와 사촌 오라버니의 표정이 눈에 띄게 굳었다. 반면에 할아버지는 흥미롭다는 듯 눈을 빛냈다.

내가 멋모르고 큰아버지 곁으로 갔다면 할아버지께 호통을 들었을 것이다.

'고모처럼 바로 쫓겨났겠지.'

그게 큰아버지와 백리명의 목적이었을 것이다. 인자한 척 사람 좋은 얼굴을 하지만, 저들의 속은 고모랑 같았다.

"연아, 이 무슨…… 어서 일어나거라."

놀란 아버지가 비틀거리는 날 붙잡았다. 안 그래도 허약한 몸. 심지어 어리기까지 한 몸으론 중심 잡기가 쉽지 않았다.

'……이거 빨리 끝내야겠는데?'

거기다 바닥이 너무 찼다. 얇은 융단이 깔려 있다 하나 돌바닥. 올라오는 한기가 상당했다. 이를 잘 아는 아버지의 안색이 좋지 않았다.

"어서 일어나! 아버지, 연이는 아직 몸이……."

"시끄럽다!"

할아버지가 아버지의 말을 잘랐다. 난 괜찮다는 듯 아버지의 손을 붙잡으며 할아버지를 바라보았다.

"백리연, 의강이 왜 내 앞에 무릎을 꿇고 있는지 아느냐?"

"몰라요."

"모른다? 그런데 왜 꿇었느냐?"

눈을 내리깐 난 마른침을 삼키고 말했다.

"아버지는 제가 있기 전엔 할아버지를 실망시켜 드린 적이 없다고 들었어요. 아마 이번 일도 제 탓이겠지요."

실제 그런 말을 한 적 있던 방 안의 몇몇이 "큼." "크흠." 헛기침하며 면목 없어 했다. 더군다나 여섯 살짜리 마르고 작은 아이였다. 누가 봐도 병색이 완연한 아이가 비틀거리며 무릎을 꿇고 있는 모습에 방 안 사람들은 더더욱 죄책감을 느꼈다. 할아버지껜 씨알도 안 먹힌 듯 했지만.

"하, 말은 잘하는구나. 그래, 이리 왔으니 네게 직접 물어보마."

할아버지가 뒤를 향해 손짓했다. 그러자 뒤쪽에서 존재하는지도 몰랐던 종복이 작은 함을 들고 왔다.

'저거였군.'

저 작은 함이 이 모든 소란의 원인이었다. 할아버지 앞에 선 종복이 상자를 열었다. 영롱한 빛깔의 금색 환이 모습을 드러내자 여기저기서 감탄사가 들렸다.

"……저것이!"

할아버지가 말했다.

"천명금혼단이다."

그때 백리명이 나섰다.

"할아버님, 연이는 가문에 온 지 얼마 되지 않아 천명금혼단이 뭔지 모를 겁니다. 제가 천명금혼단에 대해 알려 주겠습니다."

할아버지가 대답하기 전 내가 먼저 재빠르게 답했다.

"고마워요, 오라버니. 하지만 괜찮아요. 들어 봤어요. 먹으면 죽은 사람도 살아난다는 약, 맞지요?"

할아버지가 만족스러운 듯 수염을 쓰다듬으며 고개를 끄덕였다. 그런 할아버지를 본 백리명이 떨떠름한 기색을 숨기며 말했다.

"……잘 아는구나."

할아버지가 물러나라며 백리명에게 손짓하고 말했다.

"그래. 맞았다. 죽어 가던 사람도 이 환 하나면 살아 돌아온다는 명약이다. 이젠 제조법도 사라져 세상에 몇 개 남지도 않았지. 천금을 줘도 구할 수 없는 약이다."

작은 함이 닫히고 할아버지가 천천히 눈을 감았다.

"천운이 따랐지."

잠시 후, 다시 뜬 눈이 날 싸늘하게 내려다보았다.

"그런데 의강이 이 약을 달라 하더군. 널 치료하겠다며!"

그렇다. 아버지는 할아버지께 저 귀하디귀한 약을 달라고 부탁했다. 오로지 나를 치료하기 위해서.

이렇게 사람들이 지켜보는 앞에서 무릎 꿇고 모욕받으며…….

'바보 같아.'

내가 대체 뭐라고.

그런 내 생각을 읽어 내기라도 한 듯 할아버지가 호통쳤다.

"네게 그만한 가치가 있다 보느냐!"

작정하고 내뿜는 위협적인 기색은 마주할 생각조차 못 할 정도로 흉흉했다. 보통 아이라면 겁먹고 눈물을 터트릴 정도였다. 팔에 힘이 잔뜩 들어간 아버지가 당장 내 앞을 막아설 것만 같았다. 할아버지가 다그치듯 소리쳤다.

"네가 이 천명금혼단만 한 가치가 있냔 말이다!"

아버지의 팔을 꽉 잡아 누르며 할아버지와 눈을 마주 봤다.

"네."

"……."

주변에 다시 기가 찬 듯한 탄식이 터졌다. 백리명의 입가엔 조소가 맺혔다. 내 단호한 대답에 아버지 또한 약간 당황한 눈빛이었다.

두 번이나 죽고 얻은 교훈이 있었다.

'스스로 깎아내려 봤자 소용없어.'

본인이 자신을 깎아내리면 남들도 나를 낮춰 볼 뿐이었다.

'나를 깎아내리면 아버지를 깎아내리는 거나 다름없고.'

그러면 아버지는 나를 지키기 위해서 더 힘들어질 뿐이었다. 전에는 그걸 몰랐다. 나는 곧장 말을 이었다.

"하지만 지금 필요친 않아요."

"뭐라?"

"할아버지, 여기 계신 분들께 하나만 여쭤봐도 될까요?"

"……하거라."

허락을 받은 내가 그들을 훑어보며 물었다.

"천명금혼단으로 제 단전을 낫게 해 줄 수 있나요?"

"……."

"……."

아무도 대답하지 못했다. 그럴 수밖에.

"그러고 보니 들어 본 적 없군."

"하지만 천명금혼단이 아니오?"

"죽은 사람도 살리는데 단전 하나 못 살릴까."

"그거랑 이거랑은 다르지 않소."

아무도 들어 본 적 없는 일이니까.

의견이 분분했다. 이것 봐라 하는 표정의 할아버지와 가라앉은 낯빛의 아버지를 봐서는 두 분도 고민해 본 게 분명했다.

천명금혼단의 명성, 그 대단함은 거짓이 아니다.

'하지만 죽어 가던 자를 살리는 것과 부서진 단전을 회복시키는 건 다른 이야기지.'

단전이 없는 난 평생 무공을 익히지 못한다.

그렇다고 내가 지금 죽을병을 앓는 건가? 아니다.

조금만 더 깊게 생각해 보면 모두 의문을 가질 수 있었다. 하지만 천명금혼단의 명성이 사람을 현혹했다. 그리고…….

'참, 희망이란 게 뭔지.'

안 될 걸 알면서도 티끌만 한 확률이라도 있으면 포기하지 못하는 법 아닌가?

"약은 제각기 효능에 맞게 써야 한다고 알아요. 제겐 필요 없어요."

과거, 아버지는 결국 할아버지에게 천명금혼단을 얻어 냈다. 그리고 당연히 나한테 그 약을 먹였다. 하지만 아버지의 기대와는 다르게 단전은 회복되지 않았다.

'물론 약이 효능이 없었던 건 아니지.'

주화입마에 빠졌을 때 입은 내상은 모두 나았으니까. 병치레도 싹 사라졌다. 다만 가장 중요한, 부서진 단전이 그대로였을 뿐.

'무림인 시점으론 병약한 쓰레기가 건강한 쓰레기 된 것뿐이지.'

나라고 왜 탐이 안 나겠나? 치료가 가능했다면 저걸 가장 원하는 게 나였다. 하지만 불가능한 걸 뻔히 알면서 귀한 약을 먹어 미움받을 필요는 없었다. 심지어 저 약은 나중에 이 소설의 주인공이 꼭 필요로 하는 약이었다.

'이번엔 안 먹었으니 욕먹을 이유도 하나 줄겠지.'

난 아버지를 돌아보며 말했다.

"아버지, 저는 정말 괜찮아요. 이렇게 아버지와 함께 있을 수 있는 것만으로도 만족해요."

"⋯⋯."

아버지의 눈동자가 흔들렸다. 장로들과 부관들 또한 감동하여 고개를 주억거렸다. 나를 압박하던 기운도 어느 순간 씻은 듯이 사라졌다. 느리게 수염을 쓰다듬으며 할아버지 또한 잠시 생각에 잠겼다.

'후⋯⋯ 이제 끝인가?'

안도감에 순간 기침이 터지려는 걸 분위기 깨지 않기 위해 틀어막았다. 이내 고민을 마쳤는지 할아버지가 아버지를 향해 말했다.

"의강, 연이가 저리 말하는데 네 생각은 어떠냐?"

눈동자가 흔들리던 아버지가 눈을 꽉 감았다 떴다. 내가 붙잡은 손을 바라본 아버지가 나한테 미소 지었다. 마치 미안하다는 것 같았다.

'설마?'

순간 싸한 느낌이 들었다.

아버지가 담담하게 입을 열었다.

"저의 의견은 변함없습니다. 미약한 희망이라도 있다면 아비 된 자로서 어찌 포기할 수 있겠습니까?"

'아, 아버지!'

이 고집불통!

그야말로 자리에서 펄쩍 뛰고 싶었다. 뒤이어 날아올 할아버지의 호통에 나도 모르게 먼저 어깨를 움츠렸다.

하지만…… 조용했다.

난 조심스럽게 할아버지 눈치를 살폈다. 할아버진 지긋지긋하다는 표정이었다. 하지만 화가 나신 것 같진 않았다.

"벽창호 같으니라고."

혀를 차며 오히려 네가 그럼 그렇지 하는 느낌이었다.

"둘 다 일어나거라."

"……."

아버지는 일어나고 싶지 않은 것처럼 보였다. 이대로 천명금혼단을 내준다 말할 때까지 무릎 꿇고 있을 기색이었다. 하지만 나와 눈을 마주하곤 어쩔 수 없다는 듯 일어났다. 뒤이어 나를 천천히 일으켜 주었다.

그런데 오래 무릎을 꿇고 있어서였을까?

"어?"

일어나는데 갑자기 머리가 핑 하니 시야가 돌았다. 난 아버지의 옷자락을 반사적으로 꽉 붙잡았다.

"연아?"

아버지의 목소리가 막을 씌운 것처럼 멀게 들렸다. 괜찮다고 답하려 했으나 가쁜 숨만 나올 뿐 목소리가 나오지 않았다. 그리고 얼굴이 참을 수 없이 간지러웠다. 대충 얼굴을 문지르고 손을 내리던 난 경악했다.

'……피?'

바들바들 떨리는 손등이 선홍빛이었다. 피를 보자 현기증이 순식간에 심해졌다. 근처에서 누군가 벌떡 일어나는 느낌이 들었으나 이젠 고개를 들 힘조차 남아 있지 않았다. 흐린 시야에 융단 위로 방울방울 떨어지는 핏자국이 보였다.

'뭘 했다고?'

기막혀하던 난 그대로 풀썩 쓰러졌다.

"연아!"

"네 이름이 연, 외자로 연이 맞느냐?"

상앗빛 도포에 패검을 찬 사내. 장식이라곤 패검에 달린 옥장식뿐이지만 태에서 부귀함이 드러났다. 거리를 떠돌며 쓰레기를 주워 먹고 사는 처지에도 알았다. 저 사내는 이런 저잣거리에서 쉽게 볼 수 없는 자이며, 내게 하등 관심을 가질 이유가 없는 사람이란 걸.

"……누구세요?"

겁에 질린 난 뒤로 슬금슬금 물러나며 주변을 살폈다. 그런 내 앞에 사내가 몸을 숙여 앉았다. 사내는 입을 열다 말고 무언가를 꽉 억누르는 듯한 표정으로 내게 손을 뻗었다.

"……나를 따라오겠느냐?"

굳은살 가득한 커다란 손. 그 손을 잡은 난 처음엔 겁이 났고, 도중엔 꿈일까 두려웠고, 마지막엔 설렘을 감출 수 없었다.

화려하고 거대한 대문을 넘을 때 내 기분은 가히 최고였다. 이제 내게도 가족이, 집이 생긴다. 내게도 드디어 볕 들 날이 온다.

그렇게 설렘을 가득 안고 대문을 넘는 순간, 담배에 누렇게 찌든 벽지와 여러 색 빛이 일렁이는 낡은 소파가 나를 반겼다.

낡은 집과 어울리지 않는 커다란 TV. 버라이어티 프로그램에서 즐거운 웃음소리가 흘러나왔다.

쿵, 심장이 바닥으로 추락했다.

'내가, 내가 왜 여기 있지?'

짝! 그 순간 화끈한 느낌과 함께 고개가 휙 돌아갔다.

"네가 도망칠 수 있을 것 같아? 어딜 감히!"

멱살을 잡은 자가 나를 마구잡이로 흔들었다. 코를 찌르는 진한 술 냄새. 바닥을 나뒹구는 초록색 병들. 그 사이에 집어 던져진 내가 초록색 병들과 함께 나뒹굴었다.

"지금껏 키워 준 게 얼만데! 어?"

곧바로 여기가 어딘지, 누군지 깨달았다.

"아, 아버지. 왜, 왜, 내가 여기, 아니, 제가, 제가 다 잘못했어요."

겁에 질린 난 숨을 헐떡거리며 뒤로 물러났다. 그러다 바닥을 뒹굴던 병을 밟고 철퍼덕 넘어졌다.

"배은망덕한 년이 감히 어딜 애비를 버리려고……!"

맞는다!

나는 반사적으로 양손을 들어 최대한 웅크렸다. 피할 수 없는 검은 그림자가 날 덮치는 순간…….

"헉!"

나는 숨을 크게 들이쉬며 눈을 번쩍 떴다.

속이 메슥거리고 머리가 깨질 듯 지끈거렸다. 온몸이 식은땀으로 기분 나쁘게 축축했다.

'뭐야, 완전 개꿈.'

목이 잘려 죽은 이후론 이전 생을 한 번도 떠올린 적도 없었는데 왜 갑자기 그런 꿈을 꿨는지 알 수 없었다. 난 낯선 천장을 보며 기억을 더듬었다.

'그러니까 치료받고 아버지가 안 계셔서…… 중앙당에 가니까 할아버지가…… 아.'

중앙당에서 코피를 흘리던 게 마지막 기억이었다. 그대로 기절한 모양이었다.

'그럼 여긴 어디지?'

방금까지 누군가 날 돌보다 나갔는지 침상 근처의 대야에 물수건이 담겨 있었다. 하지만 방 자체는 처음 보는 곳이었다. 꿈속 선명하던 전생의 집과는 비교가 안 됐다.

'방 좋네.'

내가 머무는 처소도 좋긴 좋았다. 아무렴 백리 세가인데. 하지만 한 가지 확실한 건 백리 세가의 직계들이 머무는 처소 중 가장 수수할 거라는 거였다. 그리고 이 방은 처소 주인의 고아하며 수준 높은 취향이 듬뿍 담겨 있었다.

그때 문 뒤쪽에서 대화가 드문드문 들려왔다.

"언제쯤…… 다행…… 석 태의께서…… 럽니다."

"가주님…… 신…… 사공자…… 니……."

내용은 알아들을 수 없었다. 하지만 아버지와 할아버지 부관의 목소리였다. 나는 몸을 일으키려 했으나, 힘을 준 팔이 부들부들 떨렸다.

그때, 누군가 문발을 거칠게 걷으며 들어왔다.

"연아!"

아버지는 침상까지 단숨에 달려와 곧바로 내 등을 받쳤다.

"아버지, 여긴 어디……?"

"움직이지 마라! 몸은 어떠냐?"

"괜찮아요. 어…… 조금 머리가 지끈거릴 뿐이에요."

반사적으로 괜찮다고 했다가 믿지 않을 것 같아 머리가 아프다 덧붙였다. 그런데 돌아오는 답이 없었다.

"……."

긴 침묵에 아버지 눈치를 힐끔 본 순간.

"대체 무슨 생각으로 여기까지 왔느냐!"

아버지가 버럭 소리쳤다.

"아, 아버지?"

"내가, 내가 그렇게 조심하라고……!"

아버지가 이렇게 크게 목소리를 높이는 건 처음이었다. 놀란 난 덜컥 겁에 질렸다. 눈앞이 흐려지고 숨이 막히며 머릿속이 아득해졌다. 아무런 생각도 나질 않았다. 그저 반사적으로 말했다.

"자, 잘못, 잘못했어요."

그때였다.

"네가 무얼 잘못했지?"

또 다른 목소리가 끼어들었다. 무심코 돌아본 난 뻣뻣이 굳었다.

'할아버지!'

누군가 머리에 찬물이라도 뿌린 듯 정신이 번쩍 들었다. 형형한 눈빛이 날 파헤치듯 쏘아보고 있었다. 아버지가 할아버지의 시선을 가로막았다.

"아버지, 연이는 방금 일어났습니다."

아버지의 목소리는 언제 화를 냈냐는 듯 차분했다.

'그 인간과 아버지를 착각하다니 이게 무슨 실례야!'

멍청한 착각을 한 스스로를 자책하며 아버지를 흘끗 본 난 또다시 굳었다. 방금까지 화를 내던 아버지의 눈가가 붉었다.

'뭐, 뭐야, 설마 우신 거야? 아니, 언제, 왜?'

할아버지가 기가 찬다는 듯 말했다.

"하, 누가 보면 내가 괴롭힌 줄 알겠구나. 여기가 내 처소인 건 기억하느냐?"

멈칫한 아버지가 고개를 숙였다.

"소자가 못난 모습을 보였습니다."

"되었다."

할아버지가 한심하다는 표정을 숨기지 않고 말했다. 아버지의 귓가는 부끄러운 듯 살짝 붉어진 채였다. 헛기침한 아버지가 내 등을 받친 베개와 이불을 몇 번이나 매만졌다.

"……."

"……."

방 안에 어색한 침묵이 이어졌다. 나는 할아버지의 눈치를 보며 아버지께 조심스레 물었다.

"아버지, 여기가…… 어디예요?"

"여긴 수백당이다. 네가 쓰러져 이리 옮겼단다."

수백당이라고? 잘못 들은 게 아니었단 말인가?

나는 놀란 얼굴로 방을 둘러보았다. 수백당은 할아버지의 처소 이름이었다. 내가 쓰러진 중앙당과 가장 가까운 처소긴 했으나…….

'전엔 한 번도 못 들어와 봤는데.'

방 안이 고상해 보이던 이유가 있었다.

마저 방을 둘러보던 난 순간 할아버지와 눈이 마주쳤다. 호랑이 같은 눈빛에 나도 모르게 어깨를 움츠리자 할아버지가 흰 눈썹을 치켜들었다. 할아버지가 뭔가를 말할 듯 입을 열었다.

그 순간 문발 너머에서 목소리가 들렸다.

"사공자님, 탕약이 도착했습니다."

"어서 들여보내 주게."

무언가 말하려던 할아버지는 어느새 입을 딱 다물었다. 아버지의 말에 들어온 자는 할아버지의 부관이었다. 오십 줄 정도로 보이는 중년은 중앙당에서도 할아버지 근방에 서 있었다.

'이름이 장석량이었지.'

내가 일어나기 전까지 아버지와 대화를 나누던 사람이기도 했다. 아버지가 벌떡 일어나 사기그릇을 담은 쟁반을 받아 들었다.

"직접 이런 심부름을 하시다니요."

"요 앞에서 시비에게 건네받았을 뿐입니다. 가주님께 드릴 말씀도 있고요."

찰나 나와 눈이 마주친 장석량이 자애롭게 웃었다.

'……뭐야?'

전생의 난 백리 세가에서 십 년이 넘게 지내며 장석량과 말 한 번 한 적 없었다. 나와 마주친 장석량이 웃은 적도 당연히 없었다.

아버지가 쟁반을 들고 침상에 앉았다. 탕약 냄새가 확 풍겼다. 난 사기그릇 가득 담긴 검갈색 약을 보고 울상을 지었다. 아버지가 말했다.

"석 태의가 그리 쓰진 않을 거라 했단다."

"석 태의요?"

석 태의는 황실에서도 일한 적 있는 아주 유명한 의원이었다.

'저번 생에도 진찰받긴 했지만, 그땐 이보다 훨씬 늦었던 것 같은데…….'

의아한 내 시선을 어찌 해석했는지 아버지가 다정하게 말했다.

"석 태의는 할아버지가 널 위해 급하게 데려오신 의원이란다. 아주 실력이 좋단다."

"할아버님께서요?"

"그래. 네가 정신을 잃은 동안 진찰도 마쳤단다. 석 태의가 머무는 사흘간 너도 여기 수백당에서 지내면서 치료받으라 하셨단다."

난 눈을 동그랗게 뜨고 할아버지를 보았다.

할아버지가 석 태의를 불러 주셨다고? 심지어 석 태의가 있는 동안 수백당에서 머무르라니?

수백당은 할아버지의 처소였다. 지금껏 다른 친족이 머문 적은 없었다. 장남인 백리의묵부터 장손인 백리명조차도.

난 서둘러 고개 숙였다.

"감사합니다, 할아버지."

콧방귀를 뀐 할아버지가 혀를 차며 말했다.

"고마워할 것 없다. 아프면 아프다 해야지 미련하게 버티고 있으면 누가 알아준다더냐?"

"아버지."

말리는 아버지의 얼굴을 흘끗 본 할아버지가 옷자락을 펄럭이며 몸을 돌렸다.

"신경 쓰거라. 백리 세가에서 송장 치우는 꼴 안 보게."

할아버지가 장석량과 함께 방을 떠나고 나자 나도 모르게 안도의 숨을 내쉬었다. 탕약을 식히느라 수저로 느리게 휘저으며 아버지가 씁쓸하게 웃었다.

"말은 저리 하셔도 많이 살펴 주셨단다."

고개를 끄덕이던 난 아버지의 옷자락을 붙잡았다.

"아버지, 아버지. 그럼 아버지도 수백당에 머무시는 거예요?"

"그래. 다른 사람을 영 믿을 수가 없구나."

아버지만 자리에 안 계셨다면 마구 손뼉을 쳤을 것이다.

'좋아, 아주 좋아.'

일단 할아버지와 아버지 사이가 틀어지는 건 막았다. 할아버지가 아버지께 화가 났다면 수백당에 머물도록 허락할 리 없으니 말이다. 나는 방글방글 웃는 낯으로 아버지가 내미는 약을 받아 쭉 들이켰다.

"우읍."

"천천히 마시거라. 토하면 안 된다!"

약을 먹자 속이 더부룩해져 바로 누울 수가 없었다. 그런 내게 아버지가 푹신한 등받이를 받쳐 주었다.

"연아."

아버지가 가라앉은 목소리로 나를 불렀다. 내 작은 손을 잡고 내려다보던 아버지가 나와 눈을 맞췄다.

"왜 지금껏 숨겼느냐?"

"네?"

"네 몸종이, 하인들이 내가 없을 때마다 게을리 군 것 말이다."

중앙당에 계시던 할아버지가 들었다면 함께 있던 아버지도 당연히 들었을 터. 아버지는 무척 괴로운 눈빛이었다.

나는 서둘러서 달래듯 말했다.

"아버지 계실 땐 괜찮았어요."

"그래. 그들은 널 무시한 거다."

"……."

"오늘은 네가 사람들 앞에서 쓰러졌지만, 만약 네가 혼자 있다 쓰러졌다면 나는……."

말을 꺼낼수록 힘든지 아버지가 점차 인상을 찌푸렸다.

아버지는 성년이 된 이후 백리 세가에 보름 이상을 머문 적이 없었다. 그런 아버지가 내가 주화입마에 빠진 이후에는 내 곁을 비운 걸 속죄하듯 달포가량을 내내 내 곁에 계셨다. 그러다 하루, 그것도 반나절도 안 되는 시간 떨어져 있었을 뿐인데…… 이런 일이 벌어진 것이다. 말할수록 분이 치솟는 듯 아버지가 벌떡 일어났다.

"역시 안 되겠다. 내 당장 어머님께 말씀을 올려야겠다."

난 깜짝 놀라 옷자락을 붙잡았다.

"아버지, 아버지. 그러지 마세요."

아버지의 친어머니는 할아버지의 소실로 예전에 돌아가셨다. 아버지가 말한 어머님은 할아버지의 재취로 들어오신 손단후였다. 백리 세가의 안주인이자 큰 마님 혹은 대부인이라고 불리는 할머니는 슬하에 네 명의 자식을 두었는데, 그중 둘은 어릴 적 돌림병으로 사망, 지금은 큰아버지와 고모만이 남아 있었다. 그리고 여기서 중요한 것은 할머니는 아버지를 싫어한다는 점이었다.

그런데 할머니가 다스리는 집안일에 아버지가 불만을 표한다?

'절대 좋은 소리 못 듣지.'

감히 모친의 일에 끼어들었다며 불효자라고 혼나기나 할 것이었다.

아버진 옷자락을 부여잡은 내 손을 부드럽게 떼어 내며 말했다.

"이번 일은 어머님도 확실히 알아 두셔야 한다. 이 일이 밖에 소문이라도 나면 어머님 체면이 어찌 되겠느냐?"

'아! 그거 좋지. 소문났으면 더 바랄 게 없네.'

하지만 나와 달리 아버지는 진실로 할머니를 걱정하는 눈빛이었다.

할머니가 자신을 좋아하지 않는 걸 아버지가 모를까? 아니, 알면서도 그러는 것이다.

'그게 옳은 일이니까.'

나도 모르게 씁쓸한 웃음이 나왔다.

"소용없어요."

"연아?"

"아버지, 할머니가 하인들을 혼낸다고 해결될까요?"

"당연히······!"

난 단호히 고개를 저었다.

"할머니가 하인들을 벌하면 겉으로는 나아질 수 있죠."

"겉으로는, 이라니?"

"네. 겉으로는요. 그들이 과연 진심으로 자신이 잘못했다고 인정할까요?"

"그러도록…… 노력해야 하지 않겠느냐?"

아버지가 멈칫했으나, 그래도 포기할 수 없다는 듯 답했다. 난 곧장 질문했다.

"처소 안 하인을 처벌하면 끝인가요? 처소 밖은요?"

그들이 내가 하인들에게 무시당하는 걸 몰랐을까?

아버지와 내가 지내는 별채에서 본채 중앙당으로 가는 동안 마주친 자들이 한둘이 아니었다. 하지만 수군거리기만 할 뿐, 내가 힘들어하는 걸 보고도 누구도 돕거나 무슨 일이냐고 묻지 않았다.

'얽히기 싫은 거지.'

가주에게 천대받는 손녀딸 따위와.

그리고 아버지도 곧장 내 말의 숨은 뜻을 알아챘다. 아버지의 안색이 창백하게 질렸다.

"이 문제는 할아버지께서 절 받아 주시기 전엔 끝나지 않아요."

"……."

아버지의 얼굴이 일그러졌다. 한참을 침묵하던 아버지가 나지막하게 물었다.

"네 할아버지가 원망스러우냐?"

"아뇨."

"……거짓말하지 않아도 된다."

"정말 아니에요."

아버진 믿을 수 없다는 기색이었다. 난 손가락을 꼼지락거리며 말을 골랐다.

"어…… 전 정말 괜찮아요. 할아버지의 마음을 알겠거든요."

"안다니?"

"할아버지가 제게 화가 나신 건 아버지를 그만큼 사랑하시기 때문이에요."

아버지가 설명을 요구하듯 나를 바라봤다. 난 천천히 말을 이어 갔다.

"그러니까…… 할아버지가 제 존재에 화내지 않으시면 더 이상하지 않아요?"

"이상하다니, 무엇이?"

이걸 아이의 시점으로 어떻게 설명해야 하나? 아, 모르겠다.

"할아버지가 '밖에서 아이 낳아 오는 게 무슨 문제야? 손녀가 새로 생겨서 좋구나, 허허허' 하면 그게 더 이상하잖아요."

아버지가 기가 막힌 표정으로 날 보았다.

"넌…… 넌 여섯 살이다! 어찌 그런 말을……!"

역시 아이가 이렇게 말하는 건 너무 어른스러웠나?

난 아버지께 답삭 안겼다. 놀란 아버지가 말문이 막힌 틈을 타서 말했다.

"할아버지는 아버지의 아버지니까."

"뭐?"

"저는 아버지가 생겨서 행복한데, 나 때문에 아버지가 아버지를 잃어버리면 슬프잖아요."

어디 이건 좀 어린애 같았으려나?

아버지는 아무 말 없이 나를 도닥였다. 얼굴을 볼 수 없으니 내 말이 먹혀들었는지, 무슨 생각을 하고 계시는지 알 수 없었다.

소설에서 할아버지가 아버지를 어찌 생각했는지 나오진 않았다. 아버지와 나처럼 할아버지와 아버지도 사이가 갈수록 나빠지기만 했다.

하지만 난 똑똑히 기억했다. 아버지의 장례식장에서 핏발 선 눈을 한 할아버지를.

그거면 충분했다. 내가 할아버지를 좋게 생각할 이유로는.

방을 나온 장석량과 백리패혁은 바로 떠나지 않았다. 기척을 최대한 죽인 그들은 옆방에 잠시 자리를 잡았다. 그리고 모두 들었다.

"이 문제는 할아버지께서 절 받아 주시기 전엔 끝나지 않아요."

장석량은 저도 모르게 탄식했다. 물론 감탄의 의미였다.

"'그럴 수도 있지. 밖에서 아이 낳아 오는 게 무슨 문제야? 손녀가 새로 생겨서 좋구나, 허허허' 하면 그게 더 이상하잖아요?"

연이어 이 말을 들었을 땐 숨어 있다는 사실도 잊은 채 파안대소할 뻔했다.

"크흡. 큭."

백리패혁의 매서운 시선에 곧바로 표정을 관리해야 했지만.

그리고 마지막 말.

"할아버지는 아버지의 아버지니까."

"뭐?"

"저는 아버지가 생겨서 행복한데. 나 때문에 아버지가 아버지를 잃어버리면 슬프잖아요."

장석량은 더는 웃을 수 없었다.

"……."

"……."

조용해진 가운데 흘끔 바라본 백리패혁은 속을 알 수 없는 표정이었다. 백리패혁이 가라앉은 목소리로 말했다.

"끝난 것 같으니 이만 가지."

"예."

백리패혁이 옷자락을 펄럭이며 방을 나가고, 장석량도 황급히 그 뒤를 따랐다.

대화를 엿듣자고 한 것은 장석량이었다. 그는 백리의강이 당장 안주인을 찾아갈까 우려했다. 엿듣는 걸 내켜 하지 않던 백리패혁을 붙잡은 것도 그 때문이었는데…… 너무나 의외의 대화를 듣고 말았다.

한참을 말없이 걷기만 하던 백리패혁이 갑자기 물었다.

"자네 생각엔 저 아이의 말이 맞는가?"

"솔직히 말씀드릴까요?"

백리패혁의 눈빛만 봐도 뜻을 읽은 장석량이 솔직히 답했다.

"예."

"……."

"솔직히 말씀드린 겁니다."

"고작 여섯 살 아이의 말이다."

"그러니 더 대단하지요. 아이가 상황 보는 눈이 기가 막힙니다. 생각도 깊고 아비를 위한 효심은 더더욱 깊고요."

"……."

"중앙당에서 또랑또랑한 눈으로 질문할 땐 저도 머리를 한 대 맞은 것 같았습니다."

장석량의 목소리는 갈수록 격양됐다. 백리패혁은 입매를 비틀었다.

"자네, 연이가 아주 마음에 들었나 보군?"

"하하, 제게도 연이만 한 손녀딸이 하나 있습니다. 그 아이는 걷다가 넘어지기만 해도 와앙- 울면서 유모에 어멈에 아비까지 나서야 겨우 울음을 그친단 말입니다."

백리패혁 또한 백리연과 또래인 다른 손녀딸을 떠올렸다. 비교하고 싶지 않았지만, 저도 모르게 고개를 내저었다.

일부러 풀어낸 위협적인 기색에 떨면서도 절대 눈을 피하지 않던 기개. 모두가 탐내는 천명금혼단을 필요 없다고 단호히 말하는 담대함.

인정하고 싶지 않았지만, 의강을 닮았다 느꼈다. 그리고 의강은 그가 가장 아끼는 아들이었다…….

마음의 저울이 기울어 갔다.

장석량이 말을 이었다.

"그 아비에 그 딸이라고, 정말 아쉽습니다. 의강이 열 살만 많았어도…….."

"쓸데없는 소리!"

백리패혁의 일갈에 장석량이 재빠르게 "실언했습니다." 하고 납작 엎드리듯 말했다. 백리패혁이 다소 누그러진 어조로 말했다.

"백리 세가는 아직 모래성이다. 가문 내에 쓸데없는 분란을 일으켜서는 안 돼!"

십 대 세가로 언급된다지만 이는 모두 천하 십일강인 백리패혁이 가주로 있는 동안 지켜질 명성이었다. 십 대 세가라는 말이 나오기 전부터 굳건히 자리를 지키던 남궁 세가, 제갈 세가 등과는 아직 비교할 수조차 없었다. 아니, 그들은 백리 세가와 나뉘어 따로 오 대 세가라고도 불리었다.

그런 백리 세가가 이 자리를 유지하기 위해선 적어도 다음 세대까진 흔들리지 않을 견고한 토대가 필요했다. 이 시점에 가문 내 다툼이라도 벌어진다면 십 대 세가란 이름은 한 세대만에 허명이 될 것이었다. 그렇게 둘 순 없었다.

장석량이 백리패혁의 눈치를 보며 읍했다.

"그러니 더 자비롭게 봐 주시지요. 사공자님 또한 지금껏 가주님의 뜻을 받들어 큰형을 공경하고 대부인을 모시지 않았습니까?"

어느새 그들이 목적한 곳에 도착했다. 문 앞에 선 장석량이 마저 말했다.

"또한 어린아이가 무슨 잘못이 있겠습니까?"

"……일단 들어가지."

백리패혁이 문발을 젖히고 방 안에 들어섰다. 한쪽 벽이 넓게 트인 고즈넉한 방엔 반백의 장년이 차 시중을 받고 있었다.

"석 태의."

"오셨군요."

"오래 기다리시게 했군요."

백리패혁이 석 태의의 맞은편에 자리 잡았다. 석 태의가 찻잔을 내려놓으며 말했다.

"괜찮습니다. 차 맛이 좋아 시간 가는 줄도 몰랐습니다."

"백차를 좋아하신다 하여 특별히 내오라 했습니다. 마음에 드시면 돌아가실 때 드리지요."

"그래 주신다면 감사하지요."

그 말을 끝으로 묵묵히 차를 마시는 석 태의를 본 장석량이 눈치껏 입을 열었다.

"……상태가 어떠합니까?"

장석량의 질문에 석 태의가 의아한 기색을 내비쳤다.

석 태의는 나이도 있고 황실에서도 서른 해 가까이 지냈다. 그는 백리연이 쓰러진 전후 상황만을 듣고도 그 아이가 이 집안에서 받는 취급을 파악했다.

백리 세가의 천대받는 손녀딸.

그런데 가주가 상태를 직접 물어보러 오다니? 적당히 체면을 차리기 위해 자신에게 진찰을 부탁한 게 아니었단 말인가?

석 태의가 넓은 정원에 시선을 두었다.

"주화입마에 빠졌다 깨어난 지 달포 정도 되었다 하셨지요?"

"예."

"아이가 처소에서 본채의 중앙당까지 홀로 걸어왔고요?"

"큼, 예. 그랬습니다."

"흠…… 아이의 참을성이 대단하군요."

"그 정돕니까?"

"어떻게 무릎을 꿇고 있었는지 모르겠습니다. 버티기도 힘들었을 텐데."

안 그래도 아픈 애를 차가운 바닥에 무릎 꿇려 놓고 괜찮길 바라냐? 란 뜻이었다. 양심에 찔린 장석량이 헛기침하며 말했다.

"큼. 안색이 창백하긴 했으나 너무 태연해서 괜찮은가 싶었지요."

말할수록 뭔가 구차해졌다. 장석량이 재빨리 주제를 돌렸다.

"그래서 치료는 가능합니까?"

석 태의가 한숨을 내쉬었다.

"주화입마에 빠졌다가 살아난 것만으로 천운입니다. 아직 어리니 천천히 시간을 들이면 평범하게는 살 수 있을 겁니다. 잔병치레는 어쩔 수 없지만요."

많은 걸 바라지 말라는 뜻이었다. 장석량 또한 이미 알고 있던 사실이었다. 하지만 새삼 안타까움이 밀려왔다.

그때 백리패혁이 입을 열었다.

"천명금혼단이 있네."

"천명금혼단이요?"

내내 차분한 낯이던 석 태의가 놀란 얼굴을 했다.

"그걸로 단전을 회복할 수 있는가?"

답은 바로 나왔다.

"모릅니다."

"……."

"그런 사례는 들어 본 바가 없습니다. 천명금혼단이 대단한 명약임은 맞습니다. 만약 먹는다면 지금 입은 내상은 확실히 낫겠지요. 아마 웬만한 사람보다 건강해질 겁니다."

잠시 말을 멈췄던 석 태의가 단호한 목소리로 말했다.

"하지만 이렇게 산산조각 난 단전이 소생하는 것은 다른 문제입니다."

"그럼 자네 생각엔 회복할 확률은 어느 정도인가?"

"일 할 미만."

"그 정도뿐이라고?"

"약으로 치료한 사례가 없었습니다. 제가 아는 한 내공 폐인을 치료한 사례는 하나밖에 없죠."

장석량이 탄식하듯 말했다.

"만신의!"

"예."

만신의는 의술이 신의 경지에 이르렀다는 의원이었다. 그는 맥을 짚지 않고 사람의 안색만 보고도 병을 진단할 수 있다고 하였는데, 심지어 시한부의 남은 날도 맞힐 지경이었다고 했다. 특히나 기혈과 내상에 아주 능통하였는데, 그가 내공 폐인을 낫게 해 준 일화는 아주 유명했다.

"하지만 만신의는……."

세상에서 모습을 감춘 지 십 년이 넘어갔다. 심지어 잠적하기 전 앞으로 무림인과는 절대 엮이지 않겠다고 천지신명에게 맹세하고 사라졌다.

장석량이 백리패혁을 보았다.

"……."

불가.

확고한 통보를 받는 순간 백리패혁은 진한 안타까움을 느꼈다. 그리고 자신이 그런 감정을 느꼈다는 사실에 놀랐다.

간단한 담소를 마치고 석 태의의 방을 나온 백리패혁이 장석량을 돌아보았다.

"고 총관을 부르지. 그리고…… 아이에게 줄 법한 물품 목록을 가져오라 이르게."

방긋 웃은 장석량이 맞잡은 손을 공손히 올렸다.

"좋은 생각이십니다."

투둑, 툭, 투두둑. 쏴아아.

빗소리에 잠이 깼다.

습기를 머금은 서늘한 바람에 고개를 돌리자 창이 조금 열려 있었다. 몸종은 어디 갔는지 보이지 않았다.

'창문은 좀 닫아 주지.'

수백당에서 석 태의의 진료를 받고 순조롭게 나아 가는가 싶던 몸이 비가 와선지 다시 무거워졌다.

"콜록, 콜록."

나는 기침을 하며 침상에서 일어나 낑낑거리며 창문을 닫았다. 비가 온 지 시간이 꽤 지났는지 창가의 탁자부터 바닥까지 죄다 젖어 있었다.

'닦아야 하는데…….'

머리 아파.

전체적으로 몸 상태가 영 별로였다. 지끈거리는 머리를 부여잡고 물이나 마시러 방 가운데의 원형 탁자로 향했다. 찻주전자를 든 순간 한숨이 나왔다.

'비었잖아.'

어젯밤에도 비어 있었다. 자는 사람 깨우기 거북해 그냥 참고 잤는데 오늘도 비어 있었다.

'수백당에 있을 때가 좋았지.'

거기선 찻주전자에 물이 떨어지는 일 따위는 없었다. 내가 기척만 내도 대기하던 여종이 들어와 날 보살폈다. 사람은 적응의 동물이라고, 처음엔 부담스러웠는데 어느새 수백당 시비들의 살뜰한 보살핌에 익숙해졌다.

난 하품을 하며 다시 침대에 누웠다.

다시 눈을 떴을 땐 닫은 창 너머로 쨍한 햇살이 들어오고 있었다. 탁자는 여전히 축축이 젖어 있었다. 몸은 조금 가벼워졌지만, 아직 머리가 아파 계속 누워 있을 때였다.

처소 창밖으로 말소리가 들려왔다.

"아야아야야, 아! 진짜 짜증 나! 걸을 때마다 아파 죽겠어."

"당금아! 목소리 낮춰!"

"내가 왜! 진짜 어처구니가 없어서. 지가 정말 백리 세가 사람인 줄 아나 봐. 대체 중앙당이 어딘 줄 알고 찾아가느냐고!"

내 몸종인 당금이 다른 여종과 얘기를 하며 내 방의 창 근처를 지나가고 있었다. 여종이 속삭이듯 말했다.

"가주님 귀에까지 들어갔는데 마님이 어쩌겠어? 춘돌은 곧장 스무 대 맞고 아직도 엎드려 있다더라. 그에 비하면 넌 낫지."

"뭐가 나아! 그래서 춘돌이는 쉬고 있는 거야?"

"그렇지. 스무 대를 맞았는데 어떻게 일하겠어? 일주일간은 운신도 못 할……."

조금씩 멀어지던 소리가 어느 순간 들리지 않을 정도가 되었다. 그리고 잠시 뒤 거칠게 문이 열렸다. 문발이 크게 펄럭이며 바람이 들이

쳤다.

"아기씨! 일어나셨군요."

당금이었다. 문을 저리 열면 자던 사람도 깨어날 수밖에 없을 터였다. 난 머리를 짚으며 일어났다.

"좀 전에 일어났어. 당금, 찻주전자에 물이 없던데 나 물⋯⋯."

"아기씨, 이것 봐요. 회초리를 맞아 종아리가 다 터졌어요!"

당금이 내 말을 자르며 호들갑스럽게 치맛자락을 걷어 올렸다. 불그죽죽 그어진 상처들이 아파 보였다.

"대체 중앙당엔 왜 가신 거예요? 아기씨 때문에 괜히 매 맞았잖아요!"

"⋯⋯."

당금이 게으름은 피워도 찻주전자를 채우는 것과 세숫대야를 가져오는 정도는 제때 했다. 거의 유일하게 그녀가 하던 일이었는데, 그나마 하던 일마저 팽개친 이유가 저것 때문이었나 보다. 난 머리를 짚던 손을 내리며 말했다.

"그게 왜 나 때문이야? 네가 게으름 피운 탓이지."

"뭐, 뭐라고요?"

당금은 자신의 귀를 의심했다. 그간 백리연은 자신이 무슨 말을 하든 어색하게 웃는 낯으로 고개만 주억거렸다. 어차피 직계라고 해 봤자 가주님 눈 밖에 난 짐덩어리. 길거리를 떠돌아다니던 부랑아 주제에 주인 노릇이라니 웃기지도 않았다. 심지어 친부인 백리의강은 평소 백리 세가에 잘 머물지도 않았다. 딸이 있다고 달라진 것도 없었다.

백리연이 의지할 사람이라곤 자신밖에 없었고, 당금은 그 사실을 아주 잘 이용했다. 아기씨를 위해서 하는 말이라고 하며 몇 번 큰소리로 나무라며 백리연을 기죽여 놓았다. 그 뒤로는 편한 날들이 이어졌다. 도련님, 백리의강에게만 들키지 않도록 조심하면 됐다.

그날도 평소처럼 늘어지게 낮잠을 자고 있었다. 그런데 마님의 시녀들이 우르르 몰려오더니 날벼락이 떨어진 게 아닌가!

당금은 기가 차 소리쳤다.

"아기씨! 어떻게 그런 말씀을 하실 수 있으세요? 아기씨가 이렇게 배려 없으신 걸 알면 사공자님이 얼마나 실망하시겠어요!"

"하아, 알겠어. 찻주전자만 채우고 가서 쉬어."

"찻주전자 정도는 이제 혼자 채우실 나이 아니에요? 뭐, 알겠어요."

입을 삐죽인 당금이 내가 말을 바꿀까 서둘러 찻주전자를 들고 나갔다.

'회초리를 맞고도 변함이 없네.'

언제까지 이렇게 지내야 하려나?

당금이 저런 태도를 보이는 이유를 알고 있다.

'운이 나빴다고 생각하는 거지.'

어쩌다 보니 재수 없게 할아버지 귀에 들어가 벌을 받았지만, 나 같은 천덕꾸러기를 진심으로 신경 쓸 리 없다고 여기는 거다.

'다른 하인들도 똑같을 테고.'

한동안 눈치는 보겠지만 곧 원래대로 돌아갈 것이다.

겨우겨우 세안을 마치고 옷을 갈아입고 있을 때였다. 여종 한 명이 소란을 피우며 방에 들어왔다.

"아기씨, 아기씨! 고 총관께서 오셨어요!"

"응?"

고 총관은 백리 세가 내에서 재정을 관리하는, 그러니까 나랑은 마주할 일이 없는 높은 자리에 있는 사람이었다. 백리 세가에서 오랫동안 봉사했으며 할아버지의 신임을 받는 최측근으로 큰아버지나 고모도 감히 오라 가라 할 수 없었다.

"고 총관님이 여길 왜 오셨지? 들은 거 없어?"

"저도 따로 들은 바는 없어요."

여종은 또 무슨 문제가 생겼나 걱정하는 기색이 역력했다.

할머니의 몸종이 몰려와 한바탕 치도곤을 놓은 지 며칠 지나지도 않았다. 그런데 또 높은 사람이 오자 지레 겁먹은 모양새였다. 이제와 다시 보니 아까 당금과 떠들며 지나가던 그 여종이었다.

'진짜 내가 목적인가?'

아버지를 뵈러 왔다면 굳이 나를 부를 리가 없었다.

"당금은?"

"저도 잘 모르겠습니다. 지, 지금 불러올게요."

"그래. 아니, 그냥 네가 도와줘."

나는 여종의 도움을 받으며 서둘러 채비했다. 옷도 갈아입지 않고 있었으니 빠르게 준비했음에도 내가 방을 나서는 데는 시간이 걸렸다.

하지만 날 마주한 고 총관은 얼마 기다리지 않았다는 듯 환한 낯이었다. 난 당혹스러움을 감추며 인사했다.

"안녕하세요."

"연 아기씨를 뵙습니다. 고 총관입니다. 이렇게 인사드리는 건 처음이군요."

난 아버지 처소를 힐끗 보았다. 소란에 하인들마저 우르르 나와 있는데, 아버지가 나오지 않으신 걸 보면 잠시 자리를 비운 모양이었다.

"아직 몸이 편찮으시다 들었습니다. 여봐라."

고 총관의 손짓에 옆의 하인이 어디선가 바람같이 의자를 가지고 나타났다. 하인이 날 들어 푹신한 의자에 앉히기까지 하자 난 더 영문을 알 수 없어졌다.

그리고 체격 좋은 두 하인이 커다란 나무 상자를 들고 나타났다. 내가 들어가 눕고도 남을 것 같은 크기의 거대한 상자는 심지어 세 개나 됐다.

'대관절 이게 무슨 상황이야?'

고 총관이 상자 하나를 보며 고갯짓했다.

"열어라."

난 살짝 긴장했다. 곧이어 상자가 열리고 나도 모르게 입을 벌렸다. 주변 하인들의 표정 또한 나와 다를 것이 없었다.

반지르르 고운 색의 능라 주단, 두꺼비 옥장식, 황금패 목걸이, 연꽃 상감의 다기 한 벌, 피처럼 붉은 홍옥 등……. 값을 따지기 어려운 물건들이 우르르 쏟아져 나왔다. 이건 무엇이고 저건 어디서 난 거고…… 고 총관의 설명은 끝없이 이어졌다.

"이게 다 뭔가요?"

"가주님께서 아기씨께 주신 겁니다."

"네?"

"가주님은 원래 유람 후에 가족분들에게 이렇게 선물을 주셨습니다."

가족 부분에 특히 힘을 준 것 같은데 내 착각인가?

난 기가 질린 채 늘어놓은 물건들을 훑다 문득 고개를 들었다. 수군거리는 하인들의 모습. 언제 왔는지 당금도 하인들 사이에서 눈을 휘둥그레 뜨고 있었다.

'아, 그렇군.'

이건 할아버지의 선포였다. 내가 여기로 쫓아낸 건 맞지만, 백리연은 너희들이 제대로 모셔야 할 직계라고.

'이렇게까지 해 주실 줄은 몰랐는데.'

적당히 하인들을 처벌하는 선에서 그칠 줄 알았다.

고 총관이 웃는 낯으로 윤기가 자르르 흐르는 흰 털가죽을 들어 보였다.

"이 흰 담비 털가죽은 특히 질이 좋으니 최대한 손대지 않고 목도리로 만드시는 걸 추천합니다."

"아…… 감사합니다."

그때였다. 처소 입구 쪽에서 수려한 미청년이 성큼성큼 걸어 들어왔다. 아버지셨다.

"고 총관, 오래간만입니다."

"오셨군요, 사공자님."

어느새 다가온 아버지가 의자에 앉아 있던 날 달랑 안아 들었다.

"앗!"

아버지가 내 이마에 손을 올려 열을 확인한 후 안도의 숨을 내쉬었다. 그러곤 곧장 고 총관을 돌아보았다.

"소자가 불효하여 죄송하다고, 그리고 은혜에 감사하다고 전해 주십시오. 하지만 마음만 받겠습니다. 이렇게 귀한 것들을 받기엔 연이의 나이가 너무 어립니다."

아버지?

나는 안겨 있지만 않았다면 펄쩍 뛸 뻔했다.

'이걸 거절하면 안 되지!'

이건 나름 할아버지가 내민 화해의 손길이기도 했다.

당황한 나와 달리 고 총관은 아버지가 거절할 걸 미리 짐작하고 있었는지 매끄럽게 답했다.

"하하, 걱정하지 마십시오. 다른 분들께도 모두 나눠 드리고 오는 길입니다. 리 아기씨까지 받으셨거늘 연 아기씨가 받지 못하실 이유가 무엇이겠습니까?"

백리리는 나보다 한 살 어린 사촌으로 큰아버지의 딸이었다. 고 총관이 말을 이어 갔다.

"그보다 공자님, 이쪽을 한번 보십시오. 귀한 약재입니다. 약방에서도 웃돈을 주고도 구하기 힘들 정도지요. 이건 오십 년 묵은 하수오, 이건 산삼⋯⋯."

멈칫한 아버지가 저도 모르게 약재를 향해 다가갔다. 내게 필요한 약재들이 많았기 때문이다. 백리 세가에 약재가 부족할 일은 없었으나 이런 상등품은 귀했다.

한참 갈등하던 아버지는 모두가 받았으니 만약 연 아기씨가 받지 않으면 백리 세가주께서 손주들을 차별한다는 얘기가 나올 거라는 말과 연이 아기씨의 건강이 최우선이지 않느냐는 말에 넘어가 결국 감사히 받기로 했다.

고 총관이 빙그레 웃으며 말했다.

"역시 그러실 줄 알았습니다."

"⋯⋯고 총관께서 저를 너무 잘 아시는군요."

"제가 사공자님을 갓난아이 시절부터 보았는데 당연하지요. 아 참, 이걸 잊어버릴 뻔했군요."

흐뭇하게 웃던 고 총관이 이번에는 직접 품에서 무언가를 꺼내 들었다. 조심스러운 몸짓이 아주 귀한 물건을 다루는 듯했다.

'왠지 상자가 익숙한데?'

……에이 설마, 상자 생긴 거야 다 거기서 거기지.

착각이겠지 싶어 그 감을 무시했다.

고 총관이 공손히 상자를 내밀며 말했다.

"가주님께서 보내신 천명금혼단입니다."

"……!"

"아기씨 마음대로 하시랍니다."

고 총관이 돌아간 후, 약재를 하나하나 살피는 아버지의 낯빛이 매우 밝았다. 이와 달리 내 가슴은 무거웠다.

'천명금혼단을 주시다니.'

어차피 먹어 봤자 소용도 없는데. 이걸 좋아해야 하는지 말아야 하는지 알 수가 없었다.

'나를 시험하시는 건가?'

거기다가 아버지는 또 별말씀이 없었다. 당장 먹으라고 채근하실 것 같았는데 의외였다. 그래도 기분 좋으신 모습을 보니 나 또한 기분이 좋아졌다.

'저리 좋으실까?'

티를 내지 않으려 하셨지만, 아버진 나를 마주할 때마다 근심 걱정이 가득했다. 나만 보면 얼굴을 잔뜩 찌푸리고 심각한 얼굴을 해 대니, 과거의 난 아버지가 날 무척 싫어한다고 느꼈다.

거기다 집안엔 온통 내가 아버지의 명성을 더럽혔고 발목을 잡았다는 얘기뿐이었다. 어쩔 수 없이 데려다 놨지만, 마음에 들지 않으니 애만 두고 집에 돌아오지도 않는 거라고.

처음엔 나를 데려온 것을 그저 감사하게만 여겼다. 하지만 시간이 지날수록 점차 나를 이곳에 데려다 놓고 얼굴 몇 번 비치지 않는 아버지를 원망하게 되었고……

그때 상념을 깨는 소란이 들렸다.

"그거 나 줘 보라니까."

"안 돼. 지금 정리하고 있는 거야. 왜 이래? 아, 안 된다니까!"

당금이었다.

당금이 물품을 정리하던 여종에게서 뭔가를 거의 강탈하듯 빼앗아 갔다. 여종이 어쩔 줄 몰라 아버지의 눈치를 살폈다. 당금이 그런 여종을 향해 윽박지르듯이 말했다.

"뭐야? 왜? 참 나, 그냥 구경도 못 하니? 괜찮죠, 아기씨?"

나는 아버지를 힐끗 보았다. 아버지는 약재 정리에 정신이 팔려 상황을 알지 못하고 있었다.

'기분 좋아 보이시네.'

그 모습에 괜히 소란을 일으키고 싶지 않아 대충 고개를 끄덕였다.

"마음대로 해."

주변에 사람이 많으니 여기서 별일은 없겠지.

당금이 여종을 향해 그것 보라는 듯 코웃음을 치며 강탈한 물건을 살폈다.

내게 아버지가 날 싫어한다고 가장 많이 속살거렸던 자가 당금이었다. 아버지와의 사이가 틀어지는 데 가장 큰 일조를 한 사람이랄까.

당금은 심지어 손버릇도 나빴다. 지금은 내가 가지고 있는 귀중품이 없어 괜찮았다. 하지만 커 가면서 아버지가 이것저것 선물을 챙겨 주셨다. 백리 세가 공자인 아버지가 특별히 챙겨 준 물건들이었다. 당연히 값어치가 상당했다. 구하기 힘든 귀물들도 종종 있었다.

그런데 당금은 별로 좋은 물건이 아니라고, 아버지께서 나를 얼마나 무시하면 내게 이런 것들만 보내느냐며 거짓말을 해 댔다. 그러면서 뒤로는 귀중품들을 빼돌렸다.

그러나 꼬리가 길면 잡힌다고 결국 아버지께 걸렸다. 훔친 패물을 자랑하다가 들킨 것이다. 아버지께 들킨 그 자리에서 당금은 내가 자신에게 가지라고 준 것이라 변명했다. 그러곤 나한테 와 살려 달라고 엉엉 울고 빌고 난리를 쳤다.

"죽을 거라고요!"

"서, 설마…… 아버지께서 패물 하나 훔쳤다고 죽이시기까지야 하겠어. 네가 별로 귀한 물건도 아니라고 했잖아."

"지금 그게 중요해요?"

"아, 아니……. 귀한 게 아니니까 별로 화내시지 않을 거라고……."

"여기는 무가잖아요! 아기씨가 잘 몰라서 그러는데 이런 곳은 처벌이 더 잔혹하다고요."

"……."

지금은 헛소리라는 걸 안다. 하지만 당시엔 나보다 오래 백리 세가에 살았던 당금의 말을 철석같이 믿었다.

"살려 주세요. 아기씨. 살려 주세요. 제가 잘못했어요."

"……내가 어떻게 하면 되는데?"

반짝 눈을 빛낸 당금이 언제 울었냐는 듯 꿍꿍이속을 줄줄 말했
다. 그리고 나는 사실관계를 물으러 온 아버지께 말했다.

"제가 당금에게 선물로 준 거 맞아요, 아버지."

"알아보니 네 몸종이 판 네 물건이 한두 개가 아닌 것 같은데 그걸 다 네
가 준 거라고?"

"아……."

한두 개가 아니라니? 그건 또 처음 듣는 소리였다.

당황한 내가 당금을 바라보자 당금이 제대로 말하라는 듯 눈을 부
라렸다.

"……네. 제가 준 게 맞아요."

"……알았다."

그때 실망하시던 눈빛이 아직도 선명했다.

"앞으로 선물이 마음에 들지 않거든 차라리…… 아니다. 네게 준 것이니
네 것이지."

아버지와의 사이가 더욱 소원해진 원인 중 하나였다.

그러고 나서 당금은 내가 아버지의 선물들이 마음에 안 들어 버렸다고 소문을 내고 다녔다. 다시 떠올리니 열이 확 치솟았다.

'아니, 아니야. 그래도 아직 일어난 일이 아니니까.'

훔치지 않았는데 미래의 도둑이라고 쫓아낼 순 없는 거니까. 이제 훔치게 두지도 않을 거였다.

"잠깐, 그 옥패 줘 봐. 우와, 이 옥패 진짜 좋아 보인다."

빛깔이 월백색으로 윤택하고 균일한 것이 최상품 양지옥으로 보였다. 제멋대로 가져간 옥패를 한참 만지던 당금이 갑자기 나를 돌아보았다. 반질거리는 눈동자에 탐욕이 가득했다.

"아기씨, 이 옥패 저 주세요."

"……."

나는 말을 잃었다.

물건을 정리하던 여종도 당금을 미친 사람 보듯 바라봤다. 하지만 당금은 자신이 뭘 잘못했냐는 듯 매우 뻔뻔하게 날 보았다.

"이렇게 많은데 하나는 저 주실 수 있잖아요? 아기씨 때문에 이렇게 매도 맞았는데!"

당금에게 할아버지의 선포 정도는 전혀 소용없었던 모양이었다.

'하긴 매 맞은 것도 내 탓이라 생각하는데. 당연한가?'

과거 백리 세가에 홀로 남은 난 외로웠다. 어리숙하게 당금을 믿고 아버지를 멀리했다.

'등쳐 먹기 딱 좋은 호구란 거지.'

난 어쩔 수 없다는 듯 말했다.

"잠깐 기다려 봐."

당금이 희희낙락하며 옥패를 소맷자락으로 닦았다. 분명 기다리라 했음에도 이미 자기 것이라도 된 것처럼 좋아하는 모습이었다. 다른 하인들 또한 내가 선선히 내줄 것 같으니 자신들도 어떻게 하나 얻고 싶은지 눈을 빛내고 있었다. 나는 그들의 뻔히 보이는 속내들을 뒤로 하고 기다렸다.

잠시 후, 마당 한쪽에서 약재함과 장부를 한참 살피던 아버지가 무척 기쁜 기색으로 다가왔다.

"연아, 연아! 아버님이 보내신 약재가 확실히 더 좋구나. 저 약재들로 네 약을 지어야겠다. 괜찮겠지?"

"물론이죠. 제게 말하지 않고 쓰셔도 돼요."

"네가 받은 것이지 않으냐."

"아버지랑 저 사이에 그런 게 어딨어요? 그런데 아버지."

아버지가 무슨 일이냐는 듯 나를 보았다. 난 당금을 바라보며 말했다.

"당금이 저 옥패를 달라고 그러는데 줘도 될까요?"

"뭐?"

순간 아버지가 이해가 가지 않는다는 얼굴로 되물었다. 옥패를 다른 하녀들에게 자랑하던 당금이 화들짝 놀라 나를 돌아봤다.

"당금이 저 때문에 매를 맞았으니 옥패를 가지고 싶대요. 하지만 이 선물은 모두 할아버님이 주신 거잖아요? 제가 멋대로 정하면 안 될 것 같아서요."

"그게 대체 무슨 말이냐? 너 때문에 매를 맞다니?"

아버지가 제 귀를 의심하는 얼굴로 당금을 보았다. 당금의 안색이 하얗게 질렸다. 당금 곁에서 알랑거리던 하인들도 숨 막힌 얼굴로 서둘러 떨어졌다.

"무, 무슨 소리예요, 아기씨! 제가 언제 그랬어요?"

난 오히려 당황스럽다는 듯 당금을 보았다.

"응? 네가 그랬잖아. 이렇게 많으니 하나 줄 수 있지 않겠냐고. 나 때문에 매 맞았다고…… 아침부터 상처 때문에 너무 아파서 쉬어야겠다고……."

"아기씨!"

당금이 버럭 소리친 순간 아버지의 표정이 싸늘해졌다. 아버지가 조용히 내 앞을 가로막았다. 더는 당금의 모습이 보이지 않았다. 그리고 아버지가 서리가 내릴 듯 차가운 목소리로 말했다.

"목소리 낮추지 못할까. 연이는 네가 모셔야 할 사람이거늘, 어찌 함부로 목청을 높이는 거지?"

"고, 공자님, 그, 그것이……."

"게다가 어머님의 처벌에 불만을 가지는 것도 모자라, 주인의 물건을 이리 뻔뻔스럽게 탐내다니. 기가 막히는군. 네가 연이 몸종이 맞느냐? 누가 보면 주인인 줄 알겠구나!"

아버지의 일갈에 당금이 깜짝 놀라 고개 숙였다. 당금이 제멋대로 구는 걸 마치 남 일 구경하듯 방관하던 하인들도 자신들에게 불똥이 튈까 재빠르게 공손한 자세를 취했다. 그 모습에 아버지는 재차 화가 치솟은 듯했다.

"그냥 넘어갈 수 없을 만치 방자하구나. 넌 오늘 해가 질 때까지 그 자리에서 무릎 꿇고 반성하도록 해라! 그리고 너, 넌 저 아이가 제대로 벌을 수행하는지 지켜보거라!"

불같이 호령한 아버지가 무려 '한 손'으로 날 안아 들고 몸을 홱 돌렸다. 아버지 어깨 너머로 보이는 마당엔 싸늘한 침묵이 내려앉아 있었다.

처소로 들어온 아버진 화가 쉽게 가라앉지 않는 것처럼 보였다. 방을 산만하게 왔다 갔다 하다가 자리에 앉아 서책도 펼쳤으나 몇 장 넘기지 못하고 내려놓았다.

"평소에도 저런 태도였느냐? 아니, 되었다."

아버지가 내 어깨를 짚고 말했다.

"연아, 이 일은 네가 죄책감을 가질 필요가 없다. 저 아이가 벌을 받은 건, 자신이 맡은 일에 소홀하여 그런 거니. 알았지?"

죄책감이라니?

내가 절대 가질 일 없는 감정이지만 난 그저 열심히 고개를 끄덕였다.

"앞으로는 이런 일 없도록……."

말을 이어 가던 아버지가 갑자기 입을 꽉 다물고 나를 가만히 바라보았다. 속이 매우 답답해 보이는 눈빛이었다.

그때 누군가 기척을 내며 조심스럽게 들어왔다.

"저어…… 도련님."

아버지의 몸종인 언두였다. 예전부터 아버지를 모시던 자로 늘 아버지 곁을 따라다녔다. 이번에 처소 하인들이 모두 벌을 받을 때도 언두는 아버지를 따라 중앙당에 있었기에 연루되지 않았다.

"가주님께서 주신 사례품 목록을 다 정리하였습니다. 어디다 가져다 놓을까요?"

"약재는 내 처소에, 나머진 연이 처소…… 아니, 잠시 기다려라."

"예."

언두는 약간 당황한 듯했으나 반문 없이 물러갔다. 나 또한 무슨 일인지 의아해서 아버지를 보았다.

"연아."

아버지가 한쪽 무릎을 꿇고 앉아 나와 시선을 맞췄다.

"내 아무리 생각해도 마음이 놓이지 않는구나."

무척 진지한 분위기에 나도 무슨 말을 할지 긴장하며 아버지를 보았다. 한동안 날 바라보던 아버지가 결연한 얼굴로 말했다.

"앞으로 내 처소에서 같이 지내지 않겠느냐?"

"……네?"

"물론 네가 괜찮다면 말이다. 강요는 아니다. 내 처소는 넓으니 네가 지낼 방 정도야 바로 마련할 수 있다. 그, 보통 아이는 열 살 정도가 돼서야 부모와 다른 처소로 독립한단다. 너와 내 처소가 안뜰을 사이에 둔 정도로 가깝긴 하지만 그래도 다른 건물이지 않으냐? 원래 네 나이라면 양친과 같이 지내는 것이 맞는다. 하지만 내가 널 데려왔을 당시 날 어색해할 것 같아 부러 다른 처소를 내어 달라 부탁한 것이지."

난 눈을 동그랗게 뜨고 아버지를 보았다.

뭐, 랩 하시나?

아버지가 이렇게 멈추지 않고 말씀하시는 건 처음이었다.

심지어 아버지의 말은 끝나지 않았다.

"그런데 아무리 생각해도 같은 처소에 있는 편이 좋을 것 같구나. 가까울수록 내가 널 살피기에도 좋고 너 또한 몸이 안 좋으니……"

멍청하게 입을 벌리고 듣던 난 이러다 끝이 없을 것 같아 서둘러 아버지의 말을 잘랐다.

"좋아요!"

"······좋다고?"

"네! 좋아요."

그게 뭐가 불편하다고 저렇게 긴장해 물어보는지. 왠지 웃음이 터졌다. 눈을 깜빡이던 아버지 얼굴에 점차 화색이 돌더니 아버지가 날 끌어안았다.

그 따뜻한 품에서 난 마음껏 웃었다.

짙은 자색의 비단옷을 입은 나이 지긋한 노부인이 편하게 기대어 앉아 있었다. 그 앞에는 고운 다홍빛 치마를 입은 귀여운 여자아이가 간식을 먹으며 어린 시동과 놀고 있었다.

"너무 많이 먹지 마라. 저녁에 입맛 없을라."

절로 마음이 평온해지는 광경이었다. 얼마 지나지 않아 문밖에서 방문을 알리는 목소리가 파고들었다.

"마님, 의란 아가씨가 오셨습니다."

"리리야, 유모랑 잠시 나가 있거라."

노부인의 말에 내내 곁에서 아이를 지켜보던 어멈이 아이와 시동을 데리고 방을 나섰다. 그들이 방을 나서기가 무섭게 백리의란이 날듯이 들어왔다.

"어머니! 들으셨어요? 아버님이 백리연 그 애한테 선물을 내리셨다는 거!"

"들었다."

"대체 아버님은 갑자기 무슨 변덕이신 거죠? 왜 갑자기 그 애를 챙겨 주냔 말이에요!"

"목소리 좀 낮추거라."

"온갖 귀한 것들도 다 보냈다는데! 제가 노리던 흰 담비털도 그 애한테 줬대요! 하, 분명 제가 가지고 싶다고 고 총관한테 넌지시 얘기까지 했는데!"

노부인은 평온한 얼굴로 찻잔을 들었다.

"다 너 때문이지 않으냐. 네가 중앙당 앞에서 그런 모습만 보이지 않았으면 그 아이가 눈에 띌 일이 있었겠느냐?"

"하지만 어머니……!"

손을 들어 딸의 말을 막은 부인이 말했다.

"의강이 돌아왔으니 너도 앞으로 쓸데없는 짓 하지 말고 얌전히 있거라."

입을 비죽인 백리의란이 물었다.

"의강 걔는 언제까지 있겠대요? 설마…… 계속 머무는 건 아니겠죠?"

"수하들이 따라오지 않은 걸 보면 다시 돌아가겠지."

"후우, 다행이네요. 집안 시끄럽게 하지 말고 빨리 갔으면 좋겠는데. 아 참, 맞아! 의강이 오늘 백리연 몸종을 본보기로 무릎 꿇려 놨다는데 대체 무슨 생각이래요?"

백리의강은 평소 하인들에게 너그러운 것으로 유명했다. 그런 그가 직접 내린 벌. 심지어 가주의 변덕으로 아직 주시하는 시선들이 많을 때 벌어진 일이었다. 백리의강의 행동이 백리 세가에 퍼지는 데는 한 시진(2시간)도 걸리지 않았다.

"어머니가 벌한 지 며칠이나 됐다고 또 벌을 내려요? 기가 막혀서. 완전히 어머니 체면에 먹칠하는 거잖아요!"

안주인이 직접 행한 교육이 얼마나 모자랐으면 백리의강이 몸종에게 또 화를 내느냐고 수군거리는 소리가 벌써 들리기 시작했다.

"어머니, 이대로 두실 거예요?"

"의강이 아무 말도 하지 않았는데 이 어미보고 먼저 나서라는 게냐?"

노부인이 백리의란을 탐탁지 않다는 듯 흘겨보았다.

"더군다나 때린 것도 쫓아낸 것도 아니다. 고작 버릇없는 몸종을 무릎 꿇렸을 뿐이지. 내가 나서면 오히려 웃음거리가 될 것이야."

직접 나서기엔 너무 하찮은 일. 차라리 저런 몸종은 딸 곁에 둘 수 없다고 쫓아냈으면 몸종 교육도 제대로 못 한다며 다그친 뒤 멍청하고 욕심만 많은 몸종을 새로 보내면 됐다.

하지만 의강은 그 몸종을 그대로 두고 딸만 자기 처소로 데려가 버렸다. 핑계는 완벽했다. 아직 백리연의 몸이 좋지 않으니 곁에서 직접 보살펴야겠다며.

아픈 딸을 본인이 직접 보살피겠다는데 손쓸 구석이 없었다. 심지어 여섯 살밖에 안 된 아이였다. 나이가 조금만 더 많았다면 자립심을 핑계로 억지로 처소를 독립시켰을 텐데, 그도 불가능했다.

"그럼 그냥 둬요? 그 망할 계집애 때문에 중앙당에서 혼나고, 어머니 체면도 말이 아니고. 아버지는 요새 절 본체만체한다고요!"

"그러게 내 다른 사람들 앞에선 조심하라고 하지 않았느냐. 아이도 둘이나 낳았으면서 왜 아직도 그리 가볍게 굴어?"

타박에 입술을 질끈 깨문 백리의란이 노부인에게 바짝 붙었다.

"그래도 어머니, 이대로 가만히 있을 순 없잖아요? 어떻게 좀 해 주세요."

"……."

탁자를 내려다보며 생각에 잠겼던 노부인이 이내 입을 뗐다.

"표와 악이를 데려오자꾸나."

"애들을요?"

"그래."

"하지만 시가에 보낸 지 얼마 안 됐는데……."

"어쩔 수 없지. 그래도 아이들 앞에선 어미인 네 체면을 지켜 주실 거다."

"아버지가 정말 그래 주실까요?"

노부인은 찻잔을 들며 담담하게 미소 지었다.

"그리고 그 아이들이 있으면 무공도 배울 수 없는 폐인 따위 곧 잊어버리실 게다."

난 아버지 품에 안겨 화사하게 핀 정원의 꽃들을 구경했다. 쾌청한 하늘 아래 선선한 바람이 이마를 쓸며 지나갔다. 난 아버지 목을 느슨히 붙잡은 채 발만 까딱거렸다.

'그러고 보니 마지막으로 내 발로 걸어 본 게 언제지?'

중앙당에서 쓰러진 이후로 아버지는 내 발이 땅에 닿지도 못하게 할 정도로 극성이었다.

'그 정도는 아닌데 말이야.'

연못가에 아버지와 내 그림자가 보인 순간부터 붕어들이 몰려들어왔다. 난 소매에서 종이 포장을 꺼내 꼬물꼬물 풀었다.

"많이 먹어!"

붕어 먹이를 고루고루 먹을 수 있도록 팍팍 뿌려 줬다. 최근 아주 게으른 삶을 사는 내가 유일하게 하는 일이었다. 아버지는 그런 나를 흐뭇…… 하진 않고 매우 심각한 표정으로 바라보고 계셨다. 즉, 평소와 똑같았다는 것이다.

나는 심각한 표정의 아버지에게서 시선을 거두고 아름다운 정원으로 눈을 돌렸다. 연못과 어우러진 이 정원은 백리 세가 정원 중에서도 손꼽게 아름다운 곳이었다. 하지만 나는 전생에는 이 근처엔 발도 딛지 않았다. 이 정원이 고모의 처소와 매우 가까웠기 때문이다. 하지만…….

'아버지 백 최고.'

난 아버지 목을 꽉 끌어안았다.

"왜 그러니? 추워?"

"아뇨! 그냥 좋아서요."

아버지의 표정이 누군가 본다면 화났다고 해도 될 만큼 굳어졌다. 하지만 그간의 경험으로 그건 아버지가 부끄러움을 감추기 위해 하는 표정인 걸 알았다.

그때였다.

"뭘 벌써 나가떨어져? 백리 세가가 이 정도밖에 안 돼?"

"다음! 아무나 나와! 뭐야, 왜 아무도 안 나와? 없어?"

소년들의 떠들썩한 목소리가 기와 담을 넘어왔다. 나는 그 순간 깜짝 놀라 소리가 들린 방향을 바라봤다. 이 시점에선 아직 들려선 안 될 목소리였기 때문이다.

'뭐야? 왜…… 왜 쟤네가 벌써 왔지?'

나도 모르게 입술을 꽉 깨물었다. 날 수도 없이 괴롭히던 쌍둥이 사촌이 기억보다 이르게 돌아왔다.

"너! 너! 그래! 둘, 나와 봐!"

백리표와 소우악. 백리의란의 쌍둥이 아들이자 내 사촌 오라비들.

둘의 성이 다른 이유는 혼인할 때부터 가문끼리 한 약속 때문이었다. 아이가 태어난다면 한 명은 남편의 성을 따르고 한 명은 아내의 성을 따라 백리가의 자식으로 키우기로 했다.

그런 약속 때문일까, 백리의란은 쌍둥이를 낳았다. 그리고 사이좋게 나눠 입적했다. 구별이 안 될 정도로 똑같은 목소리지만 억양이 약간 다른 소우악이 백리표에게 외쳤다.

"봐주지 마!"

"당연하지!"

성은 다르지만 쌍둥이답게 아주 사이가 좋았다.

아버지가 수련장 방향으로 몸을 틀자 수련장 내부가 일부 보였다. 원래 내 키라면 엿보는 건 어림도 없었겠지만, 아버지께 안겨 있어 가능했다.

"백리 세가 수련장이란다."

내가 시선을 떼지 못하자 궁금해한다고 여겼는지 아버지가 설명했다.

곧이어 목검을 든 백리표가 백리 세가 제자복을 입은 소년과 대련을 시작했다. 백리 세가의 제자는 키도 덩치도 백리표에 비하면 훨씬 커 몇 살은 더 많아 보였다. 하지만 제자는 백리표에게 일방적으로 밀리다가 결국 검을 놓쳤다.

"져, 졌습니다!"

패배를 말하기 무섭게 몇 명의 제자들이 우르르 백리표를 추켜올렸다. 소우악이 어깨를 으쓱이며 말했다.

"다들 왜 이렇게 시시해? 널 당해 낼 놈이 없네."

"그러니까. 아, 재미없게. 다들 좀 잘해 봐! 다음 도전할 사람!"

아버지가 한숨을 내쉬는 게 느껴졌다.

"왜 그러세요?"

"아니, 아니다."

물어보면서도 알았다. 그럴 수밖에.

'내 눈에도 보이는걸.'

저 백리 세가 제자는 일부러 졌다. 다음 대련도, 그다음 대련도 마찬가지였다. 상대가 소우악으로 바뀌어도 같았다. 백리 세가 제자들은 쌍둥이들에게 일방적으로 두들겨 맞다가 졌다고 외치길 반복했다.

"아버지, 오라버니들 실력은 어떤가요?"

저딴 대련 같지도 않은 대련으론 실력을 영 알 수 없었다.

"기술은 좋지만, 아직 기본이 부족해. 중심이 흔들려. 저런 대련으론 얻을 수 있는 게 없을 텐데…… 음?"

아버지가 날카롭게 평하다 의아하다는 듯이 날 돌아보았다.

"저 아이들이 네 사촌 오라비인 건 어찌 알았느냐? 넌 아직 표와 악이를 한 번도 만난 적 없지 않으냐?"

헉.

그러고 보니 아직 쌍둥이들을 한 번도 본 적 없었다. 지금 들을 목소리가 아니라고 생각해 놀라 놓곤 아는 척하면 안 되는 건 깜빡하다니!

"어…… 그게, 백리 세가 제자들을 향해 대련을 요청할 수 있는 제 또래가 또 누가 있겠어요? 더군다나 똑같이 닮은 사람이 둘이니 쌍둥이인 백리표와 소우악 오라버니인 걸 알았지요. 헤헤."

"눈썰미가 좋구나. 맞았다."

재빠른 내 변명에 아버지가 선선히 고개를 끄덕였다.

"네 쌍둥이 사촌 오라비다. 며칠 전에 누님이 소가장에서 데려오셨단다."

"원래 소가장에서 데려오기로 되어 있었나요?"

"모르겠구나."

아버지도 왜 일찍 돌아왔는지 모르시는 모양이었다. 수련장을 바라보던 난 시선을 돌렸다.

'으, 안 마주치도록 조심해야지.'

둘 다 한 성격 하는 애들이었다. 그러니까 불량한 쪽으로 말이다.

난 이마를 긁적였다. 오른쪽 위 이마는 예전에 쌍둥이들 때문에 흉터가 생겼던 곳이었다. 지금은 울퉁불퉁한 흉터 대신 매끄러운 피부가 만져졌다.

금세 시선을 거둔 나와 달리 아버진 씁쓸한 얼굴로 쌍둥이들을 바라보다 날 꽉 끌어안았다. 난 아버지가 무슨 생각을 하는지 알았다. 그런 아버질 도닥였다.

'걱정하지 말아요, 아버지. 전 나을 테니까요.'

그날 이후, 난 다른 곳으로 산책을 가자고 했다. 아버지도 별말 없이 다른 정원으로 향했다. 어차피 이 널따란 백리 세가에 정원은 많았다. 왠지 내가 수련하는 아이들이 부러워서 피한 것이라는 착각을 하신 것 같지만……

그렇게 오늘도 어김없이 산책하러 다녀온 후였다.

아버지가 나를 향해 물었다.

"그건 무엇이냐?"

"그냥 심심해서요."

난 바느질 연습 중이던 천을 내밀어 보였다.

짧은 산책이 끝나고 처소로 돌아오면 심심했다. 나아졌다곤 해도 뛰어놀 수 있을 정도는 아니고-놀 친구도 없다-책을 읽자니 이 시점엔 아직 글도 안 배웠다. 종일 뒹굴뒹굴하는 것도 지겨워 한번 시작해 봤다. 물론 여섯 살 손으론 음……

아버지가 말했다.

"구름이구나."

"배꽃인데……."

"……."

"……."

"심심하다면 글을 배워 보는 건 어떠냐? 선생을…… 아니, 그래. 내가 가르쳐 주마."

"아버지께서요?"

"그럼. 왜 진즉 이 생각을 못 했을까? 글은 어디까지 배웠느냐?"

나는 멍하니 입을 벌렸다. 기억이 하나도 안 났다. 십몇 년 전 본인이 처음 배웠던 글자 기억하는 사람? 일단 난 아니었다.

"저 글 선생님을 몇 번 못 뵈어서요……."

난 최대한 우물쭈물하며 작게 말했다. 아버지는 그저 살짝 웃으며 내 머리를 쓰다듬었다.

"괜찮다. 처음부터 다시 배우면 되지. 시간은 많단다."

백리 세가가 무가긴 무가였다. 내가 백리 세가에 들어오고 나서 가장 먼저 손에 쥔 것은 붓이 아니라 검이었으니까. 글 선생님은 검에 적응한 후에 붙여 주었다. 하지만…… 영약을 먹고 주화입마에 빠지는 바람에 글공부도 같이 하늘나라로 떠났다.

아버지가 방 한쪽에 있던 종이와 붓을 가지고 왔다. 요새 아버진 검을 수련할 때 빼곤 종일 서책을 들여다보았기 때문에 벼루며 먹도 진즉에 잘 준비되어 있었다.

아버지가 내 팔의 소매를 걷어 주며 말했다.

"일단 기억나는 글자라도 써 보거라."

고개를 끄덕인 난 낑낑거리며 붓을 쥐었다. 하지만 연습한 적 없는 손가락은 영 말을 안 들었다. 가볍게 웃은 아버지가 내 손을 덮어 손가락을 교정해 줬다.

"으…… 힘들어요."

"처음엔 다 그렇지."

붓을 쥔 작은 손이 부들부들 떨렸다. 이 정도면 됐겠다 싶어 내가 팔꿈치를 들었다. 흰 바탕에 검은 획이 그어졌다. 낑낑거리는 나를 귀엽다는 듯 바라보던 아버지가 이내 만족스럽게 고개를 끄덕였다.

선생을 두 번밖에 만나지 못했음에도 내 자세는 곧고 바른 편이었다. 아이의 몸이라 때때로 휘청였으나 그래도 정확한 자세를 유지하려 노력했다. 회귀 전 글을 쓰던 자세가 몸에 익어서이지만 이를 모르는 아버지는 그저 흡족해서 감탄했다.

그리고 조막만 한 얼굴로 아주 진지한 표정을 지으며 심혈을 기울여 써낸 내 글씨를 본 아버지는 "크흡." 소리와 함께 격렬히 헛기침을 뱉었다. 그럴듯한 자세와 달리 글자는 엉망이었다.

아버지의 열렬한 반응을 뒤로하고 우울하게 내가 쓴 글자를 내려다봤다. 가장 기본적인 '하늘 천(天)', '땅 지(地)', '사람 인(人)' 자를 적었는데……

'아니, 이게 웬 검은 덩어리야?'

'땅 지' 자는 획이 많아서인지 알아볼 수 없을 정도로 그냥 먹 덩어리가 되어 있었다. 아버지를 힐끔 보자 계속해 보라는 듯 고갯짓했다.

'이제 뭘 쓰지……?'

고민하던 내가 다음 글자를 써 내려갔다. 끝까지 쓰는 걸 지켜보던 아버지가 아직 마르지 않은 종이를 들어 올려 살폈다. 미간을 찌푸린 채 한참 살피던 아버지가 놀란 얼굴로 날 돌아보았다.

"이건 내 이름 아니냐?"

이 검은 덩어리를 알아보다니! 아버지의 참사랑에 난 마구 박수 칠 뻔했다.

'뜻 의(意)', '굳셀 강(剛)'.

정말 아버지 같은 이름이었다.

"네, 맞아요!"

난 헤헤, 하며 부끄러운 듯 웃었다.

"……."

그런데 아버지가 아무런 말이 없었다. 고개를 들어 아버지 얼굴을 본 난 깜짝 놀랐다. 눈가가 붉었다.

'뭐야, 설마? 또오?'

아니 아버지, 원래 이렇게 감성적인 사람이셨어요?

"네 곁에 있지도 못했는데, 그래도 아비라고 내 이름부터 기억했구나."

나는 발을 동동 구르다 의자를 밟고 일어나 소매로 글썽거리는 아버지 눈가를 꾹꾹 눌렀다.

"뭐 이런 거로 그러세요, 아버지? 앞으로 많이, 많이 써 드릴게요."

나지막이 숨을 내쉰 아버지가 날 안았다.

"의자를 밟고 서면 안 된다."

"……."

"위험하잖니."

"……네에."

아버지가 나를 부드럽게 바닥에 내려놓았을 때였다. 문밖에서 헛기침 소리와 함께 목소리가 들렸다.

"큼, 크흠, 사공자님, 사공자님, 계십니까?"

"무슨 일인가?"

"가주님께서 사람을 보내셨습니다."

표정을 굳힌 아버지가 몸을 바로 했다. 하지만 붉은 눈가가 나 울었소! 하고 알리고 있었다.

"들여보내거라."

당연히 잠시 기다리라 할 줄 알았던 난 깜짝 놀랐다.

"앗, 아버지……!"

뒤늦게 막았으나, 허락을 받은 하인이 들어오는 게 더 빨랐다. 문발을 걷고 들어온 하인은 아버지의 얼굴을 보고······.

"허억!"

그대로 기함했다.

"무슨 일인가?"

"······."

"이보게."

"헉! 아니, 아, 아, 죄, 죄송합니다. 잠시 소인이 정신을 놓고 그만."

사공자님의 눈물이라니 자신이 헛것을 본 게 아닐까? 하지만 하인은 다시 사공자님의 얼굴을 확인할 용기가 나질 않았다.

"저 그게, 제가 뭐 때문에 왔냐면, 그러니까······ 어······."

하인은 한참을 더듬거리다 떠올렸다.

"아! 가주님께서 수백당에서 석반을 함께하자 하셨습니다. 의묵 공자님과 의란 아가씨, 그리고 작은 도련님들과 작은 아기씨도 오실 겁니다."

"알겠네."

"그리고 가주님께서 연이 아기씨도 꼭 함께 오시라 하셨습니다."

아버지의 표정이 딱딱하게 굳었다.

연꽃무늬가 새겨진 넓은 탁자 앞에 세 아이와 두 어른이 있었다. 이야기를 꽃피워야 할 것 같은 자리였지만 쥐 죽은 듯한 침묵만 이어지고 있었다.

아버지는 짧은 인사 후 입을 딱 닫아 버렸고 이에 고모는 불편을 감추지 못하고 있었다. 고모 곁의 쌍둥이들도 조금 참는가 싶더니 결국 엉덩이와 어깨를 움찔거렸다. 쌍둥이들이 내게 말을 걸고 싶어 하는 걸 뻔히 알았지만 난 아버지를 따라 입을 다물고 있었다.

얼마나 그러고 있었을까? 쌍둥이들의 의자가 들썩거리기 시작할 때쯤, 문이 소리 없이 열리고 장석량이 나타났다.

아버지와 고모가 의아한 얼굴을 했다. 공손히 인사한 장석량이 말했다.

"사공자님, 잠시 시간을 내주실 수 있겠습니까?"

고모가 짜증스러운 표정으로 고개를 틀었다. 자신에게 볼일이 있는 것이 아니란 사실이 불만스러운 듯 보였다. 아버지가 딱딱한 표정으로 말했다.

"곧 아버님이 오실 텐데요."

"잠깐이면 됩니다."

"알겠습니다."

자리에서 일어나던 아버지가 고모를 응시하곤 말했다.

"연아, 어디 가지 말고 얌전히 있거라. 무슨 일 있으면 아비한테 꼭 얘기하고."

눈을 치켜뜬 고모가 입술을 씰룩거렸으나 열진 않았다. 난 걱정하지 말라는 듯 방긋 웃으며 말했다.

"네. 걱정하지 마시고 다녀오세요."

아버지가 장석량을 따라 방을 나섰다.

쌍둥이들은 목을 빼 밀고 내 아버지가 방을 나가는 걸 확인한 후, 서로 눈을 마주쳤다. 먼저 입을 연 건 소우악이었다. 백리표도 그 뒤를 따랐다.

"야, 너 폐품이라며?"

"단전 망가져서 무공 못 쓴다며? 진짜냐?"

부지불식간에 웃음이 터질 뻔했다. 내가 회귀한 후 소우악과 백리표와의 첫 만남은 바뀌었다. 만난 시기와 만난 자리, 만난 시간까지 모두 달랐다.

'그런데도 어째 첫마디가 변함이 없지?'

고모는 쌍둥이들을 말릴 생각이 없는지 느긋하게 차를 들이켰다. 난 킬킬거리며 웃는 쌍둥이들을 보며 태연히 물었다.

"누가 그렇게 말했는데?"

"그야 엄마가…… 아윽."

갑자기 혀를 깨문 백리표가 소우악을 쏘아보았다. 소우악은 백리표를 보지 않고 말했다.

"그걸 네가 알아서 뭐 하게? 사실이잖아, 네가 쓰레기인 건."

"아버지한테 말씀드리려고."

쌍둥이들이 화들짝 놀랐다.

쌍둥이들은 하늘 높은 줄 모르고 오냐오냐 자랐다. 하지만 내 아버지가 누군가? 쌍둥이들이 매번 휘두르는 백리 세가의 자제라는 배경? 아니면 누나의 자식이라는 관계? 그런 것으로 태도가 바뀌거나 봐주는 사람이 아니었다. 쌍둥이들은 뒷배가 통하지 않는 엄한 내 아버지를 무서워했다.

쾅! 탁자를 내려치듯이 찻잔을 내려놓은 고모가 날 잡아먹을 것처럼 쏘아봤다.

"본데없이 고자질 짓이라니. 아주 길에서 자란 천박한 티는 다 내는구나."

난 왜 화를 내시는지 모르겠다는 듯 말했다.

"하지만 아버지가 다 얘기하라고 하셨는걸요."

"네가 그러고도 무사할 줄 알아? 의강이 언제까지 집에만 있을 거라고 생각해?"

예전이라면 저 말에 겁을 집어먹었을 것이다. 하지만 난 어디서 개가 짖느냐는 듯 태연히 말했다.

"글쎄요. 그것도 아버지께 여쭤볼게요. 언제까지 계실지."

고모의 얼굴이 잔뜩 일그러졌다.

"네가 아주 아비를 업고 기세등등……!"

"의란아, 무슨 일이기에 밖까지 들리게 목소릴 높여?"

때마침 문이 열리고 큰아버지네가 들어왔다.

"오라버니! 왜 이렇게 늦었어요? 빨리 와요."

고모는 천군만마를 얻은 것처럼 환영했다. 인사를 받은 큰아버지가 날 꾸짖었다.

"그리고 연이 너, 대체 누가 고모에게 그런 식으로 말대답을 하느냐?"

"하하. 아버지, 연이에게 너무 뭐라 마세요. 아직 어리잖아요."

백리명이 그런 큰아버지를 말렸다. 정말 쌍으로 난리였다. 백리명이 다정하게 웃으며 내게 말을 걸었다.

"그날 이후로 처음이네, 연아. 잘 지냈어?"

"네."

고모와 쌍둥이들에게도 차례로 인사한 백리명이 여아의 손을 잡고 다가왔다.

"연아, 여기 내 동생인 백리리. 그러고 보니 같은 집에 살면서 지금껏 인사도 못 했네. 리리야, 저쪽은 너보다 한 살 많은 사촌인 백리연.

이야긴 들었지? 인사해."

리리는 백리리를 부르는 애칭으로 이름은 그냥 '리'였다. 백리리는 녹황색 저고리에 백목련을 수놓은 도홍색 치마를 곱게 차려입고 찹쌀떡처럼 뽀얀 볼에 앙증맞은 만두 머리를 하고 있었는데, 무척이나 사랑받고 자란 티가 역력했다.

나는 방긋 웃으며 인사했다.

"안녕. 연이라고 해."

날 바라본 백리리가 새침하게 고개를 돌렸다. 백리명이 귀엽다는 듯 웃으며 말했다.

"하하. 리리가 원래 좀 낯을 많이 가려."

큰아버지의 등장으로 날 섰던 분위기는 사라졌다. 고모는 지금껏 말하지 못한 걸 보상받듯 큰아버지와 말하기 바빴고, 쌍둥이들은 백리명과 떠들기 바빴다.

회심의 첫 공격이 무위로 돌아간 것에 자존심이 상했는지 쌍둥이들은 대화 내내 날 투명 인간 취급했고, 백리리는 아무 생각도 없어 보였다. 난 혼자 탁자의 연꽃무늬 꽃잎을 세며 시간을 죽였다.

문이 열리고 아버지가 할아버지와 함께 들어왔다.

'무슨 일이지?'

밖에서 무슨 얘기를 나눴는지 아버지 안색이 나갈 때에 비해 훨씬 안 좋았다. 의문을 뒤로하고 벌떡 일어나 친척들과 함께 할아버지께 인사했다. 거침없이 들어온 할아버지가 손을 내저으며 말했다.

"모두 앉거라."

음식은 끝도 없이 나왔다. 평소 단출한 아버지의 식사와는 비교가 되지 않을 정도였다. 눈이 휘둥그레질 만한 먹거리를 두고도 다들 할 아버지의 눈치를 보느라 젓가락질을 하는 둥 마는 둥 했다.

오로지 나만 처음 보는 음식들을 향해 부단히 젓가락질할 뿐이었다. 아버지 또한 내 팔이 닿지 않는 접시에 있던 음식들을 내 앞에 옮겨 주기 바빴다.

할아버지가 젓가락을 내려놓고 큰아버지를 보았다.

"명이 글공부는 어찌 시키고 있느냐?"

"예? 정현학당 선생님이 은퇴하신 후엔 집으로 글 선생을 불러 가르침을 청하고 있습니다."

뜬금없는 질문에 당황했을 큰아버지가 곧장 대답했다.

할아버지는 백리리와 쌍둥이들에 대해서도 연달아 물었다. 백리 세가 내의 일들이었다. 가주인 할아버지가 당연히 알고 있을 일들을 새삼 물어보는 모습에 큰아버지부터 고모와 백리명까지 모두 영문 모르겠다는 표정을 지었다.

심지어 할아버지는 아버지에게까지 빠짐없이 질문했다. 그리고 의외인 듯 되물었다.

"네가 직접 연이를 가르치고 있다고?"

"네."

"흐음."

큰아버지가 끼어들어 말했다.

"선생을 구하는 게 좋지 않겠느냐? 너는 일이 바빠 또 자리를 비울 테니 말이다."

순간 내 젓가락질이 멈추었다. 아버지가 그런 나를 보고 말했다.

"아직은 예정이 없으니 괜찮습니다."

"언제 갈 생각이더냐? 최근 강호가 평온하긴 하나 단주가 자리를 너무 오래 비워도 좋지 않다."

아버지의 표정이 흐려졌다. 그때 할아버지가 다시 입을 열었다.

"그만. 의강에게도 생각이 있을 게다."

그러고는 잠시 뜸을 들였다가 말을 이었다.

"기 선생이라고 경성의 유명한 학자가 이번에 석 태의를 따라 여기로 내려왔다."

그 말을 들은 순간 할아버지가 무슨 말을 꺼내실지 깨달았다. 그리고 할아버지가 나까지 이 자리에 불렀다는 사실에 놀랐다.

"그 선생이 여기서 학당을 열 거라더구나. 내 생각엔 앞으로 애들을 거기 보내 가르침을 받게 하는 게 좋아 보인다. 다들 어찌 생각하느냐?"

나이가 있는 백리명은 오전에 수업을 받고, 나와 백리리, 그리고 한 살 많은 쌍둥이는 오후에 하는 수업에 참석하면 될 거라 하였다. 일단은 권유였다. 하지만 할아버지의 제안인 이상 확정이었다.

처음엔 다들 몰랐지만 기 선생은 정말 이름 높은 명사였다. 나이가 들어 편안히 노년을 보내기 위해서, 더 이상 복잡한 정세에 얽히지 않기 위해 경성을 떠났을 뿐이었다.

그리고 이곳에 온 기 선생은 학당을 열었다. 과거에 도전할 정도는 아니나 말귀는 알아들으며 품행이 바른 적당한 아이들을 가르치면서 소일하기 위해서였다.

하지만 그간 쌓은 인맥과 학자로서의 지식이 어디 가겠는가? 진지하게 과거에 임하는 이들이 조언을 위해 구름처럼 몰려왔고 자연스레 미래의 문관들과 교류할 수 있는 환경이 되었다. 곧이어 사람들은 이 학당이 어떤 가치를 지니고 있는지 깨달았다. 수업을 받고자 하는 사람들이 줄을 서는 건 한순간이었다.

하지만 기 선생은 많은 학생을 받을 생각이 없었다. 자연스레 서로 어떻게든 학당의 학생이 되기 위해 한바탕 난리가 났다.

과거에 나는 이 학당에 가지 못했다.

'그 무렵 할아버지는 내게 관심이 없었고, 아버지는 내 치료법을 찾느라 학당엔 신경 쓸 겨를이 없었지.'

계속 이어진 할아버지의 말을 듣던 쌍둥이들의 얼굴이 노래졌다.

"수업을 두 시진(4시간)이나 한다고요?"

"검을 수련하기에도 모자란데 시간이 너무 아까워요, 할아버지."

쌍둥이들의 반론에 할아버지가 눈썹을 치켜들었다. 하지만 그래도 어린 손자였기에 나오는 목소리는 나쁘지 않았다.

"처음만 두 시진이지 선생도 무가 사정을 잘 안다. 너희의 진도에 따라 차차 공부 시간을 줄일 것이다."

무가는 무공이 먼저다. 하지만 백리 세가 정도로 이름이 높아진 가문이라면 무공은 당연하고 육예도 어느 정도 갖춰야 했다.

육예란 예학(예의범절), 악학(음악), 궁시(활쏘기), 마술(말타기 또는 마차 몰기), 서예(붓글씨), 산학(수학) 이렇게 여섯 가지 예를 말했다.

모든 것에 대성하길 바라는 게 아니다. 그저 기본은 할 줄 알기를 바라는 것이다.

'가문 수준이 검만 휘두를 줄 아는 머리 빈 깡통이라고 얕보이긴 싫을 테니까.'

다른 명문 정파들도 상황은 비슷했다. 심지어 거지들 단체인 개방 조차 고위급으로 올라갈수록 세간에 보이는 이미지와는 다르게 여러 교양에 박식한 자들도 왕왕 있었다.

할아버지가 말을 이었다.

"두 시진을 학당에서 공부한다고 하더라도 열 시진이나 남지 않느냐? 충분하다. 너희들이 검 수련을 종일 하는 것도 아니잖느냐."

"무슨 말씀이세요, 할아버지! 당연히 종일 수련하죠!"

"맞아요. 한시도 손에서 검을 놓은 적 없어요!"

"……."

할아버지의 표정이 점차 굳었다. 과거 늘 처소에만 박혀 있던 나도 쌍둥이들이 검을 놓고 친구들과 천방지축으로 뛰노는 모습을 몇 번이나 보았다. 그런데 한시도 손에서 놓은 적 없다니?

노한 할아버지가 한 소리 하기 전, 고모가 재빨리 끼어들었다.

"아버지, 표와 악이 얼마나 수련을 열심히 하는데요. 벌써 무백신 공이 삼 성에 가까운걸요."

무백신공. 백리 세가 혈족들만 익힐 수 있는 무공이었다.

할아버지가 쌍둥이들을 보았다. 쌍둥이들이 냉큼 자세를 바로 했으나 치켜든 턱에서 자만이 흘러넘쳤다.

큰아버지가 재빨리 끼어들어 맞장구를 쳤다.

"표와 악이가 벌써 삼 성에 가깝다고? 놀랍구나. 의란아, 축하한다. 아버지, 정말 대단하지 않습니까?"

입가를 가리고 웃던 고모가 갑자기 아버지를 힐끗 보며 말했다.

"악과 표가 일곱 살에 삼 성이 넘으면 의강의 최연소 기록도 깨는 거죠!"

고모가 가만히 있던 아버지를 걸고넘어졌다.

"……"

아버지는 눈을 내리깐 채 말없이 찻물을 들이켰다. 참고로 난 무백신공을 전수받기도 전에 주화입마에 빠졌다.

'나중에 아버지께 가르쳐 달라고 해서 겉핥기로 배웠지만……'

내공이 없으니 일 성에 머물렀다. 어쨌든 일 성은 아주 기초적인 것으로 딱 발만 뗀 상태라고 할 수 있다. 그리고 차차 이 성, 삼 성, 사성, 이런 식으로 단계별로 올라간다.

단계가 상승할수록 펼쳐 낼 수 있는 무위도 강력해진다. 똑같이 검을 휘둘러도 일 성은 나뭇가지를 베어 낸다면 이 성은 나무를, 오 성은 바위를 가르는 식이었다.

하지만 단계를 넘는 건 뒤로 갈수록 어려워졌다. 오 성에서 육 성으로 넘어가는 데만도 오 성까지 한 노력의 배가 필요하다고 했다. 칠성, 팔 성, 구 성은 말할 것도 없었다.

또한 구 성은 통곡의 벽이었다. 벽이라고 말할 만큼 평생을 바쳐도 구 성을 넘지 못하는 자들이 수두룩했다. 심지어 역대 백리 세가의 가주들조차도 구 성을 넘은 자는 손에 꼽았다. 그렇게 어려운 만큼, 구 성을 넘은 자와 넘지 못한 자의 차이도 어마어마했다.

그리고 무림 최고 강자, 천하 십일강인 할아버지가 십 성이었다. 백리 세가에서 나온 최고 경지였다.

아버지는 현재 구 성에 거의 가까운 팔 성이었다. 나중에 아버진 할아버지가 세운 최연소 기록을 모두 갈아 치우며 구 성에 올랐다. 많은 이들이 아버지가 십 성도 할아버지보다 더 빨리 달성하며 언젠간 십일 성에 도달할 거라 여겼다. 심지어 전설의 경지인 십이 성도 가능할지 모른다고 입방아를 찧었다. 하지만 결국 십 성에 도달하지 못하고…… 돌아가셨다.

할아버지가 의심스럽다는 듯 되물었다.

"정말 삼 성에 가까우냐?"

천재 중 천재였던 아버지조차 여덟 살에 삼 성을 넘었다. 참고로 할아버지는 아홉 살에 삼 성을 넘어 신동으로 불리었다.

"그럼요! 애들이 얼마나 열심히 수련하는데요! 수련 좋아하는 걸 보면 정말 아버질 꼭 닮았다니까요."

고모가 이때다 싶어 쌍둥이들을 치켜세웠다. 할아버지가 고개를 당당히 들고 있는 쌍둥이들을 번갈아 보며 수염을 쓰다듬었다.

"표와 악이 삼 성을 넘는다면 대단한 일이지."

"아버지! 그냥 대단한 일이 아니죠!"

난 고개를 숙이며 표정을 관리했다. 내 기억으론 쌍둥이들이 삼 성을 넘으려면 앞으로 오 년은 더 있어야 했다.

'저번에도 곧 삼 성 넘는다고 설레발을 엄청나게 치더니만……'

잠시 침묵하던 할아버지가 백리명을 돌아보았다.

"그래, 그럼 표와 악이는 그렇다 치고. 명아, 넌 학당에 대해 어찌 생각하느냐?"

백리명이 바른 자세를 한 채 기다렸다는 듯이 대답했다.

"좋은 분께 가르침을 받을 기회인걸요. 가고 싶습니다. 다만, 표와 악이 저리 무예에 전념하는데 제가 쉬어도 되는지 걱정스럽네요. 저도 무예에 전념하는 편이 좋지 않을까요?"

빙빙 돌려 말했지만, 표와 악이 안 가면 본인도 가기 싫다는 뜻이었다. 할아버지의 눈가가 씰룩거렸다. 굳은 표정의 할아버지가 이번엔 백리리를 돌아보았다.

"리야, 네 생각은 어떠냐?"

"네? 뭘요?"

"학당 말이다. 가고 싶으냐, 싫으냐?"

처음엔 그래도 다정하게 말하려는 듯했으나 마지막엔 짜증이 튀어나왔다. 백리리가 멍하니 입을 벌렸다. 큰아버지가 마치 텔레파시라도 보내듯 백리리를 절실히 바라봤다. 그런 아버지를 보며 백리리는 어리둥절한 얼굴로 말했다.

"제가 거길 왜 가요? 그냥 선생님을 이리로 부르면 되잖아요."

오…… 감탄이 절로 나오는 발언이었다. 백리 세가 손녀딸쯤 되면 저런 마인드를 가져야 하는구나.

속으로 고개를 주억거렸으나, 아쉽게도 할아버지의 마음에 드는 답은 아닌 모양이었다. 분노로 할아버지의 목덜미가 붉어진 것을 본 큰아버지가 황급히 꾸짖었다.

"리리! 그게 대체 무슨 말이냐! 지금껏 뭘 들었어?"

멍하니 입을 벌린 백리리가 곧 울먹이기 시작했다.

"아, 아빠, 왜 화내요?"

"백리리!"

결국, 백리리가 서럽다는 듯 울음을 터트렸다. 백리리 곁 백리명이 어쩔 줄 모르고 동생을 다독였다. 노기등등한 눈길로 주변을 둘러본 할아버지가 탁자를 탁 내리쳤다.

"됐다! 그냥 모두 가지 마라!"

파국이었다. 그리고 난 억울해 의자에서 펄쩍 뛰고 싶었다.

'아니, 무슨 소리야? 난 가고 싶어!'

내가 비록 앞날을 안다고는 하지만 그것만으론 모자랐다. 지금까지야 아버지와 내 힘으로 적당히 위기를 모면했지만, 앞으로도 계속 가능할 거라고 자만할 수 없었다. 이 세상에 대해 더 공부해야 했다.

또한 백리명과 쌍둥이들, 백리리까지 학당에서 탄탄히 쌓은 인맥들과 서로 도움을 주고받았다. 할아버지가 백리명을 보내려는 이유 또한 그 때문이었다. 인맥을 쌓으라고. 하지만 지금의 백리명이 그걸 알 리가 없었다.

'저 봐라, 저 봐. 완전 좋아하고 있네.'

백리명은 훌쩍이는 동생을 달래면서도 가지 말란 할아버지의 말에 내심 좋은 기색이었다. 쌍둥이들은 말할 것도 없었다. 할아버지가 그런 손자들의 마음을 못 알아볼 리 없었다. 인상을 팍 구기며 할아버지가 소리쳤다.

"식사는 여기까지 하마. 이만 다 물러가!"

그런다고 벌떡 일어나면 진짜 화를 뒤집어쓸 터. 다들 가만히 앉아 있는 모습에 할아버지가 또다시 소리쳤다.

"왜 안 가고 앉아 있어!"

서로 먼저 일어나길 혹은 할아버질 달래 주길 바라며 눈치만 보았다. 그때 내 아버지가 입을 열었다.

"아버지."

"왜 부르느냐!"

"연이에겐 묻지 않았습니다."

"……."

큰아버지와 고모, 그리고 백리명까지 황당한 얼굴로 아버지를 바라봤다. 고모가 조소하며 말했다.

"이 상황에 그 말이 하고 싶니? 아버지가 화나셨는데 넌 어떻게 연이만 생각해? 그리고 연이가 뭘 알겠어? 리리와 동갑인데. 물어볼 것도 없지."

화를 누가 나게 했는데! 불난 집에 부채질하는 고모의 말에 언짢은 기색이 가득한 할아버지가 나를 노려보았다.

"오냐, 좋다. 연이 넌 어찌 생각하느냐? 학당에 가고 싶으냐 싫으냐? 거짓으로 말할 필요 없다!"

한쪽에선 훌쩍거리는 소리가, 한쪽에서는 야수처럼 노려보는 시선이.

'아, 왜 내 차례만 이 모양인데!'

난 엉망진창인 분위기에 주눅이 든 것처럼 어물거리며 입을 열었다.

"저는⋯⋯."

아버지가 괜찮다는 듯 다정한 시선으로 날 보았다. 난 이에 용기를 얻은 것처럼 말했다.

"저는 할아버지가 왜 화를 내시는지 모르겠어요."

고모가 그럼 그렇지 하고 코웃음을 치며 턱을 치켜들었다. 난 그런 고모와 그 곁의 쌍둥이들을 보았다.

"악과 표 오라버니는 학당에 가기 싫은 게 아니라 못 가지 않나요?"

"못 간다?"

"네."

"그게 무슨 뜻이냐?"

할아버지가 눈을 가늘게 뜨고 물었다. 난 정말 영문을 모르겠다는 표정을 지으며 말했다.

"두 오라버니들은 폐관 수련에 들어가야 하지 않나요?"

"너 대체 무슨 소릴 하는 거야!"

고모가 깜짝 놀라 소리쳤다. 쌍둥이들을 언급했을 때부터 불안한 얼굴이었다.

폐관 수련. 외부와 단절하고 한곳에 머물며 수련에만 집중하는 것을 폐관 수련이라고 했다. 일단 수련에 들어가면 사람을 만날 수 없으니, 보통 벽곡단이라는 보존식을 먹었는데 그게 정말…… 더럽게 맛없었다. 그걸 먹으며 짧으면 한 달, 길면 몇 년을 수련했다. 상황에 따라서는 벌로도 내리는 수련 방식이었다.

쌍둥이들은 태어나 지금껏 떠받들리며 살아왔다.

'너희가 과연 폐관 수련을 버틸 수 있을까?'

난 시치미를 뚝 떼며 말했다.

"하지만 고모, 할아버지께서 삼 성을 달성할 때 폐관 수련을 하셨다고 들었어요. 아버지도 하셨다고 들었는걸요."

난 쌍둥이들을 돌아보고 눈을 깜빡였다.

"두 오라버니도 하시는 거 아닌가요?"

신동으로 불리던 할아버지와 아버지도 저렇게 노력했는데, 너희들은? 정도의 뜻이었다. 그리고 트집 잡히기 전 약간 씁쓸한 얼굴을 하며 말했다.

"오라버니들 정말 부러워. 벌써 삼 성에 가깝다니 미리 축하할게."

"야, 너 이 단전도……!"

새빨개진 얼굴로 소리 지르려던 쌍둥이를 깜짝 놀란 고모가 막았다.

"무슨 소리야? 폐관 수련이라니, 네 아버지는 안 했다!"

"어? 그랬어요?"

고개를 갸웃한 내가 아버지를 돌아봤다.

"제가 잘못 알고 있었나 봐요. 왜 안 하셨어요, 아버지?"

아버지의 매서운 눈과 마주친 쌍둥이들이 흠칫 놀라며 자리에 앉았다. 눈빛 하나로 쌍둥이들을 얌전하게 만든 아버지가 말했다.

"네가 잘못 안 건 아니다. 나 또한 폐관 수련에 들어가긴 했다. 하지만 어머니가 편찮으셔서 이틀 만에 나올 수밖에 없었단다."

"아, 할머니가 아프셨어요?"

"그래."

"우움. 몰랐어요."

그렇게 말하며 고모를 시작으로 씩씩거리고 있는 쌍둥이들에게로 시선을 옮겼다. 고모도 쌍둥이들도 모두 아주 건강해 보였다. 내 시선만으로도 할아버지께 뜻을 전달하기엔 부족함이 없었다.

탕, 탁자를 내려친 할아버지가 시선을 모았다.

"연이 말이 옳다! 학당에 갈 때가 아니었군. 의란은 돌아가 표와 악이의 폐관 수련을 준비하거라."

"아버지!"

"하, 할아버지."

고모가 화들짝 놀라고, 쌍둥이들의 안색이 꺼멓게 죽었다.

"아버지, 애들이 어떻게 폐관 수련을 해요? 한창 클 나이인데 벽곡단만 먹일 순 없잖아요."

"나도 그 나이 때 폐관 수련했다!"

"……."

"그리고 의란이 너는 어미로서 아이의 장래를 먼저 생각해야지! 한 살이라도 어릴 때 높은 경지를 얻는 건 무엇과도 바꿀 수 없다. 쉽게 얻는 경지는 없어! 지금은 힘들지라도 다 이게 뒷날을 위한 투

자이니라!"

고모는 열두 살이 되어서야 겨우 삼 성을 넘었다. 백리 세가에선 평범한 축이었으나 고모 곁엔 아버지가 계셨다. 어릴 적 내내 비교당하던 고모는 커서는 비교 대상조차 되지 못했다.

할아버지의 충고에 쌍둥이들을 보는 고모의 눈동자가 흔들렸다. 어머니의 표정을 읽은 쌍둥이들이 기겁해 앞다퉈 말했다.

"할아버지, 저 학당에 가고 싶어요!"

"학당에 나가겠습니다!"

'음, 괜한 짓을 했나?'

차라리 쌍둥이들이 학당에 안 가도록 두는 게 좋지 않았을까? 하고 생각하다 고개를 저었다. 할아버지는 모 아니면 도와 같은 성품이었다. 모두 모아 얘기를 꺼낸 이상 보내면 다 보내고 안 보내면 다 안 보냈지, 누구는 가고 누구는 안 가고 그렇게 두실 분이 아니었다.

"표야, 악아. 어미 생각엔 폐관 수련에 들어가는 것도 나쁘지 않을……."

"엄마!"

고모와 쌍둥이들은 옥신각신 난리를 피우기 시작했다. 불구경이 아주 볼만했다. 심지어 내 집에 불 지르려다 자기 집에 불똥 튄 것 아닌가?

난 내려놓았던 젓가락을 들었다.

'어휴, 밥이나 먹자. 아직 다 못 먹었는데 돌아가야 하나 했네.'

불구경하며 거의 손대지 않아 산더미처럼 쌓인 음식에 손을 뻗었다. 마침 아버지가 동그란 완자조림을 내 접시에 덜어 줬다. 입에 넣은 난 눈을 동그랗게 떴다.

"맛있느냐?"

격하게 고개를 끄덕이는 내 모습에 아버지가 부드럽게 웃었다.

'해산물? 오징어는 아니고……'

난 아버지께도 완자를 내밀었다.

"아버지, 아버지도 드셔 보세요. 맛있어요."

"나는 많이 먹었다."

"뭐로 만든 걸까요?"

"모르겠구나."

"이건 미나리 같아요. 바다 생선을 쓴 걸까요?"

그리고 그런 부녀의 모습을 백리패혁 또한 보았다. 승강이하는 자신의 딸과 손자들을. 그와 정반대로 서로 먹어 보라며 정답게 구는 아들과 손녀. 이를 수 없는 답답함에 가슴이 꽉 조여 오며 알 수 없는 언짢은 마음이 치솟았다.

"의강이 넌 애를 굶겨 키우느냐?"

"푸읍."

갑작스러운 할아버지의 심통에 놀란 난 사레가 들어 캑캑거렸다. 아버지는 내 등을 두드려 주며 익숙하게 할아버지의 심술을 받았다.

"연이가 오늘 음식이 입에 맞나 봅니다."

"맞아요, 할아버지. 으, 음식이 다 맛있어요."

고모네 얘기가 해결될 때까지 이쪽엔 관심 없을 줄 알았는데 갑자기 왜 저리 골이 나셨지? 눈동자를 굴리던 난 최대한 애교 있게 웃으며 말했다.

"할아버지도 한번 드셔 보세요. 맛있어요!"

"……흥, 가져와 보거라. 나도 맛 좀 봐야겠다. 뭐가 그리 맛있는지!"

결국, 모두 학당에 가는 것으로 결정됐다. 그 순간 희비가 교차하는 쌍둥이들과 고모의 표정이란, 하하. 한동안은 그 표정을 잊을 수 없을 것 같았다.

그렇게 엉망진창으로 끝난 석찬 이튿날. 문방사우와 천자문 책, 그리고 그날 저녁에 맛있게 먹었던 완자조림이 처소에 왔다. 보낸 사람은 당연히 할아버지셨다.

문방사우는 아버지마저 감탄할 정도로 훌륭했다. 옥의 자연스러운 무늬가 우뚝 선 소나무처럼 보이도록 어우러지는 벼루라니!

'여섯 살 애한테 이런 걸 주다니 사치스럽다, 사치스러워.'

할아버지께 난 아직 글도 제대로 떼지 못한 아이일 텐데 말이다. 거기에 할아버지는 선생님께 내가 몸을 회복하고 나서 천천히 수업을 들을 수 있도록 말씀도 넣어 두셨다. 하여튼 뭔가를 하면 확실히 하는 성품이었다. 고급 사례품들부터 천명금혼단에 학당까지.

할아버지가 이리 신경을 써 주시니 나도 약소하지만 뭔가 보답을 해야 할 것 같았다. 정확히 말하면 너무 부담스러워서 가만히 있을 수가 없다고 해야 할까.

하지만 모든 걸 다 가졌다고 볼 수 있는 할아버지께 내가 뭘 드릴 수 있단 말인가?

고민 끝에 나온 결과는 별거 없었다. 손수건을 내려다본 난 헛웃음을 지었다.

'아냐, 그래도 이 정도가 어디냐? 힘냈다.'

비록 손수건에 놓은 수가 꽃과 나비가 아니라 토끼와 비슷한 형상이지만……. 원래는 할아버지 성함을 자수로 놓을까 했다. 하지만 당연하다고 해야 할지, 내 손으론 불가능했다.

그리고 다음 문제를 또 맞닥뜨렸다.

'일단 만들긴 했는데, 이걸 어떻게 전해 드리지?'

처소 하인을 믿으니 손수건의 토끼가 직접 뛰어간다는 걸 믿겠다. 그렇다고 할아버지를 직접 찾아가긴 힘들었다.

'뭐 최근 할아버지가 내게 잘해 주시는 건 맞지만, 그래도 주제넘어선 안 되지.'

나를 받아들여 주신 것이 아니라 다 아버지 때문일 테니까. 고민을 거듭하던 나는…….

"안녕하세요."

수백당, 할아버지 처소를 지키는 무사의 얼굴엔 '얘가 왜 나한테 말을 걸지?'라는 당황이 선명했다.

"제가 저번에 수백당에 머물 때 놓고 간 물건이 있는 것 같은데 들어가 찾아볼 수 있을까요?"

난 당당하게 말했다.

'역시 정면 돌파지.'

너무나 태연한 아이의 모습에 무사는 이게 무슨 상황인지 잘 파악이 안 되었다. 당황한 무사가 곁의 다른 무사를 보았다. 하지만 다른 무사라고 이 상황이 이해되는 건 아니었다.

원래라면 가주님이 돌아오실 때까지 기다리라며 무시했을 것이다. 하지만 요새 소문이 어떤가? 저 아이를 중심으로 한 이야깃거리가 심상치 않았다. 그냥 쫓아내자니 뒤가 꺼림칙했고, 오전에 외출하신 가주님이 언제 돌아오실지도 몰랐다.

"제가 안내하겠습니다."

결국, 의논 끝에 한 사람이 안내 겸 감시하기로 했다. 금세 내가 머물렀던 방 앞에 도착하였다. 나는 함께 들어가려던 무사를 막아서며 말했다.

"앗, 저 혼자 찾아봐도 될까요?"

"예?"

"조금 비밀스러운 물건이라……."

무사는 어처구니없다는 표정을 지었다.

제 허리에나 닿을까 하는 쪼끄마한 꼬맹이가 진지한 얼굴을 하는 것이 기가 막히기도 하고 웃기기도 했다. 무사는 주변을 둘러보고 선선히 말했다.

"문 앞에서 기다릴 테니, 찾으면 바로 나오십시오. 가주님이 자리를 비우셨으니 공연히 소란을 피우시면 안 됩니다."

"네!"

역시 어린애 외견.

무사히 입성한 나는 재빨리 방을 둘러보았다. 방은 내가 처음 왔을 때 그 모습으로 돌아가 있었다. 비어 있음에도 얼마나 열심히 관리했는지 먼지 한 톨 쌓여 있지 않았다.

'어디가 좋을까?'

손수건을 아무 곳에나 덜렁 놓고 나갈 순 없었다. 내가 나가고 나면 문밖의 무사가 방을 한번 둘러볼 테니까. 그러니 그가 바로 발견하지 못하면서, 이 방을 청소하는 하인의 눈에 금방 띌 만한 곳을 찾아야 했다.

'서랍은 눈에 띄려면 오래 걸릴 것 같고…… 화병 아래? 아, 여긴 손수건에 자국이 남을 것 같은데……. 그래! 저기로 하자.'

난 침상으로 다가갔다. 이불은 주기적으로 널어서 볕을 쬐어 줘야 했다.

난 만족스럽게 중얼거렸다.

"좋아, 좋아."

"무엇이 좋으냐?"

"허어어억!"

비명이 목 끝에 대롱대롱 걸렸다가 겨우 들어갔다. 가슴을 부여잡고 비틀거리는 나를 단단한 손이 붙잡았다.

"너 때문에 내가 더 놀랐다! 뭘 그리 놀라?"

할아버지의 매서운 눈매에 대답하고자 입을 연 순간.

"히끅! 히끅!"

따뜻한 물 한 잔을 마시고 나서야 겨우 진정이 되었다.

"귀…… 귀신인 줄 알았어요."

"그럼 내가 내 처소에서 기척 내며 다녀야 한단 말이야? 도둑고양이처럼 들어온 건 네 녀석이지 않으냐!"

난 재빨리 고개 숙였다.

"죄, 힉! 죄송해요."

"……."

"……히끅!"

아니, 딸꾹질 대체 언제 멈추는 거야!

"큼, 물건은 찾았느냐? 그것이야?"

할아버지가 내가 손에 든 걸 가리키며 물었다.

"아, 이건 음……."

이렇게 마주치는 상황까진 전혀 예상치 못했다. 내가 머뭇거리자 할아버지의 눈초리가 다시 날카로워졌다.

'어쩔 수 없지.'

난 들고 있던 손수건과 서신을 공손히 내밀었다.

"사실은 할아버지께 드리려고 가져온 것이에요."

할아버지가 귀를 의심하는 표정을 지었다.

"내게?"

"……네."

건네받은 할아버지가 먼저 서신을 펼쳤다. 삐뚤빼뚤한 글씨를 할아버지가 한참 들여다보았다.

'읽으실…… 수 있겠지? 그간 연습했으니까.'

읽는 시간이 길어지자 자신감이 하염없이 추락하여 불안한 마음에 입술을 짓씹었다.

다행히 할아버지가 손수건을 보고 말했다.

"네가 이 수를 놓았다고?"

"네!"

"아랫것을 시킨 게 아니고?"

할아버지가 의심스러운 눈길로 손수건의 수를 살폈다.

'할아버지, 하인이 이런 솜씨면 잘려요…….'

난 억울하다는 듯 손짓했다.

"제가 직접 만들었어요. 여기, 여기 토끼예요."

아닛? 말이 잘못 나왔다. 꽃과 나비라고 했어야 했는데! 토끼, 토끼 하다 보니 토끼가 먼저 입에서 나와 버렸다.

"아니, 토끼가 아니라……."

내 번복에 할아버지의 눈초리에 의심이 서리는 걸 본 내가 서둘러 말했다.

"토끼가…… 토끼가 참 귀엽죠?"

아! 이보다 더 멍청한 소리가 있을까?

할아버지도 어처구니가 없는 표정이었다.

'아, 몰라! 그냥 토끼로 하자. 누가 알겠어?'

어찌 되었든 할아버지께 드린다는 목적은 달성하지 않았는가?

예상치 못한 만남에 정신이 하나도 없었다. 더 실수할까 걱정된 난 내빼기 위해 슬금슬금 문 쪽으로 향했다.

"그럼 할아버지, 전 히끅, 이만 물러가 보겠습니다."

"거기 서거라."

젠장.

난 최대한 귀엽게 웃는 얼굴로 돌아보았다. 웃는 얼굴에 침 못 뱉는다는데 혼내진 않겠지. 하지만 할아버지는 혼나는 것보다 더 무서운 말을 했다.

"이리 만났으니 하나 묻자꾸나."

그러곤 의자에 앉으며 반대편 의자를 손짓했다.

"저기 앉거라."

으아! 얼마나 말이 길어질 것이기에 앉으라고 하는 거지? 의자로 향하는 걸음이 무거웠다. 의자에 앉은 내게 할아버지가 부드러운 음성으로 말했다.

"연아."

"네, 할아버지."

"너는 표와 악이가 올해 삼 성을 넘을 거라 보느냐?"

"네?"

난 황당한 얼굴로 할아버지를 보았다.

그야…… 절대 불가능하지. 하지만 그렇게 말할 순 없었다.

"그걸 제가 어찌 알겠어요?"

"하나 넌 기다렸다는 듯 폐관 수련 이야기를 꺼내지 않았더냐?"

"고모님이, 꼭! 너, 넘을 거라고 말씀하셨으니까요."

"아니, 넌 알았다. 처음부터 표와 악이가 삼 성을 넘지 못할 걸 알고 있었어."

"……."

"여태껏 널 지켜본 결과 내 보기에 너는 무척 똑똑한 아이이니라. 네가 폐관 수련 얘기를 꺼낸 건 나를 돕기 위해서였지. 어디 말해 보거라. 내 말이 틀렸더냐?"

나는 깜짝 놀라 할아버지를 보았다. 놀라서인지 딸꾹질마저 멈춘 느낌이었다. 그간 내가 설치긴 설쳤나 보다. 할아버지가 벌써 이렇게 내 의도를 파악하시다니.

난 잘못을 들킨 아이처럼 눈을 내리깔고 고개를 떨궜다.

"……아니요, 할아버지 말씀이 모두 맞아요."

여기서 거짓말은 통하지 않았다. 차라리 이럴 땐 진실을 내보여야 했다. 어설픈 거짓말은 화를 돋우기만 할 테니까. 나는 눈치를 보며 말을 이었다.

"할아버지께서 오라버니들을 학당에 보내고 싶어 하시는 것 같아서요."

"앞으론 나서지 마라!"

그리고 전혀 생각도 못 한 호통에 깜짝 놀라 고개를 들었다. 나를 바라보는 눈빛이 엄정했다. 입술을 깨문 난 쓸쓸한 심경을 뒤로하며 사죄했다.

"……네. 죄송해요."

"이해를 못 했군."

할아버지가 가볍게 탁자를 두드렸다.

"네가 그리 나섰으니 표와 악이가 널 어찌 생각하겠느냐? 네가 자신들을 골탕 먹였다고 생각하지 않겠느냐? 그럼 앞으로 그 애들이 어찌 나오겠어!"

할아버지가 답답하다는 듯 말을 이었다.

"넌 무공도 익히지 못하였고 몸도 많이 상해 있다. 만약 쌍둥이들이 작정하고 널 괴롭히면 어쩔 것 같으냐?"

다시 고개를 번쩍 든 내가 멍하니 입을 벌렸다.

'아닛? 할아버지가 쌍둥이들에 대해 꽤 잘 파악하고 계시잖아?'

그런 내 속마음을 모를 할아버지가 말을 이었다.

"집안에 네 어미가 있는 것도 네 친조모가 있는 것도 아니다. 네 아비가 신경 쓴다 하더라도 애들 싸움까지 매번 끼어들 순 없을 거다. 아비가 언제까지 집에만 있을 수도 없고! 내가 고작 이런 일로 네 편을 들어 줄 거라 꿈도 꾸지 마라!"

언뜻 들으면 마치 할아버지와 아버지의 위세를 등에 업고 멋대로 굴지 말라는 뜻 같았다. 하지만 난 알았다. 이건 날 걱정해서 한 말이었다.

'뭐지? 갑자기 왜 이런 조언을? 날 싫어하시는 게 아니셨나? 설마……?'

그간의 일로 어쩌면 내게 미약한 정이 생긴 걸까? 그렇다면…… 난 마른침을 꿀꺽 삼켰다. 한발 더 나아가 보기로 했다.

"하지만 할아버지, 제가 원하지 않아도 싸움을 건다면요?"

할아버지가 눈썹을 치켜떴다.

"그게 무슨 소리냐?"

"표와 악 오라버니가 그랬어요. 저한테 폐품, 무공도 못 쓰는 쓰레기라고요."

"뭐라? ……걔들이 그런 말을 했다고?"

금시초문이라는 듯 할아버지가 눈을 부릅떴다. 난 믿음을 주기 위해 힘차게 고개를 끄덕였다.

"네. 그날 할아버지 오시기 전에 아버지가 잠시 자리를 비웠을 때요."

멈칫한 할아버지가 탁자를 쾅 내리쳤다.

"어디서 그런 저급한 말버릇을! 의란은 대체 애들을 어찌 가르친 거야? 넌 네 아비한테 말하지 않고 그걸 가만뒀느냐?"

"애들 싸움인걸요."

할아버지가 허를 찔린 얼굴을 했다. 난 재빨리 준비한 말을 꺼냈다. 그러며 약간은 쓸쓸한 표정을 지었다.

"할아버지, 제가 저 말을 듣고도 싸우지 않는다면 나중에 몸이 낫더라도 제게 검을 들 자격이 있을까요?"

"……."

"저는 자신에게 당당해지고 싶어요."

어떤 역경에도 꺾이지 않는 당당함. 그야말로 무인이 가장 좋아하는 태도지 않나? 그리고 내 진심이기도 했다.

'대체 어쩌다 이렇게 된 거지?'

난 숟가락을 든 채로 앞에 차려진 산해진미를 멍하니 바라봤다.

"안 들고 뭐 해?"

이건 다 완자조림 때문이다!

돌아가려던 날 붙잡은 할아버지가 밥이나 먹고 가라고 했다. 거절하려던 난 완자조림이란 말에 나도 모르게 멈칫했고…… 결과는 이 식사 자리였다. 할아버지와 단둘이 식사했다는 사실을 들은 사촌들이 난리 칠 것이 눈에 선했다.

'하지만 맛있는걸……'

완자를 입에 문 난 내가 만족스럽게 발을 까딱이고 있는 줄도 몰랐다.

"좀 팍팍 좀 먹거라! 먹는 게 그러니 이리 비리비리하지. 이것도 한 번 먹어 보아라. 노루 고기다."

"노루요?"

"그래. 넌 본 적 없겠군. 황갈색으로 어린 소와 비슷하게 생겼다."

양념에 절인 얇은 고기를 집어 들었다.

'맛있어!'

너무 맛있어서 억울할 정도였다. 그런 내 표정을 어찌 해석했는지 할아버지가 인상을 찌푸렸다.

"맛있는 걸 먹고 왜 울상이야?"

"너무 맛있어서……."

웅얼거리던 내가 재빨리 덧붙였다.

"아버지도 같이 못 먹어서 아쉬워요."

"별걸 두고 울상이구나. 네 아비 것도 충분하니 신경 쓰지 말고 먹거라!"

나는 헤헤 웃고는 다시 그릇을 달그락거렸다. 그러고는 잠시 말이 없던 할아버지가 다시 입을 열었다.

"말끝마다 아비 타령이군. 아비가 그리 좋으냐?"

난 당연한 걸 묻는다는 표정으로 고개를 끄덕였다.

"의강이는 요새 어찌 지내느냐?"

난 뜻을 알 수 없는 질문에 고개를 갸웃 기울였다.

"그냥 평소에 어찌 지내냔 뜻이다. 종일 붙어 있지 않느냐?"

나는 눈을 깜빡이다가 고사리 같은 손을 꼽으며 말했다.

"새벽에 일어나셔서 간단하게 수련하시고, 일어난 저랑 조반을 드세요. 그리고 차를 마신 후에 저랑 산책하러 갔다가 글을 가르쳐 주시고, 오전 내내 서책을 살피세요. 저 낮잠 잘 때 잠깐 일 보시고 오시고……."

"그런 것 말고…… 아니, 아니다."

할아버지가 애한테 말해 뭐 하냔 표정으로 말을 하다 말았다.

'무슨 말을 하려고 하신 거지?'

딱히 할아버지가 물어볼 만한 이유를 짐작할 수 없었다. 나는 잠시 고민하다가 아무것도 모르는 아이처럼 할아버지 앞에 노루 고기를 내려놓았다.

"할아버지도 드세요."

놀라서 잔뜩 딸꾹질을 한 데다 긴장한 시간을 보내고 나서일까? 때 늦은 점심을 배불리 먹고 나자 잠이 미친 듯이 쏟아졌다.

어린아이의 몸은 이게 문제였다. 의지가 있어도 몸이 버티질 못했다. 난 좋은 차를 앞에 두고도 입을 가리며 연신 하품을 하기 바빴다.

할아버지가 그런 나를 보며 혀를 끌끌 찼다. 나는 눈을 반만 뜬 채 변명했다.

"원래 낮잠 시간이라 그래요오……."

이때가 아니면 아버지와 따로 떨어져 있는 시간이 없었다. 할아버지가 말했다.

"졸리면 예서 좀 자거라."

"하지만……."

"그 꼴로 돌아가다 길바닥에서 잠들겠다만."

"할아버지도 참, 제가 앤가요?"

그 말을 들은 할아버지가 어처구니가 없는지 헛웃음을 지었으나 난 이미 반쯤 제정신이 아니었다.

"그럼 네가 애지, 어른이냐?"

"그렇지만……."

정신을 차려야 하는데에- 라고 생각하며 몇 번이나 노력했으나 갈 수록 머리 가누기도 힘들 정도였다.

"그럼 염치 불고하고……."

"허 참, 그런 말은 어디서 들은 거야?"

난 노하인의 손에 이끌려 어딘가에 누웠다. 두툼한 이불이 몸을 덮자 안정감이 들었다. 난 순식간에 수마에 빠져들었다.

"하나만 묻자."

머리맡에서 할아버지의 목소리가 들렸다.

"……네, 말씀하세요."

"네 어미에 대해 아는 게 있느냐?"

"으음……."

돌이켜 생각하면 매우 진지한 주제였다. 아마 할아버지는 처음부터 이 질문을 하고 싶어 내게 밥을 먹고 가라 했는지도 몰랐다. 하지만 당시 반쯤 잠에 빠져든 난 그런 생각은 하지 못한 채 몽롱하게 답했다.

"몰라요. 아무 말도 안, 안 해 줬어요. 하지만…… 내가 바본가?"

"바보?"

"하하…… 어떻게 몰라……? 엄마가 날 버린 걸……."

내 말에 할아버지가 눈을 부릅떴다. 하지만 나는 그 얼굴을 보지 못한 채 깊은 잠에 빠져들었다.

예상보다 늦어진 귀가였다. 백리의강은 이미 일어나 자신을 기다리고 있을 딸을 떠올리고 처소로 향하는 발걸음을 재촉했다.

백리의강이 대문을 넘어 중문까지 들어왔을 때, 그를 기다리는 아버지의 노하인을 마주쳤다. 그리고 백리의강은 처소가 아니라 수백당으로 방향을 틀었다.

"가주님, 사공자님이 오셨습니다."

"들어오라 해라."

곧이어 백리의강이 굳은 얼굴로 나타났다. 그러곤 인사를 올리기도 전에 백리패혁 곁에 잠들어 있는 딸을 보고 놀랐다. 놀랐다 한들 약간 눈을 크게 뜬 정도였지만 그 정도도 백리의강에게선 자주 보기 힘든 모습이었다.

"연아?"

자신을 부르는 소리를 듣기라도 한 건지 작은 입이 오물거렸다.

"놀랄 거 없다. 애가 먼저 찾아왔으니."

"예? 연이가요?"

백리의강의 얼굴은 계속 굳어 있었지만 그럴 리 없다고 생각하는 낯이 살짝 비쳤다. 백리패혁이 백리의강을 흘겨보며 말했다.

"그럼 내가 억지로 끌고 오기라도 했을 거란 말이냐?"

"아닙니다. 그저 연이가 아버지를 왜 뵈러 왔는지 이해가 가지 않아서……."

"애가 아비보다 낫더군."

"예?"

백리패혁이 품속에서 주섬주섬 뭔가를 꺼냈다. 백리의강에게도 익숙한 손수건이었다.

"그건 연이가 만든 것 아닙니까?"

"그래. 손이 야무지더군."

백리의강은 백리패혁의 얼굴을 보고 상당히 놀랐다. 자신의 친부이지만 저렇게 기분 좋은 기색을 내보이는 건 드물었기 때문이다.

"내 기가 막혀서, 무인한테 토끼를 수놓아 주는 앤 처음 봤다."

"예? 꽃과 나비 아닙니까?"

"무슨 소리냐? 봐라! 토끼지 않느냐!"

"그…… 러네요."

백리의강은 알쏭달쏭한 얼굴로 손수건을 보았다.

"학당에 보내 줘 고맙다고 몰래 놓고 가려 했더군. 내 다섯 손주를 모두 보냈건만 제대로 감사하다 생각하는 아이는 한 명뿐이구나!"

백리패혁이 으스대듯 손수건을 도로 집어넣고 말을 이었다.

"쯧, 여하튼 그래서 내가 밥이나 같이 먹자 했다. 나이가 드니 영 입맛이 없었는데, 애가 먹는 걸 보니 나도 입맛이 돌더구나."

"그렇다면 다행입니다."

"그게 다더냐?"

"예?"

되묻는 아들의 모습에 백리패혁은 답답해하면서도 동시에 안도했다.

만약 다른 자식들이었다면 어떻게든 자기 자식 얼굴을 한 번 더 보이겠다고 밀어 넣었을 것이다. 그리고 확신했다. 손녀딸이 제게 손수건을 만들어다 준 일은 의강과 전혀 관계없다는 것을. 정말 손녀의 생각인 것이다. 그 사실이 백리패혁은 매우 기꺼웠다.

백리패혁이 백리연을 내려다보곤 한숨을 쉬었다. 쌔근쌔근 얕은 숨을 내쉬는 발그레한 뺨은 통통해야 할 아이답지 않게 야위어 있었다.

"제대로 챙겨 먹이는 게 맞느냐?"

"더 노력하겠습니다."

"그리고 앞으로 바늘은 이만 놓게 해."

"예?"

"검을 쥐어야 할 아이야."

"그……."

"혹시나 애가 원하는 길을 가게 해 줘야 한단 말 같지도 않은 말 내뱉을 거면 때려치워!"

"……."

정말 그러려 했는지 백리의강이 침묵했다. 이에 백리패혁이 혀를 끌끌 찼다.

"됐다. 이 멍청한 놈. 어서 데려가거라."

괜스레 욕을 얻어먹었음에도 딸을 안는 손길은 조심스러웠다.

"그럼 소자, 이만 물러가겠습니다."

고개를 까딱인 백리패혁이 돌연 물었다.

"치료는 잘하고 있는 거지?"

"예."

"……네가 선택한 길이니, 후회 없길 바란다."

하루가 다르게 날이 따뜻해졌다. 앙상하던 초목이 푸릇해지고 화사하게 피어난 꽃들은 꿀벌을 유혹하는 향기를 풍겼다.

며칠 지나지 않은 것 같거늘 벌써 학당에 가는 날이 되었다. 백리세가에 들어오고 나서 대문을 넘는 첫날이기도 했다.

답답하다고 생각한 적은 없었다. 하지만 틀에 박힌 생활이 따분하긴 했던 모양이었다. 전날 밤에 설레서 잠이 오질 않은 걸 보면.

개학 첫날이라 나는 인사만 하고 돌아오기로 했다.

중간에 수업을 빠질 정도까진 아니라 생각했지만…… 할아버지께서 일부러 신경 써 주신 것이니 그냥 네, 네, 하며 알았다고 했다.

학당 가는 길은 아버지가 직접 데려다주었다. 그러고도 걱정이 되는지 아버지의 몸종인 언두를 붙여 주기까지 했다.

학당은 외곽의 오랫동안 방치되었던 장원을 새롭게 단장한 곳이었다. 학당 뒤쪽 울창한 숲에서 불어오는 신선한 바람을 만끽하며 본당으로 들어갔다.

수업이 시작되려면 아직 일렀지만, 이미 와 있는 아이들도 많았다. 대부분은 이미 알고 있던 사이인지 벌써 삼삼오오 짝을 이뤄 신나게 떠들고 있었다.

'이런 분위기였구나.'

난 전생엔 한 번도 구경해 보지 못한 학당을 흥미롭게 둘러보았다. 한 단 높은 곳엔 병풍이 있고 그 앞에 탁자와 의자가 놓여 있었다.

'저기가 선생님이 앉는 곳일 테고…… 우린 여기 앉는가 보네.'

앉은뱅이 탁자엔 벼루와 먹, 종이가 준비되어 있었고 그 앞엔 방석이 놓여 있었다.

둘러보던 난 순간 쌍둥이들과 눈이 마주쳤다. 일그러진 얼굴로 날 매섭게 노려보던 쌍둥이가 흥, 하고 고개를 돌렸다.

곧이어 쌍둥이 곁으로 다가간 어린 소녀가 묻는 목소리가 들렸다.

"왜 너희들밖에 없어? 리리는?"

"고뿔 걸렸어."

"뭐? 하필 오늘 걸리다니, 안됐다. 빨리 나으라고 전해 줘."

"아, 리리 고뿔이야? 정말 안 와? 보고 싶었는데, 아쉽다!"

모여 있는 아이 중 백리 세가 쌍둥이들 주변에 가장 사람이 많았다. 백리 세가의 위세를 절로 알 수 있는 광경이었다. 적당한 자리에 앉아 잠시 기다리자 하인이 나타나 여러 번 기침하며 아이들을 주목시켰다.

"선생님 오십니다."

아이들이 정좌를 마치기가 무섭게 문이 열렸다.

대충 반 시진(1시간) 정도의 소개 시간이 끝나고 일각(15분)의 쉬는 시간이 주어졌다. 난 돌아갈 준비를 했다. 이미 선생께는 이야기가 되어 있었다.

학당의 안뜰은 쉬는 시간이 되자마자 뛰쳐나온 아이들로 소란스러웠다. 특히 담벼락 뒤편 커다란 회화나무와 수풀이 우거진 쪽에 아이들이 가장 많이 모여 있었다.

"그래! 잘…… 앗! 놓쳤다! 뭐 하는 거야!"

그 중심엔 쌍둥이들이 있었다. 백리표는 허공에 기다란 막대기를 휘두르고 있었는데 마치 검술 시범을 보이는 것 같았다. 무심하게 시선을 돌리던 내가 다시 쌍둥이들을 보았다.

검술 시범이 아니었다. 백리표는 허공에 막대기를 휘젓는 게 아니라 웬 새를 쫓아내고 있었다. 곧이어 소우악이 다른 아이의 등을 밟고 담벼락에 올라갔다. 한참 회화나무에 올라가 보려 애쓰던 소우악은 결국 포기하고 바닥으로 내려와 화를 내며 나무를 걷어찼다.

'뭐 하는 거야?'

자세히 살피자 회화나무 윗가지에서 둥지를 찾아볼 수 있었다. 그래서인지 백리표가 휘두르는 막대기에 새는 쫓겨났다가도 다시 돌아오길 반복했다. 지켜보던 난 몸을 돌렸다.

학당을 나오자 언두가 한달음에 달려왔다.

"별일 없으셨지요? 수업은 어떠셨어요?"

"서로 인사만 했어."

"하긴 첫날이니까요. 그럼 갈까요?"

앞서 가던 언두가 뒤따라오는 기색이 없자 의아한 얼굴로 돌아보았다.

"아기씨? 갑자기 머리는 왜 푸신 거예요?"

양쪽으로 틀어 올렸던 머리카락이 스르륵 흘러내리는 게 느껴졌다.

'이럴 줄 알았으면 장신구라도 하고 올걸.'

선생이 사치를 별로 좋아하지 않는다는 소문을 들은 적 있어 일부러 수수하게 차려입은 것이었는데 이런 일이 벌어질 줄은 몰랐다. 머리끈은 옅은 옥색 비단에 금사로 연꽃을 수놓은 것이었다. 끄트머리엔 금장식도 되어 있었다.

난 머리끈을 언두의 손에 올리며 몸을 숙이게 했다. 그러고도 모자라 까치발을 들고 귀에 속삭였다. 얼떨떨한 표정의 언두가 나를 바라봤다.

"부탁해."

"어려운 일은 아니니…… 알겠습니다."

언두가 학당으로 들어가고 난 약간의 시간을 두고 뒤따랐다. 대문을 넘자 학당 하인의 목소리가 들렸다.

"들어가세요, 들어가세요. 곧 선생님 오십니다."

안뜰을 시끄럽게 뛰놀던 아이들이 아쉬워하며 우르르 안으로 들어갔다. 아이들이 모두 들어간 걸 확인한 하인이 마지막으로 들어서며

문을 닫았다. 재빠르게 다가온 언두가 말했다.

"아기씨, 시키신 대로 했습니다. 무슨 일인 겁니까?"

난 언두에게 따라오라 손짓하며 쌍둥이들이 있던 나무 근처로 갔다. 나무를 올려다보자 둥지는 무사했다. 아비인지 어미인지 모를 새는 지쳤는지 날아오르지 않고 둥지에서 고개만 내밀어 경계했다.

"다행이네. 돌아가……."

그때였다. 어딘지 모를 가까운 곳에서 빡빡거리는 소리가 났다.

"이게 무슨 소리죠? 이쪽에서 나는 것 같은데."

언두가 몸을 숙여 귀를 기울였다. 한참 수풀 사이를 살피던 언두가 외쳤다.

"아기씨! 여기 새끼가 떨어져 있습니다. 저 둥지에서 떨어졌나 본데요?"

언두가 가리킨 곳에 아직 솜털이 보송보송한 새가 굴러다니고 있었다.

"운 좋게 수풀로 떨어져 산 듯싶네요."

언두가 집어 들려는 걸 황급히 막으며 손수건을 내밀었다.

'솔직히 손수건도 불안하지만…….'

맨손보단 나을 거라 믿는 수밖에 없었다. 사람의 손길이 닿자 빡빡거리던 새가 갑자기 조용해졌다. 꾸물꾸물 손수건 위에서 움직이는 새를 보던 내가 나무 위를 보고 물었다.

"둥지에 넣을 수 있을까?"

"쓥, 나무 타 본 지 한 오 년쯤 된 거 같은데 뭐, 까짓것 해 보죠, 뭐."

"소용없어."

바로 옆에서 들린 갑작스러운 목소리에 나와 언두 둘 다 깜짝 놀라 돌아봤다.

언제 곁에 왔는지 모를 사내아이가 한 명 있었다. 버드나무 가지 문양을 수놓은 감색 비단옷과 허리를 조인 요대에 달린 옅은 하늘색의 옥 조각과 강옥 구슬 장식이 아이의 움직임을 따라 흔들렸다. 기다란 속눈썹 아래 반짝이는 눈을 샐쭉 접은 아이가 말했다.

"놀랐어? 미안해."

아기씨께 무례하다고 말하려던 언두는 사내아이에게서 풍기는 고고한 분위기에 눈치 빠르게 한 발 뒤로 물러났다. 나는 소년을 살피다 물었다.

"……왜 소용없는데?"

"여기 날개가 부러졌어."

소년이 가리킨 곳을 자세히 보자 한쪽 날개가 살짝 틀어져 있었다. 야생에서 날개가 부러진 새끼 새라니.

"……그럼 죽겠네. 불쌍해라."

새끼 새는 제 처지도 모르는지 한쪽 날개를 축 늘어트린 채 계속해서 빡빡거렸다. 그러고 보니 아까 제 새끼들을 보호하려던 부모 새들이 이 소릴 듣고 날아올 만도 했는데, 이미 부모 새들도 이 새끼는 포기했는지 둥지에서 꼼짝하지 않았다. 이 녀석도 버림받은 모양이었다.

그때 소년이 물었다.

"왜 그렇게 했어?"

"뭘?"

"학당 하인 시켜서 애들 일찍 들여보낸 거잖아."

소년이 시선이 흐트러진 검은 머리칼로 향했다.

"머리끈 줘서."

그걸 다 지켜보고 있었단 말이야?

소년은 궁금하다는 듯 고개를 갸웃 기울이며 물었다.

"그렇게까지 할 필요 있어? 그냥 말리면 되지 않아? 너 백리 세가 쌍둥이랑 사촌 아냐?"

난 무심코 조소할 뻔했다.

'내가 말리면 걔들이 듣겠어? 오히려 더 난리를 피우면 피웠지.'

하지만 이런 사실을 오늘 처음 만난, 누군지 알 수도 없는 소년에게 말할 필요는 없었다. 난 생긋 웃으며 말했다.

"오라버니들은 경쟁의식이 높아서 내가 말렸다면 오히려 더 잡으려 들었을 거야."

"경쟁…… 의식?"

내 말이 의외인지 눈을 크게 뜬 소년이 웃음을 터트렸다. 무척 낭랑한 웃음소리였다. 멍하니 이를 보던 내가 퍼뜩 정신을 차리고 언두를 향해 말했다.

"이만 가자."

"어? 벌써 가게?"

아직도 웃음기 남은 소년의 말을 무시하고 몸을 돌렸다. 언두가 손을 내려다보았다.

"얘는 어쩔까요?"

입술을 살짝 깨문 내가 한숨을 내쉬었다.

"수풀에 다시 내려놔."

"어……"

"어차피 둥지에 넣어도…… 죽을 테니까."

난 힘없이 말했다.

방도가 없었다. 괜히 둥지를 건드렸다가 부모 새가 다른 새끼들까지 함께 포기하게 될 수도 있었고, 만약 내가 데려간다면 평생을 돌봐 줘야 할 텐데 그럴 자신은 없었다.

'백리 세가에선 내 몸 하나 건사하기도 힘들어서……'

그때 소년이 나섰다.

"내가 치료할 수 있어, 날개."

멈칫한 내가 소년을 돌아보았다.

"이제 돌아보네."

빙그레 웃은 소년이 대나무처럼 빼어난 자태로 예를 갖춰 인사했다.

"내 소개를 안 했구나. 내 이름은 석가약. 석 태의의 먼 친척이야. 얼마 전에 이곳에 왔어."

난 푸른 담벼락과 기와, 그리고 중후하면서 기세가 남다른 건물들을 신기하게 바라봤다.

'태의가 이렇게 돈을 잘 버는 직업이었나?'

백리 세가에 비할 규모는 아니었다. 하지만 정교하고 아름다운 화원부터 공손한 태도의 하인들의 옷가지까지 깔끔하게 잘 관리되어 있었다. 이리저리 살피며 감탄하는 내 곁에서 수려한 소년이 말했다.

"모란을 좋아하나 봐."

나를 이곳으로 안내한 석가약이었다.

'석가약……'

전생에 마주친 적도 없고, 작중에서도 언급된 적 없는 아이였다.

"백리 세가 정원은 흰 모란이 대부분이거든. 이 색은 처음 봐."

"백리 세가의 이화 정원도 아름답기로 유명하지."

난 열심히 저택을 구경하며 석가약을 따라가던 중 돌연 걸음을 멈췄다. 석가약이 의아하게 날 돌아봤다.

"무슨 일이야?"

"……혹시 우리 아버지 여기 계셔?"

"아니, 안 계시는데."

"그래?"

고개를 갸웃거린 난 인상을 잔뜩 찌푸리며 마구간이 있는 방향을 보았다.

'아버지 말을 본 것 같은데……?'

하지만 스치듯 지나간 말을 다시 찾을 수는 없었다.

"내가 잘못 봤나 봐."

무심히 넘어가려던 난 문득 석가약의 태도에서 이상한 점을 느꼈다.

'쟤는 아버지가 여기에 안 계신 걸 어떻게 확신하지?'

석가약과 나는 방금 이 저택에 들어왔다. 그렇다면 내 말을 들었을 때 의문을 가지거나, 적어도 하인에게 손님이 오셨냐고 물어보기라도 해야 하지 않나?

하지만 석가약은 일언지하에 없다고 단언했다.

'……뭘 숨기는 거지?'

하지만 아버지가 여기 계신 걸 딸인 나에게 비밀로 해야 할 이유가 대체 뭐가 있단 말인가? 피어오르는 의심을 뒤로한 채 안내하는 방 안에 들어갔다.

방 안은 밖보다 더 화려했다. 금과 은으로 장식한 화려한 가구들이 가득했다. 금사로 포도 문양을 수놓은 푹신한 방석 위에 앉자 석가약이 몸종에게서 쟁반을 받아 들었다.

하얀 찻잔이 내 앞에 놓이고 석가약이 쪼르륵 내 앞에 찻잔을 채웠다. 찻물은 맑은 연분홍빛이었다.

"몸의 열기를 빼내 주는 차야."

내가 주화입마에 빠져 입은 내상을 말하는 것이었다. 석 태의의 친척이라기에 의심은 내려 뒀지만 그래도 경계심은 들었다.

"석 태의께서…… 네게 그런 얘기도 하셔?"

"석 태의의 약방 정리를 가끔 도와드리는데 며칠 전에 천화분, 곡정초, 목단피…… 심한 내상의 열기를 빼내어 주는 처방이 있었어. 그리고 네 눈가가 붉고 입술이 말라 미열이 있어 보이니 그 약재의 주인이 너인 걸 알았지."

"아."

그래. 명색이 태의인데 남의 건강 정보를 뿌리고 다니진 않겠지. 다행이었다. 하지만 석가약의 말에도 의심스러운 건 여전했다.

'……저게 내 또래의 태도라고?'

쌍둥이들과 백리리가 보통 아이의 모습 아니었나? 똑똑한 것도 똑똑한 것이었지만 눈치나 태도 자체가 남달랐다.

"의술을 배운 거야?"

"응."

"넌 그럼 학당 안 다녀?"

"다녀."

난 갸웃 고개를 기울였다.

"못 봤는데."

"오전반이니 당연히 못 봤을 거야. 난 어릴 적부터 기 선생님의 가르침을 받았거든."

나랑 비슷한 또래인데 벌써 중급반이라고? 감탄하는 날 보며 석가약이 탁자에 팔꿈치를 기댔다.

"선생님 휴식 시간에 잠시 질문할 것이 있어 뵈러 왔는데……."

석가약이 마치 재미있는 걸 보았다는 듯 눈을 빛내며 나를 향해 환하게 웃었다. 난 떨떠름할 뿐이었다. 이를 읽었는지 석가약이 벌떡 일어났다.

"하하, 그럼 잠깐 기다리고 있어."

석가약이 따라 준 차는 약간 시고 달았다.

홀짝이며 얼마나 기다렸을까, 예상보다 빠르게 석가약이 돌아왔다.

"일단 고정은 해 놨어. 어떻게 될지는 시간을 두고 지켜봐야 할 것 같아. 뭐, 날게 되더라도 사람 손을 타서 둥지로 되돌려 보낼 순 없지만."

"잘 부탁해."

그런 날 석가약이 이해가 가지 않는다는 듯 보았다.

"왜 안 키우겠다는 거야?"

"……."

난 말없이 눈을 내리깔았다.

과거 내가 길렀던 동물들은 매번 죽었다. 쌍둥이들의 실수로. 혹은 이유 없이. 거기다 과거 벌어진 일들에 따르면 조금 뒤에 난 한동안 처소를 비우게 될 것이다. 이러한 사정을 얘기할 순 없었다. 난 한껏 슬픈 표정을 꾸며 내 말했다.

"의술을 배웠다니 알겠지만 난 내 몸 돌보기도 힘들어. 그런 내가 아픈 새를 어떻게 돌보겠어?"

"백리 세가에 하인이 부족할 리 없을 텐데?"

"……."

"하하, 굳이 거짓말할 필요 없어."

뭐야, 다 알고 있으면서 물었단 말이야?

아니, 알고 있다면 오히려 다행이었다. 난 꾸며 낸 표정을 싹 지우며 말했다.

"자고로 집안의 흠은 바깥에 보이지 않는 게 좋댔어. 난 너랑 오늘 처음 봤는걸."

난 말할 생각 없으니 무례하게 캐묻지 말라는 뜻이었다.

'똑똑한 아이라면 이 정도 의미는 파악하겠지.'

찻잔은 거의 바닥을 드러내고 있었다. 슬슬 돌아가야겠다. 고개를 들던 난 나를 지켜보던 석가약과 시선이 마주쳤다. 석가약은 환한 미소를 짓고 있었다.

"우리 왠지 좋은 친구가 될 수 있을 것 같아."

석가약은 손안의 연옥색 머리끈을 가만히 들여다봤다. 귀한 집 아이들이 쓸 만한 자수에 진주 장식이 달린 평범한 끈이었다.

"갔습니까?"

"네."

"안일하셨습니다. 의강 공자가 계시는데 따님을 데려오시다니요."

"그러게요. 제가 너무 가볍게 생각했던 것 같아요. 마구간 지나다가 물어봤을 땐 진짜 깜짝 놀랐어요."

깜짝 놀랐다면서 웃는 낯은 전혀 그런 기색이 없었다. 오히려 재미있어하는 모습이었다. 이곳에 온 이후 내내 그저 조용히 쥐 죽은 듯 하루하루를 보내던 소년이 처음 내보이는 활기였다.

"……의강 공자님껜 제가 일단 잘 설명하겠습니다. 앞으론 조심해 주십시오."

한숨을 내쉰 석 태의가 무심코 말했다.

"안쓰러운 부녀입니다."

"석 태의도 측은지심이란 게 있었네요?"

뼈가 있는 듯한 석가약의 말에 석 태의가 입을 일자로 다물었다. 석가약은 백리연이 쌍둥이들을 지켜볼 때부터 자리에 있었다.

마르고 병약해 보이는 소녀. 그 소녀는 쌍둥이들의 행실이 마음에 들지 않는다는 듯 눈살을 찌푸리며 바라보았다. 하지만 결국 아무 말도 없이 떠났다.

'백리의강의 딸이라더니 별거 아니군.'이라고 생각하곤 스승을 뵈러 갈 때였다.

갑자기 기 선생님의 하인이 뜰의 학생들을 데리고 교실로 들어갔다. 아직 쉬는 시간이 상당히 남아 있어 하인의 행동은 갑작스러웠다.

석가약은 왠지 의심스러운 마음이 들어 뜰을 지켜봤다. 곧이어 조용해진 마당에 방금 빠져나갔던 소녀가 되돌아왔다. 학당을 나갈 때까지만 해도 예쁘게 묶고 있던 머리를 푼 모습으로 말이다.

그제야 알았다. 학생들을 들여보낸 건 저 소녀였다. 기 선생님의 하인에게 머리끈을 주며 들어가 달라고 부탁한 것이다. 그리고…….

"그럼 죽겠네. 불쌍해라."

말하는 어조는 당장에라도 눈물을 흘릴 것 같았지만, 눈매는 말라 있었다.

"……그 아이가 마음에 드셨나 봅니다."

"네. 재미있네요."

덜컹덜컹.

흔들리는 마차 안이었다. 피곤함에 눈을 감고 있던 내게 창밖의 언 두가 말을 건넸다.

"아기씨, 무겁지 않아요? 제가 들게요."

"아냐. 괜찮아."

길게 하품을 하는 내 품엔 상자 하나가 있었다. 나비와 당초 문양 자개 장식이 화려한 흑목 상자였다.

'일단 아버지 서재에 하나 장식하고……'

간소한 것도 나쁘진 않지만, 그래도 너무 삭막하니 꽃 한 송이 정 도 있으면 풍취가 좋을 것이다.

'한 송이는 내 방에, 그리고 한 송이는 잘 말려서 향낭으로 만들어 야지. 딱 좋네.'

이 꽃들은 석가약이 가져가라고 꺾어 준 것들이었다. 가는 길에 상 하지 말라고 이렇게 상자까지 마련해 주었다. 꽃이 어찌나 크고 화사한지 세 송이만으로도 상자가 꽉 찼다.

'수상쩍긴 한데 그래도 나쁜 애는 아닌 것 같긴 하고……'

마차는 얼마 지나지 않아 백리 세가에 도착했다. 마차에서 천천히 내리던 난 왠지 소란스러운 느낌에 대문 방향을 보았다.

"아, 안 된다니까 그러시네."

"제대로 확인해 보시오."

"아, 봐도 소용없다고! 이 사람 끈질기네."

"……백리 세가에선 손님을 이런 식으로 맞이하는가?"

"신분도 증명 못 하는 놈팡이가 무슨 손님? 좋은 말로 할 때 당장 가시지?"

어떤 미친놈이 백리 세가 앞에서 소란이지? 백리 세가엔 하루에도 수많은 손님이 들락날락한다. 하지만 소란이 이는 경우는 드물었다. 대문을 지키는 문지기부터 백리 세가에서 무공을 배운 무인이기 때문이다.

언두가 눈살을 찌푸리며 말했다.

"아기씨, 저쪽으로 돌아갈까요?"

"……"

"아기씨?"

언두는 대답이 없는 아기씨를 돌아보고 화들짝 놀랐다. 모시는 아기씨가 어느새 소란이 일어난 곳에 다가가고 있었기 때문이다.

"끌어내기 전에 당장 꺼지지 못해?"

"할 수 있으면 해 보아라."

사내가 천으로 감싼 검을 쥐었다.

"어쭈, 못 할 줄 알아? 진짜 후회하지 말고 가라."

문지기가 빈정거리며 창을 꼬아 쥔 일촉즉발의 상황. 그런 그들 사이에 태연하다 못해 태평하게까지 들리는 어린아이의 목소리가 파고들었다.

"무슨 일이죠?"

사내와 문지기가 동시에 날 돌아보았다. 날 알아본 문지기가 왈칵 인상을 찡그렸지만 사내의 표정은 확인할 수 없었다.

사내는 무채색의 더러운 여행복 차림으로 검조차 천으로 둘둘 감싸 신분을 전혀 짐작할 수 없었다. 심지어 콧등까지 올라온 두건이 얼굴의 반을 가리고 죽립까지 깊게 눌러써 보이는 곳이라곤 짙은 빛깔의 두 눈밖에 없었다. 나 매우 의심스러운 사람이오, 하고 백 리 밖에서도 주장하는 차림새였다.

하지만 난 눈을 본 순간 누군지 알았다. 아버지의 절친한 친우. 하지만 아버지를 죽음으로 몰아넣은 원인 제공자. 십 대 세가 중 하나인 남궁 세가의 소가주이며, 이 소설의 남주인공인 남궁류청의 친부, 남궁완!

'이분이 왜 여기서 이러고 계셔?'

내가 알아봤는데 아버지 몸종인 언두가 모를 리 없었다. 나를 허겁지겁 뒤따라오던 언두가 눈을 홉떴다.

"남……!"

무언가 소리치려던 언두가 그대로 굳었다. 곧이어 천천히 입을 다문 언두가 눈알을 가만히 두지 못하고 이리저리 굴렸다. 나는 언두를 향해 물었다.

"언두? 왜 그래?"

"그, 그…… 그게, 아기씨, 그게요."

언두가 남궁완을 계속해 힐끗거렸다. 그 모습에 상황을 파악했다.

'남궁 대협이 전음을 썼나?'

전음이란 내공을 사용해 다른 사람에게 들리지 않도록 은밀하게 말을 전하는 무공이었다. 어느 정도 경지에 이른 사람이면 대부분 쓸 줄 알았다.

하지만 소리가 없더라도 전음을 쓰는지 확인하는 방법이 있다. 입 모양과 목울대다. 전음을 쓰기 위해선 말하는 흉내를 조금이라도 내야 했다. 그래서 보통 입 모양이나 목울대를 통해 전음을 하는지 알아볼 수 있었다.

물론 입과 목울대를 두건으로 가린 남궁완이 전음을 썼는지는 확실하지 않았다. 하지만 남궁완이 막은 것이 아니라면 언두가 저렇게 말하고 싶어 미치겠다는 표정을 지으면서도 차마 입을 열지 못할 이유가 없었다.

'여하튼 난 아직 남궁완을 몰라.'

나는 그저 외부인을 보고 놀란 것처럼 자연스럽게 눈을 깜빡이며 물었다.

"소란스러워 와 봤는데, 무슨 일이신가요? 제가 도와드릴 수 있으면 도와드릴게요."

"그쪽은?"

난 두 손을 모아 공손히 인사했다.

"백리 세가의 백리연이에요."

남궁완의 미간이 잔뜩 찌푸려진 것이 보였다. 그때 문지기가 끼어들었다.

"아기씨가 상관하실 일이 아닙니다. 너도 이만 썩 물러가지 못해?"

남궁완이 매섭게 문지기를 노려보았다. 그 기색에 움찔한 문지기가 네놈이 뭘 어찌할 거냐는 듯 고개를 빳빳이 쳐들었다.

여긴 백리 세가의 장원이었다. 감히 백리 세가의 무사인 자신을 어찌할 수 없을 걸 아는 자의 몸짓이었다.

'저거 나중에 후회할 텐데…….'

당장에라도 뽑을 것처럼 검집을 꽉 쥐었던 남궁완이 나를 흘끔 보곤 크게 숨을 내쉬었다. 두건 아래서 낮게 가라앉은 목소리가 담담히 상황을 설명하기 시작했다.

이야기를 들을수록 가관이었다. 옷차림에서 알 수 있듯 남궁완은 자신의 신분을 밝히지 않고 백리 세가에 들어서려 했다. 물론 그가 그냥 들어가겠다고 우긴 건 아니었다. 남궁완은 자신의 신분패 대신 아버지의 초대 서신으로 신분을 증명하려 했다.

여기서 문제가 생겼다. 문지기들이 아버지의 서신인 걸 확신할 수 없다며 남궁완을 막아선 것이다. 문지기들이 아버지의 서체와 낙관을 못 알아보는 게 미친 것 같지만 뭐, 그럴 수도 있다고 치자. 그러면 서체를 확인할 수 있는 사람을 안에서 데리고 나오기라도 해야 했다.

하지만 문지기들은 사람을 불러 확인하는 대신 돌아가라 윽박질렀다.

"……해서 이리된 거다."

이야기를 모두 들은 난 문지기들을 기가 막힌 시선으로 보았다. 문지기들은 모르는 척 시선을 피했다.

"그 서신, 제가 한번 볼게요."

"네가?"

남궁완의 눈이 가늘어졌다. 난 믿어 달라는 듯 고개를 끄덕이며 말했다.

"네. 제 아버지 서체 정도는 알아요."

잠시 말을 멈췄다가 설명을 덧붙였다.

"아버지께서 제게 글을 가르쳐 주시거든요."

"……그 녀석이?"

저번 생에도 남궁완은 이 시기에 방문했다.

'하지만 이런 소란이 있었다곤 못 들었는데…….'

내가 처소에 박혀 있어 듣지 못했던 걸까? 나는 남궁 대협이 탐탁지 않은 눈으로 건넨 서신을 꼼꼼히 훑었다.

역시 아버지의 필체가 맞았다. 간단한 초대 서신으로 수신자는 익명. 하지만 아버지의 인장은 제대로 찍혀 있었다. 이런 서신은 자신의 신분을 알리고 싶지 않은 객을 초대할 때 많이 썼다. 그리고 남궁완은 진지하게 서신을 훑는 내가 뭘 알기는 하는지 웃긴다는 표정이었다.

나는 다시 서신을 곱게 접어 남궁완에게 내밀며 말했다.

"제 아버지 서체와 인장이 맞아요. 같이 들어가요!"

그렇게 앞장서려는 순간 문지기가 막아섰다.

"안 됩니다."

왜 또!

"지금 접객당에 자리가 없습니다."

백리 세가의 손님을 맞이하는 접객당에 자리가 없을 정도라니. 가주나 안주인이 연회라도 벌인단 말인가? 나는 헛소리에 화를 내는 대신 태연하게 말했다.

"괜찮아요. 접객당에 자리가 없으면 아버지 처소 청당으로 들이죠.

아버지 손님이니까요."

"후, 이래서 어린애란. 아기씨, 제가 이런 말씀까지는 안 드리려 했습니다만, 신분이 확실치 않은 자를 백리 세가에 들일 순 없습니다. 아기씨가 잘 모르시는 것 같아서 말씀드리는 겁니다."

공연한 트집에 불손하기까지 한 문지기의 태도에 언두가 참지 못하고 소리쳤다.

"이봐요, 작작 하세요."

"저리 안 가? 몸종 주제에 어딜 나서?"

"아니, 이분이…… 아오!"

언두가 말할 수 없는 사실에 답답한 가슴을 쳤다.

'저들이 왜 갑자기 미친 것처럼 날뛰는 거지?'

요새 하인들도 할아버지가 날 신경 쓴다는 소문에 눈치를…… 아!

나는 상황을 눈치채고 문지기를 향해 계속 소리치는 언두를 말렸다.

"됐어. 그냥 언두가 안에 들어가서 아버지께 손님 오셨다고 전해드려."

문지기가 코웃음 쳤다.

"소용없습니다. 사공자님은 외출하셨거든요."

"외출하셨다고요? 제겐 아무 말씀 없으셨는데?"

언두가 놀라 되물었다. 의심스럽게 문지기를 바라보던 언두는 저 무례한 자들의 말을 믿을 수 없다는 듯 내게 속삭였다.

"아기씨, 제가 안에 들어가서 확인하고 오겠습니다."

"응. 처소에 아버지 행선지를 아는 사람이 있는지 물어봐."

이 모든 걸 지켜보던 남궁완이 화를 억누르는 목소리로 말했다.

"됐다. 너도 먼저 들어가거라. 의강이 외출했다니 나 혼자 여기서 기다리겠다! 언젠간 돌아오겠지!"

"아뇨, 저도 같이 기다릴게요."

"뭐?"

나는 방긋 웃으며 말했다.

"아버지 손님은 제 손님이기도 하니까요."

"……."

남궁완이 미간을 잔뜩 찌푸린 채 날 보았다.

"무슨 뜻인지나 알고 말하는 게냐?"

난 방긋방긋 웃으며 고개를 끄덕였다.

아버지가 돌아가시고 백리 세가에서 이리 치이고 저리 치이던 내게 하나뿐인 외동아들과 혼인하지 않겠냐 하던 사람이었다. 물론 큰아버지와 고모가 그걸 가만히 둘 위인이 아니었기에 당연히 파투 났다.

'그게 백리연에게 헛꿈을 잔뜩 불어넣어 끈질기게 남주인공 옆에 들러붙는 원인 중 하나가 되지만……'

어쨌든 그가 호의로 그런 제안을 한 건 맞았다. 그러니 저 문지기들이 더 이상한 짓을 하는 걸 막기 위해서라도 내가 이 자리에 있어야 했다. 그렇지 않아도 문지기들은 내가 남겠다는 말을 하자마자 떫은 표정을 지었다.

남궁완이 말했다.

"네 맘대로 해라."

언두가 안으로 들어가기 전 남궁완을 향해 말했다.

"아기씨를 잘 좀 부탁드려요."

남궁완이 걱정하지 말라는 듯 손을 흔들었다. 언두가 떠나고 날 찬

찬히 살피던 남궁완이 질문했다.

"그건 무엇이냐?"

나는 잠시 질문의 주어가 뭔지 생각하다가 품 안의 상자를 내보였다.

"이거요?"

"그래."

상자가 화려해 눈에 띄긴 했다. 난 꼼지락거리며 상자를 열었다. 순간 싱싱한 모란 향이 확 풍겼다.

"꽃이에요! 예쁘죠?"

"꽃? 그걸 왜 상자에 넣어 뒀지?"

어차피 언두도 기다려야 하니 시간을 죽일 겸 설명을 이어 갔다.

"……해서 그 아이가 모란을 꺾어 줬어요. 아버지 서재에 한 송이, 제 방에 한 송이, 그리고 한 송이는 말려서 향낭을 만들 거예요!"

"향낭?"

"네. 곧 아버지 생신인데 저 때문에 바빠서 축하연도 없고, 선물도 모두 거절하실 거라고 들었어요. 저라도 챙겨 드리려고 했죠."

말하던 내 머릿속에 순간 좋은 생각이 스쳤다.

'괜찮은 것 같은데?'

난 최대한 어린아이처럼 천연덕스럽게 연기했다.

"아저씨, 아저씨는 아버지 친우라고 하셨죠?"

"……그래."

"그럼 이렇게 오신 것도 인연인데, 생신 선물 챙겨 주실 거죠?"

내 아빠 선물 내놔! 라고 들릴 만한 얘기지만 욕심 때문에 이런 말을 한 건 아니었다. 남궁완은 이미 아버지의 선물을 준비했다. 하지만 아버지는 그 선물을 끝까지 거절한다.

무슨 선물인지 알 수 없지만 내가 그 사실을 아는 이유는…… 남궁완이 아버지의 거절에 화를 내고 끝내 두 분이 크게 다퉜다는 소문이 돌았기 때문이다.

뭐, 절친한 친우답게 화해하긴 한다. 하지만 어쨌든 다투지 않는 게 더 좋지 않겠는가?

"아버지는 아마 아저씨 선물을 거절하실 거예요. 그래도 화내지 마시고 꼭 주실 수 있죠?"

참고로 남궁완이 준비했다던 대단한 선물이 탐나서 그런 건 절대, 절대 아니었다.

남궁완이 기가 막힌다는 어조로 말했다.

"백리 세가 대문 앞에서 강도를 만날 줄이야."

"강도라뇨……."

내가 민망하다는 듯 헤헤 웃었다. 내 머리를 쓰다듬을 것처럼 손을 뻗던 그가 멈칫하더니 팔짱을 꼈다. 잠시 고민하는 듯하던 남궁완이 입을 열었다.

"향낭을 만든댔지?"

"네!"

"내 것도 만들거라."

"네에에에?"

"그럼 내 무슨 일이 있어도 네 아버지 선물을 챙기마."

아니, 그게 무슨 소리야!

나도 모르게 입을 크게 벌렸다. 이를 본 남궁완의 눈가에 웃음이 서렸다.

"바느질은 할 줄 아느냐?"

빨리도 물어본다.

난 최대한 불쌍한 표정을 지으면 좀 봐주지 않을까 하는 기대를 하고 남궁완을 올려보았다.

"잘은 못해요."

"그래도 네가 직접 만든 것이어야 한다. 내 나중에 따져 볼 것이야."

"……."

다른 사람을 시킬 생각은 한 적도 없었다. 하지만 저리 당부하니 왜 더 다른 사람을 시키고 싶어지는 걸까? 아니, 아버지라면 내 실력을 아니 귀엽게라도 봐 주실 거다. 하지만 남궁완에게 진짜 엉망진창인 걸 주면 그건 좀 창피하지 않겠는가?

난 우물우물 말했다.

"그…… 제가 바느질을 할 줄 알기는 하는데 정말 엉망이거든요. 만드는 데 시간이 오−래, 아주 오오오래 걸릴 거예요."

"기다리마."

젠장, 괜히 일만 벌였잖아. 그래도 뭐 내 향낭 하나로 두 분이 다투는 일을 막는다면 싼값이지, 하고 생각할 때였다.

"그런데 네 아버지에 대해 잘 아는구나. 선물은 거절하고 볼 거라는 게. 아님…… 선물이 무엇인지 아느냐?"

나는 눈을 반짝이며 되물었다.

"선물이 뭔데요? 알려 주실 거예요?"

"내가 왜?"

"……."

남궁 대협…… 마음씨를 봐서는 사실은 대협이 아닐지도…….

그때였다.

"뭐야?"

아주 불길한 목소리가 들렸다.

"저 반편이가 왜 여기 있어?"

"아파서 수업도 못 받겠다더니 멀쩡하네. 꾀병 아냐?"

쌍둥이인 소우악과 백리표였다. 그 뒤엔 이제 막 마차에서 내리는 백리명도 함께였다. 나와 눈이 마주친 백리명은 난감한 얼굴을 했다. 하지만 쌍둥이들을 말리지도 않았다.

그리고 그들 모두 내 뒤에 있는 사내에게는 시선 한 번 제대로 주지 않았다. 남궁완을 알아보지 못한 것이다.

슬렁슬렁 다가온 백리표가 내가 들고 있던 상자를 가리켰다.

"그건 뭐야?"

"……꽃이야."

"그래? 한번 봐 봐."

내가 잠시 머뭇거리자 백리표가 곧장 소리쳤다.

"뭐야? 왜 못 열어? 꽃 아닌 거 아냐? 이리 줘 봐. 못 열겠으면 내가 열어 볼 테니까."

열지 않으면 열 때까지 들들 볶을 것이 눈에 선했다. 한숨을 내쉰 내가 상자를 열었다. 상자 안을 들여다본 백리표가 노골적으로 실망한 얼굴을 했다.

"진짜 꽃이잖아?"

"꽃이라고 했잖아."

"에이 씨, 뭐 이딴 걸 상자에 넣어놔? 좋다 말았네."

짜증스레 흙바닥을 걷어찬 백리표 뒤에서 소우악이 나타났다.

"왜? 예쁜데."

"갑자기 뭐라는 거야? 어디 아프냐?"

백리표의 타박에도 실실 웃던 소우악이 모란을 가리키며 말했다.

"나 하나 줘."

소우악이 내게 손을 뻗으며 말을 이었다.

"리리한테 주면 딱 좋을 것 같은데. 오늘 리리는 아파서 학당도 못 왔잖아."

늘 같이 말썽 부리던 쌍둥이답게 백리표는 소우악의 속셈을 깨달 았다. 사악하게 웃은 백리표가 곧장 태도를 바꿔 윽박질렀다.

"그러네. 설마 꽃 한 송이 주는 것도 싫다고 하진 않겠지?"

"맞아, 맞아. 아까운 거 아니지?"

그리고 이 모든 걸 지켜보던 백리명이 드디어 처음으로 말했다.

"표야, 악아. 너무 다그치지 말렴. 연이도 다 알아들었을 거다. 연 아, 사촌이잖니. 좋은 건 서로 나눠야지."

후, 어쩐지 마주쳤을 때부터 불길하더니만.

난 남궁완을 힐끗 보았다. 두건 속에 가려진 표정을 확인할 순 없 었지만, 검집을 쥔 손등에 핏줄이 바짝 서 있었다.

"그게 뭐 어려운 일이라고요. 오라버니들이 꽃에 관심 있는 줄은 몰 랐네."

난 아무렇지도 않은 얼굴로 한 송이를 꺼내 들었다.

한 송이 정도야 뭐…… 어쩔 수 없지 하는 생각으로 건네는 순간 백 리표 손에 든 모란이 툭 떨어졌다. 뒤이어 소우악의 발이 떨어진 모란 을 짓밟았다. 화사한 연분홍 모란이 처참한 모습이 되어 나뒹굴었다.

"아, 놓쳤네."

"어이쿠 실수. 그러게 잘 줬어야지. 뭐 하는 거야? 다시 줘."

소우악이 낄낄거리며 말했다.

"……."

나는 한숨을 내쉬며 상자에서 한 송이를 또 꺼내 들었다. 그리고 받아 드는 척하던 백리표가 또다시 떨어트렸다. 백리표의 발아래 짓밟힌 모란 두 송이가 나란히 나뒹굴었다.

"……."

"아직 남았네. 그거라도 줘."

이제 상자 속에도 한 송이뿐이었다. 난 더는 웃는 표정을 꾸미지 않고 가만히 쌍둥이들을 바라봤다.

"아, 뭐? 실수로 떨어트릴 수도 있지. 불만 있어?"

"맞아. 좀 떨어트릴 수도 있지."

저들은 느껴지지 않나? 내 뒤편의 남궁완에게서 찌르는 듯한 매서운 기운이 나오는 것이. 난 나서려는 남궁완 앞을 슬쩍 막았다. 그러곤 나무 상자를 쾅 닫았다.

"너……!"

난 소우악의 말을 자르며 상자째 백리표에게 내밀었다.

"여기."

"뭐, 뭐야?"

백리표가 살짝 당황한 얼굴을 했다.

"받아. 리리한테 준다면서? 상자 안에 있으니 떨어트려도 밟을 일 없을 거야."

답변이 궁색했는지 백리표가 입만 뻐끔거리다가 상자를 잡아챘다.

"……흥! 진작 그럴 것이지. 너 때문에 두 송이나 버렸잖아. 가자!"

백리표가 도망치듯 빠르게 대문 안으로 들어갔다. 그 뒤를 소우악과 백리명이 따랐다. 내 앞을 지나던 백리명이 잠시 멈췄다.

"연이가 참 착해. 하하하."

내 어깨를 툭툭 두드린 백리명이 대문을 넘어갔다.

"……."

"……."

긴 침묵 후 이를 아득 문 음성이 머리 위에서 들렸다.

"기가 막히는군."

난 남궁완을 힐끔 보았다.

"왜 날 막았지?"

"신분을 숨기시려던 거 아니었어요?"

"……."

남궁완은 나서는 순간 신분을 밝힐 수밖에 없다. 신변도 알 수 없는 남정네가 백리 세가의 직계를 나무랄 수는 없을 테니까.

"그리고……."

한숨을 내쉰 내가 짓밟힌 모란 앞에 주저앉았다.

"지는 싸움인걸요."

남궁완이 설명을 요구하듯 고개를 슬쩍 기울였다. 난 입을 삐죽 내밀었다.

"수가 많잖아요. 쌍둥이와 백리명 오라버니, 셋이나 되는데 제가 만약 꽃을 못 주겠다고 우겼다면 어떻게 됐겠어요?"

나는 아무렇지도 않은 척 최대한 담담하게 말했으나, 그래도 목소리에 살짝 우울함이 묻어 나왔다.

"저는 사촌에게 꽃도 양보 안 하는 야박한 계집애가 되겠죠."

"……."

"밟은 걸 화냈다면…… 그럼 애들이 실수한 거 가지고 따지는 못된 애가 될 거고요."

"실수가 아니었다."

"하지만 세 오라버니들이 실수라고 주장한다면요? 제 말을 누가 믿어 주겠어요."

회귀 전에 몇 번이나 겪었던 상황이었다. 아무도…… 누구도 내 말을 믿어 주지 않았다.

"그게 무슨……!"

남궁완이 소리치는 순간 말발굽 소리가 그의 말을 막았다. 그리고 이번엔 익숙한 목소리가 뒤따랐다.

"연이? 네가 왜 여기 있느냐?"

"아버지!"

아버지가 안장에서 가볍게 뛰어내리기가 무섭게 내가 달려들었다. 나를 거뜬히 안아 든 아버지의 품에선 미약한 약향이 풍겼다.

'웬 약향이지?'

내가 킁킁대고 있을 때, 아버지가 의아한 얼굴로 날 보았다. 나는 킁킁거리던 걸 민망해하며 어색하게 웃었다.

그런데 아버지는 전혀 딴소리를 했다.

"들어가지 않고 왜 여기 있느냐? 언두는 어찌하고? 머리는 또 왜 풀었느냐?"

"아버지 기다리고 있었어요!"

"나를?"

아버지가 살짝 크게 뜬 눈을 깜빡였다. 그러곤 부드럽게 미소 지었다. 매일 얼굴을 보는 나도 놀랄 정도로 무척 다정한 모습이었다.

"언두는 어디 갔느냐? 머리는 어찌 이래?"

아버지가 내 머리칼을 쓸어내리며 말했다.

"아버지 손님이 오셨어요!"

"손님?"

고개를 살짝 기울인 아버지가 곧이어 남궁완을 발견했다.

"……자네!"

확연히 놀란 얼굴이었다. 나와 남궁완을 번갈아 본 아버지가 낮게 속삭였다.

"연아, 누군지 아느냐?"

난 태연하게 고개를 저었다.

"아뇨. 하지만 서신의 필체를 보니 아버지 것이어서, 아버지 손님인 걸 알았어요."

"그런데 왜 들어가 기다리지 않고?"

"그러게 말일세. 여섯 살 난 아이도 알아보는 필체를 문지기들이 알아보질 못하더군."

남궁완이 죽립의 가장자리를 매만지며 빈정거렸다. 문지기들은 아버지가 왔을 때부터 눈도 제대로 들지 못했다. 거기에 남궁완의 말을 듣자 낯빛이 하얘졌다. 심상찮은 남궁완의 목소리에 상황을 살핀 아버지가 문지기를 향해 물었다.

"저게 모두 무슨 말인가?"

나와 남궁완에게 뻔뻔하게도 굴던 자들이 어느새 입술에 아교라도 바른 듯 입을 딱 다물었다. 자신의 잘못을 스스로 말하는 것만큼 힘든 일이 어디 있겠는가?

아버지가 다그쳤다.

"왜 아무도 말을 않는 게지?"

문지기들이 나는 무시해도 감히 내 아버지를 무시할 순 없었다. 결국, 문지기 한 명이 더듬거리며 말했다.

"그…… 백리 세가에 정체를 알 수 없는 자를 들여보낼 순 어, 없어 막았을 뿐입니다."

"……정체를 알 수 없는 자?"

"됐네."

미간에 힘이 들어간 아버지가 더 다그치려는 순간 남궁완이 막았다. 그러곤 죽립을 찬찬히 벗었다. 적어도 문지기 중 한 명은 그를 알아본 듯했다. 하얗던 낯빛이 이번엔 퍼렇게 질렸기 때문이다.

"백리 세가의 대문이 하늘 같으니 나 같은 사람이 어디 함부로 넘을 수야 있겠는가?"

입매를 비튼 남궁완이 부인할 수조차 없게 호패를 꺼내 들었다.

"남궁 세가의 남궁완일세. 이제 들어가도 되겠는가?"

문지기들을 싸늘하게 바라본 남궁완의 손에 들려 있던 죽립이 바닥으로 툭 떨어졌다.

콰직.

멀쩡한 죽립을 밟은 남궁완이 그대로 걷어찼다. 뻑 소리와 함께 문지기가 얼굴을 감싸며 쓰러졌다. 가장 기분 나쁘게 남궁완을 조롱하던 자였다. 쓰러진 문지기 앞에 이젠 거의 형체를 잃은 죽립이 나뒹굴었다.

'대박……!'

기술 점수 십 점, 예술 점수 십 점, 도합 만점짜리 숏이었다.

"······기씨, 아기씨."

"웅음."

"아기씨! 아기씨, 일어나세요! 깨워 달라 하셨잖아요!"

"아움······ 헉!"

다사다난한 외출이었다. 많이 나았다고 자부했지만, 체력은 내 생각에 동의하지 않는 모양이었다. 나는 처소로 돌아오자마자 기절하듯 곯아떨어졌다.

'왜 수업에서 일찍 돌아오게 했는지 알겠어······.'

언두의 감독하에 들어온 여종이 뜨끈하게 적신 수건으로 얼굴을 닦아 주고 머리를 묶어 주려는지 빗을 들었다. 나는 여종의 손에서 벗어나며 의자에서 폴짝 뛰어내렸다.

"나중에, 일단 가자!"

언두와 함께 방을 나섰다. 기운차게 나섰지만, 잠이 깨지 않아 하품하며 걷는 내 걸음이 뒤뚱거렸다.

"······너무했네. 죽립으로 사람을 때리다니. 내 생전 그런 무례는 처음······."

"그 정도에서 끝난 걸 다행으로······."

아버지 방으로 다가갈수록 대화 소리가 선명해졌다.

"······이제 자네도 한 가문을 이끄는 소가주인데 화가 난다고 그런 식으로 굴어선······."

"내가 다른 자들의 눈치를 봐야 한단 뜻인가?"

"그런 말이 아닐세."

"뭐가 아닌가? 아 하긴, 백리 세가 문지기이니 자네는 그자들 편을 들어야겠지."

"……."

"아닌가? 왜 말이 없나? 그자들은 날 모욕했고 난 그 값을 치렀을 뿐이야!"

쾅! 탁자 같은 걸 내려치는 소리가 들렸다.

'아이고, 싸운다, 싸워. 내가 이럴 줄 알았다.'

역시나 말다툼 소리가 들렸다. 내 뒤를 따르던 언두가 안달복달 어쩔 줄 몰랐다. 난 손을 휘휘 저으며 말했다.

"차랑 간식 갖다줘."

언두는 아기씨가 아직 여섯에 불과했지만 남다르다는 걸 일찍 깨달은 참이었다.

"그럼…… 부탁 좀 드릴게요."

안도한 언두가 고개 숙이고 재빠르게 물러갔다.

숨을 들이쉬고 문을 연 난 아버지를 향해 달려갔다.

"아버지!"

"내 방 안에서는 뛰지 말라지 않았느냐."

"헤헤."

"왜 벌써 일어났느냐? 피곤하진 않고?"

"괜찮아요."

방금까지 목소리를 높이고 있었음에도 아버진 온화한 얼굴로 날 살짝 끌어안았다가 곁에 세웠다.

"이미 앞에서 인사했겠지만 내 딸인 백리연일세."

내가 끼어든 탓에 말싸움은 멈췄지만, 남궁완은 아직도 기분 나쁜 기색이 역력했다.

허름한 옷을 입었을 때도 풍채가 남달랐던 자였다. 깨끗하게 씻고 수염을 밀고 짙은 감색 비단옷까지 입은 남궁완은 굉장한 미남이었다. 이목구비가 짙고 눈썹도 부리부리하니 남성적인 느낌이었는데, 어딘지 모르게 약간 오만하고 위협적인 기운이 풍겼다. 귀공자 같은 내 아버지와는 전혀 다른 유형이었다.

외견부터 성격까지, 하나에서 열까지 다른 둘이 어떻게 친해졌는지는 많은 사람의 의문이기도 했다.

'역시 무공 실력이 비슷해서인가?'

비슷한 나이에 이룬 성취도 서로 대등했다. 항간에서는 둘 중 누가 먼저 초절정의 경지를 달성할 것인지를 두고 내기도 이뤄지고 있었다.

'당연히 내 아버지가 먼저 아냐?'

물론, 살아 계신다면 말이다…….

아버지가 남궁완을 바라보며 내게 말했다.

"그리고 이쪽은 남궁 세가의 소가주이자 내 오랜 친우인 남궁완이란다."

"안녕하세요, 백리연이에요. 아버지게 말씀 많이 들었어요."

"좋은 소린 안 했겠지."

"……"

칼같이 튀어나오는 빈정거림에 난 당황하여 눈을 빠르게 깜빡였다.

아버지가 한숨을 내쉬며 미간을 문질렀다.

곧이어 언두가 쟁반을 들고 나타났다. 찻주전자와 세 개의 찻잔, 간단한 간식이 있었다.

난 늘 그랬듯 간식을 집어 들어 아버지 입에 하나 쏙 집어넣었다. 반사적으로 받아먹은 백리의강은 찻주전자를 들고 나서야 아차 싶어 남궁완을 보았다.

눈을 가늘게 뜬 남궁완은 입을 살짝 벌린 채 기막히다는 듯 바라보았다. 그리고 남궁완이 무언가 말하려는 순간. 분주하게 움직인 작은 손이 이번엔 남궁완의 입에 간식을 물렸다.

"……!"

모두의 입을 막은 내가 입을 열었다.

"아버지, 남궁완 아저씨 구박하지 마세요."

"콜록!"

기침이 터진 아버지의 찻잔에 내가 찻물을 채워 주었다. 기가 막힌 남궁완이 턱에 힘을 준 순간 과자 으스러지는 소리가 났다. 남궁완은 어쩔 수 없이 일단 씹어 넘겼다.

백리의강은 어디서부터 지적해야 할지 알 수가 없었다. 아저씨라니? 구박이라니? 천하의 남궁완이 어디서 이런 취급을 받겠는가?

동시에 두 사람의 말문을 막아 버린 이가 말을 이었다.

"이번 일은 아버지가 잘못하셨어요."

"콜록, 콜록, 내 잘못이라니?"

"이건 다 아버지가 서신에 아주 귀—한 손님이라고 안 써서 그래요."

"……."

"그 문지기들이 아버지가 서신에 귀한 분이라고만 썼으면 과연 옷

차림만으로 아저씨를 무시했을까요? 이건 다 아버지 탓이라고 볼 수 있죠!"

내 말이 마음에 든 듯 남궁완이 입꼬리가 삐뚜름히 올라갔다. 남궁완의 찻잔까지 모두 채운 난 아버지 무르팍에 앉아 발을 달랑거렸다.

"아버지, 문지기들은 무슨 벌 받았어요?"

"석 달 감봉에 보름의 근신 처분을 내렸단다."

역시 벌이라 해 봤자 별거 아니었다. 문지기들이 끝까지 잘못했다는 말 없이 뻗대는 걸 본 남궁완도 이런 결말을 예상했겠지. 그러니 대뜸 죽립으로 사람을 후려친 것이다.

아버지가 한숨을 내쉬곤 내 머리를 쓰다듬었다.

"미안하구나, 못난 꼴을 보였어. 내 단단히 일러뒀으니 더는 신경 쓸 필요 없다."

아버지는 이 주제를 여기서 끝내고 문지기들을 내 앞에서 언급하고 싶지 않은 듯했다.

그렇게는 안 되지. 아직 알려야 할 것이 있었다.

"문지기 무사님들은 바보들인가 봐요."

"연아."

"바보라니?"

두 분이 동시에 말했다. 나는 아버지를 바라보았다가, 남궁완을 보고 말했다.

"나중에 아버지가 돌아오시면 자기들이 벌받을 걸 알았을 텐데, 남궁완 아저씨를 무시했잖아요. 그러니까 바보죠."

남궁완의 예리한 시선이 날 향했다.

"네 말은 고의로 그랬을 거라는 것이냐?"

너무 아는 척을 해서도 안 됐다. 나는 한발 물러났다.

"고의가 뭐예요?"

남궁완이 살짝 실망한 눈으로 설명했다.

"일부러 그랬을 거라는 말이다."

"아하. 하지만 일부러 그런 것도 이상해요. 벌받는 거 좋아하는 사람도 있나?"

"……."

내 말을 마지막으로 방 안은 조용해졌다. 하지만 맞은편에 보이는 남궁완의 목젖은 짧게 떨렸다. 흘끗 본 아버지의 목젖도 마찬가지였다. 두 분이 전음으로 대화하기 시작한 것이다.

'좋아, 성공이군.'

이 정도 의심의 씨앗이라면 두 분 모두 깨달을 것이다.

사실 진즉에 알아챌 일이었다. 하지만 아버지는 가문에서 자신을 이렇게까지 견제할 이유가 없다는 생각 때문에, 그리고 남궁완은 남궁 세가의 외아들이기에 세가 내의 암투에 무심했을 뿐이다.

아버지의 표정이 시시각각 심각해졌다. 남궁완도 마찬가지였다. 과연 문지기들이 멍청해서 아버지의 서신을 가진 자를 쫓아냈을까? 그냥 괴롭히자고? 나중에 아버지 손님이 자초지종을 얘기하면 벌을 받을 것이 뻔한데?

'아니, 목적이 있지.'

아버지는 무림 내에서 명성이 높다. 강호를 떠돌아다니며 사정이 안타까운 이들을 많이 도왔고, 그 와중에 사귄 지체 높은 지인과 친우들도 많았다. 지금 내 앞에 있는 남궁완처럼.

문지기들의 목적은 간단했다. 아버지 손님이 누군지 어떻게든 파악하는 것이다.

'결국, 의도한 대로 남궁완의 방문이 백리 세가에 알려졌으니 성공이지.'

분명 곧 있으면 남궁완에게 다른 백리 세가 자제와의 만남을 요청하는 연락이 올 것이다.

아버지와 대화가 끝난 듯 남궁완이 심각한 얼굴로 나를 바라봤다. 난 왜 그러냐는 듯 고개를 갸웃 기울였다.

"그냥 멍청이는 아니었군?"

"……"

지금 누가 누구보고 멍청이라고……?

찻잔을 들던 아버지가 남궁완을 물끄러미 바라보았다. 그러자 멈칫한 남궁완이 아버지의 시선을 살짝 피하는 게 아닌가? 하지만 아버진 계속 말없이 남궁완을 쏘아보았다. 몇 번 헛기침을 한 남궁완이 어색하게 상냥한 목소리로 말했다.

"……그래. 이리 만났으니 선물을 하나 주마."

갑자기? 사과할 바에는 돈으로 값을 치르겠다 이건가?

아버지가 한 소리 하기 전 남궁완이 품속에서 무언가를 꺼내 탁자에 올렸다. 이를 본 아버진 오히려 더 인상을 찡그렸고 나는 고개를 갸웃 기울였다.

"단검이에요?"

고개를 끄덕인 남궁완이 단검을 검집에서 뽑았다. 범상치 않은 백색의 날이 보였다. 남궁완이 손목을 살짝 틀자 푸른 빛깔이 살짝 비쳤다 사라졌다.

저 오묘한 빛깔의 검에 대해 들어 본 적 있었다. 하지만 정말 들은 대로라면 여기서 선물로 나올 만한 것이 아니었다. 난 확실히 하기 위해 신기하다는 듯 말했다.

"와! 이런 색 검은 처음 봐요!"

"그렇겠지. 이건 백련정강으로 만들었으니까."

"혁!"

진짜였어!

백련정강은 무쇠도 자를 수 있다고 했다. 그런 백련정강으로 만든 검이니 한 가문의 보검이 되기에 충분했다. 단검이라지만 이런 귀한 것을 고작 내 선물로 준다고?

'멍청이 하겠습니다.'

하지만 아버지는 매몰찼다.

"어리석은 짓 하지 말고 가져가게."

"그저 필요할 것 같아서 주는 것뿐일세."

단검을 다시 감색 검집에 넣은 남궁완이 이를 내 손에 쥐여 주며 속삭였다.

"다음에 널 짜증 나게 하는 놈들은 이걸로 찌르거라."

나는 입을 헤벌렸다. 설마 '짜증 나게 하는 놈들'이 쌍둥이들은 아니겠지?

아버지가 날 남궁완에게서 떼어 냈다.

"내 딸에게 이상한 소리 하지 말게나. 연이 너 설마 지금 솔깃한 표정을 지은 게야?"

난 눈을 깜빡이며 재빨리 무슨 말인지 모르겠다는 표정을 지었다. 나를 의심스럽게 보는 아버지께 남궁완이 가볍게 말했다.

"그리고 뭐, 받기로 한 것도 있으니 이 정도야."

"받기로 한 것이라니?"

나 또한 무슨 소리를 하는지 멍하니 바라보다 뒤늦게 떠올렸다.

'향낭! 아니, 진심이었어?'

잊어버리고 있던 일을 떠올린 난 나도 모르게 입을 크게 벌렸다.

"연아, 저 말이 무슨 뜻이냐?"

"그…… 그, 드, 드리기로 한 게 있긴, 있긴 한데……."

"네가? 뭘 주기로 했단 말이냐?"

"그건…… 그건 비밀이에요!"

아버지가 살짝 놀란 얼굴을 했다.

"연이가 벌써 비밀을 만들다니."

아버진 티 내지 않으려 했지만, 서운한 기색이 역력했다. 난 손바닥 뒤집는 것보다 빠르게 비밀을 털어놨다.

"별거 아니에요. 향낭을 만들어 드리기로 했어요."

남궁완이 아쉬운 듯 중얼거렸다.

"비밀이라더니."

"자네는 조용히 하게. 네가 향낭을 만든다고?"

"네. 어쩌다 보니……."

아버지를 위한 깜짝 선물이 물 건너갔다는 생각에 나는 입을 삐죽이며 남궁완을 힐끗 보았다. 그러나 남궁완은 자신이 뭘 잘못했냐는 듯 아주 뻔뻔한 얼굴이었다.

"……그렇구나."

이제 괜찮아지셨을 거라 생각하고 돌아본 아버진 오히려 더 섭섭한 얼굴이셨다!

'왜? 왜? 뭐야? 뭐가 서운하신 거지?'

쓰게 웃은 아버지가 내 머리를 쓰다듬었다.

"그렇다면 받아 두거라."

찝찝한 느낌을 뒤로하며 단검을 꼭 쥔 내가 벌떡 일어나 인사했다.

"귀한 선물 주셔서 감사합니다. 소중히 여길게요."

아이의 다소곳하고 예의 바른 인사에 남궁완은 만족스럽게 고개를 끄덕였다.

뒤이어 아버지가 진지한 얼굴로 당부했다.

"좋은 검이니 허투루 내보이지 마라. 함부로 휘둘러서도 절대 안 될 것이야. 특히 연이 너는……."

그렇게 아버지의 일장연설이 시작되었다. 듣다 못한 남궁완이 가슴을 두드리곤 창문을 활짝 열어젖혔다.

"……그러니 정말 조심하거라."

"네!"

남궁완과는 정반대로 난 성실하고 좋은 학생의 태도로 연신 고개를 끄덕이다 힘차게 답했다.

"이제 끝났나?"

다리를 꼬고 몸을 비튼 채 탁자에 팔을 올리고 턱을 기댄 아주 불량한 자세로 창밖을 내다보던 남궁완이 물었다.

"자네도, 새겨듣게."

"알겠네, 알겠어."

"자세가 그게 무엇인가?"

질린 얼굴로 손을 내저은 남궁완이 나를 쭉 훑어봤다.

"됐고, 연이 몸을 내가 좀 살필 수 있겠나?"

"내공?"

남궁완이 고개를 까딱였다.

난 놀라서 남궁완을 보았다. 무림인들 사이에서 다른 사람의 내공을 살피겠다는 건 무척 무례한 말이었다. 상대의 경지를 파악하겠다는 뜻인데…… 성적표는 부모님한테도 보여 주기 싫은 법이다. 그런데 생판 남이 보여 달라는데 좋아할 사람이 어디 있나?

'거기다 위험하고.'

내공을 넣어 살피는 쪽, 받아들이는 쪽 둘 다 상당히 위험했다. 그런데도 남궁완이 나를 살펴보고자 하는 것은…….

내가 아버지를 보자 아버지가 고개를 끄덕였다.

나와 아버지, 남궁완은 곧바로 방 안의 널찍한 공간으로 향했다. 푹신한 양털 가죽에 비단 발과 두툼한 방석들이 늘어져 있는 이곳은 내가 평소에 뒹굴며 노는 장소였다.

내가 운기조식을 할 때처럼 자세를 잡고 앉자 내 뒤에 남궁완이 앉았다. 호법은 아버지가 섰다.

등에 손을 올린 남궁완이 "시작하마."라는 말과 함께 내공을 넣기 시작했다. 처음엔 살짝 따끔한, 무언가 형용할 수 없는 기묘한 것이 내 몸에 들어오는 느낌이 들었다. 하지만 금세 아무렇지도 않아졌다.

그렇게 잠깐 눈을 감았다 떴을 때였다. 남궁완이 조심스레 내 등에서 손을 떼는 느낌이 들었다.

"어…… 벌써 끝났어요?"

"반 시진이 지났단다."

"네에?"

놀란 내가 아버지를 돌아보려는 순간 눈앞이 어질어질하니 온몸을 짓누르는 듯한 피로감이 느껴졌다. 이어 마치 술을 진탕 마신 다음 날처럼 속이 메슥거리기 시작했다. 그런 날 아버지가 안아 들었다.

"연이를 눕히고 오겠네."

남궁완이 고개를 끄덕였다.

딸을 데리고 나간 백리의강이 돌아온 것은 언두가 식은 찻주전자를 세 번째 데우러 갈 때였다.

"미안하네. 연이가 잠에 못 들고 계속 뒤척여서."

남궁완이 괜찮다는 듯 고개를 까딱였다.

큰 상처를 입었던 몸이다. 익숙지 않은 내공을 받아들였으니 몸이 놀란 것도 당연했다. 거기에 결과도 좋지 못했다. 내공은 한 줌도 찾아볼 수 없고 단전은 산산이 부서져 있었다. 정말 딱 목숨만 건진 상태였다.

백리연의 상태는 백리의강이 누구보다 잘 알 것이다.

착잡한 얼굴의 백리의강을 보며 남궁완이 느리게 입을 열었다.

"자네에게 딸이 생겼단 소문을 들었을 때 난 웃었네. 자네 명성을 시기한 멍청이가 악의적으로 말도 안 되는 소문을 퍼트렸다고 말했지."

그 소문을 가져온 부하를 머저리 취급하면서 헛소문에 휘둘릴 거면 때려치우라고 빈정거렸다. 그리고 그 부하는 지금 상여금을 받고 승진했……

"그런데 하! 내 얼마나 기가 막혔는지 아는가?"

진짜로 딸이 있었고, 심지어 그 딸이 주화입마에 빠져 단전이 부서졌다는 소식. 그리고 혹시 단전의 회복 방법을 알거나, 도와줄 수 있겠냐는 서신을 받고 믿기지 않아 몇 번을 다시 확인했다. 정말로 백리의강에게서 온 서신이 맞는지.

"어쩌다 이리 된 건가?"

심지어 백리의강은 딸을 매우 아끼고 있었다. 남궁완이 지금껏 본 백리의강의 미소보다 오늘 하루 동안 본 것이 더 많았다고 단언할 수 있었다.

백리의강이 자신보다 온화한 성품인 걸 남궁완도 인정했다. 하지만 그렇다고 웃음이 헤픈 인간은 절대 아니었다. 오히려 딱딱하고 말이 안 통하는 벽창호에 가까웠다.

굳은 표정의 백리의강이 마른손으로 얼굴을 쓸어내렸다.

"연이는…… 그러니까, 연이를 돌보던 유모가 있었던 모양일세. 그 유모가 병에 걸려 죽기 전 내게 서신을 보냈네."

"잠깐. 친모는?"

"……."

백리의강의 낯을 본 남궁완이 침음을 내며 말했다.

"계속 얘기해 보게."

"……유모의 서신을 받았을 땐 일이 꼬여 유모의 예상보다 석 달이 넘게 소요됐네. 내가 연이를 찾았을 땐…… 유모는 죽은 지 오래로…… 연이는 이미 한 달을 넘게 길거리를 헤매고 다녔더군. 조금만 더 늦었더라면……."

남궁완도 이 뒷이야기는 처음 알았다. 그 또한 동요하는 기색으로 말했다.

"하늘이 도왔군."

어린아이가 한 달이 넘게 길에서 살아남은 건 기적이나 다름없었다.

"연이를 본 처음엔 미안했고 그다음엔 당황스러웠지."

백리의강이 얼굴이 점차 일그러졌다.

"급하게 찾아오느라 무림맹의 임무도 처리하지 못했고. 일단은 일을 마친 후에 천천히…… 아니, 다 핑계일세. 무슨 일이 있더라도 아이를 두고 떠나면 안 됐어."

"입적하여 가문에 맡기지 않았나. 나쁜 판단은 아니었어."

"아니, 아닐세. 이건 내 실수야."

"……사람이니 실수할 수도 있네."

백리의강은 말없이 고개를 저었다. 알 수 없는 표정으로 백리의강을 바라보던 남궁완이 느리게 말했다.

"그럼 만약 그 실수를 돌이킬 방법이 있다면 어찌할 건가?"

즉시 백리의강의 시선이 남궁완을 향했다. 남궁완은 그 눈을 피하지 않았다.

"내게 자네 딸을 치료할 방법이 있네."

"……"

백리의강은 그대로 석상이 되어 버린 듯했다. 굳었던 안색에 핏기가 돌며 지친 기색이 단숨에 날아갔다.

"정말인가!"

"그럼 내가 왜 왔다고 생각했나?"

차를 한 모금 넘기고 남궁완이 이야길 시작했다.

"여기서 말을 타고 한 달 정도 걸리는 곳에 팔괘촌이라는 아주 작은 마을이 있네. 지난해 그곳에 큰 산사태가 일어나 마을의 팔 할 이상이 쓸려 내려가고, 남은 자들도 크게 다치거나 반신불수가 되었지."

단전 치료와는 전혀 연관 없는 말이었다. 그런데도 백리의강의 눈빛은 무서울 정도로 집중하고 있었다.

"가장 가까운 의원이라곤 열흘을 걸어가야 하는 궁벽한 벽촌인데 심지어 또다시 산사태가 일어나 유일한 길마저 끊겨 버렸지. 아무도 살아남지 못할 거라 여겼네."

"……안타까운 일이로군."

"그리고 반년 뒤 벽촌에 친지가 있던 옆 고을의 사람이 혹시나 살아남은 자가 있을까 하고 길을 내어 찾아가 보았더니…… 반신불수였던 사람이 멀쩡하게 움직이고 있었다더군."

남궁완이 긴말로 마른 입을 차로 축이고 말했다.

"만신의였다네."

"……!"

백리의강이 눈을 부릅떴다.

"자네도 들어 봤겠지? 만신의가 내공 폐인이 된 자를 치료했던 일을."

"당연히……!"

전설에 가까운 그 소문을 무림인이라면 모를 수가 없었다. 당장 일어날 것처럼 주먹을 꽉 쥐었던 백리의강이 이내 힘을 풀었다. 백리의강은 전보다 더 고통스러운 낯이었다.

"하나 만신의는 이제 더는 무림인과 엮이지 않겠다고……."

천지신명께 맹세하고 은거에 들어간 자였다. 그런 자가 맹세를 깨고 백리연을 치료해 줄 것인가?

그때 남궁완이 품속에서 붉은 비단 주머니를 꺼냈다. 손바닥만 한 크기에 자수 장식 하나 없는 밋밋한 비단 주머니였다. 달칵. 탁자에 놓이는 소리를 보아 안에 들어 있는 것이 딱딱한 물건임을 알 수 있었다.

"열어 보게."

백리의강이 주머니를 받아 열자 글자가 새겨진 납작한 패 하나가 나왔다. 패에 달린 붉은색 술은 색이 바래 거의 연분홍색에 가까웠다. 적어도 십 년 이상 된 물건이었다.

"이건 각패지 않나?"

"맞네."

각패란 보통 신분을 나타내는 호패, 신분증이었다. 남궁완이 백리세가에 들어오기 전 내보였던 것이기도 했다.

"만신의의 각패일세."

백리의강이 숨을 들이켰다.

무림인들이 각패를 다른 사람에게 넘기는 건 특별한 의미가 있었다. 각패를 받은 자가 도움을 요청할 경우 각패의 주인은 이유를 불문하고 무조건 도와준다는 의미다.

이건 그 사람의 신의와 명예가 달린 절대적인 약속이었다. 그리고 남궁완이 만신의의 각패를 가지고 있다는 것은……. 남궁완은 만신의에게 어떠한 요구라도 할 수 있다는 말과 다름없었다!

"이 각패라면 만신의도 자네 딸을 치료해 줄 수밖에 없을 것이네."

흔들리는 눈으로 각패를 살피던 백리의강이 느리게 고개를 들었다.

"이 각패, 자네 것이 아니지?"

"역시 자네의 눈은 피할 수 없군. 맞네. 아버님의 것이지."

남궁완의 아버지는 남궁 세가주 남궁무철로 천하 십일강 중 한 명이었다.

"그렇다면……."

남궁완이 손을 들어 백리의강의 말을 막았다.

"걱정할 필요 없네. 이미 아버님껜 허락을 맡았으니."

"……."

"어차피 만신의가 모습을 감췄을 때 이 각패를 쓸 날은 없을 거라 여겼네. 이번에 찾은 만신의가 또 몸을 숨긴다면 언제 쓸 수 있겠는가?"

남궁완이 탁자를 향해 몸을 바짝 숙였다.

"의강, 이건 둘도 없는 기회일세. 내가 부하들에게 만신의를 지켜보라 하였으나, 만신의는 언제 다시 잠적할지 몰라."

"……."

한숨을 내쉰 남궁완이 바로 앉았다.

"선택은 자네 몫이지. 강요하진 않겠네."

주먹을 얼마나 꽉 쥐었는지 탁자 위에 놓인 백리의강의 손등이 하얗게 질렸다.

"그리고 나도 자네에게 공으로 내줄 생각은 없어."

백리의강이 무슨 뜻이냐는 눈으로 남궁완을 보았다.

"자네에게 부탁할 것이 있네."

"부탁?"

깊게 숨을 내쉰 남궁완이 저도 모르게 양 눈썹 끝을 꾹꾹 눌렀다.

"내 아들…… 류청에 관한 일이라네."

"자네 아들에게 무슨 일이 생겼나?"

백리의강이 놀라 물었다.

"아니, 그건 아닐세. 오히려 아무 일도 없어 문제지."

백리의강은 그 말에 오히려 의문을 가지고 보았다.

그때였다.

"도련님, 도련님."

문밖에서 들리는 목소리에 백리의강이 얼굴을 굳히고 물었다.

"······무슨 일인가?"

"이야기 중에 죄송합니다만, 그······ 마님께서 사람을 보내셨습니다."

백리의강의 얼굴이 딱딱하게 굳었다.

분명 언두에게 아무도 들이지 말라고 언질을 줬다. 그런데도 언두가 보고한다는 건 찾아온 사람이 무척 끈질기게 굴었고, 억지를 피웠단 뜻이었다.

백리의강이 몸을 일으키며 말했다.

"밖에서 맞이할 테니 기다리라고 전하게."

"뭘 그럴 것까지."

어느새 거만한 얼굴로 돌아온 남궁완이 몸을 뒤로 젖힌 채 고개를 까딱였다.

"들어오라 해. 하하, 과연 무슨 말을 할지 매우 궁금하군."

화사한 비단옷을 입은 아이들이 휘적휘적 걸어갔다. 이를 마주치는 자들 모두 재빠르게 고개를 숙였다. 그런 주변이 익숙한 듯 아이들은 자기들끼리 떠들기 바빴다.

"아, 진짜 지루해 죽는 줄 알았어. 할아버지는 왜 학당에 가라는 거야?"

"할아버진 다 우릴 생각해서 가라고 하신 거다."

백리명의 말에 백리표가 소리쳤다.

"형도 가기 싫어했으면서!"

"뭐, 난 괜찮은 것 같던데."

"뭐야 이 배신자. 명이 형! 이제 뭐 할 거야? 나 완전 몸 근질근질한데, 대련하자!"

며칠 전부터 쌍둥이와 백리 세가 제자들의 대련 시각과 횟수가 따로 정해졌다. 처음엔 누구 마음대로 그러냐고 버럭버럭 소리쳤으나 백리의강의 뜻임을 알게 된 순간 바로 꼬리를 말았다.

그런 쌍둥이들을 향해 백리명이 미안하다는 듯 웃었다.

"리리한테 가 봐야 해서 안 돼."

"또? 걔는 언제까지 그렇게 삐져 있을 거래?"

"그러니까. 형도 짜증 나겠다. 아니, 고작 그거 가지고 며칠을 난리 피우는 거야? 나 같으면 콱……!"

"표야."

"쳇. 알았어."

"동생이잖니. 아껴 주렴."

자애로운 표정의 백리명이 백리표의 어깨를 다독였다. 소우악이 실실 웃으며 양손을 뒷머리에 깍지 끼고 중얼거렸다.

"하긴 리리는 걔에 비하면 귀엽지."

"아, 백리연 걔 요새 왜 이렇게 눈에 띄어? 진짜 짜증 나."

"자기가 진짜 백리 세가 사람인 줄 아나 봐. 미쳤지. 무공도 못 쓰는 폐품 주제에 어딜?"

"그러니까! 걔는 학당에 왜 나오는 거야? 제정신인가? 같은 가문 사람 취급받기 싫다고!"

"표야. 악아."

백리명이 경고하듯 쌍둥이들을 불렀다. 그러곤 주변을 살짝 눈짓했다. 뜨끔한 백리표가 입을 다물고 소우악이 약간 걱정된다는 듯 입을 열었다.

"형, 문지기들⋯⋯."

"괜찮아."

문지기들 모두 할머니의 사람이었다.

백리명의 답에 소우악이 눈에 띄게 안심했다. 백리명은 그 모습에 속내를 삼켰다. 한심했다. 문지기들이 누구의 사람인지도 모르면서 그런 짓을 벌였단 말인가?

잠시 생각하던 백리명이 문득 떠올랐다는 듯 물었다.

"연이 뒤에 있던 그⋯⋯ 죽립을 쓴 호위는 누군지 알아?"

호위 무사 한 명의 고자질로는 큰 문제는 없을 것이다. 얼마든지 반론 가능할 정도로 행동했으니. 하지만 확인차 한 질문에 소우악이 답했다.

"호위 아냐."

"맞아, 아닐걸. 백리연 개 학당 올 때 하인 하나랑 삼촌이랑 왔어."

"그래? 그럼 그냥 손님인가?"

"별 볼 일 없는 사람 아냐?"

"맞아. 들어가지도 못하고 있는 것 같던데."

"그래."

별 볼 일 없는 손님이라지만, 그래도 조심하는 것이 좋았다. 백리명은 천둥벌거숭이처럼 날뛰는 쌍둥이들을 보자 새삼 머리가 아팠다.

"앞으론 다른 사람들 앞에서 그러면 안 돼. 알았지?"

"걔가 내 눈에 안 띄면."

"백리표."

입을 삐죽인 백리표가 혼자 뛰어나가고 소우악이 소리쳤다.

"야, 어디 가!"

한숨을 쉰 백리명이 고개를 내저었다. 백리명이 뒤편의 하인을 향해 손을 내밀었다.

"그거 이리 주거라."

쌍둥이들의 책보를 등에 멘 하인의 손에 나전 장식의 흑목 상자가 있었다. 백리연이 백리표에게 넘겼던 상자였다. 하인이 넘겨주려던 상자를 소우악이 가로챘다. 백리명이 살짝 인상을 찌푸리며 소우악을 바라봤다. 움찔한 소우악이 설명했다.

"아니, 이딴 쓰레길 뭐 하러 가져가? 차라리 내가 리리한테 이따가 장난감 가지고 직접 갈게."

"……그래. 알았다."

내심 가져다주고 싶지 않았던 백리명이 어쩔 수 없다는 듯 미소 지었다.

"야, 이거 가져다 버려."

소우악이 뒤따르던 하인을 향해 상자를 던지는 걸 본 백리명이 몸을 돌렸다.

이화나무와 백모란이 만발한 정원을 지나쳐 흰 담벼락의 동그란 문을 넘어가자 화려한 전각이 보였다. 전각의 돌계단을 쓸고 있던 하인이 백리명을 보고 재빨리 고개 숙였다.

"어머니는?"

"마님께 가셨습니다."

"리리는?"

"유모와 시동과 함께 계십니다."

고개를 끄덕인 백리명이 전각 안으로 들어갔다. 방에는 중년의 부인과 두 명의 여아가 있었다. 부인 품에 안겨 있는 고운 옷의 여아는 구슬을 가지고 노느라 바빠 열린 문을 돌아보지도 않았다. 중년의 부인만 공손히 인사하곤 여아를 향해 말했다.

"아기씨, 도련님 오셨어요."

"리리야."

백리명이 이름을 부르기 무섭게 백리리가 몸을 팩 돌렸다. 백리명이 한숨을 내쉬었다.

"리리야. 리야, 오라버니 방금 학당에서 돌아왔는데 얼굴도 안 보여 줄 거야?"

입을 삐죽이며 백리명을 잠시 본 백리리가 금세 고개를 돌렸다. 그 옆에 앉은 백리명이 다정히 말했다.

"리리야, 오라버니가 오늘 학당에서 누굴 봤게?"

"……."

"홍이랑 영영이랑, 아, 조아도 봤단다."

백리리가 다시 슬그머니 백리명을 보았다.

"특히 조아가 널 못 봐서 아쉬워했어."

백리리의 가장 친한 친구인 강조아 이야기를 하자 백리리의 눈동자가 흔들렸다. 그러나 이내 볼을 불퉁거리며 중얼거렸다.

"그, 그래도 안 갈 거야."

백리리는 몇 날 며칠을 떠나갈 듯 울며 학당에 가지 않겠다고 버텼다. 백리의묵은 그날 소리친 것이 미안했기에 백리리에게 강하게 나가질 못했고, 그렇다고 소란을 키울 수도 없었다. 괜히 할아버지의 귀에 들어가기라도 한다면 백리리의 입장만 더 난처해지지 않겠는가?

하지만 아프다는 핑계로 백리리가 학당을 계속 빠지게 둘 수도 없었다. 백리리가 학당에 나가지 않는다면 자연히 백리연이 득세하지 않겠는가!

백리명은 수업이 끝나고 친우들과 모임을 가졌다. 모두 명문가의 아이들이었다. 그 아이 중 몇은 벌써 소문만 무성하던 백리연에게 관심을 가졌다. 폐인이 된 백리연은 보잘것없더라도, 작은아버지인 백리의강은 유명한 인사였기 때문이다. 그걸 가만히 두고 볼 순 없었다.

백리명이 그렇게 한참 리리를 달래고 있을 때였다. 잠시 자리를 비웠던 중년의 부인이 돌아왔다.

"작은 도련님, 아기씨, 큰 마님께서 찾으십니다."

"할머니께서요?"

"네."

백리명이 백리리를 돌아보자 리리가 고개를 팩 돌렸다.

"난 안 갈 거야."

"리리야."

"싫어. 가면 또 거기 가라고 할 거잖아. 나 안 가!"

이미 한참을 달랬기에 피곤했던 백리명은 한숨을 내쉰 뒤 홀로 몸을 일으켰다.

"그래, 알았어. 조금 이따가 보자."

할머니의 처소에 도착한 백리명은 방 안에 모인 이들을 보고 어리둥절한 얼굴을 했다.

방에는 아버지 어머니뿐만 아니라 고모와 쌍둥이들도 모두 모여 있었다. 쌍둥이들은 그사이 어딜 굴렀는지 땀과 흙투성이였다. 백리의묵 또한 백리명의 빈 옆자리를 보고 의아한 얼굴을 했다.

"리리는?"

"싫다고 하기에 두고 왔어요."

"그래도 같이 왔어야지."

"아버지, 리리 고집 아시잖아요."

백리의묵이 한숨과 함께 고개를 저었다.

"죄송합니다, 어머니. 제가 너무 오냐오냐 길러 버릇이 없습니다."

찻잔을 내려놓은 노부인이 말했다.

"괜찮다. 리리는 어멈이 지금 돌아가 준비시키거라."

"예, 어머님."

노부인 곁의 여인이 작게 답하고 일어나 물러갔다. 이를 지켜보던 백리의란이 더는 참지 못하고 물었다.

"어머니, 그래서 무슨 일로 이렇게 모이라 하신 거예요?"

재촉에도 노부인은 느긋하게 찻잔을 들었다.

"방금 들어온 소식이란다. 남궁 세가의 소가주가 방문했다는구나."

"소가주라면…… 남궁완이요?"

그 자리에 있던 모두가 놀란 얼굴을 했다. 백리의묵의 목소리는 살짝 떨리기까지 했다.

"혹…… 혹시 남궁 세가주께서도 오셨습니까?"

남궁 세가 현 가주인, 남궁무철. 백리패혁과 동수를 이루는 천하 십일강 중 한 명이었다.

십 대 세가와 구파 일방, 그 외의 정파 무림 연합인 무림맹의 수좌인 무림맹주이기도 했다. 지금은 다른 자에게 무림맹주 자리를 넘겨주었지만.

"아니. 남궁 소가주 홀로 방문했네."

모두 무척 아쉬운 표정을 지었다. 하지만 이내 기대하는 낯이 되었다. 특히 백리의묵의 표정이 밝았다.

백리의묵은 명성, 무공, 인맥 모두 백리의강에게 밀렸으나 내분을 바라지 않는 가주의 뜻으로 후계자 자리에서 버티고 있었다.

하지만 백리 세가 내부에선 가주의 자리에 백리의강이 더 알맞다는 의견이 상당했다. 만약 남궁 세가의 소가주, 남궁완과 친분을 맺고 그를 뒷배로 둘 수 있다면……. 백리의묵이 마른침을 꿀꺽 삼켰다.

반색한 백리의란이 서둘러 말했다.

"어머니! 이럴 때가 아니죠! 어서 접객당으로……."

탁.

호들갑스러운 백리의란의 말을 노부인이 찻잔 내려놓는 소리로 잘랐다.

"접객당에 머물지 않는다는구나."

"예?"

"백리 세가에 온 손님이 아니다."

"예? 그럼요?"

"의강의 손님으로 왔다."

벌써 반쯤 몸을 일으켰던 백리의란이 물었다.

"……설마, 그럼 계속 의강 처소에 머무는 거예요?"

"아마도."

"너무한 거 아니에요? 의강 걔는 남궁완을 초대해 놓고 저만 본다고요? 그럴 거면 뭐 하러 초대한……!"

"의란아."

백리의묵이 백리의란의 말을 막고 부드럽게 다독였다.

"어머니가 우리를 모두 불러 얘기를 꺼내신 이유가 있겠지. 진정하거라."

진중한 아들의 모습에 만족스러운 미소를 지은 노부인이 찻잔을 들었다.

"맞다. 내 의강에게 사람을 보내 남궁완과 함께 석찬에 초대했다."

백리의란의 얼굴에 화색이 돌았다.

"하긴 걔도 양심이 있으면 그간 어머니 얼굴에 먹칠한 것이 있으니 당연히 허락해야죠!"

이와 정반대로 백리의묵은 조심스럽게 얘기했다.

"하지만 어머니, 아버님이 전에…… 의강의 손님에게 관여치 말라고 하시지 않았습니까?"

그리고 마치 이 말을 기다렸다는 듯 방문 앞이 소란스러워졌다. 노부인은 태연하게 말했다.

"들어오게."

문이 열리고 장석량이 방 안에 모여 앉은 이들을 쓱 둘러보았다. 백리의묵이 불편한 표정으로 장석량의 시선을 피했다.

"다들 모여 계셨군요."

장석량이 공손히 인사 올렸다. 이를 지켜본 노부인이 딱딱한 얼굴로 말했다.

"발이 무겁기로 유명한 장 부관이 예까지 걸음을 하다니. 무슨 일인가?"

"제가 무슨 일로 왔는지는 이미 잘 아실 텐데요."

마른침을 넘긴 백리의묵이 조심스레 끼어들었다.

"장 부관, 어머니께서……."

"의묵, 대화는 내가 하느니라."

노부인이 백리의묵의 말을 단호히 잘라 냈다. 백리의묵이 머뭇대다 수그러들었다. 장석량이 다시 말을 이었다.

"마님, 지금이라도 뜻을 거두시는 게 어떻겠습니까? 사공자님의 손님입니다. 사공자님을 난처하게 만들지 마십시오."

"난처라니? 난 고작 석찬을 함께하자 했을 뿐이네."

"무슨 뜻인지 아시지 않습니까? 이 일을 가주님이 아시게 된다면 분명 책임을 물으실 것입니다."

백리패혁은 최근 관아의 골치를 썩이던 비적 토벌에 제자들을 이끌고 나서느라 자리를 비운 참이었다.

백리의묵이 불안한 얼굴로 장석량과 노부인을 바라봤다. 노부인이 코웃음을 치며 말했다.

"자식의 앞길을 생각하는 어미가 고작 그깟 걸 두려워할 것 같은가?"

돌아온 백리패혁이 호통을 치든지 말든지 남궁완이라는 인맥을 얻는다면 모두 감당할 수 있었다. 그렇게 된다면 결국 백리패혁도 제 뜻을 인정할 수밖에 없을 것이다.

"나보다 그대가 상공과 더 가까운가 보지?"

"……."

백리패혁은 자신의 가족이자 남편이고 백리 세가 사람이지만, 넌 그저 부관일 뿐이라는 뜻이었다.

한숨을 쉰 장석량이 한발 물러났다.

"……부모란 응당 자식을 위하는 법이지요. 옳은 방법이길 바랄 뿐입니다."

"자네가 걱정할 필요 없네."

"알겠습니다. 그렇다면 석찬에 저도 함께하겠습니다. 저도 가주님께 보고드릴 면목은 있어야지요."

"뜻대로 하게."

장석량은 별 소득 없이 물러났다.

백리패혁은 자신이 자리를 비울 시 자식과 손주들이 허튼짓하지 못하게 막으라 당부했다. 특히 쌍둥이들을 요주의 인물로 여겼다. 백리패혁은 근래 쌍둥이들에게 부쩍 불만을 품고 있었다. 그 심경의 변화는 모두 백리연, 그 아이가 아비와 함께 무릎을 꿇은 이후부터였다.

이번 일은 어디를 보아도 쌍둥이들과 아무런 연관이 없었다. 그래서 이렇게 쉽게 물러난 것이기도 했다.

하지만 이상하게 뭔가를 놓치고 있는 듯한 느낌이 들었다. 또한 이 일이 쉽게 넘어가지 않을 것 같다는…… 그런 불길한 예감이 자꾸만 들었다.

이화와 백모란이 만발한 정원은 온통 하얀빛으로 마치 눈이 쌓인

것만 같았다. 거기에 정원 곳곳이 놓인 등불로 한층 더 운치가 깊어져 마치 선계에 온 듯한 느낌을 주었다. 그리고 이를 감상하기 좋은 사방이 탁 트인 누각엔 선객이 가득했다.

"남궁 세가의 남궁완입니다."

남궁완이 물 흐르듯 매끄러운 태도로 포권지례를 올렸다.

"어서 오십시오."

남궁완을 맞이한 건 백리의묵이었다. 연회는 내실이 아니라 정원의 누각에서 이뤄졌고, 초대한 노부인은 몸이 좋지 않다는 핑계로 자리만 마련하고 물러났다. 연회의 주인을 백리의묵으로 만들어 힘을 실어 주기 위해서였다.

백리의묵, 백리의란은 물론, 누각 한쪽에 시립한 장석량까지 서로 인사를 주고받았다.

장석량이 웃으며 남궁완을 향해 말했다.

"남궁 세가주께선 잘 계십니까?"

백리패혁과 남궁무철이 아는 사이기에 장석량 또한 남궁무철과 몇 번 만난 적이 있었다.

"무탈하십니다. 돌아가면 장 부관의 안부를 아버님께 전해 드리겠습니다."

남궁완은 담담하게 답했다.

곧이어 시비들이 줄줄이 음식을 들고 날라 왔다. 산해진미들이 순식간에 탁자를 가득 메우고 누각을 가득 채웠던 꽃향기가 식욕을 자극하는 냄새에 물러갔다.

"급히 준비하느라 더 성대히 대접하지 못해 아쉽습니다."

"괜찮습니다."

"일이 있었다고 들었습니다. 문지기들이 무례하게 굴었다지요?"

"……."

남궁완은 입을 다물고 대답하지 않았다. 단단히 기분 상한 기색이 역력했다.

허허, 사람 좋게 웃으며 백리의묵이 말했다.

"뭔가 오해가 있었던 듯싶습니다. 내 사실을 알고 그들을 단호하게 처벌하였으니 마음을 푸시지요."

"뭐, 의강에게 대강 들었습니다."

남궁완 곁의 백리의강을 힐끗 본 백리의묵이 웃으며 말했다.

"아마 모두 듣진 못했을 겁니다. 그 문지기들은 제가 모두 쫓아냈습니다. 다신 백리 세가에 발붙이지 못할 것입니다."

"……해고했다는 말입니까?"

백리의강이 놀란 듯 물었다. 남궁완도 의외라는 듯 백리의묵을 보았다.

"당연하지. 또 이런 무례를 저지를지 어찌 아는가?"

남궁완이 피식 웃었다.

"그거 마음에 드는군요. 저와 일하는 방식이 잘 맞습니다. 그런데 설마 제가 다시 마주치는 일은 없겠지요?"

잠시 본보기로 잘랐다가 다시 복귀시키는 것 아니냐는 물음이었다. 남궁완의 눈이 날카롭게 백리의묵을 살폈다. 물론 그럴 생각이었던 백리의묵은 놀란 속내를 가라앉혔다. 그리고 역시 남궁 세가 핏줄답게 예리하다 여겼다.

이렇게 콕 찍어 말한 이상 문지기들을 다시 복귀시키는 건 불가능해졌다. 괜히 남궁완에게 걸리면 변명하기도 힘들 것 아닌가? 제 편으로 만들기 위해 꽤 공들였던 문지기들을 팽해야 한다는 사실이 아쉬웠다. 아니, 차라리 그러는 쪽이 아버지가 돌아오셨을 때 변명하기 편할 수도 있었다.

"하하, 당연한 말씀을. 절대 그럴 일 없습니다."

"좋습니다."

그제야 화기애애까진 아니지만 약간 풀어진 분위기로 이야기를 주고받을 수 있었다. 그동안 얌전히 있던 백리의란이 뒤쪽의 몸종을 향해 눈짓하자 몸종이 누각을 빠져나갔다.

백리의묵이 말했다.

"오래 머물지 않으실 거라니 아쉽군요. 언제까지 머무실 예정입니까?"

"글쎄요. 날을 잡고 움직이는 건 아니라서."

"그렇군요. 오래 머물지 않으실 거라지만, 그래도 묵으시는 곳은 편한 곳이 더 좋지 않겠습니까? 의강의 처소도 나쁘진 않겠지만, 접객당의 더 넓은 방을 준비해 드리겠습니다."

"괜찮습니다. 그보다 사실은 드리고 싶은 말이 있어 이 자리에 나왔습니다."

남궁완이 젓가락을 내려놓으며 말하자 백리의묵과 백리의강 둘 다 의아한 얼굴을 했다.

"동생인 의강의 친우는 제게도 동생이나 다름없습니다. 형님으로 여기고 얼마든지 편하게 말하십시오."

백리의묵이 호탕하게 웃으며 말했다. 잠시 침묵하던 남궁완이 각오한 듯 입을 열었다.

"아드님에 관해……."

"도련님과 아기씨 오셨습니다."

몸종의 말과 함께 네 명의 아이들이 우르르 나타났다. 백리의란은 아이들을 보느라 순간 남궁완의 표정이 싸늘하게 변한 걸 알아채지 못했다.

"아이참, 아이들이 꼭 뵙고 싶다고 하더니 결국 이렇게 왔네요. 얘들아, 남궁 세가의 남궁완 대협이시다. 어서 인사드리거라."

백리의묵 또한 아이들을 보느라 남궁완의 표정 변화를 놓치고 말았다. 백리의묵이 아이들을 인사시켰다.

"제일 왼쪽이 제 큰아들인 백리명입니다. 오른편 여아가 딸인 백리리지요. 아직 바깥에 나가 본 적이 별로 없어 부끄럼이 많습니다."

뒤이어 백리의란이 입을 열었다.

"그 옆에 쌍둥이들이 제 아들로 왼쪽이 소우악, 오른쪽이 백리표예요."

살짝 상기한 기색의 백리명이 먼저 인사했다.

"선배님께 인사드립니다. 백리명입니다."

쌍둥이들과 백리명의 옷자락을 꼭 붙들고 서 있는 백리리까지 모두 인사를 올렸다.

"……."

하지만 돌아오는 답은 없었다.

백리의란과 백리의묵이 서로 눈을 마주쳤다. 갑자기 남궁완의 기분이 무척 가라앉은 것이 의아했다. 딱딱하게 굳은 남궁완의 모습에 백리의란이 웃으며 나섰다.

"남궁 소가주께도 아들이 하나 있다 들었는데, 이름이 남궁류청 맞지요? 대단한 신동이라고 벌써 소문이 자자하던데 애들과 만났다면 또래 친구도 되고 참 좋았을 텐데요!"

"글쎄요. 류청은 자기 수준에 맞는 아이들만 상대해서요."

네 아들은 수준이 안 맞는다는 말에 백리의란의 얼굴이 웃는 채로 그대로 굳었다. 자리의 모두가 놀라 남궁완을 바라보았다. 하지만 남궁완은 태연히 찻잔을 집어 들 뿐이었다.

눈가를 파르르 떨며 백리의란이 애써 말을 이었다.

"아…… 하하, 남궁 공자가 정말 대단한가 보네요. 뿌듯하시겠어요."

"뭐 그렇죠."

"제 아들들, 표랑 악이도 어찌나 무공 수련을 열심히 하는지 곧 무백신공 삼 성을 달성하겠다니까요."

별다른 반응이 없자 백리의란이 깨달았다는 듯이 "아!" 하고는 말을 덧붙였다.

"의강이 여덟 살에 삼 성을 달성했죠. 제 아이들은 이제 일곱 살이랍니다!"

그러나 안 하느니만 못한 말이었다.

쌍둥이를 훑어본 남궁완이 보란 듯이 실소를 터트렸다. 명백한 무시에 백리의란의 얼굴이 붉어졌다. 누각 한쪽에 서 있던 장석량도 창피함에 눈을 감을 정도였다.

백리의묵이 사태 수습을 위해 재빨리 끼어들었다.

"약관의 나이에 절정을 넘어 이름을 날리신 남궁완 대협께는 부족해 보일 수밖에요. 하하. 그래도 검에는 진심인 아이들입니다. 만약 대협이 아이들에게 가르침을 주신다면 큰 도움이 될 것입니다."

백리의묵이 백리명을 향해 눈짓했다. 벌떡 일어선 백리명이 남궁완을 향해 포권지례하며 말했다.

"선배님께서 가르침을 내려 주신다면 마음에 새기겠습니다."

"……."

이를 한참을 바라보던 남궁완이 갑자기 백리의강을 돌아보았다.

"자네, 연이 곁을 지켜야지 않나?"

"갑자기 그게 무슨 말인가?"

"젓가락이 움직이는 걸 본 적 없는데, 그리 신경 쓰이면 먼저 돌아가게."

백리의강 앞의 접시는 음식의 흔적을 찾아볼 수 없이 깨끗했다. 백리의강이 반론하려 할 때 백리의묵이 나섰다.

"내가 의강의 마음을 신경 쓰지 못했군. 이 자리는 내가 각별히 신경 쓸 테니 걱정하지 말고 연이 곁에 있거라."

"형님."

몇 번의 대화가 오가고, 백리의강은 거의 등을 떠밀리다시피 자리를 떠났다. 평소의 백리의강이라면 이렇게 자리를 뜨지 않았을 테지만, 이곳의 조카들과 달리 홀로 저녁을 먹고 있을 딸아이의 모습이 마음에 걸려 어쩔 수가 없었다.

백리의강이 자리를 완전히 떠나는 걸 지켜본 남궁완이 천천히 입을 열었다.

"저는 지금껏 이런 상황을 꽤 많이 겪었습니다."

남궁완이 백리명과 쌍둥이들을 흘끗 보았다.

"그리고 그들이 원하는 건 모두 같았습니다. 남궁 세가의 배경. 그걸 원하십니까?"

"……."

허를 찔린 백리의묵이 아무 답도 하질 못했다. 이를 지켜보던 장석량이 경고하듯 말했다.

"남궁 소가주."

이를 보고 피식 웃은 남궁완이 백리명 곁에 꼭 붙어 있는 여아를 돌아보았다.

"백리리라 했지?"

"네? 네."

"하나만 묻자."

"네에……."

백리리가 주변의 눈치를 힐끔 보며 답했다. 백리리는 정확히 무슨 상황인지 알 수 없었다. 하지만 남궁완이 귀한 사람이고 절대 나쁘게 보여선 안 된다는 건 귀에 딱지가 내려앉게 들어 알았다.

"꽃은 잘 받았느냐?"

"……네?"

백리명의 얼굴에서 혈색이 순식간에 사라졌다. 그가 황급히 끼어들었다.

"잘 받았습니다. 그렇지, 모란이 참 예뻤지, 리리?"

"어? ……아, 네에."

백리명의 다그침에 백리리가 얼떨떨하게 답했다. 그리고 백리명은 갑자기 느껴지는 섬찟한 기운에 몸을 떨며 남궁완을 보았다. 그 서늘한 눈빛을 마주하자 다리가 후들후들하며 등 뒤로 식은땀이 줄줄 흘러내렸다. 감히 또 끼어든다는 생각은 할 수 없었다.

남궁완이 백리리에게 시선을 두며 말했다.

"내 하나만 더 묻지. 네가 받은 모란이 무슨 색이더냐?"

백리리가 멍하니 아버지와 오라버니, 남궁완을 번갈아 보다 말했다.

"모란은 흰색이죠."

남궁완이 헛웃음을 터트리며 몸을 일으켰다. 백리명은 차마 남궁완을 바라볼 수 없었다. 남궁완이 쌍둥이를 돌아보며 천천히 물었다.

"분명 아픈 여동생에게 가져다준다지 않았나?"

"……"

자신에게 와 닿는 시선에 쌍둥이들은 그제야 상황을 파악했다. 낯빛이 창백하게 질린 쌍둥이들이 어찌할 바를 모르고 시선을 교환했다. 이상함을 느낀 백리의묵이 나섰다.

"대체 갑자기 이게 무슨 일이오? 일단 진정하시지요."

"진정? 참으려고 해도 기가 막혀서. 백리명이랬지? 내 조금은 네 이야기를 들었지. 백리 세가 장손으로 사리에 밝고 괜찮은 걸물이라더니. 하하, 어처구니가 없어서."

남궁완이 장석량을 향해 자세만큼은 공손하게 인사했다.

"무례를 저질러 죄송합니다, 장 부관. 하나, 집안 단속부터 하셔야 쓰겠습니다. 백리 세가의 자손들이 이런 협잡질이나 일삼는다면 백리 세가주의 이름에 누가 되지 않겠습니까?"

"……"

성큼성큼 누각을 걸어 나가던 남궁완이 잠시 쌍둥이 앞에 멈춰 섰다.

"꽃 한 송이 제대로 받지도 못하는 팔 가지고 검이라니. 무거워서 휘두를 수나 있으면 다행이지."

쌍둥이들이 몸을 부들부들 떨었다. 그들을 차갑게 흘겨본 남궁완이 누각을 빠져나가며 말했다.

"앞으로 내 눈앞에 띄지 마라. 못난 놈들 같으니."

이를 망연히 바라보던 백리의란이 분연히 탁자를 내리치며 일어났다. 접시가 와장창 깨지며 식어 버린 음식이 아름다운 누각 바닥을 굴러다녔다.

"저, 저, 저 사람 미친 거 아니에요? 뭐 저런 사람이 다 있어!"

이를 아득 문 백리의묵이 자신의 아들을 노려보았다.

"백리명, 당장 아비를 따라오너라."

머리를 짚은 장석량은 조용히 누각에서 물러났다. 장석량이 허공을 향해 손짓하자 어디선가 갑자기 부하가 모습을 드러냈다. 부복한 부하를 향해 장석량이 명령했다.

"남궁 소가주와 아이들 사이에 무슨 일이 있었는지 정확히 알아보고…… 가주님께 당장 연락드려."

"뭐라고 연락을 보낼까요?"

"뭐라고 하긴! 개판이라고 하면 되지!"

버럭 소리친 장석량이 다시 이마를 짚으며 고통에 찬 신음을 내뱉었다.

"제기랄. 난 가주님께 죽었어……."

몸이 편하질 않으면 잠도 깊게 잘 수 없는 법이었다. 남궁완의 내공을 받아들인 후유증에 얕게 잠들었다 깨기를 몇 번이나 반복했다. 입맛이 없어서 저녁도 걸렀다. 대충 거의 열 번째 잠에서 깼을 때였다.

'목말라…….'

아직 새벽이 오진 않았는지 창문살 사이로 들어오는 달빛만 희미했다. 침상에서 일어나던 난 한쪽의 거대한 그림자를 보고 놀라 주저 앉았다. 그림자가 찻주전자를 집어 들고 곧이어 내게 찻잔을 건넸다.

"……아버지?"

"놀랐느냐?"

"지금…… 몇 시예요? 아버지 연회 가신다고 하셨잖아요?"

"자시(23시~1시)란다."

한참 잔 것 같은데 그것밖에 안 됐다니.

물을 꿀꺽꿀꺽 마신 나는 문득 이상하단 생각이 들었다.

"남궁완 아저씨는요?"

"……."

"아버지?"

"그는…… 객잔에 머문다는구나."

"네?"

넓은 백리 세가를 내버려 두고 객잔으로 향했다고?

아버지가 억누른 한숨을 내쉬며 침상에 앉았다. 왠지 남궁완 얘기 는 하고 싶지 않다는 분위기였다.

아버지가 물었다.

"몸은 어떠냐?"

"괜찮아요."

"너는 늘 괜찮다고만 하는구나."

낮게 가라앉은 목소리에 나는 살짝 놀라 아버지를 보았다. 하지만 형체만 희미하게 보이는 어둠 속이라 알 수 있는 게 없었다.

'술 냄새는 안 나는데…….'

왠지 화가 난 것 같은 느낌에 난 눈치를 보았다.

'괜찮은 걸 괜찮다고 하지……. 아프다고 하면 오히려 더 귀찮지 않나?'

한창 아플 때를 생각하면 이건 새 발의 피기도 했고.

침묵하던 아버지가 내게 손을 뻗었다. 생각에 잠겨 있던 난 저도 모르게 화들짝 놀라 아버지의 손을 피했다. 멈칫한 아버지를 보고 우물쭈물 변명했다.

"벌레가, 벌레가 있는 것 같아서."

"벌레?"

부스럭거리는 소리가 들리고 이내 방이 확 환해졌다. 아버지가 불이 붙은 등잔을 들고 다가왔다.

"벌레 같은 건 없는 것 같다만."

"……착각인가 봐요."

사람 모양의 큰 덩어리가 손을 치켜들자 순간 나도 모르게 놀라고 말았다.

'이 버릇, 고쳤다고 생각했는데…….'

어두워 상대를 정확히 볼 수 없으니 반사적으로 나온 듯했다. 아무것도 모르는 아버지는 등잔을 내려놓고 그저 내 머리를 쓸어 넘겨 주었다. 괜스레 미안해 아버지를 바라볼 수가 없었다.

"연아."

"네."

"남궁 세가에 갈 일이 생겼구나."

난 보이지 않게 주먹을 말아 쥐었다.

드디어……!

남궁 세가. 아니, 정확히는 만신의. 어린 딸에게 만신의에 대해 가볍게 꺼낼 아버지가 아니셨다. 일단 목적지를 남궁 세가라고 하고 만신의에게 먼저 들르는 방식이 될 것이다.

'저번에도 그랬지.'

하지만 저번 생에는 이 황금 같은 기회를 코앞에서 놓치고 말았다. 이번엔 절대 놓칠 수 없었다.

기대에 찬 나는 아버지를 돌아보다 멈칫했다. 아버지의 낯빛이 좋지 않았다.

'뭐지?'

대놓고 인상을 찡그리고 있는 건 아니었다. 처음 목소리를 들었을 때 받았던 느낌처럼…… 왠지 아버지가 매우 화나 계신 것 같았다.

"준비에 시간이 걸릴 거다. 채비도 해야 하고, 네 몸 상태도 살펴야 하고, 네 할아버지께 인사도 드려야 하니 며칠은 걸리겠지. 그럼 이만 자거라. 나 때문에 괜히 일어났구나."

이야길 마친 아버지가 곧장 침상에서 몸을 일으켰다. 그러나 바로 빠져나가지 않고 잠시 멈칫했다.

"왜 그러느냐?"

아버지의 시선이 내가 부여잡은 옷자락으로 향했다.

"어, 어…… 그, 그게……."

나도 당황했다. 거의 반사적으로 붙잡은 것이기 때문이다.

'하지만 얼굴이……'

애써 화를 억누르는 듯한 표정. 아버지가 이런 표정을 지으신 게 얼마 만인지. 왠지 이대로 보내면 안 될 것만 같았다.

"연아?"

붙잡았으니 무슨 말을 해야 할 텐데…….

나는 몇 번 입을 열었다 닫았다 반복하다 내뱉었다.

"가, 같이 자요."

"음?"

머뭇거리던 난 눈을 꽉 감고 피를 토하는 심정으로 말했다.

"호, 혼자 자는 거 무, 무서워서……."

"……."

난 얼굴을 푹 숙였다.

'으악, 으악, 으악!'

속으로 비명을 내지르며 떠올릴 수 있는 말이 고작 이것뿐인지 쥐구멍에라도 숨고 싶었다. 마치 처음 아버지에게 안아 달라고 조르던 날만큼 창피했다. 침묵이 길어져 미쳐 버릴 것 같은 순간 귀를 의심하는 소리가 들렸다.

"푸훗, 하, 하하, 하하하."

청량한 웃음소리에 나도 모르게 눈을 크게 떴다. 아버지가 웃음기 남은 다정한 목소리로 말했다.

"혼자 자는 게 무서워?"

"네? 네! 싫어요."

"나도 네 나이 땐 그랬다."

"아버지가요?"

"그럼. 그래, 알았다. 그럼 같이 누울까?"

아버지가 내 곁에 자리를 잡았다. 나는 눈을 데굴데굴 굴리다가 어서 자라는 듯이 도닥이는 손길에 억지로 눈을 감았다. 일단 말은 그리했지만, 다른 사람과 함께 누워 본 지가 오래라 불편할 거라 여겼다.

하지만.

쌔액, 색.

백리의강은 불편한 듯 꼼지락거리다 어느새 곤히 잠든 딸을 보았다. 그러고는 들릴 듯 말 듯 중얼거렸다.

"……내 무슨 일이 있어도 널 낫게 할 것이다."

짹, 쪼로롱, 째잭.

새 울음소리와 함께 눈을 번쩍 떴다. 밝은 방, 창살 너머로 햇살이 들어오고 있었다.

'……아침?'

분명 저녁 내 깼다 잠들기를 반복하며 엄청나게 뒤척였던 것 같은데.

"쓰읍."

어처구니없을 정도로 잘 잤다. 얼마나 달게 잤는지 침까지 흘리며 잤다. 입가를 닦으며 엎드렸던 몸을 일으키던 내게 어젯밤 기억이 좌르륵 스쳐 지나갔다.

"아버지! ……는 안 계시네."

동트기도 전에 일어나시는 분이니 당연할지도.

벌떡 일어났더니 머리가 핑 돌았다.

'어휴, 이놈의 몸은 언제 낫는지.'

어지러움이 가시길 기다린 내가 느리게 일어났다. 기척을 듣고 여종이 따뜻한 물을 담은 세숫대야를 들고 돌아왔다. 세수하고 옷을 갈아입히고 머리까지 예쁘게 손질해 준 여종이 방을 나간 후, 나는 기척이 멀어지길 기다렸다. 바깥이 확실히 조용해진 걸 확인한 내가 재빨리 서랍장으로 향했다.

'이제 드디어 시작이야.'

기다리고 기다리던 남궁완이 드디어 왔다. 혹시나 이번 생에는 오지 않을까 얼마나 마음을 졸였던가?

서랍을 열자 종이가 한 뭉텅이 나왔다. 내가 미래의 일을 기억나는 대로 정리한 것이었다.

'계획을 마지막으로 정리해…… 응?'

종이를 든 채 탁자로 향하던 난 붙박인 듯 자리에 멈췄다.

'저게 왜 여기 있지?'

창문으로 들어온 햇살이 나전 장식을 눈부시도록 반짝이게 했다. 백리표한테 넘겼던 상자였다. 나는 홀린 듯 상자를 향해 다가가 열었다. 모란 세 송이가 그대로 담겨 있었다.

'무슨……?'

나는 모란을 한참 바라보다, 거의 구르듯 방을 뛰쳐나갔다.

"언두! 언두! 언두!"

내 애타는 외침에 약탕기를 부치고 있던 언두가 놀라 일어났다.

"무, 무슨 일이에요? 아기씨! 뛰지 마세요!"

"허억, 허억."

달려온 내가 한참 숨을 들이쉬다 겨우 말을 꺼냈다.

"하아, 아버지 어젯밤에, 혹시, 외출, 하셨어?"

"어? 어찌 아셨어요? 네, 잠시 석 태의께 다녀오신다고 하셨어요."

역시 상자와 그 안의 꽃들은 아버지가 채우신 것이었다.

'어떻게 알고?'

가슴 한쪽이 찡하니 아려 왔다.

그때 왠지 모르게 쭈뼛거리던 언두가 고개를 푹 숙였다.

"뭐 하는 거야?"

깜짝 놀란 내가 놀라 언두를 붙잡았다. 언두가 거의 땅에 닿을 지경으로 숙였기에 붙잡았다기보단 내가 거의 언두에게 업힌 모양새였다.

"아기씨, 정말 죄송해요. 제가 자리를 비웠을 때 하필 그런 일이 벌어지다니. 면목이 없습니다. 소우악, 백리표 도련님이 그런 못된……못된……."

"응?"

난 몇 가지 질문을 통해 상황을 파악할 수 있었다. 언두에게 어젯밤 있었던 이야기를 모두 들은 난 기가 막혀 소리쳤다.

"그래서 아버지랑 남궁완 아저씨, 두 분이 또 싸웠다고?"

"음……. 그, 싸웠다기보단 약간의 의견 다툼이었습죠."

"그게 그거잖아."

언두가 내 시선을 슬그머니 피했다.

'선물로 싸우는 걸 막으면 뭐 하나……? 다른 걸로 싸우는걸…….'

언두가 이렇게 말할 정도면 이미 백리 세가에도 짜하게 소문이 다 퍼졌을 터였다. 나는 언두의 팔을 잡고 벌떡 일어나며 물었다.

"아버지 어디 계셔?"

"손님 맞이하러 접객당에 가셨어요."

남궁완인가? 그래. 싸우고 뛰쳐나갔더라도 하룻밤 지나고 나서 열이 가라앉으면 정신을 차릴 것이다.

난 곧바로 접객당으로 향했다. 처소가 구석진 곳에 있으니, 접객당으로 가는 데만도 한참이었다. 바쁘게 걸어가던 나는 왠지 마주치는 하인마다 반응이 평소와 미묘하게 다른 걸 느꼈다.

'왜 저러지?'

왠지 겁에 질린 듯 보이기도 했고, 무척 공손해 보이기도 했다.

이를 무시하며 거의 다 도착했을 때였다. 멀리 옅은 하늘빛 비단 장포를 차려입은 말쑥한 장정이 보였다.

"아버지!"

팔짝팔짝 뛰어가는 날 아버지가 익숙하게 받아 주었다.

"벌써 일어났느냐? 좀 더 자지 않고."

"많이 잤어요. 그보다 아버지, 그……."

모란 가져다주신 것 감사하다, 라고 말하려던 난 멈칫했다.

'……얘가 왜 여기 있어?'

아버지 곁에 석가약이 눈을 동그랗게 뜨고 나를 보고 있었다. 난 어리벙벙한 얼굴로 석가약과 아버지를 번갈아 보았다. 놀란 얼굴로 마주 보던 중 먼저 정신을 차린 건 남자아이 쪽이었다. 소년의 깨끗하고 맑은 목소리가 들렸다.

"안녕."

"어……. 안녕?"

"마침 잘 왔구나. 네 친우가 왔다기에 나가 본 거란다. 언제 친우를 사귄 것이야?"

아버지는 함께 처소로 돌아오던 길에 하인의 귀엣말을 듣고는 가야

할 곳이 있다며 자리를 비웠다. 어쩔 수 없이 나는 석가약과 단둘이 처소로 향했다. 정확히 단둘은 아니었다. 석가약을 따라온 몸종이 둘이나 있었으니까.

난 석가약의 몸종을 힐끗 보았다. 한 명은 삐죽삐죽한 모양의 짙은 색 천을 뒤집어씌운 항아리 같은 걸 들고 있었다. 무엇인지 짐작해 보려고 해도 도통 정체를 알 수가 없었다.

청당에 석가약을 앉혀 두고 기다리자 곧이어 언두가 쟁반을 들고 나타났다. 찻주전자와 찻잔, 약간의 주전부리, 그리고 김이 폴폴 나는 탕약이 있었다. 아버지를 찾아뵙기 전 언두가 열심히 달이고 있던 약탕기의 약이었다.

"아기씨, 드세요."

쟁반을 내려놓은 언두가 탕약을 내게 건넸다. 내가 마셨는지 아버지가 확인할 수 없는 피치 못할 상황엔 언두가 대신 확인하고 아버지께 알렸다. 탕약을 받은 난 웃으며 언두에게 말했다.

"손님이 계시니 먼저 가 봐."

"하지만……."

언두는 의심을 감추지 못했다. 내가 약을 반만 먹고 버리는 걸 몇 번 목격했기 때문이다. 하지만 석가약 앞에서 이를 따질 수는 없기에 어쩔 수 없다는 듯 물러갔다. 언두가 방을 나간 걸 확인한 난 탕약 대접을 한쪽으로 밀어내고 석가약과 내 앞에 찻잔을 내려놓았다.

"탕약은?"

"……나중에 먹을 거야."

"식으면 더 먹기 힘들 텐데?"

나는 모르는 척 말을 돌렸다.

"여긴 어쩐 일이야?"

"남궁 세가에 갈 거라며?"

"아버지가 벌써 말씀하셨어?"

"응. 솔직히 난 네 몸 상태로 여행은 아직 이르다고 보지만, 가야 할 만한 이유가 있는 거겠지."

여행이 목적이 아닌 걸 안다는 듯한 어조였다. 눈치는 기가 막히게 빨랐다.

"그래서 모레 석 태의께서 진찰하러 오실 거야."

"아, 그렇구나. 감사하다고 전해 줘."

"응. 그러니 어서 먹어야지?"

미소 띤 석가약이 지긋이 탕약을 바라보았다. 그리고 내가 뭐라고 말을 돌리기 전에 먼저 덧붙였다.

"백리 사공자님께서 태의께 그러시더라고. '애가 약이 너무 쓴지 자꾸 약을 몰래 버리더군요. 어찌해야 할까요?'"

나는 하하, 어색하게 웃었다.

아버지, 이런 걸 이르시면 어떻게 해요?

"먹어, 먹을 거야……."

난 잠시 머뭇거리다가 결연히 탕약 대접을 집었다. 쉬지 않고 단번에 꿀꺽꿀꺽 마신 내가 이제 됐냐는 듯 불퉁한 얼굴로 대접 바닥을 보여 주었다. 고개를 모로 튼 석가약이 입을 가리고 웃었다.

콧등을 잔뜩 찡그리고 찻물로 입을 헹구던 난 아무리 생각해도 이상하여 물었다.

"그래서 석 태의께서 모레 오실 거란 말을 전하러 온 거야?"

굳이 직접? 하인을 통해 알려도 충분할 텐데…….

"보고 싶어서 오면 안 돼?"

"으잉?"

"나 친구는 처음이란 말이야."

"……."

이 자식 뭐지? 우리가 언제부터 그렇게 친한 사이였다고? 매우 큰 의문이 들었지만, 웃는 얼굴에 침 못 뱉는다고 그냥 어색하게 웃어넘겼다.

'거기다 아버지가 내 친구라는 얘기에 좀 좋아하시는 것 같았단 말야……. 대충 그렇다고 치자.'

내 서먹한 웃음에 마주 웃던 석가약이 손짓하자 하인이 물건을 덮어 놓았던 천을 걷어 냈다.

"선물이야."

"이건……."

"어제 늦은 시각에 백리 공자께서 찾아오셨대. 난 아침에 알았지만…… 연분홍 모란 세 송이를 꺾어 가셨다고 하더라고. 왠지 너랑 연관 있을 것 같아서 언제든지 볼 수 있게 그냥 묘목을 가져왔어."

"……."

작은 연분홍 모란이 핀 화분을 본 나는 무슨 말을 해야 할지 알 수가 없었다. 석가약의 배려가 고마우면서도 곤란했다.

'어쩌지?'

이 화분의 미래도 뻔히 보였다. 쌍둥이들이 모란으로 남궁완에게 그런 수모를 당했으니 이 화분의 존재를 알면 절대 가만둘 리가 없었다.

심지어 난 한동안 떠날 예정이지 않은가? 그렇다고 이렇게 신경 써 가져온 선물을 거절하기도…….

잎사귀를 만지작거리는 나를 보던 석가약이 말했다.

"별로 좋아하는 얼굴이 아니네."

"어? 아, 아냐. 좋아. 좋은데……."

석가약에게 사실대로 말해야 할지 말지 고민스러웠다.

"음, 그럼 이건 좋아하려나?"

"응? 뭐가 또 있어?"

"사실은 내가 재미있는 걸 봤어."

"뭐?"

"요 앞에서 백리 세가 가주님을 뵈었어. 표정이 매우 안 좋으시던걸."

"뭐? 할아버지를 뵈었다고? 그럴 리가, 분명 가문을 비우셨다고……."

쌍둥이들과 남궁완!

필시 어제 그 일 때문에 돌아오신 것이 분명했다. 왠지 접객당에 갈 때 하인들의 태도가 이상하더라니. 겁에 질린 것 같던 느낌이 착각이 아니었다.

"어때? 이건 좀 흥미로운 소식인가?"

방긋방긋 웃는 얼굴은 속을 알 수 없었다. 하지만…… 지금 내게 도움이 되는 것 또한 사실이었다.

백리 세가에서 나선 비적 토벌은 보름이 넘는 일정이었다. 즉, 가주도 보름 넘게 자리를 비울 예정이었다.

하지만 가주가 떠난 지 사흘도 지나기 전에 먼저 돌아왔다. 절대 좋은 징조가 아니었다. 수백당의 하인들은 평소에도 조심스러웠으나 오늘은 특히 더 신경 써서 숨소리마저 죽이고 돌아다녔다.

그리고 수백당의 정당엔 돌아온 백리패혁이 눈을 감은 채 앉아 있었다. 백리패혁 옆엔 속을 알 수 없는 표정의 백리의강과 이미 한차례 무릎을 꿇었다 일어난 장석량이 고개를 숙인 채 서 있었다.

곧이어 줄줄이 사람들이 들어왔다. 차례로 백리의묵, 백리의란, 백리명, 그리고 백리표와 소우악이었다. 눈을 뜨지 않고도 모두 온 걸 확인한 백리패혁이 장석량에게 말했다.

"자네는 이만 나가 있게."

공손히 읍한 장석량이 물러갔다.

백리의묵과 백리명은 들어오자마자 눈치껏 바로 무릎을 꿇었다. 쌍둥이들도 얼떨떨한 얼굴로 일단 따라 무릎 꿇었다. 하지만 백리의란은 목을 빳빳이 세운 채 오히려 분에 찬 눈을 할 뿐이었다.

백리패혁은 한참을 눈을 감은 채 있다가 입을 열었다.

"의란, 하고픈 말이 많아 보이는구나. 할 말이 있다면 해 보아라."

백리의묵이 등 뒤로 백리의란의 옷자락을 말리듯 잡아당겼다. 하지만 백리의란은 이를 무시하며 고개를 치켜들었다.

"남궁 세가의 남궁완, 그 무례한 자를 가만두시면 안 돼요, 아버지."

그동안 바닥에 시선을 내리깔고 있던 백리의강이 백리의란을 바라보았다. 그 시선에 코웃음을 치며 백리의란이 말을 이었다.

"남궁완 그자는 어쩜 그리 무례한지! 감히 백리 세가에서 백리가의 핏줄인 제 아들을 무시하고 조롱하다뇨!"

백리패혁이 눈을 감은 채 느리게 물었다.

"네 아들을 무시하고 조롱했다고?"

"네!"

"어떻게 말이냐?"

"표와 악이가 검도 들지 못한다고, 다신 눈에 띄지 말라고요! 애들이 얼마나 상처받았는데요!"

그제야 백리패혁이 눈을 번쩍 떴다. 매서운 눈빛이 쌍둥이들을 훑었다. 백리패혁은 느리게 말했다.

"그렇다면 남궁완이 애들에게 왜 그런 것 같으냐?"

"그거야 모르죠! 그자가 대체 왜 갑자기 그랬는지!"

백리의강과 눈이 마주친 백리의란은 고개를 더 빳빳이 들었다.

어차피 문지기들은 모두 매수한 어머니의 사람들이었다. 증인이라 해 봤자 남궁완과 백리연 둘뿐. 수로 따지자면 백리명과 쌍둥이들, 문지기들까지 있는 자신들이 더 많았다. 잡아떼면 백리의강 저 녀석이 뭘 어쩌겠는가? 남궁완과 백리연이 입을 맞춘 거라고 우기면 그만이었다.

백리의묵이 답답한 듯이 말했다.

"의란아. 제발, 그만하거라."

그 모습을 지켜보던 백리패혁이 쌍둥이들에게 시선을 두었다.

"백리표, 소우악. 네 어미의 말을 어찌 생각하느냐?"

"……"

"……"

쌍둥이들은 눈치를 보며 쉽사리 입을 열지 못했다.

"좋다. 말을 꺼내기 어려워 보이니 내가 묻지. 모란 얘기는 어찌 된 것이냐?"

쌍둥이들이 깜짝 놀람과 동시에 백리의란이 이를 악물었다. 백리연 그 계집애가, 혹은 남궁완 그자가 촉새처럼 일러바친 게 분명했다.

백리의란이 소리쳤다.

"아버지, 그깟 모란이 대체 뭐라고요? 문지기들한테 물어보세요! 백리연 그 애가 먼저 애들한테 준다고 한 거라고요!"

백리의란은 분한 기색으로 말을 이어 갔다.

"애들이 장난 좀 친 거 가지고 남궁완 그자가 뭐라고 백리 세가 일에 끼어들어요? 이건 남궁 세가에서 우리 백리 세가를 얕본 거나 다름없다고요! 그런 무도한 자가 친우라니, 의강 너도……."

"그 입 닥치거라!"

의자 손잡이를 쥔 백리패혁의 손이 부들부들 떨렸다. 백리의란은 아버지의 호통에 잠깐 수그러들었다. 그러나 제 곁의 아들이 보이자 제 아들이 모욕당하던 순간이 떠오르고, 다시 참을 수가 없어졌다. 다시 따지려 드는 백리의란의 입을 백리의묵이 황급히 막으며 머리를 조아렸다.

백리패혁이 소리쳤다.

"예의는 물론 생각도 염치도 분별도 없이 군 게 대체 누군데!"

백리패혁이 참을 수 없는지 의자 손잡이를 연신 내리쳤다.

"문지기들에게 물어보라고? 그 머저리들은 내가 묻기도 전에 이미 장석량에게 모두 털어놨다!"

백리의란의 안색이 하얗게 질렸다. 쌍둥이들도 황급히 고개를 숙였다.

"공부하라 학당에 보내 놨더니 치졸하게 아픈 동생을 괴롭히는 것도 모자라 남궁 소가주 앞에서 그따위로 굴어!"

아니, 차라리 남궁완에게 보여 다행이었다. 백리의강의 친우인 그는 친우의 체면을 생각하여 어디 떠벌리고 다니진 않을 테니까!

"남궁완을 가만두지 말라고? 대체 백리 세가의 체면을 어디까지 떨어트릴 참이냐!"

한차례 버럭 소리친 백리패혁이 숨을 들이쉬었다. 어디서부터 잘못되었는지.

백리패혁은 아직도 전혀 자신의 잘못을 자각하지 못했는지 씨근덕거리는 백리의란을 내려다봤다.

백리의란은 백리의강과 평생을 비교당하며 자라 왔다. 차라리 백리의묵처럼 나이 차이가 크게 나 버리면 오히려 나았다. 하지만 비슷한 또래의 둘은 처음 검을 잡은 순간부터 사사건건 비교되었다. 백리의란에게 백리의강은 절대 넘을 수 없는 벽이었고, 이는 백리의란에게 깊은 열등감을 심어 주었다.

무인으로 평생을 비교당하며 한 번을 이기지 못한 무력감. 검을 쥐며 살아온 백리패혁이 그 심정을 어찌 모를까? 그래서 그간 백리의란이 소란을 피우더라도 나무라는 선에서 넘어가 주었다. 하지만 가여움에 눈을 감아 주었던 행동이 이런 결과를 낳을 줄이야.

백리의란 곁의 쌍둥이들을 보는 백리패혁의 눈빛이 깊게 가라앉았다. 이대로 손자들의 앞날까지 망치게 둘 순 없었다.

백리패혁이 단호하게 말했다.

"긴말할 것 없다. 이제 네게 더는 아이들을 맡겨 놓을 수 없다."

백리의란이 귀를 의심하며 되물었다.

"아버지? 그게 무슨……?"

"세 가지 선택지를 주마."

백리패혁이 백리의란의 의문을 자르며 말을 이었다.

"소우악은 백리의 피를 이었으나 소씨 가문의 아이지. 내 함부로 대할 수 없으니 소우악을 네 남편이 있는 소가장으로 보내고 백리표는 고계암으로 보내거라. 그러면 너는 계속 백리가에 머물러도 좋다."

눈을 부릅뜬 백리의란이 그대로 뻣뻣이 굳었다.

고계암은 일반적인 암자가 아니었다. 잠자는 시각, 일어나는 시각을 비롯해 밥 먹는 시간, 휴식 시간, 볼일 보는 시간까지 정해진 엄격한 암자였다. 하인도 둘 수 없으며 각자 스스로 밥을 짓고 세탁을 하고 잠자리를 정돈하며 자기 수행을 하는 곳으로 보통 대갓집에서 잘못을 지은 이를 교육하기 위해 보내곤 했다.

"두 번째는 소우악과 네가 함께 소가장으로 떠나고 백리표는 여기 남겨 두는 것이다. 단 백리표가 성인이 될 때까지 넌 다시 백리 세가에 올 수 없다."

"자, 잠시만……."

"내 말 아직 안 끝났다!"

백리의란의 말을 자른 백리패혁이 쌍둥이를 가리키며 마저 소리쳤다.

"마지막으로! 아이들을 모두 데리고 떠나라. 평생 먹고살 걱정은 없게 해 주겠다. 하지만 떠난다면 앞으로 네 아이도 너도 나를 다신 볼 수 없다."

백리패혁의 마지막 말에 백리의란은 제가 들은 말이 무엇인지 믿기지 않는 듯한 표정을 지었다.

"아…… 아버지. 노, 농담이시죠? 말도 안 돼요."

"지금 결정하겠다면 내게 더 말해도 좋다!"

부들부들 떨던 백리의란이 눈물 맺힌 얼굴로 백리의묵을 보았다.

하지만 그렇다고 방도가 있을 리 없었다. 그저 미안함에 깊게 고개를 숙일 뿐이었다.

"안, 안 돼요. 어떻게…… 제가 어떻게 아이들하고 떨어지겠어요."

백리의란이 흐느끼며 쌍둥이들을 품에 안았다. 언젠가부터 겁에 질려 있던 쌍둥이들은 어머니의 품에 안기자 훌쩍이며 잘못을 빌기 시작했다. 하지만 백리패혁의 표정은 미동도 없었다.

한참 아이를 안고 들썩이던 백리의란이 갑자기 고개를 치켜들었다. 그러곤 백리의강에게 기어가 동아줄 잡듯 그의 옷자락을 잡았다.

"의강아. 의강아. 내가 미안했다. 내가 미안했어. 네가, 네가 아버지께 한마디만 해 주거라."

이 모든 상황에서도 침묵을 지키던 백리의강의 시선이 엉엉 울고 있는 쌍둥이들에게 향했다. 자신의 딸과 고작 한 살 차이 나는 아이들이었다.

하지만 그가 대답하기도 전에 백리패혁이 소리쳤다.

"네가 염치가 있다면 의강이 너를 위해 말을 할 거라 생각하지 마라! 의강이 무슨 말을 해도 내 뜻은 변하지 않을 것이야!"

콰직! 몇 번을 내려친 의자 손잡이가 결국 부서져 떨어졌다.

"소우악, 백리표. 이번 일뿐만이 아니다."

백리패혁이 냉담하게 쌍둥이들을 바라보았다.

"너희들, 의강이 아픈 제 딸 돌보느라 바쁜데도 피 같은 시간을 내어 대련해 주겠다고, 수련을 봐주겠다고 하였는데 어찌했느냐? 한번 찾아가 보기는 했느냐?"

백리의강의 표정이 침중해졌다.

"제 눈치 보기 바쁜 백리 세가 제자들만 찾아가 대련을 빙자하여

아첨받기만 좋아하고, 무공에 발전은 없지! 하, 무백신공 삼 성?"

백리패혁이 기가 막힌다는 듯 헛웃음을 지었다.

"동생은 무시하고 괴롭힐 틈만 찾으면서, 그게 그리 쉬운 줄 아느냐? 웃기는 소리! 그런 태도로 대체 무얼 배울 수 있어! 내 이번에 너희들 버릇을 제대로 고쳐 놓을 것이다!"

백리의강은 눈을 내리깔았다. 결국, 그의 입은 열리지 않았다.

백리의강의 옷자락을 힘없이 놓은 백리의란이 바닥에 엎드려 흐느꼈다.

백리패혁은 이를 냉담히 내려다보고 다음 차례라는 듯이 백리명을 바라보았다. 돌아가는 상황에 식은땀을 잔뜩 흘리던 백리명이 재빨리 머리를 조아렸다.

"백리명, 나는 네게 거는 기대가 컸다."

"소손이 잘못했습니다, 할아버지."

"네가 무얼 잘못했는지 아느냐?"

백리명이 속으로 몇 번을 반복하며 준비했던 말을 꺼내려던 순간이었다. 정당 문밖에서 하인의 목소리가 들렸다.

"가주님, 백리연 아기씨가 오셨습니다."

난 화분을 든 채 내 뒤를 졸졸 따라오는 석가약을 흘끗 보았다. 눈이 마주친 석가약이 빙그레 눈웃음을 지었다. 이에 콧등을 찡그린 내가 고개를 팩 돌리자 낭랑한 웃음소리가 울렸다.

할아버지가 귀가하신 걸 안 나는 일이 생겼다며 석가약에게 돌아

가라 일렀다. 하지만 석가약은 이를 무시한 채 내 뒤를 따랐고 내가
돌아가라 이르자 오히려 눈을 동그랗게 뜨고 되물었다.

"왜? 내가 알려 준 거잖아."

"……처음부터 이러려고 알려 준 거야?"

"응, 그러면 안 돼?"

석가약은 뻔뻔할 정도로 당당했다.

"거기다 내 선물을 쓸 거라며? 그럼 나도 볼 자격이 있어."

"내가 뭘 할 줄 알고?"

"글쎄. 뭐든 실망은 안 할 것 같아."

그리고 샐쭉 웃었다.

승강이질할 시간이 없었기에 나는 어쩔 수 없이 뒤따르는 기척을
무시할 수밖에 없었다.

밖에서 본 수백당은 고요하니 아무런 문제도 없어 보였다. 그리고
안타깝게도 석가약 또한 무사히 수백당에 들어오고 말았다.

'당연히 못 들어올 줄 알았는데!'

석가약이 입구 무사들에게 붙들릴 거라 여겼다. 괜히 실랑이하지
말고 여기서 기다리라고 떼어 낼 생각이었다.

그런데 석가약의 언변이 이렇게 좋을 줄이야!

자신은 석 태의의 조카로 내 몸을 살피길 부탁받았다며 꼭 같이 가
야 한다고 입을 털어 통과하고 말았다. 수백당에 들어선 석가약은 마
치 제집 안방인 양 느긋하게 둘러보았다. 정갈하게 꾸민 정원을 지나
치자 아직 정방에 가까이 가지도 않았는데 벌써 할아버지의 노호가
들렸다.

난 한숨을 내쉬며 말했다.

"……정방 안까지는 안 돼."

"응. 거기까진 나도 생각 안 해."

건물에 다가가자 정방 앞을 지키고 있던 장석량이 나와 석가약을 보곤 인상을 찌푸렸다.

"여긴 어찌 들어오셨습니까? 그리고 옆의 사내아이는 누굽니까?"

나는 입술을 살짝 깨물고 말했다.

"석 태의의 조카로 오늘 저를 찾아왔어요."

"석가약이라고 합니다."

장석량은 기가 막히다 못해 살짝 성이 난 표정이었다. 나는 재빨리 머리를 숙이며 사과했다.

"죄송해요. 제가 마음이 급하여 멋대로 들어왔어요. 그리고 석가약은 저를 걱정해서 따라왔을 뿐이에요."

"죄송합니다."

석가약이 나를 따라 숙였다. 장석량이 억누른 목소리로 말했다.

"……아무리 석 태의의 조카라지만 외부인을 함부로 수백당에 들이시면 안 되지요. 나중에 다시 제대로 허락받고 찾아오십……."

그때 노기에 찬 할아버지의 목소리가 흘러나왔다.

"……세 가지 선택지를 주마."

장석량이 그 목소리에 귀를 기울이느라 잠시 내게서 시선을 거뒀다. 나 또한 귀를 기울였다.

"……떠난다면 앞으로 네 아이도 너도 나를 다신 볼 수 없다."

모두 들은 난 꽤 놀랐다.

'할아버지가 생각보다 일찍 칼을 빼 드셨네.'

할아버지가 고모에게 준 세 가지의 선택지. 셋 중에서 고르면 될 것 같지만 실상 고모가 선택할 수 있는 건 단 하나뿐이었다.

백리표를 백리 세가에 두고 시가인 소가장으로 떠나는 것.

고모는 절대 백리 세가를 포기하지 않는다. 아이들을 모두 데리고 떠나는 세 번째는 처음부터 없는 거나 다름없었다. 남은 건 백리 세가에 고모가 남느냐, 백리표가 남느냐인데…….

'백리표를 남기겠지.'

자식 한 명 백리 세가에 남기지 못하는 고모를 누가 인정해 줄까? 백리표가 백리 세가에 남아 백리패혁의 손자로 존재해야 후일을 도모할 수 있었다.

이 모든 건 할아버지의 계획이기도 했다. 일단 아직 아이가 어리니 버릇을 망치는 친모에게서 떼어 내어 엄히 훈육하다 보면 바르게 자라지 않겠는가 하는…….

'참 매서우시단 말이야.'

그리고 죄송하지만…… 여기선 할아버지 뜻대로 되도록 둘 순 없었다.

난 장석량을 향해 입을 열었다.

"왠지 저번과 비슷하지 않아요?"

"저번이라니요?"

"그때도 할아버지께서 막 화를 내고 계셨죠. 이번엔 상대가 바뀌었지만요."

장석량도 곧바로 떠올렸다. 백리의강이 천명금혼단을 달라 무릎 꿇었던 날. 그날과 비슷하다 볼 수도 있다.

하지만 역할은 뒤바뀌었다. 그리고 그날 백리의강은 이 아이로 인해 위기를 넘어갔다. 그게 전부 우연인 걸까? 장석량은 저도 모르게 침을 꿀꺽 삼켰다.

그때 아이가 눈을 깜빡이며 물었다.

"장 부관님, 들어가 봐도 될까요?"

"……아뢰게."

허락이 떨어졌다. 문 앞의 하인은 이 모든 대화를 듣지 못한 것처럼 그저 공손히 고했다.

"가주님, 백리연 아기씨께서 오셨습니다."

긴 침묵 후 백리패혁의 목소리가 들렸다.

"들라 해!"

하인은 내가 들어갈 수 있도록 문을 열고 짙은 남색의 문발을 걷어 주었다.

가장 먼저 시야에 들어온 것은 이미 눈물범벅인 쌍둥이들과 아버지 발치에 엎드려 흐느끼는 고모였다. 그 뒤에 네가 왜 이곳에 왔냐는 듯한 눈빛의 백리명과 눈을 마주쳤다.

할아버지가 성난 목소리로 소리쳤다.

"아주 수백당이 네 안방이구나. 이리 멋대로 들락날락하고 말이야. 심지어 허락하지 않은 이까지 데려오다니!"

비록 석가약이 정방까지 들어오지는 않았지만, 할아버지의 기감을 피할 순 없었다. 매서운 할아버지의 눈길을 받으며 난 석가약에게서 화분을 받아 들었다. 그리고 당황했다.

'이거…… 왜 이렇게 무거워? 석가약이 아무렇지 않게 들기에 가벼운 줄 알았는데!'

문지방을 넘던 백리연이 그 무게에 크게 비틀거렸다. 그 순간 백리의강과 백리패혁 둘 다 움찔 몸을 떨었다. 뒤에서 지켜보던 석가약도 저러다 넘어질까 봐 가슴을 졸였다.

고의는 아니었지만, 단숨에 시선을 사로잡은 난 간신히 정당 중앙에 화분을 내려놓을 수 있었다. 덩달아 가슴을 졸이던 이들도 안도한 듯 보였다.

하지만 전혀 다른 반응을 보이는 자도 있었다. 백리의란. 붉게 충혈한 고모의 눈동자엔 분노와 원망이 가득했다.

고모와 눈을 마주친 난 이를 피하듯 백리명 뒤로 살짝 숨었다. 백리명은 무릎을 꿇고 있었으나 아직 여섯 살인 어린아이를 가리기엔 충분했다.

"……?"

백리명이 갑자기 얘가 왜 이러냐는 듯 얼떨떨하게 나를 보았다. 난 도와 달라는 듯이 백리명의 옷자락을 잡아당겼다.

고모의 매서운 눈초리를 마주한 백리명이 움찔 놀라곤 나를 뿌리치려다 멈칫했다. 곧이어 백리명이 허리를 꼿꼿이 세우고 고모에게서 나를 가렸다.

이 모든 건 아주 짧은 사이에 이루어진 것이었다. 거의 본능적이다 싶을 백리명의 판단은 정답이었다. 나를 보호하는 찰나 백리명을 바라보는 할아버지의 눈빛이 살짝이나마 부드러워졌으니까.

"……너!"

그리고 백리연을 지켜 주는 듯한 백리명의 모습에 고모가 믿기지 않는 듯 소리쳤다.

"백리명, 너, 너 지금 뭘 하는 게야?"

"고모님, 진정하세요."

백리명의 말에 충격받은 듯 고모가 숨을 헐떡였다.

'이럴 줄 알았지.'

백리명은 기회주의적인 자였다. 그에게 중요한 것은 자신의 안위뿐. 그때그때 정세에 따라 본인에게 가장 이로운 쪽을 따랐다.

지금 고모에게서 나를 보호하는 척 굴어 할아버지께 조금이라도 덜 혼나려 드는 것처럼.

나는 내 앞의 반듯한 뒤통수를 보았다.

'고모를 쫓아내는 정도로 끝낼 순 없어.'

할아버지 아래서 백리표가 정신 차린 것처럼 굴고, 고모가 납작 엎드려 얌전해진 척한다면 언젠가 다시 불러올 것이었다. 애초에 할아버지가 평생 돌아오지 못하게 막는다 하신 것도 아니다. 백리 세가는 할아버지가 가주지만 안주인인 할머니도 아직 정정하니 절대 무시할 수 없었다. 할머니가 있는 한 고모는 돌아올 수밖에 없었다. 빠르면 이, 삼 년 후에 돌아오게 될 것이고…….

'그럼 난 여덟 살? 아니 아홉 살 정도려나?'

그리고 돌아오자마자 내내 갈고 있던 칼을 나와 아버지께 겨눌 것이었다.

'그렇게 둘 순 없지.'

그러기 위해선……. 고모와 쌍둥이를 쫓아내는 사람은 내가 아니어야 했다.

백리명. 내가 아닌 그가 저들을 쫓아내게 할 것이다.

인내심이 바닥난 고모가 소리쳤다.

"백리명! 너 미쳤느냐? 저리 비키지 못해? 지금 내 앞에서 저 계집 편을 드는 거야?"

"백리의란!"

할아버지가 노호했으나 이미 눈이 뒤집힌 고모를 막기엔 부족했다.

"백리연, 네가 감히 내 앞에 나타……!"

바락바락 소리치던 고모가 눈을 홉뜨더니 축 늘어졌다.

"엄마!"

"의란아!"

쌍둥이들과 큰아버지가 놀라 소리쳤다.

"누님이 많이 흥분하신 듯하여 손을 댔습니다."

난 그제야 상황을 파악했다.

'……아버지가 지금 고모를 기절시킨 거야?'

어떻게 손을 썼는지는 보지도 못했다. 거기에 별일 아닌 듯이 무심한 표정의 아버지가 무척 낯설었다.

'아니, 따지고 보면…… 원래 저런 분이셨지.'

할아버지가 짜증스레 손짓했다.

"됐다. 아직도 정신을 못 차리고! 쯧. 의강. 아니, 의묵. 네가 의란을 처소에 데려다 놓고 오너라."

"……알겠습니다."

큰아버지가 쓰러진 고모를 조심스레 안아 들고 정방을 나섰다.

"엄마! 엄마!"

놀란 쌍둥이들이 고모를 쫓아 일어나자 할아버지가 버럭 소리쳤다.

"누가 일어나라 했느냐?!"

쌍둥이들이 화들짝 놀라며 다시 무릎 꿇었다. 할아버지가 이를 한심하게 바라보곤 나를 돌아보았다. 눈빛이 매섭기 그지없었다.

"그래서, 넌 무엇 때문에 왔느냐?"

여기서 잘못하면 죽도 밥도 안 됐다. 난 신중하게 말을 꺼냈다.

"……석가약이라고 제가 학당에서 알게 된 친우가 있어요. 지금 정방 밖에 있는 아이예요. 그가 이 모란 화분을 선물로 가지고 왔더라고요. 그래서 음…… 할아버지와 같이 보았으면 해서요."

"고작 그것?"

"어……."

난 머뭇거리는 척하며 쌍둥이들과 백리명을 흘끔거리다 아버지와 눈이 마주쳤다. 아버지의 담담한 눈빛이 나를 침착하게 해 주었다.

"할아버지, 전 괜찮아요. 아버지가 모란을 다시 가져다주시기도 했고, 이렇게 화분도 얻었으니까요."

안 그래도 깊던 할아버지의 미간 주름이 더더욱 깊어졌다. 나는 최대한 아이답게 느껴지도록 말을 골랐다.

"그리고 명 오라버니는 원래 표 오라버니, 악 오라버니와 더 친했으니까요. 어…… 말리기 어려웠을 거예요."

내 말에 백리명이 눈시울을 붉히며 감동했다. 이와 반대로 쌍둥이들의 눈빛은 더욱 악의에 찼다. 난 그런 쌍둥이들의 시선을 모르는 척 말을 이었다.

"저는 그러니까…… 할아버지께서 너무 화내지 않으셨으면 해요. 꽃은 내년에 또 볼 수 있으니까요."

"꽃은 피고 지는 것이니 이에 일희일비하지 말라?"

"아, 네! 맞아요. 헤헤."

난 내 뜻을 제대로 알아주셔서 기쁘다는 듯 웃었다.

"지금 웃음이 나와?"

난 재빨리 얼굴에서 웃음기를 걷어 냈다.

"너도 잘한 것 하나 없다. 다투지만 않으면 되는 게야? 아주 갸륵

하구나! 갸륵해. 저를 괴롭힌 것들을 봐 달라고 선물까지 들고 오고. 남궁완 앞에서 백리 세가의 체면을 떨어뜨린 건 너도 똑같다!"

난 당황한 척 고개를 푹 숙였다.

"누가 뭐라고 하든 내 결정은 바뀌지 않을 것이야! 그런 쓸데없는 소리를 하러 수백당에……! 아니, 차라리 잘됐다. 너도 저기서 똑똑히 지켜보거라!"

할아버지가 아버지 곁을 가리켰다. 내가 머뭇거리자 할아버지가 눈을 치떴다. 시무룩한 얼굴을 한 난 어쩔 수 없다는 듯 아버지 곁으로 향했다. 아버지가 내 어깨를 다독였다.

곧이어 할아버지의 단호한 목소리가 정방에 울렸다.

"백리명, 너도 느끼는 바가 있겠지."

"예."

"넌 백리 세가의 장손이다. 네 동생은 소우악과 백리표뿐이더냐? 백리연은 네 동생이 아니냐? 다 네겐 똑같은 동생이다. 그런데 말리지는 못할망정 몹쓸 짓 하는 걸 가만히 구경하고 앉았어!"

백리명이 고개를 숙였다.

"그리고! 백리리 일은 네 잘못이다! 백리리에게 주지 않았다면 않았다고 사실을 말할 것이지 어디 말도 안 되는 협잡질을 해!"

백리명은 아무것도 모른 채 혼났던 백리리를 떠올리자 죄책감이 들었다. 남궁완이 모란에 대해 질문한 순간 너무 당황했다. 그래서 순간적으로 잘못된 판단을 내렸다.

"남궁완이 그런 거짓말에 속을 것 같으냐? 괜히 영문 모르는 동생을 끌어들여 얼굴에 먹칠이나 하고! 앞으로 백리리가 남궁 세가 사람을 어찌 보겠느냐!"

차라리 모란을 주지 않았다고 이실직고를 하였다면 일이 이렇게 커지진 않았을 텐데.

그리고 내심 억울하기도 했다. 자신은 백리리에게 모란을 가져다줄 생각이었다. 비록 쌍둥이들이 백리연을 골탕 먹이는 걸 말리진 않았지만, 받은 걸 버린다는 못된 생각까진 하지 않았다! 당시 가져다주기 싫다고 생각했던 자신의 과거는 깨끗이 잊어버린 지 오래였다.

할아버지가 엄정히 말했다.

"백리명, 네게 반년간 금족령을 내린다. 중앙당도 한동안 출입 금지다. 다만 학당은 다니게 해 주마."

"배려에 감사합니다."

백리명은 고분고분 고개를 숙였다. 그러나 속내는 달랐다.

중앙당 출입 금지는 그렇다 치자. 하지만 반년간 금족령이라니! 대체 친우들에게 뭐라고 설명한단 말인가? 남궁완과의 불화가 흘러나가기라도 한다면…… 창피하여 얼굴을 들고 다닐 수가 없을 터였다!

백리명은 참담한 심정으로 말했다.

"다시는 이런 일 없도록 하겠습니다."

진심으로 반성하는 듯한 손자의 모습에 백리패혁은 약간 누그러졌다. 그렇다 하더라도 이번 일로 제대로 반성하게 할 생각이었다. 백리패혁이 단호하게 소리쳤다.

"이미 저지른 잘못은 벌을 받아야 한다. 가져오너라!"

어느새 나타난 하인은 회초리를 들고 있었다.

"……!"

"흡!"

"헉!"

쌍둥이들이 겁에 질린 신음을 내뱉었다. 대나무로 만든 황색의 회초리는 휘두를 때마다 낭창하게 휘어졌는데 맞으면 정말 까무러치게 아팠다.

그렇게 아픈 걸 어찌 아냐면…….

'나도 맞아 봤거든.'

그때 정말 기절하는 줄 알았다. 아니, 진짜로 기절했던 것 같기도 하고…….

할아버지가 하인에게 회초리를 받아 들었다. 백리명의 안색이 창백하게 질렸다.

"양손을 내밀고 바르게 서거라."

몸을 바로 한 백리명이 이를 악물고 손을 내밀었다.

'미친…… 할아버지가 직접 때리시는 거야?'

나름 특별 취급이라면 특별 취급이지만, 나라면 별로 달갑지 않을 것 같았다.

할아버지가 말했다.

"네 잘못은 네가 알겠지?"

"……예."

아무리 침착한 척하려고 한대도 백리명도 아직 열두 살밖에 되지 않은 아이였다. 겁에 질린 목소리에 물기가 묻어났다. 나는 차마 볼 수 없어서 고개를 돌렸다.

동시에 짝! 내려치는 매서운 소리가 들렸다.

백리명이 불쌍하진 않았다. 제 잘못 때문에 벌을 받는 것뿐이니까. 그런데도 차마 바라볼 수가 없었다. 참고 참던 백리명도 막바지에 이르러선 신음을 내뱉으며 눈물을 흘렸다. 그 모습에 괜히 안 좋은 기억이 떠올라, 속도 메스꺼워졌다.

그렇게 반쯤 나가 있던 혼은 어깨를 두들기는 손길에 깨어났다. 아버지가 걱정스럽게 날 바라보고 계셨다. 어느새 매를 때리는 소리도 그쳐 있었다.

나는 희미하게 말했다.

"아, 저 괜찮아요."

물론, 내가 들어도 전혀 괜찮지 않은 목소리였다.

내 이마를 짚어 확인한 아버지가 걸음을 옮겼다. 백리명 앞에 선 아버지가 그의 팔을 잡고 조심스럽게 일으켜 세워 주었다.

"잘 참았다."

백리명은 울컥 터져 나오는 울음을 애써 삼켰다. 그리고 할아버지가 쌍둥이들을 돌아보았다. 쌍둥이들이 서로를 붙잡은 채 바들바들 떨었다. 할아버지 손에서 회초리가 바닥으로 떨어졌다.

"너희들은…… 과연 네 어미가 무슨 선택을 할지 두고 보자꾸나."

백리패혁과 백리의강이 모두 떠나고, 아이들만 남은 정방엔 씨근덕거리는 숨소리만 들렸다. 나는 백리명에게 다가가 물었다.

"오라버니, 괜찮아요?"

인상을 찡그린 백리명의 얼굴은 식은땀 범벅이었다. 난 품에서 손수건을 꺼내 백리명에게 건네려다 벌겋게 부어오른 손을 보곤 멈칫했다.

그때 타박타박 가벼운 발소리가 다가왔다. 고개를 돌린 백리명이 인상을 찡그렸다.

"석 공자가 여긴 어떻게 들어오신 거죠?"

"장 부관께서 전해 달라 하셨습니다."

석가약이 고약함을 내밀었다.

"아……."

"손을 이리 내십시오."

고약을 바르는 것조차 아픈 듯 백리명이 끙끙거렸다. 빠르게 고약을 바른 석가약이 자연스럽게 내 손수건을 가져가 제 손을 닦았다.

"돌아가면 찬물에 한 번 화기를 빼내고 다시 약을 바르시면 될 것 같습니다. 너무 오래 담그지 마시고요."

"고맙네."

석가약을 향해 인사한 백리명이 나를 돌아보았다. 머뭇거리던 그가 말했다.

"연이 너도…… 걱정해 줘서 고맙구나."

"형?"

백리표가 뭐 하냐는 듯 백리명의 소매를 잡아당겼다.

백리명은 순간 화가 치솟았다. 자신에게 잘못이 없다고 말해 주기라도 한 백리연에 비하면 쌍둥이들은 대체 한 것이 뭐란 말인가? 괜히 얽혀서 혼나고, 혼자 맞기까지 하니 분하고 억울할 뿐이었다. 백리명은 백리표를 무시하며 백리연을 향해 조심스럽게 운을 뗐다.

"그간 내가 네게 못난 모습을 보였지? 미안했다."

"괜찮아요."

내 선선한 대답에 백리명이 희미하게 웃었다.

"앞으론 사촌끼리 잘 지내자……."

"명이 형! 어떻게 그런 말을 할 수 있어?"

백리표가 백리명의 말을 자르며 버럭 소리쳤다.

"지금 저 천것 때문에 우린 가문에서 쫓겨나게 생겼는데!"

"표야, 진정해."

백리명은 순간 화가 난 것도 잊어버리고 당황하여 말했다. 정방을 나가셨다지만 할아버지께선 멀리 가시지 않았을 것이다. 소란이 커진 다면 다시 돌아오실 수도 있었다.

"뭘 진정해? 형부터 정신 차려! 어떻게 이럴 수 있어!"

그런데도 백리표가 소란을 피울 수 있는 건 자신은 절대 쫓겨나지 않을 거라는 믿음이 있어서였다.

하지만 소우악은 사정이 달랐다. 고모의 답에 따라 백리 세가에 남을 수 있는 백리표와 달리 소우악의 선택지는 모두 나가는 것뿐이었다. 소우악은 벌건 눈으로 나를 죽일 듯 노려보았다. 물끄러미 바라보던 난 나를 잡아끄는 손길에 고개를 돌렸다.

"이만 가자."

석가약이었다.

"……그래."

내가 선선히 석가약에게 끌려갈 때였다. 소우악이 내 뒤에 대고 소리쳤다.

"너, 알고 있었지? 남궁완이 있는 거 알면서 일부러 말 안 한 거지!"

난 걸음을 멈추고 쌍둥이들을 돌아보았다.

증오에 찬 눈동자들. 이를 보자 불현듯 모란을 짓밟고, 머리에 돌을 던지며 낄낄거리던 모습이 떠올랐다.

그 순간, 백리표와 소우악의 머릿속으로 백리연의 목소리가 들려왔다. 전음이었다.

[맞아. 사실 나 그때 남궁 소가주 계신 거 알고 있었어.]

나는 눈을 부릅뜬 쌍둥이들을 돌아보며 빙그레 미소 지었다.

[그런데 그게 뭐? 내가 너희보고 모란 밟으라고 시켰니?]

나는 가슴팍의 구겨진 옷자락과 머리카락을 정돈하며 정방을 걸어 나왔다. 느리지도 빠르지도 않은 걸음으로 수백당을 벗어나자마자 내 뒤를 따라온 이가 붙잡았다.

"어떻게 한 거야?"

"뭘?"

나는 모르는 척 시치미를 뗐다.

쌍둥이들에게 전음을 하고 나서 하필 석가약과 눈을 딱 마주쳐 버렸다. 그 뒤에 곧장 쌍둥이들이 난리를 쳤으니 석가약도 당연히 눈치 챘을 것이다.

하지만 어찌 증명할 것인가? 나는 당당하게 고개를 들었다. 눈을 가늘게 뜨고 날 살피던 석가약이 말했다.

"한번 진맥해 봐도 돼?"

"그래."

짧게 내 맥을 짚은 석가약이 혼란스러운 얼굴을 했다.

"······분명히 내공은 없는데. 하지만 분명 그 모습은······ 어떻게 쓴 거지?"

당연하지. 내가 쓴 건 내공이 아니니까.

내가 그사이 단전이 회복되어 내공을 쌓은 거라면 좋겠지만 그건 아니었다. 내가 전음을 할 수 있는 건, 과거에 무공을 배워 보려고 몸 부림친 발악의 흔적이었다.

난 어떻게든 무공을 배우겠다는 일념으로 온갖 책들을 섭렵하던 중 금서에까지 손을 뻗었다. 그러다 한 금서에서 발견했다. 선천지기를 내공 대신 쓸 수 있는 비법을.

선천지기란 태어나면서부터 타고난 원기, 즉 생명력이라고 볼 수 있다. 선천지기는 수련을 통해 쌓은 내공보다 훨씬 더 강력했는데, 무공이 경지에 이른 자들은 선천지기도 자연스럽게 다룰 수 있게 된다고 했다.

하지만 선천지기를 사용하는 사람은 없었다. 이유는 간단했다. 선천지기는 생명력. 모두 소진하면 죽어 버린다. 그리고 나는 방금 선천지기를 이용하여 전음을 했다.

"너……!"

그때 나를 보던 석가약이 눈을 동그랗게 떴다. 코 아랫부분이 간지러운, 익숙한 느낌이 들었다. 조심스레 인중을 훔친 난 한숨을 내쉬었다.

'……전음 한 번 했다고 코피라니.'

정말 소량. 그것도 자연 회복이 가능할 정도의 아주 극소량만 썼을 뿐이었다. 그런데도 몸이 버티질 못했다.

품속을 뒤지던 난 좀 전에 석가약이 내 손수건을 썼다는 사실을 떠올렸다. 어쩔 수 없이 대충 소매로 막으려고 할 때 맞은편에서 다가온 손이 코 윗부분을 눌러 왔다. 그리고 자신의 소매로 조심스럽게 코 아랫부분을 닦아 냈다. 나는 내가 하겠다고 석가약의 손을 떼려 했으나 꽉 잡고 놓아주지 않았다.

"이거 네가 전음을 한 부작용이지?"

"무슨 소린지……."

아니, 무슨 애가 이렇게 눈치가 좋아?

나는 모르는 척했지만 통한 것 같진 않았다. 석가약이 나직이 말했다.

"석 태의께 기력을 회복할 수 있는 약도 부탁드려야겠네."

수백당, 백리패혁의 서재.

백리패혁은 오동나무 의자에 앉으며 말했다.

"그건 여기에 올려놓고. 너는 앉거라."

뒤따라온 하인이 모란 화분을 탁상 위에 올려놓고 물러갔다. 그 뒤를 이어 찻주전자와 찻잔을 들고 따라온 하인을 보고 백리패혁이 인상을 찡그렸다.

"지금 내가 뜨거운 차 마시게 생겼나? 찬물 가져와!"

모란 화분을 놓고 물러간 하인이 재주 좋게 얼음물을 대령했다. 냉수를 받아 든 백리패혁이 벌컥벌컥 들이켰다. 맞은편의 백리의강이 물었다.

"괜찮으십니까?"

"괜찮지 않으면! 내 너에게 미리 말해 두지 않았느냐! 네 손님은 네가 직접 관리하라고!"

남궁완이 직접 연회에 참석하겠다 답해 버렸으니 백리의강이 막을 수 있는 선을 넘은 일이었다. 백리패혁도 그 사실을 모르진 않았다. 하지만 화를 참을 수 없었다.

"신경 쓰시게 하여 죄송합니다."

변명도 없이 담담히 사과하는 아들의 모습을 본 백리패혁이 깊은 숨을 내쉬었다. 백리의강이 채운 찻잔을 들며 백리패혁이 말했다.

"……후, 일단 의란이 무슨 답을 내릴 것인지 기다려 보자꾸나."

백리의강이 잠시 고민하다 물었다.

"그럼 악이는 정녕 내보내실 겁니까?"

"지금 네가 악이를 걱정하는 게냐?"

"아직 어립니다."

백리패혁이 탁자에 찻잔을 거세게 내려놓았다. 입에 대지도 않은 뜨거운 찻물이 손등에 흘러넘쳤으나 백리패혁은 개의치 않았다.

"그래도 내 피를 이은 손자니 이 정도에서 봐준 줄 알고 감사해야 할 것이다! 어딜 감히 소씨 가문의 아이가 백리가의 아이를 모욕한단 말인가!"

나이가 어리니 더 문제다. 벌써 이 모양인데 앞으로 자라면 백리 가문의 세를 등에 업고 얼마나 분탕을 칠지 눈에 훤했다.

형제, 심지어 한날한시에 태어난 쌍둥이로 서로 도우며 우애 깊은 건 좋게 이해했다.

"내 지금껏 먹는 것 입는 것부터 수련에 백리 세가의 단약까지 그 애들에게 차별 없이, 아끼지 않고 내줬다. 그 은혜를 이런 식으로 갚아?"

하지만 날 때부터 계속 둘이 붙어 지내서인지 저 둘만이 세상 전부였고, 자신들 말고는 모두 깔봤다. 심지어 백리 세가까지! 이번엔 고작 모란이었지만 다음엔 무슨 사고를 칠지.

더 큰 잘못을 저지르고 나면 그땐 늦는다. 적어도 일단 둘을 떼어 놓아야 했다. 그리고 아직 어리니 천천히 훈육하면 될 것이다. 백리패혁은 그리 믿었다.

그때 백리패혁의 눈에 하인이 탁자에 가져다 놓은 모란 화분이 띄었다.

"이걸 가져온 아이가 석 태의의 조카인 석가약이랬나?"

"예."

"이상한 이는 아니겠지?"

"예?"

"큼, 연이가 처음 사귄 친우가 아니더냐? 아이에게 친우의 영향력은 생각보다 크다. 성품이 바른지 집안은 어떤지…… 아니, 됐다."

"……?"

영문을 파악하지 못한 듯한 백리의강의 모습에 백리패혁은 언짢아 혀를 찼다. 직접 나서서 알아보는 것이 속 터질 일 없고 편할 것이다.

"그래서 넌 무슨 일로 날 찾았느냐?"

짧게 침묵한 백리의강이 입을 열었다.

"……연이를 데리고 잠시 남궁 세가에 다녀올까 합니다."

"뭬야?"

백리의묵의 부인, 심소청은 작은 마님 혹은 심씨 부인으로 불리었

다. 심씨 부인은 얌전하고 온유한 성품이었지만 무가의 안주인을 하기에는 다소 유약한 심성의 소유자기도 했다.

그 탓에 백리패혁은 심소청과 백리의묵의 혼인을 내켜 하지 않았으나, 안주인인 손단후의 강한 의지에 결국 혼인을 허락한 사연이 있었다.

하염없이 눈물을 흘리며 심씨 부인이 젖은 눈가를 소매로 꾹꾹 눌러 냈다.

"명아, 이를 어째? 흐윽. 이렇게 부어서야."

"어머니, 전 괜찮아요. 할아버지께서 많이 화나셨는데 이 정도로 끝난 게 다행이지요."

담담한 백리명의 말이 오히려 심씨 부인을 더 자극했는지 그녀의 눈에서 눈물이 주룩주룩 흘렀다.

이내 문 너머로 불빛이 일렁이더니 등롱을 쥔 백리의묵이 방문을 열고 들어왔다.

"명아, 손은 어떠냐?"

"괜찮습니다."

남편이 들어오자 소매를 들어 얼굴을 가린 심씨 부인이 자리에서 일어났다. 백리명이 따라 일어나려 하자 심씨 부인이 이를 말렸다.

"일어나지 말고 누워 있거라. 저는 어머님께 가 약재를 좀 달라 해야겠습니다."

"……그리하시오."

어머니가 나가는 걸 확인한 백리명이 아버지께 물었다.

"오래 걸리셨네요. 할아버지께서 아버지께도 많이 화내셨어요?"

"네가 지금 누굴 걱정하느냐? 네 몸부터 돌보거라. 그리고 내가 늦은 건 다른 일 때문이다."

"또 무슨 일이 있어요?"

"의강이 제 딸과 남궁 세가에 다녀올 거라더구나."

백리의묵이 옷자락을 정돈하며 자리에 앉았다.

"작은아버지가 백리연이랑 남궁 세가예요?"

"그래."

"허, 그 몸으로 갈 수는 있대요?"

"아버님께서 허락하셨고 며칠 내로 준비를 마치면 바로 떠날 거라더구나."

"갑자기 거긴 왜 간다는 거예요?"

"정확히 듣지는 못했지만 아마 악이랑 표와 잠시 떼어 놓으려는 생각이 아닐까 싶다. 그만 묻고 어디 상처나 좀 보자꾸나."

손을 내미는 백리명의 낯빛이 가라앉았다.

자신은 앞으로 남궁완의 얼굴을 어찌 봐야 할지도 알 수 없는데 백리연은 남궁 소가주와 함께 남궁 세가로 향하다니. 아쉽고 부러웠다가 종래엔 화가 났다.

"남궁 세가로 출발하기 전에 연이를 한번 만나야겠어요."

백리의묵이 반사적으로 인상을 찡그리며 물었다.

"그 아이를 왜?"

"남궁 소가주께 얘기 좀 잘해 달라고 부탁해야죠."

"걔가 잘도 해 주겠구나. 헛소리 말아라."

"그야 말해 보기 전엔 모르죠."

백리의묵이 코웃음을 쳤으나 백리명은 태연했다. 그 모습에 아들이 진심이라는 걸 깨달은 백리의묵이 되물었다.

"……정말 만나려는 것이냐?"

"네. 안 될 거 없잖아요? 제 동생인걸요."

"동생이라고?"

아들의 말에 백리의묵이 믿기지 않는다는 듯 바라보았다. 백리명은 태연하게 말을 이었다.

"오늘 보니 표랑 악이보다 연이가 훨씬 낫던걸요."

백리의묵이 저도 모르게 주변을 둘러보고, 나무라듯 말했다.

"명아! 그게 무슨 소리냐? 네가 오늘 많이 실망했을 것 안다. 하지만 그런 허튼 생각 말아라."

아버지의 말에 이를 악문 백리명이 몸을 일으켜 반듯이 앉아 말했다.

"아버지, 이제야 말씀드리지만, 저랑 표랑 악이랑 연이 이렇게 넷만 남았을 때 무슨 일이 벌어졌는지 아세요? 악이가 갑자기 연이 멱살을 잡으면서 덤벼들더군요!"

"뭐라고?"

금시초문인 얘기에 백리의묵이 깜짝 놀라 되물었다.

그때를 떠올린 백리명이 이를 아득 물었다. 소우악이 먼저 백리연의 멱살을 잡고 뒤이어 백리표가 덤벼들었다. 석가약이 같이 있던 게 천운이었다. 만약 저 혼자만 있었다면 쌍둥이들을 막기 힘들었을 것이다.

그러다 백리연이 한 대 맞기라도 했다면……. 상상만으로도 눈앞이 아득해졌다.

"제가 할아버지께 맞고 나서도 표랑 악이는 미안하다고 사과 한마디 하지 않고, 괜찮으냐고 한 번을 묻지도 않은 건 일단 제쳐 놓는다쳐요."

오히려 백리연만 본인이 기절할 것처럼 창백한 낯빛으로 걱정했다.

"하지만 제가 걔들 눈앞에서 할아버지께 이렇게 맞았는데, 할아버지와 작은아버지가 자리를 뜨시자마자 백리연한테 손을 휘두르는 건 말이 안 되죠!"

백리명이 씩씩거리며 계속 소리쳤다.

"만약 할아버지가 돌아오셨으면 또 제 탓을 하셨을 텐데! 제게 억하심정이 있는 게 아니라면 적어도 제 앞에선 그러면 안 되는 거 아니에요?"

"그, 그런 일이…… 있었다고?"

"예! 제가 할아버지께 맞아 죽든 말든 자기들이 맞는 거 아니라고 신경도 안 쓰는 거 아니냐고요!"

화가 난 백리명이 저도 모르게 손에 힘을 주었다가 엎드려 신음했다. 놀란 백리의묵이 백리명의 손을 살폈다.

"설마 아버님이 널 때려죽이시겠느냐……."

그러나 백리의묵의 말도 뒤로 갈수록 작아졌다. 고통으로 눈가에 눈물이 맺힌 백리명이 말을 이었다.

"연이가 착해서 아무한테도 말 안 했으니 아버지도 모르시는 거죠. 만약 소우악이 멱살 잡은 게 할아버지 귀에 들어가면……."

"……."

백리의묵도 차마 뭐라고 말할 수가 없었다.

"그리고 제가 이러면 안 된다고 타이르니 뭐라는 줄 아세요? 백리연이 남궁 소가주가 계신 걸 알면서 자기를 함정에 빠트린 거래요!"

"그게 무슨 소리야? 네가 남궁 소가주를 뵈었을 때 얼굴을 가리고 있었다며?"

"네."

"거기다 의강도 남궁 소가주가 올 줄 모르고 있었던 듯하다만, 백리 세가에 들어온 지 얼마 되지도 않은 백리연이 남궁 소가주를 어떻게 알아봤단 말이냐?"

"그러니까 말도 안 되는 소리죠! 문지기들도 못 알아보고, 작은아버지께선 남궁 소가주가 오시는 줄도 몰랐는데!"

정말 머리가 어떻게 된 거 아니냐는 말을 백리명은 목구멍 속으로 꾹꾹 눌러 담았다.

"일단 진정하거라. 상처에 안 좋아."

씩씩거리는 백리명을 백리의묵이 다독였다.

"아버지, 제 친동생은 리리뿐이에요."

"그거야 당연하지."

"제게 백리표와 소우악은 백리연과 똑같은 사촌 동생일 뿐이란 소리예요."

백리의묵이 깜짝 놀라 소리쳤다.

"명아! 그게 어찌 같아!"

아버지야 고모와 같은 배에서 태어났으니 고모를 작은아버지보다 친밀하게 여기는 건 이해했다. 하지만 자신이 백리표와 소우악과 같은 배에서 태어난 건 아니지 않은가? 그런 의미에서 백리연과 백리표 소우악은 자신에게 다 똑같은 사촌 동생일 뿐이었다.

"아버지, 다시 한번 생각해 보세요."

백리명은 친부와 눈을 마주 보며 말했다.

"솔직히 매번 소란만 피우고 능력 없는 고모보다 무공도 고강하며 명성도 높으시고 욕심도 없으신 작은아버지가 제게 훨씬 도움이 되지 않겠어요?"

백리명은 아버지 곁에서 그간 보고 지낸 세월이 있었다. 아버지는 평생 고모가 피운 소란을 뒤처리하며 지냈다. 고모가 벌인 사고를 무마하려다 곤란에 처하기도 여러 번, 할아버지께 혼나기도 여러 번이었다.

몇 번을 타이르고 달래서 얌전해져도 잠시뿐이었다. 평안하다 싶으면 꼭 다시 사고를 쳤다. 고모만 아니었다면 아버지가 할아버지께 소가주로 인정받는 건 훨씬 쉬웠을 것이다.

"작은아버지께선 사리에 밝으시고 공정하시죠. 난 배가 다르다고 차별하실 성품이 아니시잖아요."

"……."

"그리고 백리연도요."

자신과 아버진 전혀 다른 상황이었다.

"작은아버지의 유일한 딸인 백리연은 단전도 망가졌잖아요. 아무리 잘나 봐야 무공도 못 쓰는 여자애, 할아버님께 예쁨 좀 받다가 좋은 집안으로 시집가는 게 다 아니에요?"

백리의강은 고강한 무공 덕분에 존재만으로 백리의묵의 위치를 위협했지만, 백리연은 달랐다.

내공 폐인인 백리연은 경쟁자도 될 수 없었다. 백리의강이 어떻게든 회복시키려고 노력한다지만 솔직히 가능하리라 생각하는 사람은 아무도 없었다.

백리명이 보기엔 무공도 배울 수 없는 데다 나이도 어린 동생을 경계하는 것 자체가 무의미한 일이었다.

"네가……"

침묵하던 백리의묵이 입을 열었을 때였다. 밖에서 기척이 느껴지더니 문 앞의 하인이 고했다.

"공자님, 도련님. 사공자께서 약재를 보내오셨습니다."

"……의강이?"

짧게 침묵한 백리의묵이 의심스러운 목소리로 되물었다.

"예. 소인이 이름은 기억하지 못하옵고, 다만 부기를 빼고 통증을 줄이는 데 좋은 약재들이라 하였습니다. 어찌할까요?"

백리명은 그거 보라는 듯 제 아버지를 돌아봤다.

늦은 시각임에도 백리 세가 안주인의 처소만큼은 아직 불이 환했다. 기거하는 자들이 잠을 이루지 못하고 있음을 뜻했다.

등불을 들고 발걸음을 재촉하던 백리의묵은 방문 앞의 여인을 보고 멈춰 섰다.

"부인?"

심소청, 심씨 부인이었다.

"왜 들어가지 않고 그러고 있소?"

문 앞의 심씨 부인은 방 안쪽으로 시선을 향했다. 백리의묵은 방에서 흘러나오는 흐느끼는 소리를 듣고 한숨을 내쉬었다.

"어머니, 소자입니다."

"들어오너라."

백리의묵이 부인과 함께 방으로 들어갔다. 예상하던 바와 같이 울음소리의 주인은 백리의란이었다.

"어머니, 어머니…… 전 절대 못 가요. 애들이랑 절대 못 떨어져요. 살려 주세요. 네? 어머니……."

백리의란은 노부인의 무르팍을 잡고 흐느끼고 있었다. 백리의묵이 이를 지켜보다 물었다.

"표와 악이는요?"

"울다 지쳐서 곁방에 재워 두었다."

"오라버니?"

그제야 백리의묵의 존재를 눈치챈 백리의란이 돌아보았다. 벌겋게 달아오른 얼굴은 눈물로 엉망이었다. 백리의란이 바닥을 내리치며 소리쳤다.

"오라버니도 정말 너무해요! 어떻게…… 어떻게! 아버지께 말 한마디를……."

백리의묵의 낯은 착잡했다.

"거기서 내가 뭘 어쩔 수 있겠느냐……?"

"그렇다고 가만히 계세요? 어떻게 그러실 수가 있어요! 아, 그래요, 그렇죠! 오라버니 일 아니라 이거죠?"

"의란아!"

"다들 조용히 하지 못해!"

노부인의 일갈에 백리의란과 백리의묵이 입을 다물었다. 노부인이 지친 얼굴로 백리의묵 곁의 심씨 부인을 보았다.

"여긴 어쩐 일이냐? 급한 일이 아니면 나중에 오너라."

내내 조용히 고개 숙이고 있던 심씨 부인이 조심스레 입을 열었다.

"어머니, 명이가 매를 맞은 곳이 많이 부어 통증을 덜어 줄 약재를……."

이야기를 듣던 백리의란이 버럭 소리쳤다.

"올케는 애 손바닥 좀 맞은 게 무슨 큰일이라고! 나중에 얘기해요! 지금 제 아이들은 쫓겨나게 생겼거든요!"

백리의란의 말에 심씨 부인이 가슴에 손을 올리며 충격받은 얼굴을 했다. 백리의묵이 아내를 붙잡으며 소리쳤다.

"의란, 너 그게 무슨 소리더냐!"

백리의란은 엎드려 다시 통곡하기 시작했다.

"그만, 그만! 의묵, 소리치지 말거라."

노부인은 그렇지 않아도 머리가 지끈거린다는 듯 이마를 짚으며 말했다.

"그러게 왜 의란을 자극하느냐? 약재는 알아서 적당히 가져가면 될 것을. 그 정도야 네 맘대로 해도 되지 않느냐!"

한마디 하려는 백리의묵의 소매를 심씨 부인이 잡아당겼다. 하얗게 질린 안색의 심씨 부인이 공손히 인사를 올리며 말했다.

"예. 그럼 저는 먼저 돌아가 보겠습니다."

힘없이 걸어 나가는 아내의 모습을 보며 백리의묵은 저도 모르게 주먹을 말아 쥐었다.

고모가 어떤 선택을 하는지, 어떻게 가문에서 나가는지 지켜볼 순 없었다. 바로 남궁 세가로의 여정을 준비해야 했기 때문이다.

여행 준비엔 시간이 오래 걸리지 않았다. 난 그간 언두를 믿음직스러운 아버지의 충신 정도로 생각했는데, 그 정도가 아니었다. 부지런하면서도 일솜씨가 꼼꼼하니 열 명 몫을 능히 해냈다. 감탄스러울 정도였다.

물론 우리 짐이 단출한 것도 있었다. 아버지와 나, 그리고 짐을 싣고 내가 탈 마차 한 대, 말 한 필뿐이라 준비할 것이 별로 없었다. 이동하는 동안 필요한 일손은 남궁완의 사람을 빌리기로 했다.

'만신의에 대해서 아는 사람을 최대한 줄여야 하니까.'

언두는 남기로 했다. 처소를 관리할 사람이 없어서였다. 그간 처소는 백리 세가의 하인들이 알아서 관리하도록 두었다. 하지만 최근 여러 일로 아버지는 집안 하인들을 믿을 수 없다 여긴 모양이었다. 이런 단출한 구성원에 백리의묵이 우려를 표하며 사람을 붙여 보려 했으나 성공하진 못했다.

그리고 언두가 열심히 여행 준비를 하는 동안 나는 무얼 했느냐면…….

향불 냄새가 그윽한 백리 세가 사당에서 조상들을 향해 어질어질할 정도로 절을 올렸다. 그리고 중앙당에서 보았던 문중 장로들과도 인사를 나누었다.

당당한 백리 세가의 일원으로 소개받은 것이다. 일전 백리 가문에 족보에 이름을 올리긴 했지만, 솔직히 제대로 인정받았다고 보긴 힘들었다.

'아버지의 고집에 어쩔 수 없이 이름만 올린 정도?'

그런 나에게 문중 장로들은 대부분 처음 보는 사람들이었다. 회귀 전엔 나를 투명 인간 취급했던 이들이기도 했다.

'아버지가 안 계시면 인사도 안 받아 줬지.'

그랬던 자들이 내 곁에 할아버지가 계시자 마치 귀여운 조카라도 되는 듯 말을 건넸다. 그렇게 인사를 시키신 할아버지께선 비적 토벌을 마무리하기 위해 다시 떠나셨다.

그리고 마차에 오르기 직전, 의외의 사람이 배웅을 나왔다.

"오랜만이구나."

수척해진 백리명이었다.

그간 고모와 백리표, 소우악은 매일매일 떠나갈 듯 울어 젖히며 큰아버지와 할머니를 들들 볶고 있었다. 큰아버지와 처소가 가까운 백리명도 그 소란을 피할 수 없었을 것이다. 조촐한 규모의 마차를 훑는 그가 아쉬운 눈을 했다.

'뭐지?'

의문은 바로 풀렸다.

"남궁 세가에 간다고 들었다."

"네. 맞아요."

"남궁완 선배님은 같이 안 가시니?"

남궁완을 찾았던 모양이었다.

'이래서 남궁완 아저씨가 밖에서 보자고 했군.'

귀찮은 일이 생길 각이 보인 것이다.

"저도 잘 모르겠어요."

"그렇구나. 작은아버지께서 살피시겠지만 그래도 몸조심하려무나. 혹시 필요한 게 있다면 기탄없이 말하고."

자애로운 큰오라비인 척 굴던 백리명이 이곳까지 온 목적을 꺼냈다.

"그리고 내 네게 하나 부탁할 것이 있는데……."

백리명이 돌리고 돌려 말했지만, 결론은 하나였다.

'남궁완에게 체면을 세울 기회를 달라.'

그 말을 길게 하고 백리명이 내 손에 뭔가를 쥐여 주었다.

"이건 우리 아버지가 네게 주라 하셨단다."

은표였다. 여섯 살짜리에게 돈을 뇌물로 주다니!

휘둥그레 눈을 뜬 난 이를 꼭 쥐며 말했다.

"물론이죠. 잘 말씀드릴게요!"

남궁완 아저씨가 내 말을 들을지는 모르겠지만!

第二章

창밖으로 백리 세가가 차츰 멀어져 갔다.

'드디어 가네.'

성 밖에서 미리 기다리던 남궁완과 부하들이 합류하고, 인사까지 마쳤다. 창밖의 풍경을 한참 구경하던 난 미리 챙겨 두었던 반짇고리를 열었다. 그리고 야심에 찬 각오를 다시 다졌다.

'내가 이거 도착 전에 완성하고 만다!'

풍경을 구경하는 것도 한두 시간이지 긴 여행길, 혼자 마차에 타고 간다면 어마어마하게 심심할 거라고 생각했다. 그래서 그 시간 동안 남궁완 아저씨에게 드릴 향낭을 완성하는 게 내 목표였다.

지루한 여행길 시간도 죽이고, 약속도 해치우고. 일석이조!

그렇게 각오를 다진 지 반나절 후. 내 입에선 시름시름 앓는 신음이 흘러나왔다.

'이 거지 같은 몸뚱어리!'

바늘과 실을 내팽개친 난 마차에 대자로 누웠다. 커 가며 차차 나아지기도 했고, 다 자라선 말을 탔지 마차를 타질 않아 완전히 잊어버리고 있었다.

'석가약한테 멀미약이나 챙겨 달라고 할걸!'

기력을 회복하는 약? 그것도 토하지 않아야 소용이 있지 않은가?

정돈되지 않은 울퉁불퉁한 길을 달리는 마차는 자동차와 비교하는 것 자체가 실례였다. 하지만 이런 내 사정을 봐주며 이동할 순 없었다. 만신의가 그 마을에 언제까지 머물지 모르는 상황에선 한시라도 빨리 이동해야 했다.

그렇게 들것에 실려 가는 것과 다를 바 없는 긴 여행을 시작했다. 기절하듯 잠들었다가 정신을 차려 보니 말을 타시던 아버지가 마차에 계셨다.

"아버지? 왜 여기 계세요?"

"……신경 쓰지 말고 눕거라."

착잡한 얼굴의 아버지가 나를 어르며 눕혔다. 잠깐 정신을 차렸던 난 아버지 품에서 금세 늘어졌다. 나중에 알고 보니 "왜 여기 계세요?"란 질문을 대여섯 번 반복했다고 한다. 하지만 난 기억이 나질 않았다…….

마차는 쉬지 않고 달렸다. 시간이 지날수록 내 몸뚱어리도 현실을 받아들이고 조금씩 적응해 나갔다.

끊임없이 이어지던 흔들림이 멈추고 누군가 날 조심스럽게 안아 드는 것이 느껴졌다. 눈을 떴을 땐 그간 익숙해진 마차 천장이 아닌 옅은 노란빛의 침대 휘장이 날 반겼다. 그리고 손목이 간질간질하니 따뜻한 느낌이 들었다.

고개를 돌리자 내 손목에 손을 올린 아버지가 눈을 감고 앉아 계셨다. 아버지가 내공을 불어넣어 내 떨어진 체력을 보충해 주는 것이었다.

내가 깨어난 걸 안 아버지와 눈이 마주쳤다. 무표정하던 아버지가 슬며시 미소 지었다. 순간 손목으로 불어넣던 내공이 뚝 끊기고 아버지의 미소도 착각이었던 것처럼 바로 사라졌다.

"일어났으면 이제 저녁을 들자. 방으로 가져다 달라 하마."

"아뇨! 아래에서 먹을래요."

보통 숙박 시설인 객잔의 일 층은 식당으로 이용했다.

"방에서 편히 먹지 그러느냐?"

"너무 마차 안에만 있었더니 바람 좀 쐬고 싶어요."

"알겠다."

아버지가 날 자연스럽게 안아 들었다. 아버지 목을 껴안은 채 복도로 나오자 앞이 확 트이면서 일 층 식당을 내려다볼 수 있었다.

여행하는 동안 얼굴이 익숙해진 남궁 세가의 무인들이 식당에 자리하고 있었다. 이미 식사를 마친 그들은 술도 한잔 걸치고 있었다. 우리가 내려온 것을 먼저 알아챈 남궁완의 부관, 심지평이 얼큰히 취한 얼굴로 아는 척했다.

"백리 공자님, 오셨습니까? 오, 아기씨도 일어나셨군요. 여기서 저녁 드시게요? 이제 괜찮으신 겁니까?"

"네! 괜찮아요!"

"하하! 씩씩하시군요!"

아버지는 남궁 세가의 무인들과 조금 떨어진 곳에 자리를 잡았다. 나는 주변을 둘러보고 물었다.

"남궁완 아저씨는요?"

"나갔다."

"어디로요?"

"네가 궁금해할 것이 아니다."

딱딱한 언사에 떨어진 곳에 자리한 심지평이 당황한 듯이 눈을 끔뻑이는 것이 보였다. 예전에 나라면 분명 서운했겠지만, 이제는 아버지의 말투가 원래 이럴 뿐이며 악의가 없다는 걸 알았다.

그때 객잔 점소이가 다가왔다.

"뭘 드릴까요?"

"난 간단한 것으로. 아이는 속이 안 좋으니 죽도 가능한가?"

또 죽?

"그야 물론이죠."

점원이 물러가려 할 때 아버지의 옷자락을 잡았다.

"왜?"

"저 만두 먹고 싶은데……."

남궁 세가 무인들의 식탁 위에 오른 만두는 갓 쪄 냈는지 김이 솔솔 나는 것이 맛있어 보였다.

"안 된다."

"먹고 싶은데……."

"……만두도 하나 가져오게."

"헤헤."

잠시 후 쟁반에 음식을 들고 온 점소이가 넉살 좋게 말했다.

"죽은 따님 앞에 놓으면 될까요?"

아버지가 말없이 고개를 끄덕였다.

"어휴, 따님은 어디 큰 병 앓는 줄 알았네요. 들어오실 때 어찌나 안색이 창백한지!"

나머지 음식들도 식탁에 내려놓은 점소이는 떠나지 않고 계속 입을 열었다.

"공자님 검을 보니 강호분이신 거죠?"

무언가 할 말이 있는 기색에 내가 재빨리 대답했다.

"맞아요! 아버지 멋지죠? 이름을 들으면 아실 거예요!"

"연아."

아버지가 날 나무랐으나 점소이는 능청스럽게 말을 이어 갔다.

"그 정도로 유명하신 분이라면 검 좀 휘두르시겠죠?"

"네!"

"그렇다면 걱정할 필욘 없겠네요. 일행도 많으시고. 그래도 흠……
따님이 있으시니……."

날 언급하자 그제야 아버지가 점소이의 말에 관심을 가졌다. 계속
말하라는 듯한 아버지의 시선에 점소이가 목소리를 낮추며 말을 이어
갔다.

"요새 이 근방에 아이 실종이 잦으니 조심하세요."

"실종이라니?"

"실종이요?"

아버지가 되물었고 난 한껏 놀란 얼굴을 했다.

"아니, 납치라고 해야 하려나? 하여튼 유달리 인신매매가 기승이니
조심하셔요. 잠시 눈만 떼면 사라진다니까요. 망할 놈들, 멀쩡한 양민
아이를 잡아다가. 쯧쯧."

"……자세히 설명 부탁하네."

아버지의 관심에 점소이는 신이 난 듯 말을 이었다.

"그야 물론입죠. 처음에 실종된 건 어린 거지들이었습니다."

아버지의 표정이 눈에 띄게 굳었다.

"동냥하던 어린 거지들이 하나둘 사라졌는데, 누가 거지들을 신경

쓰겠어요? 원래 사라졌다 나타나기를 반복하니 좀 더 동냥 잘되는 곳으로 떠나거나 죽었다 여겼지요."

난 말없이 고개를 주억거렸고, 아버지의 표정은 굳은 걸 넘어 싸늘해졌다.

"그런데 어느 순간부턴 멀쩡히 부모가 있는 양민 아이들도 한둘씩 실종되기 시작한 거죠! 그제야 뭔가 이상하다는 걸 눈치챈 사람들이 수소문해 보니 어린 거지들이 떠난 게 아니더군요! 사라진 거였어요. 사라진 그 아이들을 다시 본 자도 없고요. 큼."

목이 탄 듯 식탁의 차를 눈치껏 마신 점소이가 말을 이었다.

"이젠 아이가 있는 집은 해만 지면 문을 걸어 잠그고 절대 못 나가게 하고 있습죠. 벌써 일 년은 족히 넘었습니다."

점소이가 한숨을 깊게 내쉬었다.

"부모들이 그렇게 아이들을 단속하는데도 귀신같이 사라지고 있습니다요. 공자님도 조심하셔요."

"관에선 뭐라던가?"

양민이 얽혔다면 관이 나서야 했다.

"관이요? 어휴, 글렀어요. 애들 조금 사라진 것 갖고 난리 피우지 말라고만 하더군요. 아이 잃은 부모 몇이 소란을 피우자 오히려 곤장을 때려 쫓아냈습니다."

점소이가 고개를 절레절레 내저었다.

'역시……'

저번과 똑같은 사건이 벌어지고 있었다. 방에만 있었다면 난 아무것도 몰랐을 것이다. 저번 생처럼.

'피곤해도 꾸역꾸역 식당으로 내려오길 잘했네.'

이제부터 정신을 바짝 차려야 했다. 이것만 들어서는 나와 이 실종 사건은 전혀 연관이 없어 보였다. 하지만 이 사건은, 내가 만신의에게 치료를 받지 못하는 가장 큰 원인이 될 것이었다.

점소이가 말을 이어 갔다.

"공자님께선 하루만 묵고 떠나실 터이니 크게 걱정하실 필욘 없지만, 혹시 모르니 조심하시라고 말씀드리는 겁니다."

아버지와 나 둘 다 수저를 들지 않자 점소이가 음식을 권했다.

"음식 식겠습니다. 어서 드셔요. 제가 어린 애기씨를 너무 겁먹게 했나요?"

난 웃으며 수저를 들었다.

"아니요. 아버지가 계셔서 안 무서워요! 아버지가 지켜 주실 거거든요. 그렇죠, 아버지?"

아버지가 담담히 고개를 끄덕였다. 점소이가 박수하며 좋아했다.

"어허, 부녀 사이가 정다우신 게 아주 보기 좋네요!"

그때 좋은 분위기에 초 치듯 혀를 차는 소리가 들렸다. 불쑥 들어온 손이 내 옆자리 의자를 잡아당기며 말했다.

"내 것도 한 그릇 내오게."

"왔나?"

고개를 끄덕인 남궁완이 의자에 앉으며 말했다.

"이미 다 들었으니 또 설명할 필욘 없어 좋군. 저 말대로라네. 실종된 아이가 마흔 명은 넘었고, 거지들까지 포함하면 몇이나 될지 알 수도 없네."

"인신매매인가?"

"아마도 그렇겠지. 갈수록 기승이군."

오는 길에 성의 분위기가 이상함을 느낀 두 분이 숙소를 잡자마자 조사를 시작한 것이었다.

"어찌할 건가? 더 알아보려면 개방 지부를 찾아봐야 할 것이야."

남궁완이 턱을 쓰다듬으며 나를 눈짓했다. 나를 고려해 생각하라는 뜻이었다. 오로지 나만 생각한다면 이 일에 끼어들어선 안 됐다.

'납치범을 하루 이틀 만에 잡을 수 있다면 그나마 다행이지. 만약 지체하면……'

한시라도 빨리 날 만신의에게 데려간다는 계획이 어긋난다. 하지만 아버지 성품에 이런 일을 무시하기 어려웠다. 그런 아버지의 마음을 아는 남궁완이 말했다.

"의강, 시간을 오래 끌 순 없어."

아버지는 잠시 고민하는 듯하더니 나를 돌아보고 말했다.

"연이 너는 이만 올라가거라. 식사도 올려보내마."

난 눈을 동그랗게 떴다.

'이렇게 쫓아낸다고?'

일이 어떻게 진행되는지 알려고 내려온 건데! 이대로 돌아가면 내가 세운 계획들이 모두 어긋났다.

"아, 음…… 그게요. 그게……."

생각해 백리연. 무슨 핑계라도 대라고.

'아, 그래!'

난 대뜸 소리쳤다.

"혼자 있기 무서워요!"

찻잔에 차를 따르던 남궁완의 손이 삐끗하며 탁자에 찻물을 쏟았다.

"에이, 쯧."

성질을 내며 찻주전자를 치운 남궁완이 나를 보고 말했다.

"바로 전엔 안 무섭다며?"

"아니요. 무서워요."

"꼬맹아, 핑계를 댈 거면 그럴듯한 것을 대라."

난 입을 삐죽이며 정말이라는 듯 소리쳤다.

"그야 아버지랑 남궁완 아저씨가 바로 옆에 있으니 안 무서웠던 거죠!"

"뭐?"

"아저씨, 들어 봐 봐요. 이런 얘기를 듣고 방에 혼자 있으면 얼마나 무섭겠어요? 안 그래요?"

씨알도 안 먹힐 것 같은 아버지 대신 옆자리 남궁완의 팔을 잡고 흔들었다. 아버지가 굳은 얼굴로 나를 보았다.

"백리연, 그 손 놓거라. 누가 그리 행동하라 했어? 어디서 배운 무례야?"

남궁완이 헛기침을 하며 끼어들었다.

"뭐어, 무례라고 할 것까지 있는가? 애가 흔들어 봤자 얼마나 흔들린다고. 깃털도 이것보단 낫겠군."

"하나……."

무뚝뚝한 낯의 아버지가 말을 이어 나갈 때였다.

"완 선배!"

누군가의 반가운 외침이 아버지의 말을 막았다.

'완 선배라면…… 남궁완 아저씨?'

난 소리가 들린 방향을 돌아보았다. 여관 입구에 커다란 덩치를 지닌 청년 한 명이 서 있었다. 구릿빛 피부에 시원스러운 인상의 청년은 등에 천으로 감싼 창을 메고 있었다. 남궁완이 미간을 좁혔다.

"악중해?"

"예, 접니다! 선배님!"

저 사람이 악중해라고?

청년이 서글서글하게 웃으며 다가왔다.

십 대 세가 중 한 가문이자 창으로 유명한 산동 악가의 차남, 악중해. 현시점에서 꽤 주목받던 후기지수였다. 하지만 이 소설의 주인공인 남궁류청이 활동할 땐 악중해의 이름을 기억하는 자는 거의 없었다.

"소용이 선배를 뵌 것 같다고 하더라고요. 혹시나 해서 찾아봤더니 여기서 뵐 줄이야! 그간 잘 지내……."

멈칫한 악중해가 눈을 휘둥그레 떴다.

"의강 선배님? 선배님도 계셨군요!"

입구에선 아버지의 뒷모습만 보이기에 이제야 알아본 모양이었다. 악중해가 아주 호들갑을 떨었다.

"선배님! 오랜만이에요! 완 선배님만 만나도 운이 좋다고 생각했는데, 의강 선배님까지 계시다니! 여기엔 어쩐 일이신 겁니까? 심지어 두 분이 함께요!"

남궁완과 아버지의 시선이 내게 향했다. 그제야 날 발견한 듯 또다시 멈칫한 악중해가 눈을 끔뻑거렸다.

"이 귀여운 아이는 누구죠?"

아버지가 담담히 말했다.

"내 딸일세."

"따, 딸이요?"

"인사하거라 연아."

나는 얼빠진 얼굴로 바라보는 악중해를 향해 인사했다.

"안녕하세요. 백리가의 백리연이라고 해요."

입을 뻐끔거리던 악중해는 금세 정신을 차렸다.

"아우, 아우, 아우 완전 쪼끄마하네요. 귀여워라! 몇 살이니? 아, 맞다. 난 악가의 악중해라고 한다. 이리 만나서 반갑다!"

약간 호들갑스럽다 느낄 정도로 활기차게 말한 악중해가 손을 뻗어 내 머리를 마구 쓰다듬었다. 덩치가 워낙 커서인지 손도 솥뚜껑만 하여 내 정수리를 거의 한 손으로 가릴 수 있을 정도였다. 악중해가 머리를 쓰다듬었을 뿐인데 내 몸은 비바람 맞는 나무처럼 이리 휘청 저리 휘청거렸다.

"그 손 놔라. 쓰다듬는 거냐, 괴롭히는 거냐?"

남궁완이 악중해의 팔을 툭 쳐 냈다.

"아니, 선배님 너무 어린 아이를 데리고 나오신 거 아니에요? 몇 살이니? 셋? 넷?"

"……여섯이에요."

"뭐어? 여섯?"

화들짝 놀란 악중해가 나와 아버지를 번갈아 보다 소리쳤다.

"왜 이렇게 작은, 아니, 잠깐 선배님! 정말 실망입니다! 저희에게 소식도 알려 주지 않으시고, 벌써 이런 딸까지 두시다니! 대체 언제 혼인하신 겁니까?"

"……."

"……."

무거운 침묵에 악중해가 한 명씩 번갈아 보곤 얼굴을 긁적였다.

"그으…… 제가 뭐 잘못 말했습니까?"

"콜록, 콜록."

내 기침에 아버지가 한 손으로 내 옷자락을 여며 줬다.

"객잔에서 쉬는 게 어떻겠느냐?"

나는 고개를 도리도리 저으며 아버지 목에 얼굴을 묻었다. 아버지가 어쩔 수 없다는 듯 다시 걸음을 옮겼다. 나는 다시 고개를 살짝 들어 거리를 보았다.

'썰렁하네.'

해가 지기 시작한 시각이라지만 사람이 이상할 정도로 적었다. 텅 빈 거리에도 장사라고 해 봤자 가판대에 하염없이 앉아 있기만 한 장사꾼들이 다였는데, 그들은 검과 창을 멘 커다란 사내 셋에 아이 하나라는 이 이상한 조합을 대놓고 구경했다.

악중해는 전혀 신경 쓰지 않으며 말했다.

"선배님들, 소해사라는 절을 들어 보셨나요? 못 들어 보셨다고요? 하긴 무림과 연이 있는 곳은 아닙니다. 못 들어 보신 것도 당연하죠. 저도 이번에 처음 들어 봤거든요. 그런데 그 소해사에……."

끊임없이 종알종알 이어지는 악중해의 말을 요약하자면 이러했다.

이 근방엔 소해사라고 큰 절이 있다. 그리고 석 달 전 한 아이가 또 실종되었는데 그 아이의 모친이 소해사의 큰손이었다. 부인은 아이를 잃은 충격에 드러누웠다. 이에 소해사의 주지 스님이 자신이 연이 있던 무림맹의 고위 대사에게 아이들을 찾아 주십사 연락을 넣은 것이다.

"그래서 무림맹에서 저희 기린회를 파견한 거죠."

아버지가 내게 설명했다.

"기린회란 무림맹 산하 조직 중 하나란다. 대부분 가문과 문파를 대표할 인재들이지."

나는 몰랐다는 듯 감탄하는 눈으로 악중해를 바라보며 말했다.

"오라버니도 기린회인 거예요?"

"그럼!"

"강하신가 봐요!"

무림맹의 조직 중 하나인 기린회는 젊은 후기지수들로 구성되어 있다. 각기 자신의 가문과 문파를 대표하는 얼굴로 여겼기에 고르고 고른 뛰어난 능력자들을 보냈다.

하지만 현재 백리 세가 사람은 한 명도 없었다. 백리명이 삼 년 뒤에 관례(15세 성인식)를 치르면 들어가기 딱 알맞은 나이가 되었다. 경험도 쌓고 명문 정파의 인맥도 얻을 수 있으니 일반적이라면 들어가고도 남았을 터이지만……. 백리명은 끝까지 들어가지 못했다. 그건 쌍둥이들도 마찬가지였다. 할아버지가 허락하지 않은 것이다.

기린회에서 활약 중인 악중해는 충분히 자랑스러워할 만했다. 악중해의 턱이 치켜 올라가는 걸 본 남궁완이 한 소리 했다.

"고작 그런 거 가지고 어깨 으쓱이지 마! 꼴사납다."

남궁완의 말에 악중해가 시무룩해졌다. 아버지도 남궁완도 한때 기린회 소속이었다. 심지어 남궁완은 기린회 회주를 맡기도 했다.

나는 모르는 척 악중해를 향해 물었다.

"혼자 오신 거예요?"

"아니. 보통 파견 임무엔 사 인 일 조로 움직인단다. 곧 다른 사람들도 볼 수 있을 거야!"

누가 함께 왔는지 물어보려던 난 악중해의 말에 멈칫했다.

"하지만 의강 선배님은 대부분 혼자 다니셨어!"

아버지가 날 추슬러 올리며 말했다.

"옛일을 꺼내서 뭐 하겠나?"

남궁완이 혀를 차며 말했다.

"넌 아직도 쓸데없이 말만 많구나."

"쓸데없다니요!"

남궁완의 타박에도 악중해는 꿋꿋했다.

"아 참, 저기 저 객점 가 보셨습니까? 저 오른쪽 건물입니다! 저기서 오늘 점심을 먹었는데 돼지고기 요리가……."

말수도 별로 없는 아버지와 남궁완을 향해 이렇게 떠들 수 있는 것도 재주라면 재주였다. 아버지와 남궁완은 익숙하다는 얼굴이었다. 물론 남궁완의 얼굴에 슬슬 짜증이 올라오는 것 같았지만…….

역시나 참다못한 남궁완이 다시 한 소리 하려 할 때였다.

"악중해, 입 좀 닥……."

"엇! 선배님들 잠시만 기다려 주십시오!"

갑자기 악중해가 어디론가 휙 달려갔다. 말이 잘린 남궁완이 얼굴을 잔뜩 일그러트렸다. 앞장서서 안내하던 악중해가 사라지니 우리도 발을 멈출 수밖에 없었다. 다행이라고 해야 할지, 남궁완이 폭발하기 전에 악중해가 돌아왔다.

"다행히 아직 팔고 있더라고요."

돌아온 악중해가 들고 있는 건 아주 투명하니 달달해 보이는 탕후루였다.

"너 이 자식, 갑자기 어디 갔나 했더니 그딴 걸 사러 간 거야?"

남궁완의 구박에 오히려 악중해가 발끈했다.

"그런 거라니요! 연아, 자."

난 그가 내민 탕후루를 얼떨떨하게 받았다.

"아? 감사해요."

"맛있게 먹으렴. 선배님, 애들은 이런 걸 좋아한다고요. 여기까지 나왔는데 이런 간식거리도 못 먹으면 아쉽잖아요! 제가 아래로 동생이 여섯입니다. 척하면 척이죠."

남궁완은 말을 말자는 듯 고개를 돌렸다. 말이 통하질 않으니 포기한 듯했다. 악중해가 이런 사람이었다니.

'음!'

하지만 아직 베어 문 탕후루 안의 과일은 상큼하니 단맛과 잘 어울렸다. 난 아버지께 탕후루를 내밀었다. 군말 없이 받아먹은 아버지가 살짝 미간을 찌푸렸다.

"하하하, 아버지 입맛엔 너무 달죠?"

"……먹을 만하구나."

"그럼 더 드실래요?"

아버지가 고개를 슬쩍 틀었다. 난 아버지 어깨에 얼굴을 묻고 웃었다. 악중해가 입을 헤벌린 채 나와 아버지를 보고 있었다.

갑자기 남궁완이 악중해를 향해 말했다.

"내 건?"

"예? 그…… 드시려고요?"

"너 때문에 저녁도 못 먹었는데, 없어?"

남궁완이 악중해를 향해 눈을 부리부리하게 떴다.

"아, 그, 금방 사 오겠습니다!"

악중해가 황급히 뛰어갔다. 아버지는 그런 남궁완을 지그시 바라보았다. 무심코 고개를 돌리다 아버지와 눈이 마주친 남궁완이 눈썹을 치켜들었다.

"왜?"

"……아니다."

나는 남궁완을 향해 탕후루를 내밀었다.

"아저씨도 드셔 보세요!"

와그작 베어 문 남궁완이 미간을 찌푸렸다.

"달고…… 시군."

"새콤달콤하다고 하는 거예요!"

곧이어 사라졌던 악중해가 탕후루를 들고 돌아왔다. 악중해가 숨을 몰아쉬며 내밀었다.

"선배님, 여기요!"

"너나 먹어."

"네?"

반 각은 넘게 걷지 않았을까 싶었을 때, 악중해가 넓은 담벼락에 이어진 한 장원 대문을 가리켰다.

"저깁니다!"

힘 있는 필체로 쓴 문패가 대문 위에 보였다.

[영종문]

강호엔 듣도 보도 못한 수많은 문파가 있었는데 영종문도 그런 문파 중 하나였다. 검을 주로 쓰는 곳으로 제자들은 모두 합쳐도 채 육십 명이 되지 않을 정도로 작았다.

이 사실도 오면서 악중해의 설명으로 알 수 있었다. 작지만 무림맹의 정파 동맹 중 한 곳으로, 기린회 사람들은 지금 여기서 함께 조사하고 있었다.

악중해가 쾅쾅 대문을 두드렸다. 안이 소란스러워지더니 벌컥 열리고 소년이 나왔다.

"악 선배님! 어디 갔다 오신 겁니까!"

"음? 내가 말하지 않았나?"

악중해가 들어오라는 듯 손짓했다. 영종문의 제자처럼 보이는 청년이 우리를 보고 얼떨떨한 눈을 했다.

"저분들은……?"

"부문주님은 계신가?"

"예? 예. 그, 함부로 들어오시면 안 되는데요."

"같은 무림맹의 선배님들이다. 도와주러 오신 거야. 설명은 차차 할 테니 부문주님께 청당에서 뵙자고 말씀드려 줘."

악중해를 따라 조금 걸어 들어갔을까, 담벼락의 원형 문 너머로 누군가 휙 나타났다.

"너 대체 어디 있다가 온 거야!"

등을 내려치는 손길을 악중해가 비범하게 피했다. 다만 불행히도 귀를 잡아채는 손길은 피하지 못했다. 귀를 잡아 뜯을 것처럼 당기며 여인이 낮게 중얼거렸다.

"성율이랑 혜향이 너 찾는다고 지금……! 여기가 너희 집 안방인 줄 알아?"

"아, 아아, 아! 아파! 나 말하고 갔는데?"

"무슨 말! 아무도 너 어디 갔는지 모르던데!"

"안…… 했나?"

"했나아? 했나아?"

"자, 잠깐! 잠깐! 아, 아아! 아파! 내 뒤 좀 보라고!"

인상을 잔뜩 찌푸린 채 돌아본 여인은 그대로 굳었다. 약관을 조금 넘은 듯 보이는 여인이었다. 새카만 머리칼과 눈동자를 지녔는데 검은자와 흰자가 선명하게 대비되는 눈이 특히 인상 깊었다.

남궁완이 말했다.

"당소용, 여전하구나."

사천 당문의 당소용. 이번 무림맹 파견 임무의 조장이었다.

영종문의 대표로 나온 자는 부문주인 임조욱이라는 자였다. 살짝 후덕한 체형으로 인상이 좋았는데, 삼십 대 후반에서 사십 대 후반 정도의 연배로 보였다.

"명성이 자자하신 백리 대협과 남궁 대협께서 직접 와 주시다니, 감사할 따름입니다."

포권지례를 한 부문주가 말을 이었다.

"문주님은 몸이 편찮으셔서 어쩔 수 없이 제가 인사드리는 것이니 허물하지 마시길 바랍니다."

굳은 표정의 남궁완이 말했다.

"쾌차하시길 바랍니다."

부문주가 깊은 한숨을 내쉬었다.

"후, 저희 영종문에서도 이 실종 사건을 조사하고픈 마음은 굴뚝같았습니다. 다만 장문인께서 와병 중이시기에 함부로 움직일 수가 없었지요. 이렇게 지원을 와 주셔서 무림맹에, 그리고 대협들에게 감사할 뿐입니다."

아버지를 흘끗 본 남궁완이 말했다.

"일단 상황이 어떠한지 알려 주시지요."

"그야 물론입니다."

부문주가 설명을 이었다.

점소이에게 들은 내용과 별다른 건 없었다. 처음엔 어린 거지들이 실종되고, 다음엔 양민들의 아이가 실종됐다. 그중엔 막 걸어 다니기 시작한 갓난아이도 있다는 것과 실종된 아이들이 마흔 명이 아니라 쉰 명이 넘는다는 것 정도만 더 알 수 있었다.

막 부문주의 이야기가 끝났을 때 기린회의 나머지 조원들이 도착했다. 딱 보아도 기백이 남다른 이들이었다. 눈매가 치켜 올라가 날카로운 여인부터 차례로 포권했다.

"청성의 마혜향입니다."

"형산의 벽성율입니다."

십 대 세가 중 독공으로 유명한 사천 당문의 당소용은 말할 것도 없고 청성파, 형산파 등 전부 명문 정파의 사람들이었다. 난 그중 벽성율에게 시선을 두었다. 푸른 두건을 두른 청년은 곱상하니 여인들에게 꽤 인기 있을 듯한 외모를 지니고 있었다.

'어디서 본 것 같은데……'

하지만 마땅히 떠오르는 사람은 없었다.

"여긴 내 딸인 백리연일세."

나는 아버지 곁에서 정중하게 포권지례했다.

마혜향과 당소용은 당황한 얼굴로 서로를 바라봤다. 아마 '백리의 강 선배님 딸 있는 거 알았어?' 정도의 의미일 것이다. 부문주까지 놀란 기색인 이곳에 벽성율만 여전히 존경스러운 눈빛으로 입을 열었다.

"이렇게 선배님들을 뵙게 되어 영광입니다."

남궁완이 당소용을 바라보자 그녀가 자연스럽게 설명했다.

"성율은 형산의 속가 제자로 무림 초출입니다. 이번이 첫 임무이기도 합니다."

왠지 다른 후기지수보다 반응이 열렬하다 싶더니 무림행이 처음인 모양이었다. 열렬히 우러르는 눈빛에 아버지가 입을 뗐다.

"누구에게나 첫 임무는 있지. 침착하게 배운 대로만 행하면 된다네. 혹시 모를 일이 벌어지더라도 당 조장을 믿으면 될 걸세."

당소용이 뿌듯한 얼굴을 했다.

인사를 나누도록 기다린 부문주가 웃으며 말했다.

"정말로 안심입니다. 제가 도움을 요청했지만, 무림맹에서 이리 신경 써 주실 줄은 몰랐습니다."

"……"

눈을 내리깐 아버지는 고민스러운 기색이었다. 나는 아버지가 무슨 고민을 하는지 알 수 있었다.

'도울 것인가 말 것인가?'

엄청나게 갈등하고 있을 것이다. 남궁완이 가늘게 뜬 눈으로 재촉하듯 아버지를 바라보다 입을 열었다.

"오해가 있습니다. 저희는 무림맹에서 온 것이 아닙니다."

"예? 그렇다면……?"

"그저 일이 있어 지나가던 길에 중해를 만나 혹시 도움이 필요한 상황인가 싶어 온 것입니다."

부문주가 당황한 낯을 했다. 남궁완이 말을 이어 갔다.

"외람된 말씀이지만, 지금껏 조사한 바를 보아 후배들만으로도 충분할 것 같군요. 그렇지 않나?"

남궁완이 아버지를 돌아보았다. 짧은 침묵 후 아버지가 결심한 듯 말했다.

"예, 저희는 이만 물러가겠습니다."

"선배님?"

당소용도 당황한 듯 말했다. 평소 아버지의 명성을 생각하면 이런 일을 그냥 넘어갈 리가 없었기 때문이다.

아버지가 이어 설명했다.

"딸아이의 몸이 좋지 않아 치료를 위해 가던 길입니다. 지체할 수 없음을 부디 이해해 주시길 바랍니다."

나는 속으로 탄식했다. 과거와 똑같이 흘러갔다. 과거에도 아버지는 나를 위해 신념을 굽혔다. 내 치료 앞에선 아버지의 굳은 신념도 고개를 숙일 수밖에 없었던 것이다.

아버지의 말에 놀랐지만 이내 정신을 차린 당소용이 손을 내저었다.

"백리 소저의 몸이 안 좋았군요. 전혀 몰랐습니다. 저희는 괜찮습니다. 원래 저희 임무니까요. 괜히 선배님께 폐를 끼쳤군요."

부문주도 약간 아쉽지만 어쩔 수 없다는 얼굴로 말했다.

"큼, 뭐, 아이가 아프다니 부모로서 그보다 중요한 건 없지요. 두 대협의 손까지 필요할 만한 일은 아닙니다. 괜찮습니다."

이 시대에 인신매매는 딱히 특별한 일이 아니었다. 가난한 사람은 제 자식을 돈 받고 파는 일이 빈번한데 납치 정도야.

무림맹에서 무림 초출인 벽성율을 위해 다소 쉬운 일을 맡겼다고 보면 되었다. 지금껏 조사한 바로는 아버지가 없어도 전혀 문제 될 것 없었다.

"이해해 주시니 감사합니다."

그러나 선선히 납득하는 다른 이들과 달리 벽성율은 아버지가 떠난다는 말을 한 순간부터 초조한 얼굴이었다.

"그래도…… 하루만이라도 지내시면서 가르침을 주실 순 없으신지요?"

당소용이 미간을 찌푸리고 악중해가 웃으며 타박했다.

"무슨 가르침이야? 선배님들 괜히 부담스러우시게. 이렇게 와 주신 것만으로도 감사한걸."

그러곤 재간 부리듯 말했다.

"저희가 있어서 다행이죠? 아니었으면 선배님들 꼼짝없이 발목 잡히실 뻔했는데. 뭐, 나중에 갚아 주시면 되죠. 선배님들한테 빚을 지워 둘 기회가 쉽게 오진 않으니까요!"

악중해의 말에 남궁완도 피식 웃고 아버지의 표정도 조금은 풀렸다.

"그럼 이만 가 보겠습니다."

아버지와 남궁완이 자리에서 깔끔하게 일어났다. 부문주가 살짝 당황한 얼굴로 같이 일어났다.

"바로 가시는 겁니까? 이리 만난 것도 인연이거늘 식사라도 같이하시지요."

"아닙니다. 바쁘신 분들께 신세 질 순 없지요."

모두가 배웅하듯 일어나는 와중에 나는 홀로 앉아 있었다. 아버지가 이리 오라는 듯 내게 손짓했다. 그리고 나는 일어나지 않은 채 말했다.

"아버지, 전 괜찮으니 이 사건은 해결하고 가요."

아버지와 남궁완이 나를 휙 돌아보았다. 얼굴을 잔뜩 찌푸린 남궁완이 다소 사납게 내 이름을 불렀다.

"백리연, 너 무슨 말을 하는 거야? 지금까지 이야기하는 거 못 들었어? 당장 이리 와!"

"아저씨, 아버지. 제 말을 한 번만 들어 주세요."

"······."

남궁완이 눈을 부리부리하게 뜬 채 나를 노려보았다. 날카로운 기운이 나를 찔러 댔고 솔직히 좀 무서웠다. 다들 어쩔 줄 모르며 눈치를 볼 때 악중해가 조심스레 말했다.

"······그, 선배님, 이야기라도 한번 들어 보시는 게?"

생각지도 못하게 악중해가 편을 들어 주었다. 남궁완의 매서운 눈초리가 악중해에게 향하자 나를 찌를 듯하던 기운이 조금 누그러졌다.

나는 조심스레 입을 열었다.

"저를 걱정하시는 마음은…… 콜록, 콜록."

좀 전까지 나를 짓누르던 기운에 잔뜩 긴장해서인지, 갑자기 기침이 터졌다. 아버지의 낯이 흐려졌다. 방 안의 다른 사람들도 걱정에 찬 눈빛을 했다.

'아니, 아니야! 걱정하지 마! 그냥 기침일 뿐이야! 하필 이런 때…….'

난 서둘러 괜찮다는 듯 손을 내젓고 말했다.

"아버지랑 아저씨가 저를 걱정하시는 건 알아요. 하지만 저는 괜찮아요. 저보다 엄마 아빠랑 헤어진 애들이 더 아플 거예요."

"……연아."

아버지가 내 이름을 탄식하듯 불렀다.

과거 이 임무는 실패로 끝난다.

'아니, 그냥 실패 정도면 다행이지.'

이건 단순한 인신매매 사건이 아니다. 살인 사건, 그것도 악명을 떨치던 마두와 얽힌 사건이었다.

나는 기린회 사람들을 보았다. 그중 악중해는 약간 바보같이 입을 헤- 벌린 채 나를 보고 있었다.

악중해의 이름이 미래에 언급되지 않은 이유는 간단했다.

'여기서 마두의 손에 죽기 때문이지.'

악중해는 사망. 나머지 셋은 가까스로 목숨만 부지한 채 도망친다. 당소용을 뺀 둘은 심각한 중상을 입어 다신 검을 잡을 수 없게 되어 버린다.

이 일로 실의에 빠진 당소용은 기린회에서 나가고 사천 당가 친족들이 모여 사는 당가타로 돌아가 다시는 나오지 않는다. 마두는 모습을 감추고 무림맹은 추적에 실패한다. 이때 도주한 마두는 후일 남궁류청에게 처단당한다.

그렇다. 이 사건은 악역인 마두의 악랄함을 강조하는 서브 스토리였다. 악당이 악명을 떨칠수록 이를 꺾은 자의 명성도 함께 올라가는 법이니까.

무림맹의 빛나는 청년들의 날개를 꺾은 악당이라니 얼마나 악독한가? 또 가장 중요한 것은…….

'이 사건의 뒷수습을 남궁완, 당신이 한다고!'

난 양손을 꽉 말아 쥐고 말했다.

"아버지는 평생 약자들에게서 눈을 돌린 적 없다고 들었어요. 그리고 저는 늘 아버지 같은 사람이 되고 싶다고 생각했고요. 그런데 내일이 급하다고 어려움에 처한 이들을 외면한다면 전 앞으로 아버지를 닮고 싶다고 말할 수 없을 거예요."

당소용이 식은땀을 흘리며 악중해에게 전음을 보냈다.

[선배님이 왜 저렇게 화를 내시는 거지? 오면서 들은 거 없어? 소저의 병이 깊은가?]

[전혀 없었어. 애가 좀 아파 보이긴 했지만, 여독 때문인 줄 알았지.]

[의강 선배님은 왜 완 선배님이 화를 내시는 걸 두고 보시는 거지?]

[병이 깊어 치료가 급한 게 아닐까?]

[아 이런. 저 작은 아이가……. 아이고, 좀 말려 봐.]

[네가 해. 무섭단 말이야.]

[네가 선배랑 친하잖아.]

[남궁완 선배와 친한 사람이 어딨어……? 그리고 친하다고 화를 덜 내는 분도 아니셔…….]

둘이 전음을 나누는 동안에도 남궁완은 제 허리만 한 아이에게 버럭버럭 화를 내고 있었다. 끝내 분노한 남궁완이 자리를 박차고 떠났다.

"너, 후회하지 말거라!"

당소용이 콱 찌르자 악중해가 헐레벌떡 남궁완을 뒤쫓아 갔다.

"서…… 선배!"

난 고개를 숙인 채 입술을 깨물었다.

'여기서 떠나면 후회는 그쪽이 할걸.'

과거 기린회의 참사를 접한 남궁완은 아버지께 만신의의 각패를 넘겨주고 온 길을 되돌아간다. 어쩔 수 없이 나와 아버지가 먼저 만신의에게 도착한다.

하지만 만신의는 각패를 보고도 치료를 거절한다. 이것은 정말 말도 안 되는 상식 밖 행동이었는데, 어쨌든 만신의는 남궁 세가의 사람이 직접 오기 전에는 믿을 수 없다고 마구잡이로 우기며 차일피일 치료를 미뤘다.

그렇게 남궁완이 오기를 기다리던 어느 날, 만신의는 감쪽같이 모습을 감춰 버렸다.

'후, 정말 고작 악역 조연의 인생사 세팅을 너무 섬세하게 하는 거 아니냐고!'

주인공인 남궁류청은 절벽에서 추락해도 동굴 속에서 기연을 얻어 나오는데!

쓸데없이 조연 인생만 까다롭기 그지없었다. 하여간 결국, 사람도 죽고 마두도 놓치고 내 치료도 받지 못한다. 실패의 여정. 아버지와 남궁완은 한 번도 내게 이 일에 대해 후회한다고 말한 적 없었다. 하지만 난 알았다. 떠나지 말았어야 했다고 후회한다는 것을.

'뭐, 이제 괜찮겠지.'

난 아직도 삐거덕거리는 붉은 문을 보았다.

'남궁완 아저씨가 많이 화난 것 같긴 하다만.'

아버지가 내게 다가왔다. 이제 아버지를 설득할 차례였다. 이미 진이 다 빠져 아버지를 설득할 생각을 하니 솔직히 눈앞이 아득했다.

아버지가 내 어깨를 짚으며 말했다.

"너를 위한다면 이래서는 안 되는 걸 안다. 하지만……."

나는 마음을 굳게 다잡고 고개를 들어 아버질 바라보곤 그대로 굳었다. 마주친 아버지의 눈이 어두운 밤 수면에 비친 달빛처럼 눈부시게 반짝이고 있었다.

"나는 네 선택이 기쁘구나."

뭐, 뭐지?

지금껏 지내며 아버지가 저렇게 만족스러운 눈으로 나를 본 적은 한 번도 없었다. 당황한 날 살짝 끌어안은 아버지가 옷자락을 펄럭이며 남궁완을 따라 나갔다. 난 문발이 좌우로 흔들리는 모습을 얼떨떨하게 보았다.

'뭐…… 무슨 일이 있었던 거지?'

잠시 뒤, 다가온 부문주가 굵은 손가락으로 내 머리를 쓰다듬었다.

"연이라고 하였지? 어린아이가 어찌 이런 기특한 생각을 하는지. 역시 백리 대협의 딸이로구나."

백리 대협의 딸……. 죽을 때까지 나를 따라다닌 말이었다.

하지만 칭찬의 의미로 느껴진 것은 이번이 처음이었다. 왠지 모르게 얼굴이 뜨끈해지며 심장이 빠르게 뛰었다.

난 어색하게 손가락을 꼼지락거리다 물었다.

"그, 실종된 아이가 쉰 명이 넘는댔잖아요? 그 아이 중 한 명도 발견이 안 됐으면 이미 모두…… 죽은 거 아닐까요?"

어찌 들으면 발칙한 질문에도 부문주는 자애로운 얼굴로 설명했다.

"시신 오십여 구를 숨긴다는 건 쉬운 일이 아니란다. 심지어 이 근방은 영종문 제자들이 샅샅이 조사했으니 만약 정말 죽었다면 발견하지 못했을 리가 없다."

"하지만 인신매매라면 판매 경로가 있을 텐데 쉰 명이나 되는 아이들이면 판매 경로를 찾는 것이 훨씬……"

부문주가 내 말을 자르며 말했다.

"샅샅이 조사했다 하지 않았느냐! 우리 영종문을 믿지 못하는 것이냐? 네가 한 말에 책임은 질 수 있고?"

"……"

내 침묵에 날카롭게 반응하던 부문주가 다시 인자한 얼굴로 돌아갔다.

"이런 일은 어른에게 맡기거라."

가슴이 답답했다. 일반적인 실종 사건이 아니라고 어떻게 알려야 할까?

이어서 부문주가 의외의 말을 했다.

"그리고 인신매매상에게서 실종된 아이 몇 명을 발견했단다."

"……그래요?"

찾았다고? 그럴 리가 없을 텐데?

하지만 부문주가 거짓을 말할 리도 없었다. 어쩔 수 없이 한발 물러났다.

'이럴 줄 알았으면 그때 좀 더 자세히 알려고 해 볼걸.'

납치한 아이들은 어찌 됐는지, 마두는 어떻게 찾았는지, 악중해는 어떻게 죽었는지.

과거에 나는 이 사건에 관심이 없었다. 아버지와 남궁완 두 분이 떠벌리고 다니는 성격도 아니었고, 소설에서도 간단하게 설명하고 넘어갔다.

'저 마두가 옛날에 어린아이를 납치 살해하고 무림맹의 후기지수를 죽인 천인공노할 악당이다!' 이 정도로, 마두의 악명을 높이는 수단으로 짧게 언급할 뿐이었다.

다만 마두가 남궁류청을 습격하고 열세로 몰았던 것을 혼자 홍이차 떠벌린 건 있었다. 남궁류청을 습격할 때 쓴 수단과 같은 방식으로 무림맹 후기지수를 죽였다고.

'그렇다면 이번에도 남궁류청을 습격할 때 쓴 방법을 쓰겠지.'

자리를 비운 아버지가 마침내 이곳에 남기로 남궁완의 수락을 받아 냈다.

그때 난 이미 꾸벅꾸벅 졸고 있었다. 종일 마차 안에서 굴러다니다 애든 어른이든 공평하게 입에서 불을 뿜는 남궁완까지 상대한 차라 심신이 매우 피로했다. 그렇게 난 영종문에서 내준 손님방에서 그대로 곯아떨어졌다.

그리고 얼마 지나지 않아, 소란스러움에 설핏 잠에서 깼다.

우물거리며 다시 잠들려던 나는 이곳이 영종문임을 기억하고 눈을 떴다.

"……아버지?"

방 안은 조용했고, 등잔을 켰지만 아직 어둑했다.

'어디 가신 거지?'

침구를 걷고 일어난 난 눈을 비비며 방을 나섰다. 횃불로 환한 마당에 영종문 제자들이 정신없이 뛰어다니고 있었다. 영종문의 제자라는 제자는 다 몰려나온 느낌이었다.

'이게 무슨 일이야?'

영종문 제자들 앞에 계신 아버지가 나를 돌아보았다.

"왜 벌써 일어났느냐?"

나는 다시 길게 하품을 하고 눈을 비볐다.

"시끄러워서, 하암, 깼어요. 무슨 일이에요?"

"네가 신경 쓸 일이 아니다."

"우음, 지금 몇 시예요?"

"네가 잠든 지 한 시진 정도 지났다."

그럼 자정에 가까운 시각이란 소린데 지금 이게 무슨 소란이지? 뭔가 문제가 생긴 게 분명했다. 난 주섬주섬 옷자락을 정리하며 말했다.

"측간 갔다 올래요."

"조심해서 다녀오너라."

화장실에는 낮에도 가 본 적 있었다. 나는 화장실 방향으로 향하다가 자연스럽게 다른 길로 빠졌다. 소란스러운 장원이 내 움직임을 가려 줬다.

'누구한테 물어봐야 하나?'

지금 무슨 상황인지 답해 줄 만한 사람을 찾으러 나온 것인데, 솔직히 너무, 정말 너무너무 졸렸다. 나는 눈만 감았을 뿐인데 잠깐 새 잠든 모양이었다. 휘청 넘어질 뻔해 재빨리 난간을 붙들었다.

그 순간 어디선가 흐느끼는 소리가 들려왔다.

"말도, 말도 안 돼! 복천이 죽었다니."

"부문주님께서 남궁 대협이랑, 기린회 선배님들이랑 조사하러 가셨으니까 진정해. 응?"

"너무, 너무 이상해. 복천은 우리 중에서도 가장 실력이 좋은데……."

복천이라는 영종문의 제자가 죽은 모양이었다. 순식간에 잠이 확 깼다.

'이날 영종문 제자가 죽었을 리 없는데?'

그랬다면 아버지와 남궁완이 떠났을 리가 없었다. 이건 분명 전에 없었던 일이었다. 규모가 작다지만 그래도 한 문파의 제자를 죽이다니. 뒷감당을 어찌하려고?

'설마 그 마두가?'

기린회가 머무는 영종문의 제자를 살해할 정도로 배짱이 두둑하다 못해 간이 배 밖으로 나온 놈이 이 지역에 또 있을 리 없었다.

'하지만…… 왜?'

왜 갑자기 기린회가 아닌 영종문의 제자를 죽인 거지?

그때와 달라진 것이라곤 아버지와 남궁완이 영종문에 남아 돕기로 한 것뿐이었다. 심지어 두 분이 여기 남기로 한 지 하루도 채 지나지 않았다. 하루가 무엇인가?

'반나절도……'

그래, 반나절도 되지 않았다. 나는 황급히 달려 나갔다.

'이건 함정이야!'

남궁완과 부문주, 기린회 일행이 도착한 곳은 성내에서 매우 떨어진 으슥한 숲의 한 공터였다. 그곳에 여럿이 둘러앉아 시신 한 구를 살피고 있었다.

"단번에 죽었습니다."

시신은 영종문 제자로, 청년에 가까운 나이였다. 당소용이 시신의 눈을 조용히 감겨 주었다.

"검상은 아닙니다. 둔기나 무기를 쓴 것도 아니고 이건 뭐라고 해야 할지……. 날카로운 것으로 단숨에 심장을 꿰뚫은 것 같습니다. 지름은 성인 남성의 주먹 정도로, 습격자는 저와 비슷한 키로 보입니다."

독과 약은 종이 한 장 차이였으므로 독을 다루는 사천 당가 사람들은 자연스럽게 의학에도 조예가 깊었다. 그런 당소용의 눈에는 부자연스러운 몇몇 상황이 보였다.

"거기다 검을 뽑은 자국이 없습니다."

"습격을 받은 사실도 모르고 죽은 거로군요!"

벽성율의 말에 당소용이 고개를 저었다.

"그렇다기엔 공격 자체는 정면에서 왔네."

"아……."

무공을 익힌 이가 정면에서 오는 공격에 검조차 뽑지 못했다는 건 이상했다.

이 시신을 처음 발견한 사람은 죽은 제자와 이 인 일 조로 함께 움직이던 동문이었다. 소피를 보고 오겠다던 동문이 이각(30분)이 지나도록 돌아오지 않아 한참을 찾아다녔고, 결국 헤어진 곳에서 오리(약 2km)쯤 떨어진 곳에서 싸늘한 시체가 된 동문을 발견했다. 그때는 피가 채 식기도 전이었다. 그가 시신을 빨리 찾을 수 있었던 건 시신이 전혀 숨겨져 있지 않았기 때문이다.

빽빽한 수풀 사이에 인위적으로 만든 이 공터는 약초꾼, 사냥꾼들이 쉬어 가는 곳이었다. 보통은 숲속에 이런 장소가 있는 줄도 모를 것이다. 그러나 누군가 작정하고 주변을 뒤진다면 텅 빈 공터이므로 바로 눈에 띄었다. 그리고 바닥과 수풀을 흠뻑 적신 핏자국은 그가 이 자리에서 살해당했다는 걸 알려 주고 있었다.

그것이 의문이었다.

"이자는 왜 여기 온 걸까요?"

끌려오거나 겁박당한 흔적도 없었다. 자신의 발로 이 공터로 온 것이다.

그때 자박자박 수풀을 헤치며 다가오는 소리가 들렸다.

"둘러봤을 때 다른 사람의 흔적이라든가 주변에 이상한 점은 없었습니다. 평범한 숲이에요."

악중해와 마혜향이었다.

횃불을 든 악중해가 고개를 저으며 말했다.

"밤이라 발견 못 한 것일지도 모르지만, 일단은 동문에게 비밀로 하고 올 만한 이유는 없어 보였습니다."

시신 곁에 꿇어앉은 부문주가 바닥을 내리쳤다.

"대체 누가 이런 짓을 했단 말인가……!"

"나도 좀 보지."

남궁완이 시신 곁으로 다가왔다. 악중해가 들고 있던 횃불을 가까이 비춰 주고 당소용은 잘 볼 수 있도록 제자의 옷자락을 더 벌렸다. 남궁완은 유심히 들여다보다 턱을 쓰다듬으며 말했다.

"이 상처, 어디서 본 것 같단 말이야."

"어디서 보셨다고요?"

악중해가 고개를 숙여 시신을 다시 살폈다. 그는 그냥 뭔가에 찔렸다는 것 외에는 전혀 알 수가 없었다.

"그래. 이런 모양의 상처를 어디선가 봤어. 분명……."

그 순간이었다.

당소용은 뒷덜미를 홱 당기는 손길에 끌려갔다. 간발의 차로 날카로운 무언가가 당소용의 머리를 스쳐 지나갔다. 가만히 있었더라면…… 하고 생각하니 등허리가 섬찟했다.

"당소용! 물러나!"

뒷덜미를 당긴 것은 남궁완이었다. 어느새 악중해가 횃불을 집어 던지고 검을 뽑아 당소용을 공격한 이를 막아섰다.

카강―!

맨손과 검이 부딪쳤다고는 믿기지 않는 소리가 들렸다. 재빠르게 멀어진 당소용이 소리쳤다.

"부문주! 무슨 짓입니까!"

"이게 무슨……!"

채채챙―! 당황하면서도 벽성율과 마혜향이 재빠르게 검으로 부문주를 겨눴다. 부문주는 말없이 곧바로 남궁완을 공격해 들어갔다.

당소용을 팽개친 남궁완도 검을 뽑았다. 부문주의 손과 남궁완의 검이 부딪치자 이번에는 쿠릉- 쿠쾅-! 마치 벼락이 치는 듯한 소리가 울려 퍼졌다. 남궁 세가의 검법인 창궁무애검법, 일명 제왕검이라고 부르는 검법의 특징이었다.

하지만 몇 합 나누기도 전에 소리가 점차 잦아들었다. 그러다 갑자기 남궁완이 주르륵 밀려났다.

"선배님!"

한쪽 무릎을 꿇은 남궁완이 피를 한 움큼 토해 냈다.

당소용이 재빨리 부문주를 향해 검을 찔렀다. 부문주는 당소용의 공격을 아주 여유롭게 피해 물러났다. 함께 부문주의 움직임을 막아야 할 동료들의 움직임이 없자 당소용이 소리쳤다.

"다들 뭐 하는 거야!"

마혜향이 떨리는 목소리로 말했다.

"소용, 나 내공을 쓸 수 없어."

"뭐? 그게 무슨……!"

당소용이 악중해를 보았다. 입술을 깨문 악중해가 고개를 살짝 끄덕였다.

"너도?"

안색이 창백한 벽성율은 말할 것도 없었다. 부문주를 겨눈 벽성율의 검이 달달 떨리고 있었다.

당소용이 인상을 찌푸린 채 말했다.

"나는 괜찮은데, 설마 선배님도?"

피 섞인 침을 뱉은 남궁완이 검을 지지대 삼아 일어나며 말했다.

"산공독이다."

"산공독이라니! 대체 언제······!"

산공독은 몸에는 아무런 이상도 없지만, 내공을 흐트러트리는 독이었다.

"하하하! 오면서 다들 물 한 잔씩 마시지 않았느냐?"

말을 달리느라 마른 입을 모두 내리자마자 물 한 모금씩으로 축였다. 물을 마시라 권한 것 또한 부문주였다.

악중해가 이를 갈며 말했다.

"왠지 오늘따라 저녁이 짜더니만."

"······이 개 같은."

이를 갈며 일어난 남궁완이 피를 한 번 더 뱉어 냈다.

"선배님!"

부문주와 부딪친 짧은 사이에 내상을 입은 것이다. 그 틈을 타 부문주가 벽성율을 공격했다.

"으악!"

벽성율이 반사적으로 이를 막았으나, 한 방에 검이 날아갔다. 무방비해진 벽성율의 가슴을 찌르려던 부문주가 갑자기 펄쩍 뛰어 물러났다.

"이래서 당가 계집부터 처리했어야 했는데."

부문주가 피한 바닥에 날카로운 비수가 박혀 있었다.

"눈치챌까 봐 저 계집한텐 독을 못 썼단 말이야."

표정을 굳힌 당소용이 소리쳤다.

"대체 왜 이러시는 겁니까!"

"알 필요 없다!"

부문주가 몸을 틀어 당소용을 공격했다. 당소용은 일방적으로 밀렸다. 지켜야 할 사람이 있는 당소용은 함부로 자리를 옮길 수도 없었다.

상처가 조금씩 늘어났다. 치명적인 상처는 아직 없었지만, 이는 사천 당문의 독공을 경계한 부문주가 매우 신중하게 상대했기 때문이었다. 당소용은 자신이 얼마 버티지 못할 걸 알았다.

그때 남궁완이 벼락같이 끼어들었다. 남궁완의 검을 막아선 부문주가 깜짝 놀라 뒤로 물러났다.

"선배님!"

당소용이 거친 숨을 몰아쉬었다.

"쯧, 산공독에 중독되고도 이만한 움직임을 보이다니."

부문주가 경계 어린 눈으로 당소용을 바라보며 남궁완과 대치했다. 남궁완이 피 섞인 침을 뱉어 내고 말했다.

"의강에게 가라."

악중해와 마혜향이 남궁완 곁에서 검을 겨누며 소리쳤다.

"당소용, 가!"

"갈 수 있을 것 같으냐!"

부문주가 소리친 순간, 벽성율이 뛰었다. 그리고 그건 좋지 못한 판단이었다. 뒤돌아 뛰는 순간 벽성율의 등이 부문주에게 적나라하게 드러났다.

부문주는 그 기회를 놓치지 않고 손을 휘둘렀다. 욕설을 내뱉은 악중해가 부문주를 막아선 순간 피가 튀었다.

"중해!"

악중해를 베고도 부문주는 멈추지 않았다. 몇 걸음 만에 벽성율 앞을 막아선 부문주가 벽성율의 목을 부러트리기 직전, 갑자기 몸을 비틀며 호랑이 발톱 같은 손을 허공을 향해 휘둘렀다.

쩡! 창백한 빛을 내뿜는 검이 부문주의 손을 막았다.

쩡! 쩌저정! 쩡쩡! 순식간에 십여 합을 겨뤘다. 숨 가쁘게 쇄도하는 공격에 부문주가 어쩔 수 없이 뒤로 빠졌다.

당소용이 환희에 차 소리쳤다.

"의강 선배님!"

백리의강이 말없이 고개를 까딱하며 남궁완을 바라보았다. 남궁완이 짜증스럽게 실토했다.

"……산공독이다. 당소용 빼곤 다 당했다."

백리의강이 검을 바로 쥐며 부문주 앞을 막아섰다. 부문주가 이를 갈며 말했다.

"네가 어떻게 여기에……!"

"그건 내가 물을 말이로군. 내 그때 분명 얼굴을 반으로 가른 것으로 기억하는데 말이오. 이렇게 살아남은 걸 보면 하늘도 무심하군."

"천귀조!"

남궁완이 드디어 떠올랐다는 듯 소리쳤다. 마혜향의 부축을 받던 악중해가 깜짝 놀라 물었다.

"천귀조는 죽은 것 아니었습니까?"

"나도 그런 줄 알았지."

남궁완이 이를 갈며 말을 이었다.

"왠지, 저런 시신을 어디서 본 것 같더니만……."

천귀조는 과거 악명을 떨치던 마두였다. 남궁완은 천귀조와 싸워 본 적은 없었지만, 천귀조에게 죽은 백도 무림인들의 시신을 본 적 있었다.

악중해가 믿기지 않는다는 듯 말했다.

"하지만 얼굴이 멀쩡한걸요."

"악중해, 멍청한 소리 하지 마라."

그때였다.

우둑, 우두득. 천귀조에게서 뼈와 근육이 뒤틀리는 끔찍한 소리가 났다. 곧 어깨가 넓어지고 팔이 길어지며 체구가 변하였다. 근육과 뼈를 변형하는 축골공이었다.

변화를 끝낸 천귀조가 자신의 턱 아랫부분을 콱 잡아 뜯었다. 쫘악, 찢어지는 소리와 함께 새로운 얼굴이 드러났다. 턱부터 콧날을 지나 관자놀이까지 얼굴을 가로지르는, 어떻게 살았는지 알 수 없을 정도로 흉한 흉터가 나왔다.

"……저 상처를 입고 살아날 수 있었던 거야?"

악중해가 중얼거렸다.

천귀조는 옛 귀주성 지역에서 수를 헤아리기 힘들 정도로 많은 아이를 귀신같이 납치했다. 아이들이 매일같이 사라지자 귀주성에선 한동안 아이들 웃음소리가 모두 사라졌다고 할 정도였다. 거의 십여 년이 지난 지금도 귀주성 지방에서는 아이에게 울면 천귀조가 잡아간다고 겁을 줄 정도였다.

천귀조를 토벌하려던 자들도 많았다. 하지만 빽빽한 산림을 제집 드나들듯 하는 천귀조의 신출귀몰함과 고강한 무공에 모두 실패하고 크게 다치거나 죽었다.

그런 천귀조를 악행을 막은 것이 백리의강이었다. 갓 약관을 넘긴 백리의강과의 일전에서 얼굴이 거의 반으로 갈라질 정도로 깊은 부상을 입은 천귀조는 가까스로 도주했다.

치명적인 부상에 사람들은 당연히 천귀조가 죽었을 거라 여겼다. 그리고 천귀조가 사라지자 그가 납치하였던 아이들의 행방은 영원히 알 수 없게 되었다.

백리의강이 나직이 물었다.

"아이들은 어디 있지?"

"내가 천귀조인 걸 알면서 몰라 묻나?"

"영종문 장문인의 병도 네가 꾸민 짓이군. 언제부터 부문주 행세를 했지?"

천귀조가 자신의 얼굴에서 떼어 낸 인피면구를 툭 던졌다. 정교한 인피면구를 제조하는 가장 쉬운 방법은 사람의 얼굴 가죽을 쓰는 것이다. 그렇다면 부문주는 이미 예전에…….

기린회 사람들은 떠오른 끔찍한 가정에 저도 모르게 부르르 떨었다. 백리의강이 늘어트렸던 검을 들어 올려 천귀조를 겨눴다. 백리의강을 따라 당소용도 검신을 천귀조에게 겨눴다.

그때였다.

[소용.]

백리의강의 전음이었다.

[완을 해독할 수 있나?]

산공독은 대부분 성분이 비슷했다. 해독 방법도 어렵지 않았다. 운기할 수 있는 상황과 내공 운용을 도와줄 사람만 있다면. 하지만 보통 독에 중독된 상황이라면 안전하게 운기할 수 없는 형편이었기에 문제가 되는 독이었다.

[가능합니다. 하지만 해독하는 동안 저는 움직일 수 없어요. 그러면

선배님 혼자서 천귀조를 상대…….]

[나는 신경 쓰지 마라.]

주먹을 꽉 쥔 당소용이 천귀조를 겨누던 검을 거뒀다.

[중독 상태에 따라 다르지만, 최대 한 식경(약 30분)은 넘지 않을 겁니다.]

[해독에 집중하거라.]

[예!]

운기조식을 하듯 자세를 잡은 당소용과 남궁완은 곧바로 해독에 들어갔다. 마혜향과 상처를 입은 악중해는 남궁완과 당소용을 중심으로 보호하듯 호법을 섰다.

산공독을 해독하는 방법은 간단했다. 내공으로 태워 내는 것이다. 독에 중독된 본인은 운기할 수 없으니, 다른 사람의 도움을 받아야 했다.

그러나 운기조식은 기본적으로 안전한 곳에서 해야 했다. 누군가가 악의를 가지고 건드린다면 내공을 사용하고 있는 만큼 주화입마에 빠질 정도로 위험했다. 절대 이런 길바닥에서 할 만한 일은 아니었다.

하지만 그들은 안전을 의심치 않았다.

이를 지켜본 천귀조의 얼굴이 일그러졌다. 얼굴을 가로지르는 흉측한 흉터 때문에 그 모습은 상당히 기괴했다.

"이 상황에서 운기조식을 한다고? 하! 아주 자신이 넘치는군."

백리의강의 검신에 푸르스름한 빛이 어리고 날카로운 기운이 대기를 짓눌렀다. 어둡게 눈을 빛내며 천귀조 또한 한 발을 빼서 자세를 잡았다.

"오냐, 그래. 오늘 네 목이라도 가져가야겠다!"

선공은 천귀조였다.

빛이 번쩍 쏘아 들듯 백리의강의 품을 파고든 천귀조가 오른손을 찔러 들었다. 살짝 뛰어오른 백리의강이 몸을 슬쩍 틀어 이를 흘려보내는 순간 천귀조의 오른손이 번개같이 경로를 틀었다.

절대 피할 수 없을 것 같은 공격이 백리의강의 옆구리를 파고들었다 싶은 순간, 백리의강은 그 자리에 없었다. 귀를 찢을 듯한 타격음이 울려 퍼지던 남궁완과의 전투와는 달랐다. 오로지 바람을 가르는 소리만이 계속 이어졌다.

백리 세가의 검법은 매우 조용하고 극도로 절제된 동작이 특징이었다. 맞부딪치지 않고 계속 회피하는 움직임을 전투에 대해 모르는 이가 본다면 천귀조의 계속된 공격에 백리의강이 피하기에 급급하다 여길 터였다.

하지만 그들의 격돌은 점차 남궁완과 기린회 사람들에게서 멀어지고 있었다. 백리의강이 천귀조를 이곳에서 멀어지게 이끄는 것이었다. 그 사실을 안 천귀조가 얼굴을 일그러뜨렸다.

"쥐새끼처럼 도망치기만 하는 건 변함없구나!"

"……."

도발에도 백리의강은 눈썹 하나 까딱하지 않았다.

계속 일방적인 공격을 하던 천귀조가 갑자기 대경실색해 몸을 비틀었다. 한줄기 빛으로 보일 정도로 빠른 칼날이 천귀조의 목을 머리카락 한 올 차이로 스쳐 지나갔다. 이어 중심이 흐트러진 천귀조의 옆구리를 백리의강이 베어 들어갔다.

쩽! 손바닥으로 가까스로 막았으나 한참을 뒤로 밀린 천귀조의 발자국이 바닥에 일직선을 만들어 냈다.

갑자기 기세를 바꾼 백리의강이 쉬지 않고 천귀조를 몰아쳤다. 점차 맞부딪치는 소리가 잦아지며, 백리의강의 검이 검광을 이리저리 흩뿌렸다.

아까와 정반대의 상황이 되었다. 천귀조는 백리의강의 공격을 피하기에 급급했다.

쩌정! 쩡! 마혜향, 악중해 모두 손에 땀을 쥐고 그 싸움을 지켜보았다.

점차 몰리던 천귀조가 이를 아득 물더니 갑자기 공력을 가득 담아 무식하게 휘둘렀다. 그리고 그 공격은 엉뚱하게도 백리의강이 아니라 옆의 나무를 터트리듯 부러트렸다.

콰직, 우드득. 밑동이 반쯤 날아간 나무가 기울어지다 쿵, 다른 나무에 기대듯 쓰러졌다. 쓰러지는 나무의 무성한 나뭇잎에 백리의강의 시야가 잠시 가려졌다.

그 틈에 천귀조가 숲으로 뛰어들었다.

백리의강과 달리 천귀조는 이곳의 숲에 익숙할 것이었다. 영종문 제자를 죽이는 데 이 숲을 이용한 것을 보면 알 수 있었다.

"선배님!"

마혜향이 말리듯 소리쳤다.

하지만 백리의강은 천귀조를 쫓아 거침없이 숲으로 뛰어들었다. 어둠에 잠긴 새카만 숲이 두 그림자를 삼켰다.

풀벌레 우는 소리조차 모두 사라진, 침묵이 내려앉은 공터. 참담한 심경으로 남궁완이 어서 해독되기만을 기다리던 그때, 악중해가 들고 있던 검으로 바닥을 짚으며 주저앉았다.

"중해 선배?"

악중해를 향해 다가가던 마혜향은 갑자기 훅 끼치는 비릿한 피 냄새에 얼굴을 굳혔다.

허리춤의 상처를 감싼 악중해의 손가락 사이로 붉은 피가 울컥 나왔다. 놀란 마혜향이 악중해의 손을 치우고 옷자락을 들췄다.

"무슨……!"

상처가 상당히 깊었다. 어두운 달빛 아래 악중해의 옷도 짙은 색이었기에 이렇게 심각한 줄 아무도 눈치채지 못했다. 마혜향이 재빨리 혈 자리를 짚었다. 하지만 출혈이 아주 약간 줄어들었을 뿐이었다.

가쁘게 숨을 몰아쉬던 악중해가 마혜향의 손목을 붙잡았다.

"……괜찮아."

"상처가 이 지경인데…… 말을 하셨어야죠!"

"말하면, 어쩌게? 뭐, 의강, 선배님 혼자 싸우시게 두게? 완 선배님부터 해독, 하는 게 맞아."

마혜향이 옷자락을 찢어 상처를 지혈하듯 꽉 눌렀다. 옷자락이 순식간에 붉게 젖어 들어갔다.

"어떻게 해야……?"

마혜향이 초조한 얼굴로 당소용과 남궁완을 보았다. 이대로 지체한다면…….

하지만 당소용과 남궁완을 두고 자리를 뜰 순 없었다. 악중해가 흐리게 웃으며 말했다.

"성율이 사람, 데려, 오, 겠지."

마혜향이 피에 젖은 손을 꽉 움켜쥐었다. 벽성율만 아니었더라도 악중해가 이리 다칠 일도 없었다. 그리고 뒤도 돌아보지 않고 내뺀 벽성율이 과연 다시 돌아올까? 하릴없이 시간만 초조하게 흘러갔다. 당소용이 최대 한 식경 정도 걸릴 거라 했지만, 그 시간이 너무나 길게 느껴졌다.

그때 멀리서 다가오는 기척이 느껴졌다. 수는 여럿.

마혜향이 재빨리 몸을 일으켜 검을 들고 섰다. 가까이 다가올수록 기척이 파악됐다. 무공을 익힌 세 사람과 일반인 한 사람. 아니, 두 사람. 그리고 그들 중 벽성율의 기척은 없었다. 영종문의 제자들도 아니었다. 무게 있는 걸음. 조금 더 나이가 있고 무공 수준이 높았다.

"제길."

마혜향은 검을 틀어쥐고 자세를 잡았다. 어둠 속에서 수풀의 흔들림이 가까워졌다. 긴장에 마혜향의 손등엔 솜털까지 바짝 섰다.

그때 생각지도 못한 어린 목소리가 들렸다.

"어! 저깄다! 빨리, 빨리요."

마혜향이 눈을 부릅뜨는 것과 동시에 수풀을 가르고 익숙한 얼굴이 나타났다. 남궁완의 부관인 심지평이었다. 심지평이 마혜향의 검을 보고 눈초리를 치켜올렸다.

"저에게 겨누신 겁니까?"

"아! 죄송합니다."

마혜향이 황급히 검을 거뒀다. 쓱 공터를 둘러보던 심지평이 깜짝 놀라 소리쳤다.

"아니, 소가주님!"

뒤늦게 정신을 차린 마혜향이 남궁완에게 향하는 심지평을 붙잡았다.

"심 부관님, 의원을 데려와야 합니다. 지금 당장요!"

"예?"

"의원이요! 중해 선배가 지금 위독합니다!"

"위독하다니요? 어쩌다가요?"

"심 부관님, 이럴 시간이 없어요!"

"잠시, 잠시만 진정하십시오. 의원은 지금 오고 있습니다."

"네?"

"아마, 지금쯤…… 아! 저기 왔네요."

수풀을 가르고 남궁 세가의 무사들과…… 한 아이가 나타났다.

"백리 소저?"

마혜향이 두 눈을 의심했다. 뒤이어 나타난 다른 무사의 등에는 끙끙 신음을 토하는 노인이 업혀 있었다.

달빛조차 거의 닿지 못하는 나무 아래 서로 다른 색을 머금은 희미한 빛들이 충돌하길 반복했다.

스컹! 빛이 지나간 자리의 나뭇가지가 잘렸다. 바닥으로 떨어져 내리던 나뭇가지를 천귀조가 걷어찼다. 아이 몸통만 한 굵기의 나뭇가지가 맹렬히 날아오는 것을 백리의강이 두 동강 냈다. 그사이 천귀조의 모습이 나무 사이로 사라졌다.

"그러고 보니 벽성율, 그 형산의 머저리한테 재미있는 말을 들었는데 말이야……."

빽빽하게 자란 나무들로 목소리가 웅웅 울려 퍼지듯 들려와 천귀조의 위치를 정확히 파악할 수가 없었다.

"네 딸이 아픈 게 병신이라서라며?"

"……."

"무가에서 단전 폐인이라! 하하하하하!"

천귀조의 웃음소리가 길게 울려 퍼졌다.

백리의강이 검이 나무 한 그루를 베어 내는 것과 동시에 검은 그림자가 튀어나왔다. 이를 쫓던 백리의강이 갑자기 훅 꺼지는 바닥에 자신이 베어 낸 나무를 걷어차듯 밟으며 몸을 뒤로 뺐다.

그 틈을 탄 천귀조의 공격이 백리의강의 다리를 아슬아슬하게 스쳐 지나갔다. 콰드득! 괜한 나무만 한 번 더 부러지며 비탈을 굴러갔다.

"네놈이 고상한 척 저지른 짓으로 쌓인 원한이 한둘이 아닐 텐데!"

카강! 다시 천귀조의 손과 백리의강의 검이 맞부딪쳤다.

"무공도 못 쓰는 폐인이라니! 하하하하! 네 딸이 얼마나 오래 살아남을 수 있을지 궁금하지 않나?"

그 순간 천귀조의 공격을 막은 백리의강의 검 끝이 흔들리며, 검을 두른 푸른빛이 흐려졌다.

"……!"

뻔하다면 아주 뻔한 도발이었다. 그런 도발이 통했다는 사실에 오히려 천귀조가 놀랄 정도였다. 천귀조는 그 틈을 놓치지 않고 백리의강을 향해 내공을 듬뿍 머금은 손을 휘둘렀다.

"죽엇!"

백리의강이 몸을 빼며 고개를 비틀고, 스각! 천귀조의 손이 백리의강의 목덜미를 아슬아슬하게 스쳐 지나갔다. 찢긴 목덜미에서 흐르는 피가 백리의강의 상의를 적셔 들어갔다.

천귀조가 아쉬움에 입술을 훑었다. 조금만 더 깊었다면 그대로 목을 부러트릴 수 있었을 텐데.

천귀조가 멈추지 않고 공격을 이어 나가는 찰나, 몸 왼쪽에 솜털이 바짝 솟는 소름 끼치는 감각에 재빨리 몸을 틀었다. 간발의 차로 검이 옆구리를 비껴 나갔다.

"남궁완! 어떻게 벌써……!"

그 순간 화끈한 느낌과 함께 고통이 퍼졌다. 남궁완의 공격을 피하느라 저도 모르게 시선을 뗀 백리의강의 검이었다. 천귀조가 이를 악물며 재빨리 몸을 뺐다. 남궁완이 바짝 다가왔다.

"의강! 괜찮나?"

"……천귀조를 쫓게."

백리의강이 목덜미 혈을 누르며 말했다. 백리의강을 힐끗 본 남궁완이 지체하지 않고 천귀조를 쫓았다.

곧 숲 저편의 소란에 놀란 새들이 파다닥 날아갔다.

쾅! 콰쾅! 쾅! 별들이 늘어선 밤하늘 아래 남궁 세가의 검법이 존재감을 아낌없이 드러냈다. 그 소리가 점차 멀어지다가 어느 순간 조용해졌다.

잠시 뒤 남궁완이 다시 백리의강 앞에 나타났다.

"천귀조는?"

"쯧, 놓쳤네."

"상처를 입었으니 오래 도망치지 못할 걸세. 계속 쫓아야……."

나서려는 백리의강을 남궁완이 막았다.

"……?"

"자네 몸은 괜찮나?"

백리의강이 완전히 빛이 사라진 자신의 검을 내려다보았다. 백리의강의 검이 검집 안으로 들어갔다.

"괜히 신경 쓰이게 했군. 그래, 이만 돌아가지. 너무 멀어지면 안 되니."

이 근방은 천귀조에게 익숙했다. 그가 마음먹고 도주하기 시작하면 두 사람만으로는 쫓기 힘들었다. 고개를 끄덕이며 남궁완이 검을 휘둘러 맺힌 피를 털어 냈다.

"천귀조의 실력이 상당해. 칠 년 전 자네한테 패배한 주제에……."

남궁완은 급하게 오느라 해독이 완벽히 되지 않은 상태로 본 실력의 칠 할 정도만 쓸 수 있었다. 하지만 천귀조는 부상을 입었다. 그걸 생각했을 땐, 이렇게 쉽게 도망칠 수 있을 거라곤 예상치 못했다.

"그사이에 어떻게 이리 강해진 거지?"

"……."

백리의강이 그늘진 낯으로 자신의 손을 내려다보았다. 몇 번 주먹을 쥐었다가 펴길 반복하던 백리의강이 말했다.

"만약 내게 무슨 일이 생긴다면 연이를 부탁하네."

"웬 재수 없는 소리?"

질색한 남궁완이 손사래 치며 말을 이었다.

"그보다 어떻게 이리 때맞춰 왔나? 부문주가 천귀조인 걸 알고 온 건가?"

백리의강이 고개를 저었다.

"영종문 부문주가 천귀조인 건 몰랐네. 하나……."

남궁완이 설명을 요구하듯 백리의강을 봤다.

"하나 뭐?"

백리의강이 바닥을 내려다보며 말을 끌었다.

"……연이가."

"연이가 뭐?"

"연이가……."

"연이가 뭐! 자네 날 답답하게 만들어 죽일 생각인가?"

살짝 미간을 찡그린 백리의강이 한숨을 내쉬고 어쩔 수 없다는 듯 말했다.

"자네들이 죽는 꿈을 꾸었다고 울고불고 난리를 치기에 온 거였다네."

남궁완이 와락 얼굴을 찌푸렸다.

"장난치지 말고. 자네 아까부터 왜 자꾸 헛소리하는 겐가?"

"……."

"……."

"……."

"아니, 자네 정말로?"

"……."

천귀조와의 싸움 이후 일행은 숙소를 다시 영종문에서 객잔으로

옮겼다. 제자의 사망, 심지어 부문주가 천귀조였다는 진실에 혼란스러운 영종문에 더는 신세를 지기 어려웠기 때문이다.

자연스레 당소용과 악중해, 마혜향까지 함께 옮기게 되자 남궁완이 객잔 하나를 통째로 빌렸다. 그 자리에서 도망친 벽성율은 어디로 갔는지 다시 나타나지 않았다.

검붉은 격자무늬 장식 문을 열자마자 쾌활한 목소리가 들렸다.

"왔구나!"

"부르셨다면서요?"

악중해는 목숨을 건졌다. 응급 처치한 의원의 말로는 조금만 늦었더라면 정말 위험했을 거라고 했다. 하루 내내 정신을 잃고 있다가 간신히 깨어났다고 했다. 지금 악중해의 목소리만 들어선 다쳤는지 전혀 알 수 없을 정도였지만. 방 안 가득한 진한 약 냄새가 아니라면 정말 멀쩡하다고 믿을 지경이었다.

"이리, 이리, 여기 앉아."

활기차게 손짓하던 악중해가 나를 향해 의아하다는 듯 말했다.

"응? 왜 이렇게 안색이 안 좋아? 어째 다친 나보다 더 안색이 안 좋은데?"

난 양 뺨을 문질렀다.

"아……. 티 나요? 잠을 좀 못 잤어요."

내 말에 악중해가 눈을 빛냈다.

"또 꿈이라도 꿨어? 무슨 꿈을 꿨는데?"

"……기억이 잘 안 나요."

"왜 기억이 안 나! 잘 떠올려 봐. 어?"

마혜향이 한숨을 내쉬며 말했다.

"선배, 그만하세요."

나는 그들을 보며 작게 웃었다. 기억나지 않는다는 건 거짓말이었다. 지금도 선명하게 기억났다.

'야율.'

그러니까 내 목을 날렸던 개자식이 나오는 악몽을.

회귀한 직후 난 꽤 오랫동안 야율 그놈이 내 목을 날리는 꿈을 반복해 꿨다. 하지만 시간이 약인 듯 점차 나오지 않았는데…….

하필 이번에 아버지가 천귀조에게 상처를 입은 자리가 목이었다. 목덜미의 상처는 상당히 깊어 조금만 더 들어갔다면 어찌 되었을지 장담할 수 없을 정도였다.

피로 앞섶을 적신 채 돌아온 아버지를 보고는 정말 기절하는 줄 알았다. 식은땀에 젖을 정도로 악몽까지 꾼 걸 보면 무척 충격적이었던 모양이었다. 심지어 야율에게 이번에 목이 베였던 사람은 내가 아니라…….

난 끔찍한 기억을 지워 내듯 머리를 털었다. 그런 내 머리를 악중해가 쓰다듬었다.

"있지, 내가 곤륜파의 태상 장로님을 알거든. 어때, 그분에게 가서 배워 보는 게?"

"네?"

뜬금없는 말에 눈을 깜빡였다.

"아니면 무당파는 어때? 무당파엔 아는 분이 없지만 무림맹 호법 대사님이 무당파…….."

"선배, 그만하세요. 연이가 놀라잖아요."

"아니, 들어 봐. 선기가 있는 거라니까. 그게 아니면 어떻게 딱 알맞은 꿈을 꾸냐고?"

"연아, 중해 선배 말은 너무 귀담아듣지 마라. 장난이니까."

"아니, 난 진심인데?"

나는 고개를 주억거리며 말했다.

"네! 아버지가 돌아오시면 한번 여쭤볼게요!"

"……."

"……선배가 알아서 해결하세요."

"그…… 연아, 설마 의강 선배님께 정말 여쭤볼 건 아니지?"

나는 고개를 갸웃 기울이며 말했다.

"왜요? 여쭤보면 안 돼요?"

"음, 그건 좋은 생각이 아닌 것 같아."

"하지만 태상 장로님을 소개해 주신다면서요! 만나 뵙고 싶어요!"

"그…… 혜향, 선배님은 언제 돌아오시지?"

눈을 굴리던 악중해가 말을 돌리듯 물었다.

"글쎄요. 오전에 천귀조 근거지를 발견했다는 소식이 왔으니, 오늘은 좀 늦으시지 않을까요?"

"어? 근거지를 찾았대?"

악중해가 벌떡 일어나려 들자 마혜향이 깜짝 놀라 말렸다.

"그걸 왜 말 안 했어?"

"어차피 쉬셔야 하잖아요."

"그래도 이런 건 알려 줘야지!"

아, 드디어 발견했군.

아버지와 남궁완은 천귀조가 이 근방을 빠져나간 듯 보이자 추적을 그만두고 천귀조의 근거지를 찾는 데 집중했다. 납치된 아이들 때문이었다. 그리고 오늘로 사흘째였다. 하루하루 시간이 지나는 것에 초조했는데 오늘 찾은 모양이었다.

악중해가 턱을 문지르며 진지한 낯을 했다.

"납치된 아이들도 찾았으려나?"

"진짜 천귀조의 근거지라면 찾을 수 있겠죠."

"그래. 다들 무사했으면 좋겠네."

하지만 악중해의 바람대로 되진 않을 것이다. 내 기억에 따르면 살아남은 이는 한 명도 없었다. 안타깝게도.

오전 나절 산속을 뒤진 후 발견한 동굴 앞, 백리의강의 머릿속에 딸아이의 목소리가 절로 떠올랐다.

"전 왠지 산속 동굴 같은 데 있을 것 같아요!"

"천귀조가 그런 들키기 쉬운 곳에 근거지를 두겠나?"

"뻔하긴 하지만 처음엔 아무도 천귀조가 아이들을 납치했을 거라 예상 못했으니까요! 음, 무공을 익히지 못한 사람은 갈 수 없는 동굴 같은 곳이 있지 않을까요?"

연이 말대로였다. 무공을 익히지 않은 사람이라면 별것 없다고 여기고 지나칠 동굴에서 천귀조의 흔적을 발견했다. 당소용이 남궁완을 돌아보며 말했다.

"최소 일주일은 드나든 흔적이 없습니다."

"그렇다면 천귀조가 이리로 오진 않았단 소리로군. 흠, 그런데 그 꼬맹이 말대로 동굴을 근거지 삼다니."

턱을 쓰다듬던 남궁완이 재미있다는 듯 말했다.

"정말 선기가 있는 거 아닐까?"

"하하, 저도 연이의 말이 떠올라 혹시나 하여 한 번 더 자세히 살펴보는데……."

"우연일세."

당소용의 웃음기 어린 말을 백리의강이 딱 잘라 냈다. 남궁완이 백리의강을 돌아보고 인상을 찌푸렸다.

"그야, 당연히 우연이겠지. 그저 연이 운이 꽤 좋다는 말일 뿐일세. 벌써 두 번째지 않은가?"

"……."

남궁완은 그를 의심스럽게 흘겨보고, 다시 당소용과 어떻게 들어갈지 이야기를 나누기 시작했다. 더는 백리연 이야기가 나오지 않는 걸 들으며 백리의강은 살짝 안도했다.

'……그래, 그저 우연이겠지.'

하지만 아무리 생각하여도 기이했다. 주화입마에 빠졌다 깨어난 후 딸은 완전히 변했다. 처음에는 그저 좋은 일이라고 생각했을 뿐이다. 하지만 시간이 지날수록 무언가 이상하다는 생각이 들었다. 사람이 저렇게 한 번에 변할 수 있는 것인가?

죽다 살아나니 사람이 완전히 변했다는 이야기도 꽤 들어 본 적 있다. 하지만 갑자기 자신의 성격을 바꾸기엔 연이는 어려도 너무 어렸다. 성격과 태도가 바뀌는 이는 보통 삶에 후회를 가진 이들이 아닌가? 삶에 후회를 가지기엔 연이는 고작 여섯 살이었다.

아니면 백리 세가에 적응하는 동안 내보이지 못한 원래 성격일 수도 있었다. 자신은 딸과 같이 지낸 시간도 짧았다. 아니, 없다고 보아도 됐다. 그러니 원래 성격을 알지 못하고 있었던 것일지도 모른다. 하지만…… 왠지 그런 게 아니라는 느낌이 들었다.

악몽을 꾸었다며 소란을 피웠던 이번 일. 정말로 악몽을 꾼 것이었을까? 한 번도 그런 적 없던 아이가 갑자기 눈물 바람으로 응석을 피우고, 정말로 꿈과 같은 일이 벌어졌다는 것이 그저 우연인 걸까?

하지만 이런 의심을 누군가에게 털어놓을 수는 없었다. 그리고 만약 연이가 뭔가를 숨기고 있는 거라면 그 원인은 자신이 될 수밖에 없었다. 자신이 믿음직스럽지 못한 아비였기에…….

"의강, 들어가지. 여기서 확인할 건 다 했네. 소용, 너는 입구를 지키거라."

"예. 모두 조심하십시오."

동굴은 처음엔 몸을 잔뜩 숙여야만 지나갈 수 있을 정도로 좁았으나 들어갈수록 넓어졌다. 입구에서 멀어질수록 빛이 사라지다 어느 순간부터는 아무것도 보이지 않았다. 곧이어 막다른 길이 나왔다. 들어온 길 말고는 삼면 모두 단단한 돌벽으로 막혀 있었다.

몸을 숙인 백리의강이 바닥을 손가락으로 살짝 쓸었다. 남궁완이 입을 열었다.

"한참 됐어. 적어도 달포는 넘어 보이네."

말라붙은 검붉은 색 핏자국이었다.

남궁완이 굳은 얼굴로 주변을 살폈다. 같이 주변을 살피던 백리의강이 횃불을 꽉 쥔 채 훌쩍 뛰어올랐다. 횃불의 빛이 꺼질 듯 확 줄어들어 동굴이 어둠에 잠겼다.

벽의 튀어나온 곳을 두 번 디딘 백리의강이 착지했다. 그의 움직임에 꺼졌나 싶던 횃불이 다시 타올랐다. 하지만 더는 횃불이 필요하지 않았다. 넓은 동공이 눈앞에 펼쳐졌다. 높이를 가늠하기 힘든 천장 일부가 뚫려 있어 그곳에서 밝은 빛이 들어오고 있었다.

쿠르르르릉. 마치 천장이 무너져 내리는 소리처럼 들렸지만 아니었다. 이건 폭포 소리였다. 뒤따라온 남궁완이 감탄이 섞인 목소리로 말했다.

"이런 곳에 숨어 있었으니 찾을 수가 없었지."

무공을 익힌 사람이 아니라면 절대 올 수 없는, 숨기엔 최적인 장소였다. 잠자리로 쓴 것인지 짚더미 위엔 털가죽과 모포가 나뒹굴고 있었고, 한쪽엔 솥단지와 식기, 장작도 쌓여 있었다. 누군가 살았던 흔적이었다. 그 흔적을 발견한 남궁완의 안색은 오히려 더 나빠졌다. 남궁완이 뒤따라온 무사들을 향해 말했다.

"다들 흩어져서 주변을 살펴라."

"예!"

남궁완은 착잡한 기운이 담긴 한숨을 내쉬었다. 무공을 익힌 자라도 무척 번거로운 출입 방식. 천귀조가 정말로 이곳에 납치한 아이들을 데리고 왔다면…… 그 아이들을 다시 데리고 나갈 계획이 없었을 확률이 높았다.

"대체 천귀조는 왜 아이들을 납치한 거지?"

혼잣말 같은 그의 말에 백리의강이 답을 했다.

"자네에게 알려 줄 것이 있네."

"무엇?"

백리의강은 천귀조가 범인임을 알았을 때부터 아이들이 살아 있을 거라는 희망을 버렸다.

"천귀조가 아이를 납치한 것은…….”

그 순간, 저 멀리 공동 반대편에서 심 부관의 목소리가 울려 퍼졌다.

"여기 생존자가 있습니다!"

내가 이곳에 온 이유를 떠올린 것은 거의 한 식경가량 떠들고 난 후였다.

"아, 그런데 무슨 일로 부르신 거예요?"

"아, 맞아."

비틀거리며 일어나려는 악중해를 마혜향이 부축했다. 등받이에 몸을 기대고 앉은 악중해가 내게 머리를 숙였다. 접시의 땅콩을 막 입에 집어넣던 내가 놀라 굳었다.

"고마워. 이 말을 하고 싶어서 불렀어. 내가 찾아가는 게 맞겠지만, 아직 움직일 수는 없어서."

"……제가 구한 게 아니라 아버지가 구하신 거죠."

"다 들었어. 네가 꿈 때문에 의강 선배님을 보내고, 그러고도 안심이 안 돼서 의원을 데려온 거라며? 선배님께 많이 혼났어?"

난 고개를 저었다.

"아뇨. 안 혼났어요."

"그래? 선배님이 그냥 넘어가셨다고?"

"네."

의원을 데리고 아버지를 뒤따라가기 위해서 난 심 부관에게 아버지가 의원을 데리고 오라 했다며 거짓으로 속였다. 사안이 급박했고 어린아이가 이런 대담한 거짓말을 할 거라 생각지 못한 심 부관과 다른 무인들은 내 말을 철석같이 믿었다.

양파를 눈에 문질러 울고불고 난리까지 쳤는데 못 할 게 뭐가 있겠는가? 일단 혼나더라도 먼저 저지르고 보자는 심정이었다. 하지만 악중해가 의외라고 반응한 것처럼 난 혼나지 않았다.

"이상하네. 선배님께서 의원을 납치한 것에 별말씀을 안 하시다니."

"그러게요…… 가 아니라, 납치라뇨!"

"응? 납치한 거 아니었어?"

"아니에요!"

난 의원에게 제대로 동의를 받았다고! 비록 내가 늦은 시간 의원네 집에 막무가내로 들어갔고, 새벽에 갑자기 나타난 누가 봐도 무인으로 보이는 자들의 동행 요청에 의원이 많이 겁먹은 것 같기는 했지만…….

"하하하, 장난이야. 표정 봐."

손을 뻗은 악중해가 볼을 조몰락거렸다. 난 그 손을 밀치고 앉은 의자에서 깡충 뛰어내려 공손히 인사했다.

"그럼 말씀 다 하신 듯하니, 전 이만 갈게요."

"뭐, 벌써?"

"네! 더 하실 말씀 있으세요?"

"그건 아니지만……."

아무래도 감사 인사는 핑계이고 누워만 있기 심심해서 나를 부른 것이 분명했다. 그때 객잔의 종업원 한 명이 조심스레 들어왔다.

"공자님, 여기 부탁하신 것 가져왔습니다."

"왜 이렇게 오래 걸렸어?"

"이번에 그 납치범이 드디어 잡히지 않았습니까? 거리고 가게고 사람들이 다 나와 바글바글합니다."

잡힌 것이 아니라 도망친 것이지만, 소문이 그리 난 듯했다. 종업원이 내 곁을 지나가는 순간 달달한 냄새가 훅 풍겨 왔다. 나도 모르게 내 고개가 하인을 따라 움직였다. 이를 본 악중해와 마혜향이 작게 웃었다.

"그게 뭐예요?"

"용수당."

용수당은 엿당 반죽을 늘여 실처럼 만들어 마구 감은, 실타래처럼 생긴 단 과자였다.

악중해가 악동처럼 웃으며 말했다.

"여기 과자점의 용수당이 유명하다고 하더라고. 너 먹으라고 사 오라고 한 건데…… 간다면 어쩔 수 없지. 어휴, 그런데 난 단건 별로라 이걸 어쩌나?"

나는 언제 나가려 했냐는 듯 다시 의자에 앉았다.

"조금 뒤에 가도 될 것 같아요."

마혜향과 악중해가 웃음을 터트렸다.

내가 막 용수당을 입에 넣으려 할 때였다. 바깥이 소란스럽더니 잠시 후 우리와 협조 중인 영종문의 제자가 소식을 알려 왔다.

"백리 대협께서 돌아오셨습니다."

"아버지가요?"

난 벌떡 일어나 문지방을 넘어 달음박질쳤다. 객잔 계단을 거의 구르듯 내려가 걸어 들어오는 아버지께 달려갔다.

"아버지 오셨어요!"

아버지가 굳은 얼굴로 달려드는 내 어깨를 붙잡았다.

"흙먼지를 뒤집어썼다."

내 뒤를 따라온 마혜향이 말했다.

"선배님, 일찍 오셨군요. 무슨 문제라도 있었습니까?"

마혜향이 그런 질문을 한 이유가 있었다. 남궁완의 모습이 보이지 않았다. 함께 나갔던 당소용과 다른 남궁 세가의 무사들도 없었고 심 부관만 아버지 뒤를 따르고 있었다. 그리고 심 부관 옆을 본 난 눈을 동그랗게 떴다. 아버지가 옆을 눈짓하며 말했다.

"이 아이 때문에 나 먼저 내려왔네."

마혜향이 기쁜 기색으로 말했다.

"생존자입니까?"

당연히 아니지, 라고 생각하던 난 고개를 끄덕이는 아버지의 모습에 입을 벌렸다.

'생존자라고? 분명 그땐 아무도 없었는데?'

아이는 그간의 고생이 절로 느껴지는 지저분한 몰골이었다. 엉망으로 자란 머리카락이 얼굴을 반쯤 뒤덮었고, 이곳저곳 찢어지고 크기도 맞지 않는 옷은 아이의 여윈 몸을 더욱 부각했다. 하지만 그런 더러운 행색임에도 눈에 띄는 이목구비는 숨길 수 없었다.

그때 아이의 유리알 같은 검은 눈동자가 나를 응시했다. 순간 가슴이 덜컥 내려앉는 느낌이 들었다.

'……뭐지?'

심장이 거북할 정도로 쿵쿵 뛰었다.

아이를 살피던 난 이상한 점을 발견했다.

'납치 피해자라고 하지 않았어?'

하지만 아이는 납치 피해자라고 보기에 기이할 정도로 담담했다. 정확히는 아무 표정도 없다고 할까. 이 상황이 겁나고 당혹스러워야 정상이 아닌가?

그때 아버지가 내게 물었다.

"연이 넌 뭘 쥐고 있는 것이야?"

"아, 이거 중해 오라버니께서 사 주신 간식이에요. 같이 먹으려고 하는데 아버지가 오셨어요. 드실래요?"

포장지를 열자마자 풍기는 단내에 아버지가 미간에 세로줄을 세웠다.

"……나는 됐다."

헤헤, 웃은 나는 이번엔 아이를 향해 과자를 내밀었다.

"안녕, 너도 먹을래?"

"……."

아이는 과자를 받지 않고 멀거니 나를 바라봤다. 나는 태연하게 말을 이었다.

"여기서 유명한 가게의 간식이래. 너도 한번 먹어 봐."

"……."

긍정도 부정도 않는 아이의 손에 과자를 반강제로 넘겼다.

"난 백리연이라고 해. 넌 이름이 뭐야?"

"……."

아이가 아버지를 흘끗 올려다보았다. 아버지는 평소와 같은 표정으로 아이를 보고 있었다. 그러니까 쉽사리 말 걸 수 없는 분위기란 뜻이었다. 아이가 다시 눈을 내리깔았다. 나는 멍하니 생각했다.

'아니, 무슨 속눈썹이 저렇게 길고 풍성해?'

그런 생각을 하던 순간……. 아이의 왼쪽 눈 아래 위치한, 눈물점이 보였다.

'……어?'

나는 멍하니 입을 벌렸다.

내가 이 아이를 어디서 보았는지 깨달았다.

어떻게 잊을 수 있을까? 내 목이 떨어지던 그 순간 삐뚜름하게 올라가던 입꼬리와 가늘게 접히던 눈매. 아직도 내 목이 잘리던 순간이 선명했다.

그리고 내 예상에 도장을 찍듯 달싹인 입술 아래 흘러나온 작은 목소리가 칼날처럼 내 귀를 후벼 팠다.

"……야율."

힘이 빠진 손에서 과자가 후드득 바닥으로 떨어졌다.

야율. 이 소설 속 흑막인 그가 처음 모습을 드러내는 건 이야기 속에선 한참 뒤였다. 심지어 처음에는 흑막인 줄도 몰랐다. 그저 악명을 떨치는 마교의 천살단 단장으로 강하다는 것 외에는 알려진 것조차 없었다.

그렇게 정체를 감추던 흑막, 야율이 모습을 드러내는 위험을 감수하면서까지 날 직접 죽였던 이유를 난 아직도 찾지 못했다. 그리고 야율의 정체는 소설 중반이 넘어서야 조금씩 밝혀졌다.

그는 원래 무림 정파 가문 사람이었다. 하지만 모종의 죄로 어린 나이에 악인곡이라는 곳에 떨어진다.

악인곡. 무림맹에서 죄질이 무거운 악인들을 가두는 감옥과도 같은 곳이었다. 그곳은 감시인도 필요 없었다. 악인곡에 떨어진 자는 다시는 세상으로 나오지 못했으니까.

그만큼 악명 높은 곳이었다. 하지만 야율은 어찌 된 일인지 그곳에서 빠져나와…… 무림맹에 대한 증오를 불태운다.

대체 무슨 죄를 짓고 그곳에 갇히게 된 건지 남궁류청이 야율에 대해 알아보려고도 했다. 하지만 더는 알아낼 수 있는 게 없었다. 야율의 어린 시절에 대해 아는 자들은 이미 한 사람도 남아 있지 않았다. 누가 했는지는 따져 물을 것도 없었다.

그러니까…….

'지금 악인곡에 있어야 하는 거 아닌가?'

거기다 분명 저번에는 생존자가 없었는데?

충격에 빠진 내가 정신을 차렸을 땐 어느새 방에 돌아와 손에 찻잔까지 얌전히 들고 있었다.

'아버지랑 얘기해 봐야겠어.'

나는 아버지가 묵고 계시는 옆방으로 향했다. 하지만 방은 텅 비어 있었다. 나는 지나가는 종업원을 붙잡아 물었다.

"혹시 제 아버지 못 보셨어요?"

"아, 그 공자님은 좀 전에 객잔 밖으로 나가시던데요."

뭐라고? 또 나가셨다고? 폭탄을 던져 놓고 나가시다니!

"감사합니다."

종업원을 향해 인사한 나는 잠시 그 자리에 서 있다가 걸음을 옮겼다.

객잔 복도에 사람이 모여 있었다. 나는 멀리서 그 광경을 보고 난간 아래로 몸을 숨겼다. 종업원은 고급 객잔 일꾼답게 깔끔한 복장이었으나, 소매와 앞섶에 물이 튄 것 같은 짙은 얼룩이 져 있었다. 종업원의 목소리가 들렸다.

"머리는 자신이 말린다고 하여 나왔습니다."

심 부관이 물었다.

"어떤가요?"

"어떠하다니요? 저, 뭘 물어보시는 건지……."

"그냥, 아이에 관한 생각을 얘기해 주시면 됩니다."

"음, 씻기는 내내 얌전했습니다. 그런데 말이 정말 없더라고요. 물어도 대답도 없고 묻지도 않더군요. 아! 씻기고 나니까 생김새가 준수하던데요?"

"……그 외에는 없습니까?"

"몸에 흉터도 많고 상처도 많더군요. 최근에 생긴 것부터 해서 나아 가는 것까지 하면 꽤……."

한동안 주절주절 얘기하던 점원은 이야깃거리가 떨어졌는지 입을 다물었다.

"음, 일단 아이에 대해서는 모르는 척해 주십시오."

마혜향에게 묵직한 주머니를 받아 든 종업원이 환한 미소를 지으며 물러갔다.

"필요하신 일 있으면 또 불러 주십시오."

종업원이 멀어지길 기다린 마혜향이 심 부관에게 고개를 돌렸다.

"그럼 저 아이뿐이었습니까?"

"예. 시신들 사이에서 유일하게 살아남아 있었습니다."

"시신이요?"

"예. 목내이같이 말라붙어 있는 시신들이었는데……."

심 부관의 목소리가 잘 들리지 않아 좀 더 다가가려던 순간이었다. 대화가 뚝 끊기더니 심 부관이 소리쳤다.

"거기 누구냐!"

하, 무림인들이란.

'엿듣는 것도 이렇게 힘들어서야.'

난 옷자락을 정돈하며 아무렇지도 않게 걸어 나왔다.

"저예요."

마혜향이 고개를 갸웃하며 물었다.

"너로구나? 여긴 어쩐 일이니?"

나는 헤헤 웃으며 깡충깡충 뛰어갔다.

"아버지가 데려오신 아이를 보고 싶어서 왔는데…… 뭔가 중요한 대화 중이신 것 같아서요."

내가 눈치를 보며 말하자 마혜향이 완전히 누그러진 표정을 했다.

"그렇구나. 그 아이는 왜 만나려고?"

"아까 보니까 다친 것 같아서 연고를 가져왔어요! 그리고 또 제 또래로 보여서요. 음, 얘기해 보고 싶었어요."

얘기해 보고 싶다 하긴 했지만 누가 봐도 놀고 싶다는 의미로 들렸을 것이다. 그런 내가 귀엽다는 듯 마혜향이 머리를 쓰다듬었다.

"하긴 네가 지내기엔 심심했겠지. 아, 선배님은?"

"아버지는 자리를 비우셨어요!"

"그래? 흠, 어쩔까요?"

마혜향이 심 부관을 돌아보았다. 잠시 고민한 심 부관이 말했다.

"아무래도 또래니 더 쉽게 마음을 터놓지 않을까요?"

"하지만 그 아이가 혹시라도……."

"좀 전 얘기를 들어 보니 얌전하다지 않았습니까? 제가 문 앞에 있지요. 어차피 백리 공자님께서 지키고 있으라고 하셨으니까요."

고개를 끄덕인 마혜향이 나를 돌아보며 말했다.

"혹시 그 아이가 싫어하면 억지로 놀려고, 아니, 얘기하려 들지 말고 나와야 한다. 알았지?"

"네!"

나는 심 부관이 열어 주는 문으로 들어갔다. 객잔의 방은 두 칸으로 나뉘어 있었는데 안쪽에서 기척이 느껴졌다. 나는 긴장에 마른 입술을 훑곤 숨을 크게 몰아쉬었다.

'괜찮아. 할 수 있어. 아직 일어나지 않은 일이야.'

스스로 다독이며 안으로 향했다. 바로 야율의 모습이 보였다. 야율은 내가 들어온 줄 모르는지 탁자 위의 작은 꽃나무 화분에 시선을 고정하고 있었다.

깔끔하게 씻고 나온 야율은 왜 바로 알아보지 못했는지 의아할 정도로 성인 야율의 축소판 같았다. 푸르게 느껴질 정도로 창백한 피부와 유달리 붉은 입술.

뚝. 물 떨어지는 소리에 나는 순간 야율의 발치를 보았다. 물에 젖어 짙어진 마룻바닥.

나는 손가락 하나 까딱이지 못할 정도로 굳었다. 들어오기 전 각오는 모두 날아가고 머릿속이 백색으로 변했다.

물방울 떨어지는 소리가 과거 잘린 목에서 떨어지던 핏방울 소리처럼 들리고, 짙은 마룻바닥엔 마치 피가 고여 있는 듯한 환영이 보였다.

그때 야율이 느리게 손을 뻗었다. 투박한 자기에 담긴 옅은 분홍빛 꽃망울이 야율의 손에 닿은 순간, 분홍빛 꽃은 수분이 빠지듯 점차 시들어 갔다. 삽시간에 말라붙은 꽃망울의 목이 툭 부러졌다.

"······!"

나는 눈을 부릅떴다. 그 기이한 모습을 보자마자 무슨 일이 벌어졌는지 알았다. 저런 짓을 벌일 수 있는 무공이 세상에 둘일 리 없었다.

흡성마공. 정파인이라면 그 이름만으로도 치를 떨며 이를 가는 마공으로, 다른 사람의 생명력, 진기를 갈취하여 자신의 내공으로 만드는 마교를 대표하는 사이한 무공 중 하나였다.

진기를 뺏긴 자는 보통은 죽었다. 심지어 흡성마공엔 무림인들도 도리가 없어 마교도에게 평생 쌓아 온 내공을 뺏기기도 했다.

'그런데 야율이 흡성마공을 익혔다고?'

충격적인 장면에 과거의 기억은 그대로 뒷전으로 밀려났다.

'······그랬던 거였어.'

왜 천귀조 소굴의 생존자인 야율이 알려지지 않고, 무림맹 뇌옥에 갇혔는지 단번에 이해할 수 있었다.

무림맹은 마교에 대항하는 거대 정파들의 연맹에서 시작됐다. 그들은 마교와 전쟁에서 승리한 후, 하나의 거대 권력 집단으로서 무림 전역에 영향력을 끼쳤는데, 분쟁을 조정하거나 유명한 악인을 처단하거나 가두는 등의 일을 했다.

그런데 흡성마공을 익힌 아이라. 어리더라도 악명 높은 흡성마공을 익힌 야율은 천귀조의 손에서 운 좋게 살아남은 생존자가 아닌 악종으로 여겨졌을 것이다. 그래서 악인곡에 떨어진 것이다.

나는 굳어 있던 몸을 움직여 꽃나무에 다가갔다. 내가 움직이자 그제야 야율이 나를 보았다. 유리알 같은 검은색 눈동자에선 아무런 감정도 읽히지 않았다.

"아버지도 이 사실을 아셔?"

야율이 눈을 깜빡이다 고개를 끄덕였다.

"아신다고?"

야율이 또 고개를 끄덕였다.

"그럼, 다른 사람들은?"

야율이 무슨 말이냐는 듯 고개를 기울였다.

"아버지와 같이 있던 사람들 말이야."

"그 사람들은 몰라."

"……."

나는 입술을 깨물었다.

남궁완, 그는 마교도라면 일단 척살하고 보는 강경파였다. 그도 그럴 것이 남궁완의 모친과 친누나, 매형까지 마교도에게 잔혹하게 살해당했으니까. 심지어 남궁완의 외가인 단목 세가는 마교와의 전쟁에서 모두 몰살당하다시피 했다.

당연하게도 남궁완은 마교도와 같은 하늘 아래 숨 쉬는 것조차 용납하지 못했다. 만약 남궁완이 야율의 흡성마공에 대해 알게 된다면 당장 죽이겠다고 칼을 뽑아 들 것이었다.

아버지가 이 사실을 모를 리 없었다. 그런데도 야율을 남궁완 아저씨께 말하지 않고 데려왔다는 건…….

'숨길 생각인 거야!'

비틀 물러난 나는 머리를 짚었다. 잠시 후 창가로 향해 창문을 열었다. 새로운 공기에 정신이 조금 맑아지는 기분이었다.

'일단은……'

숨을 가다듬으며 생각을 정리한 후 다시 탁자로 돌아갔다. 야율이 나를 바라보는 것도 개의치 않고 탁자의 가루를 쓸어 창문 밖으로 털었다. 그리고는 손수건을 꺼내 내밀었다.

"죽고 싶은 거 아니면, 앞으로 이런 짓 하지 마."

"왜?"

"흡수한 진기마다 성질이 조금씩 달라. 지금이야 별다른 문제 없이 다룰 수 있더라도 내공이 많아지면 문제가 생길 거야."

"……그걸 어떻게 알아?"

"지금 그게 중요해?"

손수건을 가져갈 생각이 없어 보이는 야율의 손목을 내가 잡아당겼다. 내가 잡는 순간 딱딱하게 굳은 것이 느껴졌지만 무시했다. 그 손에서 마른 부스러기를 닦았다.

"날 죽이려는 거 아니었어?"

부스러기를 닦던 손이 멈췄다. 나는 야율을 바라보았다. 표정 없는 얼굴로 야율이 중얼거렸다.

"그럴 거라고 했는데."

"누가?"

"천귀조가."

"……."

그때였다. 삐걱. 문이 열리는 소리가 들리고 발소리가 다가왔다.

"그새를 못 참고 사고를 치는 게냐? 내 심 부관에게 아무도 들이지 말라 하였는데, 여긴 어찌 들어온 게야?"

성큼 다가온 아버지가 나를 훑어보곤 그대로 안아 들다가 야율 앞의 시든 꽃나무에 시선을 고정했다. 내게 보였던 다정한 눈빛이 순식간에 싸늘해졌다. 아버지가 야율에게 말했다.

"네가 한 짓을 본 게 내 딸이 아니었다면 넌 그대로 끌려갔을 거다."

"……."

"네가 내 말을 믿지 못한다면 어쩔 수 없지. 스스로 죗값을 받겠다면 말리지 않겠다."

아버지가 씁쓸한 목소리로 말했다.

"그것도…… 나쁘진 않지."

나는 아버지 품에 안겨 그대로 내 방으로 돌아왔다.

방 안은 내가 나갈 때의 모습 그대로였다. 식어 버린 찻잔과 떨어트린 과자 대신 먹으라며 종업원이 가져다준 볶은 땅콩을 담은 접시, 그리고 야율의 방에 놓여 있던 것과 비슷한 꽃나무 화분.

하지만 나갈 때 보지 못했던 것도 하나 있었다.

"어?"

기름종이로 포장한 것이었는데 달달한 향부터 그 모습이 퍽 익숙했다.

아버지가 말했다.

"아까 네가 떨어트려 아쉬울 것 같기에 사 온 것이다."

아니, 용수당을 사러 나가셨던 거였어?

아버지가 나를 앉히며 말했다.

"네게 주려 와 봤더니만 방에 없더구나."

아버지가 의관을 정돈하며 내 맞은편 의자에 앉았다.

"그 아이는 갑자기 왜 찾아간 것이야?"

딱딱한 표정에 나무라는 듯한 목소리였다. 평소와 크게 다름없어 보였지만 내가 느끼기에는 아버지는 꽤 화가 나 있었다. 나는 눈치를 보며 말했다.

"아까 봤을 때 다친 것 같아서요. 연고를 가져다주려고요."

"후우."

아버지가 깊은 한숨을 내쉬며 눈가를 꾹 눌렀다. 무거운 분위기에 나는 혀만 잘근잘근 씹었다.

"앞으로는 한 번 더 생각하고 움직이거라. 만약 그 아이가 널 해하려 들었으면 어쩌려고?"

"네. 죄송해요."

나는 기어들어 가는 목소리로 사과했다.

"네가 다치지 않았으면 됐다."

아버지가 나를 다독이듯 머리를 쓰다듬었다. 나는 조심스럽게 질문했다.

"그으…… 아버지, 야율을 어쩌실 생각이세요?"

"내가 데려갈 생각이다."

예상을 벗어나지 않는 답에 눈앞이 캄캄해졌다.

"왜요? 왜……?"

"많이 놀랐느냐?"

나는 혼란스러움을 감추지 못한 채 고개를 끄덕였다. 남궁완 정도는 아니었지만, 아버지도 마교도를 대하는 건 다른 백도 무림인들과 별반 다르지 않았다.

"이미 너도 보았으니 어쩔 수 없구나."

아버지가 고개를 살짝 틀며 허공에 시선을 두었다.

"나는 과거 천귀조와 싸울 때 그가 흡성마공을 익힌 사실을 알았다."

아버지가 나를 살짝 걱정스럽게 보며 말을 이었다.

"흡성마공에 대해서는 아느냐?"

"그냥, 소문 정도만요."

흡성마공에 관한 서적도 읽어 보았으나 아버지께 그런 말을 할 순 없었다. 아버지가 나지막하게 설명을 이어 갔다.

"흡성마공은 내력을 쉽게, 빨리 높일 수 있다. 하지만 그만큼 주화입마의 가능성도 높지. 그 가능성을 낮추는 가장 쉬운 방법은 어린아이들의 진기를 빼앗는 것이다. 아이들은 진기가 정순해 불순물이 적으니까."

아버지가 깊은숨을 내쉬었다.

"그가 아이들만 납치한 이유는…… 진기를 빼앗기 위해서였던 거다."

이미 예상했던 바지만 나는 깜짝 놀란 얼굴을 했다.

"진기는 생명력이잖아요. 그걸 뺏기면……."

내가 머뭇거리자 아버지가 한숨처럼 말했다.

"그래. 모두 죽었다."

"그럼 야율은 어떻게 살아남은 거예요?"

"나도 모르겠구나. 다만 그 아이도 납치된 건 맞는 것 같다. 하지만 무슨 영문인지 천귀조가 그에게 흡성마공을 가르친 모양이다."

배우지 않는다는 선택지는 없었을 거다. 배우지 않았으면 다른 희생자들처럼 죽었을 테니.

'그리고 아마 야율이 흡성마공을 사용한 대상은······.'

천귀조가 납치한 아이들.

나도 모르게 입을 가린 채 인상을 찡그렸다. 살아남기 위해선 어쩔 수 없었을 것이다. 하지만 어떤 이유더라도 무림맹에서 절대 용납할 리가 없었다.

"만약 그 아이가 무림맹 본단에 간다면 무거운 처벌을 받을 게다."

그렇겠지. 과거에 악인곡에 떨어졌으니.

아버지가 차분하게 말을 이었다.

"그 아이가 더는 마공에 손을 대지 않고 살고자 한다면······ 도와주고 싶구나."

"······."

왠지······ 왠지 이럴 것 같더라니!

아버지는 정말 야율을 데려갈 생각인 것이다. 나는 답답한 가슴을 두드리고 싶었지만 애써 표정을 관리하며 말했다.

"하지만 그, 아버지. 제가 듣기로는 남궁완 아저씨가 마교도라면 치를 떨며 싫어하신다고 하던데요."

"그래."

"원해서 익힌 것이 아닐지라도 남궁완 아저씨가 마공을 익힌 야율을 이해해 줄까요?"

아버지가 쓸쓸한 낯을 했다.

"그렇지 않아도 네게 말하려 했다. 이 일은 아무에게도 말하지 말거라."

"그 말씀은?"

"그래. 특히 남궁완에게 비밀로 해야 한다."

생각지도 못한 아버지의 답변에 나는 입을 쩍 벌렸다.

"하지만, 하지만 남궁완 아저씨가 나중에, 혹시라도 이 사실을 알게 되면, 그러면 아버지께 배신감을 느끼지 않을까요?"

"그 또한 내가 감당해야 할 일이지."

"……."

야율에게 기회를 주려 하는 것.

그래, 이건 아버지다운 행동이었기에 답답하고 기가 막히지만 이해할 수 있었다. 하지만 남궁완에게 야율에 대한 것을 숨기는 것. 그건 절대 아버지가 선택할 만한 방법이 아니었다. 그저 말만 안 하는 것이 아니다. 이건 어떻게 보아도 이건 남궁완을 속이는 행위나 다름없었다. 그를 기만하는 거였다!

아버지라면 남궁완에게 사실을 말해 다퉜으면 다퉜지 이런 방식을 선택할 리 없었다.

'왜?'

곧이어 깨달았다.

"저 때문에 그런 거죠?"

"……."

"일정에 차질이 생길까 봐, 저를 치료하러 가는 데 문제가 생길까봐. 그래서, 그래서……."

"연아."

아버지가 내 말을 자르며 말했다.

"너는 그런 걱정을 할 필요 없다."

"하지만……!"

"이건 다 과거 천귀조를 확실히 죽이지 못했던 내 탓이니라. 그러니 내가 책임지는 것이 옳다."

나는 답답함에 입술을 깨물었다. 고지식한 건 알았지만 이 무슨 말도 안 되는……!

아버지가 잠시 멈추었던 말을 이었다.

"그 아이가 네 또래더구나."

"네?"

"그 아이를 무림맹에 보내야 한다고 몇 번이나 생각했다. 하지만 그때마다 네가 떠오르더구나. 그래서 어쩔 수가 없었다."

"……."

이 말은 너무 잔인했다. 이리 말하면 내가 어떻게 반대할 수 있단 말인가……?

남궁완은 종일 동굴을 뒤지다 깊은 밤 소득 없이 객잔에 돌아온 참이었다. 밥을 먹던 남궁완이 인상을 찌그렸다.

"의강이 정말 그랬다고? 그 아이를 데려가겠다고?"

"예."

"왜?"

"저도 자세한 설명은 듣지 못했습니다."

"……이 상황에서 짐 덩어리를 늘리다니? 제정신인가?"

남궁완이 젓가락을 탁 내려놓자 심 부관이 재빠르게 빈 술잔을 채웠다.

"아주 팔자 좋아. 예전엔 이 정도는 아니었던 것 같은데. 딸이 생기더니 두부보다 더 물렁해졌군!"

"워낙 책임감이 강하지 않습니까."

"그럼 난 책임감이 없는 사람인가?"

"예?"

"……."

"……백리 공자님께서 돌아오시면 그 아이를 함께 데리고 가는 건 재고해 달라 말씀드리겠습니다."

"그래."

백리의강은 지금 떠나기 전에 마지막으로 영종문을 방문한 상태였다.

남궁완이 고개를 저으며 말했다.

"의강이 대체 왜 저러는지 모르겠군. 고아라면 적당히 맡기면 될 것을. 일의 경중을 모르지도 않을 텐데! 대체 왜 저러는 게야?"

남궁완이 짜증스레 입매를 매만졌다.

"뭔가 이상해."

"무엇이 말입니까?"

"발견한 아이를 데려간다는 것도 그렇고, 이번에 길가에 거지가 없어 수상하다는 것도 의강이 먼저 말했네."

의강의 말이 아니었다면 남궁완은 눈치채지 못하고 넘어갔을 터였다.

"그야 연 아기씨 때문이겠지요."

"그 애가 왜?"

"연 아기씨가 거지로 길거리를 떠돌아다니던 걸 백리 공자님께서 겨우 찾았으니까요. 당연히 따님이 생각나 신경 쓰이셨겠죠."

"아, 그래. 맞아. 그런 얘기를 들었던 기억이 나는군."

완전히 잊어버리고 있었다. 그때만 해도 어디서 나타났는지 모를 아이는 큰 관심사가 아니었다. 침묵하던 남궁완이 홀로 중얼거렸다.

"그 쪼끄마한 애가 길을 떠돌아다녔다고? 어떻게 살았지?"

한숨을 내쉰 남궁완이 단번에 술잔의 술을 털어 넣고 말했다.

"쯧, 됐다. 그 아이는 백리의강이 데려가든지 말든지 알아서 하라 해. 뭐 필요한 것이 있어 보이면 네가 적당히 챙겨 주고."

"알겠습니다."

그러고도 남궁완은 뭔가 거슬리는 것이 있는 것처럼 식탁을 손가락으로 계속 두들겼다.

"아직도 신경 쓰이는 것이 있습니까?"

"그래. 뭔가 숨기는 것 같단 말이지."

"백리 공자님께서요?"

남궁완이 고개를 끄덕이고 턱을 괬다.

"과거에 천귀조에 관해서도 말을 안 하려 들어서 이상하다 여겼는데, 어차피 이미 끝난 일이니 되었다 하고 넘어갔지."

"백리 공자님께서 말씀하시지 않으려는 거면…… 소가주님이 알아서 좋을 게 없어서가 아닐까요? 그럴 만한 이유가 있겠지요."

"……"

말없이 자신을 바라보는 남궁완의 모습에 심 부관이 조심스레 물었다.

"왜 그러십니까?"

"내가 의강에게 잘 말해 주지. 네가 백리 세가 사람이 되고 싶은 것
같다고."

백리 세가 연무장. 넓은 연무장을 독차지한 한 사람이 쉬지 않고
검을 휘두르고 있었다. 백리명이었다. 그렇게 한참을 수련하던 백리명
은 동작을 멈추곤 숨을 가쁘게 몰아쉬었다. 검을 놓고 주먹을 쥐었다
펴는 그의 입꼬리가 절로 올라갔다.

얼마나 호되게 맞았는지 백리명은 한동안 검을 쥘 수도 없었다. 시
간이 지나 겉으로 보기엔 부기가 모두 가라앉았어도 검을 쥐면 지끈
거리기 일쑤였다. 의원을 찾아가도 시간이 해결해 줄 것이라고, 괜찮
다고 말하기만 했다.

백리명은 이대로 낫지 않으면 어쩌나, 다시는 검을 쥘 수 없게 된 것
이 아닐까 덜컥 겁에 질렸다. 가문 의원이 돌팔이라는 생각에 석 태
의까지 찾아가 보았다. 하지만 답은 같았다.

그리고 두 달이 다 되어서야 드디어 아무런 문제 없이 검을 쥘 수
있게 됐다.

그때였다.

"명이 형!"

고요한 연무장에 어린아이의 외침이 울려 퍼졌다. 만족스러운 미소
를 띠고 있던 백리명은 인상을 찡그렸다. 하지만 그가 뒤돌아 목소리

의 주인을 확인했을 때는 언제 찡그렸냐는 듯 웃는 낮이었다.

"표구나. 악이는?"

늘 붙어 다니던 쌍둥이들이 오늘은 혼자였다.

"어쩐 일이야?"

"다 알면서 무슨 일이긴! 형, 할아버지가 뭐라셔?"

"할아버지?"

"어제 할아버지께 문안 올렸다며?"

백리 세가의 가주인 백리패혁이 가내에 머물 땐 모두 아침마다 짧은 문안 인사를 올렸다. 하지만 저번 남궁완과 얽힌 사건 이후 백리패혁은 백리명과 백리표, 소우악에게는 문안을 올 필요 없다 하며 거절했다. 백리명에게는 자숙하라는 뜻이었으며, 백리표와 소우악에게는 어떻게 떠날 것인지 결정한 후에 오라는 뜻이었다.

백리명이 고개를 끄덕이며 말했다.

"맞아, 어제 할아버님 뵀어. 그게 왜?"

"그게 왜냐니! 어떻게 할아버지 뵀다고 우리한테 말도 안 해?"

그럼 할아버지를 뵙지도 못하는 애들한테 뵙고 왔다고 자랑이라도 하란 말인가?

백리명은 살짝 어처구니가 없었다. 백리표는 그런 백리명의 심정을 눈치채지 못한 채 다급히 말을 이었다.

"형, 할아버지가 우리 얘기 안 하셔?"

"너희 얘기라니?"

"아니, 형한테는 화 푸셨으니까, 우리한테도 화 푸신 거 아냐?"

그거랑 이거랑 무슨 상관이야?

기가 막혔으나, 백리명은 인내하며 말했다.

"나한테 화내신 거랑 너희한테 화내신 건 다른 얘기지."

"왜 달라?"

"……."

백리명은 최근 들어 쌍둥이들이 한심하다는 생각이 불쑥 치솟곤 했다. 백리표가 기분 나쁜 기색으로 물었다.

"뭐야, 왜 그런 표정으로 봐?"

백리명이 애써 표정을 관리하고 말했다.

"……어쨌든 할아버지께선 너희에 대해 아무 말씀 없으셨어."

"그럼 내일 형이 할아버지한테 우리 고계암 보내지 말라고 좀 해 줘. 어? 내일도 뵐 거 아냐."

"……."

정말 제정신인가?

그렇지 않아도 할아버지께선 고모 때문에 열이 머리끝까지 뻗쳐 계셨다. 고모가 쌍둥이들을 고계암에 보내는 일을 차일피일 미루며 미적거리고 있어서였다. 고모는 뻔뻔하게 버티고 계시고, 되레 아버지와 어머니가 매일 할아버지를 뵐 때마다 가시방석이었다.

그런데 오늘 겨우 문안을 허락받은 자신이 할아버지 앞에서 쌍둥이 얘기를 꺼내면 어찌 되겠는가? 자신보고 다시 쫓겨나란 소리나 다름없었다!

심지어 다시 문안을 할 수 있게 된 것도 근신령을 받았으나 낙담하지 않고 잠자는 시간까지 쪼개며 수련에 매진하는 모습을 보여 겨우 가능한 일이었다. 아직 근신령 자체는 그대로였다. 모두 용서한 게 아니란 뜻이었다.

"표야, 그런 얘기는 네가 직접 해야지."

"하지만 할아버지 얼굴도 못 보는데 어떻게 해!"

"그러니까 내가 저번에 말했잖아. 표 너도 꼬박꼬박 문안 올리러 오라고. 근데 왜 안 오는 거야?"

"할아버지가 오지 말라고 하셨잖아!"

"그때는 너희들이……."

고모랑 소우악이랑 같이 몰려와 수백당 앞에서 울고불고 난리 치니까 그랬던 거잖아, 라는 말이 목 끝까지 치솟았으나 억눌렀다. 백리명이 다소 냉담하게 말했다.

"그래도 넌 악이를 위해서라도 왔어야지. 네 형제잖아. 그리고 내가 저번에도 말했잖아. 네 태도가 가장 중요하다고. 고모랑 악이를 위해서도 네가 할아버지께 진심으로 반성하는 모습을……."

"됐어! 그러는 형은 할아버지 무서워서 말도 못 꺼낸 거면서! 겁쟁이 주제에 잘난 척은!"

버럭 소리친 백리표가 연무장 밖으로 뛰쳐나갔다.

잠시 후.

쿠당탕! 백리명의 목검이 연무장 바닥을 나뒹굴었다. 백리명이 어디론가 손짓하자 백리명의 몸종이 한달음에 달려왔다.

"도련님, 부르셨습니까?"

"내가 분명 아무도 들여보내지 말라고 하지 않았나?"

"도련님의 형제분이어서……."

짜악! 뺨을 맞은 몸종이 재빨리 고개를 조아렸다.

"죄송합니다."

자신의 손바닥을 내려다보며 백리명이 슬쩍 웃었다.

"확실히 이제 다 나았네."

그러곤 몸종을 향해 말했다.

"앞으로 내가 '아무도'라고 말하면 백리표, 소우악도 포함이야. 알
겠어?"

기분 나쁜 일이 있었으나, 끝까지 시간을 지켜 수련한 백리명은 피
로한 몸을 이끌고 자신의 처소로 향했다. 그의 처소로 가려면 아버지
처소를 지나쳐야 했다.

그리고 백리명은 아버지 처소 앞의 방씨 어멈을 보곤 표정을 굳
혔다.

방씨 어멈은 할머니의 곁을 오랫동안 지킨 몸종으로 늘 할머니와
함께였다. 할머니가 또 고모 일로 찾아오신 모양이었다. 그렇지 않아
도 피로하던 백리명은 두통까지 이는 듯해 이를 못 본 척하며 지나쳤
다. 그러다 다시 아버지 처소 방향으로 틀었다.

백리명을 발견한 방씨 어멈이 웃으며 말했다.

"도련님, 수련하고 오신 겁니까?"

"그래. 처소로 가는 길이었는데, 방씨 어멈이 여기 있는 걸 보면 할
머니가 오셨나 보군. 인사드려야겠네."

"아, 그 도련님, 잠시……."

방씨 어멈이 당황한 표정으로 입을 열 때였다. 안에서 아버지의 살
짝 격앙한 목소리가 들렸다.

"어머니, 아버님이 작정하셨는데 제가 무슨 말씀을 올리겠습니까?
의란 일은 더 이상 미룰 수 없……!"

방씨 어멈이 서둘러 안에 고했다.

"도련님 오셨습니다!"

"……명이가? 들어오너라."

백리명이 안으로 들어가자 할머니와 약간 불편해 보이는 낯의 아버지가 그를 맞이했다. 백리명은 밖에서 대화를 듣지 못한 것처럼 밝은 낯으로 인사 올렸다.

"소손이 지나가는 길에 인사드리려 들렀습니다."

"그러지 않아도 수련하러 갔다는 소리는 의묵에게 들었다. 괜히 이 할미 때문에 피곤할 텐데 씻지도 못하고 이리 왔구나."

"괜찮습니다. 매일 하는 수련인데요. 피곤하더라도 할 도리는 해야죠."

"역시 믿음직스러워, 네가 우리 가문의 기둥이다."

미소 지은 백리명이 탁자에 찻잔이 두 개뿐인 걸 보고 물었다.

"어머니는요? 어머니께도 인사 올리고 가려 했는데, 안 계시나요?"

헛기침한 할머니가 조용히 찻물을 들이켰다. 아버지가 대신하듯 답했다.

"네 어미는…… 앓아누운 의란 간호하러 갔다!"

"의묵, 시누이를 돌보는 건 그 아이의 당연한 도리다."

"하루는 머리가 아팠다가 하루는 가슴이 아팠다가. 하 의원이 몇 번이나 진찰했는데도 아무 문제가 없다지 않습니까!"

"의묵."

"석 태의를 부르자니 꾀병이 들킬까 봐 그건 또 싫다지요! 그러면서 무슨 간호입니까!"

"그만하지 못해? 아픈 동생에게 그게 무슨 말버릇이냐!"

할머니가 인상을 찌푸리며 찻잔을 거칠게 내려놨다. 아버지가 불편한 낯으로 입을 꾹 다물었다. 순식간에 방 분위기가 가라앉았다.

백리명이 눈치를 보고 입을 뗐다.

"고모님께서 마음의 병이 깊어서 그러신 거겠지요."

"하!"

아버지의 기가 찬다는 듯한 탄식에 할머니가 아버지를 흘겨보았다.

"의란을 생각해 주는 건 명이 너밖에 없구나."

"제가 뭘요, 하하."

민망하다는 듯이 웃은 백리명이 조심스레 말을 이었다.

"할머니, 소손이 오늘 할아버지를 뵙고 왔잖아요."

"그래. 들었다. 잘되었구나. 상공도 이제 마음을 푸신 게지."

"할아버지께서 화가 많이 나신 것 같았어요. 고모님이 아직 결정하지 않으신 걸로요."

"그렇더냐?"

할머니는 담담하게 답하였으나 눈빛이 흔들렸다.

"할머니, 차라리 쌍둥이들을 고계암으로 보내는 게 어떨까요?"

할머니와 아버지가 깜짝 놀란 얼굴을 했다.

"무슨 소리를 하는 게냐? 거기가 어디라고 보내!"

"할머니, 진정하시고 제 말을 조금만 들어 주세요."

"……"

"고모님이 이렇게 버티시다 할아버지가 더 노하시면, 다 같이 나가라고 하실지도 몰라요."

"흥! 누구 마음대로! 내가 살아 있는 한 절대 그럴 일 없다!"

"하지만 일이 그리 커지면 사람들이 백리 세가를 향해 뭐라고 수군거리겠어요?"

백리의묵이 능력이 없어 가문을 제대로 이끌지 못한다는 소리가 나올 것이다. 그러면 다시 백리의강에게 기대감이 쏠릴 수 있었다. 그것만큼은 절대 용납할 수 없는 일이었다.

백리명은 말을 이어 갔다.

"고계암이 무척 엄한 곳이긴 하지만 표와 악이를 같이 보낸다면 서로 의지도 될 테고, 할아버지께서도 애들을 모두 보내면 마음이 편치 않으실 거예요."

"……."

"하지만 악이가 고모님과 소가장에 머문다면 원래 가야 할 곳에 가는 것뿐이기에 할아버지께서 신경 쓰지 않으실 테고요."

할머니가 찻잔을 내려놓으며 한숨을 내쉬었다.

"네 말은 악이와 표를 더 엄하게 다뤄 할아버지의 동정을 사자 이것이냐?"

"그렇게 되겠네요."

고개를 끄덕인 백리명은 눈을 빛내며 말했다.

"표랑 악이가 직접 고계암에 가 반성하고 오겠다고 한다면 할아버지께서 오히려 더 기특하게 여기실 거예요. 모든 건 할아버지의 마음에 달려 있으니까요."

만신의에게 가는 길은 험난했다. 폭우가 쏟아졌다가 그치길 반복했고, 진창으로 변한 길에 마차 바퀴가 몇 번이나 빠졌다.

덜컹. 마차의 문이 열리더니 남궁완이 말했다.

"내리거라."

"네."

문틀을 잡고 조심스레 마차에서 내리려는 순간 남궁완이 내 뒷덜미를 확 잡아챘다.

"으헉."

그러곤 그대로 옆구리에 안아 들어 달랑이며 걸어갔다. 그 행동이 너무나 당연해 순간 내가 사람인지 고양인지 헷갈릴 정도였다.

"여기서부터 말을 타고 저곳에 가 쉴 것이다."

남궁완이 가리키는 곳을 보자 피어오르는 연기가 보였다. 드디어 푹 쉴 수 있는 곳이 나왔다. 비를 맞으며 말을 타고 밤새워 불침번까지 번갈아 서야 했던 아버지와 남궁완, 그리고 호위 무사들도 슬슬 체력이 부칠 때였다.

남궁완이 물었다.

"말은 탈 줄 아느냐?"

"아뇨."

탈 줄 알았지만 지금은 전혀 배운 적 없으니 아는 척할 수는 없었다.

"그래. 그럼 너는……."

아버지를 향해 가는 남궁완의 옷자락을 붙들고 말했다.

"전 남궁완 아저씨랑 같이 탈래요!"

"나랑?"

"네!"

야율의 몸에 내공이 있는 것을 눈치챌 수도 있기에 야율은 최대한

다른 사람과 접촉하지 않는 게 좋았다. 그러니 아버지가 야율과 함께 있는 편이 낫다.

때마침 야율과 눈이 마주쳤다. 유리알 같은 검은 눈동자는 도통 속을 읽을 수가 없어 야율이 내 의도를 알아챘는지는 알 수 없었다.

남궁완이 나를 태우고 턱을 치켜든 채 아버지께 말했다.

"쯧쯧, 그러게 누가 딸을 두고 한눈팔랬나? 연이는 내가 데려가마."

"……."

아버지는 침묵했으나 내가 대신 발끈했다.

"아버지한테 뭐라 하지 마세요!"

"뭐야, 싫으면 내려."

"으앙."

투닥거리며 반 시진이 지나 도착한 곳은 조그마한 산중 마을이었다. 멀리서 보였던 연기는 가정집에서 불을 때는 연기였다.

마을에 다가가자 우리 일행을 처음 발견한 아낙네가 바구니를 들고는 황급히 마을을 향해 뛰어갔다. 잠시 후 마을 입구에 사람들이 몰려나왔다.

"처음 보는 사내들인데. 이 산골짜기에 무슨 일이지?"

"왜, 며칠 전에 온 사내랑 분위기가 좀 비슷하지 않나?"

"촌장님은?"

"제일 앞의 말 탄 사내 말이야. 캬, 내 평생 저리 잘생긴 사람은 처음 보는구먼."

"뒤의 사내는 어떻고!"

"흥, 곱상하게 생긴 게 순 계집애 같구먼 뭐가 좋나?"

순박해 보이는 사람들은 신기한 듯 수군거리거나 겁에 질려 도망가
거나 숨어서 기웃거렸다. 나는 그들을 지켜보며 인상을 찡그렸다.

'이상해……'

남궁완의 부하가 나타나질 않았다. 원래 이쯤에서 이 마을에 미리
자리를 잡고 기다리던 남궁완의 부하와 조우했다. 그 후 여기에 짐을
풀고 하루 푹 쉰 후에 더 안쪽의 만신의가 있는 촌락으로 향할 예정
이었다.

그 촌락은 정말 작은 곳이었기에 이 정도의 인원이 묵을 곳도 구할
수 없기 때문이었다. 마을 사람들이 우르르 구경 나온 판에 남궁완
의 부하가 우리가 온 것을 모를 리 없었다.

그때 마을 사람들 사이를 헤치고 땅딸막한 노인이 앞으로 나왔다.
노인이 물었다.

"이 촌마을에 오실 분들은 아닌 걸로 보이외다. 무슨 일로 오셨소?"

심 부관이 나서서 물었다.

"어르신, 혹시 이 마을에 일주일 정도 먼저 온 삼십 대 중반의 사내
가 있지 않습니까?"

"있소만, 그자는 왜 찾소?"

"저희의 일행입니다. 혹시 보지 못하셨는지요?"

"아! 자네들이 그럼 그 언덕 큰 댁의 집을 빌린 그자들이오?"

"아마도 맞을 겁니다."

"어허, 그런데 참 으흠……"

노인이 무언가 고민하는 기색을 내보이더니 말했다.

"잠시만 기다려 보시오. 큰 언덕댁을 불러올 테니."

노인이 손짓으로 아이 한 명을 지목해 심부름을 시켰다. 그리고 잠

시 후 아이가 까무잡잡한 아낙네를 데려왔다. 우리를 본 아낙네는 살짝 겁에 질린 기색이었다.

"그분이 제 집을 빌린 건 맞습니다만……."

"그런데요?"

"이틀 전부터 안 보이십니다."

"안 보인다고요?"

"예에. 그, 짐도 다 그대로 놓아둔 채 사라지셨어요."

다시 촌장이 나서며 말했다.

"하여 우리도 사람을 풀어 찾아보았소만, 못 찾았소. 다만 그 사내가 다급히 저쪽 촌락이 있는 방향으로 가는 걸 보았다는 아이가 있긴 하오."

남궁완의 얼굴이 딱딱하게 굳었다.

남궁완의 품에서 살짝 고개를 빼자 빠른 속도로 스쳐 지나가는 나뭇잎들이 보였다. 가파른 산길에 비가 온 지 얼마 안 되었기에 보통 사람이라면 걷는 것조차 조심스러울 것이었다.

하지만 경공술을 펼치는 이들의 속도엔 주저가 없었다. 거의 날아가는 듯한 움직임이었다. 고개를 최대한 틀어 앞을 보자 저만치 앞서 나가는 아버지의 뒷모습이 보였다.

"머리 다시 넣어라."

"넵."

남궁완의 딱딱한 목소리에 움츠리며 다시 얌전히 붙들고 매달렸다.

이대로라면 아무리 아버지와 남궁완 아저씨라도 지치지 않을까 싶을 만큼 달린 후, 멈춰 섰다.

'도착한 건가?'

나는 남궁완 아저씨의 품에서 고개를 들어 앞을 바라보곤 망연한 얼굴을 했다.

주변을 가득 채운 매캐한 탄내. 새카맣게 탄 서까래는 무너져 바닥에 비스듬히 박혀 있었다. 서까래를 타고 아직 마르지 못한 빗물이 재와 흙이 뒤섞인 웅덩이로 뚝뚝 떨어졌다.

이곳은 팔괘촌이었다. 그러니까 모든 것이 불타 버린 팔괘촌.

'이런 일은 상상도 못 했는데.'

너무 큰 충격을 받으면 오히려 담담해진다고들 하지 않나? 지금 내 상태가 딱 그랬다. 오면서 남궁완이 각패를 내어도 만신의가 치료를 거부하면 어쩌나, 정말 치료가 가능할까, 등등 많은 상상을 하였으나 그중에 촌락이 통째로 불탈지도 모른다는 건 없었다.

"다 찾았나?"

"예. 근방은 일단 다 찾아보았습니다. 이자들이 전부입니다."

일사불란하게 주변을 조사한 무사들은 모든 시신을 모아 왔다. 총 열세 구. 그렇지 않아도 굳어 있던 남궁완과 아버지의 얼굴은 더 딱딱해졌다.

'모든 시신에 자상이 있었다.'

비가 와 다 타지 못한 시신의 사인은 더욱 확실했다. 단번에 숨통을 관통했다.

아버지가 말했다.

"연아, 조금 떨어지거라."

"네."

애들 심신에 절대 좋지 못한 광경이었다. 아버지는 마음 같아선 나를 시신과 멀리 떨어트리고 싶을 것이다. 하지만 주변에 어떤 위험이 있을지 모르니 너무 멀리 떨어트릴 수는 없겠지. 나는 돌아가는 상황을 쉽게 파악할 수 있어서 좋았지만.

나는 내 곁의 야율을 살짝 살폈다.

'야율은…… 괜찮네.'

보통 아이라면 이 상황에 겁을 집어먹었겠지만, 야율은 역시 보통 아이가 아니었다. 무심한 얼굴의 야율은 시신에도 이런 상황에도 전혀 관심 없어 보였다.

너무 오래 보고 있었는지 순간 눈이 마주쳤다. 나는 재빨리 고개를 돌렸다. 주변을 살피고 돌아온 심 부관이 남궁완을 향해 말했다.

"팔괘촌 주변은 안전합니다. 수색 범위를 좀 더 늘릴까요?"

"그래. 조금 더 늘리지. 조충은?"

"찾지 못했습니다."

조충은 팔괘촌에 먼저 도착해 기다리기로 했던 남궁완의 부하 이름이었다.

"다만 전투의 흔적이 조금 남아 있는 곳이 있었습니다."

"조충인가?"

"비가 와 흔적이 너무 옅어 확신할 수가 없습니다."

나는 그들의 대화에 귀를 기울이며 다시 시신을 살폈다.

'둘, 넷, 여섯…… 열셋. 아이 다섯에 어른 여덟. 모자라.'

어른과 아이 각각 시신 한 구씩이 부족했다. 원래도 작았던 팔괘촌은 한차례 산사태로 많은 사람이 죽고 그나마 살아남은 사람들도 대부분 떠났다.

남은 이들은 모두 합쳐야 채 스무 명이 되지 못했다. 그리고 난 예전에 이곳에서 열흘 넘게 머물렀다. 몇 명이 살고 있는지 기억할 수밖에 없었다.

남궁완이 심 부관을 향해 물었다.

"이 촌락 사람들이 몇 명인지 아나?"

"스무 명 안팎으로 압니다. 이런 일이 벌어질 거라곤 예상 못 하여서 정확한 수는 묻지 않았습니다. 죄송합니다."

"쯧, 조충은 대체 어디 간 거지? 팔괘촌에 관해선 조충이 알고 있었을 텐데."

"열다섯 명이요!"

나는 황급히 끼어들었다. 남궁완이 의아하게 나를 보았다.

"네가 그걸 어찌 아느냐?"

"여기 오기 전 들른 마을에서 물어봤어요!"

"그래?"

남궁완이 고개를 기울였으나 마을에서 내 곁에 계속 붙어 있었던 것이 아니라 그런가 보다 하고 넘어갔다. 하지만 마을에서 내내 내 곁에 붙어 있었던 야율은 의아하게 나를 보았다.

심 부관이 말했다.

"아기씨의 말이 맞는다면 두 사람이 부족합니다."

"생존자나 못 찾은 시신이……"

이 정도면 되었다 싶어 나는 아버지를 향해 말했다.

"아버지, 저 이제 돌아다녀도 돼요?"

"그래. 하지만 멀리 가선 안 된다."

"네!"

발을 떼는 내 뒤를 야율이 따랐다. 나는 발 닿는 방향으로 가는 척 먼저 만신의가 머물던 집으로, 아니, 집이었던 곳으로 향했다.

화마가 한참 집을 삼킬 때 비가 쏟아졌는지 무너진 건물 안쪽은 일부 타다 만 것들이 있었다. 불에 타다 만 책은 흠뻑 젖어 이미 내용물을 전혀 알아볼 수 없었고, 일부 남아 있는 약재들 또한 재와 흙탕물 속을 뒹굴고 있었다.

'어른 한 명에 아이 한 명.'

왠지 모르게 만신의가 살아 있을 것 같은 느낌이 들었다. 만신의의 곁에는 시중을 들던 꼬마애가 하나 있었다.

산사태로 친지를 모두 잃고 실어증에 걸린 아이였는데, 크게 다쳐 죽을 뻔한 아이를 만신의가 살려 냈다고 들었다. 그래서인지 그 아이는 만신의를 유독 잘 따랐다.

만신의가 내 치료를 차일피일 미루다 이 촌락을 빠져나갈 때 우리를 붙잡고 시간을 벌어 줄 사람이 필요했다. 그리고 그 아이는 만신의가 빠져나갈 시간을 벌기 위해 기꺼이 우리를 속여 넘겼다.

'그때 얼마나 기가 막혔던지.'

나는 그 아이가 우리를 속이고 하루 내 숨어 있었던 곳으로 향했다.

'이 나무였던 것 같은데……'

만약 그 아이가 무사히 숨었다면 그때와 같은 곳일 것 같다는 느낌이 들었다. 다만 내가 직접 찾아낸 것이 아니었기에 대충 전해 들은 기억을 더듬어야 했다.

한차례 커다란 나무를 돌았을 때였다.

야율이 나무뿌리를 가리켰다.

"이거 찾아?"

"어?"

무심코 지나칠 만한 작은 틈새가 나무뿌리에 있었다.

'설마 이 조그만 틈에?'

살피는 것도 힘든 작은 구멍 안을 어찌어찌 들여다보자 작은 아이 한 명이 쭈그린 채 있었다.

'여길 어떻게 들어간 거야? 이러니까 쉽게 못 찾…… 아니, 그보 다…….'

우리의 기척을 느꼈음에도 아이는 미동도 없었다. 심장이 덜컥 내려앉은 내가 코 아래 손가락을 대 보자 미약한 숨과 열기가 느껴졌다. 살짝 안도한 내가 아이의 어깨를 잡고 흔들었다.

"애, 일어나 봐!"

그 순간 아이의 머리가 툭 쓰러졌다. 이마에 손을 올리자 델 듯 뜨거운 열기가 느껴졌다.

간신히 건물 마루가 타지 않고 남아 있는 곳에 발갛게 열꽃이 오른 아이가 누워 있었다. 나는 아버지를 보며 물었다.

"어때요?"

"열이 심하다. 탈수 증상도 있고. 하루 이상은 방치된 듯한데, 이대로라면……."

아버지가 아이의 목과 오금을 받쳐 들었다.

"어서 마을로 가야겠다."

"아니요. 가도 소용없어요."

나는 그런 아버지를 붙잡으며 말했다.

"가까운 마을엔 의원이 없잖아요."

"아, 그랬지."

처음 남궁완이 만신의에 관한 이야기를 꺼낼 때 얘기한 적 있었다. 팔괘촌에서 사흘 넘게 떨어져 있는 마을에 가야 의원이 있다고.

"그렇다고 큰 마을까지 데려가기엔 이 아이가 버틸 수 있을지……."

아버지가 심각한 얼굴을 했다. 이 아이가 깨어나야 만신의에 대한 걸, 이 마을을 습격한 자들에 대한 걸 물을 수 있을 것이었다. 말도 할 줄 모르고 글도 모르기 때문에 알 수 있는 건 아주 간단한 것뿐일 테지만 그조차도 절실한 상황이었다.

고민하던 나는 문득 떠오른 걸 서둘러 꺼냈다. 마노 장식이 달린 작은 함이었다.

"아버지, 일단 이거 한번 먹여 봐요."

"그건?"

"석 태의께서 제게 주신 약이에요. 기력이 떨어지면 먹으라고 하셨는데, 음, 효과는 잘 모르겠지만 뭐든 먹이는 게 낫지 않을까요?"

내가 먹으라고 준 것이었지만 난 마차만 타면 토해서 못 먹었다.

"그리고 아까 보니 불타다 만 집에 약초가 좀 남아 있었어요. 쓸 만한 약초가 있는지 찾아볼게요!"

"약재를 골라낼 수 있겠느냐?"

"당연하죠! 아버지가 제게 지금껏 먹이신 약만 합쳐도 의원도 열 수 있을걸요."

그만큼 옆에서 본 게 많을 수밖에 없었다. 아버지 방에만 들어가면 온갖 치료 관련한 서적과 약재로 가득했으니.

'거기다 회귀 전에 공부한 것들도 있고.'

어떻게든 낫고 싶어 아등바등했던 기억이 고스란히 남아 있었다. 나는 걱정 마시라고 덧붙였다.

"그리고 제가 가져온 걸 아버지가 한 번 더 확인해 보시면 되죠!"

"그래. 부탁한다. 나는 기운을 차릴 수 있도록 내공을 불어넣어 보마."

"네! 그럼 저 가 볼게요!"

나는 나를 따라오려는 야율에게 아이의 머리에 올려놓을 만한 수건과 물을 가져오라 부탁했다. 그나마 남아 있던 약초를 싹 쓸어 돌아오니 아버지는 자리를 비우셨고 야율만 있었다. 야율은 아이의 머리와 목, 팔다리를 찬물로 닦아 주고 있었는데 그 모습이 퍽 익숙해 보였다.

"아버지는?"

"찾아올 짐이 있으시대."

"그래?"

"……."

"……."

"……."

"……."

'어색해……!'

침묵에 숨이 막힐 것 같았다. 괜히 목덜미를 긁적이며 야율을 흘끗 보았다. 나는 아직도 야율을 어찌 대해야 할지 마음을 정하지 못했다. 아직 벌어지지 않은 일이다, 과거는 잊고 잘 대해 줘야지 하고 마음을 먹다가도 저 얼굴만 보면 그때의 기억이 떠올랐다.

나는 야율을 향해 먼저 입을 열었다.

"익숙해 보이네?"

"어머니가 자주 아프셨거든."

"어머니가 계셔?"

"……?"

너무 멍청한 질문이었나? 하긴 어머니 없이 태어난 아이가 있을 리가. 난 어색하게 넘겼다.

"아, 난 안 계셔서."

"안 계신다고?"

"응. 우리 엄마는 내가 기억도 하기 전부터 안 계셨어."

아니, 내가 왜 얘랑 이런 얘기를 하는 거지?

"대신 아버지가 계시잖아."

"그렇지."

절로 미소가 나왔다.

어머니가 없으면 어떤가? 이런 아버지가 있다는 것만으로도 난 최고의 행운을 얻은 거나 다름없었다.

그러니 절대로 이번엔 잃을 수 없었다.

'그런데 어머니가 아프셨다고?'

전혀 알려지지 않았던 흑막의 과거가 흥미를 일으켰다.

"그럼 지금 어머니는?"

"돌아가셨어."

"돌아가셨구나……."

다시 어색한 침묵이 내려앉았다. 그때 누워 있던 아이가 눈꺼풀을 꿈틀거리더니 천천히 눈을 떴다.

"어! 일어나려나 봐. 정신이 들어?"

이마를 짚어 보자 그새 열도 꽤 내려 있었다.

'와, 그 약 효과 하나는 좋은데.'

초점이 흐린 아이의 눈이 허공을 떠돌다 나를 보곤 크게 눈을 떴다. 나는 아이가 알아들을 수 있을 정도로 천천히 설명했다.

"네가 고목 뿌리 안에 쓰러져 있던 걸 발견했어. 우리는……."

그때였다. 쿠르릉. 갑자기 땅이 울리면서 벼락이 내리치는 것 같은 소리가 들렸다. 나는 고개를 들어 주변을 둘러봤다.

"무슨 소리지?"

남궁완 아저씨가 검이라도 휘둘렀나? 남궁 세가의 검법 특징이 벼락이 내리치는 것 같은 소리였다.

그때 누워 있던 아이가 내 팔을 꽉 붙들어 잡았다. 방금까지 쓰러져 있던 아이의 어디서 이런 힘이 나왔는지 의아할 지경이었다.

"일어날 수 있겠어?"

아이는 비틀거리면서도 어떻게든 몸을 일으켰다.

그때 또다시 굉음이 들렸다. 쿠르르르릉. 이번엔 매우 가까웠다. 아이에게 붙들려 있던 난 아이와 함께 휘청 넘어질 뻔했다.

이렇게 비틀거리면서 왜 일어나려고 하는지. 나는 의아하게 아이를 바라보다 비틀거린 건 아이가 아니라는 사실을 깨달았다.

쭈뼛 모골이 송연한 느낌에 고개를 번쩍 든 난 볼 수 있었다. 산 중

턱 비탈의 나무들이 동시다발적으로 쓰러졌다. 바닥이 흔들거렸다. 산사태였다.

　토톡, 톡, 토톡, 톡.

　반복되는 소리가 천천히 정신을 깨웠다. 아프지 않은 곳을 찾을 수 없을 정도로 온몸이 욱신거렸다. 그리고 고통을 통해 깨달았다.

　'나…… 살았네?'

　거기에 돌바닥 같은 곳에 엎드려 있다는 것 또한.

　토사에 휩쓸릴 땐 꼼짝없이 죽는 줄 알았는데…… 다른 애들은 아버지가 무사히 잡았으려나?

　"윽."

　천천히 몸을 일으키던 난 바닥을 짚은 팔에서 찌르르 올라오는 통증에 신음했다.

　'부러진 건 아닌 것 같고, 금이 갔나?'

　뭐, 목숨을 건진 게 어디냐마는. 주변을 살피던 난 인상을 찡그렸다.

　'여긴…… 뭐지?'

　평평한 돌바닥과 벽을 보아 인공으로 만든 곳이었다. 어디선가 들어온 희미한 빛으로 미약하게 사물을 분간할 정도는 되었다.

　"아. 아."

　목소리가 울리는 걸 봐서는 동굴인가?

　고개를 들어 천장을 본 난 후다닥 그 자리를 벗어났다. 산사태로 무너진 듯한 벽에 커다란 돌들이 얽혀 있었다. 이곳에 떨어지지 않았더라면 저 돌에 깔려서…….

"으."

뒤늦게 다시 팔의 통증에 신음했다. 몇 걸음 걸어가던 난 벽에 기대 주저앉았다.

'저번엔 분명 산사태 같은 건 없었는데.'

가쁜 숨을 몰아쉬던 난 품속을 뒤적거렸다. 다행히도 약함이 만져졌다. 잠금쇠 부분이 망가졌는지 여는 데 시간이 조금 걸렸다. 약을 대충 씹어 삼키고 조금 지나자 통증이 천천히 가라앉았다.

'확실히 약이 효과가 좋네.'

이를 악문 난 벽을 짚고 일어났다. 조금 걷자 희미한 빛의 정체를 알았다. 일정한 간격을 두고 벽에 박혀 있는 야명주들이 어둠을 밝히고 있었다. 돌무더기를 조금 벗어나자 오래되고 퀴퀴한 먼지 냄새만 났다. 이런 지하에 곰팡내가 없다니.

'환기가 잘되고 있다는 뜻인데…….'

더군다나 걸을수록 질리게 맡았던 향이 느껴졌다. 약재 향.

'이런 곳에 약재 향이라고?'

나는 의심을 품고 향이 짙어지는 방향을 향해 걸었다. 곧이어 반쯤 열린 석문이 보였다. 그 안은 미약한 빛만 있는 복도에 비하면 훨씬 밝았다. 온몸으로 석문을 밀어 비집고 들어간 난 눈을 휘둥그레 떴다. 방 한가득 온통 선반뿐이었다.

'서고…… 아니, 창고인가?'

선반엔 온갖 물건들이 있었다. 책, 죽간, 뭐가 들어 있는지 알 수 없는 나무함부터 칸칸이 채워진 손가락만 한 수십 개의 자기병.

한쪽 벽의 서랍엔 온갖 약초들이 가득했는데, 무슨 약인지 전혀 알 수 없는 것들도 많았다. 내 키로는 위쪽의 선반은 확인조차 할 수 없었고. 지하에 이런 곳을 두었다니.

'설마 여기, 만신의의 창고인 건가?'

그게 가장 유력했다.

자기병 하나를 꺼내 낑낑거리며 열자 알 수 없는 고약한 냄새가 났다. 질겁한 나는 다시 닫아 원래 자리에 두었다. 그 옆의 육각함을 열자 이번엔 웬 단약이 나왔다. 그리고 상자를 여는 족족 온갖 약이 나왔다. 몇몇 상자엔 글귀가 적혀 있었는데 귀하기로 유명한 비약이었다.

'이게 태청환이라고? 이런 것도 가지고 있다니. 대단한데?'

내공을 정순하게 하고 혈도를 맑게 해 주는 약이었지만 재료를 구하기가 워낙 어려워 아주 적은 양만 만들 수 있는 약이었다.

'아버지한테 드리고 싶다……'

한참 구경하던 난 아무 상자에나 걸터앉아서 한숨을 쉬었다.

'나가는 길 어딨어!'

약발도 떨어져 가는지 어지럽고 다시 몸이 아프기 시작했다.

그때였다.

탁탁. 어딘가 희미하게 벽 같은 걸 두드리는 듯한 소리가 들렸다. 처음엔 착각인가 싶었지만, 소리는 불규칙적으로 반복됐다.

'설마! 아버지가 날 찾고 있는 건가?'

그럴 확률이 높았다. 그게 아니면 누가 여기서 벽을 두드리고 다니겠어?

벌떡 일어난 나는 소리가 나는 방향으로 향했다. 하지만 곧 선반이 앞을 가로막았다. 아까 내가 살펴본 환약들이 잔뜩 들어 있던 선반이었다. 한참을 살피자 선반 아래 먼지가 한 방향으로 쓸려 간 듯한 자리가 보였다.

'어떻게 여는 것 같은데?'

선반을 밀고 당기길 한참, 별생각 없이 도자기를 들자 덜컹 소리와 함께 벽과 선반이 옆으로 주욱 미끄러졌다.

'열렸…… 피 냄새?'

역한 냄새에 반사적으로 물러났다.

들어갈 것인가 말 것인가?

고민은 짧았다. 언제까지 여기 가만히 있을 수는 없었다. 체력이 조금이나마 남아 있을 때 돌아다녀 봐야 했다. 나는 침을 꿀꺽 삼키고 어둠 속으로 발을 내디뎠다.

어둠 속에서 기어가듯 더듬더듬 계단을 올라가자 석실이 나타났다. 내가 조금 전까지 있던 창고 같은 곳에 비하면 천장도 낮고 크기도 훨씬 작았다. 석실 안 돌로 만든 탁자 위엔 무언가 물품들이 지저분하게 늘어져 있었다.

가까이 다가가자 내가 착각했다는 것을 깨달았다. 그건 탁자가 아니라 관이었다!

석관에 다가가던 난 신발 바닥이 들러붙는 듯한 느낌에 무심코 바닥을 보았다가 숨을 헉 들이켰다. 반쯤 말라붙은 핏자국. 아니, 이 정도면 피 웅덩이였다. 피 웅덩이는 관을 타고 고여 있었다. 피 웅덩이를 따라 조심스럽게 석관 뒤로 향한 난 우뚝 멈춰 섰다.

"……!"

사람이 있었다. 석관에 기대어 주저앉아 고개를 푹 숙이고 있었는데 미동도 없었다. 재빨리 맥을 짚으려 피부에 손을 대는 순간, 맥을 따질 필요도 없이 싸늘한 기운이 먼저 죽음을 알렸다.

'죽은 지 꽤 됐어.'

고개를 푹 숙인 채 이미 굳어 버린 시신은 손에 검을 꽉 쥔 채였다. 그 검을 자세히 살펴려던 때였다.

"이, 쪽이다."

"……!"

"놀, 랄 것 없다. 내가…… 너를 불렀으니."

당장에라도 숨이 꺼질 듯한 목소리였다. 석관 맞은편 벽, 반쯤 어둠에 잠긴 곳에서 들려왔다.

얼굴은 잘 보이지 않았지만, 새하얀 머리칼과 수염으로 그가 나이 지긋한 노인인 걸 알 수 있었다. 나는 경계를 감추지 않은 채 조심스레 물었다.

"어르신께서 저를 부르셨다고요?"

노인이 말없이 손으로 바닥을 두들겼다. 탁, 탁, 탁. 내가 들은 두드리는 소리는 이 노인이 낸 것이었던 모양이다.

나를 보던 노인이 입을 열었다.

"그래, 네가 백리연이로구나."

나는 눈을 크게 떴다. 쿨럭 기침을 토한 노인이 이어 말했다.

"흐흐, 왜 그러느냐? 나를 찾지 않았느냐?"

"제가 어르신을 찾았다고요?"

내가 찾다니 누굴? 이라는 의문이 들자마자 바로 떠올랐다.

"설마…… 만신의?"

"흐흐. 그래."

나는 주먹을 꽉 쥐었다.

'역시, 살아 있었어……!'

나는 황급히 만신의에게 다가갔다.

"괜찮으세요?"

부축을 위해 만신의의 어깨를 짚었던 나는 화다닥 놀라며 손을 뗐다. 손바닥에 피가 한가득 묻어났다.

"치료를…… 약을 가져올게요!"

만신의가 보일 듯 말 듯 고개를 저었다.

"되었다, 되었어. 이미, 콜록, 콜록, 이미 난 글렀어. 척추가 부러졌다."

나도 모르게 입을 벌렸다. 흐흐, 웃은 만신의가 중얼거렸다.

"정말로 내공 폐인이군."

"네? 그걸 어떻게……? 그러고 보니 제 이름은 어떻게 아신 거죠?"

만신의의 시선이 내 등 뒤의 시신을 향했다.

"저자, 남궁 세가의 무사일세."

나는 인상을 찌푸리며 떠올렸다. 듣기로 팔괘촌으로 갔다가 사라진 남궁 세가의 무사가 있다고 했다. 이름이…….

"저분 성함이 조충인가요?"

"크큭, 글쎄. 이름을, 들을 시간이 없었기에."

나는 입술을 깨물었다.

'남궁 세가의 무사라면 실력도 상당할 텐데 대체 누가……?'

회귀 전엔 분명 이런 일 따위 없었다. 대체 누가 이런 짓을 한 거지?

뭐가 어디서 달라진 거지? 나는 다급히 물었다.

"어르신, 어떤 자들이 습격했는지 아시나요?"

"위는, 마을은 어찌 됐나?"

내 질문에 만신의는 질문으로 답했다.

"어⋯⋯."

알려 주어도 괜찮을까? 그렇지 않아도 상태가 좋지 않아 보이는데 충격을 받아 더 나빠질까 걱정되었다.

만신의가 담담히 말했다.

"사실대로 알려 주게."

"⋯⋯모두 죽었어요. 그리고 다 불탔어요."

"⋯⋯그래."

내 반응으로 이미 예상하였던 듯 만신의는 담담히 말했다.

"아! 맞아, 한 명은 살았어요."

"살았다고? 누가 살았느냐?"

"그, 소⋯⋯."

아차, 무심코 이름을 말할 뻔했다.

"말을 못 하는 여자아이였어요."

"그래? 그렇군. 다행이야, 다행. 그 아이의 이름은 소녹일세. 나는, 녹아라고 불렀지."

"나무뿌리에 숨어 있던 걸 찾았어요. 그런데 산사태가 일어나서 아버지가 그 아이, 소녹을 붙잡은 걸 보긴 했는데 제가 휩쓸려서 어떻게 됐는지는 정확히 모르겠어요."

"산사태라. 소리는 들었다. 네 아버지라면⋯⋯ 백리의강?"

"네."

"그의 인품과 실력은 나도 들어 봤지. 그게 사실, 이라면 말이야."

"사실이에요!"

나는 발끈하여 소리쳤다. 흐흐, 웃은 만신의가 피를 대충 뱉어 내고 물었다.

"그리 잘난 이가 왜 너를 두고 녹아를 구했느냐?"

"그건⋯⋯!"

설명하려고 하니 이를 어떤 식으로 조리 있게 말할 수 있을지 애매했다.

"그건 아버지 실력 때문이 아니에요."

나는 천천히 당시 벌어진 일들을 떠올렸다.

산사태가 난 걸 안 순간 난 소녹과 야율을 붙잡고 뛰었다. 멀리서 빠르게 다가오는 아버지가 보였다. 토사는 그보다 빠르게 밀려왔다.

절체절명의 순간 의문이 들었다. 아버지가 아이 셋을 안아 들고 빠져나갈 수 있을까? 왜, 선녀와 나무꾼 이야기를 보면 선녀는 아이 셋을 안고는 하늘을 날 수 없어 돌아가지 못하지 않았던가?

그 생각과 동시에 나는 소녹과 야율을 있는 힘껏 앞으로 밀었다. 둘을 아버지 품에 안긴 것이 내 마지막 기억이었다.

내 설명을 들은 만신의가 기묘한 낯을 했다.

"그러니까 네가 두 아이를 구하려고 아버지에게 떠밀고 넌 산사태에 휩쓸렸다는 것이냐?"

"구하려고 한 건 아니고요. 아버지 팔은 두 개니까요."

"그게 그것이지 않으냐?"

"하지만 제가 그 애들을 아버지께 밀지 않았더라면 아버지가 저를 안고 남은 둘 중의 한 명을 선택해야 하잖아요. 어떻게 그런 선택을 하시게 해요?"

인상을 잔뜩 찡그린 만신의가 입을 열었다.

"그럼 네가 죽는 것은 괜찮단…… 크흑, 콜록, 콜록, 콜록!"

하지만 말을 끝마치기도 전에 격렬한 기침을 했다. 피를 토한 만신의가 몸을 벽에 기대고 있는 것조차 힘겨운지 점차 기울어졌다.

만신의를 황급히 받쳐 든 난 손바닥으로 느껴지는 서늘한 체온에 깜짝 놀랐다. 정말 끝이 다가오는 것처럼 만신의의 눈빛이 점차 혼탁해졌다. 나는 만신의에게 다급히 물었다.

"어르신, 여기서 어떻게 나갈 수 있죠?"

"……."

"어르신!"

안 돼! 일어나! 나가는 방법은 가르쳐 주셔야죠!

내 외침에 만신의가 간신히 눈을 떴다. 하지만 내가 아닌 허공을 바라보며 만신의가 홀로 중얼거렸다.

"……정파라는 것…… 그들의 표리부동함이…… 그런데 결국……."

뭐라는 거지?

바로 앞인데도 말이 드문드문 들릴 정도라 거의 알아들을 수가 없었다. 뭔가 원망을 쏟아 내는 듯했다. 그리고 갑자기 만신의가 내 어깨를 틀어쥐었다.

"어르…… 윽!"

어디서 이런 힘이 났는지 무서울 정도였다.

"단전을 고치고 싶다 하였지?"

착각인 걸까? 무심코 바라본 만신의의 눈동자가 순간 금빛으로 보였다.

"시간이 없으니, 내 대신, 이걸 주마."

만신의의 눈동자를 자세히 살피기도 전에 갑자기 피에 젖은 손이 내 두 눈부터 이마까지 꽉 덮었다.

"……!"

만신의가 무언가 알아들을 수 없는 말을 중얼거렸고, 눈을 뒤덮은 손 때문에 깜깜한 시야임에도 어디선가 강렬한 빛이 느껴졌다.

마지막, 정신을 잃기 전 만신의의 목소리가 희미하게 들렸다.

"이를 어찌 쓸지는, 네 의지에 달렸느니."

"벌써 두 달일세. 살아 있을 리가 없거늘. 어휴. 포기할 때도 되었을 텐데."

"백리 공자님도 사실은 아시겠지. 그저 받아들이실 수 없을 뿐."

건장한 체격의 사내 둘이 산을 오르고 있었다. 그들이 오르는 산등의 흘러내린 토사와 널브러진 사람만 한 돌 조각, 부러진 나무들이 최근 큰 산사태가 있었던 것을 알려 주고 있었다.

"아니, 소가주님이랑 백리 공자님은 이 촌구석까지 무슨 일로 오셨던 건지 자네 들은 거 있나?"

"없네. 심 부관께서 입 딱 다물고 계신데 누가 알겠나?"

"어휴. 백리 공자님이 백리 세가로 향하신 지 열흘 정도지? 그럼 앞으로 여기 두 달은 있어야겠군."

"그렇겠지. 백리 세가 사람들이 올 때까지 철수할 리 없을 테니."

"백리 세가에서 지원이 온다 한들 달라질 것도 없을 텐데, 여기까지 와서 다들 괜한 고생 하는 거 아닐지 모르겠군."

"그저 시신이라도 거둘 수 있었으면 하시는 거지 뭐. 이런 끔찍한 일이 벌어질 줄 누가 알았겠나?"

"하긴 시신이라도 수습해야지. 아이 홀로 이런 곳에 묻혀 있으면 성불도 제대로 못 할…… 음?"

사내 한 명이 갑자기 멈춰 서며 신음했다.

"왜 그러나?"

"저길 좀 보게."

사내가 가리킨 곳을 보자 바위 틈새로 아이의 모습이 언뜻 보였다 사라졌다.

"뭐야, 쟤 여길 또 들어왔어? 아니, 저 녀석 자꾸 수색을 방해하고……."

"아니, 아니, 자세히 좀 보게! 저 아이 뒤에, 저기 누굴 업고 있지 않은가?"

"……!"

내가 갇혀 있던 곳은 오래전 멸망한 나라 왕족의 능으로, 만신의가 자신의 연단실로 바꾼 것이었다.

만신의가 자주 머무르던 곳인지 마실 물과 먹을거리는 충분했다. 심지어 온갖 약도 사탕처럼 먹을 수 있었는데 기이한 술법이 걸려 있어 보존 상태 또한 완벽했다.

문제는 나가는 방법을 알 수 없다는 것이었다. 겨우 밖에 나와서야 내가 그곳에 갇힌 지 두 달 가까이 지났다는 걸 알 수 있었다.

내 기억 속 숲은 매우 푸르렀는데, 나와 보니 푸르던 이파리들이 조금씩 알록달록한 색상으로 물들어가고 있었다.

연단실의 일정한 온도는 계절의 변화조차 전혀 느낄 수 없었다. 마치…… 세상과 일부러 단절되기 위해 만든 곳 같았다.

내 맞은편에 자리한 의원이 물었다.

"어떤가?"

나는 조심스레 눈을 떴다. 흰 면사가 눈앞을 가리고 있었다.

"훨씬 좋아요."

"그래, 그럼 일단 그거라도 두르고 있게."

무척 얇은 면사는 빛을 줄이면서도 어느 정도 사물의 윤곽을 알아볼 수 있게 했다. 노의원 옆의 심 부관이 질문했다.

"대체 아기씨 눈이 왜 이런 겁니까?"

"모르겠네. 어두운 곳에 너무 오래 있다 나와서인 것 같지만, 확실하진 않네."

"확실하지 않다니요?"

"해를 못 봐서라면 시간이 지날수록 괜찮아져야 할 텐데 영 나아지지 않으니 말일세. 영구적인 상처가 난 거라면 나아지지 않을 수도 있고……."

"영구적이요? 그럼 평생 이리 앞도 보지 못하고 살아야 한단 말입니까?"

"그럴 수도 있고 아닐 수도 있고."

"아니, 의원님!"

한동안 심 부관과 노의원이 실랑이하였다. 의원이 나간 후 심 부관이 격양된 목소리로 말했다.

"아기씨, 남궁 세가로 가시죠."

"남궁 세가요?"

"예. 저런 돌팔이 같은 의원보다 훨씬 좋은 의원이 계십니다. 백리 공자님과 소가주님께도 서신을 보냈습니다."

두 분은 달포를 이곳에서 나를 찾다 떠났다고 했다.

"다만 남궁 세가와 백리 세가 둘 다 여기서 거리가 있는지라 두 분께 소식이 들어가려면 시일이 꽤 걸릴 겁니다."

아버지는 백리 세가에 지원 요청을 하기 위해서, 남궁완은 가문에 일이 있어서였다.

"제 생각엔 답신을 기다리는 것보단 먼저 출발하는 것이 좋을 듯싶습니다. 아기씨 눈 문제도 있으니까요."

그러곤 위로하듯 말했다.

"괜찮으실 겁니다. 남궁 세가 의원은 실력이 좋기로 유명합니다. 아기씨 눈도 분명 나을 겁니다."

나는 그냥 모호하게 웃었다.

남궁 세가에 간다 한들 원인은 찾을 수 없을 것이다. 이건 병이 아니니까. 내 눈이 이렇게 된 건 만신의 앞에서 정신을 잃은 후부터였다.

정신을 차린 나는 두 개의 시야를 가지게 되었다. 원래 보던 평범한 시야. 그리고 빛으로 이뤄진 시야.

빛이 거의 없던 왕릉 안에선 두 번째 시야가 그다지 거슬리지 않아 문제없었다. 하지만 왕릉을 나오자 수많은 빛이 눈에 들어왔다.

심지어 어지럽게 움직이는 빛들로 눈앞이 산란해 눈물이 줄줄 흐르고 두통이 일어 걸을 수조차 없었다.

가리개로 한 가지 시야를 차단하자 머리가 어지러운 건 나아졌다. 아마도 두 가지 시야가 한 번에 들어오자 머리가 처리를 못 해서 그랬던 듯했다.

'이 능력, 아니, 눈이라고 해야 하나? 아마도 만신의가 넘겨준 거겠지.'

그게 아니면 설명이 되질 않는다. 그리고 이 눈이 없었다면 난 저 왕릉 안에서 꼼짝없이 갇혀 죽었을 터였다.

빛으로 이뤄진 시야는 정확히 말하자면 기의 흐름을 보는 것이었다. 가령 바로 전 노의원은 기의 흐름이 전체적으로 균일한 사람 형태에 가까웠다.

하지만 심 부관과 남궁 세가 무사들은 노의원과 다른 점이 있었다. 몸 중앙 단전 부근의 빛무리. 그것이 그들이 수련한 내공인 걸 짐작할 수 있었다.

심 부관은 남궁 세가 무인들 중 가장 크고 강한 빛을 지니고 있었다.

'그럼 아버지는 어느 정도일까?'

보는 것으로 끝이 아니었다. 이 능력의 가장 큰 장점은 그 보이는 기들을 내 뜻대로 움직일 수 있다는 것이었다.

만신의의 서적에 적혀 있던 것에 따르면 집중력과 숙련도에 따라 다룰 수 있는 양이 달라진다 하였다.

그랬다. 이 눈의 능력이 만신의가 신의로 불릴 수 있게 된 이유였다. 사람의 기를 볼 수 있고 움직일 수 있다면 사람의 몸속을 속속들이 들여다보는 것과 다름없으니까! 만신의는 이걸 사람을 치료하는 데

쓴 모양이지만, 잘만 이용하면…….

'단전이 없어도 무공을 쓸 수 있을지 몰라……!'

만신의도 나와 같은 생각을 했는지 이 능력을 무공에 응용할 수 있는 연구를 했다. 하지만 이상하게도 중간부터 연구가 뚝 끊겨 버렸다.

그때 심 부관이 조심스럽게 물었다.

"아기씨가 만신의의 연단실에서 나오셨다고 하셨지요?"

"네."

"혹시 다시 들어가는 방법도 아십니까?"

내가 나오자마자 연단실 문은 바로 닫혔다. 그리고 다시는 열리지 않고 있었다. 나올 때처럼 들어가는 방법도 따로 있는 듯했다. 나는 우물쭈물하며 답했다.

"아뇨, 나오는 방법만 찾았던 거라서요……."

나오는 데만 두 달이 걸렸는데 다시 들어가는 방법 같은 건 생각도 안 했다.

심 부관이 무척 아쉬운 표정으로 말했다.

"그렇군요. 알겠습니다. 그럼 일단 저희끼리 연구하고 있지요."

만신의의 연단실에 있던 자료들과 여러 약을 가지고 나오고 싶다는 생각을 해 보지 않은 건 아니었다. 다만 연단실을 나오는 게 먼저였을 뿐이었다.

"그럼 저도 도울게요. 나올 때 방법을 떠올려 보면 들어가는 방법과 연관이 있을 수도 있으니까요."

처음부터 그럴 생각이었다. 그러나 내 말에 심 부관은 자리에서 펄쩍 뛰었다.

"아뇨! 아닙니다! 그러실 필요 없습니다! 아기씨는 제발 먼저 남궁 세가로 가 주십시오. 몸도 안 좋은 아기씨의 도움을 받았다는 사실을 알면 전 소가주님께 죽…… 큼, 아니, 여하튼 괜찮습니다."

그때 누군가 다가오는 발소리가 들렸다. 대나무 발을 걷고 약사발을 든 채 나타난 것은 야율이었다. 그러고 보니 완전히 잊고 있었다. 나는 심 부관을 돌아보며 물었다.

"야율은 왜 여기 있어요? 아버지랑 같이 있어야 하지 않아요?"

심 부관이 웃는 듯 우는 듯한 표정을 지었다.

"백리 공자님이 야율을 챙길 정신이 어디 있으셨겠습니까? 제게 맡기고 가셨습니다."

"아……."

"그럼 저는 이만 나가 보겠습니다. 쉬십시오."

심 부관이 나가고 야율과 단둘이 남게 되었다. 야율이 내게 약사발을 건넸다.

왕릉을, 만신의의 연단실을 나온 나는 바로 소녹과 야율을 마주쳤다. 그때 나는 쏟아지는 빛에 앞뒤 분간조차 어려운 상태였다. 제대로 걷지도 못하는 나를 야율이 업고 사람들에게 데리고 왔다고 들었다. 나는 약사발을 후후 불며 야율을 관찰했다.

'얘도 비슷하네.'

다른 점이 있을까 단전 부분을 집중해 살펴보았지만, 색이 탁한 것 빼곤 큰 차이는 없었다.

'그리고 뭔가 다른 사람들보다 혈맥의 활동이 활발한 것 같은……'

그때 목소리가 들렸다.

"왜 그런 거야?"

"응?"

"날 왜 살린 거야?"

만나고 나서 지금까지 한마디도 하지 않던 녀석이 내게 처음으로 한 말이었다. 약간 어처구니가 없었다.

"그냥 뭐……."

적당히 대답하려던 나는 이어지는 야율의 말에 말문이 막혔다.

"너 나 싫어하잖아."

"……."

바로 아니라고 부인해야 했는데, 깜짝 놀라 나도 모르게 멈칫하고 말았다. 나는 약사발을 옆에 내려놓으며 말했다.

"……사람 목숨은 귀하니까."

"내 목숨은 귀하지 않은데."

나는 재차 놀라 야율을 보았다.

야율은 그저 있는 사실을 그대로 말할 뿐이라는 것같이 담담한 얼굴이었다. 가만히 야율을 응시하던 난 그를 향해 다가오라며 손짓했다. 야율은 의아한 얼굴이었지만 얌전히 다가왔다. 그리고 그대로 꿀밤을 날렸다.

"……!"

야율이 깜짝 놀라며 뒤로 물러났다.

"내가 살렸다고 생색낼 생각은 없는데 말이야, 죽다 살아난 사람 앞에서 헛소리할래?"

"아니, 나는……!"

"말하니까 다시 열 받네. 이리 와. 한 대만 더 맞아."

또 오라니까 얌전히 오는 꼴에 어이가 없었다.

"그걸 또 오니? 알겠어."

거절하지 않고 다시 꿀밤을 때렸다.

"너 때문에 머리 아파서 못 먹겠어. 나중에 먹을래."

"……"

난 약사발을 한쪽으로 치우고 누우려 자리 잡았다. 순간 화가 나서 저지르긴 했는데 막상 그러고 나니 심장이 벌렁벌렁했다.

괘, 괜찮겠지? 이걸로 죽이려 들진 않겠지? 하긴 뭐 전엔 이유가 있어서 죽였나? 나는 아직도 야율이 나를 죽인 이유를 전혀 몰랐다.

'그런데 저런 생각을 하고 있었다니.'

당황한 듯 빠르게 눈을 깜빡이는 얼굴은 내가 기억하는 야율과 전혀 달랐다.

잠은 안 오지만 누운 나는 자는 척 눈까지 감았다. 한참을 조용히 있던 야율은 바스락바스락 무언가를 하는 듯하더니…… 그 뒤론 기억이 없었다.

그러니까 잠들어 버린 것이다. 눈을 뜨고 나서야 내가 잠들었던 걸 알았다.

'와, 나 지금 야율 앞에서 잠든 거야?'

약간 어이가 없다고 해야 할까, 내 정신 줄이 언제 이렇게 태평해졌나 싶었다.

그때 바깥에서 소란스러운 소리가 들려왔다.

"너 계속 이럴 거야? 당장 저리 안 가!"

날 깨운 소리였다. 부스럭거리며 일어나려는 날 누군가 부축했다. 늘 아버지가 이런 식으로 돌봐 줬기에 익숙하게 일어나다 부축한 상대를 보고 깜짝 놀랐다.

"야율?"

야율은 왜 그러냐는 듯 고개를 살짝 기울였다.

"너 계속 여기 있었어?"

"응."

"어……. 앞으론 내 옆에 있을 필요 없어."

"심 부관이 너 살피래."

"아, 그래?"

나는 속으로 소리 질렀다.

'심 부관님!'

야율이 눈을 내리깔고 있다가 조용히 말했다.

"안 거슬리게 있을게."

"……."

야율이 물을 가져다주고 대나무 발을 걷고 방을 나갔다.

"이 자식이 진짜, 썩…… 못해? 안 된다고 몇 번을 말해!"

그동안에도 밖은 계속 소란스러웠다.

'뭐가 이렇게 시끄러운 거야?'

안 그래도 심란한데 계속 소란스러워 신경 쓰였다. 약사발을 들고 돌아온 야율을 향해 물었다.

"무슨 일이야?"

야율이 무슨 말이냐는 듯 고개를 기울였다.

"밖에 말이야. 소란스러워서."

"밖에? 몰라."

방금 나갔다 왔는데 왜 몰라?

야율은 내게 김이 폴폴 나는 약사발을 내밀었다. 나는 약사발을 받아서 내려놓고 신발을 신었다.

"나가려고?"

"응."

야율이 자연스럽게 날 부축했다. 나는 괜찮다고 말하면서도 떼어 놓는 것이 귀찮아 그냥 부축을 받으며 나섰다. 밖으로 나서자마자 소란의 원인이 보였다.

"널 어찌 믿고 들여보내 줘? 안 그래도 수상쩍은 걸 봐줬더니, 자꾸 주제도 모르고……!"

"됐다, 됐다. 말이 안 통해. 그냥 쫓아내."

남궁 세가의 무인처럼 보이는 이가 아이의 뒷덜미를 잡더니 끌고 가려 했다.

'소녹이잖아? 여기서 뭘 하는 거지?'

어디선가 나타난 심 부관이 낮은 목소리로 나무랐다.

"웬 소란이냐!"

"죄송합니다. 바로 데리고 가겠습니다."

그 순간 내가 있는 방향을 바라본 소녹이 손가락질했다.

나를 손가락질하는 줄 알고 놀랐으나 다시 보자 내 옆의 야율을 가리키는 것이었다. 소녹은 뭐라고 말하고 싶은 듯 손짓을 마구 했는데 무슨 뜻인지 알 수 없었다. 나는 야율을 돌아보며 말했다.

"너한테 말하는 것 같은데, 뭐라고 하는지 알겠어?"

"아니."

그사이 소녹이 방심한 무인의 손을 뿌리치고 달려왔다.

"아닛!"

무인이 당황한 사이 내게 달려오던 소녹은 부관의 검에 바로 가로 막혔다. 곧장 뒤따라온 무사가 이번에는 소녹의 허리를 안아 들었다. 소녹이 마치 물 밖에 나온 물고기처럼 펄떡이며 몸부림쳤다.

"이놈이 보자 보자 하니까! 가만히 안 있어?"

나는 그 무사를 향해 말했다.

"잠시만요."

그리고 내 앞을 가로막은 검집을 손으로 살짝 내렸다. 심 부관의 눈짓에 무사가 소녹을 내려놓았다. 소녹은 바닥에 내려와 섰고 그대로 달려와…….

"……!"

나를 꽉 껴안았다.

나는 소녹과 뒷마당으로 향했다.

일반 농가를 통째로 빌려서인지 뒷마당 한쪽엔 수확한 곡물이 잔뜩 쌓여 있었고, 우리를 본 닭들이 꼬꼬거리면서 병아리들과 함께 도망쳤다. 빛무리로 보면 어른 닭은 형체가 확실했지만, 병아리들은 무슨 야구공 같은 게 굴러가는 모양이라 귀여웠다.

적당한 곳에 멈춰 선 내가 말했다.

"좀…… 놔줄래?"

그제야 내 허리를 껴안고 있던 소녹이 떨어졌다. 하지만 소맷자락은 꽉 쥐고 있었다. 그리고 나는 옆을 보았다.

"넌 잠시 다른 데 가 있어."

여기까지 오는 내내 나를 부축한 건 야율이었다. 눈을 내리뜬 야율이 내키지 않는 듯 말했다.

"……끝나면 불러."

"으응."

나는 야율이 멀어진 걸 확인하고 소녹에게 말했다.

"날 찾아다녔던 건 아닐 테고, 만신의를 찾았던 거지?"

눈을 동그랗게 뜬 소녹이 고개를 좌우로 흔들었다.

"아니라고? 하지만 너, 그 근처에 만신의의 연단실이 있는 걸 알고 돌아다녔던 거 아냐?"

아이는 저 장소가 만신의의 비밀 연단실로 들어가는 곳임을 알고 있었던 것이 분명했다. 이번엔 소녹이 마구 고개를 끄덕였다.

'그럼 뭐가 아니라는 거야?'

뭐, 그건 중요한 게 아니니까.

어쨌든 만신의가 직접 말하지는 않았어도, 정확히는 말할 시간이 없었던 것에 가깝지만, 죽기 전 소녹을 걱정한 것을 알 수 있었다.

"소녹. 네 이름 맞지?"

소녹이 눈을 부릅떴다가 황급히 고개를 끄덕였다. 잠시 바닥을 내려다보다 입을 열었다.

"만신의는 돌아가셨어."

"……!"

만신의에게는 가족도 없었으니 소녹이 가장 친인에 가까웠다. 그래서 소녹에게만큼은 부고를 알려야 한다고 여겼다. 난 적당히 듣기 나쁘지 않은 말들로 만신의의 마지막을 설명해 주었다.

내 말이 끝났을 땐 소녹이 소리도 제대로 내지 못한 채 우는 것이 가리개 너머로도 느껴졌다. 나는 그저 소녹의 어깨를 조용히 다독였다.

남궁 세가의 무인이 나를 데리러 왔다가 세 번쯤 그냥 되돌아가고 나서야 소녹은 울음을 겨우 그쳤다. 소녹을 달래느라 같이 주저앉아 있던 난 옷자락을 탁탁 털며 일어났다.

"이거 받아."

나는 소매에서 묵직한 주머니를 꺼내 건넸다. 금전과 은전이 든 돈 주머니였다.

"그럼 난 이만 가 볼게."

야율이 기다렸다는 듯 내게 다가왔다. 야율은 남궁 세가 무인이 나를 찾으러 왔을 때 같이 와 마당 한편에 계속 서 있었다. 나는 나를 붙잡는 소녹의 손을 토닥이곤 떼어 냈다.

"걱정하지 마. 일단 마을 사람에게 너를 돌봐 달라고 부탁했다고 들었어."

심 부관에게 소녹을 돌봐 줄 사람이 있었으면 한다고 말하자 이미 적당한 사람을 구해 놓았다고 했다.

"거기다 나도 돌아가서 아버지께 말씀드려서 네가 좋은 양부를 찾을 수 있게 도와줄게."

하지만 거미줄처럼 내 손을 붙들어 맨 소녹은 고개를 도리도리 저어 댔다.

"음, 왜? 돈이 모자라?"

더 거세게 고개를 저은 소녹이 갑자기 넙죽 엎드렸다. 놀란 내가 주춤 물러나자 이번엔 내 발을 껴안았다.

"뭐, 뭐 하는 거야? 이거 놔."

발을 빼려 했지만 얼마나 힘이 센지 꼼짝도 하질 않았다. 지켜보던 야율이 소녹의 어깨를 잡곤 확 밀어냈다. 하지만 나를 놓지 않아 오히려 나까지 넘어질 뻔해 둘 다 화들짝 놀랐다.

"너……."

낮게 중얼거린 야율이 화가 난 듯 그대로 소녹의 멱살을 잡고 들어 올렸다.

'아니, 무슨 힘이…….'

잠시 놀랐던 나는 캑캑거리는 소리에 서둘러 야율의 팔을 잡았다.

"야율! 뭐 하는 거야!"

"얘가 널 넘어트릴 뻔했어."

"그래도 그렇지, 빨리 놔!"

내가 소리치자 야율이 살짝 놀란 얼굴로 손을 놓았다. 털썩, 소녹이 바닥에 주저앉는 소리가 들렸다. 야율이 내 눈치를 보며 말했다.

"잘못했어."

뭘 잘못했는지 알긴 하는 건가?

일단 빌고 보는 것이 뻔히 보였다. 나는 길거리를 떠돌던 거지 시절 저런 아이들을 많이 보았다. 그러니까 어린 시절부터 폭력에 노출돼 그것이 당연하고 익숙해진 애들.

'우선 야율과는 나중에 얘기하자.'

나는 소녹을 부축하며 일으켜 세웠다. 몇 번 기침을 한 소녹은 다시 날 꽉 붙잡았다. 나는 곰곰이 생각해 보다 물었다.

"설마 너, 나랑 같이 가고 싶단 거야?"

난 마구 고개를 끄덕이는 소녹을 보곤 표정을 굳혔다.

며칠 후, 나는 남궁 세가 사람들 일부와 함께 남궁 세가로 향했다. 과거에도 만신의를 만나고 남궁 세가로 향했다.

남궁 세가. 이 세계의 주인공, 남궁류청의 가문.

'뭐, 어차피 남궁류청은 지금 남궁 세가에 없지만.'

남궁류청은 친모와 함께 외조부 댁에 머물고 있었기 때문이다. 비록 내가 과거와 달리 가을이 넘어서 남궁 세가로 출발했지만, 달라지는 건 없을 것이다. 남궁류청은 내가 백리 세가로 돌아갈 때까지 돌아오지 않았으니까.

남궁 세가에 가는 날이 두 달이나 지체됐어도 남궁류청은 아직 외조부 댁에 머물고 있을 시기였다. 내가 남궁류청을 처음 본 건 이보다 훨씬 뒤, 아버지의 장례식에서였다. 눈을 감고 있던 난 문득 떠올렸다.

'그러고 보니 멀미가 없네.'

시야 때문에 오히려 더 심해야 할 것 같은데 몸 상태는 오히려 좋았다. 연단실에서 좋다는 명약은 다 주워 먹은 보람이 있었다.

눈을 뜨자 나를 바라보고 있던 야율과 눈이 마주쳤다. 맨눈으로 마주 보는 건 오랜만이었다. 창을 닫고 천으로 된 가리개까지 친 마차 안은 대낮임에도 어두워 안대를 풀어도 괜찮았다.

야율이 갑자기 입을 열었다.

"그 애는 왜 못 따라오게 한 거야?"

"그 애?"

"벙어리."

"아, 소녹?"

나는 살짝 미간을 찌푸리며 말했다.

"그야 당연한 거 아냐? 위험하잖아."

"위험하다고?"

"백리 세가는 무림 가문이야. 굳이 일반인을 이런 곳으로 끌어들일 필요는 없으니까."

만신의도 이를 바라진 않을 것이다. 앞으로 몇 년 뒤엔 정마 대전도 벌어질 텐데 그러면 정말 목숨을 보장하기 힘들었다. 차라리 무림과 관계없는 삶을 사는 것이 좋았다.

그리고 가장 중요한 건, 나는 누군가를 책임지고 싶지 않았다.

'내 앞길 챙기기도 힘들어서.'

그때 야율이 물었다.

"하지만 넌 나를 데리고 왔잖아?"

"넌 내가 아니라 아버지가 데리고 왔잖아?"

"……."

야율은 뭔가 마음에 들지 않는 표정이었다.

벌써 까먹었나? 설마 아버지의 은혜를 벌써 잊어버린 건 아니겠지? 나는 눈을 가늘게 뜨고 야율을 살피다 문득 한 가지 사실을 떠올렸다.

"아, 맞아. 이렇게 된 거 너한테도 알려 줘야겠네."

아버지가 계시면 이런 말을 할 수 없을 것이었다.

"백리 세가에서…… 내 위치가 그리 좋진 않아."

나는 의아한 낯의 야율에게 설명을 이어 갔다.

"지금 여기 남궁 세가 사람들은 내게 친절하고 다들 잘해 주시지만, 백리 세가로 가면 분위기가 좀 다를 거야. 알아 두라고."

백리 세가 장원.

백리 세가 가모의 처소에서 노부인의 목소리가 흘러나왔다.

"그래. 네 서한을 받자마자 준비를 시작했단다. 가서 확인해 보아라."

"감사합니다."

노부인 곁의 백리의묵이 얕게 인상을 찡그린 채 물었다.

"네 별동대인 백호단은? 그들을 수색에 쓰지 그러느냐?"

"백호단은 제 사람들이 아니라 무림맹의 사람들입니다. 제 사익에 쓸 수는 없습니다."

백리의강은 무림맹에서 별동대인 백호단주를 맡고 있었다. 잠시 자리를 비운 상황이었지만, 최근 큰 분란 없이 평화로웠기에 문제는 없었다. 짧게 침묵한 백리의강이 이어서 말했다.

"또 멀기도 하고요."

백호단이 있는 무림맹 본단은 팔괘촌에서 백리 세가보다 멀었다. 만약 그렇지 않았더라면 자신도 백호단을 쓰려고 했을지 모른다고 백리의강은 자조했다.

백리의묵이 혀를 차고 물었다.

"그런데 팔괘촌이라니? 남궁 세가에 간다더니 갑자기 거긴 왜 간 것이야?"

"……."

백리의강이 답이 없자 백리의묵이 탁자를 두드렸다.

"우리도 이유는 알아야 하지 않겠느냐? 대체 무슨 이유로 그런 벽촌까지 가서 사고를 당했는지! 연이는 네 딸이기도 하지만 내 조카이기도 하지 않느냐!"

"……그건 저만의 일이 아니라 말씀드릴 수 없습니다."

"하!"

"연이는 백리 세가 사람이다! 너만의 일이 아니라고?"

"의묵아."

노부인이 말리듯 이름을 부르자 백리의묵이 씩씩거리다 고개를 틀었다. 노부인이 말했다.

"알았으니 이만 가 보거라. 필요한 것이 있다면 또 말하고."

"소자 물러가겠습니다."

축객령에 일어난 백리의강이 방을 나서다 다시 노부인을 돌아보았다. 노부인이 물었다.

"더 말할 것이라도 있느냐?"

"……연이의 일을 아버님은 아십니까?"

"상공은 폐관 수련에 들어가셨다. 한번 들어가면 족히 한 달 이상은 계시는 걸 너도 잘 알지 않느냐?"

"……"

보통은 그러했다. 하지만 가문에 큰일이 있을 때는 결례를 무릅쓰고 소식을 전달했다. 가주가 폐관 수련이라고 가문 일에서 완전히 손을 놓을 수만은 없으니.

이건 고의로 전달을 하지 않은 것이었다. 중요치 않은 일이라 여겼기에.

"……장 부관께서는 뭐라십니까?"

찻잔을 들던 노부인이 미간을 찌푸렸다. 그 기색에 곁에 있던 백리의묵이 재빠르게 나섰다.

"그건 알아서 무얼 하려고? 장 부관도 맡은 일로 바쁜 몸이다."

"……."

"오늘따라 너답지 않게 말이 많구나. 어머니 피곤하시니 어서 가 보거라."

"……물러가겠습니다."

노부인의 처소를 나와 걸어가던 백리의강은 자신의 앞을 막아서는 그림자에 발걸음을 멈췄다. 매화를 수놓은 연홍색 치마에 노란빛 저고리를 두른 화사한 차림새의 백리의란이었다.

그녀를 본 백리의강이 고개를 숙인 후 지나칠 때였다.

"하, 이젠 아는 척도 안 해?"

백리의란이 분연히 트집을 잡았다. 멈칫한 백리의강이 다시 돌아보며 제대로 인사했다.

"오랜만입니다, 누님."

"내 네가 돌아왔다기에 할 말이 있어 찾았는데, 이리 본 척도 안 하면 서운하지 않겠어? 왜 나를 나쁜 사람으로 만드느냐?"

날카로운 질책에도 백리의강은 조용한 시선으로 백리의란을 바라볼 뿐이었다. 눈이 마주치자 저도 모르게 시선을 피했던 백리의란이 목을 가다듬고 말을 이었다.

"그 일 말이다."

"예?"

"아버님이 말씀하신 일 말이야."

"무슨 말을 하시는 겁니까?"

입술을 깨문 백리의란이 버럭 소리쳤다.

"그 왜! 아버님이 내가 집을 나가든 표가 고계암으로 가든 하라 했던 일 말이다."

"아아."

백리의강이 뒤늦게 그런 일이 있었지, 정도의 표정을 지었다. 그 모습에 백리의란이 쥐고 있던 손수건을 비틀었다. 그 일로 자신이 얼마나 곤욕을 치렀는데, 일을 이렇게 만든 본인은 속 편하게 잊어버리다니!

"그래서 내가 표와 악이를 고계암으로 보냈단다."

백리의강이 가만히 백리의란을 바라보았다. 괜스레 입술을 훑은 백리의란이 말했다.

"그런데 최근 벌어진 일을 보니 내 아들들도 고계암에서 사고를 당할까 걱정되어 잠을 못 이루겠더구나."

"……."

"내 아이들이 백리연 그 아이처럼 사고라도 당하면 어떻게 해? 나는 그럼 살 수 없을 게다."

"……하고 싶은 말씀이 무엇입니까?"

"그래서 내 곰곰이 생각해 보았는데 네가 아버님께 말씀드리면 어떻겠니? 표와 악이가 걱정되니 돌아오라 하는 게 어떻겠냐고."

백리패혁은 소우악, 백리표 둘을 고계암으로 보낸다는 선택에 마음대로 하라며 폐관 수련에 들어갔다. 그리고 앞으로 자신에게 두 아이 얘기를 꺼내면 가만두지 않겠다고 으름장을 놓았다.

적당히 수그리며 고계암에 보내는 척했다가 바로 돌아오게 하려던 백리의란의 계획이 틀어진 건 당연했다. 말도 꺼내지 못하게 하는데 아이들을 언제 돌아오게 허락할 것인지는 물어볼 수도 없었다.

백리의란이 턱을 치켜들며 말했다.

"그리고 이제 백리연 그 아이도 없는데 내 아이들이 고계암에 있을 이유도 없지 않으냐?"

백리의강의 표정이 싸늘하게 굳었다. 백리의란은 태연하게 말을 이었다.

"아니 그래? 너만 동의하면 아버님도 화를 내실 이유가 없지 않으냐?"

"그건 제가 동의하고 말고의 문제가 아닙니다."

"그 대답은 뭐야? 반대한다는 거야?"

"물러가겠습니다."

미간을 문지른 백리의강은 앞을 막고 있던 백리의란을 밀치고 지나쳤다.

"아가씨!"

시비들이 황급히 백리의란을 붙잡았다. 시비들의 부축을 받은 백리의란이 소리를 꽥 질렀다.

"너 미쳤느냐! 지금 나를 밀친 거야? 거기 안 서?"

하지만 백리의강은 돌아보지 않았다.

정처 없이 떠돌던 백리의강의 발걸음이 멈춘 곳은 한 연못 앞이었다. 그곳은 연이와 매일 잉어 밥을 주던 곳이었다.

"잉어는 무슨 생각을 하면서 살까요?"

"미물이 생각이란 것이 있겠느냐?"

"저 흰 지느러미 잉어는 별로예요."

"어찌하여?"

"매번 다른 애들 먹이까지 뺏어 먹는다고요."

"그랬느냐?"

"잉어마다 다 성격이 있다고요. 저 등에 붉은 점이 두 개인 애는 게을러서 매번 제일 늦게 와요."

어느새 백리의강은 무릎을 꿇고 있었다. 수면에 비친 백리의강의 얼굴에 밥을 주는 줄 안 잉어들이 몰려왔다.

곧이어 발걸음 소리가 연못이 있는 정원을 둘러싼 기와 담 너머에서 들려왔다. 백리의강의 예민한 오감은 원하지 않아도 그들의 대화를 듣게 만들었다.

"후우, 팔괘촌이 대체 어디야?"

"여기서 달포는 걸린다던데. 백리 세가 무사님들께서야 말을 타고 가시겠지만, 우리 같은 천것은 걸어가야 할 텐데."

"산사태라니, 재수도 없지. 왜 하필 그런 곳에서 돌아가셔서, 에잉."

"그만 투덜거려. 어쩌겠나? 그래도 백리 세가 핏줄인데 최소한은 해야 할 거 아녀? 신발이나 튼튼한 걸로 준비하자고."

백리의강의 손이 검집을 틀어쥐었다. 이 넓은 백리 세가 장원에 백리연을 진심으로 걱정하는 자는, 슬퍼하는 자는 찾을 수 없었다.

거리를 떠도는 것보단 그래도 안전한 집이 좋다고…… 좋을 거라고 믿어 의심치 않았다. 하지만 이곳을 과연 집이라고 부를 수 있을 것인가? 그 아이가 이런 취급을 받아야 하는 이유가 대체 무엇인가? 그의 딸이기 때문에?

그는 백리 세가에 누가 되지 않도록, 분란이 되지 않도록 최선을 다했다. 그런데 결국 얻은 것은 이런 결과란 말인가? 이 모든 것에 의미가 있었던 걸까?

검집을 틀어쥔 백리의강의 손등에 핏줄이 바짝 섰다.

"도련님! 도련님!"

이곳에서 백리의강을 도련님이라고 부르는 사람은 한 사람뿐이었다. 언두가 달려오다가 연못 앞에 무릎 꿇고 있는 백리의강을 보고 숨을 들이켰다.

백리의강은 표정을 관리하며 일어났다.

"무슨 일이냐?"

"아! 남궁 세가에서 사람이 왔는데, 아기씨를 찾았답니다!"

"그렇구나. 남궁 세가 사람은 어디에 모셨느냐? 가자."

백리의강은 옷자락을 정돈하며 걸어갔다. 언두가 당황한 표정을 했다. 그가 원했던 반응이 아니었기 때문이다. 왜 이러는가 고민하다 이내 문제점을 깨닫고 다시 입을 열었다.

"아니요, 아뇨! 도련님! 아기씨가 살아 계셔요! 살아 계신답니다!"

앞서 가던 백리의강이 고개를 획 돌렸다.

오늘 저녁까지 쉬지 않고 달려야 객잔에 도착할 수 있다던 마차가 갑자기 길 한복판에 멈춰 섰다.

나는 창을 가렸던 두꺼운 천을 걷고 덧창을 열었다. 말을 탄 여럿이 우르르 달려오고 있었다. 그리고 선두의 암갈색 말에 탄 사람은 지금껏 본 이들 중 가장 큰 기운을 지니고 있었다. 나는 황급히 마차의 문을 열었다.

"아저씨!"

순식간에 내 앞에 온 남궁완이 말에서 뛰어내렸다.

"네가 정녕 무사하였구나! 아니, 눈은 또 왜 그 모양이야? 설마 눈이 먼 것이야?"

음? 눈에 관한 이야기는 듣지 못한 건가?

만신의의 연단실 때문에 팔괘촌에 남은 심 부관을 대신하여 일행을 이끌던 무사가 나섰다.

"소가주님을 뵙습니다. 아기씨 눈은······."

그러나 남궁완은 이미 정신이 모두 이쪽에 팔려 듣지 못했다.

"이거 보이느냐? 몇 개지?"

"음······ 네 개?"

남궁완과 다른 무사들 모두 눈을 부릅뜬 채 경악한 낯을 했다.

"하하하, 장난이에요. 두 개잖아요."

"······."

"······."

"웃어?"

"아이고! 소가주님!"

펄펄 날뛰는 남궁완을 곁의 무사들이 붙들었다. 곧이어 진정한 남궁완이 내 어깨를 붙잡곤 이리저리 살폈다.

"네가, 네가 정말로······."

이를 아득 깨문 남궁완이 갑자기 나를 확 껴안았다.

"잘 돌아왔다."

나를 끌어안은 남궁완의 손이 떨리는 것이 느껴졌다.

남궁완은 말에서 내려 나와 함께 마차를 탔다. 나를 발견했다는 연락을 받자마자 출발했는지 그 이후 상황에 대해선 전혀 모르는 듯했다.

'이 아저씨, 이렇게 막 돌아다녀도 되는 거야? 가문은 어쩌고?'

걱정을 뒤로한 채 나는 산사태 이후 내가 겪었던 일을 설명했다.

"……해서 만신의의 서적들을 뒤져 가며 왕릉에서 나오는 법을 찾아서 탈출하느라 시간이 오래 걸렸어요."

몇 가지 말하지 않은 부분이 있지만, 아저씨께 최대한 진실만을 이야기하려 했다.

"그리고…… 거기서 남궁 세가 무사로 보이는 이도 봤어요."

나는 손수건으로 곱게 싼 물건을 내밀었다. 이를 받아 든 남궁완이 손수건을 펼치곤 미간을 살짝 좁혔다. 피에 젖은 옥패였다. 이것은 내가 그자의 품을 뒤져 신분을 확인하기에 가장 좋아 보이는, 목에 걸고 있던 것을 빼낸 것이다.

"만신의가 말하기를, 그 무사가 지켜 줬다고 했어요."

남궁완은 무뚝뚝한 낯을 한 채 얼굴을 쓸어내렸다. 그러곤 마차의 창을 열고 자신과 함께 온 무인을 불렀다.

"이 물건이 조충의 물건인지 아는 사람에게 확인하도록."

"알겠습니다."

무인이 멀어지길 기다렸던 나는 옥패와 함께 꺼냈던 작은 상자를 남궁완에게 내밀었다.

　"이건 아저씨 드릴게요."

　상자를 받은 남궁완이 열어 보았다. 손가락만 한 검은색의 자기병이 두 개 들어 있었다.

　"한번 확인해 주셔요."

　"이게 뭐기에?"

　남궁완은 미간을 잔뜩 찡그린 채 자기병을 이리저리 돌려 보았다. 나는 입을 열었다.

　"공청석유예요."

　남궁완의 얼굴이 그대로 굳었다. 그러고는 삐걱거리며 나를 내려다보았다.

　"……공청석유라고? 이게?"

　"네."

　공청석유란 한 방울로도 몇 갑자의 내공을 증진해 주는 엄청난 효과가 있는 천고의 영약이었다. 자연의 기운이 아주 오랜 세월 한곳에 서려 응집한 기운인데 몇백 년에 한 방울을 얻을까 말까 한 귀한 것이었다.

　"이걸 어디서……! 그렇군. 네가 정녕 만신의의 연단실에 있다가 온 거긴 하구나. 이런 귀한 것을 두 병씩이나 가지고 있다니 만신의의 명성이 허명은 아니었군그래."

　"제일 귀해 보여서 가져왔어요."

　남궁완이 미련이 뚝뚝 넘치는 얼굴로 자기병을 보다 내게 건넸다. 나는 새초롬하게 말했다.

"한 병만 드릴게요. 다른 한 병은 아버지 드릴 거라서 안 돼요."

"뭐라?"

남궁완이 믿기지 않는 듯 나를 보았다. 나는 방실방실 마주 웃었다. 숨을 크게 들이쉬고 눈을 꽉 감았다 뜬 남궁완이 자기병을 내 손에 쥐여 주고 닿을까 무섭다는 듯 재빨리 떨어졌다.

"나는 괜찮다."

"아저씨, 목소리가 떨렸어요."

"네 착각이다!"

버럭 소리친 남궁완이 화난 기색으로 말했다.

"날 뭘로 보는 거냐! 나는 네가 죽을 뻔하며 얻어 온 것을 탐할 정도의 무뢰한은 아니다!"

'대단한데.'

남궁완의 반응에 난 솔직히 감탄했다.

공청석유는 무림인이라면 목숨을 걸고서라도 얻고 싶어 할 영약이었다. 한 갑자의 내공을 얻는 데 기본 육십 년은 걸린다. 명문 정파들은 내공 심법과 수련법, 온갖 영약으로 이를 단축하려 노력한다. 그걸 생각한다면 한 번에 몇 갑자의 내공을 증진해 주는 공청석유는 그야말로 사기 중의 사기 템이었다.

만약 내가 이걸 두 개나 가지고 있다는 소문이 흘러나가면 백리 세 가고 뭐고 온 무림인들이 침을 흘리며 달려들 것이었다.

'그걸 포기할 수 있다니.'

보통 의지로 설명되는 것이 아니었다.

'역시 아버지 절친. 성품만큼은 믿을 수 있다는 건가?'

나는 그걸 다시 남궁완의 손에 쥐여 줬다.

"필요 없대도! 네가 잘 몰라서 그러는 것 같은데 이건 매우 귀한 것이다!"

"귀한 거 알아요."

"그런데……!"

"공청석유가 아무리 귀하다 해도 아저씨만큼은 아니잖아요."

"뭐?"

"저는 저를 끝까지 포기하지 않고 찾아 주신 남궁완 아저씨가 더 소중한걸요."

第三話 上

몇 날 며칠을 달린 끝에 드디어 남궁 세가에 도착했다. 그동안 눈에 꽤 적응하기도 했고 밖이 어떤지도 궁금했기에 오랜만에 마차 창의 휘장을 걷고 바깥을 구경했다.

줄 세우기 좋아하는 사람들이 십 대 세가니 오 대 세가니 나열할 때 단 한 번도 선두에서 빠진 적 없는 가문답게 멀리서도 그 세가 대단했다.

궁궐 같은 대문 앞은 남궁 세가에 드나드는 사람들로 문전성시를 이뤘다. 백리 세가도 마찬가지지만 세가라고 부를 정도면 한 지역을 아우르는 거대 족벌 사업체라고 보면 되었다.

말과 마차가 다가오는 것을 보고 무슨 일인가 싶어 구경하던 사람들이 선두에 선 남궁완을 알아보곤 감탄했다.

"남궁 소가주 아니오?"

"어이쿠, 백문이 불여일견이라고 크, 훤칠하군, 훤칠해."

남궁완의 기도에 감탄하던 자들은 이내 뒤쪽의 마차에도 관심을 기울였다.

"저 마차에 탄 사람은 누구기에 남궁 세가 소가주가 직접 데리고 오나?"

"남궁 세가는 아들 한 명뿐이라 들었는데. 생질인가?"

"남궁 소가주의 누이가 그리되었는데 생질이 어딨소?"

"처질녀일 수도 있지."

"눈은 왜 저리 가린 거지?"

마차가 대문에 거의 도착하였을 때 문 안에서 한 무리의 사람들이 황급히 나왔다. 푸른색 장포에 허리끈을 간단한 매듭으로 장식한 노인이 앞장서서 정중하게 포권지례했다.

"소가주님, 먼 길 다녀오느라 고생하셨습니다."

"먼 길은 무슨."

노인이 고갯짓하자 뒤쪽의 사람들이 일사불란하게 말과 짐마차들을 이끌었다. 창문으로 이 모든 걸 구경하던 나에게 노인이 시선을 고정했다.

"이쪽이 그 백리 세가의 백리 소저로군요. 남궁 세가의 총관인 섭자강입니다."

마차에서 내려서야 아는 척을 할 거라 여겼기에 당황하며 내려 인사하려 하자 섭자강이 웃으며 말했다.

"내리실 필요 없습니다. 노부가 소가주님을 그리 애타게 하신 아기씨를 한시바삐 보고 싶어 나왔을 뿐이니까요."

남궁완이 쓸데없는 소리를 한다는 듯 인상을 팍 쓰자 섭자강이 껄껄 웃었다. 당황한 내가 창문을 통해 인사했다.

"안녕하세요. 백리 세가의 백리연이에요."

"아휴, 이 조그마한 아기씨가 그런 고생을. 이렇게 무사하셔서 정말 다행입니다. 어서 들어가시죠."

섭자강의 안내를 따라 장원 안으로 들어갔다. 과거와는 상당히 다른 반응이었다. 그때는 그냥저냥 가깝지도 멀지도 않은 거리를 유지했는데 이번엔 갑자기 친근해졌다.

"의원께 전갈도 보내 놓았으니, 들어가시면 바로 진찰받으실 수 있을 겁니다."

"그 전에 인사라도 하고 보내고 싶은데, 류청은?"

나는 깜짝 놀라 남궁완을 돌아보았다.

"류청이라뇨?"

남궁완이 오히려 의아하다는 듯 나를 보았다.

"내 아들 남궁류청 말이다. 저번에 말한 적 있는 걸로 알고 있거늘 벌써 잊어버렸느냐?"

"아, 그랬죠."

아니, 듣기는 했지. 아들이 있다고. 그런데 남궁류청은 지금 외조부 댁에 있어야 하는 거 아닌가?

과거 내가 남궁 세가에 머물 땐 외조부 댁에 간 남궁류청은 반년 동안 돌아오지 않았다. 남궁 세가에 한 달 정도 머물다 떠난 난 남궁 류청 코빼기도 보지 못했고.

그런데 지금 여기, 남궁 세가에 있다고?

내가 혼란을 감추지 못할 때 은구슬이 굴러가는 듯한 목소리가 마 차의 오른편에서 들려왔다.

"상공, 무사히 돌아오시어 다행이에요. 호위도 몇 대동치 않고 떠나 셔서 걱정했답니다."

나는 목소리가 들린 방향을 보았다. 은은하게 미소 띤 희고 고운 낯이 자꾸만 시선을 끄는 저 여인은 남궁완의 부인인 양소옥이었다.

남궁 세가에서 소부인으로 불리며 눈이 번쩍 뜨이는 미인이라는 묘사가 있었다. 실제로 봐도 그 묘사가 전혀 지나치게 느껴지지 않았다. 선녀가 내려온 듯한 자태를 보니 세계관 최고 미남으로 꼽히는 남궁 류청의 외모가 어디서 기인했는지 단번에 납득된다고나 할까?

"류청은?"

"류청은 수련 중이어요."

남궁완이 짙은 눈썹을 팍 찡그리며 말했다.

"수련 중이라니? 내가 왔다는 소식을 듣지 못한 것이오?"

소부인이 입술을 오므리고 웃었다. 그 웃음의 뜻을 읽은 남궁완이 분노했다.

"내 이것을……!"

남궁완이 버럭 소리치려는 것을 소부인이 막으며 내 쪽을 눈짓했다. 씩씩거리는 남궁완을 뒤로하고 소부인이 온화하게 웃었다.

"네가 백리연이구나. 기다리고 있었단다."

나는 소부인의 미소에 멍하니 홀려 있다가 화들짝 놀라며 인사했다.

"안녕하세요, 백리 세가의 백리연이라고 해요."

"그래, 여기까지 오느라 고생이 많았다고 들었다."

그렇게 인사를 주고받고 나서야 소부인의 곁에 여아가 있는 것을 발견했다. 두 갈래로 앙증맞게 머리를 올려 묶은 처음 보는 아이가 반짝거리는 눈으로 나를 바라봤다.

소부인이 아이의 어깨를 다독이며 다정하게 말했다.

"인사하거라."

아이가 양손을 모아 포권지례했다.

"안녕하세요, 수향문의 서하령, 인사 올립니다."

나는 아이가 인사 올리는 것을 멍하니 보았다. 서하령이라고?

자고로 남주인공이라면 어린 시절부터 곁을 지키며 그를 사모하는 여인 하나 정도는 있지 않겠는가? 서하령은 딱 그 역할이었다. 어린 시절부터 알아 온 남주인공을 사모하며 당연히 자신이 부인이 될 거라 믿는…….

그러니까 정확히 나, 어느 날 갑자기 스승의 딸이라며 나타난 백리연을 죽도록 혐오하던 이였다.

나와 눈이 마주친 아이가 배시시 웃었다.

남궁완은 먼지투성이인 장포를 벗으며 화를 억누른 목소리로 말했다.

"서 소저는 왜 여기 있는 것이오? 언제부터 여기 있었소?"

"무학 교류 차원에서 수향문주께서 보내셨답니다. 오늘로 이레 정도 되었네요."

수향문은 남궁 세가와 이웃한 도시의 문파로 남궁 세가와는 오랜 세월 돈독한 사이였다.

"수향문주께서? 설마, 류청에게 붙여 놓을 생각이오?"

양소옥이 긍정하듯 미소 지었다.

"저번에 그런 식으로 장가장의 아이를 붙였다가 류청이 대련이라는 명목으로 두들겨 팼잖소."

남궁완이 미간을 문지르며 말했다.

"그걸 수습하느라 진 뺐던 건 다 잊었소? 만약 불구라도 됐으면 장가장과는 원수가 되었을 거요."

"그러니 이번엔 여자아이를 데려오지 않았습니까? 류청이 조금 사납더라도 여자아이를 때리진 않겠지요. 그러니 붙여 놓으면 자연스레 친해질 겁니다."

"정말 뜻대로 될 거라 생각하시오? 뜻대로 되었다면 그 아이가 오늘 수련한다고 코빼기도 비치지 않을 리 없지! 내 오늘 도착할 거라 미리 연통까지 보냈거늘……!"

양소옥이 옅은 한숨을 내쉬고 말했다.

"그럼 상공, 류청을 이대로 둡니까?"

"……"

"류청이 수련을 시작하면 성에 찰 만큼 하지 않고서는 나오지 않는 거 아시지 않습니까?"

두 시진 세 시진이 무엇인가? 몸이 아직 어려 제대로 따라 할 수 없는 검법을 완벽하게 익히겠다고 이틀 내내 수련장에서 검만 휘두르다가 쓰러진 적도 있었다. 그리고 결국엔 해내었고.

"다른 집은 자식이 수련을 하지 않아 고민이라는데 우리는 참 복에 겨운 거지요. 그런 노력이 뒷받침되니 류청이 기재라고 불리는 것이고요."

잠시 침묵한 양소옥이 말을 이었다.

"류청을 너무 재촉하지 맙시다. 그저 아직은 친해질 시간이 필요한 거겠지요."

헛숨을 토한 남궁완이 언성을 높였다.

"부인께서 매번 이런 식으로 그 아이의 편을 들어 주니 이리된 것 아니오!"

태연하게 고개를 기울인 양소옥이 말했다.

"그런가요? 제가 아버님께 들은 바로는 류청이 상공 어릴 적 모습과 똑같다고 하던데…… 호호."

"……."

남궁완이 입을 딱 다물었다.

"이번에 백리 대협이 오시면 상공의 옛 모습을 한번 여쭤볼까 합니다."

"쓸데없는 소리!"

양소옥의 농담에 분위기는 처음보다 훨씬 가벼워졌다. 소맷자락을 매만지던 양소옥이 한숨을 내쉬었다.

"백리 소저에게 기대하였는데…… 정말 안타깝게 되었네요. 백리 소저는 언제까지 머무는 겁니까?"

"의강이 언제 오느냐에 달려 있겠지."

"그렇군요."

탁자로 향한 양소옥이 찻주전자를 들어 찻잔에 따랐다. 다가오던 남궁완이 돌연 멈춰 서며 말했다.

"연이는 가만두시오."

설명이 부족하다 여긴 남궁완은 확실히 하려 덧붙였다.

"억지로 류청에게 붙이지 말란 말이오."

옅게 웃은 양소옥이 찻잔을 남궁완 앞으로 밀어냈다.

"류청이 백리 소저에게 관심을 가지겠습니까? 별걱정을 다 하십니다."

백리의강의 딸이라지만 내공 폐인이지 않은가? 그런 아이에게 관심을 가지겠느냐는 의미였다.

"……."

남궁완의 심기가 불편해진 걸 안 양소옥이 눈을 깜박이며 말했다.

"참 이상한 일이지요. 분명 백리 세가로 출발하기 전까지만 해도 그 아이를 거추장스러워하지 않으셨습니까?"

"……."

"오늘 석찬은 자청각에서 하지요. 백리 소저도 초대해서요. 류청은 제가 무슨 일이 있어도 데리고 오겠습니다."

"……뜻대로 하시오. 나는 아버님을 뵙고 오겠소."

남궁 세가에서 내준 방은 나를 무척 신경 썼다는 느낌이 물씬 풍겼다. 하지만 방은 눈에 들어오지도 않았다. 나는 머리를 헤집으며 창가 의자에 앉았다.

'또 바뀌었어.'

과거엔 이 시기 남궁 세가에는 오로지 남궁완 아저씨뿐이었다. 남궁 세가주이자 천하 십일강 중 하나인 남궁무철도 자리를 비우셨고, 남궁류청과 소부인이 없었으니 당연히 서하령도 없었다.

팔괘촌에서 나를 수색하던 남궁완 아저씨가 남궁 세가로 돌아가셨다 했을 때 당연히 그럴 만하다 여겼다. 가문을 비워 둘 수 없을 테니까. 그런데 알고 보니 가문엔 남궁 세가주인 남궁무철도 계시고 남궁류청까지 있었다.

'뭐가 어디서 어떻게 영향을 미친…….'

"악!"

이어지던 생각은 갑작스러운 비명에 뚝 끊겼다.

"뭐야?"

나는 벌떡 일어나 주변을 둘러보았다.

"이익, 네가 무슨, 아! 무슨 힘이, 이거 놔! 아! 아파!"

내가 앉아 있던 바로 옆 창문 너머에서 들리는 소리였다. 열린 창으로 고개를 내밀자 야율이 보였다. 그리고 그가 손목을 틀어쥔 아이, 서하령도 함께 있었다. 나는 어리둥절한 얼굴로 물었다.

"둘이 뭐 하는 거야?"

"얘가 쥐새끼처럼 창문으로 엿보고 있었어."

서하령이 발끈하여 소리쳤다.

"쥐새끼라니! 나는 그냥 궁금해서 온 것뿐, 악!"

야율이 서하령의 손목을 더 꺾어 버리자 난 놀라 말했다.

"헉, 잠깐, 살살, 아니, 일단 놔줘."

나를 바라본 야율이 서하령의 손목을 쥔 손을 풀었다. 후다닥 몇 걸음 물러난 서하령이 씩씩거리며 야율을 노려보았다. 나는 서하령과 손바닥을 옷자락에 닦고 있는 야율을 번갈아 보다 입을 열었다.

"우리 아까 인사했죠? 서 소저 손목은 괜……."

내가 말을 끝내기도 전에 서하령이 냅다 야율을 걷어차고 쪼르르 도망갔다. 기가 막혀 입을 벌린 날 향해 야율이 물었다.

"쫓을까?"

"어? 아냐, 그럴 필요 없어. 아니, 그보다 괜찮아?"

"응."

"서 소저는 검을 배우는 앤데 손목을 그렇게 꺾으면 안 돼."

"응."

"수향문은 이 근방에 꽤 규모가 큰 문파로 수향문주도 유명해. 서하령은 그 수향문주의 딸이고."

"응."

응응거리기만 하고, 제대로 알아들은 건 맞나?

난 얕게 한숨을 내쉬며 말했다.

"일단 들어와. 다리에 약 바르자."

그때였다.

"그 전에 내 볼일 좀 보자꾸나."

바로 옆에서 들린 목소리에 나와 야율 둘 다 깜짝 놀라 뒤를 돌아보았다.

'기척도 없었는데, 언제부터 있었던 거지?'

땅딸막한 체구의 노인은 흰 눈썹을 길게 늘어트리고 있었는데, 그 아래 눈동자의 예기가 장난이 아니었다. 조금 전까지 기척조차 느끼지 못했지만, 지금 이 순간 느껴지는 존재감은 이 방을 가득 채우고도 남을 정도였다. 단전의 빛무리 또한 내가 지금껏 본 사람 중 가장 컸다. 심지어 남궁완보다도.

'강자다.'

그것도 엄청난.

나는 최대한 태연하게 물었다.

"누구세요?"

하지만 노인은 나를 거들떠보지도 않은 채 야율을 보며 연신 갸웃거렸다.

"어허, 이 아해는 뭐고?"

살짝 미간을 찌푸린 야율이 자리를 뜨려는 순간.

"누구 맘대로 움직이느냐!"

갑자기 노인이 타다닥, 야율의 몸을 점혈하더니 가슴에 손을 올렸다.

"지금 뭐 하시는 거예요!"

나는 깜짝 놀라 소리쳤다. 다급한 맘에 탁자를 밟고 올라가 그대로 창문을 넘었다. 노인은 야율에게서 손을 떼지 않고 심지어 고개도 돌리지 않은 채 내게 전광석화처럼 손을 뻗었다.

'뭐지?'

그리고 나는 노인이 어디를 노리는지 알 수 있었다. 정확히는 이 눈으로 볼 수 있었다.

하지만 노인의 손은 보인다고 피할 수 있는 속도가 아니었다. 그저 몸을 살짝 비틀었을 때 노인의 손이 내 쇄골 근방을 찔렀다.

"악!"

나는 그대로 비명을 지르며 쓰러졌다. 가슴을 쥐어짜는 듯한 고통에 숨도 쉴 수 없었다.

"아닛! 그걸 피해?"

머리맡의 노인이 깜짝 놀란 듯 중얼거렸다. 그러고는 바닥에 엎드린 나를 일으켜 세우고 손가락으로 몸 이곳저곳을 찔러 댔다. 가슴의 통증에 뭘 하는지 거의 느껴지지도 않았다.

"가만, 가만있거라! 사혈을 찔렀으니 지금 당장 풀지 못하면 죽는다!"

뭐라고? 사혈?

사혈이란 침 하나로도 사람을 죽일 수 있는 혈 자리였다.

가쁘게 몰아쉬는 숨 사이로 노인의 목소리가 아득해졌다. 이번 생은 이렇게 허무하게 죽는 거야? 정말로?

흐려지는 시야 끝에 하얗게 질린 낯의 야율이 들어왔다.

눈을 뜨자 낯선 천장과 비산하는 빛무리가 보였다. 저승은 아닌 걸로 보였다.

'아, 죽다 살아났네.'

온몸이 식은땀으로 축축한 가운데 가슴을 쥐어짜던 통증은 그쳤다. 다만 그때의 기억이 남아 있기라도 한지 은은히 아렸다.

"눈떴으면 퍼뜩 일어나거라."

노인의 목소리에 난 바로 몸을 일으켰다.

"괜찮아?"

내 곁에 있었는지 야율이 나를 곧바로 부축하며 물었다. 야율의 가슴팍에 손을 올리던 노인의 모습이 떠올랐다. 나는 야율을 빠르게 훑었다.

'안…… 들킨 건가?'

속으로 안도의 숨을 내쉰 나는 야율을 향해 괜찮다는 듯이 미소 지어 보이고 노인을 보았다.

"노부가 널 살린 것인데 감사를 표하지는 못할망정 눈초리가 아주 불손하구나."

"……."

아니, 자기가 사혈을 찔러서 사람 골로 보낼 뻔해 놓고?

나는 노인의 단전에 있는 주먹만 한 빛 덩어리를 보고 말했다.

"어르신, 은혜에 감사합니다."

"그래, 그래."

노인이 뻣뻣하게 수염을 쓰다듬으며 고개를 끄덕였다.

"그래서 어르신은 누구세요?"

"노부가 누구일 것 같으냐?"

"네?"

"이 집 안을 마음껏 나다닐 수 있는 노인이 누구겠느냐?"

"……."

지금 나보고 알아맞히라는 건가?

"이 정도면 충분히 단서를 준 것 같다만. 아직도 짐작을 못 하겠
느냐?"

나는 잠시 침묵하다 입을 열었다.

"설마…… 남궁 세가주이신가요?"

"흐음."

노인이 만족스러운 낯으로 수염을 쓰다듬었다. 일어서서 인사하려
고 하자 노인이 말했다.

"되었다. 편히 있거라."

나는 잠시 눈치를 보다 입을 열었다.

"여긴 어쩐 일이신가요?"

"……."

남궁 세가주는 턱을 치켜들고 방을 쭉 훑어본 후 입을 열었다.

"공청석유를 내게 넘기거라."

"……!"

너무 어처구니가 없어서 머리가 하얗게 비었다.

말을 잃은 내게 남궁 세가주가 말했다.

"없다고 할 생각은 말거라. 이미 다 알고 왔으니!"

발뺌은 불가능해 보였다.

"제가 가지고 있다 치더라도, 그걸 왜 드려야 하죠?"

남궁 세가주는 수염을 쓰다듬으며 태연하게 말했다.

"좋은 말로 할 때 넘기는 게 좋을 것이다."

양아치야? 남궁 세가주가 이런 사람이었어? 아니, 소설에선 전혀 이렇지 않았는데?

남궁 세가주가 말했다.

"어차피 너 또한 만신의에게서 훔쳐 온 것이 아니냐?"

"아니요, 전 만신의에게 허락받았어요."

난 만신의에게 이 능력도 받았으니 후인이나 다름없지 않은가?

'그럼 다 내 것 맞지, 뭐.'

만신의는 죽었는데 진실 따위 누가 알까?

하지만 남궁 세가주는 내 말에 크게 웃음을 티트렸다.

"하! 하하하하하! 만신의가 네게 그걸 넘겼다고? 하하하하!"

한참을 그리 웃은 남궁 세가주가 눈을 부릅뜨고 바닥을 내리쳤다.

"네 녀석이 아주 간덩이가 부었구나! 감히 남궁 세가에 마공을 익힌 자를 데리고 온 것도 모자라 나를 속이려 들어?"

심장이 쿵 떨어지는 느낌과 동시에 올 것이 왔다는 생각이 들었다.

'역시, 들켰구나.'

하긴 모를 리가 없었다.

남궁 세가주가 호통쳤다.

"좋은 말로 할 때 썩 내놓거라!"

입술을 깨문 내가 말했다.

"야율은 마교도가 아니에요. 그저 어쩔 수 없이 마공을 익혔을 뿐이……."

"내 알 바 아니다!"

내 팔을 쥐고 있던 야율의 손에 힘이 들어가는 것이 느껴졌다.

"핑계 없는 무덤은 없다! 노부가 여기서 너희 둘을 찢어 죽인대도 아무도 뭐라 하지 못할 것이다!"

나는 야율을 내 뒤로 숨겼다.

"백리 세가와 전쟁이라도 하시려고요?"

"흥, 네가 백리 세가에서 제대로 된 취급도 못 받는 것을 노부가 모를 것 같으냐?"

"……."

말문이 막혔다.

할아버지는 내 죽음에 분노하실 거다. 떠나기 전에 내게 잘해 주시던 모습을 생각한다면 말이다. 하지만 그 분노가 남궁 세가와 전쟁을 각오할 만큼이 될까? 나는 확신할 수가 없었다.

남궁 세가주가 말했다.

"공청석유를 넘기거라. 그러면 노부가 저 악종을 눈감아 주지. 어떠한가? 물론 거절한다면 목숨을 내놔야 할 것이야!"

"……."

"……."

눈을 꽉 감았다 뜬 나는 자리에서 일어났다. 야율이 내 손목을 붙잡았다. 내가 야율의 손을 빼내자 그가 충격받은 얼굴을 했다.

'내가 이럴까 봐 데리고 오는 건 반대였는데.'

나는 야율의 뒤쪽, 침상 방향으로 향했다. 그리고 숨겨 놓았던 검은 자기병을 가져왔다. 내가 자기병을 꺼낸 순간부터 노인의 시선이 떨어질 줄 몰랐다.

"가져가세요."

노인이 내 손의 자기병을 가져가려는 순간 나는 자기병을 꽉 쥐었다.

"대신 야율의 신분을 보증해 주세요."

"보증?"

"네. 야율의 마공이 밝혀지는 일이 벌어진다면 어르신께서 보호해 주셔야 한단 말이죠."

노인이 눈살을 찌푸렸다. 나는 말을 이어 갔다.

"아버지는 제가 눈에 밟혀 야율의 마공을 눈감아 주신 거예요. 그리고 제 치료 때문에 남궁완 아저씨께도 말하지 못했던 거고요."

"흥, 그래서?"

"남궁 세가에서 야율에 대한 것을 알더라도 아버지께 피해가 가지 않게 해 주셨으면 해요."

노인이 눈을 가늘게 뜨고 날 바라보았다.

"효심이 아주 지극하구나. 영특하기도 하고."

노인이 화통하게 말했다.

"알았다! 노부가 보증하지!"

그대로 자기병을 건네려던 난 다시 병을 쥐었다. 나를 노려보는 노인의 눈에서 불이 튈 것 같았다.

"지금 노부랑 장난치자는 게냐!"

"그런데 말이죠, 어르신…… 남궁 세가주 아니시죠?"

"무슨 소릴 하는 게냐?"

역시나 수행이 높은 분답게 표정에선 빈틈을 찾아볼 수 없었다. 난 말을 이어 갔다.

"생각해 보니 말이에요, 제가 공청석유를 남궁완 아저씨께 드렸거든요."

"알고 있다."

"공청석유가 정말 필요하다면 아드님에게 달라고 하시면 될 것을 굳이 제게 달라고 하실 이유가 없잖아요?"

남궁완 아저씨 성격을 모르는 것도 아니고. 내가 남궁 세가주에게 뺏겼다는 것을 알면 남궁완 아저씨가 어찌 나올지 뻔히 보였다.

노인이 코웃음을 치며 태연하게 답했다.

"그 아이의 것은 그 아이의 것이고 내 것은 내 것이지."

나는 그러냐는 듯 고개를 끄덕이곤 말을 이었다.

"그럼 제가 남궁완 아저씨께 가서 남궁 세가주께서 공청석유를 가져가셨으니 드린 걸 돌려 달라고 해도 상관없으신 거죠?"

노인이 눈을 부릅떴다.

"네 녀석……!"

"아저씨 것은 아저씨 거고 남궁 세가주님 것은 남궁 세가주님 것이니까요."

노인이 나를 매섭게 노려봤다. 나는 싱긋 웃으며 말했다.

"아, 물론 그럴 생각은 없지만요."

야율 때문에라도 그럴 수는 없었다. 나는 다시 노인에게 자기병을 내밀었다.

"어르신이 누구신지는 따져 묻지 않을게요. 다만, 야율의 신분만큼은 확실히 보증해 주시겠어요?"

"내가 누군지도 모르면서 그런 말을 한다는 말이냐?"

"어르신께서 말씀하셨듯이 어르신은 남궁 세가에서 마음껏 나다니실 수 있는 분이잖아요? 그렇다면 진짜 남궁 세가주 어르신과 깊은 관계이시지 않을까요?"

그게 아니라면 아무리 본신의 무력이 대단하다더라도 사방에 고수들이 가득한 남궁 세가를 이렇게 멋대로 드나들 수는 없을 터였다.

그렇다면 처음부터 남궁 세가에서 돌아다니는 것을 허락받은 사람. 그리고 남궁완이 공청석유를 얻은 사실을, 내가 두 병을 지니고 있었다는 사실을 반나절 만에 알 수 있는, 아주 친밀한 사이.

노인이 기가 찬다는 듯 헛숨을 토했다.

"허! 영특한 게 아니라 영악했구나! 그래. 노부는 남궁 세가주가 아니니라. 하지만 노부의 이름을 걸고 저 아이는 보호해 주마. 이제 공청석유를 내놓거라!"

나는 건네던 자기병을 다시 쥐었다.

"잠시만요."

"또 뭐!"

노인이 버럭 소리쳤다. 담긴 내력에 고막이 울릴 정도였다. 노인도 소리치곤 아차 싶었는지 주변을 살짝 둘러보았다.

"제게 하실 말씀이 있지 않으신가요?"

"쯧, 노부가 무슨 할 말이 있다는 것이냐!"

나는 고개를 갸웃 기울이며 말했다.

"제게 사과하셔야죠."

"뭐라?"

"제 사혈을 찔러 저를 죽일 뻔하셨잖아요? 저는 어르신께서 살려 주신 것에 대한 감사를 표했는데…… 설마 저를 죽일 뻔한 어르신이 그냥 넘어가시려는 건 아니겠죠?"

노인은 어처구니없다는 표정을 지었다.

나는 씩씩거리며 나가는 노인의 뒷모습을 보며 인사했다.

"살펴 가세요!"

나는 귀를 쫑긋 기울이고 바깥의 기척을 살폈다.

갔나? 갔나?

한참을 기다려도 아무 소리도 들리지 않았다. 정말 이곳을 떠났다는 걸 확신한 난 안도의 숨을 내쉬었다.

"하아."

'한 병은 숨겨 두길 잘했네.'

사실 내가 발견한 것은 정확히 총 세 병이었다. 혹시나 몰라서 남궁완에게 두 병만 내보인 건데 그러길 잘했다.

'어쩔 수 없지.'

하나는 아버지께 드리고 하나는 기회가 되면 내가 먹으려고 숨겨 뒀던 건데…… 내 걸 아버지 드리는 수밖에.

뺏긴 건 눈물 나게 아까웠지만, 저 노인이 내가 예상한 사람이 맞는다면 이 정도면 무사히 넘어갔다고 볼 수도 있었다.

"이제 정말 갔나 봐."

야율을 돌아보자 야율은 주먹을 꽉 쥔 채 바닥에 시선을 고정하고 있었다.

"야율."

"……"

"야율."

"……."

부름이 네 번 정도 돼서야 야율이 고개를 들었다.

"나 때문에……."

나는 야율의 말을 자르며 말했다.

"천산염제 구홍마."

"……?"

"저 망할 노인네의 정체야. 네 탓이 아니란 뜻이야."

"천산…… 염제?"

"응. 들어 봤지?"

야율이 고개를 저었다. 아니, 정파 무가 출신이면서 천산염제를 모른다고?

"어, 천하 십일강 중 한 명인데…… 정파도 사파도 아닌, 제멋대로 사는 걸로 유명한 괴인이야."

세상엔 알려지지 않았지만 남궁 세가주인 남궁무철의 의형제이기도 했다.

'아직 천산염제도 살아 있을 시기로구나.'

천산염제 구홍마는 앞으로 몇 년 뒤 자연스레 역사 속의 이름이 된다. 심지어 제자마저 두지 않아 천산염제의 무공은 전승자도 없이 그대로 사라진다.

"뺏기로 작정한 천하 십일강 중 한 명을 어떻게 막겠어? 아버지가 계셨어도 못 막았을걸. 네 탓 아냐."

"……."

하지만 별 위로가 되진 않아 보였다. 문득 얼마 전 야율이 했던 말이 떠올랐다.

"야율, 야율."

나는 바닥을 바라보는 야율의 앞에 손을 흔들었다.

"이제 네 목숨에 가치 없단 말은 못 하겠네. 공청석유로 살린 목숨
이잖아."

장난스럽게 말한 내가 하하, 웃었다. 그리고 그 순간 야율이 나를
덮쳤다. 정확히는 끌어안았다고, 아니, 안겼다고 해야 했다.

'뭐, 뭐야?'

나는 내 품에 안긴 머리통을 얼떨떨하게 보았다.

이튿날, 소부인에게 자청각에서 석찬을 하자는 초대를 받았다. 야
율도 함께 초대받았는데, 야율은 가지 않겠다고 했다. 나 또한 이에
찬성이었다.

나는 홀로 시비의 뒤를 따라갔다.

자청각은 남궁 세가에서 가장 풍광이 좋기로 세간에 명성이 자자
한 곳이었다. 푸른 호수 한가운데 있는 누각이었는데 과거엔 낮에 몇
번 구경하러 오곤 했다.

그땐 호수에 흐드러지게 핀 연꽃이 장관이었는데, 지금은 보기 힘
들었다. 대신 호수에 띄워 둔 종이 등이 수면에 반짝거리는 빛을 뿌렸
다. 과하지 않고 은은한 빛이라 눈가리개를 풀어도 될 정도였다.

누각 계단을 올라간 난 놀라 눈을 크게 떴다. 남궁 세가 사람들은
벌써 모두 자리에 앉아 있었다.

'나도 일찍 나온 건데?'

나는 당황하며 인사했다.

"늦어서 죄송합니다."

정중앙에 앉은 노인이 입을 열었다.

"아니다, 우리가 할 이야기가 있어 먼저 와 있었던 것뿐이니라."

반 정도 희끗희끗한 눈썹에 아직도 부리부리한 눈매. 지금은 주름진 매서운 눈매가 남궁완 아저씨와 딱 닮아 있었다. 이분이 진짜 남궁 세가주 남궁무철이었다.

단전에 존재하는 빛의 크기는 천산염제와 엇비슷하였는데, 기의 색은 완전히 달랐다.

천산염제는 선홍빛에 가까운 느낌이었다면 남궁무철은 남궁완과 똑같은 상앗빛이었다. 다만 이쪽이 좀 더 밀도가 높아 보였다. 사실 원래 천산염제처럼 색상이 눈에 띄는 기운이 오히려 독특한 것이었다.

나는 공손히 포권지례를 올렸다.

"백리 세가의 백리연이 남궁 세가의 분들께 인사 올립니다."

남궁무철의 오른편에는 남궁완과 소부인이, 왼편에는 대망의 주인공, 남궁류청이 있었다.

나는 과거 남궁류청을 처음 마주했을 때를 떠올렸다.

아버지의 장례식이 거행되던 백리 세가. 혼절했다 깨어난 난 여기가 소설 속인 걸 알고는 한창 혼란에 휩싸였을 때였다. 모두 내가 슬픔에 제정신이 아니라 여겨서 다행이었다. 그리고…… 아버지 관을 안

치한 사당 앞에서 그를 마주쳤다.

옥을 깎아 만든 듯한 수려한 얼굴의 청년이 반쯤 넋이 나간 채 있었다. 나를 본 청년이 눈물 젖은 기다란 속눈썹을 깜빡이자 하얗게 질린 뺨에 눈물이 흘러내렸다.

"백리 소저…… 맞습니까?"

그게 나와 남궁류청의 첫 만남이었다.

'이젠 나밖에 기억 못 하는 일이지만.'

당시 성장기의 끝물이었던 남궁류청과 달리 지금 내 앞의 남궁류청은 훨씬 앳되고 싱그러웠다. 하지만 냉막하고 오만함이 묻어나는 표정이 제 또래로 보이지 않게 만들었다. 표정에서부터 이 자리를 무척 지루해하고 있는 걸 알 수 있었다.

남궁류청 옆에는 정반대로 호기심 가득한 눈으로 나를 바라보는 서하령이 있었다. 나는 남궁무철부터 차례로 인사를 나누었다.

소부인이 나서서 말했다.

"백리 소저는 처음 보겠구나. 여긴 내 아들인 남궁류청이란다."

남궁류청은 내게 인사하면서도 눈을 내리깐 채 시선조차 마주치지 않았다. 남궁완이 무시무시한 낯으로 남궁류청을 노려보았으나 끄떡도 없었다.

"……."

어색한 기류를 간드러진 목소리가 밀어냈다.

"백리 소저가 눈이 아프다 하여 빛을 최대한 줄이긴 했다만, 오는 길에 눈부시진 않았는지 모르겠구나."

보통 해가 진 후 자리를 마련한다면 주변을 아주 환하게 밝히기 마련이었다. 전등이 없는 이곳 세계에서는 밤에도 주변을 환히 밝힐 수 있는 것이 부의 상징이었으니까.

하지만 오는 길부터 전각 내부까지 약간 어둡다고 느낄 정도로 불빛이 은은했다.

"전혀 불편하지 않았어요! 배려에 감사합니다."

"그렇다면 다행이구나."

소부인이 직접 나를 자리로 안내하며 말을 이어 갔다.

"내 성심껏 준비했지만, 음식이 입에 맞을지 잘 모르겠구나."

"어제 저녁도 맛있었는걸요. 오늘도 기대하고 있어요."

나는 남궁류청의 저런 모습을 예상했기에 그다지 개의치 않았다. 나를 묘하게 바라보던 소부인이 내 머리를 조심스럽게 쓰다듬고 갔다.

남궁완이 내게 말을 걸었다.

"어제는 잘 쉬었느냐?"

별다를 것 없는 안부 질문이었다. 거기서 확신할 수 있었다.

'남궁완 아저씨는 천산염제가 내게 왔다 간 사실을 몰라.'

만약 알고 있었다면 이렇게 아무렇지도 않게 물을 리 없었다. 나는 방긋 웃으며 말했다.

"네. 푹 쉬었어요. 아저씨도 푹 쉬셨어요?"

"내 집인데 당연한 말을."

내 대답에 남궁무철이 슬쩍 미소 지었다.

나는 약간 의아하게 여겼다가 계속 이어지는 대화에 남궁무철의 반응을 잊어버렸다. 소소한 담소를 나누는 새 시비들이 줄줄이 음식을 날라 왔다. 내가 옆자리에 앉았을 때부터 지대한 관심을 보이던 서하령이 입을 열었다.

"네 아버지가 정말 백리 대협이야?"

"맞아."

"와!"

이런 질문과 반응도 수도 없이 봤다.

'그래도 수향문이면 백리 세가랑은 꽤 떨어진 곳인데. 아버지에 대해 알 줄이야.'

서하령은 궁금한 게 무척 많은 아이였다. 이것저것 한참 종알거리던 서하령이 문득 떠올랐다는 듯 물었다.

"아, 맞아. 어제 걔는 뭐야? 너무 무서웠어."

"걔? 아, 야율?"

"이름이 야율이야?"

서하령이 언짢은 표정을 지었다.

"왜 그런 하인을 두는 거야? 너무 무례하다고. 교육 좀 해."

"아, 걔는 하인 아냐."

"아니라고? 그럼 왜 같이 있어? 아, 가문 호위야?"

"호위도 아냐."

"아니라고? 그럼 뭔데?"

"그건……."

그때 서하령의 살짝 드러난 손목을 본 난 젓가락을 떨어트릴 뻔했다. 서하령의 오른 손목에 누가 봐도 손자국 모양으로 시퍼렇게 멍이 들어 있었다.

'아니, 야율 이 미친놈. 얼마나 세게 잡은 거야?'

서하령이 입을 삐죽이며 재촉했다.

"왜 같이 있냐니까?"

"어…… 그게……."

나는 이 자리에 있는 다른 남궁 세가 사람들을 흘끔 살폈다.

'서하령이 저 상처를 따지고 들기라도 하면…….'

남궁 세가 사람들이 야율에게 관심을 가질 테고, 그래서 좋을 게 없었다. 나는 빠르게 고개 숙였다.

"내가 그 애 대신 사과할게. 정말 미안해."

"어, 어?"

이번엔 서하령이 당황한 얼굴을 했다.

"아니, 뭐어…… 사과하라는 건 아니었는데……."

눈을 굴리던 서하령이 우물쭈물하며 말했다.

"나, 나도 미안해."

"응?"

"사실 그때 엿본 거 맞아. 근데! 그냥 네가 내 또래라길래 궁금해서 인사하러 가는데 창문이 열려 있어서…… 그래서…… 그냥 나도 모르게 봤어. 미안해."

나는 고개를 숙인 서하령을 보고 살짝 놀랐다.

'생각보다 착한 아이인 걸지도.'

저 상처를 아무에게도 이르지 않은 걸 봐서도.

곧이어 고개를 든 서하령이 손가락을 꼼지락거리며 말했다.

"있잖아, 나 하나 궁금한 게 있거든……."

"뭔데? 물어봐."

"너 정말로 내공 폐인이야?"

"……."

음, 착한 아이라는 건 성급한 판단이었을지도……

그때 우리 대화 사이에 부드러운 목소리가 끼어들었다.

"서 소저, 백리 소저를 당황하게 하지 말아요."

"앗, 죄송합니다."

"역시 애들은 애들이네요. 벌써 친해진 걸 보니."

소부인의 말에 남궁류청을 흘끔 본 남궁완이 입매를 비틀었다. 그 뒤로도 서하령은 계속 나에게 종알종알 말을 걸었다. 그리고 우리가 대화를 하는 동안 남궁류청은 허리를 꼿꼿하게 편 채 나를 단 한 번도 돌아보지 않았다.

'확실히 들은 대로네.'

남궁류청은 불세출의 천재로 오만한 어린 시절을 보냈다. 수준이 안 맞는 자는 상대도 하지 않았다. 내공 폐인인 난 남궁류청에게 바닥의 돌만도 못한 존재일 것이다.

서하령은 냉랭한 남궁류청의 반응에도 굴하지 않고 내게 종알거렸듯이 그에게도 간간이 말을 걸었다. 하지만 대화라는 건 서로 의지가 있어야 이어지는 것이다. 남궁류청은 단답형으로만 대답했고 대화는 뚝뚝 끊겼다.

남궁류청만 빼면 화기애애한 분위기에서, 식사가 거의 끝날 즈음이었다. 남궁류청이 일어났다.

소부인이 서둘러 말했다.

"류청아, 더 먹지 그러니?"

"소자, 충분합니다."

남궁류청이 포권하며 말했다.

"이만 수련을 해야 하여, 먼저 물러가 보겠습니다."

소부인이 무슨 말을 하기도 전에 남궁류청은 바로 몸을 돌려 누각을 걸어 나갔다. 소부인이 소리 없이 한숨을 내쉬고 남궁완이 낮게 "저놈이⋯⋯." 하고 중얼거리는 소리가 살짝 들렸다.

남궁무철은 이 상황에 개의치 않는 듯 껄껄 웃으며 수염을 쓰다듬었다.

"원래 아이는 뜻대로 되지 않는 법일세."

그때 서하령이 조심스럽게 일어났다.

"저, 저도 이만 가 볼게요."

소부인이 부드럽게 웃으며 말했다.

"그러려무나."

역시 다 가는군.

애들에게 이런 식사 자리는 재미없지, 라고 생각하던 나에게 서하령이 말했다.

"같이 가자."

"어? 나도?"

"웅!"

"나는⋯⋯."

약간 당황하며 남궁완을 돌아보았다.

"가라. 다 가!"

남궁완이 내 뜻을 어찌 해석했는지 손을 휘휘 내저었다. 소부인의 웃음소리를 뒤로하고 나는 서하령의 손에 이끌려 누각 계단을 내려갔다. 서하령은 내 손을 잡고 남궁 세가를 익숙하게 가로질렀다.

'대체 어딜 가는 건데?'

끌려가다 숨이 턱 끝까지 차 더는 못 뛴다 생각한 순간 드디어 서하령이 멈췄다. 나는 옆구리를 쥐고 거칠게 숨을 내쉬었다. 밥 먹고 바로 뛰어서 옆구리가 찢어질 것 같았다.

"류청!"

서하령의 목소리에 정신이 조금 들었다. 어딜 이리 뛰어가는지 왜 멈췄는지 의문이 한 번에 해결됐다. 남궁류청 앞으로 달려간 서하령이 발랄하게 물었다.

"어디 가?"

"좀 전에 수련하러 간다고 말했잖아."

"으응?"

"용건은 그게 다야?"

남궁류청의 조숙한 말투에선 냉랭한 기운이 풀풀 풍겼다. 남궁류청의 시동으로 보이는 이가 개미만 한 목소리로 "도련님." 하고 말리듯 말하는 것이 들렸다.

나는 열 걸음 정도 뒤에서 그들의 모습을 마치 연극 보듯 구경했다. 당황한 서하령이 서둘러 입을 열었다.

"아니! 그, 수련하러 가지 말고 우리 같이 놀자!"

"내가 왜?"

"어? 어…… 아니, 오늘 새로운 친구도 있으니까……."

남궁류청이 코웃음을 치며 서하령의 말을 잘랐다.

"누가 누구랑 친구야?"

서하령이 입술을 깨물었다.

"하지만 소부인께서 같이 수련하면 좋겠다고 하셨는걸."

"그래서 낮에 했잖아."

"그건! 이각도 안 했잖아. 그럼 수련 같이하자, 아니, 대련이라도 한 번만 하자…….”

남궁류청의 짜증스러운 한숨에 서하령의 목소리가 점점 작아졌다.

“……왜 그렇게 싫은데?”

남궁류청이 인상을 찡그렸다. 그 모습은 늘 인상을 찌푸리고 다니는 남궁완과 쏙 닮아 있었다.

“그야 소저와의 대련에서 내가 얻을 게 없으니까.”

“그게 무슨 소리야?”

“모르겠으면, 말아.”

“뭐어? 알려 줘, 무슨 소린데!”

서하령이 돌아서는 남궁류청의 옷자락을 붙들었다.

“봐.”

“무슨 소리냐니까?”

남궁류청이 마치 내가 이런 말까지 해야 하냐는 태도로 말했다.

“너랑은 수준 차이 난단 뜻이야.”

“…….”

남궁류청이 그대로 굳은 서하령에게 붙잡힌 옷자락을 빼냈다. 그리고 성질난 표정으로 구겨진 옷자락을 탁탁 털어 내다 순간 나와 눈이 마주쳤다. 혀를 찬 남궁류청이 옷자락을 펄럭이며 멀어졌다. 그 뒤를 시동이 황급히 뒤따랐다.

‘와…….’

싸가지 봐.

재수 없음이라는 단어의 현신을 본 듯한 느낌에 나는 그대로 박수를 치고 싶었다. 저런 놈을 사람으로 만들었다니. 새삼 아버지에게 감탄이 일었고 동시에 안쓰러웠다.

'얼마나 고생이 많으셨을까……?'

역시 내 아버지가 제일 대단했다. 박수갈채는 저 싸가지가 아니라 아버지께 보내야 한다. 그런데 소설에선 분명 서하령과는 어릴 적부터 함께한 소꿉친구라 하였는데……. 아직 친구는 아닌 걸까?

나는 서하령을 돌아보았다. 서하령은 어깨를 축 늘어트린 채 바닥에 시선을 두고 있었다. 나는 조심스럽게 물었다.

"서 소저, 류청…… 남궁 공자랑 수련을 같이하고 싶은 이유가 있는 거야?"

서하령은 계속 바닥을 바라보며 조그맣게 답했다.

"……친해지고 싶어서."

"왜?"

"강하잖아."

오, 생각지도 못한 이유였다.

'하긴 벌써 사랑을 논하기엔 이르지.'

서하령이 입술을 꾹 깨물고 중얼거렸다.

"대련했는데 한 번도 못 이겼어."

"한 번도?"

"응. 수향문에서는 내 또래한테 져 본 적 없는데."

나는 굉장하다는 듯이 칭찬했다.

"뭐야, 너도 대단하잖아!"

"그럼 뭐 해? 공자 한 번을 제대로 상대 못 하는데."

"음…… 그건 네가 아무래도 남궁 공자보다 어리니까……."

"그래 봤자 두 살 차이라고. 남궁 공자는 두 살이 뭐야, 몇 살 더 많은 사저도 다 이겼단 말이야."

그야 어쩔 수 없지. 남궁류청은 이 세계의 주인공이라고…….

남궁류청이 생태계 파괴 수준 천재라 그렇지 서하령도 미래에는 실력으로 꽤 이름을 날린다. 그런 미래를 전혀 모른 채 축 처진 모습의 아이가 안쓰러웠다.

"수향문의 검술도 대단하다고 들었어."

"맞아! 우리 수향문 검도 대단해! 엄마가, 앗 아니 엄마가 밖에서 엄마라고 하지 말랬는데. 문주님께서 검을 휘두르면 얼마나 멋있는데! 그런데, 그런데 나는……."

수향문 얘기를 하며 잠깐 밝아졌던 서하령의 목소리가 점차 젖어들어갔다.

"내가…… 내가 모자라서……. 내가 모자라서…… 흑."

"어?"

"흐윽. 흡."

뭐, 뭐야. 지금 우는 거야? 이렇게 갑자기? 왜?

"서, 서 소저."

"……엄마 보고 싶어. 허어어엉."

놀란 난 어쩔 줄 모르며 주변을 둘러봤다. 내가 울린 거 아냐!

남궁류청 옆에 시동이 있던 것처럼 우리 곁에도 시비가 있었다. 남궁 세가 안에선 안전하다지만 해가 진 저녁에 어린아이들만 돌아다니게 둘 리 없었다. 그림자처럼 있던 남궁 세가의 시비가 다가와 서하령에게 손수건을 내밀었다. 하지만 서하령은 그 손을 뿌리치며 소리쳤다.

"건들지 마! 흐어엉."

몇 번 다가가던 시비가 다가갈수록 더 성질내는 서하령의 모습에 어떻게 해 달라는 듯이 나를 보았다.

'건드리지 말라잖아. 내가 건드린다고 뭐 다르겠냐고……'

속으로 중얼거린 나는 서하령에게 쭈뼛쭈뼛 다가가 슬그머니 어깨에 손을 올렸다. 의외로 서하령은 내 손을 뿌리치지 않았다.

조금 용기를 얻은 내가 다독이며 말했다.

"울지 마."

하지만 오히려 내 말이 도화선이 된 듯 서하령이 더 크게 울었다.

"허엉, 허엉엉."

"그으…… 서 소저, 울지 마. 뭐, 남궁 공자가 뭐가 그렇게 대단하다고……"

"흐어어어엉."

아, 이게 아닌가? 나는 눈을 굴리면서 토닥이다 말했다.

"서 소저, 울지 마……. 마, 맞아. 나 서 소저 검 보고 싶은데!"

서하령이 내 말에 혹했는지 움찔했다. 나는 재빨리 말을 이었다.

"응? 나 수향문 검 보고 싶어."

"……수, 향문, 검?"

"응, 응! 보고 싶어!"

나는 열렬히 수향문의 검을 보고 싶은 척 연기했다. 확실히 검 이야기가 효력이 있었는지 서하령은 어느새 울음을 뚝 그쳤다. 얼굴을 벅벅 문질러 눈물을 닦은 서하령이 벌떡 일어났다.

"그래! 보여 줄게!"

서하령은 열정을 불태우며 나를 한 연무장으로 이끌고 갔다. 휴식 시간인지 연무장은 텅 비어 있었다. 연무장 곳곳에 놓인 석등도 다 불이 꺼져 있어 빛이라곤 시비가 발치를 밝히려 들고 있는 초롱불만이 유일했다.

서하령은 무섭지도 않은지 컴컴한 연무장 가운데 자리를 잡았다. 목검을 든 서하령이 진지한 낯을 하며 자세를 잡자 순식간에 기세가 묵직해졌다.

'확실히······.'

수향문에서 또래에 비견할 자가 없다는 건 거짓이 아닌 듯했다. 서하령의 실력은 내 상상보다 훨씬 더 뛰어났다.

하지만 그보다 더 놀라운 건 따로 있었다. 나는 서하령이 검법을 시연하는 걸 정신없이 바라봤다.

'뭐야, 이게?'

빛으로 이뤄진 시야. 기를 보여 주는 눈. 그 눈은 내 예상보다 더 대단했다. 서하령이 검을 휘두를 때마다 공격이 어떤 식으로 올지 예상할 수 있게 해 주었다.

'천산염제의 손가락이 찌르려던 곳을 예상한 게 우연이 아니었어.'

심지어 서하령이 검을 휘두를 때마다 빛이 빈 공간들, 그곳이 약점인 걸 본능적으로 알 수 있었다.

"후우."

어느새 시연을 마친 서하령이 숨을 몰아쉬며 나를 돌아보았다. 나는 반사적으로 손뼉 쳤다.

"와, 대단한데!"

"진짜?"

"응. 한 번 더 보여 줄 수 있어?"

내가 본 것을 다시 한번 확인해 보고 싶었다. 그러자 목검을 껴안고 있던 서하령이 환하게 웃으며 답했다.

"좋아!"

"하아, 하아, 하아."

컴컴한 연무장에 거친 숨소리가 울렸다.

"나, 더는 못 해!"

소리친 서하령이 털썩 바닥에 주저앉더니 그대로 흙바닥에 드러누웠다. 나는 깜짝 놀라 다가갔다.

"알았어. 그만 부탁할게. 일어나. 흙바닥에 앉으면 어떡해?"

"몰라, 몰라. 못 일어나! 쉴래!"

나도 모르게 정신없이 검법을 보여 달라 계속 부탁하고 있었다. 한 번만 해도 피곤할 텐데 열 번이나 했으니 이렇게 지치는 것도 당연했다. 나는 서하령 옆에 같이 앉으며 물었다.

"남궁 세가엔 얼마나 있어?"

"석 달. 이제 한 달 지났으니까, 두 달 남았어."

"수향문이면 여기서 멀지 않은데 그냥 돌아가면 되지 않아?"

"하지만…… 나 말고는 다들 여기서 배우는 거 많다고 좋아하는걸."

"너 말고?"

"응. 수향문 다른 제자들."

"아, 검술 교류로 온 거야?"

"응. 내가 돌아간다고 하면 사형이랑 사저들도 돌아가야 하잖아."

"그렇구나."

남궁 세가와 검술 교류라니. 수향문이라도 흔치 않은 기회일 테니 최대한 오래 머물다 돌아가는 것이 좋을 터였다. 잠시 생각하던 내가 말했다.

"내 동갑 쌍둥이 사촌이 있는데, 네가 걔네들보다 훨씬 실력 좋아. 그러니까 너무 부담 가지지 마."

"정말? 네 사촌이면 백리 세가 사람 아냐?"

"그렇지."

벌떡 일어나서 좋아하던 서하령이 입을 삐죽이며 드러누웠다.

"그럼 뭐 해? 류청은……."

서하령이 풀썩 눕는 바람에 흙먼지가 일었다.

"콜록, 콜록."

"헉, 맞다. 너 허약하잖아."

아니, 그냥 흙먼지 때문인데? 그리고 허약하다고 할 필요까지 있어?

서하령이 벌떡 일어나 내 팔을 잡아 일으켰다.

"이렇게 바닥에 앉으면 안 되지! 들어가자!"

나는 그런 서하령을 물끄러미 바라보다 입을 열었다.

"아까 보니까 어깨가 계속 비더라."

"어? 어, 어떻게 알았어? 나 매번 지적받던 건데."

나는 놀란 듯 토끼 눈으로 나를 바라보는 서하령을 보았다.

'뭐…… 이 정도 조언은 해도 되겠지.'

"그럼 이렇게 해 보는 건 어때?"

하지만 하나를 고치면 또 하나의 문제가 생겼고, 그걸 고치면 또 다른 문제가 생겼다.

'역시 잘 모르면서 나서는 거 아니야.'

나는 길게 하품을 하며 연무장에 딸린 건물 밖으로 나왔다. 피곤해 죽어 가는 나와 달리 서하령은 아직도 기운이 펄펄 넘쳤다.

'검법 시연을 한 건 쟤인데 왜 내가 더 피곤한 거지?'

서하령은 깡충깡충 뛰어가다 나를 돌아봤다.

"내 처소는 이쪽이야! 그럼 잘 가, 내일 봐!"

내일도 보자고?

"어? 으응. 잘 가."

당황한 속내를 감추며 손을 마주 흔들었다. 그렇게 내 시야에서 서하령이 사라졌을 때였다.

"백리 소저."

뒤쪽에서 나이 지긋한 목소리가 들려왔다. 돌아보자 깔끔하게 차려입은 노인이 나를 보고 있었다. 계속 건물 밖에서 어른거리던 기운의 주인이었다.

"저는 남궁 세가주를 모시는 노복입니다. 가주님께서 차를 한잔 함께하자고 하십니다."

가주라면 남궁무철? 나는 전혀 예상치 못한 말에 놀라 노복을 바라봤다.

노복이 공손히 말했다.

"시간이 늦었으니, 피로하시다면 내일 오셔도 됩니다."

"……아뇨! 괜찮아요. 가죠."

이대로 돌아가면 궁금증에 잠을 설칠 게 뻔했다.

노복과 함께 간 곳은 호수 근처의 이 층 전각이었다.

"어서 오너라! 이리 앉거라."

석찬 때보다 더 큰 환대에 나는 속으로 놀랐다. 남궁무철이 웃으며 말을 이었다.

"이렇게 시간이 늦을 줄 알았다면 내일 보자 할 걸 그랬다. 서 소저와 벌써 그리 친해졌을 줄이야. 껄껄."

"기다리시는 줄 전혀 몰랐어요."

"되었다, 되었어. 나도 재미있는 구경을 했으니."

재미있는 구경? 고개를 갸웃 기울인 나는 무심코 남궁무철 뒤쪽의 병풍을 보곤 멈칫했다.

'저건?'

하지만 의문을 더 이어 갈 수는 없었다. 남궁무철의 내공이, 상앗빛 기운이 내게 다가온 것이다. 이런 경우는 처음이었다.

'천하 십일강쯤 되면 이런 것도 가능한가?'

속으로 감탄하며 나는 아닌 척 그 기운이 움직이는 바를 관찰했다. 나를 감싼 기운이 내 단전 부근을 더듬었다. 살짝 침음한 남궁무철이 노복이 따르고 간 찻잔을 들었다.

"몸은 괜찮으냐? 어디 불편한 곳은 없고?"

"네. 남궁 세가에서 살펴 주신 덕에 괜찮아요."

그 뒤로도 남궁무철은 내 몸 상태를 꽤 세심히 물어보았다.

'설마 내 몸 상태를 물어보려고 부른 건가?'

이런 생각이 들 때쯤 그제야 남궁무철이 본론을 꺼냈다.

"완에게 들었다. 네가 만신의의 연단실에서 찾아낸 공청석유를 내주었다고."

"네."

"아깝지 않으냐?"

"당연히 아깝죠!"

"음?"

"하지만 아저씨가 더 좋으니까요."

그렇게 말하며 난 배시시 웃었다.

"그리고 아저씨께서 저를 만신의께 데려가 주신 거잖아요? 아저씨가 아니었다면 공청석유도 없었을 테니까. 그러니까 당연히 아저씨도 가지셔야죠!"

만신의의 연단실이 발견된 이상 그곳은 언젠가 열릴 것이다. 그러면 그 안에 공청석유가 있었다는 사실도 밝혀질 터였다.

그런데 하필 공청석유만 없어진 상태다? 그리고 그 안에서 유일하게 살아 나온 사람이 있다?

무조건 내게 모든 시선이 모일 것이다. 그리고 만신의의 연단실에서 나온 공청석유를 모두 꿀꺽했다간 분명 이를 시기하며 트집을 잡는 자가 나올 것이다.

물론 백리 세가라면 그런 논란을 모두 뭉개 버릴 수 있을 터였다. 그러나 누군가는 분명 딸을 앞세워 공청석유를 모두 차지했다며 내 아버지를 욕할 것이다.

'하지만 나온 걸 남궁 세가와 나눴다면?'

세간의 시선도 나뉠뿐더러 감히 두 세가를 한 번에 적으로 돌릴 간덩이가 부은 놈은 없을 터였다.

거기다가 공청석유를 두 개, 내가 숨긴 것까지 하여 세 개를 백리세가에 가지고 갔다고 치자. 할머니와 큰아버지, 고모가 가만히 있겠는가? 분명 하나는 자신들에게 달라고 난리를 칠 것이다.

보통 사람이라면 욕심에 절대 나눠 주지 않을 것이다. 하지만 내 아버지는…….

'나눠 준다고 하고도 남으실 분이지.'

나는 상상만으로도 진저릴 쳤다. 심지어 비슷한 일이 몇 번 벌어지기도 했다. 저들에게 뺏길 바엔 남궁완 아저씨께 나눠 주는 것이 훨씬 나았다.

남궁무철이 나를 바라보다 다시 운을 뗐다.

"완이 너를 만신의에게 데려간 건 너를 위해서가 아니었다. 그래도 정녕 아깝지 않겠느냐?"

나는 다시 고개를 갸웃 기울였다.

"하지만 그래도 제게 잘해 주셨다는 사실이 변하는 건 아니잖아요?"

처음부터 알고 있었다. 남궁완 아저씨가 만신의의 각패를 들고 찾아온 이유는 남궁류청의 교육을 부탁하기 위해서라는 것을.

"이유가 어찌 되었든, 은혜를 입으면 갚아야 한다고 배웠어요. 그러니까 후회하지 않아요!"

남궁무철이 탄식했다. 눈을 감은 채 수염을 몇 번 쓸어내린 남궁무철이 입을 열었다.

"네게 말해 줄 것이 있다."

남궁무철이 잠시 말을 멈췄다가 다시 이었다.

"이 이야기는 알고 있는 자가 극히 드무니, 너 또한 비밀로 해야 할 것이다."

그런 거면…… 모르고 싶은데.

'꼭 알아야 하는 건가?'

눈을 도르르 굴리던 나는 조심스레 말했다.

"그, 가주님이 말씀하시는 비밀이 막 제가 들었다간 목숨을 위협받을 수 있는 그런 위험한 건, 아니죠?"

"뭐?"

"음, 모르고 사는 게 좋은 것도 있잖아요?"

희끗한 눈썹을 치켜뜬 남궁무철이 곧이어 너털웃음을 터트렸다.

"어디서 이런 아이가 났을꼬? 어?"

그가 손을 뻗어 내 머리를 쓰다듬었다.

"방금까지 대범하던 아해는 대체 어디 갔느냐?"

"헤헤."

나는 찻잔을 들면서 애처럼 웃었다. 천하 십일강의 비밀을 들었다가 괜한 놈들에게 쫓기고 싶진 않았다.

남궁무철이 웃음기 남은 목소리로 말했다.

"네 목숨이 위험할 그런 비밀은 아니니라."

"그렇다면 다행이고요."

나는 남궁무철 뒤편의 병풍을 힐끗 보곤 안심했다.

'뭐, 진짜 위험한 건 아니겠지.'

남궁무철이 흐뭇한 시선으로 나를 보았다.

"의강이 복이 참 많아."

"네?"

"이렇게 귀여운 딸을 단번에 얻다니. 후, 내 아들은 언제쯤 내게 이런 귀여운 손녀를 안겨 줄지. 내 팔자에 그런 복이 있으려나 모르겠구나."

나는 당혹스러운 마음을 감추며 병풍을 힐끗 보았다.

"그리고 앞으로는 할아버지라 부르거라. 가주님이 무엇이야? 완은 아저씨라고 부른다면서?"

"어…… 그래도 되나요?"

"내가 허락했는데 누가 뭐라 할 것이냐?"

"그럼, 네! 할아버지!"

연신 내 머리를 쓰다듬던 남궁무철이 갑자기 마른기침하며 다시 분위기를 잡았다. 하지만 처음 무거웠던 때에 비하면 훨씬 가벼워져 있었다.

"큼, 네게 말하려던 건 내 의형제에 대해서다."

"의형제요?"

"그래."

나는 놀란 얼굴을 했다. 거짓으로 꾸며 낸 낯이 아니었다.

'남궁무철이 내게 말하겠단 비밀이 이거야?'

남궁무철이 진지한 눈빛으로 바라보았다.

"너도 이름은 들어 보았을 거다. 천산염제 구홍마."

깊은 한숨을 내쉰 남궁무철이 이어 말했다.

"네 공청석유를 강탈해 간 자가 천산염제였느니라."

갑자기 병풍이 덜컹 움직였다. 내가 깜짝 놀라 병풍을 바라보자 남궁무철은 평온한 얼굴로 말했다.

"바람이 거세구나."

나는 그런 남궁무철을 바라보며 그저 눈을 깜빡였다.

"……."

창문이 열려 있었지만, 바람 한 점 불고 있지 않았다.

남궁무철은 말을 이었다.

"내 형제, 천산염제가 괴팍한 성품이긴 하지만 법도를 모르는 자는 아니란다. 그런데 이번엔…… 내 미안하다는 말밖에 할 수 없구나."

남궁무철이 깊은 한숨을 내쉬며 말했다.

"대신 원하는 게 있다면 말해 보거라."

그러니까 남궁무철의 말은 뺏긴 공청석유를 보상한단 말인가?

나는 내 앞의 찻잔을 움켜쥐었다.

"공청석유와 비견할 보상이 있을까요?"

남궁무철은 처음부터 이럴 생각이었는지 소매에서 작은 자기병을 꺼냈다.

"그래서 내 이것을 돌려주마."

"이건 제가 아저씨께 드린 건가요?"

"그래. 천산염제에게선…… 되찾지 못할 것이다."

이미 먹기라도 한 건가? 뭐, 어차피 되찾을 수 있을 거라 생각지도 않았기에 관심 없었다.

남궁무철의 굳은살 가득한 커다란 손에 든 자기병은 마치 장난감 같았다.

나는 천천히 입을 열었다.

"좀 전에도 말씀드렸지만, 전 아저씨께 드린 걸 아깝다고 생각하지 않아요."

거기다 천산염제와 야율에 대한 약속을 했다. 여기서 돌려받을 수는 없었다. 하지만 이건 내게 기회이기도 했다. 나는 조심스레 말을 골랐다.

"그리고 어차피…… 제가 가지고 있어 봤자, 또 뺏길 수도 있잖아요?"

"그래서 필요 없다?"

나는 찻잔을 내려다보며 시무룩한 얼굴을 했다.

"지킬 능력이 없으면 빼앗기는 법이죠. 이번 일을 교훈으로 삼으려고요."

남궁무철이 침음을 흘렸다. 눈치를 보던 난 잠시 기다렸다가 입을 열었다.

"대신 한 가지 부탁이 있어요."

"말하거라."

"만신의의 각패가 원래 가주님, 할아버지 것이었다고 들었어요."

"그렇다."

원래 남궁무철의 것을 남궁완이 가져온 것이었다. 그렇다면 남궁무철은 과거 만신의와 깊게 얽힌 적이 있을 것이다. 그게 아니라면 남궁무철이 만신의의 각패를 가지고 있을 리가 없었다.

나는 이어서 말했다.

"제가 만신의의 연단실에 있을 때, 만신의가 무공 연구를 하던 것을 봤어요. 중간부터 그만둔 것 같지만요. 혹시 이에 대해 아시는 것 있으신가요?"

조용히 문이 열렸다 닫히며 탁탁탁, 석판을 딛는 가벼운 발소리가 멀어졌다. 남궁무철은 눈을 감은 채 말했다.

"의강이 좋은 딸을 두었구나."

병풍 뒤에서 한 사람이 거칠게 걸어 나왔다.

"대체 이게 무슨 소립니까? 그분이 연이의 공청석유를 빼앗았다니요!"

남궁완은 붉게 달아오른 얼굴에 목덜미에 핏대까지 세우고 있었다.

"다 듣지 않았느냐? 말한 대로다."

"이러려고 공청석유 달라고 하신 겁니까? 예?"

"그래."

"아버지!"

"내 귀 아직 멀쩡하다."

이를 아득 간 남궁완이 쿵쿵거리며 다가와 탁자를 내리쳤다. 가장자리에 잉어와 연꽃을 화려하게 상감한 탁자가 금이 쩍 가며 운명했다.

"공청석유, 주십시오!"

"뭘 하려고?"

"돌려줘야지요!"

남궁무철이 눈을 가늘게 떴다.

"언제는 류청에게 주고 싶다더니?"

"그놈이 뭐가 예쁘다고 줍니까! 오늘 석찬 자리에서 연이에게 하던 짓을 보십시오! 그놈은 냉수면 족합니다!"

남궁무철이 아직 온기가 사라지지 않은 방석을 눈짓했다.

"앉거라."

"아버지!"

"일단 앉아!"

남궁완이 콧김을 뿜으며 털썩 자리에 앉았다. 그런 남궁완을 보며 남궁무철이 혀를 끌끌 찼다.

"머리 좀 식히거라. 어찌 이리 바보 같아? 저 어린아이도 얻은 교훈을 너는 못 얻는단 말이냐!"

"무슨 교훈이요! 믿는 도끼에 발등 찍힌다는 교훈이요? 아버님의 의형제가 한 짓을……!"

남궁무철이 찻잔의 물을 남궁완에게 촥 뿌렸다. 대비라도 한 듯 남궁완이 잽싸게 찻물을 피했으나, 몇 방울이 옷깃에 튀는 것까지 막을 순 없었다.

남궁완이 이를 털어 내며 성질냈다.

"할 말 없을 때마다 그러지 마시지요!"

"네놈 정신 차리라고 한 거다!"

깊은 한숨을 내쉰 남궁무철이 말했다.

"네가 지금 저 애에게 공청석유를 돌려준대도 저 아이는 감당 못한다."

"감당 못 한다니요?"

"네가 공청석유를 돌려준다 하더라도 또 누군가 뺏어 가려 든다면, 저 아이는 손도 쓰지 못하고 뺏길 것이다."

"아버지 의제 빼고, 감히 남궁 세가에 있는 연이에게 누가 손을 뻗는단 말입니까!"

"내 의제가 연이가 공청석유를 가지고 있다는 것을 어찌 알았다고 생각하느냐?"

"……."

"연이가 만신의의 연단실에서 살아 나왔다는 소문이 퍼지고 있다.

공청석유의 존재를 아는 자들도 분명 나올 것이다. 이미 조용히 넘어가기엔 글렀다."

"그 사실을 왜 이제야 알려 주시는 겁니까?"

남궁무철이 미간을 문질렀다.

"저 아이가 온 지 이제 이틀이다!"

"……"

"네가 정 돌려줘야겠다면 가지고 있다가 의강이 오거든 그에게 넘기거라. 그것까진 내 아무 말 않겠다."

남궁완의 얼굴이 와락 일그러졌다.

"의강이 받겠습니까? 거기다 의강은 지금……! 의강이 지금 영약을 먹었다간 어찌 될지 아무도 모르지 않습니까!"

"그래. 지금 의강은 공청석유에 신경 쓸 때가 아니다. 너도 잘 알지 않느냐?"

"……"

"그래도 딸아이가 만신의의 연단실을 찾아낸 걸 보면 하늘이 의강을 버리진 않으신 게지."

처소로 돌아오는데 머릿속이 어지러웠다. 남궁무철조차 만신의가 왜 무공 연구를 하다 말았는지 이유는 알지 못했다.

아니, 심지어 무공 연구를 했다는 사실에 되레 놀라며 내게 "그가 무공을 연구했다고? 허어, 정말이더냐?"라며 되물었다. 게다가 내가 만신의에게 얻은 이 특이 능력의 존재 또한 전혀 모르는 듯싶었다.

'하긴 무공을 배우지 않은 사람이 가진 게 알려지면 위험한 능력이긴 해.'

어떻게든 이 능력을 뺏으려는 자가 나타날 테니까. 공청석유를 뺏긴 것에서 알 수 있다시피, 이 약육강식의 세상에서 약한 자가 귀한 걸 지니는 건 죄였다.

'하지만 그럼 진즉에 이 능력을 무공과 엮어서 쓰지, 계속 숨기다 왜 나이 들어서 갑자기 연구한 거지?'

만신의가 무슨 생각을 했는지 도통 짐작할 수가 없었다.

나를 처소 중문 앞까지 데려다준 노복이 고개를 숙인 후 몸을 돌렸다. 나는 입을 두드리며 길게 하품했다. 머리는 복잡했지만, 아직 아이인 몸은 어서 자라고 아우성이었다.

'일단은 자고 생각하자.'

처소로 걸음을 재촉하던 난 우뚝 멈춰 섰다. 처소 앞뜰에 검은 그림자가 있었다. 야율이었다. 야율은 처마 밖에서 달빛을 받으며 발치를 가만히 바라보고 있었다.

"야율? 여기서 뭐 해?"

내 목소리에 야율이 고개를 들었다. 고개를 든 야율이 나를 보곤 눈을 살짝 크게 떴다가 희미하게 웃었다. 그런 야율을 멍하니 바라보다 순간 정신이 들었다.

"설마 너…… 나 나간 이후로 계속 그러고 있었던 거야?"

"……"

야율은 말없이 날 물끄러미 바라볼 뿐이었다. 나는 머리를 짚었다. 심지어 나를 배웅한 자리 그대로였다. 아니, 정말. 주인을 기다리는 개도 아니고, 이렇게까지 기다릴 필요가 무어란 말인가!

하지만 생각해 보면…… 야율은 여기 나 말고는 의지할 사람도 없었다. 백리 세가에서 지내던 나처럼.

"저녁은?"

"……."

한 발자국도 안 움직인 것 같은데 저녁을 먹었을 리가. 저 멍청한 모습에 순간 욱하는 마음이 치솟았다.

"기다리지 말고 먹어야지! 내가 언제 돌아올 줄 알고! 뭘 믿고 기다려!"

눈만 깜빡이던 야율이 작게 말했다.

"그냥…… 무슨 일 있을 수도 있으니까."

"남궁 세가 안에서 무슨 일이 생길 리가! 어떤 간 큰 사람이…… 있었네. 하하."

나는 허탈하게 웃었다.

"그래서 걱정해서 그러고 있었던 거야?"

"응."

어휴. 나는 속으로 한숨을 삼키며 야율에게 따라오라는 듯이 고갯짓했다.

"가자."

"어디 가? 처소는 이쪽인데."

"부엌. 먹을 게 남아 있나 보자."

"안 먹어도 돼."

"내가 배고파서 가는 건데?"

"……."

이튿날 아침.

기척을 느낀 야율이 눈을 반짝 떴다. 마당 쪽에서 가벼운 발소리가 들렸다. 새벽, 어스레한 방 안에 아직 해가 뜨지 않은 걸 안 야율은 조용히 몸을 일으켰다.

시비일 리는 없었다. 백리연이 처소에 시비를 두는 것이 불편하다고 하여 시비는 낮에만 필요할 때 잠깐씩 들어올 뿐, 밤에는 돌아갔기 때문이다. 그리고 야율은 시비를 물린 것이 자신 때문인 걸 알았다. 그가 남궁 세가 사람들과 접촉하는 것을 최대한 줄이기 위해서였다. 그의 안전을 위해서 불편함을 감수하는 것이다.

야율이 소리 없이 처소 밖으로 나갔다. 여자아이 한 명이 마당을 가로질러 오고 있었다. 야율은 그 아이가 이틀 전에 왔던 아이로, 백리연이 서하령이라고 알려 줬던 걸 기억해 냈다.

서하령이 야율을 보고 멈칫했다가 다가왔다.

"왜 연이가 아니라 네가 나와?"

"연이?"

"웅! 우리 어제부터 이름 부르기로 했거든!"

서하령이 가슴을 펴며 으스댔다. 그러다 정신을 차리고 물었다.

"아, 맞아. 그래서 연이는?"

"자."

"아직도 잔다고?"

야율은 아직 해도 뜨지 않은 하늘을 흘끔 보았다.

"연이가 오늘 나 수련하는 거 보러 온댔는데 아직도 잔다고?"

"나는 몰라. 돌아가."

말한 야율이 처소로 몸을 돌릴 때였다. 귀찮은 사람 취급이 역력한 모습에 왈칵 인상을 찡그린 서하령이 버럭 소리쳤다.

"싫어! 확인해 볼 거야. 연아!"

갑자기 서하령이 막무가내로 야율을 제치고 처소로 뛰어들어 갔다. 야율이 서하령을 붙잡으려고 손을 뻗었다가 멈칫했다. 그 짧은 사이 멀어진 서하령을 야율이 황급히 쫓았다.

"어…… 진짜 자네."

우렁차던 서하령의 목소리가 개미만 하게 바뀌었다. 야율이 으르렁거리듯 말했다.

"당장 나가."

"하령이 아침에 왔다고?"

세상에. 부지런하네. 그냥 한번 보러 가 본다고 했을 뿐인데 꼭두새벽부터 찾아올 줄이야.

야율이 조금 짜증 난 얼굴로 말했다.

"침실까지 들어왔다 갔어."

"응?"

"갑자기 뛰어들어 가서 못 막았어. 잡을 수 있었는데……."

"괜찮아, 잘했어. 넌 힘도 센데 잡았다가 또 멍들면 안 되니까."

다행히 저번에 내가 다른 이에게 함부로 힘을 휘두르지 말라고 한 걸 기억한 모양이었다.

"눈은 괜찮아 보이던?"

"눈?"

"응. 부어 있거나 그러진 않았어?"

야율은 곰곰이 생각하곤 말했다.

"기억 안 나."

고개를 끄덕인 난 수저를 내려놓았다. 곧이어 시비가 들어와 그릇을 모두 걷어 갔다. 야율도 방을 나갔다. 다시 야율이 돌아왔을 때 나는 겉옷을 챙겨 입고 신발을 찾고 있었다. 돌아온 야율이 내게 약사발을 내밀었다.

"이거."

멈칫한 내가 약사발을 받아 상 위에 올려놓았다. 그러곤 다시 신발을 찾아 신고 일어났을 때였다. 야율은 아직도 약사발을 바라보고 있었다. 괜스레 찔린 내가 먼저 말했다.

"나갔다 와서 마실게."

야율이 눈을 돌려 나를 바라봤다.

"어제도 그렇게 말하고 안 마셨어."

"내가…… 그랬나? 하하하."

"응. 그랬어."

"……"

나도 모르게 입을 삐죽였다. 그리고 뻔뻔하게 고개를 들었다.

"원래 애들은 약 먹는 거 싫어해."

"……"

야율이 침묵했다. 괜스레 찔린 나는 말을 돌렸다.

"나 잠깐 나갔다 올게."

"어디 가?"

"서 소저 보러. 약속했으니까 가야지."

나는 시비와 함께 처소를 나왔다.

야율이 배웅하듯 처소 출입문 앞에 서 있었다. 그 모습이 외롭고 쓸쓸해 보였다. 어제, 앞으로는 식사 거르면서 기다리지 말라고 신신당부하긴 했는데 과연 지킬지는 모르겠다.

'아버지가 빨리 오셔야 할 텐데.'

처소 밖으로 나오지도 못하고, 이거야 무슨 반감금이나 다름없는 생활이지 않나?

'적어도 백리 세가에 가면……'

하긴, 백리 세가에 가더라도 조심해야 하는 건 똑같지. 하지만 그래도 남궁 세가보단 나을 것이다.

이런저런 생각을 하며 시비를 따라 걷고 있을 때였다. 건물 안에서 두 개의 기운이 보였다. 수많은 사람이 있는 남궁 세가니 별다를 것 없는 일이었다.

하지만 두 기운 중 하나가 눈에 익은 기운이라는 것이 내 발걸음을 잡았다. 작은 상앗빛 기운은…….

'남궁류청이잖아?'

맞은편은 성인 여성으로 보였는데, 누군지 확신할 수 없었다.

'누구지?'

일반적으로 대부분의 내공은 색이 아주 희미했다. 내공의 크기도 사람마다 다 달랐지만, 큰 차이는 없었다. 그래서 기운으로 사람을 기억해 두기는 꽤 까다로웠다.

'연습한 걸 해 볼까?'

나는 오는 내내 마차에서 연습했던 것처럼 주변의 기운을 흡수하여 내공을 다루듯 청력을 높여 보았다.

"……서 소저를 그리…… 어쩌자고 그러는 것이야?"

남궁류청과 함께 있는 여인은 소부인이었다. 늘 나긋하던 소부인의 목소리는 왠지 모르게 날카로웠다. 뒤이어 남궁류청의 목소리가 들렸다.

"서 소저가 어머님께 말했습니까?"

"하아, 청아. 그게 무엇이 중요해?"

"하지만……."

"그만. 내 말 끝나지 않았다, 류청. 오늘 서 소저를 만나면 제대로 사과하고 앞으로 매일 반 시진은 함께 수련하거라. 이미 서 소저에게도 말해 뒀다."

"어머니!"

"어제 백리 소저를 대한 네 태도에 네 아버지도 화가 잔뜩 나셨더구나. 네 검을 빼앗아 당장 사당에 가둬 버리겠다고 펄펄 날뛰시는 것을 내 겨우 말렸다."

남궁완 아저씨가 그랬다고? 남궁완 아저씨가 석찬 때 남궁류청을 자꾸 노려보더니 돌아가서 무척 화를 낸 모양이었다.

'난 괜찮았는데.'

그래도 왠지 올라가는 입꼬리를 만지작거렸다.

"서 소저처럼 착한 아이를 왜 그리 괴롭히지 못해……."

그 뒤로도 남궁류청은 계속 소부인께 혼나고 있었다. 더 들을 것 없다 싶어 다시 걸음을 옮기려 할 때였다. 맞은편에서 똑같은 수련복을 차려입은 수련생으로 보이는 한 무리의 소년 소녀들이 나타나고 곧 누군가 내게 뛰어왔다.

"연아!"

몸을 날리듯 안겨 온 녀석 때문에 순간 뒤로 넘어갈 뻔했다. 서하령은 뒤쪽을 향해 소리쳤다.

"사저! 얘가 내가 말한 그 친구예요!"

"하령아! 뭐 하는 거야! 그 아가씨가 놀라잖아!"

서하령과 함께 있던 이들은 모두 수향문에서 교류를 위해 남궁 세가로 보낸 수련생들이었다. 수련생들은 서하령까지 합쳐 모두 열둘이었는데 다들 사이가 좋아 보였다. 모두 청소년에 가까운 나이로 서하령만이 유달리 어렸다.

나는 서둘러 인사했다.

"안녕하세요, 백리 세가의 백리연입니다."

수련생 몇 명이 신기하다는 듯이 나를 바라보며 소곤거렸다. 대충 백리 세가와 내 아버지에 관한 이야기들이 들려왔다. 저절로 안 좋은 기억이 떠올랐다. 늘 나를 따라다니던 불쾌한 시선들과 수근거림.

나는 입술을 깨물며 간신히 고개를 들었다. 그런데…… 예상과 달리 내게 향한 시선은 호의적이기 그지없었다.

'응?'

그때 서하령이 내게 말했다.

"앗! 맞아. 나 오늘부터 남궁 공자랑 반 시진씩 함께 수련해!"

"어? 아, 그래?"

조금 전에 들어 아는 일이지만 모르는 척 놀란 얼굴을 했다. 서하령은 어제의 일을 까맣게 잊어버린 것처럼 좋아했다.

'남궁류청 반응을 봐서는 그다지 좋은 일은 아닌 것 같은데.'

하지만 이렇게 좋아하는 애에게 굳이 초를 칠 필요 있겠는가? 나는 웃으며 말했다.

"축하해."

서하령이 내 손목을 덥석 잡고 말했다.

"그럼 가자!"

"나도?"

"응! 나 수련하는 거 보기로 했잖아!"

"그런 말을 하긴 했지……."

하지만 내가 가면 남궁류청이 안 좋아할 것 같은데.

"그럼 하령아, 우린 가 볼게."

"놀지 말고 열심히 해!"

수향문 사람들이 서하령을 향해 한마디씩 인사했다.

그리고 제일 나이 많아 보이는 소녀가 나를 향해 공손히 말했다.

"백리 소저, 다음에 차라도 한잔해요. 그리고 이 말괄량이를 잘 부탁드립니다."

"아, 사저!"

"하령이 너, 백리 소저 괴롭히지 마라!"

"아, 아니라고!"

"하하."

나는 아주 얼떨떨한 상태로 맑은 웃음소리들을 들었다.

그들과 헤어진 후, 나는 서하령에게 거의 질질 끌려가 한 연무장에 도착했다. 남궁류청은 이미 준비를 모두 마친 모습이었다.

나는 주변을 두리번거렸다. 근방에 소부인의 모습은 보이지 않았다. 남궁류청이랑 대화를 끝내고 우리가 온 쪽과 다른 방향으로 나간 듯했다.

"류청, 안녕! 나 연이도 데려왔어!"

밝게 인사하는 서하령을 남궁류청이 매섭게 쏘아보았다. 뭔가 틀어졌다는 걸 그때 알아챘어야 했다.

딱! 목검끼리 부딪치는 소리가 울리고 누군가의 목검이 하늘을 핑그르르 돌아 흙바닥에 떨어졌다. 남궁류청이 목검을 겨누고 말했다.

"다시 들어."

입술을 깨문 서하령이 목검이 날아간 방향으로 걸어갔다. 작은 어깨가 축 처져 있었다. 그도 그럴 것이, 벌써 저렇게 검을 놓친 게 열 번이 넘었다.

'차라리 때려라.'

급소를 겨눠 곱게 끝낼 수 있음에도 남궁류청은 가차 없이 서하령의 검을 날려 버렸다. 서하령의 자존심을 질근질근 밟는 것이나 다름없었다. 목검을 다시 들고 온 서하령의 눈가가 당장에라도 눈물을 터트릴 것처럼 벌겠다. 남궁류청이 눈을 내리깔고 싸늘하게 말했다.

"왜? 이것도 어머니께 쪼르르 달려가서 일러."

"……?"

서하령이 영문을 모르는 표정을 짓자 남궁류청이 서하령을 노려보았다.

"모르는 척하지 마. 무슨 소린지는 네가 제일 잘 알잖아?"

그 말에 깨달았다.

'남궁류청이 갑자기 왜 이러나 싶었더니.'

남궁류청은 오늘 소부인께 불려가 서하령을 잘 대해 주라 혼났다. 남궁류청은 그 까닭이 서하령이 어제의 일을 소부인께 일러바쳐서라고 생각하는 것이다.

"소부인께 뭘 일러? 내가 안 그랬어!"

남궁류청이 조소했다.

"너 아니면 누가 하겠어?"

"내가 안 그랬다니까!"

"됐어. 목검이나 들지."

한숨을 쉰 난 그들 사이에 끼어들었다.

"그만해."

"연아?"

서하령이 동그란 눈으로 나를 바라봤다. 남궁류청이 눈살을 찌푸리며 말했다.

"백리 소저가 끼어들 일 아닌데."

"남궁 공자가 하나 오해를 하는 것 같아서."

"오해라고?"

"응, 오해."

나는 싸늘한 눈빛을 받으며 연무장 입구에서 우리를 지켜보던 두 명의 시비를 향해 이리 오라고 손짓했다. 다가온 시비가 물었다.

"부르셨나요?"

"응. 하나 물어보고 싶은 게 있어서."

"말씀하세요, 백리 소저."

"어젯밤이나 오늘 아침에 소부인을 뵈었어?"

내 시비가 먼저 답했다.

"저는 뵌 적 없습니다."

서하령의 시비가 말했다.

"제가 뵈었습니다."

나는 남궁류청의 얼굴을 힐끗 보았다. 남궁류청은 내가 하려는 말이 무엇인지 짐작한 듯 잔뜩 굳은 얼굴이었다.

"소부인을 왜 뵈었지?"

남궁류청을 잠시 본 시비가 고개 숙이며 말했다.

"소부인께서 먼저 저를 부르셨습니다. 그러고는 서 소저와 남궁 공자 사이에 있었던 일을 물어보셨습니다."

"사실대로 말해 줘서 고마워. 이제 가 봐."

"예."

시비들이 물러가고 나는 남궁류청을 바라보았다.

"다 들었지?"

"……."

"서 소저한테 화풀이 그만해."

"……화풀이한 적 없어."

나는 고개를 갸웃 기울였다.

"뭐, 네가 그렇다면야. 하지만 어찌 되었든, 네가 서 소저를 오해했던 일은 사과해야 하지 않겠어?"

왈칵 얼굴을 찌푸린 남궁류청이 나를 쏘아보았다. 나는 태연하게 남궁류청을 바라보았다. 입술을 깨문 남궁류청이 서하령을 바라보며 몇 번 입을 달싹이더니 갑자기 몸을 돌려 연무장을 나갔다.

나는 어깨를 으쓱이고 서하령에게 시선을 돌렸다.

"괜찮아?"

"……."

서하령은 멍하니 입을 벌린 채 나를 보고 있을 뿐이었다. 나는 서하령 앞에 손을 흔들었다,

'뭐야, 선 채로 기절했나?'

내가 흔드는 손을 갑자기 잡은 서하령이 눈을 빛내며 소리쳤다.

"멋있어!"

"엉?"

"완전 멋있어……!"

남궁류청이 도망쳐 버렸으니, 자연히 수련은 끝났다. 처소로 돌아가려는 나를 서하령이 쫓아왔다.

"나 네 처소 구경시켜 줘!"

"별로 볼 거 없는데. 어차피 남궁 세가에서 내준 방이라. 손님방은 다 비슷비슷하겠지."

"그래도!"

"아침에도 왔다고……."

그때 내 눈에 서하령의 시퍼런 손목이 보였다.

"그래. 가자."

"안 그래도 오늘 아침에 갔을 때 네 처소 구경하고 싶었는데, 네가

자는 거야. 거기다 그 남자애가 날 계속 째려봐서, 그래서 조금 기다리다가 나왔어."

원래 집주인이 자고 있는데 멋대로 들어오면 안 된단다…….

"대체 그 녀석이랑 무슨 사이야? 나 걔 싫어!"

"음, 아버지께서 데려오신 거라……."

"백리 대협이? 대협은 언제 오시는데?"

"그건 나도 잘……."

그런 대화를 나누는 사이 처소에 거의 도착했다. 중문을 넘어간 나는 놀라 멈춰 섰다.

"야율?"

나를 배웅할 때 모습 그대로였다. 어제도 이러고 기다리더니 오늘도 기다린 모양이었다. 이렇게 기다리지 말라니깐. 한숨이 절로 나왔다. 야율이 내 옆의 서하령을 보고 살짝 인상을 찡그렸다.

무심결에 옆을 돌아보자 서하령이 내 등 뒤로 숨어 있었다. 하지만 서하령이 나보다 키도 덩치도 더 컸기에 별 소용은 없었다.

"어…… 둘은 아침에도 봤지?"

야율이 뭔가를 말하려는 듯 살짝 입을 열었다 닫더니 먼저 휙 안으로 들어갔다. 나는 내 팔을 부여잡은 서하령의 손등을 두드리며 앞장섰다.

"들어가자."

처소에 들어와 두리번거리던 서하령이 말했다.

"되게 어두침침하다."

"내 눈 때문에."

내 방은 창문마다 짙은 남색 천으로 가려 들어오는 빛을 줄이고 있었다.

"되게 잠 잘 올 것 같아. 아! 이래서 네가 늦게까지 자는구나? 게으름뱅이!"

"……아직 여독이 안 풀려서 그런 거거든."

"여독이 뭐야?"

"여행으로 생긴 피로?"

내가 눈가리개를 풀자 서하령이 신기하다는 듯 가리개를 가져가 살폈다.

"이거 쓰면 괜찮아?"

"응."

"나도 써 볼래!"

"……그 전에 손목부터 보자."

"왜? 아, 나 괜찮아!"

나는 무시하며 서하령의 손을 잡아당겼다. 야율이 잡아 생긴 손목의 멍이 아직도 선명했다. 내가 서하령을 처소로 데려온 이유이기도 했다.

'시비가 시중들다가 보기라도 하면……'

분명 무슨 일이 있었는지 물어볼 것이었다. 그런 내 속셈을 전혀 모르는 서하령이 말했다.

"맞아. 나 궁금한 게 있는데, 연이 너는 그 시비가 소부인한테 말했다는 거 어떻게 알았어?"

나는 야율에게 손목을 찜질할 것을 부탁하고 서하령을 보았다.

"너 어제 나랑 같이 있었잖아."

"그랬지."

"그리고 새벽에 나 보러 왔고."

"맞아."

"그리고 수련하러 갔고."

"맞아!"

서하령이 말을 재촉하듯 나를 보았다. 이 정도로는 설명이 충분하지 않은 모양이었다.

"어제 나랑 늦게까지 같이 있었고, 새벽같이 찾아왔다가 바로 수련 갔는데, 네가 소부인을 뵈러 갈 시간이 어딨겠어? 거기다 너는 안 했다고 말했고. 그러니 그 자리에 있던 다른 사람 중 한 명이 말했겠거니 한 거지."

입을 쩍 벌린 서하령이 반짝이는 눈으로 날 보았다.

"너 똑똑하다!"

"뭘, 이 정도 가지고."

내 말에 서하령이 웅얼거렸다.

"그런데 남궁 공자는 왜 내 말을 안 믿었을까?"

"글쎄……."

뭐라고 딱히 해 줄 수 있는 말이 없었다. 어깨가 축 늘어진 서하령이 잠시 멈췄다가 이어 말했다.

"내가…… 수준에 안 맞아서 그런 걸까?"

남궁류청 이 자식! 애한테 대체 왜 그런 말을 해서!

어제 일은 없었던 척 태연하게 굴어도 바보도 아니고 상처받은 게 그리 쉽게 잊힐 리 없었다. 그 기운 넘치던 아이가 시무룩하다 못해 땅을 파고들 것 같았다. 어색하고 우울한 분위기에 나는 어서 야율이 돌아오기만을 바랐다.

"내가 실력이 없어서, 싫은가 봐."

"다음에 네가 이겨서 콧대를 눌러 줘."

눈가가 붉어진 서하령이 입을 삐죽이며 말했다.

"내가 어떻게? 너도 봤잖아."

"맞아. 봤지."

나는 이 말을 할까 말까 잠시 고민하다가 입을 열었다.

"남궁 공자 약점도."

"약점? 그게 무슨 소리야?"

서하령이 눈을 깜빡이며 나를 보았다. 다행히 당장 울 것 같은 기색은 사라졌다.

"음, 뭐라고 해야 할까?"

나는 뺨을 긁적이며 말을 이었다.

"남궁 공자가 특정 초식을 쓸 때 방어가 비는 부분이 있더라고. 거길 공략하면 아마 한 번은 이길 수 있지……."

서하령이 내 말을 자르며 소리쳤다.

"뭐! 그런 게 있어?"

"음, 확실하진 않지만……."

"알려 줘! 알려 줘!"

"알려 줄게. 근데 지금은 일단, 손목 찜질부터 하자."

때마침 야율이 대야와 수건을 가지고 들어왔다. 서하령이 손목을 내밀었다.

"빨리, 빨리 해! 그리고 꼭 알려 줘야 해!"

나는 서하령의 손목에 뜨거운 수건을 올려놓고 손목을 들여다봤다. 정말 말 그대로 들여다본 것이다.

연일 혹사당한 서하령의 손목은 기맥이 꽤 뭉쳐 있었다. 나는 만신의의 연단실에서 보았던 대로 기맥이 뭉친 부분을 꾹꾹 누르는 척하면서 기운을 미약하게 흘려 넣었다.

그때 갑자기 서하령이 내 눈을 찌를 듯 손가락질했다.

"연아, 너⋯⋯!"

"왜?"

서하령이 눈을 빠르게 깜빡였다.

"어? 아닌가? 아닌데? 분명 금색이었는데!"

"그게 무슨 소리야?"

"너 방금 눈동자가 금색이었어!"

"금색이라고?"

대체 무슨 소리를 하는 건지?

어리둥절해서 경대가 있는 방향을 보던 난 순간 만신의를 떠올렸다. 내가 정신을 잃기 전 마지막으로 본 만신의의 눈동자가 얼핏 금색으로 보였었다.

'설마, 그럼 그때 내가 본 게 착각이 아니란 말이야?'

서하령이 야율을 향해 말했다.

"너도 봤지! 봤지? 분명 금색이었어!"

나는 흔들리는 눈으로 야율을 보았다. 나와 눈이 마주친 야율이 서하령을 향해 툭 내뱉었다.

"이상한 소리."

"아니야! 진짠데!"

서하령이 억울하다는 듯 소리쳤지만, 야율은 관심 없다는 듯 바로 고개를 돌렸다.

이날 이후 서하령과 남궁류청의 수련도 중단되고 한동안 남궁류청을 볼 수 없었다.

며칠이 지나고 나서야 알았다. 남궁류청은 그날 일로 결국 사당에 갇혀 예의범절에 관한 책 한 권을 모두 베낄 때까지 나오지 못하는 벌을 받았다고 했다.

사건이 폭풍같이 몰아쳤던 때와 달리 평안한 날들이 이어졌다. 그동안 나는 서하령의 수련을 도와주고, 내 기운을 다루는 수련에도 집중했다. 그리고 그날 서하령이 본 금색 눈동자는 역시 착각이 아니었다.

능력, 정확히 주변의 기운을 내 의지대로 움직일 때마다 눈동자 색이 바뀌었다.

'다행이지, 야율이 눈치 빠르게 모른 척해 줘서.'

서하령은 그때의 일에 대해 완전히 잊어버린 듯 보였다.

이 금안의 능력을 다루는 것에 몰두하던 나는 슬슬 두통의 조짐이 보여 바람을 쐴 겸 호숫가로 산책을 나왔다.

기운을 다루는 것에는 집중력과 체력 둘 다 영향을 미쳤다. 달은 구름에 가려서 모습을 볼 수 없었지만, 호숫가 근처 이 층 전각에서 흘러나온 빛이 호수의 표면에 사금을 뿌린 듯 반짝이며 주변을 밝혔다.

아름다운 광경이었지만 나는 오히려 살짝 눈가를 찡그린 채, 어둠 속으로 시선을 돌렸다. 빛이 닿지 않은 어두운 호수 중앙에는 느지막이 피어난 연꽃 몇 송이가 바람에 흔들거리고 있었다.

야율이 고개를 기울이며 물었다.

"머리 아파?"

"아니, 눈부셔서."

내 곁에는 시비뿐만 아니라 야율도 함께 있었다. 처소에만 있으면 답답할 것 같아 함께 나왔다. 나는 호수를 가리키며 말했다.

"여름에 오면 되게 예뻐. 연꽃이 호수에 가득하거든."

"와 봤어?"

"어? 아, 아니. 그렇다고 들었어."

"그래."

나는 시비를 흘끔 보았다. 다행히 시비는 그냥 아이의 말실수라고 생각하는지 별생각 없어 보였다. 야율도 별생각 없어 보였고.

"조금만 더 있다가 돌아가자."

"응."

'바람 쐬는 것 정도는 별문제 없겠지. 이 시간에 호숫가엔 사람이 없으니까.'

라고 생각하기가 무섭게 한 사람이 나타났다. 남궁류청이었다. 이 넓은 남궁 세가 안에서 마주치다니. 대단한 우연이다.

'이제 사당에서 나온 건가?'

호숫가로 다가오던 남궁류청이 나를 보곤 발을 멈췄다. 그리고 나는 남궁류청의 얼굴을 보고 놀란 빛을 감췄다.

'살이 빠졌잖아?'

사당에서 벌을 받은 일이 힘들긴 했던 모양이었다. 해도 보지 못했는지 볕에 보기 좋게 그을렸던 피부도 뽀얗게 변해 있었다.

순간 안쓰러운 감정이 들었다. 벌이라지만 어린아이가 몇 날 며칠을 해도 못 보고 갇혀서 책만 보고 있어야 했다니.

나는 남궁류청을 향해 화해의 손길을 내밀었다.

"안녕. 오랜만이네."

"……."

하지만 돌아온 것은 인사 대신 당장에라도 죽일 듯이 쏘아보는 시선이었다. 얼굴을 긁적인 나는 재도전을 했다.

"산책 나온 거야?"

"……."

여전히 돌아오는 대답은 없었다.

'음, 제대로 미움받았나 보네.'

생경한 태도였다. 저번 생의 남궁류청은 내게 무척 친절했기 때문이다. 하지만 나는 그런 남궁류청에게 냉담하게 굴었다. 미래를 아는 나는 남궁류청과 엮이는 순간 온갖 모욕이 내게 쏟아질 것을 알았다. 그래서 엮이고 싶지 않았다. 무시하기도 여러 번, 상처를 주기 위한 모진 말도 내뱉었다.

하지만 남궁류청은 그 모든 걸 참아 내며 끈질기게 나와 교류하려 들었다. 분명 소설에선 백리연을 스승의 딸이라 어쩔 수 없이 도맡은 짐 덩어리 정도로 취급했는데, 소설과 전혀 다른 태도에 그가 정말 남궁류청이 맞는지 몇 번이나 의심했었다.

어쩔 수 없지. 뭐, 화해는 다음에도 기회가 있겠지. 지금은 야율도 있으니까. 괜히 둘이 얽히게 두는 것보다는 돌아가는 게 좋을 터였다.

"그럼 나는 갈게. 편히 산책해."

빠르게 포기한 내가 그대로 몸을 돌릴 때였다.

"잠깐."

남궁류청이 나를 불러 세웠다. 나는 다시 뒤를 돌아보았다. 딱딱하게 굳은 얼굴의 남궁류청이 뭔가를 말하려는 듯 입을 열었다가 다시 꾹 다물었다.

조금 기다려 준 나는 고개를 기울이며 물었다.

"왜 부른 거야?"

남궁류청은 하고 싶은 말이 있는 듯 몇 번 입을 달싹이다가 갑자기 휙 몸을 돌렸다.

"공자?"

남궁류청은 옷자락을 펄럭이며 내게서 황급히 멀어졌다.

'뭐야? 할 말 있어서 부른 것 아냐?'

그렇게 내 앞에서 멀어진 듯했으나, 기운을 보는 내 눈에는 아니었다. 빠르게 걸어가던 남궁류청이 누각 뒤편, 나무 벽 너머에 멈춰 섰다. 머뭇거리는가 싶더니 다시 돌아오려는 듯 몸을 돌렸다.

그때 야율이 말했다.

"누구야?"

"아, 넌 처음 보겠네. 남궁 공자. 남궁완 아저씨의 아들이야. 이름은 남궁류청."

"아, 그 싸가지."

나는 깜짝 놀라 자리에서 펄쩍 뛸 뻔했다. 남궁류청 아직 안 갔는데!

'설마 들었나? 고작 나무 벽인데 들었겠지!'

나는 입술을 꽉 깨물고 말했다.

"하. 하. 하. 그렇게 못된 애는 아냐. 나한테 조금 서운한 게 있나 봐."

야율은 무심하게 말했다.

"너는 나도 데리고 다니잖아. 걔가 잘못했겠지."

"……."

믿음에 고맙고 눈물이 날 지경이었다.

야율이 입을 연 순간 우뚝 멈춰 섰던 기운이 다시 누각에서 멀어졌다. 왠지 성난 느낌이라면…… 기분 탓일까?

나는 아무것도 모르는 얼굴을 한 야율을 보며 쓰린 속을 달랬다.

그래. 야율이 뭘 알겠어? 들은 사실만 얘기한 거겠지. 하지만 그냥 넘어갈 수는 없었다. 나는 야율을 나무랐다.

"그런 말은 어디서 배운 거야? 사람한테 함부로 그런 말 하면 못써."

그리고 조막만 한 아이가 저보다 큰 아이를 다그치는 모습은 옆에서 보기에는 그저 웃기고 귀여울 뿐이었다.

남궁류청이 벌을 다 받고 사당에서 나왔으니, 서하령과 함께하는 수련도 다시 시작한다고 하였다. 오랜 연습이 드디어 빛을 볼 때가 된 것이다.

서하령은 전날부터 부쩍 긴장한 모양이었다.

'고작 대련인데 뭘 이렇게 긴장하는 거야?'

왠지 피로한 기색이기에 넌지시 물어보자 전날 잠도 잘 못 잤다고 했다. 서하령이 내게 말했다.

"나 꼭 이길게."

"응. 할 수 있어. 그래도 너무 무리하진 마. 져도 상관없어."

내가 서하령을 도와준 것은 내 눈의 능력이 어느 정도인지 확인하기 위해서이기도 했다. 꼭 이기지 않고 남궁류청을 당황하게 만드는 정도이기만 해도 충분했다.

서하령은 주먹을 꽉 쥐며 눈을 빛냈다.

"아니야! 네가 이렇게 도와줬는데, 꼭 이길 거야!"

"……으응."

이렇게까지 열심인데 내가 잘못 알려 준 거라든가, 효과가 없는 약점이거나 그런 건 아니겠지? 천하태평이던 나도 갑자기 걱정되기 시작했다.

연무장에 들어서자 이미 준비를 모두 마친 듯한 남궁류청이 보였다. 그리고 이번엔 연무장에 사람이 꽤 있었다. 남궁 세가 무사로 보이는 자도 있었고, 남궁류청의 몸종도 있었다. 심지어 나와 서하령의 시비도 따라 들어왔다.

'저번 일 때문이겠지.'

남궁류청이 딱딱하게 굳은 낯으로 나를 쭉 훑어보고 말했다.

"백리 소저가 왜 여깄어?"

"내가 데려왔어."

남궁류청이 인상을 찌푸리고 소리쳤다.

"수련하는 데 외부인을 데려오다니!"

"여, 연이는 외부인 아냐! 내가 초대한 거라고!"

남궁류청이 콧방귀를 뀌며 말했다.

"여기 너 혼자 수련하나 보지?"

"……."

남궁류청의 말에 틀린 점은 없었다.

일반적으로 웬만큼 친밀한 사이가 아니라면 서로 수련하는 모습은 보이지 않았다. 가문의 검법을, 비기를 노출하는 것이나 다름없으니까. 만약 성인이 이런 식으로 남의 수련을 구경하러 온다면 검법 훔치러 온 도둑으로 취급받아 칼 맞기 딱 좋았다.

또한 서하령 혼자이면 모를까, 남궁류청도 함께하는 수련이니 당연히 상대방의 동의부터 받아야 했다.

서하령이 부루퉁하게 말했다.

"하지만 남궁 세가 손님이잖아! 같이 수련하면 어때서!"

"같이?"

남궁류청이 나를 바라보았다. 나는 목검도 없고 심지어 수련복 차림새도 아니었다.

"구경이겠지."

"……."

"나는 내 수련을 구경거리 삼을 생각 없어."

서하령이 입술을 꽉 깨물었다.

"하지만 연이는……."

나는 서하령의 말을 자르며 나섰다.

"남궁 공자의 말이 맞아."

"연아……."

서하령이 내 옷자락을 절대 놓을 수 없다는 듯 꽉 쥐었다. 나는 괜찮다는 듯이 웃으며 말했다.

"그래서 남궁완 아저씨께 이미 허락받았거든."

서하령이 반색하고 남궁류청이 나를 노려보았다.

"……맘대로 해."

남궁류청이 홱 몸을 돌렸다. 서하령이 안도의 숨을 내쉬었다.

"다행이다아. 후, 그런데 연이 넌 그걸 언제 물어본 거야?"

"어제. 그리고 남궁 공자 말 틀린 거 하나 없어. 앞으로는 조심해."

"알았어……."

수향문주의 딸이었으니 수향문에서야 제멋대로 굴어도 상관없었을 것이다. 하지만 남궁 세가에서까지 그래서는 안 됐다. 나는 상냥하게 웃으며 말했다.

"그래. 이제 가 봐. 힘내!"

나도 멀어지는 서 소저를 보며 연무장에 적당히 자리 잡았다. 내 뒤를 따르던 시비가 목소리를 낮춰 말했다.

"남궁 공자님이 저렇게 밀리는 건 처음 보았답니다."

의아하게 뒤를 돌아보자 시비가 웃는 눈을 한 채 말을 이었다.

"저희 도련님이지만 워낙…… 하여튼, 또래분들은 당해 내질 못했거든요."

하긴, 애늙은이 같으니 일반적인 또래들이 상대가 안 되는 건 당연했다. 나야 회귀했다지만, 남궁류청은 회귀한 것도 아닐 텐데 참 여러 모로 대단한 아이였다.

손목에 보호대까지 꼼꼼하게 감은 서하령이 긴장한 얼굴로 연무장 중앙으로 향했다.

내가 알려 준 약점은 큰 게 아니었다. 둘 다 아직 어려서 아버지나 남궁완처럼 검기를 쓴다든가 눈으로 따라가기 힘들 정도로 빠르게 검을 휘두르거나 그러진 못했다.

둘 다 순수하게 초식으로 승부할 수밖에 없었다. 그리고 나는 남궁류청이 특정 초식을 이어서 사용할 때 잠시 나타나는 허점을 알려 준 것이었다.

남궁류청이 같은 초식만을 반복해서 사용하는 건 서하령의 실력 때문이기도 했다. 그러니까 새로운 초식으로 상대하기엔 서하령의 실력이 남궁류청과 비교해 일천해서…… 대충 쓰던 것만 써도 상대할 수 있었던 것이다.

'그래도 서하령을 압도하는 게 대단하지.'

남궁류청이 서하령과 수련하는 걸 귀찮아하는 이유가 있었다. 본인은 서하령에게 배울 것이 없으니까.

하지만 그렇다고 그렇게 막말을 하고 무시해도 되는 건 아니었다. 어쨌든 나는 거기에 판돈을 걸었다. 지금껏 서하령을 무시하며 계속 같은 초식만을 쓰고 있었으니, 내가 가르쳐 준 약점이 나오는 초식을 쓸 때까지만 기다린다면 서하령에게도 승산이 있었다.

남궁류청과 서하령이 목검을 쥐고 자세를 취했다. 간단하게 검례를 취하고 바로 대련이 시작됐다.

그리고 나는 당황했다.

'저 녀석, 갑자기 왜 이래?'

지금껏 남궁류청은 모두 열 초식을 넘지 않는 선에서 서하령을 상대했다. 열 초식이 뭔가? 세 초식이 대부분이었다.

근데 갑자기 뭐라고 해야 할까, 서하령을 봐주면서 상대하기 시작했다. 서하령도 당황했는지 검 끝이 잠시 흔들렸다.

그 찰나의 순간 서하령의 목을 찌를 듯이 들어오는 검을 서하령이 가까스로 막아 냈다.

"뭐 하는 거지?"

매서운 눈빛이 집중하라고 다그치고 있었다. 서하령이 당황해 검을 내리고 사과했다.

"미, 미안."

나는 또 놀랐다.

평소의 남궁류청이었다면 서하령이 흔들린 순간 가차 없이 검을 날려 버렸을 터였다. 목에 검이 겨눠져 패배하는 것보다 검을 놓치는 게 검사로서 더 자존심 상했으니까.

그런데 이렇게 얌전하게, 적당히 봐주면서 정신 차리도록 도와주다니?

'쟤 남궁류청 맞아?'

그때 서로 잠시 떨어져 숨을 고르던 남궁류청과 눈이 마주쳤다. 남궁류청이 혀를 차며 고개를 틀었다. 너무나 노골적으로 싫어하는 모습에 할 말이 없었다.

"……."

뒤에서 시비의 당혹스러운 목소리가 들렸다.

"백리 소저, 음, 그, 너무 상심치 마세요."

"하하하."

역시, 이건 틀림없이 야율이 내게 한 말을 들은 것이다.

다행히 서하령도 남궁류청의 배려 아닌 배려에 빠르게 적응하며 남궁류청과 검을 주고받았다. 처음 서하령이 연무장에 왔을 때는 너무 긴장해선지 거의 퍼렇게 보일 정도의 낯빛이었는데, 검을 주고받을수록 붉게 달아오르며 점점 신난 기색으로 바뀌었다.

하지만 이래서야 그동안 연습했던 건 못 써먹었다.

'뭐…… 무슨 심경의 변환지는 모르겠지만, 남궁류청이 마음을 고쳐먹고 잘 지내보려고 한 거면 그게 더 좋은 거니까. 나는 이만 돌아갈까?'

남궁류청의 반응으로 보아 내가 여기에 계속 있으면 오히려 그의 성미만 건드릴 것 같았다.

그때였다. 남궁류청이 그 초식을 선보였다.

내가 알아차렸듯 서하령도 알아챘다. 아래에서 위로 비스듬히 휘두르는 검이 삼 분의 이쯤 올라오는 찰나의 순간, 어깨와 목덜미 사이의 미묘한 틈.

그 순간만을 몇 번이나 연습한 서하령의 목검이 틈새를 향해 전심 전력으로 찔러 들어갔다.

"……!"

나는 서하령의 목검에 담긴 힘에 깜짝 놀랐다.

'아무리 목검이래도 저렇게 강한 힘으로 목덜미를 맞으면……!'

워낙 집중해서인지 남궁류청이 서하령의 공격에 놀란 듯 눈을 부릅 뜨는 모습까지 아주 또렷하게 보였다.

그 순간이었다.

내 눈에 특이한 움직임이 잡혔다. 눈을 부릅뜬 남궁류청의 몸속에서 내공이 맹렬히 움직이기 시작했다. 찰나지간 단전에서 팔로, 그리고 자신이 쥔 목검을 향해 상앗빛 기운이 뻗어 갔다.

'설마……!'

목검에 목을 찔리기 직전, 아슬아슬한 순간 내공이 담긴 남궁류청의 목검이 전광석화처럼 서하령의 목검을 쳐 냈다. 남궁류청이 바짝 치켜든 턱을 스치듯 서하령의 목검이 비껴가고 불길한 소리가 들렸다.

콰직! 내공을 버티지 못한 목검이 부러진 것이다. 그리고 하필, 나를 향해 쇄도했다!

'아니, 왜 이리로 오는 건데?'

누구 것인지 모를 경악한 외침이 들렸다.

"소저!"

"백리 소저!"

다행히 내게는 목검의 궤적이 선명히 보였다. 여기서 고개만 살짝 틀면 피할 수 있는…….

'아차! 시비 언니!'

내 뒤에 시비 언니가 있었다. 머리로 생각하기 전에 몸이 먼저 반응했다.

그간 연습한 대로 주변의 기운을 최대한 손으로 모으고, 날아오는 목검을 향해 뛰어올랐다.

탁! 둔탁한 소리와 함께 목검을 잡고 탁, 바닥에 착지했다.

"……!"

주변에서 눈을 휘둥그레 떴다. 나도 놀랐다.

'이게 되네?'

쳐 내기만 해도 선방이라 생각했는데 이걸 잡다니. 물론 무리하긴 했는지 손바닥이 찢어질 듯 아팠다.

털썩, 내 뒤에 있던 시비가 다리에 힘이 풀렸는지 주저앉는 소리가 들렸다.

"허, 봤는가?"

호수 근처의 이 층 누각.

남궁 세가의 친족이 아니면 출입이 금지된 이 층은 남궁 세가의 연무장 몇 곳이 한눈에 내려다보였다. 하지만 상당히 먼 거리였기에 시력이 아무리 좋더라도 연무장에 서 있는 사람은 이쑤시개 그 이상으로 보이지 않았다.

하지만 남궁무철과 천산염제 구홍마 두 사람이라면 이야기가 달라졌다. 구홍마가 수염을 씰룩이며 말했다.

"일단, 축하드립니다. 말썽만 피운다는 손주 녀석이 드디어 한발 내디뎠군요. 열 살에 검기라니."

심각하게 인상을 굳히고 있던 남궁무철의 입가에 어쩔 수 없는 미소가 피어올랐다.

"큼, 지기 싫어서 억지로 잠깐 만들어 낸 것일세. 본인은 만든 줄도 모를 걸세."

하지만 그 처음이 가장 중요한 것이었다. 그 한 번을 만들어 내기 위해 얼마나 많은 고생을 하던가? 이를 아는 구홍마가 웃기지도 않는다는 듯이 말했다.

"쯧쯔, 속 보이는 겸손 치우시지요."

"크흠!"

구홍마가 다시 연무장을 내려다보았다. 연무장은 백리연을 둘러싸고 한바탕 소란이 일어나고 있었다.

"그런데 저 아이, 어떻게 잡은 건지. 분명 무공도 거의 배우지 못한 내공 폐인이었는데!"

남궁무철의 낯빛이 다시 가라앉았다.

"심지어 처음에는 피하려다가 마음을 바꾼 걸세."

"허!"

구홍마가 기가 막힌다는 듯 탄식하고 혀를 찼다.

"제 몸 아까운 줄 모르는 아이로군. 끌끌, 저런 놈이 제일 먼저 죽지."

"하, 저 아이가 제 몸을 돌봤다면 자네가 공청석유를 뺏어 갈 수나 있었겠는가?"

산사태에 휩쓸리지도 않았을 것이고 만신의의 연단실을 발견하지도 못했을 것이다. 공청석유 또한.

구홍마는 태연하게 수염을 쓰다듬었다.

"뺏어 가다니요? 저 아해도 동의했습니다."

남궁무철이 난간을 내리쳤다.

"헛소리 말게. 내 자네 때문에 얼마나 곤욕스러웠는지!"

"아니 하느니만 못한 소린 그만하시지요. 그런다고 내가 돌려줄 것 같소? 그럴 거면 저지르지도 않았지. 형님도 내 사정 알지 않소? 그래서 날 부른 이유가 무엇이오?"

남궁 세가의 의각. 분명 부러진 목검을 잡았을 때 운이 좋다고 생각했다. 하지만 내 운은 딱 잡은 것까지였던 모양이었다.

난 우울하게 익숙한 약방 냄새를 맡았다. 남궁완이 당장에라도 폭발할 것 같은 얼굴을 하고 귀신같이 서 있었다. 맞은편 노령의 의원이 내 손바닥을 들여다보곤 침음했다.

"부러져서 날아오는 목검을 잡았는데 이리 상처가 났다고요? 이건 아무리 봐도 날붙이에 다친 것 같은데……."

"그게 무슨 소린가?"

남궁완도 상처를 살피곤 인상을 찡그렸다.

"이건…… 설마……?"

놀랄 만하지.

나는 고개를 주억거렸다. 나도 다친 상처를 보고 나서야 확신했다. 목검이 부러지기 직전 내가 본 남궁류청 내공의 특이한 움직임은 그가 검기를 만들어 내는 과정이었다!

'열 살에 검기를 만들다니.'

정말 괴물이었다. 하늘이 내린 기재라는 아버지도 열두 살에나 검기를 만들었다 들었다.

물론 남궁류청의 검기는 검기라고 말하기 힘들 정도로 희미하고 유지한 시간조차 아주 짧았지만, 그래도 그 안에 담긴 내공은 내 손에 상처를 낼 정도였다.

그리고 그 사실을 남궁완도 알아챘다.

"그 미친놈이……."

하지만 좋아하는 기색이 아니었다. 오히려 더 화난 것 같았다. 그럴 만도 한 게 원래 목검으론 검기를 만들어선 안 됐다. 심지어 철검이어도 잡철로 만든 싸구려 검으로는 만들 수 없었다. 불어넣은 내공을, 공력을 검이 견디지 못하기 때문이다.

철검도 그럴진대 목검이야 당연히 견디지 못했다. 손을 베인 정도면 운이 좋았다. 만약 목검이 부러지지 않고 그 자리에서 폭발했다면 이 정도 피해에서 그치지 않았을 것이다.

검을 든 남궁류청은 물론 바짝 붙어 있던 서하령 또한 목검 파편에 벌집이 되었을 터. 이건 무공을 배우는 사람이라면 기본 중의 기본인 사항이었다.

남궁완의 욕설에 노의원이 헛기침했다.

"커허음."

"그래, 나을 수 있겠는가? 어떠한 문제도 있어선 안 될 걸세!"

"상처를 잘 봉합하고, 움직이지 않고, 내공의 보조를 받는다면 문제없을 겁니다."

"내공의 보조라니?"

"운기조식을 말하는 겁니다. 하지만 소저는 내공 폐……."

의원은 섬뜩한 느낌에 말을 이어 가다 멈췄다. 남궁완이 그를 죽일 듯 노려보고 있었다.

"내공이 필요하니…… 다른 분의 도움을 받으면 후유증 없이 나을 수 있으실 겁니다."

나는 그 모든 과정을 보고 약간 어이가 없었다.

'내공 폐인이란 소리 들어도 뭐, 상관없는데.'

워낙 많이 듣던 소리라 괜찮았다. 하지만 남궁완은 내가 상처받을까 걱정한 모양이었다.

'뭐, 그래도 안 듣는 편이 좋으니까.'

나는 가슴이 따뜻해지는 배려에 배시시 웃었다. 남궁완이 버럭 소리쳤다.

"웃긴 왜 웃어! 네 손이 걸레짝이 됐는데, 지금 웃음이 나와?"

"걸레짝……."

"뭐 하는가! 빨리 치료 안 하고! 최선을 다해서 해야 할 것이야!"

"아이고, 당연한 말씀을요."

노의원은 남궁완의 성질이 익숙한 듯 곧장 내 상처에 얹어 놓았던 약재를 덜어 냈다.

"어떻습니까?"

"아무 느낌 없어요."

"마취는 잘되었군요."

의원이 바늘을 불에 달구기 시작했다. 내 상처를 볼 때도 별다른 감흥이 없었는데 바늘을 보니까 갑자기 기절하고 싶어졌다.

의원의 몸종이 다가와 말했다.

"이걸 물고 계십시오."

물기 좋게 만 천을 보자 다시 기절하고 싶어졌다.

"아파요?"

"마비산이 잘 들었으니 아프진 않을 겁니다. 하지만 혹시 모르니 조심하는 겁니다."

이래저래 전생과 회귀 전에 다친 일이 많아서 꿰맨 적도 꽤 됐다. 하지만 살에 실이 지나가는 기괴한 느낌. 아무리 마취를 했다지만 으으, 그건 몇 번을 겪어도 적응할 수 없었다.

나는 겁에 질려 나도 모르게 남궁완의 옷자락을 잡아당겼다. 남궁완이 나를 가소롭다는 듯 내려다보았다.

"제 갈라진 손바닥은 신기하다는 듯 들여다보면서 눈 하나 깜짝 안 하더니 갑자기 웬 어리광이야?"

"무섭단 말이에요."

난 울상을 지으며 멀쩡한 손으로 남궁완의 옷자락을 꼭 쥐었다.

"마취해서 괜찮아."

"막, 막, 살에 실이 지나가는, 막 스스슥거리는 그 느낌, 이상하단 말이에요!"

"마취해서 아무 느낌도 안 날 것이야."

"거짓말!"

"아우 시끄러워. 잡거라."

남궁완의 말에 대기하던 하인이 내 팔다리를 붙잡았다. 남궁완도 내 몸통을 붙잡았다.

"시작해."

"잠깐, 잠깐!"

"빨리 시작해."

"안, 읍!"

'언제 잠든 거지?'

나는 아직 잠이 덜 깨 몽롱한 채로 일어나려 했다. 그 순간 내 손목을 꽉 잡아 누르는 움직임에 남은 잠이 확 달아났다. 분명 손목을 잡혀 거의 움직이지 못했음에도 손에서 눈물이 찡할 정도의 통증이 느껴졌다.

"손, 움직이면 안 돼."

야율이었다.

'맞다, 다쳤지.'

멍청하게 잊어버린 채 평소처럼 오른손으로 바닥을 짚으려고 했다. 나는 왼손으로 젖은 눈가를 문질렀다. 의각에서 진통제에 취해 횡설수설하던 게 마지막 기억이었다.

'엄청 뭐라고 좋알좋알한 것 같은데 기억이 안 나네. 이상한 소린 안 했겠지?'

하지만 지금 내가 있는 곳은 남궁 세가에서 내준 내 처소였다.

"백리 소저! 일어나셨군요!"

시비가 약사발을 올린 쟁반을 들고 황급히 다가왔다. 언제 돌아왔는지, 얼마나 잤는지 물어본 나는 눈을 휘둥그레 떴다.

"하루가 지났다고?"

"네."

시비가 야율이 붙잡은 내 손목을 보곤 말했다.

"소저가 아프셔서인지 잠결에 자꾸 손을 움직이려 드시더라고요. 그래서 저 아이가 밤새 소저가 손을 못 움직이게 붙들고 있었어요."

"야율이?"

"예. 제가 지키고 있겠다고 해도 한사코 자신이 있겠다고 하더라고요."

나는 놀라서 야율을 보았다.

그리고 갑자기 시비가 내게 큰절을 했다.

"소저께 목숨을 빚졌어요. 이 은혜를 어찌 갚아야 할지. 제가 할 수 있는 만큼 보은하겠습니다."

"아니…… 그 정도는…… 하하."

나는 어색하게 웃었다.

사실 시비와 난 별로 친하지 않았다. 얘기도 몇 마디 안 했다. 오늘, 아니, 어제 남궁류청과 서하령의 대련에 가서 나눈 대화가 가장 길었던 정도였으니까.

어쩔 수 없었다. 야율 때문에 시비를 처소에 오래 둘 수 없어서 계속 내보냈기 때문이다. 시비는 날 부담스럽게 하지 않으려는 듯 빠르게 일어나 말했다.

"그럼 저는 의원님께 다녀오겠습니다. 깨어나면 알려 달라 하셨습니다."

시비가 서둘러 침실을 나갔다. 야율이 시비가 놓고 간 탕약을 들고
왔다. 탕약은 마시기 좋게 식어 있었다. 쭉 한 번에 탕약을 들이켠 내
가 오만상을 쓰며 혀를 날름거렸다. 야율이 살짝 놀란 눈으로 나를 보
았다.

"왜?"

"이번에도 안 먹으려고 핑계 댈 줄 알았어."

야율의 말에 움찔 놀랐지만 이내 아무렇지도 않게 말했다.

"……나도 먹어야 할 때는 먹어."

"응."

야율이 탕약 그릇을 확인해 보곤 만족스럽게 그릇을 한쪽에 치웠다.

'음. 전혀 안 믿는 것 같은데.'

나는 입을 비죽이고 물었다.

"나 처소엔 누가 데려다줬어?"

"남궁 소가주가."

"……별일은 없었지?"

"응."

나는 옅은 한숨을 쉬며 붕대를 감은 손을 내려다보았다.

"걱정을 끼쳤네. 그러니까 어떻게 된 일이냐면……."

어떻게 설명할지 고심하며 말끝을 흐릴 때 야율이 말했다.

"다 들었어."

"들었다고?"

"응. 서 소저한테."

"서 소저한테? 너……."

서하령이랑 세 마디 이상 안 하잖아……?

나는 고개를 저으며 이어 말했다.

"아니, 아냐. 밤새 내 옆에 있었으면 피곤하겠네. 이제 가서 쉬어."

"안 피곤해."

"안 피곤하기는 무슨, 밤새 있었다며? 가서 쉬어야지."

잠시 눈을 내리떴던 야율이 고개를 끄덕였다.

"그럼, 시비 오면 갈게."

"그래."

그 말이 끝나기 무섭게 시비가 돌아왔다. 하지만 의각에 있는 의원에게 다녀왔다기엔 너무 일렀다. 나는 시비의 곤혹스러운 표정을 보고 물었다.

"무슨 일이야?"

"그것이…… 밖에 류청 도련님께서 오셨어요."

생각지도 못한 소리에 눈을 몇 번 깜빡였다.

"남궁 공자가…… 왔다고?"

"네."

"무슨 일로?"

"그건 소인도 듣지 못해 모르겠습니다."

"그래?"

나는 야율을 흘끔 보았다.

"일단 들어오라고 해. 그리고 야율, 너는 그냥 지금 가서 쉬어."

"……."

시비가 말을 전하기 위해 물러갔다. 하지만 야율은 움직이지 않았다. 나는 어서 나가라는 듯 재촉했다.

"야율, 뭐 해? 빨리 가."

결국, 미적거리는 새 남궁류청이 처소로 들어왔다. 남궁류청이 시비가 걷어 주는 문발을 넘어오다 야율을 보고 멈춰 섰다.

"……."

"……."

둘이 서로를 바라보는 시선이 아주 매서웠다.

'내 침실에서 이러지 마!'

나는 다치지 않은 손으로 침상을 탁탁 두들겼다.

"나한테 용건 있는 거 아니야?"

남궁류청이 먼저 흥, 하고 콧방귀를 뀌면서 고개를 돌렸다. 나는 야율을 향해 어서 나가라고 눈짓했다. 입술을 깨문 야율이 내키지 않는 듯 나갔다.

"에효."

나는 그제야 안도의 숨을 쉴 수 있었다.

'이상하게 둘이 자꾸 마주치네.'

전생에 둘이 원수이자 맞수였으니 최대한 얽히지 않게 하고 싶었는데. 같은 집에 있는 이상 어쩔 수 없는 건가?

곧이어 시비가 차를 내왔다. 남궁류청이 시비가 찻잔에 차를 따르려는 걸 손으로 막으며 말했다.

"내가 할 테니 나가 봐."

"알겠습니다."

남궁류청은 흐트러짐 하나 없이 아주 바른 자세로 차를 따라 내 앞에 놓아 주었다. 속으로 감탄하며 남궁류청의 얼굴을 본 난 눈살을 찌푸렸다. 어째 광대 부분이 살짝 새파란 것이 멍이 든 것 같았다.

"얼굴이 왜 그래?"

멈칫한 남궁류청이 단호하게 말했다.

"네가 신경 쓸 일 아냐."

"……."

이 자식, 이럴 거면 왜 온 거지?

어른으로서 이런 일에 화내면 안 되는 걸 머리로는 알지만 나도 모르게 퉁명스럽게 말이 나갔다.

"그럼 무슨 일로 온 건데?"

그러자 남궁류청의 손끝이 움찔 떨렸다.

"얼굴은 대련하다가."

"네가 대련하다 다쳤다고?"

저렇게 멍이 들 정도면 상당히 세게 맞았을 것이다. 하지만 남궁 세가의 후계자인 남궁류청 얼굴을 후려칠 수 있는 사람이 대체 누가……?

'남궁완 아저씨.'

대련을 빙자해서 두들겨 팬 모양이었다. 소설에서 남궁류청이 어릴 때 그런 식으로 아버지께 많이 혼이 났다고 회고하는 걸 봤다.

"괜찮아?"

"하! 지금 누가 누굴 걱정하는 거야?"

"……."

이 자식, 나쁜 질문도 아니고 걱정해서 물어본 건데. 입 한 대만 때리고 싶다. 두들겨 팬 남궁완 아저씨의 심정을 나도 모르게 이해하고 있었다.

그때 남궁류청이 물었다.

"너는?"

"응?"

"네 손은…… 괜찮아?"

남궁류청이 내 오른손을 뚫어 버릴 것처럼 쏘아보았다.

"내 손? 괜찮아."

"여덟 바늘 꿰맸다고 들었는데. 조심하지 않으면 장애가 남을 수 있다고."

"아니, 그걸 누가 말했대?"

얼굴을 긁적이며 나도 모르게 중얼거렸다.

"아버님이."

나도 모르게 살짝 웃음을 터트렸다. 남궁류청이 대번에 눈썹을 치켜들었다.

"왜 웃지?"

"아니, 아니 음…… 아버님이라고 부르기엔 너는 아직 좀…….."

너무 어리잖아! 어린아이의 너무 진지한 모습이 웃긴다고 할까?

심지어 남궁류청은 미래의 미남자답게 어린아이일 때도 예쁘고 사랑스럽게 생겼다. 물론 냉막한 표정과 싹퉁머리 없는 말투가 점수를 많이 깎아 먹었지만 그래도 귀엽다고 할 수밖에 없었다. 못된 말을 해도 그냥 넘어가게 되는 건 저 어린 얼굴의 영향이 한 99% 정도는 되었다.

남궁류청이 성질난 얼굴로 나를 노려보며 말했다.

"내가 아버님이라고 부르는 게 네가 비웃을 일은 아닐 텐데."

나는 입술을 꽉 깨물고 웃음을 참았다.

"미안, 미안. 그리고 비웃은 거 아냐."

겨우 표정을 관리하고 남궁류청을 바라봤다.

"그래서 여긴 왜 온 거야?"

"네 손이 나을 때까지…… 도울게."

"뭘?"

"네 손, 불편할 테니까."

얘가 대체 무슨 소리를 하는 거지?

"뭘 돕는다는 거야?"

"……."

"응? 뭘 돕느냐니까?"

남궁류청은 말하기 힘든 듯 입술을 꽉 다물고 있을 뿐이었다. 나는 곰곰이 생각하다 설마 하며 물었다.

"네 말은 그러니까…… 네가 내 시중을 들어 주겠다는 거야?"

"……."

남궁류청은 여전히 침묵했다. 나도 모르게 안도의 숨을 내쉬었다.

"하하, 역시 그런 의미일 리가 없지. 휴우."

"네 말이 맞아."

"……뭐?"

이를 악문 남궁류청이 턱을 치켜들고 말했다.

"내가 네 시중을 들어 주겠다고."

나는 경악했다. 지금 내가 뭘 들은 거지? 제대로 들은 게 맞나? 정말로? 저 남궁류청이? 내 시중을 들겠다고?

'귀신에 씐 거 아냐?'

"그러니까 네가 내 처소에 머물면서 내 시중을 들어 주겠다…… 그런 뜻이야?"

"맞아."

남궁류청이 덧붙였다.

"잠은 내 처소로 돌아가서 잘 테니 걱정 마."

누가 그걸 걱정해! 그건 당연한 거지! 그럼 여기서 잠도 자려 했어? 나도 모르게 물었다.

"네가 왜?"

"내 잘못이니까."

"……."

"……."

하하……. 어처구니가 없어서 웃음이 나왔다. 갑자기 나를 왜 찾아왔나 했더니만, 생각지도 못한 전개였다. 뒤통수가 얼얼한 나와 달리 남궁류청은 오히려 말하고 나니 후련해 보이는 표정이었다.

'망했네.'

만약 나 혼자였다면 남궁류청의 이 화해, 혹은 사과의 제안에 기꺼워했을 것이다. 남궁류청이 먼저 다가온, 친해질 기회니까.

하지만 내 처소에는 야율이 있었다. 내가 정말 웬만하면 다 같이 친해지면 되지, 라고 긍정적으로 생각했겠지만…… 저 둘은 아니었다. 적어도 야율의 마공을 어떻게든 해야 둘을 붙여 볼 수 있었다.

'심지어 벌써 사이도 안 좋아!'

둘은 어떤 과거를 지녔든지 숙적이 될 수밖에 없다는 듯이 벌써 으르렁대고 있었다.

나는 적당히 식은 찻물을 들이켜며 생각을 정리했다. 반쯤 빈 찻잔을 내려놓자마자 남궁류청이 곧바로 채워 주었다. 그 모습을 보니 앞으로 내가 할 말이 더 미안해졌다. 나는 남궁류청을 보며 입을 열었다.

"네 뜻은 알았어."

"그럼……."

"하지만 거절할게."

"뭐?"

남궁류청은 당연히 받아들일 거라고 여겼는지 상당히 놀란 눈이었다. 하긴 뭐, 지금껏 자신에게 잘 보이려던 사람들만 만났으니, 이런 거절은 처음일 것이다. 남궁류청이 의심스럽다는 듯 물었다.

"왜?"

"불편하니까."

멈칫한 남궁류청이 조심스럽게 말했다.

"……최대한 불편하지 않게 할게."

"어떻게 안 불편해? 너…… 그동안 나한테 관심도 없었잖아."

남궁류청이 눈가를 움찔 떨며 시선을 내리깔았다.

'아니라고 부인은 못 하네.'

나는 어떻게 하면 남궁류청이 거절을 받아들일까 고민하며 말을 이어 갔다.

"나는 안 친한 사람이랑 같은 공간에 있는 거 싫어. 불편해서. 그래서 시비도 거의 안 부르는데 네가 오면 어떻겠어? 그러니까 마음만 받을게."

휴. 이건 대놓고 너랑 사이 안 좋으니 필요 없다는 말이나 다름없었다. 남궁류청이 주먹을 꽉 쥐는 것이 보였다.

'미안.'

나도 이렇게까지 말하고 싶진 않았다. 그냥 좋게 거절하면 되지 않나 싶겠지만 문제는 상대가 남궁류청이라는 것이다. 그러니까 쇠심줄 같은 고집을 지닌, 한번 결정한 건 절대 바꾸지 않는!

회귀 전에도 남궁류청을 떼어 놓으려고, 연관되지 않으려고 온갖 난리를 치다가 결국 내가 도망치는 걸로 끝났다. 지금의 그가 어리다고 고집이 덜할 거라 생각하지 않았다.

"그럼 용건은 끝난 거지?"

그나마 다행인 건 어린 남궁류청의 자존심은 하늘보다 드높다는 것이었다. 그걸 살살 긁기만 하면 화를 버럭 내면서 떠날 것이다. 벌써 화를 꾹 참느라 눈을 내리뜨고 있었다.

차를 홀짝이던 나는 이만 가라고 축객령을 내리려고 했다.

그때 남궁류청이 중얼거렸다.

"……면 되잖아."

"뭐라고?"

남궁류청이 이를 악물며 말했다.

"친해지면 되잖아!"

"콜록! 켁! 켁!"

하필 차를 넘기다가 그대로 사레들렸다. 나는 소매로 입가를 닦으며 남궁류청을 보았다.

아니, 이렇게 나올 줄이야.

나는 한숨을 내쉬며 말했다.

"나는 솔직히 네가 나한테 이러는 이유를 모르겠어. 나한테 미안해서야? 사과하려고?"

침묵하던 남궁류청이 자세히 보지 않으면 보이지 않을 정도로 살짝 고개를 끄덕였다.

"뭘 사과하고 싶은 건데? 내 손 다친 거?"

"맞아."

"하나만 묻자. 너, 아니 공자, 서 소저한테는 사과했어?"

"서 소저?"

남궁류청이 서 소저 이야기가 왜 나오느냐는 듯한 표정을 지었다. 나는 탁자를 두드리며 말했다.

"그날 서 소저한테 졌잖아."

그날 대련은 내가 손을 다친 것 때문에 흐지부지되었다. 하지만 검이 부러졌으니 남궁류청의 패배였다.

솔직히 서하령에게는 미안한 말이지만 부러진 검으로 남궁류청이 계속 대련을 이어 나가면 이겼을 것이다. 그러나 어찌 되었든 검이 부러진 쪽이 패배했다는 게 세간의 인식이었다. 실전도 아닌데 검이 부러지고 나서 손을 섞으면 추하다고 여긴달까.

"그동안 서 소저를 깔보면서 무시했던 발언들 취소해야 하지 않겠어?"

남궁류청은 전혀 생각지도 못했다는 듯 눈을 크게 떴다가 점차 얼굴을 일그러트렸다.

"설마 외상만 상처라고 생각하는 건 아니겠지? 네가 그동안 말로 준 상처, 서 소저가 받았을 마음의 상처부터 사과해야지."

"그건……!"

"내 말이 틀려?"

나는 남궁류청의 말을 자르며 계속 밀어붙였다.

"자청각에서 석찬 후에 네가 서 소저에게 뭐라고 했어? '수준이 안 맞아서.'라고 했지? 서 소저 그날 나랑 두 번, 아니, 세 번째 만난 거였는데 내 앞에서 너한테 그런 모욕을 당했어."

얼마나 쪽팔렸겠는가? 그러니까 서러움을 못 이기고 울음을 터트려 버린 걸 테고.

"그리고 알지? 공자랑 나랑은 그날이 처음 만난 날이었어."

그런데 그런 막말을 하는 애랑 어떻게 친해지겠느냐? 보통 아이라면 이런 뜻까지 읽어 내진 못할 것이다. 하지만 상대는 남궁류청이었다. 남궁류청의 얼굴이 붉어지다가 어느 순간엔 하얗게 질렸다. 그 모습을 보자 정말 미안해졌다.

'너무 몰아붙였나?'

하지만 이 정도가 아니면 남궁류청은 제 고집을 꺾지 않을 것이었다.

'그래도 야율이랑 함께 있도록 둘 수는 없으니까.'

주먹을 꽉 쥔 채 탁상을 노려보던 남궁류청이 일어났다.

"알겠어. 이만 물러갈게."

나는 남궁류청의 말에 안도했다. 솔직히 여기서 더 모진 말을 할 수 있을 것 같지 않았다. 일어난 남궁류청이 떠나지 않고 잠시 멈춰서 나를 물끄러미 바라봤다. 나는 왜 그러냐는 듯 고개를 살짝 기울였다.

"……아니야."

남궁류청이 몸을 돌려 침실을 나섰다. 문을 열고 나가려던 남궁류청이 우뚝 멈춰 섰다.

"너는?"

문밖에 야율이 서 있었다.

나는 이미 알고 있던 것이긴 했다. 내내 문밖에 서 있는 기운이 보였으니까. 남궁류청은 전혀 몰랐는지 표정을 굳혔다.

정반대로 야율은 남궁류청을 보며 미소 지었다. 입꼬리를 올린 웃음. 그 웃음을 본 나는 깜짝 놀랐다.

'진짜 똑같아!'

과거 야율이 내 목을 날릴 때 짓던 웃음이랑 정말 똑같았다. 아니, 같은 사람이니 웃는 모습이 똑같은 게 이상한 건 아니었지만…….

그나마 다행인 건 이제 그 모습을 보면서 섬뜩하거나 겁나진 않았다.

야율이 스치듯 지나가며 말했다.

"연이는 제가 잘 돌볼 테니, 공자는 신경 쓰실 필요 없습니다."

나는 입을 쩍 벌렸다. 쟤는 또 왜 시비야? 안 그래도 조금 전 대화 때문에 화났을 텐데 불난 집에 부채질하는 것도 아니고.

나는 황급히 외쳤다.

"야율! 이리 와."

여기선 남궁류청의 뒷모습밖에 보이지 않았다. 그의 표정을 볼 순 없었지만 문발을 쥐고 있는 손에 힘이 잔뜩 들어간 것을 보아 상상하기 어렵진 않았다. 나는 조마조마하게 지켜봤다.

문턱에 서 있던 남궁류청은 다행히 별말 없이 자리를 떴다. 나는 남궁류청이 떠난 걸 거듭 확인하고 야율을 보았다. 야율은 언제 미소 지었냐는 듯 평소의 표정 없는 낯으로 돌아와 있었다.

"너 왜 남궁 공자 자극해?"

내 시선을 피하던 야율이 조그맣게 말했다.

"……난 쟤 싫어."

나는 말을 할까 말까 소리 없이 입만 몇 번씩 달싹이다 혼잣말하듯 중얼거렸다.

"하긴 내가 너한테 뭐라고 할 처지는 아니지."

나도 남궁류청을 내보내려고 일부러 자극했으니까. 야율도 아마 문 밖에서 나와 남궁류청의 대화를 모두 들었을 것이다. 어린애를 몰아 붙이고 나니 기분이 영 별로였다.

나는 조금 시무룩해져서 남궁류청이 따라 주고 간 찻물을 멍하니 바라봤다. 얼마나 그러고 있었을까, 야율이 갑자기 말했다.

"……미안해."

"응?"

"앞으로 안 그럴게. 내가 잘못했어."

야율이 어쩔 줄 모르며 내 눈치를 보았다. 갑자기 왜 저러는 거지? 나는 야율을 바라보다 입을 열었다.

"친하게 지내라고까진 않을게. 싸우지만 마."

"응."

나는 씁쓸하게 웃으면서 고개를 틀었다.

'아버지 보고 싶다…….'

문득 그런 생각이 들었다.

'어디쯤 오셨을까?'

남궁 세가 사람들은 모두 친절하고 남궁완 아저씨도 무척 잘해 주 시지만 그래도 보고 싶었다.

'아버지가 오시면 백리 세가로 돌아가겠지.'

그럼 또 큰아버지와 백리명, 쌍둥이들이…….

그걸 생각하니 갑자기 좀 전까지의 우울함은 날아가고 남궁 세가에 서의 생활이 무척 만족스러워졌다.

……라고 생각하고 반나절도 지나지 않았을 때였다.

"연아!"

우렁찬 목소리가 안채까지 들려왔다. 무료하게 서책을 보고 있던 나는 깜짝 놀라 처소를 나왔다. 서하령이 마당을 망아지처럼 질주해 오고 있었다.

나를 본 서하령이 내 품에 뛰어들었다. 충격에 비틀거리던 나는 저도 모르게 다친 손으로 문간을 잡았다.

"악!"

그 순간 머리가 쭈뼛 설 정도의 통증이 밀려왔다. 서하령이 깜짝 놀라 나를 바라봤다.

"아, 맞아! 미안해!"

처소 그늘 한편에서 약탕을 달이고 있던 시비가 놀라서 달려왔다.

"소저!"

"어떡해, 어떡해! 의원, 내가 의원 어르신 모셔 올게!"

"아니, 아냐."

이를 악물고 말했다.

"조용히, 목소리 좀 낮춰."

"응?"

서하령이 주변을 두리번거리며 목소리를 낮췄다.

"그러고 보니 야율은? 왜 네 옆에 없지?"

"자. 걔 밤새웠거든."

"아하."

다행히 야율이 나오는 기척은 없었다. 계속 버티다가 내가 점심 먹는 것까지 보고 갔으니 피곤하긴 할 터였다. 대화하는 사이 통증은 많이 가라앉았다.

"그래서 무슨 일이야?"

"아, 맞아. 네가 남궁 공자 나한테 보냈다며?"

"응? 아, 뭐…… 그렇지."

내 말에 남궁류청이 정말 서하령에게 사과하러 간 모양이었다.

'빠르기도 해라. 어쨌든, 잘됐네.'

이 김에 둘이 잘 지내면 좋을 터였다. 여하간 둘은 소꿉친구로 자랄 테니까. 그리고 서하령은 전혀 예상치 못한 반응을 보였다.

"아니, 걔가 갑자기 나한테 와서 미안하다는 거야. 나 남궁 공자가 미친 줄 알았어!"

"뭐, 뭐라고?"

미쳤냐니…….

"다시 데려가!"

"아니, 뭘 데려가라는 거야?"

"남궁류청!"

나는 당황하여 서하령을 보았다.

"걔를 내가 왜 데려…… 아니, 그리고 남궁 공자가 사과했다며?"

"맞아!"

나는 목소리를 낮추라고 손짓하며 말했다.

"너 남궁 공자랑 친해지고 싶다고 그랬잖아."

"맞아. 그랬지."

……랬지? 과거형이 왠지 불길했다.

서하령이 입을 삐죽이며 말했다.

"흥, 검만 휘두를 줄 아는 녀석 따위 관심 없어."

"아니……."

나는 기가 막힌 얼굴로 서하령을 보았다.

"……강해서 멋있다며?"

서하령이 숨을 들이켰다가 살짝 눈치를 보고 목소리를 낮춰 소리 쳤다.

"아니! 연이 네가 더 멋있어!"

나는 눈을 끔뻑이다가 내 가슴팍을 짚었다.

"나?"

"응!"

"나를 왜……?"

그때 갑자기 조용히 곁에 있던 시비가 나를 불렀다.

"소저, 백리 소저."

나는 잠시만 기다려 달라고 손짓하고 서하령을 보았다. 서하령이 말했다.

"시비 언니 지켜 줬잖아!"

"어?"

"엄마가 그랬는데, 진짜 멋있는 사람은 약자를 지켜 주는 자랬어!"

서하령이 눈을 반짝이며 나를 바라봤다.

"그리고 솔직히 엄청나게 멋있었어. 부러진 목검 딱! 잡는 거 진짜 로……. 거기다 연이는 똑똑하기도 하잖아."

"내가, 내가 똑똑하다고?"

서하령의 머릿속을 따라가기 힘들었다.

"응! 막, 말 한마디로 남궁류청 꼼짝 못 하게 했잖아. 맞아, 그 녀석 검술 약점도 네가 가르쳐 줬고! 그거 아니었으면 아마 사과도 못 받았 을걸. 흥."

서하령이 입을 삐죽이며 팔짱을 꼈다.

"나 이제 걔 별로야. 아니, 싫어! 그러니까 난 필요 없어! 연이 네가 데려가! 연이 넌 손도 다쳤으니까 도와줄 사람 필요하잖아."

기가 막힌 눈으로 서하령을 바라보던 나는 무심코 서하령 뒤쪽을 바라보고 놀랐다. 언제 왔는지 알 수 없는 남궁류청이 어두운 낯으로 서 있었다. 시비가 안타깝게 나를 불렀다.

"백리 소저……."

왜 이렇게 나를 부르나 싶었는데 설마……?

내가 흔들리는 눈으로 시비를 보자 시비가 울상을 지었다. 나는 어색하게 웃으며 말했다.

"남궁 공자…… 언제부터 있었어?"

남궁 공자라는 말에 홱 뒤를 돌아본 서하령이 펄쩍 뛰더니 황급히 내 뒤로 숨었다.

"다 들었어."

남궁류청이 내 뒤쪽 서하령을 흘끔 보았다.

"내가 싫다며?"

"하, 하, 하."

어색하게 웃던 나는 그냥 뻔뻔하게 나가기로 했다. 나는 나쁜 말 한 것도 없지 않은가?

"그러게 좀 잘하지 그랬어? 남궁 공자 인망이 아주 별로네."

"그런 거 필요 없어."

내 어깨를 잡고 숨어 있던 서하령이 고막이 얼얼하게 소리쳤다.

"나도 필요 없거든!"

왠지 남궁 세가에서의 생활이 매우 피로해질 것 같다는 생각이 들었다.

하루가 다르게 낮이 짧아져 가고, 이제는 밤에 화로를 들여놓지 않으면 추워서 잘 수 없는 날이 되었다.

본디 이렇게 오래 머물 거라고 예상치 못했던 나는 얇은 옷 몇 벌뿐이었는데, 소부인께서는 언제 준비했는지 휘주 지역의 제일 점포로 꼽히는 방의각에서 두툼한 옷을 몇 벌이나 맞춰 주셨다.

그리고 이유는 알 수 없었지만, 새로 지은 옷들을 내게 입혀 보면서 무척 신이 나신 것만 같았다. 종이 한 장을 다 채운 야율이 이를 들어 내게 보여 주었다.

"잘 썼네. 음, 음…… 어, 여기 획 빠졌다."

다시 붓을 집어 든 야율을 향해 손을 내저었다.

"이제 좀 쉬자."

고개를 끄덕인 야율이 붓을 내려놓았다. 나는 야율의 피로해 보이는 얼굴을 보다가 말을 꺼냈다.

"슬슬 밤새 안 지켜도 되지 않아? 언제까지 시비랑 번갈아 가면서 지키려고?"

"안 돼."

"음, 불안하면 적당히 못 움직이게 손목을 묶어 놓고 자면 되지 않나?"

야율은 머뭇거리다 조심스럽게 말했다.

"너 잠버릇이 꽤…… 심해."

"그래? 얼마나 심하기에?"

"……한 바퀴 돌아……."

"에이, 거짓말."

"……."

"진짜?"

야율의 침묵을 보아 진짜인 모양이었다.

'내가, 내 잠버릇이 그렇게 심했다고?'

살짝 충격에 빠졌다.

지금껏 얌전히 잔다고 믿어 의심치 않았는데! 거기다 그걸 시비와 야율이 매일 밤 지켜보고 있었다니! 게다가 나 아버지랑 계속 같이 잤는데!

몰려오는 수치에 나는 한 손으로 얼굴을 덮었다.

그때 문밖에서 시비의 목소리가 들렸다.

"도련님 오셨습니다."

"들어오라 해."

문이 열리고 남궁류청이 푸른색 의복을 펄럭이며 들어왔다.

결국, 나는 남궁류청을 쫓아내는 것에 실패했다. 대신 적당히 타협했다. 낮에 잠시 남궁류청의 도움을 받기로 한 것이다. 그리고 그 시간 동안 야율과 시비는 쉬러 갔다.

야율과 시비는 번갈아 가며 밤새 내 곁을 지켰다. 하루 이틀이야 어떻게든 버틴다 해도 매일같이 그럴 순 없었다. 낮에 조금이라도 쉬어 둬야 했고 그 시간에 남궁류청이 도와주기로 한 것이다.

'솔직히 그냥 시비를 더 쓰고 싶지만…….'

어쩌다가 이리 됐을까?

나는 남궁류청을 물끄러미 보다 고개를 갸웃 기울였다.

"그러고 보니 오늘은 일찍 왔네."

평소보다 한 시진 정도 일찍 왔다.

"오늘 수업이 저녁으로 밀렸어."

"아, 그래서 일찍 왔다 가려고?"

"응."

"뭐, 그래. 나는 상관없는데, 야율 너는?"

"괜찮아."

야율은 남궁류청이 왔다는 시비의 말을 들었을 때부터 주섬주섬 주변을 치우고 있었다. 탁상 주변을 모두 정리한 야율이 일어났다.

"가 볼게."

"응, 쉬어."

다행이라고 해야 할지, 야율은 내게 사과한 날 이후로 남궁류청에게 시비를 걸거나 남궁류청을 약 올리는 일은 없었다. 그러자 남궁류청은 야율에게서 관심을 완전히 꺼 버렸다. 며칠째 마주치면서도 서로 말 한마디 하는 걸 볼 수 없었다.

남궁류청이 바닥 한쪽으로 치운 벼루와 붓 등을 훑어보곤 물었다.

"대필할 거 있어?"

난 원래 악필이긴 했지만, 오른손을 다쳤으니 그나마도 쓸 수 없었다.

"아, 있긴 한데, 오늘 한 건 그게 아냐."

"그럼?"

"야율이 글을 모른대서 좀 가르쳐 주고 있었어."

꽤 좋은 정파 가문 출신이라고 들었는데 저 나이까지 글을 전혀 몰랐다. 며칠 전, 석가약이 남궁 세가에 도착하면 잘 도착했다는 서한을 보내 달라고 한 걸 떠올리고 야율에게 대필을 시키려다 알게 된 것이다.

심지어 그동안 나는 야율이 당연히 글을 알 거라 여기고 서하령과 외출할 때 심심하면 읽으라고 서책도 몇 권 주곤 했다. 정말 무신경한 배려였다.

"글을 가르친다고? 쟤가 뭐기에?"

"응?"

그간 야율에게 관심도 없더니만?

남궁류청은 이해가 가지 않는다는 듯 물었다.

"하인은 아닌 것 같고, 그렇다고 아니라기엔 종일 네 옆에 붙어 있기만 하고."

"음…… 그러게? 나도 잘 모르겠어."

내 말에 남궁류청이 눈썹을 치켜떴다.

"말하기 싫으면 하지 마."

하지만 정말 뭐라고 말해야 할지 알 수 없었다. 야율이 천귀조 사건과 얽혀 있고 아버지가 구해서 데려왔고…… 이런 걸 구구절절 설명하기엔 야율의 개인적인 이야기였다.

남궁류청이 고갯짓했다.

"대필하려는 건 뭔데? 내가 할게."

"아냐! 너는 오늘 나랑 갈 곳이 있어!"

"갈 곳? 그냥 처소에서 쉬지."

나는 무시하면서 일어났다.

"내가 손을 다쳤지 다리를 다친 건 아니잖아. 뭐, 싫으면 넌 그냥 돌아가도 상관…….”

“아, 니, 야. 내가, 언제, 싫대?”

남궁류청이 이를 아득 갈면서 말했다. 성질을 꾹 눌러 참는 얼굴에 난 웃음을 터트렸다.

“하하하.”

남궁류청이 나를 노려보았다.

원래 이런 사람이 아닌데 남궁류청은 왜 이렇게 놀리는 게 재미있는지 알 수가 없었다. 여기서 더 장난치면 안 되겠다 싶어 말했다.

“헤헤, 사실 너 아니면 같이 가자고 할 수 없어서 그래.”

그러자 남궁류청의 표정이 좀 풀렸다.

“어딘데?”

“장서각!”

남궁 세가의 장서각. 남궁 세가 내에서도 꽤 중요한 곳인 만큼 그 앞을 지키는 무사도 꽤 실력자였다. 물론 내공이 무공 실력의 전부는 아니었다. 남궁류청을 보고 고개를 정중히 숙인 무사가 물었다.

“이 소저는……?”

“같이 들어갈 거야.”

“알겠습니다.”

나는 남궁류청을 앞세워 통과할 수 있었다.

건물 안으로 들어선 난 오는 내내 쓰고 있던 가리개를 내렸다. 선반 위에 책들과 두루마리, 죽간 등이 가득했다. 오래된 남궁 세가의 역사가 고스란히 느껴졌다.

장서각을 둘러보고 있을 때 남궁류청이 말했다.

"여기 오고 싶었다면 아버님께 출입패를 달라고 하면 됐잖아?"

"그래도 되긴 했지."

장서각은 일반적인 서재라기보다는 문서 자료관에 가까웠다. 그러니까 지금은 찾기 힘든 귀한 서책들과 남궁 세가의 관련 문건이 함께 있는 중요 창고라고 보면 됐다. 당연히 남궁 세가 사람이 아니면 함부로 들어올 수 없었다.

만약 장서각에 손님이 찾는 책이 있다면 보통은 들어가게 하는 것이 아니라 책 제목을 말하면 가져다주었다. 솔직히 출입패도 믿음직한 가까운 지인에게나 내줄까 말까 했다.

"와 보고 싶긴 했는데, 그동안은 서 소저가 매일 찾아와서 바쁘기도 했고."

그런데 남궁류청이 내 처소에 반나절 정도 머물기 시작하자 발걸음을 줄였다. 정확히는 낮에 오는 걸 멈추고 남궁류청이 돌아간 저녁 시간에 와서 같이 밥을 먹고 놀다 가는 것이었다. 남궁류청을 피하는 것이 노골적이라 웃길 정도였다.

나는 말을 이었다.

"내가 글을 배운 지 얼마 안 됐거든. 그래서 장서각에 간다고 하면 이상하게 생각하실 것 같아서."

이 세계 글은 어렵고 배우는 데 아주 오래 걸렸다. 그리고 남궁완은 내가 글을 배우기 시작한 지 얼마 되지 않았다는 걸 알고 있었다. 그런데 글의 기초만 겨우 뗀 아이가 중요 문건들이 가득한 장서각에 간다고 하면 이상하지 않은가?

'그래서 차마 말을 못 하고 있었던 건데.'

그런데 남궁류청이랑 같이 간다면 남궁류청이 대신 읽어 줬겠거니 생각하지 않겠는가? 그것이 내가 남궁류청을 대동한 이유였다.

남궁류청이 물었다.

"글을 배운 지 얼마 안 됐다고?"

"응. 한두 달 좀 넘게 배웠나?"

남궁류청이 이상하게 생각하는 것이 표정에 다 드러났다.

'뭐, 세가 자식이 여섯이 되도록 글을 안 배웠다는 게 이상하겠지.'

하지만 귀엽게도 이유를 묻진 않았다. 사연이 있을 거라 생각한 모양이었다.

남궁류청이 굳은 표정으로 말했다.

"그럼 책 읽어 달라는 거야? 무슨 책을 찾는데?"

"아냐, 도와줄 필요 없어."

"······?"

"이건 비밀인데······."

나는 남궁류청을 보며 매우 진지한 낯을 했다. 남궁류청의 낯도 덩달아 진지해졌다.

"사실은 내가 천재야. 그래서 글을 안 배우고도 다 알아. 하지만 그건 너무 이상하니까 비밀로 해야 했지!"

남궁류청이 미친 사람 보는 듯한 표정을 지었다.

"하하하하."

배를 부여잡고 한참 웃은 나는 남궁류청이 화내기 전에 서둘러 말을 돌렸다.

"나 저 책 꺼내 줘. 그 아래 것도."

나는 손만 까딱이며 남궁류청을 부려 먹었다. 처음에는 무척 부담스러웠는데 이것도 하다 보니 익숙해졌다.

나는 적당한 곳에 자리 잡고 앉았다. 곧이어 남궁류청이 서책을 들고 내 옆으로 왔다. 나는 진지한 얼굴로 검지를 입술에 가져갔다.

"참고로 나 글 잘 안다는 건 정말 비밀이야."

"네 말이 다 진실이라 치더라도."

거칠게 책을 내려놓는 남궁류청의 눈은 전혀 믿지 않고 있었다.

"뭘 믿고 내가 비밀을 지켜 줄 거라 생각하는 거지?"

"그럼, 말할 거야?"

"……아니."

"봐 봐."

그것 보라는 듯 나는 말을 이어 갔다.

"남궁 공자가 인망은 별로일지라도 신의가 없는 사람은 아니거든."

"……."

남궁류청을 입막음한 나는 가져온 책들을 뒤적거렸다.

남궁류청이 중얼거렸다.

"……넌 진짜 이상해."

어쩐지 남궁류청은 뚱한 표정이었다. 며칠 새 멍이 빠진 뽀얀 뺨이 불퉁거렸다.

'귀여워……!'

나는 몸을 비틀다 참지 못하고 말했다.

"나 네 뺨 한 번만 만져 봐도 돼?"

남궁류청이 단호하게 말했다.

"안 돼."

"힝."

"이상한 소리 내지 마."

"헹."

남궁류청이 참지 못하고 나를 노려봤다.

"알았어. 이제 책 보자. 너도 보고 싶은 거 있으면 봐. 책장 정도야
한 손으로도 넘길 수 있으니까."

남궁류청이 한숨을 내쉬며 자신도 읽을 만한 책을 찾으러 갔다. 나
는 곧은 자세로 선반 사이를 걸으며 책을 살피는 남궁류청의 모습을
지켜보다 서책을 펼쳤다.

한참 몰두하다가도 어느 순간 집중력이 다한 듯 정신이 흐트러질
때가 있다. 오랜만에 어려운 글이 가득한 책을 읽어선지 그 시간이 금
방 찾아왔다.

책을 덮으며 고개를 들자 맞은편에 자리 잡은 남궁류청이 보였다.
멍하니 남궁류청을 바라보던 나는 이내 그가 조금 이상하다는 사실
을 깨달았다. 남궁류청의 시선이 펼쳐 든 서책이 아니라 허공을 떠돌
고 있었다. 내가 자신을 바라보는지도 모르고 있었다.

이를 잠시 지켜보다 입을 열었다.

"공자, 남궁 공자."

내 목소리에 남궁류청이 퍼뜩 정신이 든 듯한 모습을 보였다.

"왜?"

"멍하니 있기에. 피곤해?"

"아. 별거 아냐."

"고민 있으면 말해. 내가 도와줄 수 있을지도 모르잖아?"

"네가?"

남궁류청이 말도 안 된다는 듯이 눈살을 찡그렸다.

"뭐, 싫으면 말고."

어깨를 으쓱하곤 쭉 기지개를 켰다.

'그러고 보니 시간이 얼마나 지난 거지? 슬슬 갈 시간이 된 것 같은데.'

그때 침묵하던 남궁류청이 입을 열었다.

"있잖아."

"응?"

"저번에 서 소저가 말한 거……."

남궁류청이 다시 입을 다물었다. 나는 그가 다시 입을 열 때까지 기다려 줬다.

"서 소저랑 대련했을 때 내가 당한 수를 네가 알려 줬다는 말 사실이야?"

서하령이 언제 그런 말을 했지? 아!

"……남궁 공자 검술 약점도 네가 가르쳐 줬고!"

남궁류청이 서하령에게 사과하러 갔던 날 서하령이 저리 말했다. 나는 고개를 주억거렸다.

"맞아. 내가 알려 줬어."

남궁류청의 눈에 살짝 의심이 서렸다.

"어떻게? 너는 무공을 배우지 못하잖아."

"그냥…… 보여서?"

"보인다고?"

"응."

난 뻔뻔하게 나가기로 했다.

'뭐 거짓말도 아니고.'

"어떻게 그럴 수 있는 거지?"

남궁류청이 믿기지 않는 듯 입술을 깨물었다.

"그럼……."

그때였다. 쾅! 갑자기 문이 거칠게 열렸다.

"여기 있었군."

남궁완이 장포를 펄럭이며 들어왔다. 그 뒤를 심 부관이 뒤따르고 있었다.

"심 부관님? 언제 오셨어요?"

팔괘촌에 계시던 거 아니었나?

"오랜만입니다. 오늘 도착했습니다."

"와! 잘됐네요!"

"아이고, 절 이렇게 환영해 주시는 건 아기씨뿐이군요."

남궁완과 아버지가 자리를 비운 팔괘촌에서 나를 살뜰히 챙겨 주신 분이었다. 심 부관에 대해서는 당연히 좋게 기억할 수밖에 없었다. 심 부관이 흐뭇하게 웃으며 말했다.

"아기씨도 잘 지내고 계신 모양입니다. 눈은 좀 어떻습니까?"

"많이 좋아졌어요!"

쾅쾅. 그때 산통 깨듯 벽을 두드리는 소리가 들렸다.

"눈물겨운 해후는 나중에 해! 백리연, 너 여기서 뭐 하는 거야?"

"네?"

"치료받으러 왜 안 와!"

"어?"

나는 매일 정해진 시각에 의각에서 치료를 받고 있었다. 환부가 덧나지 않았는지 확인하고 남궁완 아저씨가 내 상처가 빨리 재생되도록 내공도 불어넣어 주었다.

"벌써 시간이 그렇게 됐어요?"

"반 시진이나 지났다!"

"아, 죄송해요!"

"하도 안 오기에 찾아갔더니 처소에도 없고!"

"하하, 소가주님 진정하시지요. 별일 없이 찾았으니 다행이지 않습니까."

심 부관이 남궁완을 달래듯 말했다. 나를 쏘아보던 남궁완이 남궁류청에게로 시선을 옮겼다.

"그런데 왜 둘이 함께 있어?"

"네?"

그 말에 나는 의아했다.

'뭐지? 아저씨는 모르나?'

남궁류청은 입을 꾹 다문 채 눈을 내리뜨고 있었다. 남궁완이 의심스럽게 남궁류청을 바라보다 소리쳤다.

"류청, 너 또 무슨 짓을 저지른 게야? 설마 또 연이를 괴롭히던 건 아니겠지!"

에엥? 반응이 왜 이래?

나는 당황해 둘을 번갈아 보았다. 남궁류청의 침묵에 남궁완이 다시 소리쳤다.

"그 입은 아교라도 발랐느냐? 왜 말이 없어? 내가 묻지 않느냐!"

"……."

"됐다. 연이에게 물어보면 되지!"

남궁완이 혀를 차곤 나를 보았다.

"저놈이 널 괴롭혔느냐?"

……솔직히 괴롭힌 건 난데. 남궁류청 쟤는 왜 또 아무 말도 안 해?

남궁완이 오해하는 상황에서도 입을 꾹 다문 채 바닥을 뚫어 버릴 듯 노려보고 있었다. 나는 남궁류청을 가리듯 남궁완 앞에 나섰다.

"아니에요. 공자는 저 도와주고 있었어요."

"그게 무슨 헛소리야?"

"진짜예요! 공자가 제 시중을 들어 주고 있다고요."

"시중? 쟤가? 왜?"

남궁완은 귀를 의심하는 반응이었다. 솔직히 그 반응이 이해 갔다. 나도 처음 남궁류청이 도와준다고 했을 때 그랬으니까. 나는 천천히 설명했다.

"제가 손이 불편하잖아요. 그래서 남궁 공자가 절 도와주겠다고 했어요. 여기 장서각도 제가 와 보고 싶다고 해서 남궁 공자가 데려와 준 거예요. 그치?"

"……."

나는 뒤돌아 남궁류청을 쿡 찔렀다.

"맞잖아. 왜 말을 안 해!"

남궁류청이 내 시선을 피했다. 자세히 살피자 귀와 뺨이 붉었다.

'설마…… 얘 창피해하는 거야?'

남궁완의 목소리가 약간 누그러졌다.

"류청, 연이 말이 사실이냐?"

입술을 꽉 깨문 남궁류청이 내뱉듯 말했다.

"……예."

"헉!"

신음의 주인은 심 부관이었다. 심 부관이 말을 이었다.

"아니, 그럼 그 소문이 사실이었단 말입니까?"

"무슨 소문?"

"도련님이 백리 소저의 처소에 들락날락한단 소문이요."

"왜 난 몰라?"

"아니, 소가주님. 그렇게 보지 마십시오. 저 팔패촌에서 오늘 돌아왔습니다. 이 소문도 오는 길에 하인들이 말하는 걸 들은 것뿐입니다, 심지어 거짓인 줄 알았단 말입니다."

여전히 노려보는 남궁완의 눈빛에 심 부관이 정말 억울하다는 듯 말을 이었다.

"그도 그럴 것이, 저번에 장가장의 자제를 두들겨 팼을 땐 도련님이 문병 한 번을 안 가서…… 크흠."

"자네는 그 입이 방정이야."

그제야 남궁완이 심 부관에게서 시선을 돌렸다.

'이 근방의 장가장이라면 거기 아냐? 남궁류청을 사사건건 트집 잡던 악역이 있던 거기?'

팔짱을 낀 남궁완이 손가락으로 자신의 팔을 두드리며 말했다.

"어처구니가 없군. 한동안 오후 수업을 쉬겠다고 하기에 대체 무슨 바람이 불었나 싶었더니만."

이내 남궁완이 손을 내저었다.

"됐다, 됐어. 손 때문에 시중할 이가 필요하다면 내 세심한 이를 붙여 줄 테니 너는 괜히 연이 신경 쓰이게 하지 말고 네 할 일 하러 가거라."

그간 꽤 친해졌기에 입을 꾹 다물고 있는 남궁류청을 대신해 좋은 말을 해 주었다.

"괜찮아요. 공자가 잘해 줘요."

"하, 태어나 지금껏 도련님으로 자란 애가 시중을 들어 봤자 얼마나 잘하겠느냐?"

음, 솔직히 남궁완의 말이 맞긴 했다. 시비 언니나 야율과 비교해서 남궁류청이 별로인 건 맞지만 그렇더라도 저 말투는 무엇인가? 열심히 하는 애에게 너무하지 않은가!

나는 발끈해서 소리쳤다.

"왜 그런 식으로 말씀하세요! 사과하는 마음이 중요한 거죠!"

"뭐? 너 지금 며칠 쟤랑 지냈다고 저 녀석 편을 드는 게야?"

남궁 세가의 의각. 노의원은 백리 소저를 찾으러 간 남궁완을 기다리고 있다 함께 온 이들을 보고 놀라서 벌떡 일어났다.

"도련님? 도련님께서도 다치신 겁니까? 부상 부위가 어딥니까?"

남궁완이 대신 대답했다.

"멀쩡하네."

"예?"

잠시 어리둥절하게 보던 의원이 말했다.

"그럼 무슨 일로 오신 겁니까?"

"연이 때문에 왔네."

"소가주님이 아니라 도련님에 대해 여쭤본 겁니다만……."

"류청이 연이 때문에 왔다고!"

"예에?"

남궁완이 손을 내저으며 나를 가리켰다.

"잡설은 그만하고 연이 상처부터 보세."

의원은 의문이 가시지 않은 낯이었지만 바로 나를 살피기 시작했다. 붕대를 풀고 내 상처를 살핀 의원이 살짝 놀라며 말했다.

"어려선지 치유력이 대단하군요. 살이 잘 붙었어요. 이대로 남은 실밥을 뽑으면 될 것 같습니다."

"벌써?"

"상처가 깊어서 걱정했는데, 괜한 걱정이었던 모양입니다. 예상보단 예후가 훨씬 좋습니다."

의원이 내 통통한 손가락을 살살 쳐 보며 물었다.

"감각이 없는 곳은 없지? 그럼 잠시 손가락을 움직여 보겠나? 크게는 말고 살짝만. 그래. 그렇게."

"그럼 언제쯤 들어가도 되겠는가?"

"일주일 정도 더 소독하면서 지켜보면 될 듯합니다."

만족스럽게 고개를 끄덕인 남궁완이 말했다.

"들었지? 백리연, 일주일쯤 뒤에 창궁관에 들어갈 준비를 하거라."

"창궁관이요?"

"창궁관이라니요?"

앞은 내 목소리, 뒤는 남궁류청의 목소리였다.

창궁관은 남궁 세가의 자제들이 폐관 수련을 하는 곳이었다. 무림 세가 자제들은 폐관 수련도 아무 곳에서나 하지 않았다.

지기, 자연의 기운이 가득 모여 있는 곳에서 수련했는데, 그러면 공력을 더 빠르게 쌓을 수 있기 때문이었다. 보통 자연적으로 만들어진 곳을 찾아 가문이 소유하여 사용하는 식이었다. 백리 세가에도 그런 곳이 있었다.

그리고 남궁 세가의 폐관 수련 장소인 창궁관은 다른 가문과 달리 좀 더 특이한 점이 있었다. 이미 자연적으로 생성된 곳을 쓰는 것이 아니라 남궁 세가에서 기문진식을 사용해 인공적으로 만들었다는 것이었다.

처음엔 사람들이 창궁관의 수련 효과를 의심했지만, 남궁 세가는 그들의 무공으로 증명했다. 계속해서 강자를 배출해 내는 것을 보고 혹자는 남궁 세가의 무공 수위가 저 창궁관 덕이 아니냐고 말할 정도였다.

남궁류청이 이어서 말했다.

"백리 소저가 왜 창궁관에 들어갑니까?"

"네가 잊어버린 것 같지만 창궁관은 치료 증대 효과도 있다. 연이는 치료를 위해 들어가는 것이고."

남궁완이 남궁류청에게 말을 하곤 나를 돌아보았다.

"창궁관에 대해서 내 저번에 대충 설명한 걸로 기억하는데."

그랬던 적이 있다. 내가 들어갈 거라고 생각하지 않았기에 주의 깊게 듣진 않았다. 남궁완이 좀 더 자세히 설명을 해 주었다.

"창궁관은 혼자만 들어갈 수 있다. 그리고 한번 문이 열리면 최소 보름은 다시 열지 않는 게 규칙이지. 일단 발을 디디면 나오고 싶더라도 보름은 절대 나올 수 없다."

만약 여기가 현대 사회라면 일곱 살 난 아이를 어딘가에 가둬 둔다고 아동 학대로 신고당해도 할 말 없었다.

하지만 여긴 아동 인권이니 뭐니 그런 건 어림도 없는 세계. 가난한 집에선 아이가 걸을 수 있으면 그때부터 자기 몫의 일을 해야 했다. 그러니 검에 목숨을 건 무림 가문이라면 일곱 살 아이를 폐관 수련시키기도 하는 것이다.

"그래서 들어갈 것이냐? 류청도 네 나이 때 들어간 적이 있다."

내 답은 하나였다.

"들어갈래요!"

이런 기회를 놓칠 수는 없었다.

'안 그래도 혼자서 수련에 집중할 환경이 필요했는데.'

야율에 서하령에 최근엔 남궁류청까지 들락거리다 보니 온전히 집중하기 힘들었다.

"알았다. 너도 들었지?"

남궁완이 다시 남궁류청을 보았다. 남궁류청은 왠지 모르게 살짝 억울한 얼굴이었다.

이를 본 남궁완이 혀를 차며 말했다.

"그러니 쓸데없는 짓 그만하고 수련에 집중하거라. 네가 지금 이렇게 여유 부릴 때가 아닐 텐데?"

아니, 안 그래도 수련에 미친 애에게 더 수련하라 하다니. 이게 남궁 세가식 교육 방식인가?

'이러니까 애가 삐뚤어지게 자라는 거 아냐?'

잠시 눈을 내리뜨던 남궁류청이 각오하듯 입을 열었다.

"아버지, 백리 소저가 나오고 나면 저도 창궁관에 들어가고……."

"넌 안 돼."

남궁완은 남궁류청이 말을 끝내기도 전에 단호하게 잘라 냈다. 남궁류청이 입술을 깨물며 고개를 숙였다. 그 모습이 꽤 안쓰러워 보였다.

"공자는 왜 안 돼요?"

"욕심이 너무 많아."

"네?"

"수련을 할 때는 정·기·신 셋이 균형을 이뤄야 한다."

정·기·신은 차례로 몸, 기운, 정신을 의미하는 것이었다. 무공에 대입하면 검술, 내공, 깨달음이라고 볼 수 있었다.

"하지만 류청은 신을 갖추지 못했어. 거기다 최근 검기까지……. 하여튼 여기서 더 욕심을 부리다간 균형이 깨질 것이다."

균형이 깨지면 주화입마에 빠질 수도 있었다.

'저런…….'

보통은 나처럼 내공이 폭주해 주화입마에 빠지는데, 깨달음이 부족해서 안 된다니.

역시 남궁류청이랄까. 불세출의 천재라더니 보통 사람들과는 다른 방식의 시련이 있는 모양이었다. 그만큼 내공 상승에 좋은 영약을 어릴 적부터 계속 먹었다는 뜻이기도 했다.

"그리고 네가 지금 누굴 신경 쓸 계제야?"

남궁완이 내 이마를 쿡 찌르며 말했다. 나는 이마를 문지르며 입을 비죽였다. 대화가 얼추 마무리된 것 같자 의원이 입을 열었다.

"그럼 이제 실밥을 뽑겠습니다."

"네? 지금요? 잠깐만요!"

내가 놀라 소리치자 남궁류청이 눈썹을 치켜든 채 나를 보았다.

"왜 그래?"

나는 가슴에 손을 올리고 숨을 크게 들이쉬었다.

"저 마음의 준비 좀……."

말을 끝내기도 전에 남궁완이 덥석 내 팔과 어깨를 붙잡았다. 꼼짝
도 할 수 없었다.

"뽑게."

"예."

"악! 잠시만요!"

"으으으으으. 저 그럼 이만 가 볼게요오오."

인사한 백리연이 터덜터덜 걸어갔다. 축 처진 어깨가 현재의 심경을
나타내고 있었다. 남궁완은 문지방에 팔짱을 낀 채 기대서서 백리연
의 모습에 혀를 끌끌 찼다.

심 부관이 웃으며 말했다.

"왜 그러십니까? 보통 아이였으면 벌써 울고불고 난리 났습니다."

"울긴 왜 우나! 실밥 좀 빼는 거 가지고 칭얼거리기나 하고."

말은 그렇게 하면서 표정은 유쾌했다. 남궁완이 살짝 으스대는 어
조로 말했다.

"저번에 꿰맬 때도 어찌나 칭얼거리던지. 그러다 진통제에 취해 의약당에서 잠들어서 내가 처소까지 안고 갔느니라."

심 부관이 웃으며 말했다.

"그렇다 한들 또래보다는 훨씬 의연하지요."

"흥, 글쎄."

"창궁관에도 단번에 들어가겠다 하지 않으셨습니까? 솔직히 바로 들어가겠다 하실 줄은 몰랐습니다."

일곱 살이면 아무리 용감한 아이라도 혼자 남는 것에 겁먹을 나이였다.

"겁이 없는 건지 생각이 없는 건지……."

백리연은 지금도 신경 쓰이는지 계속 손바닥을 들여다보며 걷고 있었다.

"저거 저거……. 앞도 안 보고 걷지."

"도련님이 옆에 계시니 넘어지진 않을 겁니다."

남궁류청이 백리연을 향해 무언가 말을 했다. 고개를 든 백리연이 남궁류청을 향해 뭔가 말하자 남궁류청이 살짝 고개를 틀어 시선을 피했다.

"허."

남궁완이 탄식했다. 심 부관이 놀랍다는 듯 말했다.

"도련님이 아기씨에게 꼼짝을 못 하시는 것 같지 않습니까?"

"류청 성질머리에 그럴 리가 있겠느냐……?"

하지만 말에 확신이 없는 것이 말하는 본인도 의심스러운 어조였다.

"대체 제가 자리를 비운 새 무슨 일이 있었던 겁니까?"

심 부관은 어서 돌아가 부하들에게 무슨 일이 있었는지 낱낱이 캐

물어야겠다는 의지를 불태웠다. 그리고 남궁완이 이제야 기억났다는 듯 물었다.

"아, 맞아. 그래서 자네, 이렇게 급하게 돌아온 이유가 뭔가?"

심 부관의 부드러운 분위기가 찬물이라도 끼얹은 듯 단번에 돌변했다. 날카로운 눈으로 주변을 살피는 심 부관의 모습에 남궁완은 의아함을 감추지 못했다.

이곳은 남궁 세가의 의각으로 신분이 확실한 남궁 세가 사람들만 드나들 수 있는 곳이었다. 거기다 이 방에는 남궁 세가에서 가문 대대로 봉사한 노의원만 있었다. 말을 조심해야 할 장소가 아니었다. 그랬기에 남궁완도 여기서 무심히 물었던 것이었다.

주변을 살피는 것으로도 부족했는지 심 부관은 말이 아니라 전음을 보냈다.

[팔괘촌을 습격한 자들이 누군지 알았습니다.]

남궁완은 팔괘촌을 습격한 자들을 계속 추적하고 있었다. 하지만 별다른 소득이 없는 상태였다. 그러다 지금 팔괘촌에서 만신의의 연단실을 조사하던 심 부관이 알아낸 것이다.

[조충이 죽기 전에 암호문을 남겨 놓았습니다.]

[조충이…… 그렇군.]

조충은 먼저 만신의를 살피고 있으라고 보내 놓았던 남궁 세가의 무사였다. 전후 관계를 통해 추측한 바로는 조충이 만신의를 지켜보고 있다 팔괘촌을 향한 불온한 움직임을 눈치챈 것으로 보였다. 이에 팔괘촌으로 향했던 조충이 만신의를 지키기 위해 싸우다가 사망한 것으로 생각되었다.

남궁완이 기대고 선 몸을 바로 하며 눈을 빛냈다.

[그래서 누구던가?]

[귀살문의 살수들입니다.]

남궁완이 찌푸린 얼굴을 쓸어내렸다.

[이거 일이 이상하게 돌아가는군.]

[지금이라도 귀살문을 추적해 볼까요? 하지만 큰 기대는 하기 힘들 듯합니다.]

[아니, 그럴 필요 없네. 하고 싶어도 못 해.]

[예?]

[귀살문은 얼마 전에 멸문지화를 당했네.]

심 부관이 눈을 부릅떴다.

살수 문파는 제 정체를 알리지 않는다. 하지만 누군가의 죽음에는 흔적이 남는 법. 그 흔적이 쌓이다 보면 어느 순간 이름을 가지게 된다. 귀살문은 중원에서 세 손가락 안에 드는 살수 문파였다. 그런데 그곳이 멸문하다니? 아무나 할 수 있는 일이 아니었다.

[혹시 귀살문의 멸문과 만신의의 죽음이 연관이 있을까요?]

[그건 모르지. 알아내고 싶어도 모두 죽어 버렸으니……. 일단 바로 아버님께 가지. 혼자 판단할 만한 일은 아니군.]

[예.]

심 부관과 남궁완이 함께 자리를 뜨려 할 때였다. 저 멀리 의각의 담벼락을 지나가던 백리연이 갑자기 털썩 주저앉았다. 남궁완과 심 부관 둘 다 놀라 바라봤다.

"뭐야? 넘어졌어?"

뛰쳐나가려는 남궁완의 허리를 심 부관이 다급히 붙잡았다.

"소가주님! 잠시만 지켜보죠. 아기씨가 쓰러진 게 아니라 본인이 주저앉은 것 같습니다.”

“뭐?”

심 부관의 말에 남궁완이 안력에 내공을 불어넣었다. 자세히 살
피자 확실히 쓰러지거나 넘어진 것과는 다른 자세였다. 그리고 백리
연 옆의 남궁류청이 안절부절못하며 뭐라고 말을 하고 있었다. 내
공을 불어넣어 청력도 높였지만, 워낙 거리가 멀어 대화가 들리지
않았다.

“쟤네 길바닥에서 뭐 하는 거야? 창피한 줄도 모르고!”

참지 못한 남궁완이 발을 내디딜 때, 남궁류청이 버럭 소리쳤다.

“……어! 해 주면 되잖아!”

남궁완이 답답해하며 말했다.

“뭘 해 준다고? 쟤네 대체 뭐 하는 거야?”

곧이어 남궁류청이 백리연 앞에 주저앉았다. 그리고 벌떡 일어난
백리연이 거기에 덥석 업혔다. 남궁완과 심 부관은 너무 놀라 둘 다
입을 쩍 벌렸다.

정리를 끝낸 노의원이 걸어 나오며 물었다.

“아이고, 두 분 여기서 뭘 하고 계신 겁니까? 아니, 뭐에 그리 놀라
신 겁니까?”

“어르신, 저기 좀 보십시오!”

“뭐가 있는 겁니까? 제가 눈이 안 좋아서 저리 멀리 있는 건 안 보
입니다요.”

“안 보인다고요? 도련님이 연이 아기씨를 업고 계신 게 안 보인다
고요?”

“허어억!”

후일 너무 궁금했던 남궁완은 남궁류청에게 왜 거기서 백리연을 업어 준 것이냐고 물어보았다. 하지만 남궁류청은 절대 입을 열지 않았고, 영원히 진실을 알 수 없었다.

정적이 감도는 대청에 열 명 정도 되는 사람들이 각기 자리를 잡고 있었다. 무거운 문이 열리는 소리가 들리고 가벼운 발소리가 들렸다.

모두가 숨소리조차 내지 않고 부복했다.

"들라."

보좌에 다가간 이가 방만하게 앉아 무릎 꿇은 이들을 내려다보았다.

"귀살문 멸문에 무림맹이 냄새를 맡았다고 한다."

중앙에 홀로 무릎 꿇은 사내가 곧장 답했다.

"교주님, 귀살문의 처리는 완벽합니다."

"완벽?"

교주의 고개가 살짝 기울었다.

"실언했습니다."

"그 느림보들에게 알려지는 것은 상관없다. 그자들이 무얼 알아낼 수 있을지 본좌가 궁금하군. 하나, 맹의 조사단에 남궁 세가가 함께한다."

백도 무림의 이합집산인 무림맹의 조사단은 암살 문파의 멸문 따위 수박 겉핥기식으로 조사하고 끝낼 터였다.

암살 문파의 조사를 통해 꾀할 이득이 전혀 없으니 당연했다. 하지만 남궁 세가가 끼어들었다면 말이 달랐다. 그들의 보호를 받던 친지의 아이가 죽을 뻔한 사건이었다. 명예를 회복하기 위해서 어떻게든 원흉을 밝히고자 할 것이다.

손가락으로 팔걸이를 두들기던 교주가 말했다.

"총군사."

"부르셨습니까, 교주님."

보좌 왼쪽 뒤편에서 목소리가 들려왔다.

"어찌해야 할 것 같은가?"

"위지백이면 족합니다. 간단하면서 명예로운 일이라면 충분합니다."

"좋다."

교주의 손짓에 총군사가 대청을 빠져나갔다.

이윽고 교주가 중앙에 무릎 꿇은 사내를 향해 말했다.

"이리 오라."

무릎 꿇은 사내가 긴장한 기색으로 조심스럽게 다가갔다. 어디까지 다가가야 하는지 몰라 걸음이 멈추었을 때, 교주가 손을 들었다. 그러자 갑자기 허공에 뜬 사내가 교주의 발치로 휙 날아왔다. 사내의 안색이 창백하게 질렸다.

허공섭물. 절대고수만이 행할 수 있다는 전설 속 무공이었다. 내공을 통해 손을 대지 않고도 사물을 움직이는 이 능력은 대상과 거리가 멀수록, 크고 무거울수록 운용이 어려웠다. 또한 이지가 있는 생명에 사용하려면 크기가 작더라도 막대한 내력이 소모되었다. 자신을 조종하려는 내공에 반발하는 것이 생명의 자연스러운 이치기 때문이었다.

당연히 정설처럼 사람은 허공섭물의 대상이 될 수 없다고 여겼다.

교주의 내력이 얼마나 깊은지 알 수 없을 정도였다. 허옇게 질려 있는 사내를 향해 교주가 태연히 말했다.

"숙여라."

교주의 음성에 사내가 신중하게 고개를 숙이고, 교주가 하얀 손을 사내의 정수리에 얹은 그 순간.

"……!"

소리도 내지 못하고 사내의 신형이 무너져 내렸다. 나풀거리는 옷자락이 천천히 바닥으로 가라앉으며 회색빛 가루가 뿌옇게 흩날렸다.

교주전의 누구도 소리를 내거나 놀라는 모습을 보이지 않았다.

소름 끼치는 고요함 속에 어디선가 나타났는지 모를 시비들이 재빨리 바닥에 흩어진 옷가지와 가루를 치웠다.

팔걸이를 규칙적으로 두드리던 교주가 말했다.

"우사도, 어찌 생각하는가?"

"하늘이 본교를 돕는다 볼 수 있습니다."

"본교를 돕는다?"

"예. 백리연이 산사태에서 살아남은 것은 상정하지 못한 결과입니다만, 그로 인해 만신의의 연단실을 무림맹의 눈을 피해 찾아볼 필요가 없어졌습니다."

"흐음."

교주가 고개를 끄덕이고 말했다.

"백리가는?"

"아직 남아 있습니다."

"이로 회수할 수는 없나?"

"멍청하고 욕심이 많은 데다 최근 악연이 깊어져, 조금만 부추기면 가능합니다. 다만, 그리할 시 남궁 세가와 백리 세가의 시선을 피하기 어렵습니다. 전면전이 될 확률이 높습니다.”

교주가 고개를 틀어 우사도를 빤히 바라보았다. 우사도가 털썩 무릎 꿇었다.

“죄송합니다.”

“……그래. 아직은 회복에 집중해야 하니.”

그 말을 끝으로 교주가 침묵하자 교주전에 정적이 감돌았다.

“팔 할.”

교주가 몸을 일으켰다.

“백리의강의 중독이 팔 할 이상 진행되었을 때 회수하지.”

“명을 받잡습니다.”

그때였다. 교주전 한쪽에 서 있던 누군가가 나서며 부복했다.

“교주님.”

“칠마군. 네놈이 주제도 모르고 어느 안전이라 나서느냐!”

우사도가 벼락처럼 소리쳤다. 교주전의 다른 이들도 무릎 꿇은 칠마군을 보는 시선이 곱지 않았다. 그럴 것이, 이번 연이어 임무를 실패한 곳이 칠마군으로 방금 가루가 되어 사라진 사내 또한 칠마군 소속이었다.

칠마군은 고개를 숙인 채 조용히 말했다.

“보고드릴 것이 있습니다.”

손을 들어 우사도를 막은 교주가 칠마군을 향해 말했다.

“말하라.”

“제갈 세가에서 남궁 세가를 향한 움직임이 있다는 보고가 들어왔습니다.”

원래라면 칠마군 소속의 사내가 올릴 보고였다. 하지만 그는 보고도 올리기 전에 가루가 되어 사라졌다. 어쩔 수 없이 칠마군이 다급히 보고를 올린 것이다.

교주가 평온한 어조로 말했다.

"제갈 세가주가 백리연에 대해 알아낸 모양이군. 천형을 지고서도 삶을 구걸하는 모습이 참으로 딱하니라."

칠마군이 털썩 무릎 꿇었다.

"벌은 달게 받겠습니다."

하지만 교주의 시선은 칠마군에게 향하지 않았다.

"만신의에 야율에 제갈 세가주라."

허공을 바라보는 교주의 무표정한 낯에 희미한 미소가 맴돌았다. 교주전의 몇몇이 마른침을 삼키고 칠마군이 바닥에 바짝 엎드렸다.

"모든 우연은 구도자를 위해 안배되지."

"……."

"이번에는 백리연인가? 본교 천하가 얼마 남지 않았구나."

교주가 칠마군을 보았다.

"선물을 마련하도록 하지."

일주일이 쏜살같이 지나갔다. 상처는 순조롭게 아물어 예정대로 창궁관에 들어가게 되었다. 딱히 내가 준비할 건 없었다. 다만 하나, 떨칠 수 없는 걱정이 있었다.

"내가 낸 숙제 빼먹지 말고 해야 해!"

"응."

"되도록 처소에 있어. 내가 시비 언니한테 잘 챙겨 달라고 말했어."

"응."

"응, 말고 다른 할 말은 없어?"

"응. 아…… 음…….”

야율이 눈을 내리깔며 생각에 잠겼다.

나는 살짝 웃음을 터트렸다.

이렇게 보니 야율과도 꽤 오랫동안 같이 지냈다. 문득 처음 만났을 때가 떠올랐다. 안쓰러울 정도로 말라 귀신 같은 낯으로 생기라곤 하나도 없던 눈동자만 굴리던 아이.

그때와 비교하면 지금의 야율은 완전히 환골탈태한 수준이었다. 창백했던 뺨은 뽀얗게 살이 올라 백옥 같았고 유달리 짙은 검은 머리칼과 붉은 입술, 살짝 치켜 올라간 눈꼬리 아래 자리한 눈물점이 합쳐져 묘한 분위기를 자아냈다.

예쁘장한 인형 같다고나 할까. 유달리 표정 변화가 없어서 더 그리 느끼는 것일 수도 있었다.

나는 야율을 향해 손을 뻗었다. 뺨을 감싼 손바닥으로 뜨끈한 열기가 느껴졌다.

"왜?"

"신기해."

"뭐가?"

"너 되게…… 음, 뜨거운 거 알아?"

"넌 차가워."

"아, 그래?"

내가 뜨겁게 느껴지면 얘는 차갑게 느껴지겠군.

아주 기본적인 사실이었는데 뜨끈뜨끈하니 자꾸 만지게 되었다.

"미안."

내가 손을 떼려 하자 야율이 황급히 붙잡았다.

"괜찮아. 시원해서 좋아."

"그래?"

나는 야율 눈가의 점을 검지로 문질렀다.

"정말 괜찮겠어?"

"정말 괜찮아."

실밥을 뽑고 돌아온 날, 야율에게 보름간 떨어져 있을 것 같다고 말하면서도 걱정이 컸다. 하지만 야율은 의외로 선선히 받아들였다.

"네 손 치료 때문이라며? 어쩔 수 없지."

말을 하며 야율이 내 손에 뺨을 문지르듯 기댔다.

"걱정 마. 얌전히 기다릴게."

"……너, 강아지 같아."

"강아지 좋아해?"

"좋아해. 귀엽잖아."

야율이 그 말이 마음에 든다는 듯 눈웃음을 지었다.

처소를 나오자 심 부관이 기다리고 있었다. 창궁관으로 가는 길은 꽤 멀었다. 나는 심 부관과 그간 있었던 소소한 이야기를 나눴다.

"아기씨가 말씀하신 무너진 바위를 치워 조충의 시신을 수습할 수 있었습니다. 유가족들이 감사 인사를 전해 달라 하였지요. 정말 감사합니다."

팔괘촌을 떠나기 전에 내가 왕릉이 무너지며 떨어진 위치를 대충 짐작하여 알려 줬다. 결국, 그쪽의 바위를 치워 들어간 모양이었다.

"그럼 만신의 연단실의 출입문은 못 연 거예요?"

"예. 능력이 부족했습니다."

"와, 정말 어려운가 봐요."

남궁 세가도 기문진식에 대한 지식이 상당할 텐데, 거기서도 열지 못했다니.

'만약 만신의가 준 능력이 없었다면……'

난 소름 끼치는 가정에 몸을 부르르 떨었다.

굽이굽이 빽빽한 대나무 숲을 한참 지나자 커다란 전각이 나타났다. 남궁 세가에 두 번째 방문했지만 이런 숲이 있는 줄은 전혀 몰랐다.

"저곳이 창궁관입니다."

심 부관이 손짓한 전각 앞에는 남궁완과 소부인이 나와 계셨다. 소부인이 한달음에 다가왔다.

"오느라 힘들진 않았니? 심 부관만 보낼 게 아니라 같이 올 걸 그랬다."

내가 다친 후 소부인은 처소로 찾아와 사과했다. 그 뒤로 매일매일 몸에 좋은 음식들을 혼자 먹기 버거울 정도로 보내왔다.

'다 야율이랑 나눠 먹었지.'

오기 전 만지작거렸던 통통하게 살이 오른 뽀얀 뺨이 떠오르자 아주 만족스러워졌다. 소부인은 그러고 나서도 모자라다 여겼는지 귀한 선물을 산더미만큼 보냈다. 나는 방긋 웃으며 답했다.

"대나무 숲에서부턴 심 부관님이 업어 주셔서 하나도 안 힘들었어요!"

그 말에 뭔가 떠올린 듯한 소부인이 조심스럽게 물었다.

"아! 그러고 보니…… 류청이 널 업어 줬다고 들었다. 사실이니?"

"네."

"어머나."

소부인이 손으로 입을 가린 채 눈을 크게 떴다.

"왜 그러세요?"

"아니, 아무것도 아니란다……."

"내 말하지 않았소? 연이 정도는 돼야 류청 그 자식 고삐를 잡지."

소부인은 남궁완을 흘겨보았다.

분명 처음 백리연이 남궁 세가에 왔을 때만 하더라도 남궁완은 그녀에게 백리연이 남궁류청과 엮이지 않도록 하라 했다. 그런데 이제 와 갑자기 말이 바뀐 것이다. 하지만 근래 아들의 행동에 근심이 사라져 세상이 밝아진 소부인은 그런 사소한 것에 신경 쓰지 않기로 했다.

"연이, 너의 영향인지 요새는 류청이 서 소저와도 잘 지낸단다."

"잘 지낸다고요?"

나는 눈을 휘둥그레 떴다.

'금시초문인데.'

소부인은 내 머리를 쓰다듬으며 부드럽게 말을 이었다.

"그럼. 서 소저 수련도 빠지지 않고 매일 잘하고 있단다. 류청 그 아이가 제 또래와 이렇게 잘 지내는 게 이번이 처음이란다."

"다…… 행이네요."

분명 서하령이 수련용 목각 인형을 향해 목검을 휘두르며 '남궁류청 그 자식, 내가 언젠가 그 얄미운 콧대를 꺾겠어.'라고 하면서 이를 가는 걸 들었는데…….

뭐, 라이벌이어도 친구일 수 있으니까.

그때 남궁완이 말했다.

"그만하고 이제 보내 주지. 언제까지 붙잡고 있을 것이오?"

그러자 소부인이 다치지 않은 쪽 손을 꼭 잡으며 한숨 쉬었다.

"상공도 너무하세요. 아무리 치료에 도움이 된다지만, 어떻게 이렇게 어린 아이를 창궁관에 홀로 둘 생각을 하시나요?"

"류청도 일곱 살 때 들어가 일 년이나 있었소! 고작 보름 있는 걸 가지고."

"어찌 청이와 연이를 비교합니까? 홀로 지낼 연이가 안타깝지도 않습니까."

"이미 결정된 일이오."

소부인은 내 손을 붙잡고 속삭이듯 작게 말했다.

"들어가면 보름은 나올 수 없단다. 억지로 들어갈 필요 없단다."

하지만 목소리를 낮춰도 기감이 좋은 남궁완에게는 다 들렸다.

"누가 강요했단 말이오? 나는 연이에게 제대로 물었소!"

나는 웃으며 답했다.

"아저씨 말씀이 맞아요. 제가 간다고 했어요."

소부인이 그림 같은 눈썹을 늘어트리며 애수에 찬 어조로 말했다.

"후우, 정녕 그렇다면 다행이지만……."

내가 남궁완 아저씨의 윽박에 겁먹어 동의한 게 아닐까 걱정한 모양이다. 내 전생에 어머니는 기억하기 전부터 없었고, 현생에서도 본 적 없었다. 그래서 내게 다정한 소부인을 볼 때마다 기분이 묘했다.

'부러운 걸지도.'

괜히 또 아버지가 보고 싶어졌다.

소부인이 말을 이었다.

"오늘 아침에야 네가 창궁관에 들어갈 거라는 걸 알았단다. 어쩜 이런 사실을 내게 말도 하지 않고……! 후우, 내일 방의각에서 맞춘 옷이 도착할 텐데 보름 뒤에나 입어 볼 수 있겠구나."

나는 눈을 휘둥그레 떴다.

"옷을 또요?"

"그럼 당연하지. 저번에 맞춘 것은 가을옷이고, 이번에 맞춘 건 겨울옷이란다. 이제 봄옷도 맞춰야지."

"……."

"옷이 발 달려 도망가는 것도 아닌데 언제 입든 무슨 상관이란 말이오?"

내 옷자락을 여며 주던 소부인이 몸을 일으켜 남궁완을 돌아보자, 남궁완이 갑자기 입을 꾹 다물었다. 그리고 다시 상냥한 미소를 머금은 채 나를 돌아본 소부인이 시비를 향해 손짓했다.

"여기 네가 안에서 지내기 편하도록 조금 짐을 챙겼단다. 며칠 만더 일찍 말했어도 내 더 준비할 수 있었을 텐데……."

소부인의 시비는 내 몸통만 한 보자기를 들고 있었다. 대체 저게 무엇인가 했더니만……. 그런데 이거 내가 들 수는 있나?

남궁완도 기가 찬다는 듯 바라보다 말했다.

"뭘 그리 싼 것이오? 필요한 건 안에 다 있소."

"편하게 지낼 수 있도록 조금 챙겼을 뿐이에요."

"조금……?"

소부인이 다시 쏘아붙이기 전, 심 부관이 재빨리 끼어들었다.

"역시 소부인뿐이십니다! 소부인의 배려에 감탄스러울 뿐입니다. 하지만 부인, 이걸 연이 아기씨가 들 수 있을까요?"

"하지만 정말 필요한 것들만 모은 것인데……. 연아, 힘들겠니?"

몇 번의 실랑이 끝에 짐을 삼 할 정도 줄이자 내가 들 수 있을 정도가 되었다.

'후우, 아직 창궁관에는 들어가지도 않았는데 왜 벌써 지친 기분이지?'

나는 정말로 들어가기 직전, 마지막으로 한 번 더 돌아보았다.

'안 오네.'

남궁류청은 결국 끝까지 오지 않았다.

'보름은 못 볼 테니 얼굴은 비칠 줄 알았는데.'

나는 미련을 털어 내고 창궁관에 발을 디뎠다. 창궁관 안은 한밤중인 것처럼 어둠이 깊었다. 열린 문에서 빛이 들어왔으나, 완전히 어둠에 잠긴 안을 비추기엔 턱없이 부족했다.

'대체 어떻게 생긴 거지?'

닫히는 문을 따라 점차 들어오는 빛이 줄어들다 쾅 소리와 함께 완전히 사라졌다. 그리고 나는 놀라 크게 입을 벌렸다.

"아니, 이게…… 뭐야?"

방금까지만 해도 한 치 앞을 볼 수 없이 어둡던 공간에 넓은 들판이 펼쳐져 있었다.

'기문진식을 이용했다고 듣긴 했지만…….'

바깥과 전혀 다른 온화한 기운에 차갑게 식었던 귀와 뺨이 간질거렸다. 나는 뺨을 문지르며 얼떨떨하게 들판을 걸었다.

창궁관은 남궁 세가의 폐관 수련장이었지만, 정확히는 남궁 세가와 제갈 세가에서 함께 만든 것이었다.

십 대 세가 중 하나인 제갈 세가는 독보적인 위치의 가문이었다. 무공도 뛰어났지만, 그보다 더 인정을 받는 것은 지략.

제갈 세가가 없었다면 무림맹도 없었다고 말할 수 있었다. 무림맹을 세우고 천마신교를 몰아내는 데 가장 큰 공을 세운 곳이 제갈 세가였다. 그리고 제갈 세가는 대대로 무림맹의 군사 자리를 역임하면서 천하제일 세가를 노렸다.

하지만 그것도 옛말. 지금은 무척 쇠락했다. 이제 규모로만 따지면 백리 세가만도 못했다. 당연히 십 대 세가에 이름을 올릴 수도 없을 정도였다.

하지만 부자는 망해도 삼대는 간다지 않는가? 그간 쌓아 온 이미지가 워낙 공고하고 특징이 강하다 보니 쇠락했음에도 사람들은 제갈 세가를 계속 십 대 세가로 여겼다.

하여튼 그 제갈 세가가 한창 전성기일 때, 남궁 세가와 손을 합쳐 만든 곳이 이 창궁관이었다. 선선히 부는 바람과 밟히는 풀과 흙의 감촉이 환상이라고 볼 수 없을 만큼 선명했다.

소설에서 남궁류청이 천마신교의 기문진식에 갇혔을 때가 있었다. 분명히 동료들과 함께 있었는데 순식간에 혼자가 되어 전설로 취급되는 요괴들의 습격을 받았고, 실제로 다쳤다.

'그걸 보면 이런 걸 만드는 것도 가능하겠지.'

나는 호숫가에 멈춰 섰다. 그리고 물결치는 수면에 손을 담갔다. 진짜 물의 감촉이었다.

'완전 신기하네.'

나는 잠시 눈을 감고 정신을 집중했다. 다시 눈을 뜨자 수면에 선명한 금색의 눈동자가 비쳤다.

분명 처음 서하령에게 들키고 난 후 동경으로 확인했을 때는 밝은 갈색에 가까웠다. 하지만 수련을 하면 할수록 점점 확연한 금색이 되어 지금은 짙은 금색에 가까웠다.

대충 내가 다루는 자연지기가 많아질수록 눈 색이 선명하게 바뀌는 것 같았다. 이게 좋은 일인지는 알 수 없었다.

나는 수면에서 고개를 들고 주변을 훑었다.

'다행이라고 해야 하나, 이 눈까지는 못 속이네.'

이 아름다운 풍경과 자연지기의 흐름은 전혀 달랐다. 인위적인……
보자마자 이질감을 느낄 정도였다.

그리고 가장 중요한 것. 자연지기의 농도가 훨씬 짙었다.

'수련을 위해 만든 곳답네.'

이런 곳에서 수련하면 확실히 빠르게 내공을 모을 수 있을 것이다.
적당한 나무 등걸에 앉은 난 가부좌를 틀고 운기조식을 했다.

솔직히 가부좌까지 틀 필요는 없었다. 내가 하는 건 진짜 운기조식이라 할 수 없기 때문이다. 하지만 그냥 왠지 집중이 더 잘되는 것 같아 그렇게 앉았다.

나는 평소 연습하던 대로 내가 다룰 수 있는 자연지기들을 가늠했다. 그리고 오른손에 조금씩 자연지기를 모았다. 곧이어 손바닥의 상처 부분이 참을 수 없이 간질거렸다. 상처가 빠르게 치유되고 있어서였다.

내공이 고강한 무인의 회복력은 일반 사람들보다 월등했다. 이처럼 자연지기를 이용해서도 비슷한 효과를 얻을 수 있었다. 남궁 세가 의원이 내 치유 속도에 감탄한 이유였다. 더 빠르게 할 수도 있었으나 눈에 띄지 않게 조절했다.

'이제 눈치 볼 것 없겠지.'

그렇다고 마법처럼 한순간에 낫게 해 주는 건 아니었다.

'그럴 수 있었으면 만신의가 거기서 그렇게 돌아가시진 않았겠지……'

개인의 치유력을 최대한으로 활성화해 주는 셈이다. 그래서 목숨이 간당간당하거나 이미 수명이 다해 선천지기가 소모된 사람에게는 자연지기를 퍼부어 준대도 소용없었다. 하지만 이 정도의 상처는 문제없었다.

비슷하게 소생 가능성이 있는 사람들을 자연지기로 도와준다면, 다른 곳에선 죽을 수밖에 없던 사람도 살릴 수 있었다. 그가 만신의라고 불린 이유였다.

나는 머리끝까지 힘을 짜내 할 수 있는 한 모든 기운을 모았다. 눈을 뜨자 메추리알 크기의 기운이 내 손 위에서 맴돌고 있었다. 현재 내가 운용할 수 있는 자연지기의 양이었다.

'이 정도면 남궁류청의 내공보단 적고 서하령의 내공보단 많은가?'

농도가 높아서인지 평소보다 훨씬 많았다. 그리고 잡념이 들어선 순간 겨우 모은 기운이 흩어졌다.

"아!"

아쉬움에 다시 붙잡으려 했지만 한번 흩어지기 시작한 기운은 마치 물에 넣은 솜사탕처럼 순식간에 자연지기 안에 녹아내렸다. 뭐, 그다지 상관은 없었다. 내가 이곳에서 최대로 쓸 수 있는 양을 가늠하려

든 것이니.

나는 다시 눈을 감고 집중하여 주변의 자연지기를 움직였다.

그리고 잠시 후, 두통의 조짐에 눈을 떴다. 시계가 없으니 얼마나 지났는지 확실하지 않았다.

'밖에서 확인했을 땐 내가 자연지기를 움직일 수 있는 시각이 일각이었지.'

일각 동안 서하령보다는 많고 남궁류청보단 적은 내공을 사용할 수 있다는 것이었다. 내공의 양이 강함의 척도는 아니었다. 하지만 척도를 가늠하는 한 요소인 건 맞았다.

'양도 문제지만 내가 쓸 수 있는 시각도 늘려야 해.'

처음에 고작 일, 이 분 움직이고 쉬어야 했던 것에 비하면 많이 늘었지만 그래도 부족했다.

여기서 더 집중하면 두통이 심해지고, 무시하고 더 한다면 코피가 흘렀다. 몸이 버티지 못하는 것이다. 적어도 반 시진은 족히 쉬어 줘야 했다.

'좀 쉬자.'

나는 띵한 머리를 붙잡고 소부인이 챙겨 주신 보자기를 풀었다. 여러 물건들이 나왔다. 그중에 내 시선을 사로잡는 것이 있었다.

'당과!'

폐관 수련장에 들어가는데 과자를 챙겨 주다니. 보통 이런 곳에선 맛없고 영양만 따진 벽곡단을 먹으며 수련에 집중했다. 만신의의 연단실에서 두 달간 먹었던 것 또한 벽곡단이었다.

당과에 절로 손이 뻗어 나갔다. 하나 쥔 채 신나게 야금야금 먹던 난 어느 순간 멈췄다.

'내가 지금 이러고 있을 땐가?'

주변을 둘러보았다. 남궁 세가와 제갈 세가의 기술을 집대성한 수련장.

'지금 내가 여기서 뭘 하는 거지?'

체력도 길러야 하고, 자연지기도 수련해야 하고……. 앞으로 할 일이 태산이었다. 심지어 이것이 옳은 방향인지 정답인지도 알 수 없었다. 그런데 당과나 먹으며 시시덕거리고 있다니.

'누가 보면 다 끝난 줄 알겠네.'

나는 목덜미를 매만졌다.

사람이 참 간사했다. 평온한 생활을 조금 했다고 이렇게 풀어지다니. 회귀 후 다시 온 기회에 감사하던 난, 어떻게든 살아남겠다고 하던 나는 어디 갔는지.

당과를 내려놓은 난 마음을 굳게 먹었다.

'죄송해요.'

그리고 곱게 싸여 있던 당과를 모두 들어 호수에 던졌다. 당과는 물속에 들어가자마자 순식간에 녹아내렸다.

나는 다시 눈을 감고 집중했다.

'무리하더라도 코피 좀 흘리고 피 좀 토하는 것밖에 더 있겠어?'

심지어 창궁관에는 치료 기능도 있다니 좀 다쳐도 금방 나을 수 있을 것이다. 그저 할 수 있는 것을 최선을 다해서 해 나가는 것밖에 없었다.

보름 후, 창궁관을 잠갔던 빗장을 빼는 소리가 들렸다. 언제든 나갈 수 있도록 봉문이 풀린 것이다. 하지만 나는 하루만 더, 하루만 더 하면서 나가지 않았다. 그게 오늘로 이레째였다.

'더 있고 싶다.'

나는 호수에 담근 발을 첨벙거렸다.

남궁완 아저씨가 원한다면 보름보다 더 머물러도 된다고 말해 주시긴 했다. 하지만 정말 폐관 수련을 위해 들어온 것도 아니니, 너무 오래 나가지 않으면 걱정할 터였다.

백리 세가에도 폐관 수련장이 있긴 했다. 백영유동이란 곳이었다. 내공 폐인이던 난 들어가 본 적은 없지만, 동굴로 알고 있었다.

'다음엔 거기도 가 봐야지.'

나는 남은 미련을 털며 일어났다. 옷자락을 정리하던 나는 오른손을 내려다보았다. 꽉 들어찬 하얀 새살. 주먹을 꽉 쥐었다 폈다. 미묘하게 땅기는 느낌이 남긴 했지만, 움직임에는 아무 문제 없었다.

'아, 이제 남궁류청 놀리는 것도 끝이네.'

여러 상념에 잠긴 채 문을 열었다. 먼저 차가운 바람이 내 코끝을 스쳤다. 어깨를 움츠린 내 앞을 새카만 어둠이 반겼다.

"응?"

밝은 곳에 있던 눈은 갑작스러운 어둠에 적응하지 못했다. 놀라서 주변을 살피던 나는 쏟아질 듯 가득한 하늘의 별을 보고 안도했다.

'아, 뭐야, 밤이었어?'

무심코 당연히 낮이겠거니 생각하고 있었다.

'진짜 바보 아냐? 근데 그럼 어떻게 돌아가지? 내가 야밤에 대숲을 빠져나갈 수 있으려나?'

하얀 입김이 안개처럼 피어올랐다. 덜컹. 등 뒤의 문이 닫히는 소리
가 들렸다.

한번 나온 이상 다시 들어갈 수는 없었다. 나는 추위에 옷자락을
한 번 더 여미며 앞으로 향했다. 일곱 걸음 정도 걷자 내려가는 계단
이 나왔고 나는 그 앞에 우뚝 멈춰 섰다.

나는 꽉 감았다 뜬 두 눈을 마구 문질렀다. 익숙한, 아주 익숙하지
만 오랫동안 보지 못했던 윤곽. 입술이 바들바들 떨렸다. 겨우, 겨우
단어를 완성할 수 있었다.

"아버지?"

"……연아!"

한달음에 높은 계단을 넘어온 아버지가 나를 꽉 껴안았다. 늘 약
향에 뒤덮여 있던 아버지의 향기. 실제 감촉.

"아버지."

"그래, 연아."

"아버지."

"그래."

"……아버지."

그 목소리를 듣는데 왜 안도감이 드는지.

'내가 정말로 무사했구나. 정말로.'

아버지는 이레를 창궁관 앞에서 기다렸다고 한다. 내가 창궁관에
서 나올 때까지 나는 아버지 품에 계속 얼굴을 비비고 꿈지럭거리길

반복했다.

남궁완이 인상을 찡그리고 말했다.

"너, 가만히 좀 있어."

"괜찮다."

"하. 아주 팔불출이 다 됐어."

"……."

남궁완이 팔짱을 끼곤 거만하게 내려다봤다.

"조금만 더 늦었으면 의강이 창궁관 문짝을 부술 뻔했다."

"그런 적 없네."

아버지가 단호하게 말했다.

"들어가려고 하지 않았나?"

하지만 억지로 문을 열고 들어간대도 서로 다른 공간에 있게 될 뿐이라 했다. 진법의 신묘한 묘리였다.

남궁완이 인상을 찡그린 채 물었다.

"그런데 넌 왜 그리 늦게 나온 게야?"

"아저씨가 필요하면 더 있어도 된다고 하셨잖아요?"

"아."

남궁완의 표정은 완전히 내가 그런 말을 했었나? 였다. 아버지가 그런 남궁완을 물끄러미 응시했다.

"설명이 좀 필요하겠군. 오가는 얘기를 들으니 연이는 내가 오는 걸 전혀 모른 듯하네만."

"……?"

이건 또 무슨 소리야?

내가 의아한 눈으로 아버지를 보자 아버지가 내 머리를 쓰다듬었다.

"남궁 세가에 오기 전에 도착할 날을 예상해 전서구를 보내 놨다. 네가 당연히 알리라 여겼지."

그런데 그 사실을 전혀 몰랐던 나는 창궁관에서 일주일을 더 지냈고, 덩달아 아버지도 창궁관 앞에서 초조하게 일주일을 보낸 것이다. 생이별을 이어 간 것이다!

남궁완이 뻔뻔한 얼굴로 말했다.

"미리 알면 창궁관 안에서 빨리 나오고 싶어 초조하지 않겠나."

"……."

"……."

부녀의 싸늘한 시선에 남궁완이 헛기침을 하며 덧붙였다.

"크흠, 연이가 나왔을 때, 의강 네가 있으면 좋아할 것 같아서……."

"그래서?"

"놀라게 해 주려고 말 안 한 걸세."

나는 눈을 부릅뜨고 남궁완을 바라봤다. 이어서 남궁완이 소리쳤다.

"누가 이렇게 늦게 나올 줄 알았나! 날짜도 정확히 맞춰서 들여보냈거늘. 난 잘못 없네!"

"아무 말도 하지 않았네만."

나는 입을 댓 발 내민 채 남궁완 아저씨를 쏘아봤다. 그런 내 머리를 아버지가 부드럽게 쓰다듬었다.

"좀 기다린 것이 뭐 별일이라고. 나는 아무렇지도 않네. 연이가 좋은 경험을 하였으니 그걸로 충분하지."

캬, 역시 내 아버지.

일주일을 초조하게 기다린 걸 생각하면 보통 사람이라면 화가 치솟을 텐데. 대인배이신 내 아버지는 남들과 마음가짐부터 달랐다.

'확실히 창궁관에 들어가기 전에 미리 알았다면, 수련에 집중하지 못했겠지.'

나는 아버지를 본받아 남궁완 아저씨께 넓은 아량을 보여 드리기로 했다.

"맞아요. 창궁관 진짜 신기했어요! 들어갔더니 들판에 호수가 있는 거예요! 물도 진짜 같았어요. 그런데 폐관 수련은 보통 동굴 같은 데서 하지 않아요? 왜 들판으로 만든 거예요?"

남궁완이 콧대가 하늘에 닿은 어조로 답했다.

"드넓은 광야를 보며 수련하지 않으면 어찌 세상을 품는단 말인가? 그런 시시한 곳에서 하는 수행 따위 깨달음에 아무런 도움도 되지 않아!"

아버지가 차분히 남궁완의 말을 받아쳤다.

"많은 무림 문파와 가문들은 동굴에서 수련한다. 백리 세가도 그렇지. 연이 너는 그들을 무시하면 안 된다."

"네!"

아버지가 내 손을 부드럽게 당기며 말을 이었다.

"손을 다쳤다지? 한번 보자꾸나."

"잠깐……!"

남궁완의 외침에 아버지가 그를 보았다.

"……아니네, 아무것도."

"실없군."

남궁완이 애써 태연한 척하며 내 손에서 시선을 떼지 못했다. 실수라지만 제 아들이 입힌 상처니 당연할 터였다.

아버지가 자신의 손에 내 손을 올렸다. 아버지 손과 비교하자 그렇지 않아도 작은 손이 더 작아 보였다. 길고 마디가 굵은 손가락과 바위같이 딱딱한 손바닥이 아버지의 수행 깊이를 내보였다.

이와 정반대로 내 손은 검을 손에서 놓은 지 오래되어 굳은살이라곤 찾아볼 수 없었다. 작은 손바닥에 비스듬히 길게 난 뽀얀 새살이 보였다.

"상처가 깊었겠구나. 감각은 어떠냐?"

"괜찮아요!"

아버지는 내게 손가락을 움직여 봐라, 주먹을 꽉 쥐어 보아라, 여러 말을 하며 내 손을 세심하게 살폈다. 내공까지 넣어 살핀 아버지가 고개를 끄덕였다.

"고맙네. 신경을 정말 많이 써 주었군."

"당연히 해야 할 일이지."

헛기침한 남궁완이 말을 이었다.

"류청은 내 혼쭐을 냈네. 그리고 반성도 큼, 조금은 한 듯싶고?"

왜 의문형이야? 자기 아들 편을 들어 주고 싶지만, 지금껏 해 본 적 없는 티가 팍팍 났다. 어쩔 수 없지. 내가 나서 주는 수밖에.

"맞아요! 아저씨가 남궁 공자를 혼낸다고 마구 때려서 공자 얼굴 여기에 막, 멍도 들고 그랬어요."

"그걸 네가 어찌 아느냐? 류청이 말했어?"

남궁완이 눈을 부라리며 질문했다.

"네? 그야 아저씨밖에 없잖아요. 세상 누가 남궁 세가 안에서 남궁 세가 소공자의 얼굴을 멍들게 때려요?"

"……때린 게 아니고, 대련한 거다."

"알겠어요. 대련이라고 믿어 드릴게요. 아버지도 들으셨죠? 때린 게 아니고 대련이래요."

"……."

남궁완 아저씨는 말문이 막힌 낯이었고, 아버지는 주먹으로 입가를 가리고 살짝 고개를 틀었다. 애써 웃음을 참는 기색이었다.

"그리고 공자가 제가 손을 못 쓰는 동안 매일 와서 시중도 들어 줬어요!"

"시중?"

"네! 차도 따라 주고, 다리도 주물러 주고, 장서각에도 데려가 주고 글도 가르쳐 줬어요!"

"류청이 다리를 주물렀다고?"

남궁완이 경악하여 끼어들었다. 나는 아차 싶어 입을 가렸다. 하지만 이미 뱉은 말은 주워 담을 수 없었다.

"아, 그게 음, 어쩌다 보니…… 으음."

다리 주무르라고 시킨 건 장난치다가 그리된 것이었다. 그 기억이 정말 강렬했기에 나도 모르게 주절대고 말았다. 아버지가 내 코끝을 툭 건드렸다.

"친구를 괴롭히면 안 되지."

"……친구?"

나는 홀로 중얼거렸다. 과연, 남궁류청이 나를 친구로 생각하긴 할까?

"알겠네. 자네가 혼을 내었고 아이도 반성했다고 하니 내 넘어가야 겠지. 게다가 실수였지 않은가? 연이 너도 앞으론 그런 장난 치지 말 거라."

"네!"

나는 헤헤 웃으며 아버지의 팔을 꽉 끌어안았다. 남궁완도 안도의 숨을 내쉬었다. 그리고 헛기침으로 시선을 모으고 말했다.

"그럼 나는 이만 가겠네. 시간이 늦었으니 오늘은 여기서 쉬고 내일 연이의 처소로 가게나."

자시가 넘은 시각. 창궁관은 남궁 세가에서도 거의 별채 수준으로 동떨어져 있었다. 내 처소로 돌아가려면 상당히 걸어야 했다.

아버지가 고개를 끄덕이며 답했다.

"알겠네."

남궁완이 편히 쉬라며 물러가고 아버지는 내 머리를 가만가만 쓰다듬었다. 그 손길을 가만히 느끼던 난 천천히 입을 열었다.

"아버지, 말씀드릴 게 있어요."

나는 아버지 품 안에서 일어났다. 이렇게 가까이서 살피니 아버지의 얼굴이 많이 상한 것이 보였다. 가슴이 쓰렸다.

나는 눈을 감은 채 두 손을 맞잡고 크게 숨을 들이쉬었다. 그리고 눈을 떴다.

"……!"

아버지의 표정이 딱딱하게 굳었다. 아버지의 눈동자에 내 금색 눈동자가 비쳤다.

놀란 아버지가 억누르듯 소리쳤다.

"연이 너, 눈이 왜 그런 것이야?"

나는 아버지와 헤어지고 나서 있었던 모든 일을 숨김없이 얘기했다.

산사태에 휩쓸려 무너진 왕릉으로 들어가 겨우 살아남은 일. 창고를 헤매다 죽어 가는 만신의를 만난 일. 그가 내게 이 능력을 넘겨

준 일.

그러며 약간의 살을 덧붙였다. 만신의가 산사태가 이상하다고 하였다고. 물론 만신의는 그런 말은 한 적 없었다. 산사태가 수상쩍다 여긴 건 나였다.

전생에 나는 남궁완 아저씨를 기다리느라 팔괘촌에서 꽤 긴 기간을 머물렀다. 그때도 비가 계속 내렸다 그치길 반복했다. 하지만 산사태는 일어나지 않았다. 내가 떠날 때까지.

'그 후에 간간이 만신의가 다시 팔괘촌에 나타났는지 소식을 알아볼 때도.'

분명 이번에 갑자기 일어난 만신의의 죽음과 산사태는 연관이 있을 터였다. 내 말을 자르지 않고 모두 들은 아버지는 우선 운기를 하며 내 몸부터 살폈다. 아버지의 옅은 한숨에 아쉬움이 묻어났다.

"단전은 역시 회복되지 않았구나."

하지만 금세 미련을 털어 내고 기쁜 기색으로 말했다.

"그래도 혈맥의 상처는 많이 회복되었어."

"자연지기를 다루다 보니 그리됐어요."

잠시 기뻐한 아버지가 다시 걱정스럽게 나를 바라보았다.

"자연지기부터 사람까지, 모든 기맥을 볼 수 있다니. 내 그런 건 들어 본 적 없다."

아직은 그런 느낌이 없지만, 만약 이 능력이 사이한 술법과 관련되어 있다면 문제가 될 수 있었다. 아버지의 걱정도 당연했다. 생각에 잠겼던 아버지가 말을 이었다.

"하나 네 몸이 낫는 데 도움이 됐고, 네가 내공을 비슷하게나마 쓸 수 있게 되었으니…… 만신의에게 감사할 뿐이구나."

나는 헤헤 웃으며 다시 아버지 품에 안겨 들었다. 익숙하게 나를 받아 든 아버지가 내 등을 쓰다듬었다.

"정말 잘되었다."

나는 고개를 들고 말했다.

"일단은 이 일은 비밀로 해요."

"어찌하여? 네가 무공을 배우기 시작한다면 사람들의 눈을 속일 수 없을 것이다."

"그게……."

나는 머뭇거렸다. 하지만 아버지를 설득하기 위해 어쩔 수 없이 속내를 모두 털어놓았다.

"이 능력으로 어느 경지까지 올라갈 수 있을지 모르잖아요."

"그게 무슨 뜻이냐?"

"무공을 배울 수 있게 됐다고 알려서 사람들이 괜스레 기대하면 어떡해요?"

내 등을 쓰다듬던 손이 멈칫했다.

나는 내공 폐인이 되고 나서 온갖 멸시를 받았다. 백리의강의 딸이 반편이라고 쑥덕이며 아비의 명성을 더럽힌다고 사방에서 손가락질했다. 그런데 만약 내가 다시 무공을 배울 수 있게 되었다고 알려지면 사람들은 기대할 것이다.

하지만 내가 모자라서 기대에 미치지 못하거나, 혹은 이 능력으로 무공을 쓰는 것에 한계가 있다면? 사람들은 또다시 실망할 터였다. 그리고 자신들을 속였다며 더 매몰차게 굴겠지. 그럴 바엔 차라리 그냥 내공 폐인으로 알려지는 것이 나았다. 나는 그것을 두 번 견딜 자신이 없었다.

결국 아버지가 침잠한 음색으로 말했다.

"……알았다."

거짓을 싫어하는 아버지치곤 생각보다 선선한 수락이었다. 이내 아버지가 질문했다.

"연아, 그럼 내 기맥도 볼 수 있느냐?"

"네!"

이미 한 번 살폈다. 아버지와 남궁완 아저씨의 실력이 막상막하라 알려진 것처럼 내공으로는 두 분의 우위를 따질 수 없을 정도였다. 남궁 세가 무인들의 내공이 상앗빛을 띠고 있는 것에 비하면 아버지는 푸른빛이 도는 백색이었다.

홀린 듯 기맥을 살피던 나는 뒤늦게 아버지의 얼굴을 보았다. 불편한 눈빛. 찬물을 뒤집어쓴 것처럼 정신이 번쩍 들었다.

'그렇지.'

자신의 몸을, 내력을 알아볼 수 있다는 걸 기꺼워하는 무인이 있을 리 없었다.

나는 고개를 숙이며 말했다.

"죄, 죄송해요. 앞으로 아버지는 살피지 않을게요."

"아니, 아니다. 그저 조금 불안해서 말이다. 정확히 알려지지 않은 능력이니."

아버지의 말에 놀란 마음을 가라앉힐 수 있었다. 정말 심장이 철렁했다.

'그래도 앞으론 조심해야지.'

고민하던 기색의 아버지가 운을 뗐다.

"연아, 네가 그 능력을 숨기고 싶은 건 알겠다. 하나 완에게는 말하는 것이 어떻겠느냐?"

"왜요?"

"이 아비는 만신의에 관해선 솔직히 거의 아는 게 없다. 만신의는 남궁 세가와 연이 있다 들었으니 나보단 잘 알 것이야."

아니, 전혀 모르던데.

하지만 오랫동안 이어져 온 무가였으니, 내가 알지 못하는 지식을 가지고 있을 수도 있었다.

"좋아요!"

어차피 내가 가장 숨기고 싶었던 건 백리 세가였으니까. 백리 세가의 할머니와 큰아버지, 고모. 그리고 내 사촌들.

'방심하게 두는 게 좋아.'

할머니와 큰아버지는 아버지를 견제하긴 했지만 제대로 대립각을 세우진 않았다. 할아버지가 흔들림 없이 큰아버지를 지지하고 있기도 하였고, 아버지의 태도가 가주 자리에 관심이 전혀 없다는 걸 보여 주기 때문이다.

아버지는 철저하게 가문의 일에 끼어들지 않았다. 약관이 되기도 전 제 한 몸 지킬 수 있을 실력이 되자 검 한 자루만 들고 강호로 나섰다.

무림맹에서 자리를 잡기 전까진 계속 세상을 떠돌며 약자를 돕고 악인과 싸웠다. 이름이 높아졌지만 가문으로 돌아가지 않았다. 슬슬 혼인을 하는 게 어떠냐는 할아버지의 말조차도 무시했다.

가주가 되는 데는 본신의 무력도 중요했지만, 후계의 존재도 그만큼 중요했다. 혼담이 몇 번 오갔으나, 아버지는 모두 거절했다. 아버지를 속으로 지지하던 이들도 포기할 수밖에 없었다.

그러던 아버지가 어느 날, 자신의 딸이라며 웬 어린아이를 데려왔다. 심지어 그 아이가 백리 성까지 받도록 입적했다. 아직 소가주 자리는 확정되지 않은 상황. 만약 아버지가 데려온 아이가 아버지 같은 재능을 지니고 있다면?

그들에게는 공포였을 것이다. 그래서 그들은 그 아이의 재능을 살펴보기도 전에 짓밟았다. 나를 주화입마에 빠지게 한 것이다. 아버지가 내 곁에 없으니 기회였을 것이다.

그들은 갓 내공 심법을 배워 기초 중의 기초를 수련하고 있는 나를 교묘하게 부추겼다. 영약 하나면 단번에 강해질 것처럼 나를 홀렸다. 하지만 기초가 단단하지 않은 아이에게 영약은 주화입마에 빠지는 지름길이나 다름없었다.

'길바닥의 거지 출신이었던 내가 영약을 탐낸 것 자체가 이상했지.'

영약이 뭔지도 모르던 아이였다. 주화입마도 뭔지 몰랐다. 그런데 어느 날 갑자기 영약을 탐내다 얻게 된 것이다. 그래도 피가 이어진 친지이거늘, 이런 졸렬한 수를 쓸 거라고는 아버지도 예상치 못했을 것이다.

그러나 증좌가 없었다. 그리고 나는 가문 내에 입지랄 것조차 없었다. 그런데 증거를 찾겠다고 나다니다가 괜히 내가 의심하고 있다는 사실이 알려지면 그나마 남아 있을 증좌도 완전히 사라질 터.

'내가 언젠가…… 아!'

그때 잊고 있던 것이 떠올랐다. 나는 벌떡 일어나 아버지의 손을 잡아당겼다.

"아버지! 빨리! 빨리 제 처소로 가요!"

아버지가 고개를 기울였다.

"밤이 깊다. 네 처소는 내일 가자꾸나."

"안 돼요! 오늘 꼭 보여 드릴 것이 있단 말이에요!"

공청석유! 어서 아버지에게 공청석유를 보여 드리고 싶었다. 상상만으로도 심장이 펄떡거렸다.

'아버지가 얼마나 좋아하실까?'

내가 발을 구르며 재촉하자 아버지가 어쩔 수 없다는 듯 일어났다.

"대체 무엇이기에 그러느냐?"

"가면 알아요!"

나는 아버지를 이끌고 남궁 세가를 뛰었다. 한참을 뛰고, 또 뛰고, 또 뛰었다.

'으아! 더럽게 넓어!'

나는 숨을 헐떡이며 멈췄다. 얼마나 온 거지? 밤이라 더 거리가 가늠이 안 됐다. 옅은 숨을 내쉰 아버지가 주변을 살짝 훑고 나를 안아 들었다.

'음, 그래. 이 안정감이야.'

정말 오랜만이었다. 나는 익숙하게 아버지 목을 껴안았다.

"어느 방향으로 가면 되느냐?"

"이쪽이요!"

"시각이 늦었다. 목소리를 낮추거라."

아버지가 내가 가리킨 방향으로 경공을 이용해 빠르게 달렸다.

'지붕을 타거나 담벼락을 넘으면 금방일 것 같은데.'

하지만 절대 허용된 길을 벗어나면 안 됐다. 언제 적의 공격을 받을지 알 수 없는 무림세가엔 길을 벗어나면 공격하는 살벌한 기문진식들이 가득했다. 이건 백리 세가도 마찬가지였다.

경공을 이용해 빠르게 달리던 아버지가 갑자기 차분하게 걷기 시작
했다.

'갑자기 왜 멈추신 거지?'

곧이어 순찰 중인 남궁 세가 무인을 마주쳤다. 경계하던 무인이 아버
질 보고 안도의 숨을 내쉬었다. 무인이 검집에서 손을 떼고 포권했다.

"백리 대협을 뵙습니다. 실례지만 이 시각에 어쩐 일이십니까?"

"연이가 처소로 돌아가고 싶다 하여 나왔네."

"안녕하세요."

난 아버지 품에 안겨서 인사했다.

"백리 소저? 분명 창궁관에…… 아, 오늘 나오신 모양이로군요. 방
향은 아십니까? 안내해 드릴까요?"

"괜찮네. 수고를 끼칠 수 없지."

"알겠습니다. 음, 길을 벗어나시면 안 됩니다."

그리고 무인이 다시 순찰로로 향했다. 기척이 느껴지지 않을 정도
로 멀어지자 나는 애써 참던 웃음을 터트렸다.

"웃지 말거라. 내 누구 때문에 이러한데."

한숨과 함께 아버지가 다시 경공을 펼치기 시작했다. 나는 그 모습
에 아버지 목덜미에 얼굴을 묻고 대놓고 웃었다.

"아하하하."

"조용히."

"흐윽, 흑 흐흡."

이를 깨물고 참았지만 잘되진 않았다.

아버지가 혀를 차며 순식간에 전각 몇 개를 지나쳤다. 순찰하는 무
사들도 두 번 더 마주쳤다. 그때마다 아버지의 발걸음이 차분해진 건

당연했다. 곧이어 내 처소가 보였다.

"저기예요!"

바닥을 박차고 빠르게 다가가던 아버지가 우뚝 멈춰 섰다. 갑작스러운 움직임이었지만 안겨 있는 내게는 아무런 충격도 오지 않을 정도로 부드러웠다.

'이게 경공술.'

감탄하는 나와 달리 굳은 얼굴의 아버지가 나를 바닥에 내려놓았다.

[누가 있다.]

갑자기 머릿속으로 목소리가 울렸다. 아버지의 전음이었다. 아버지의 손에는 어느새 소리 없이 뽑아 든 검이 쥐어져 있었다.

"여긴 내 딸의 처소이외만 어르신은 누구신지요?"

"딸? 그럼 네가 백리의강이겠군."

방금까지만 해도 평화롭던 분위기는 순식간에 날아가고 숨소리마저 조심할 정도로 날카로운 기운이 주변에 가득 깔렸다.

야밤의 달빛까지 구름에 가려진 마당은 보통 시야로는 아무것도 보이지 않았다. 하지만 금안으로 본 마당은 달랐다. 타오르는 듯한 붉은 내공이 보였다. 나는 다급하게 소리쳤다.

"아버지, 천산염제예요!"

"천산염제?"

되묻는 아버지의 목소리와 함께 당장 아버지께 달려들 것만 같던 날카로운 투기가 사라졌다.

"쯧, 재미없군. 원래는 모습을 드러낼 생각이 아니었거늘 저 머저리가 그르쳤어."

흥이 깨졌다는 듯 혀를 찬 천산염제가 쥐고 있던 걸 밀치며 뒷짐을

졌다. 나는 황급히 소리쳤다.

"야율! 괜찮아?"

콜록거리는 기침 소리와 함께 작게 "괜찮아."라고 답하는 목소리가 들렸다.

아니, 저 할아범은 왜 자꾸 남의 처소에 멋대로 들어와서 소란을 피우는 거야? 천산염제에게 뺏기고 하나 남은 거라는 건 아버지께 공청석유를 드리면서 말하려고 했는데! 말하기도 전에 먼저 마주치다니. 아버지께 일부러 숨긴 것 같아졌잖아!

아버지가 공손히 이야기했다.

"선배님을 뵙습니다. 먼저 인사드리지 못함을 사죄드립니다."

그러나 빼 든 검을 거두진 않았다.

"하지만 제 딸의 처소에서 무얼 하시는지 해명해 주셔야 하겠습니다."

"노부가 누군질 알면서도 검을 거두지 않다니. 과연."

투기를 가라앉힌 건 천산염제뿐이고 아버지는 오히려 더 날카로워졌다.

설마, 싸우시려고요?

일부러 싸우지 말라고 정체를 알려 드린 건데!

다행히 두 분이 진짜 격돌하는 일은 없었다. 천산염제가 한발 양보해 들어가서 얘기하자고 했기 때문이다.

그리고 그게 더 이상했다.

'저 할아범이 양보할 만한 사람은 아닐 텐데.'

남궁 세가주께 제대로 혼나셨나?

급하게 내온 차를 따르는 동안 숨 막히는 침묵뿐이었다. 마음 같아 선 이곳을 나가고 싶었다.

일단 가장 큰 문제는…… 졸렸다.

벌써 자정이 넘은 시각이었다. 거기다 창궁관에서 열심히 수련하다 나왔고, 아버지를 보고 한바탕 울고 난리를 쳤으며, 남궁 세가를 한참 뛰어다니기까지 했다.

'아, 졸려 미치겠다.'

익사할 것 같은 침묵은 내게 자장가와 같았다. 하지만 두 분이 무슨 대화를 할지 걱정되어 나갈 수 없었다. 흔들리는 고개를 툭 옆에 기댔다. 야율의 어깨였다. 그대로 잠들려던 순간, 천산염제가 입을 뗐다.

"거두절미하고 말하지."

천산염제의 손가락이 나를 가리켰다. 씁, 어느새 살짝 흘러나온 침을 닦던 난 그대로 굳었다.

"저 아이를 내게 주거라."

아니, 다시 자세히 보니 내 곁의 야율을 가리키고 있었다.

'아, 깜짝이야.'

잠시 안도했다 다시 놀랐다. 야율을 달라고?

아버지가 되물었다.

"무슨 의미인지 설명해 주실 수 있으십니까?"

"내 제자로 삼을 테니 넘겨라."

이게 무슨……?

그때 야율의 손이 내 손을 덮듯이 꽉 쥐었다. 손등에 닿는 열기가 뜨거웠다. 야율을 돌아보자 눈동자가 마주쳤다. 절박해 보이는 건 내 착각인 걸까?

여기서 가장 차분해 보이는 것은 아버지였다. 본받고 싶을 정도의 평정심이었다.

"천하 십일강이신 천산염제 선배님의 제자라니."

아버지가 눈을 내리깔고 잠시 고심하곤 말을 이었다.

"실로 대단한 자리입니다만, 제안이 갑작스럽군요. 저 아이의 무엇을 좋게 보신 것인지요?"

"걱정할 필요 없다. 노부는 이미 저 아이에 대해 다 알고 있으니."

흡성마공에 대해 이미 알고 있다는 뜻이었다. 그제야 아버지의 평정심이 깨졌다. 아버지가 야율을 흘끗 보았다. 내 손을 쥔 야율의 손에 힘이 더 들어갔다.

"어쩌다가…… 아니, 내 부덕이지."

천산염제가 나를 보며 물었다.

"아직 말 안 한 게냐?"

아버지의 의아한 시선이 날 향했다. 나는 살짝 억울함을 담아 말했다.

"……처소에서 말하려고 했어요."

하지만 뜬금없이 천산염제를 마주쳐 모든 순서가 일그러졌다. 천산염제가 수염을 쓰다듬으며 말했다.

"걱정할 필요 없다. 내 아무에게도 말하지 않았으니. 아주 효성스러운 딸을 뒀더구나."

"예?"

영문을 알 수 없던 아버지가 눈을 가늘게 뜨고 나를 바라봤다. 하지만 사연을 따져 묻기엔 상황이 썩 좋지 못했다.

아버지가 다시 천산염제를 돌아보았다.

"알고 계신다면 말씀드리기 편하겠군요. 야율, 저 아이는 마공을 배웠기에 다른 무공을 배울 수 없습니다."

마공이 달리 마공이 아니었다. 정파 심법들과는 달리, 마공이라 부르는 심법들은 한번 배우면 다른 심법엔 손댈 수 없었다. 다른 심법을 배척하는 걸로도 모자라 억지로 다른 심법을 배우려 한들 주화입마에 빠져 죽는 지름길일 뿐이었다. 그리고 마공 중에서도 악명 높기로 손꼽히는 것이 흡성마공이었다.

하지만 천산염제가 별것 아니라는 듯이 말했다.

"흡성마공을 익혔다 한들 본좌의 무학을 이어받는 데는 문제없다. 아니, 오히려 노부의 무학을 이어받아야 하지."

무슨 뜻이지? 천산염제의 무공은 마공과 상관없이 배울 수 있단 소린가?

아버지가 내 의문을 질문했다.

"선배님의 무공이 마공을 억누를 수 있단 말입니까?"

"그래. 노부의 구화적염결을 익힌다면."

구화적염결. 천산염제를 천하 십일강으로 만든 무공이었다. 이 점만 보더라도 얼마나 대단한 무공인지 알 수 있었다. 아니, 무공이 문제가 아니다. 천하 십일강 중 한 명인 천산염제가 제자를 들이겠다 하면 이를 배우려는 사람이 전 중원에서 몰려들 터였다.

'그런데 왜 하필 야율이지?'

의문이 들지만, 천산염제의 말이 모두 사실이고 구화적염결을 야율이 배울 수만 있다면……. 하늘이 내린 기회였다!

아버지도 나와 비슷한 생각인 듯했다.

"믿기 힘들 정도의 기연이군요."

"노부가 거짓을 말해 무슨 이득이 있지?"

"……."

"이게 고민할 거린가? 당장 수락해도 모자랄 터!"

천산염제가 탁자를 내려치며 위협했다. 긴장한 듯 내 손을 쥔 야율의 손에 점차 힘이 들어가고 있었다. 나는 참고 참다가 작게 속삭였다.

"야율."

그제야 야율이 화들짝 놀라서 손에서 힘을 뺐다. 천산염제와 아버지 두 사람의 시선을 받은 나는 태연하게 말을 이었다.

"그, 야율에게 물어봐야죠. 야율이 가고 싶은지가 가장 중요한 거 아닌가요?"

솔직히 누가 이런 기회를 놓치나 싶었다.

'조금 아쉽네.'

그간 정이 꽤 들었는데. 나는 편히 말하라는 듯 야율을 보면서 웃었다.

그때 천산염제에게서 답이 나왔다.

"물을 필요 없다. 저 아이는 싫다 했으니."

아버지가 놀라 야율을 바라봤다. 나도 놀랐다. 야율을 바라보던 아버지가 입을 열었다.

"정말 거절했느냐?"

"네."

나도 모르게 끼어들어 물었다.

"왜?"

내 손을 부서트릴 듯 쥐었던 야율을 떠올리며 덧붙였다.

"이건 더없이 좋은 기회야."

내 눈을 마주한 야율이 입을 열었다.

"나는 여기가 좋아."

"……."

"……."

침묵이 처소를 감쌌다.

여기가 좋다.

천산염제의 제안을 거절하기엔 정말로 하잘것없는 답이었다. 아버지는 미간을 살짝 좁힌 채 야율을 바라보았다. 이해되지 않기 때문일 것이다.

'그럴 만하지.'

나도 전혀 이해가 안 되는데.

그런데도 아버지는 다시 담담한 낯으로 천산염제를 향해 고했다.

"선배님께 대답이 되었길 바랍니다."

천산염제가 헛웃음을 흘리며 수염을 쓰다듬었다.

"내 하나 묻지."

"하문하시지요."

"저 아이에게 이리 마음 쓸 이유가 있는가? 고작해야 만난 지 몇 달. 특별할 것 없는 연일 텐데? 노부에게 넘긴다면 귀찮은 일도 덜고 편할 터."

"만난 기간으로 인연의 깊이를 따질 수는 없지요."

"내게 들켰다면 다른 이에게도 들킬 터. 네 친부인 백리패혁은 이 사실을 아는가? 무림맹의 백호단주로서는 어떤가? 만약 이 사실이 밝혀진다면 징계를 피하기 어려울 텐데. 평생 저 아이를 어찌 숨길 생각이지?"

"처음부터 그 정도 각오는 하였습니다."

"그래서 네 딸을 잃을 뻔한 것도 각오에 포함되나? 내 들었다. 저 아이를 살리자고 네 딸이 산사태에 휩쓸려 갔다고."

"……."

담담함을 유지하던 아버지의 표정이 가장 크게 변했다. 거의 일그러진 것에 가까웠다.

천산염제가 혀를 차며 말했다.

"그냥 노부에게 넘기거라. 저 아이를 위해서도 자네를 위해서도, 그리고 자네 딸을 위해서도 그게 나을 것이다."

세간에 알려진 천산염제의 성품을 생각할 때 이렇게 말로 온화하게 설득하는 것 자체가 신기한 일이었다.

크게 숨을 들이쉰 아버지가 눈을 감았다 떴다.

"싫다는 아이를 억지로 보낼 순 없습니다."

천산염제가 기가 찬다는 듯 숨을 토하고 수염을 쓰다듬었다.

"쯧쯧, 내 시비를 지키겠다 제 손바닥을 찢어 먹을 때부터 알아봤지만. 그 아비에 그 딸인가? 아직 세상에 이런 멍청한 놈이 살아 있다니. 아니, 오히려 잘됐군!"

분명 거절을 들었음에도 천산염제는 기꺼운 기색이었다. 천산염제가 말을 이었다.

"극양지체라고 들어 보았나?"

아버지의 침묵 속에 내가 답했다.

"그거 희귀한…… 불치병 아니에요?"

의원 중에는 그런 병이 있는지조차 모르는 사람도 많았다. 내가 아는 이유는 내 몸을 고치기 위해 온갖 책들을 섭렵해서였다.

본디 기운은 여러 조화로 나뉘었다. 그중엔 음과 양이 있는데, 극양지체는 그중 양기가 극도로 발달한 체질을 일컫는 것이었다. 정확히 말하면 불치병이라기보단 희귀한 체질이었다. 하지만 불치병이라고 말한 데에도 이유가 있었다.

"불치병. 맞는 말이지. 날 때부터 극한이었던 양기가 자라며 전신의 혈맥을 말라붙게 만들어 빠르면 지학(15세), 늦어도 약관(20세)을 넘기지 못하고 산 채로 타는 고통 속에 요절한다."

갑자기 그 이야기는 왜 꺼내는 것일까?

불길한 예감이 들었다.

천산염제의 손가락이 야율을 향했다.

"그리고 저 아이가 바로 그 극양지체다."

하. 무심코 욕설을 내뱉을 뻔했다. 나는 수도 없이 보았던 야율의 기맥을 떠올렸다.

'극양지체라고?'

처음 보았을 때부터 약간 이질감이 느껴진다 생각했지만……. 그이유가 흡성마공 때문이라고 생각했다. 극양지체여서였다니?

또 그 말은 야율이 이대로면 최소 열다섯 살, 많아야 스무 살 전에 죽는다는 거잖아!

'잠깐, 원작의 야율은 스물이 넘도록 살아 있었는데 어찌 된 일이지?'

살 수 있는 방도가 있는 건가? 나는 다급히 물었다.

"어르신께서 말을 꺼내신 데엔 이유가 있으시겠죠?"

"두 가지 방법이 있다."

두 가지나!

기뻐하는 나와 달리 야율은 담담했다. 마치 이미 답을 알고 있는 듯한 모습이었다. 그것이 불길했다.

"하나는 흡성마공을 통해 다른 사람의 진기를 흡수하는 것. 이미 첫 발작을 하고도 남았을 저 아이가 지금껏 멀쩡한 것은 흡성마공을 익혀서지. 본능적으로 다른 이의 음기를 탐한 것이 명줄을 늘렸다."

"……."

"둘째는 양강지공. 양기를 극한으로 연마하여 다스릴 수 있는 무공을 배우는 것이지. 만약 극복할 수만 있다면 극양지체는 천고의 자질이 되어 누구도 따를 수 없는 성취를 이룰 거다."

"설마……?"

"그래. 노부의 구화적염결이 양기를 다루는 심공이다."

"……."

"저 아이를 내 제자로 보내라. 죽는 걸 두고 볼 생각이 아니라면 말이지!"

나는 야율이 아버지와 단둘이 이야기를 나누기 전에 잠시 야율과 시간을 가졌다.

"뭐라고? 천산염제가 한 달 전에 이미 너한테 제자 제안을 했다고?"

"응."

"왜 말 안 했어?"

야율이 내가 다쳤던 쪽의 손을 바라봤다.

"천산염제가 온 날 말하려고 했는데…… 네가 그날 손을 다쳐서 말하는 걸 잊어버렸어. 손은 어때? 이제 다 나았어?"

"걱정 안 해도 돼. 그런데 그걸 잊어버렸다고?"

"응. 거절하면 끝일 줄 알았어."

하긴 천산염제가 뭐가 부족해 야율에게 제자가 되라며 거듭 제안을 하겠는가? 정말 이상한 일이었다.

"그 뒤로는? 오늘이 처음이야?"

"아니, 네가 창궁관 들어가니까 매일 왔어. 손 한 번만 봐도 돼?"

"하."

나는 한숨을 내쉬며 손을 쫙 펼쳐 보였다.

"미안. 아까 너무 꽉 잡았지?"

이 쫙 펼친 손으로 야율의 멱살을 잡고 '지금 내 손이 문제냐!'라고 탈탈 털고 싶어 근질거렸다. 나는 걱정스레 야율을 보았다.

천산염제 말로는 아직은 괜찮다 했다. 흡성마공 덕으로 균형을 유지하고 있으니 열이 많다는 것 외에는 별문제를 느낄 수 없을 것이라며.

하지만 야율의 몸은 현재 금이 간 제방의 둑과 같아 구멍이 뚫려 물이 새기 시작하면 돌이킬 수 없이 빠르게 진행될 것이라 했다. 그리고 버틸 수 없을 정도로 괴로워지면 본능적으로 흡성마공을 쓰려 들 것이라고…….

'천귀조가 야율의 체질을 알고 흡성마공을 가르친 건가?'

그렇다면 정말 지독한 악질이었다. 야율이 내게 할 말이 있는 듯이 머뭇거렸다. 내가 먼저 질문했다.

"할 말 있어?"

"백리 대협이 날 보내실까?"

"……네 목숨이 걸려 있으니까 보내려고 하시겠지."

제자가 되지 않겠다는 야율의 의견은 변함없었다. 이대로라면 요절한다는데도 "그런데?" 정도로 반응할 뿐이었다. 절대 평범한 반응은 아니었다. 천귀조 아래에서 살아남았으니 평범한 아이가 아닌 건 맞지만…….

'아니, 흡성마공을 익혀 가면서도 살아남았으면서 이제 와서 왜 삶에 초탈한 것처럼 구는 거야?'

나는 설명을 덧붙였다.

"네가 정말 가고 싶지 않다면 아버지를 납득시킬 만한 이유를 말해야 할 거야."

"납득시킬 이유……. 알겠어."

야율이 굳은 결심을 하는 듯한 표정을 지었다.

"그럼 갔다 올게."

나는 야율이 멀어지는 것을 보다가 황급히 붙잡았다.

"왜?"

"너 정말 거절할 거야? ……이건 정말 기회야."

"걱정해 주는 거야?"

"그걸 말이라고 해?"

성질내듯 말하는데도 야율은 좋다는 듯 웃었다. 쟤 정말 어디 이상한 거 아냐?

"괜찮아."

하아. 말이 통하질 않았다. 나는 아버지가 계신 방을 향해 고갯짓했다.

"……알겠어. 이제 가 봐."

"응."

야율의 뒷모습이 열린 방문 너머로 사라졌다. 굳게 닫힌 문을 바라보던 난 마른침을 삼키고 기척을 죽였다. 살금살금 다가가 문에 바짝 붙으려는 순간.

"백리연."

아버지의 경고 어린 음성이 안에서 들려왔다. 입을 삐죽인 난 어쩔 수 없이 문에서 멀어졌다.

'아, 무림인들이란.'

투덜거리며 이번엔 처소 밖으로 나갔다. 달도 구름에 가려진 마당은 아무 일도 없었던 듯 고즈넉했다. 그 어둠 속을 뚫고 뒷짐을 진 이가 걸어 나왔다.

"맹랑한 것. 감히 노부에게 기다리라 하다니. 여기가 남궁 세가가 아니었다면 내 널 가만두지 않았을 것이다."

한참 전에 떠났던 천산염제였다.

나는 배시시 웃으며 말했다.

"여쭙고 싶은 게 있는데, 아버지 앞에선 묻기 조금 그래서요."

천산염제가 말하라는 듯 나를 보았다.

"어르신께서 하신 말씀의 속뜻을 제가 두 가지 알아냈는데 맞는지

한 번만 들어 주세요."

"두 가지나? 어디 한번 말해 보아라."

나는 천천히 정리한 생각들을 꺼냈다.

"첫 번째로 야율이 극양지체임을 알려 준 것은 야율을 아낀다면 그의 목숨을 소중히 할 테니 우리에게 야율을 설득하여 어르신께 보내라고 알려 주신 거죠."

"맞았다."

천산염제가 아이의 재롱을 보듯 나를 보았다.

첫 번째는 그저 두 번째 이유를 말하기 위한 연막일 뿐이었다.

"두 번째는…… 어르신의 무공을 배울 수 있는 사람도 야율밖에 없는 거죠?"

천산염제가 코웃음을 쳤다.

"우습지도 않군. 무슨 말을 하려고 하나 했더니만 이런 헛소리라니!"

나는 태연하게 말을 이었다.

"어르신이 그러셨잖아요. 무슨 연이 있다고 아이를 위하는지 모르겠다고. 반대로 대입하면 딱 어르신 아니에요?"

"……"

"어르신과 야율이 무슨 연이 있다고 야율을 살리기 위해 무공을 전수해요? 그러니 선후가 반대라면 말이 되죠."

"……"

"어르신께서 야율에게 원하는 것이 있기 때문에 제자로 들이겠다 하시는 거 맞죠? 그리고 야율의 특이 체질을 생각한다면 답은…… 뻔하지요."

나를 바라보는 천산염제의 눈빛이 형형했다.

'음, 정답이군.'

원작에서 천산염제의 무공은 아무도 전승받지 못하고 소실됐다. 천하 십일강이라 불리던 이가 자신의 후인조차 남기지 못하다니? 이상한 일이었다.

무공에 미치고 무공에 집착하는 게 강호인들 아닌가? 무공 비급 하나에 피로 강을 이루는 혈사를 벌이는 미친놈들인데, 자신의 무공을 이어 갈 제자 하나도 두지 않는다? 이유가 있는 것이 분명했다.

그 이유로 야율의 특이 체질, 그리고 이에 집착하는 천산염제를 조합해 보니 답이 나왔다.

'아무나 배울 수 없는 무공이어서.'

천산염제가 나를 노려보며 말했다.

"그래서 굳이 이 사실을 말하는 이유가 뭐냐? 저 아이의 목숨을 두고 나와 거래라도 하겠다는 거냐?"

"야율의 목숨이 제 것도 아닌데 거래를 어떻게 해요?"

나는 어떻게 그런 생각을 하냐는 표정으로 천산염제를 보았다. 천산염제의 낯이 기묘해졌다.

"그냥 궁금해서 여쭤본 거예요. 어르신이 야율에게 얼마나 진심이신지, 야율을 믿고 보낼 만한 분인지."

"……."

천산염제가 눈을 가늘게 뜨고 나를 바라보았다. 그리고 내가 지금껏 말을 이어 간 본론.

"어르신께선 야율에게 꼭 무공을 가르쳐야 할 사정이 있고, 야율은 저희 곁을 떠나지 않으려고 하니……."

"하니?"

"그럼 저희 곁에서 지내시면 되지 않을까요?"

"하, 그게 본론이었군?"

천산염제가 혀를 끌끌 찼다.

"그리 쉽게 갈 수 있는 길이었다면 내가 왜 이 난리를 치겠느냐! 흥, 구화적염결은 화기가 가득한 곳에서 수련해야 한다."

듣기만 해도 백리 세가에서 먼 곳일 것 같았다.

"거기다 구화적염결은 마음가짐이 중요한 무공이다."

"마음가짐이요?"

"그래. 그 애 눈을 보았느냐? 억지로 수련을 시켜 봤자…… 됐다. 됐어. 내가 애를 붙잡고 무슨 말을 하는 건지."

"야율 눈이 왜요? 예쁘기만 한데."

"지랄도……."

나는 입을 살짝 벌리고 천산염제를 보았다. 이렇게 날것의 욕설을 듣는 것 자체가 오랜만이었다. 내가 그래도 백도 무림세가 사람들 사이에 있긴 했군.

'마음가짐이 중요하다니. 흠, 나 없을 때 그냥 데려다가 무공 가르친 다고 하고도 남을 것 같은데 안 하는 이유가 있었군.'

나는 조용한 처소를 돌아보고 질문을 이었다.

"그럼 어르신, 지금껏 극양지체를 한 명도 못 찾으신 거예요?"

"중원에 극양지체가 무엇인지 아는 의원조차 몇 없다. 대부분 그냥 열병을 앓는 줄 안다. 심지어 보통 처방으로는 열을 내릴 수도 없어."

"아……."

"갓난아이에게 열병은 극독이지. 극양지체로 태어나면 십중팔구는 이미 어릴 때 열병으로 여기에 문제가 생긴다."

천산염제가 자신의 머리를 툭툭 건드렸다.

나는 깜짝 놀라 물었다.

"미친다는 뜻이에요?"

"장애를 갖게 된단 얘기다. 귀가 안 들리거나 눈이 안 보이거나, 몸을 제대로 운신을 못 한다든가. 스무 살? 운이 아주 좋아야 스무 살까지 사는 거다. 뭐, 미칠 수도 있지."

천산염제가 손을 내저었다.

"내 말 알아들었다면 썩 들어가 그놈이나 설득하거라. 시간이 없어!"

"야율의 상태가 그 정도로 안 좋아요?"

"종알종알 무슨 말이 이렇게 많아! 어쨌든 질질 끌어 좋을 것 없다. 하루라도 빨리 배우는 것이 저 아이를 위해서도 좋아."

가만히 설명을 듣던 나는 천산염제를 이상하게 보았다. 내 질문에 꼬박꼬박 답해 주는 천산염제의 모습이 생각보다 친절했고, 또…… 매우 초조해 보였다.

'뭐가 저리 초조한 거지?'

천산염제 정도로 수행을 쌓으신 분이 내게도 드러날 정도로 초조한 모습을 숨기지 못하다니.

'연기인 건가? 아니면…….'

나는 천산염제를 유심히 살피다 한 가지 이상한 점을 발견했다.

'내공이 왜 그대로야?'

전혀 늘지 않았다.

그 말은 내게 뺏어 간 공청석유를 먹지 않았다는 뜻이다. 처음 천산염제가 이곳에 있는 걸 봤을 때부터 의문이었다. 천산염제를 한동안 볼 수 없으리라 여겼기 때문이다. 공청석유를 흡수하려면 몇 달에서 몇 년은 폐관 수련에 들어갈 테니까.

'먹지도 않을 거면 왜 뺏어 간 거지?'

못 먹는 이유라도 있나?

'공청석유는 내공을 가리지 않을 텐데.'

공청석유에 비견되는 화산파의 자소단. 하지만 자소단은 화산파의 자하신공을 익히지 않은 자가 섭취한다면 내공 증진 효과가 오 할 이하로 뚝 떨어진다. 한 갑자, 육십 년 치 내공을 얻을 수 있는 것이 삼십 년 이하로 줄어든단 뜻이었다.

사실 영약은 대부분 다 자소단과 비슷했다. 자신의 내공과 맞는 영약이 아니라면, 그 안에 담긴 내공을 모두 흡수하긴 극히 어려웠다.

가령 만년화리의 내단은 화기를 머금고 있으며, 천설삼은 냉기를 머금고, 영약을 만드는 가장 흔한 재료 중 하나인 백년 이상 된 하수오 같은 경우는 토기와 목기를 지니고 있었다. 다른 내공과 가장 안정적으로 조화하는 기운이 토기와 목기였다.

하지만 극양지체. 양기, 화기가 가득해 문제가 되는 몸에 목기가 든 내단을 섭취할 경우 안 그래도 불타는 몸속에 장작을 넣는 꼴밖에 되지 않았다.

그렇다고 냉기가 넘치는 천설삼을 먹으면 화기랑 냉기가 몸속에서 싸우다 몸이 찢어질 것이다.

그러나 공청석유는 달랐다. 어떤 내공을 지녔더라도 조화했다. 그래서 공청석유를 모든 영약 중에 가장 윗줄로 취급해 주는 것이다.

그 순간 한 가지 가설이 떠올랐다. 천산염제의 나이는 일흔이 가까울 것이다. 저 나이까지 제자 한 명 두지 못했다면 초조하고도 남았다.

극양지체를 찾아 제자를 들이더라도 빠르게 경지를 올려야 더 많은 걸 전수해 줄 수 있을 테고 경지를 빠르게 올리는 데는 영약만큼 좋은 것이 없었다.

'그러니까 천산염제가 공청석유를 원했던 것 자체가 처음부터 본인이 아니라 제자를 위한 것이라면?'

물론 이건 아무 근거도 없는 내 추측일 뿐이었다. 그리고 앞에 있으니 물어보면 되지.

"공청석유는 야율에게 주실 생각이세요?"

천산염제의 흰 눈썹 양 끝이 치켜 올라갔다. 내가 또 정답을 말한 걸 알았다.

'신기한 일이네.'

일이 이렇게 돌아가다니.

공청석유로 살린 목숨이라 했는데 이제 그 공청석유가 정말 야율의 것이 되었다. 어찌 되었든 좋은 일이었다. 천산염제의 신공도 사라지지 않고, 야율도 살리고, 마공도 없애고 강해진 야율이 우리 편도 되고.

'우리 편이…… 겠지?'

천산염제의 제자가 되면 몇 년은 떨어져 지낼 것 같은데. 아이에게 몇 년은 몇 개월 함께 지냈던 이에 대한 기억을 모두 잊어버리고도 남을 시간이었다.

'옆에서 자주 들여다보고 그래야 친밀감을 유지할 수 있을 텐데.'

약간 걱정됐다.

"하."

천산염제가 기가 찬다는 듯이 헛숨을 내쉬었다.

"애 한 명에게 이리 농락당할 줄이야."

한 호흡 만에 열 걸음 이상 떨어져 있던 천산염제가 내 앞에 있었다. 나를 향해 뻗어 나오는 손이 보였고 반사적으로 이를 피했다.

'음……'

곧바로 피하지 말 걸 하며 후회했다. 천산염제의 표정이 험악해진 것이다.

"이걸 피해?"

"하하, 그게요."

그 순간 이번엔 피할 수 없는 속도의 손이 내 턱을 부여잡았다.

"우연이 아니었단 말이지."

"에? 애 이러세여. 노코 말해여."

"저번에도 느꼈지만…… 눈이 좋아."

천산염제가 내 단전에 손을 올렸다. 뜨거운 기운이 확 몰아닥쳤다. 천산염제의 내공인 걸 알 수 있었다.

"내공 폐인은 맞는데 무슨 묘리인지 내공도 쓰는 것 같고 말이야."

이번엔 내가 놀랐다.

"크흐흐. 어찌 알았는지 놀란 듯하군."

천산염제가 웃으며 말을 이었다.

"숨길 생각도 별로 없는 거 아니었나? 남궁류청의 검기가 담긴 목검을 내공도 없이 맨손으로 잡았으면 네 손바닥은 찢어지는 데서 끝나지 않았을 것이다."

"아라스니, 이거 노코 말해여."

"구화적염결은 배우지 못하겠지만 뭐, 너 정도라면 나쁘지 않겠군. 네 녀석이 배우는 걸 보고 마음을 바꿀 수도 있으니. 흐음. 그래. 소일거린 되겠군."

갑자기 혼자서 뭐라고 중얼거리는 거야?

천산염제가 드디어 내 턱을 잡은 손을 놓았다. 나는 입을 삐죽이면서 턱을 문지르며 입을 벌렸다 닫기를 반복했다.

'턱 부서지는 줄 알았네.'

그때 천산염제가 갑자기 날 자신의 옆구리에 달랑 들었다.

"⋯⋯?"

그러곤 처소로 저벅저벅 다가갔다.

"어디 가시는 거예요?"

"⋯⋯."

말없이 아버지와 야율이 대화를 나누는 방까지 간 천산염제가 방문을 걷어찼다. 아버지는 누가 오는지 알고 있었다는 듯 일어나 있었고 야율은 나를 보고 놀란 낯을 했다.

"네 딸이 내 금나수를 배우겠다는군."

"예?"

"네?"

이튿날. 거나하게 늦잠을 잤던 나는 고대하는 마음으로 아버지께 공청석유를 드렸다. 전날 정신이 하나도 없어 잊어버렸던 것이었다.

그런데 돌아오는 반응이 뜨뜻미지근했다.

아버지는 크게 놀라지도 않고 그다지 기뻐하지도 않았다. 그저 의아하다는 듯 물었다.

"이걸 네가 어찌 가지고 있느냐? 천산염제에게 **뺏긴** 것이 아니더냐?"

"왜 안 놀라세요?"

"남궁완에게 이미 들었다. 네가 만신의의 연단실에서 찾아낸 공청석유를 주었다며?"

아닛! 아버지를 놀라게 해 드리려던 나의 원대한 계획이⋯⋯!

생각해 보니 아버지가 일주일을 창궁관 앞에서 나를 기다리셨으니, 그간 남궁완 아저씨께 공청석유 이야기를 듣고도 남았을 터였다.

"쳇."

"⋯⋯?"

"내가 아버지 놀래 주려고 했는데."

아버지가 설핏 미소 지으며 말했다.

"충분히 놀랐다. 그래서 어찌 하나가 남아 있는 것이야? 두 개가 있었다 들었는데."

나는 어깨를 펴며 으스댔다.

"다 제가 똑똑해서죠."

고개를 살짝 기울인 아버지가 믿기지 않는다는 듯 물었다.

"설마 처음에 두 개만 있다고 거짓말을 한 것이야?"

나는 고개를 끄덕였다. 굳은 표정으로 나를 내려다보던 아버지가 말했다.

"이건 우선 내가 맡아 두마. 지금은 내 이걸 마시기 힘들다. 네 마음만 받겠다."

마치 준비한 것처럼 매끄러운 답이었다. 거기서 왠지 살짝 거슬리는 느낌이 들었다. 하지만 뒤에 이어지는 말에 그런 느낌은 완전히 잊어버렸다.

"처소를 옮기기로 했다."

"왜요?"

"여기에 나까지 지내긴 어렵기도 하고…… 완에게 네 이능에 대해 알렸다."

"아…….."

난 살짝 긴장해 물었다.

"뭐라고 하시던가요?"

"잘됐다고 하더군."

가슴에 손을 모으고 안도의 숨을 내쉬었다.

곧바로 처소를 남궁 세가 더 안쪽으로 옮기게 되었다. 사람들의 접근이 거의 없는 곳으로, 마음 놓고 수련할 수 있도록 배려해 준 것임을 알 수 있었다.

이런 걸 보면 백리 세가보다 남궁 세가의 배려가 더 깊어 보여 기분이 참…… 그랬다.

'남의 집이 우리 집보다 편하다니.'

아버지가 가문으로 돌아가지 않고 강호를 떠돈 이유를 알 것 같았다.

내가 준비할 건 별로 없었다. 일단 짐도 별로 없었고, 소부인께서 일손을 엄청 빌려주셨기 때문이었다.

그렇게 마음껏 수련할 수 있는 곳으로 옮기고 난 후 나는 매일 반 각가량 천산염제에게 금나수를 배웠다. 금나수는 상대를 잡거나 관절을 꺾는 식의 맨손 무공이었다.

팔꿈치를 잡아채려는 손을 가까스로 피한 순간 갑자기 다른 손이 불쑥 얼굴을 향해 다가왔다.

"악!"

이마가 화끈거리며 눈앞에 별이 반짝였다. 공격 경로가 보이면 뭐 하나? 천산염제의 손은 보인다고 피할 수 있는 게 아니었다.

그래도 처음엔 시작! 하는 순간 눈앞에 별이 보였는데 이제는 어느 정도 피할 수 있게 되었다. 물론 천산염제가 봐주는 것이었지만.

"오늘은 여기까지 하지."

"……감사합니다."

"흥."

이마가 뜨끈뜨끈했다. 하도 얻어맞아서인지 사실 천산염제가 나한 테 화풀이하기 위해 금나수를 가르쳐 준다고 하며 합법적으로 두들 겨 패는 게 아닐까 하는 생각도 들었다.

천산염제는 권장법, 즉 주먹과 손으로 주로 싸웠는데 그의 내공이 구화적염결인 것과 관계가 깊었다. 웬만한 무기는 구화적염결의 열기 를 버티지 못했기 때문이다. 그의 맨손에 맞고 불구가 되거나 유명을 달리한 사람이 손으로 다 꼽기 힘들 정도였다.

천산염제는 정사를 가릴 것 없이 마구 박살 내고 다니다가 어느 순 간 조용해졌다.

'남궁 세가주랑 의형제가 안 됐으면 사파 사람이 됐겠지.'

하여튼 권장법이 대단한 만큼, 금나수 또한 웬만한 다른 무공과는 격이 달랐다. 그렇기에 아버지도 내게 천산염제의 금나수를 배우라 강력하게 추천했다.

"많이 늘었구나."

온 줄도 몰랐는데 아버지가 지켜보고 있었던 모양이었다. 아버지가 천산염제를 향해 공수하는 것을 보고 나도 따라 손을 모았다.

천산염제가 멀어지는 걸 지켜본 아버지가 다가와 내 이마를 문질러 주었다. 시원한 느낌이 들었다.

"들어가자."

〈무림세가 천대받는 손녀 딸이 되었다〉

2권에서 계속